사랑하는 우리 아기에게 : _____

_____

_____

_____

_____

하루 하나
문학태교

하루 하나
문학태교

EVERYDAY PRENATAL LITERATURE

글 **권정희** | 그림 **조지은** | 감수 **남궁 정**

책앤 CHAEK-ANN

당신과 아기를 위한
아름다운 시간, 280일

지금 당신은, 작지만 놀랍고 신비로운 변화를 경험하고 있습니다. 하나였던 당신의 몸은 아기와 함께 또 하나의 '하나'가 되었습니다. 당신은 아기의 엄마가 되었고, 당신의 몸은 아기의 보금자리가 되었습니다. 아기가 세상 밖으로 나오기 전까지 살게 될 유일한 공간. 당신이 평생 동안 아이와 하나가 되어 있을 수 있는 유일한 시간. 지금 이 순간, 당신은 '엄마'로 변화하고 있습니다.

임신 테스트기에서 확인한 빨간 두 줄은, 어릴 적 시험지 상단에 표시되어 있던 숫자 100 밑에 그어진 두 개의 빨간 줄보다 더욱더 당신을 흥분시켰을 것입니다. '엄마야!' 하고 외쳤다면 그것은 당신을 낳아주신 엄마를 향한 것이었을까요? 그렇지 않다면 이제 엄마가 될 당신을 자신도 모르게 불러본 건 아니었을지. '이제 나도 엄마가 되는구나!' 쿵쿵거리는 가슴, 화끈하게 달아오르는 얼굴, 어떤 말을 먼저 해야 할지 모를 감격. 이 모든 것을 가장 먼저 누구에게 전하셨나요? 이제 당신 삶의 전부를 차지하게 될지도 모르는 이 변화. 가장 먼저 당신 자신에게 이야기해봅시다. 똑똑똑. 정말 내가 아기를 가졌나요? 네. 나는 아기를 가졌습니다. 나는 엄마가 되었습니다!

지금부터 약 280여 일이 되는 동안 당신의 몸은 변화할 것입니다. 물론 일상에서 보고 상상했던 임신부의 모습처럼, 처음부터 단번에 배가 불러오지는 않습니다. 초기에는 임신한 사실을 눈치챌 수 없을 정도로 경미한 변화만 겪는 사람들도 있지요. 온종일 뱃멀미를 하는 것 같더라는 선배들의 입덧 이야기도 내게는 아무렇지 않게 느껴질 수도 있습니다. 그렇지만 대게의 경우 입덧을 겪게 되고, 이전보다 부풀어 오른 자신의 가슴을 보고 놀라게 됩니다. 커진 가슴은 욱신욱신 쑤시는 듯한 아픔을 주기도 합니다. 이는 당신의 몸 안에서 활발히 활동하고 있는 호르몬 때문이지요.

병원에서 처방해준 철분제와 엽산제는, 건강한 아기가 태어나리라는 안심을 주지만, 반대로 극심한 변비라는 고통도 동반하게 됩니다. 또한 이전과는 확연하게 차이가 날 정도로 잦은 피로감을 호소하게 될 텐데, 이 역시 당신의 몸이 변화에 적응하고 있다는 신호로 보면 됩니다.

임신한 지 100일이 가까워질 무렵 당신은 거울을 통해, 임신 전보다 커진 가슴과 힙을 확인하게 될 것입니다. 이때쯤, 색색의 내용물을 모두 쏟아내 현기증이 날 정도라는 당신의 입덧은 저만치 물러납니다. 다시 예전처럼 편안한 식사를 할 수 있게 될 테니 안심하시길.

임신 기간 동안 당신에게 찾아올 또 하나의 변화는 아마도 '감정', 즉 당신의 기분일 것입니다. 아기를 가졌다는 기쁨은 시간이 지나면서, 아기를 잘 키워야 한다는 부담감으로 변하게 되지요. 당신은 기뻐서 폴짝폴짝 뛰다가도, 이유를 알 수 없이 울컥거리고, 때론 슬픈 영화의 주인공처럼 펑펑 울기도 합니다. 감정의 변덕쟁이가 되고 말지요. 임신 초기의 유산율이 가장 높다는 의사의 충고는, 마치 나에게 정확하게 일어날 것만 같은 불안감을 심어줍니다. 이제 홀몸이 아니라는 부모님의 걱정도, 더 이상 아가씨가 아니라는 현실만 강하게 자각시켜 줄 뿐……. 하지만!

지금 당신의 뱃속에서는, 나팔관으로 배출된 난자가 정자와 만나 작은 수정란을 이루었습니다. 5주가 지난 시점부터 수정란 속에서는 아기의 머리와 다리가 분명하게 생겨나고, 뇌세포도 생기기 시작합니다. 신경계가 발달하기 시작했다는 뜻이지요. 6주째부터는 눈 속에 수정체도 생겨나고 간, 췌장, 폐, 갑상선, 심장, 창자가 생겨나기 시작합니다. 아주 작은 크기지만, 사람의 형태를 갖춘, 분명한 당신의 아기입니다.

시간이 지나며 아기의 장기들은 더욱 성숙하게 됩니다. 어느 순간부터는, 병원의 초음파를 통해 빠른 속도로 뛰고 있는 아기의 심장 소리도 듣게 됩니다. 쿵쾅쿵쾅. 짧고 반복적인 이 소리가 당신에게는 새로운 세계가 움트는 태동 소리로 들릴 것입니다. 그 어떤 메시지도 담겨 있지 않은 까만 비디오 화면을 몇 번이고 재생해보겠지요. 우리 아기가 숨을 쉬고 있어! 그러나 이 소리만 듣고 감격하기에는 아직 이르답니다. 앞으로도 아기는 당신과 같은 모습으로 더욱더 놀랍게 쑥쑥 자라날 테니까요.

대부분의 임신부가 임신 사실을 확인하는 시기가 9주 이후라고 합니다. 생리를 거르고 뭔가 이상하다 싶어 병원에서 검사를 받아봤더니 역시나 임신이더라! 놀랍게도 임신 사실을 알기 전까지는 소식도 없었던 입덧이, 이때부터 본격적으로 몰려온다고 합니다. 마치 '엄마, 내가 왔어요!' 하고 알리는 아기의 신호처럼 말이지요.

당신의 아기도 이때부터 당신을 만날 준비로 분주해진답니다. 일단 9주째에 접어들면 손가락과 발가락을 모두 갖추게 됩니다. 점점 커지기 시작한 머리는 12주째에 접어들었을 때 아기 몸의 절반 크기로 자라나지요. 당신은 가분수 같은 아기의 모습을 보며 실소를 터뜨릴지도 모릅니다. 우리 아기 대두 아니야? 하나, 결코 걱정할 일이 아니랍니다. 아기의 머리는 몸 전체에서 반, 반의 반, 반의 반 순서로 끊임없이 줄어들 테니까요.

14주째 무렵이면, 아기는 뚜렷한 생식기도 갖게 되는데요. 아빠 닮은 씩씩한 왕자님일까, 엄마 닮은 예쁜 공주님일까. 초음파 화면을 사이에 두고 당신은 재차 질문할 듯합니다. 그때 의사는 재치를 발휘하겠지요. 아기가 손으로 가리고 있어서 잘 보이지 않네요. 뭐, 왕자면 어떻고 공주면 어떻습니까, 낳아서 잘 키우면 되지! 대본을 외우듯이 모든 산모에게 되풀이했을 저 대사! 그야말로 정답입니다. 파란 옷과 분홍색 옷 중 무엇을 준비할지 고민할 때, 가차 없이 흰색을 준비하라고 조언해주는 의사!

가장 중요한 건, 지금 당신의 뱃속에서는 장차 청바지도 입고, 분홍색 드레스도 입을 수 있는 아기가 자라나고 있다는 사실입니다. 이것 자체가 감격이 아닐 까요.

그러므로 당신은, 당신의 몸속에서 아기가 건강하고 편안하게 자랄 수 있도록 지금부터 많은 곳에 신경을 써야 합니다. 일단, 이 순간부터 약물 복용과 X선 촬영은 절대적으로 금지입니다. 더위를 싹 가셔줄 것 같은 맥주 한 잔, 소화를 도와줄 것 같은 담배도 물론 안 되고요. 또 극심한 스트레스와 피로로부터 멀어져야 합니다. 잔소리처럼 느껴질지도 모를 이러한 금기 사항들은 병원에서도 재차 강조할 것입니다. 특히 임신 초기인 1주에서 15주 사이는 유산의 위험성이 높아서, 이를 걱정하는 주변 사람들의 목소리도 만만치 않게 높아지지요.

지금 당신은 아기를 가졌다는 감격의 순간과 함께, 이제 몸과 마음이 변하리라는 걱정과 유산, 그리고 출산에 대한 두려움을 떨치지 못하고 있지는 않은지. 하지만 지금 당신의 뱃속에서는 콩콩콩 작은 심장 소리를 내는 아기가 자라고 있답니다. 아기는 당신을 닮아 지금보다 더 건강하게 자라날 것이고, 당신 인생에서 가장 소중한 의미가 되어줄 것입니다. 그러므로 당신은, 이 시기만큼은 전보다 더 여유로워지고 편안해졌으면 좋겠습니다. 당신이 생각하는 최고의 휴식을, 지금 당신에게 선물해봅시다.

문학태교는 당신과 아기를 위한
최고의 선물입니다

먼 옛날 중국 주나라 문왕의 어머니인 태임은 아기를 가진 기간 동안 나쁜 것을 보지도 듣지도 않고, 항상 몸가짐과 마음가짐에 신경 썼다는 기록이 있습니다. 어머니의 노력으로 현명하고 건강한 아기를 낳을 수 있다고 믿은 것입니다. 이외에도 중국의 고전 여러 곳에서 태교를 중시하는 내용을 발견할 수 있습니다. 우리나라의 경우도 마찬가지입니다. 허준의 〈동의보감〉에는 "선생에게 배운 10년이 어머니 뱃속의 10개월보다 못하다"는 내용의 글귀가 있습니다. 태어나기 전 어머니의 뱃속에서 보내는 10개월이라는 기간이 얼마나 중요한가를 강조하는 내용이지요. 또한 실학자 유희의 어머니인 사주당 이씨는 태교에 대한 이야기들을 모아 〈태교신기〉라는 책을 내놓기도 했습니다. 본인이 네 자녀를 잉태하면서 체험한 내용을 바탕으로, 임신부가 지켜야 할 것과 삼가야 할 것을 자세하게 소개하고 있는 책입니다. 책의 내용인즉슨, 몸가짐이 단정하고 마음가짐이 반듯하면 재주가 뛰어난 아기를 낳는다는 것입니다. 또한 이 시기에도 태교를 위해 뱃속 아기에게 음악을 들려주었다는 사실을 담고 있어 놀라운데요. 시기를 막론하고 뱃속 아기에 대한 부모들의 기대와 믿음은 변함이 없었음을 알 수 있습니다.

오늘날 태교의 방식은 아주 다양해져서, 일종의 유행을 만들기까지 합니다. 어떤 음악이 좋다더라, 어떤 운동이 좋다더라, 어떤 음식이 좋다더라…… 사실 임신 12주가 되기 이전의 아기는 아직 소리를 듣지 못한답니다. 음악 소리도 잘 듣지 못하는데, 하물며 책을 읽어주는 태교가 어떤 도움이 될 수 있을까 의문이 생길 수도 있습니다. 하지만 16주 이후 소리를 듣기 이전까지, 아기는 소리를 통해 전달되는 진동을 느낄 수 있다고 합니다. 불안정한 자극에 대해서 반사적으로 자기 방어를 한다는 것입니다. 소리를 들으면서 나타나는 엄마 몸의 미세한 진동들이 아기에게 전달되는 것인데, 실제로 엄마의 기침이나 웃음 소리에 반응하는 아기 모습을 초음파를 통해서 볼 수 있답니다. 당신이 임신해 있는 기간 동안, 당신은 큰 소리에 흥분을 하기도 하고, 화가 나서 언성을 높이기도 할 것입니다. 또 기분이 좋아서 한껏 웃거나, 잔잔하고 아름다운 소리에 설레기도 할 것입니다. 책을 읽고 있을 때의 당신은 어떨까요? 당신의 가슴은 호수처럼 고요하고 잔잔할 것입니다. 생각해봅시다. 당신이 뱃속에 있는 아기라면, 화가 나고 짜증이 나서 격하게 움직이는 엄마의 뱃속과, 행복하고 기분이 좋아서 부드럽게 움직이는 엄마의 뱃속 중, 어떤 곳이 편안하게 느껴질까요? 자, 그렇다면 당신은 아기에게 어떤 보금자리를 만들어주고 싶은가요?

임신 초기의 문학태교

임신 초기에는 무엇보다도 당신이 먼저 정서적인 안정감을 갖는 것이 매우 중요합니다. 이때 당신이 들을 수 있는 음악은 이전부터 익히 들어서 귀에 친숙한 고전 음악이 좋습니다. 물론 당신이 즐겨 듣던 음악도 문제 없습니다. 올드팝이든, 대중가요든 음악의 종류를 가리지 않아도 됩니다. 다만 자주 들어보지 않아서 생소한 음악은 당신을 긴장시킬 수 있다는 점, 또 곡의 길이가 너무 긴 음악은 은연중 당신을 지치게 할 수도 있다는 점 정도는 알아두는 것이 좋을 듯합니다.

뱃속 아기를 위해 읽게 될 책도 마찬가지입니다. 유산의 위험이 높은 만큼, 당신은 무조건적으로 '정서적인 안정감'을 갖는 것이 중요합니다. 당신을 우울하게 하고, 집요하게 생각해보게 하는 내용의 책은 잠시 덮어둡시다. 익히 들어서 알고 있는 짤막한 고전 음악, 그리고 그 음악과 어울릴 만한 책을 떠올려보세요. 그것은 음악과 마찬가지로 내용이나 길이가 부담되지 않으며 편안한 마음으로 감상할 수 있는 수준의 이야기가 제격일 것입니다. 많이 접해서 잘 알고 있거나, 어려서부터 좋아한 동화나 우화, 전설 등의 짧은 이야기가 좋을 것입니다. 간결한 내용에 작은 감동도 있고 재미도 있는 이야기들 말입니다. 길이가 짤막해서 읽는 부담도 없고, 내용이 익숙하면서도 아름다워서 읽고 나면 마음이 평온해지는 이야기가 좋습니다.

임신 중기의 문학태교

임신 중기에 접어들면 뱃속 아기의 감각 기관은 놀라울 정도로 발달하게 됩니다. 특히 청각이 두드러진 발달 상태를 보이기 때문에, 이 시기부터는 본격적으로 뱃속 아기를 위한 태교를 진행할 수 있습니다. '우리 아기가 듣고 있다!'라는 생각을 염두에 두십시오. 당신의 아기에게 어떤 종류의 음악을 들려주고 싶은가요? 또 그 음악과 함께 책을 한 권 읽어준다면 어떤 종류의 책을 읽어주고 싶은가요? 임신 중기를 넘어 후기로 갈수록, 아기는 익숙한 소리에 반응을 보인다고 합니다. 아무래도 엄마의 목소리는 뱃속에서 매일매일 듣는 소리이다 보니 쉽게 익숙해질 수 있을 것입니다. 하지만 아빠의 목소리를 들을 기회는 상대적으로 적을 수도 있습니다.

여기에서 좋은 방법 중 하나가 바로 아빠가 뱃속 아기에게 책을 읽어주는 방법입니다. 임신 초기, 엄마의 마음을 안정시켜줄 이야기들을 읽으며 태교를 하였다면, 중기에는 아빠가 아기에게 직접 이야기를 읽어주는 형식의 태교를 해보도록 합시다. 아무래도 아기에게 들려줄 거라면, 소리 내어 읽을 때 리듬감이 느껴지는 형태의 동화가 좋을 듯합니다. 내용도 재미나서, 이야기를 읽는 아빠의 목소리 톤도 밝아지는 형태가 좋습니다.

이 책에는 한 곡의 노래 같은 이야기들이 가득하답니다. 재치 있고 신나는 내용의 이야기들은 당신의 아기는 물론 당신과 아기의 아빠도 기분 좋게 만들어줄 것입니다. 우리 아기를 위한 아빠의 태교! 아기는 분명히 아빠의 목소리를 기억하게 될 것입니다. 훗날, 아기가 "아빠, 뱃속에서 아빠가 읽어주는 이야기 잘 들었어요!"라고 말할지도 모릅니다.

임신 후기의 문학태교

대부분의 임신부들이 임신 후기에 많은 걱정과 불안감에 휩싸인다고 합니다. 아기를 가졌다며 동네방네, 이 사람 저 사람에게 다 자랑을 늘어놓았을지도 모를 초기가 지나고, 좋은 음악도 듣고 좋은 책도 읽으며 알차게 보냈을 중기가 지나고 나면, '아, 이제는 정말 아기가 나오겠구나! 내가 정말 엄마가 되겠구나!' 하는 현실적인 자각을 하게 되는 것이죠. 자신이 정말 아기를 잘 키울 수 있을지에 대한 부담감은 물론, 혹시 아기를 낳다가 아기와 자신 중 누군가가 위험해지지는 않을지에 대한 공포감도 느끼게 됩니다. 임신 기간 전체 중에 삼분의 일이나 되는 시간을 이러한 걱정, 불안, 공포 속에 지낸다고 생각해보세요. 정말 벌써부터 아찔해지지 않나요? 그렇다면 이 시기를 조금은 편안하고 여유롭게 이겨내는 방법은 없을까요?

임신 후기, 당신이 읽게 될 이야기는 당신의 부담감과 불안한 심리 상태를 달래줄 수 있는 내용들을 준비했습니다. 바로 훌륭하게 아이를 키워낸 부모가 등장하는 이야기, 또 당신의 아기가 자라나면서 갖추었으면 하는 가치들을 가르쳐주는 내용의 이야기들입니다. 지혜, 효행, 선행, 자비 같은 덕목들을 아름다운 이야기 속에서 만나봅시다. 여기에는 오늘날 부모들이 선호하는 리더십 같은 덕목도 함께 있습니다. 아기를 가치 있는 사람으로 키우고 싶은 마음, 어떤 부모가 저버릴 수 있을까요. 책을 읽는 동안, 훗날 꽤 멋지고 근사한 사람으로 자라 있을 당신의 아기를 상상해보세요.

" T h e   G i f t   f o r   Y o u   a n d   Y o u r   B a b y "

| C o n t e n t s |

Everyday Prenatal Literature IV

건강하고 지혜로운
아기를 꿈꾸며

Everyday Prenatal Literature V

사랑합니다.
훌륭한 부모가 될 당신!

Everyday Prenatal Literature

문학태교를 시작하기 전에

아무 이유 없이 생리를 두 달 연속 거르지는 않겠지요. "2개월 되셨습니다!" 대부분의 임신부가 임신 여부를 알게 되는 시기, 바로 9주 차입니다. 아기를 위해 무언가라도 더 하고 싶은 마음이 꿈틀대고 있지는 않은가요? 이제 당신은, 다양한 방식의 태교를 시작하게 되겠지요? 그러므로 하루 하나, 당신의 문학태교도 지금 9주 차부터 시작합니다!

혹은 더 빨리 임신 여부를 알게 되셨을 수도 있고, 다소 늦게 사실을 알게 되셨을 수도 있습니다. 빨리 알게 되셨다면, 책 속에 준비된 자투리 글들을 읽으며 문학태교의 시작을 기다려봅시다. 또 늦게 알게 되셨어도 괜찮습니다. 일단 해당 주차에 맞추어 책 읽기를 시작하세요. 이 책은 '월화수목금', 이렇게 주 5일 동안, 하루에 하나씩 책 읽기를 진행하는 형태입니다. 토요일이나 일요일은, 책 내용을 되새겨보고 이를 토대로 의미 있는 시간을 가져볼 수 있도록 비워두었습니다. 바로 그 시간에, 지나쳐서 못 읽었던 이야기가 있거나, 혹은 한 번 더 읽어보고 싶은 이야기가 있다면 여유롭게 읽어보시면 됩니다.

사실 첫 2주간은, 아직 수정이 이루어지지 않았기 때문에 임신을 했다고 보기에도 조금 애매모호합니다. 정자는 배출 후 72시간을, 난자는 24시간을 활동하게 됩니다. 바로 이 1주~2주 동안은 같은 시간에 딱 만난 정자와 난자가 수정을 준비하는 시기랍니다.

임신 3주가 되어서야 선택받은 정자와 난자가 만나 수정란을 만듭니다. 정자는 단 하나일 수도 있고 둘, 셋일 수도 있습니다. 다둥이 임신 여부도 수정과 함께 알 수 있답니다. 이제 수정란은 자궁에 착상하여 장차 건강한 아기로 자라날 것입니다.

수정 시 당신의 몸에서 약간의 출혈이 있는 경우가 있기는 한데, 이는 착상혈이라고 하여 흔히 발생할 수 있는 일이니 크게 걱정하지 않아도 됩니다. 하지만 너무 많은 출혈이 있을 경우에는 꼭 병원을 찾아 의사의 진료를 받도록 해야 합니다. 임신 사실을 조금 일찍 알았다면, 이때부터는 기형아 출산을 예방하고 아기를 건강하게 자라게 하기 위해 하루 0.4mg 이상의 엽산을 복용하는 것이 좋습니다.

정상적으로 수정과 착상이 이루어졌다면, 4주 차에 월경 예정일을 건너뛰게 됩니다. 이 시점부터 임신 테스트기를 통해 임신 여부를 확실하게 확인할 수 있습니다. 병원에서의 초음파검진을 통해서도 임신 사실을 확인할 수 있는 시기입니다. 이 시점부터 태아의 발달이 본격적으로 시작됩니다. 앞으로 태아의 산소와 영양소 공급, 호르몬 생성에 중요한 역할을 하게 될 '태반'도 형성될 것입니다.

놀랍게도 5주에만 접어들어도 태아의 중요기관인 뇌와 척추, 심장, 근육, 뼈 등이 형성되기 시작합니다. 얼마 안 있으면 제법 아기의 형상을 갖춘 태아를 만날 수 있게 됩니다. 역시 조금 일찍 임신 사실을 알게 된 당신이라면, 아마도 이때쯤 초음파 사진이 붙은 '산모수첩'을 받게 될 것입니다.

임신 6주부터 10주까지의 기간을 태아의 배아기라고 합니다. 이는 태아의 머리와 꼬리, 눈, 손가락, 발가락 같은 신체 부분이 생성되는 시기를 통칭하는 말입니다. 미약하게나마 태아의 심장도 형성되어, 이때부터 초음파를 통해 태아의 심장 소리를 들을 수 있게 된답니다.

임신 7주, 배아기의 두 번째 주입니다. 이때 뱃속 아기에게는 기관지가 형성되기 시작합니다. 6주부터 형성되기 시작한 심장은 좌심실과 우심실로 분리될 정도로 발달합니다. 보통 임신과 동시에 여성의 체중이 조금씩 증가하기 마련인데, 입덧이 몹시 심한 경우에 한해서는 임신 전보다 체중이 줄어드는 경우도 있습니다.

입덧은 대부분 임신 초기를 넘기고 나면 가라앉게 되는데, 때에 따라 임신 기간 내내 입덧을 했다는 산모도 볼 수 있습니다. 요즘은 다양한 자료를 통해 입덧을 이기는 방법을 찾을 수 있습니다. 주변 사람들의 조언이나 책, 인터넷 자료 등을 지혜롭게 활용하여, 임신부의 건강은 물론 태아의 영양 공급에도 차질이 없도록 입덧을 이겨내 봅시다.

8주 차가 되면 태아의 얼굴에 눈꺼풀과 코끝, 귀가 생기기 시작합니다. 심장과 뇌는 더욱더 활발하게 발달합니다. 8주라는 시간 동안 당신의 뱃속에서는 이렇게 당신의 아기가 무럭무럭 자라났습니다. 자, 당신은 어떤가요? 혹시 본격적으로 시작된 입덧 탓에 애를 먹고 있지는 않은가요?

8주, 즉 두 달 여의 기간 동안은 당신의 몸에서 임신한 사실이 눈에 띄게 표시나지는 않을 것입니다. 대신 많은 임신부가 임신증상을 자각하게 되는 시기이므로 당신의 몸과 마음은 조금 힘들어질 수 있습니다. 임신의 대표적인 증상인 입덧은 물론, 가슴앓이, 피로감, 현기증, 잦은 빈뇨감 등을 호소하게 될 것입니다. 그러나 건강상의 문제는 아니며, 임신했음을 알리는 증상인데다가 시간이 지나고 나면 차츰 가라앉게 될 테니 큰 걱정은 하지 않아도 됩니다. 또, 임신 주기별 특징은 개인마다 다를 수 있으니 조바심을 가질 필요는 없답니다.

　아마도 당신은 산모수첩에 붙은 초음파 사진을 몇 번이나 들여다보았을 것입니다. 캄캄한 배경에 하얀 색 실선으로 자리하고 있는 아기. 아주 작은 동그라미 안에 당신과 똑같은 심장이 자라고 있다는 사실이 신비롭지 않은가요?

　많은 임신부들이 아기의 심장 소리를 처음으로 들었던 순간을, 임신 중 가장 감동적이었던 경험으로 이야기하곤 합니다. 당신은 어떤가요? 지금, 당신의 가슴을 향해 귀 기울여 보세요. 쿵쾅쿵쾅 뛰는 심장 소리는, 비단 아기만의 것이 아닐 테니. 실제로 겪어 보지 않고서는 설명조차 할 수 없을 감동이, 앞으로 수십 번 아니 수백 번은 넘게 당신을 찾아올 테니!

　이제 당신을 쉬게 하고, 당신에게 아름다운 떨림을 만들어줄 문학전집을 펼치겠습니다. 동화는 물론 우화, 신화, 전설, 민담, 소설, 로맨스, 역사 이야기, 그리고 에세이까지, 갖가지 이야기들이 40주 동안 당신의 곁에서 함께 할 것입니다. 아기를 위해 무언가라도 더 해주고 싶은 마음, 그 마음보다 더 아름다운 것은 아기를 보살피고 자라게 하고 있는 지금의 당신 자신입니다. 놓치지 마세요. 당신만큼 아름답고 훌륭한 엄마는 없을 거라는 사실. 문학태교는 당신의 아기는 물론, 아기 엄마가 될 당신을 축복하고 응원하기 위한 선물이라는 사실. 하루에 하나씩, 당신의 아기와 함께 맑고 아름다운 이야기의 호수에 빠져보기를!

Everyday Prenatal Literature I

당신은 아기를 가졌습니다

임신 초기(9주~15주)
유산의 위험으로부터 엄마와 아기를 지켜주는
아름답고 감동적인 이야기들

"키 보스, 내 말을 잘 들어요. 사람은 누구나 사랑에 빠져요. 그게 언제이든, 누가 됐든,

사랑에 빠진 사람에게 돌을 던질 수는 없어요. 나만 믿어요. 내가 당신을 돌봐줄게요."

「고흐의 두 번째 사랑」 中

Everyday Prenatal Literature

축하합니다, 당신! 혹시 입덧으로 고생하고 있지는 않은가요? 배가 조금 나온 것 같다며 호들갑을 떨어보지는 않았는지요?

아기를 가졌다는 사실이 이제 조금 실감이 날 것입니다. 지금쯤 당신은 주변 사람들에게 임신의 기쁨을 전하느라 바쁘겠군요.

그게 아니라면, 준비되지 않은 여건에서 맞이한 상황이라 덜컥 겁이 나고 다소 우울하신지요.

자, 지금 당신에게 꼭 해주고 싶은 이야기가 있다면, 어떤 상황과 어떤 여건을 막론하고 아이를 가진 건 축복이라는 사실입니다.

당신은 곧 알게 될 것입니다. 지금 당신의 뱃속에서 얼마나 놀라운 일이 일어나고 있는지.

앞으로 당신이 얼마나 행복한 일을 경험하게 될지! 임신 초기는 아기를 가졌다는 기쁨과 아기를 잃게 될지도 모른다는

불안함이 공존하는 시기입니다. 실제로 임신 기간 전체를 통틀어 유산 위험이 가장 높은 시기이기도 하지요.

따라서 이때 당신의 감정 상태는 상당히 중요합니다. 걱정과 불안, 스트레스는 당신의 아기를 시샘하는 얄미운 녀석들입니다.

당신의 마음이 호수처럼 조용하고 편안했으면 좋겠습니다. 지금부터 읽게 될 이야기들은 오로지 당신 자신을 위한 선물입니다.

마음의 평화와 안정을 가져다주는 이야기들 속에, 밝고 따뜻한 금빛 물결이 당신 가슴을 향해 일렁이고 있답니다.

아기 엄마가 된 당신, 다시 한 번 진심으로 축하합니다. 그럼 지금부터 당신을 축복하기 위한, 아름다운 태교이야기를 시작합니다!

임신 9주

임신 9주 차. 많은 임신부들이 엄마가 되었음을 알게 되는 시기. 동시에 입덧이 시작되는 시기. 아직 작은 크기이긴 하지만, 당신의 아기는 벌써 당신과 꼭 같은 모습으로 자라나고 있습니다. 배아기가 시작되며 생겨난, 아기 엉덩이 쪽의 꼬리 부분은 9주 차에 접어들며 없어지게 됩니다. 이제 아기의 팔다리도 조금씩 길어져서 가볍게 살짝 움직일 수 있습니다. 손끝에는 지문도 생겨나게 됩니다.

아직까지 당신의 몸에서는 가슴이 임신 전보다 조금 커져 있다는 것을 제외하고는, 눈에 띄게 큰 신체적 변화는 일어나지 않습니다. 그러나 어느 샌가 당신의 몸속에는 임신 전보다 상당량 증가한 혈액이 흐르고 있습니다. 혈액 계통의 변화는 임신 중 임신부의 몸속에 나타나는 가장 큰 변화입니다. 혈액량이 증가함으로써 당신은 때때로 안면에 홍조를 띄게 되기도 하고, 코 점막이 약해져 코피를 흘리게 되기도 합니다. 이는 자궁의 크기가 늘어나고 태아의 발달이 급격해지면서 필요한 많은 혈액을 지금 당신의 몸이 만들고 있기 때문입니다.

헤밍웨이의 소설, 『노인과 바다』는 멕시코 부근의 바다에서 고기잡이를 하는 산티아고의 이야기입니다.
산티아고는 84일 동안 커다란 물고기라고는 한 번도 잡아보지 못한 늙은 어부에 지나지 않았습니다.
그에게 바다 이야기, 사람 이야기를 들려주고, 정어리를 구해다주기도 했던 소년도 결국은 그를 떠나고 말았습니다.
하지만 푸른 바다와 높은 하늘, 시원한 바람만은 그의 곁을 떠나지 않았습니다.
그는 자신이 낚은 거대한 청새치가 상어들의 습격을 받았을 때도, 바람에게 감사하고 바다에 감사했습니다.
영원한 친구인 자연 덕분에 자신이 파괴되지 않았다고 생각했으니까요.

메밀과 버드나무

가을 들판 한가운데에 버드나무 한 그루가 서 있었어요. 줄기가 굵고 잎사귀가 파릇한 걸 보니 나이가 꽤 많이 든 나무임이 분명했어요. 버드나무는 잘 익은 곡식들을 보며 행복한 표정을 짓고 있었어요. 그즈음, 곡식들은 조금씩 고개를 숙이기 시작했어요. 이삭이 풍성하게 맺혀서 고개가 무거워진 탓이었지요. 앞으로 쿡하고 고꾸라질 만큼 고개를 숙인 곡식도 있었어요.

"우와! 잘 익은 이삭들을 뽐내지 않고, 겸손하게 고개를 숙이고 있구나!"

버드나무는 저도 모르게 큰 소리로 감탄하고 말았어요. 그때 어디선가 팽하고 콧방귀를 뀌는 소리가 들렸어요.

"흥! 고개 아프게 저게 뭐하는 짓이람!"

바로 메밀이었어요. 버드나무 뒤편에는 넓게 메밀밭이 펼쳐져 있었지요. 수많은 메밀들 중 하나가 버드나무의 소리를 들었던 모양이에요. 메밀은 뭐가 못마땅한지 고개를 옆으로 돌리고 있었어요. 그리고 보니 버드나무는 메밀의 모습이 참 희한하게 보였어요. 메밀은 고개를 빳빳이 세우고 있지 않겠어요.

"메밀아. 너는 이삭들이 무겁지 않니?"

버드나무는 조심스럽게 물었어요.

"뭐 무겁기도 하지. 하지만 그렇다고 해서 고개까지 숙일 필요가 있겠어?"

메밀은 아주 도도한 모습을 하고는 대답했어요.

"난 새 이삭들을 맺기 위해 일 년 내내 고생한 몸이라고. 그러니 내게 고개를 숙일 힘이 남아 있겠어? 게다가, 고개를 숙이면 이 아름다운 꽃이 잘 안 보이게 되잖아!"

버드나무는 메밀의 태도가 마음에 들지 않았어요. 물론 메밀의 꽃이 아름답지 않은 건 아니지만, 그렇다고 해서 저렇게 자랑까지 할 필요가 있을까 싶었어요. 버드나무가 못마땅하다는 듯이 입을 삐죽삐죽하고 있을 때 메밀이 다시 입을 열었어요.

"그러고 보니, 버드나무야. 너는 너무 많이 늙은 게 아니니? 봐봐. 네 몸 구석구석에 잡초들이 자라고 있잖아. 고개를 숙여야 할 건, 내가 아니라 못생긴 너 같은데?"

메밀의 말을 듣고 버드나무는 몹시 속상했어요. 하지만 곡식들이 잘 익은 아름다운 들판에서 큰 소리를 내며 싸우고 싶지는 않았어요. 버드나무는 한숨을 한번 크게 쉬고는 속상한 감정을 꼭꼭 숨길 수밖에 없었어요.

그러던 어느 날이었어요. 가을 들판 위로 무시무시한 폭풍우가 몰아쳤어요. 곡식들은 물론 들꽃들도 모두 고개를 쑥 숙였어요. 그런데 메밀만은 여전히 고개를 뻣뻣이 들고 있지 않겠어요! 버드나무는 메밀의 고개가 다칠까 봐 걱정스러웠어요.

"메밀! 빨리 고개를 숙여! 곧 있으면 더 큰 바람이 몰아칠 거야!"

버드나무가 큰 소리로 외쳤어요. 하지만 메밀은 여전히 콧방귀만 뀔 뿐, 절대 고개를 숙이지 않았어요. 보다 못한 다른 곡식들까지 메밀에게 소리치기 시작했어요. 메밀은 마치 두 귀를 닫고 있기라도 한 양, 결코 고개를 숙이지 않았지요.

바로 그때였어요. 온 세상이 눈부신 불빛에 반짝였어요. 우르르 쾅하는 소리와 함께 번개가 내리쳤어요. 곡식들은 전부 눈을 꼭 감고 더욱 몸을 작게 만들었어요.

그 후로 한참의 시간이 지난 뒤, 하늘은 언제 그랬냐는 듯이 다시 잠잠해졌어요. 번개도 폭풍우도 모두 사라졌지요. 곡식들은 푹 숙이고 있던 고개와 허리를 쭉 폈어요. 몸을 아주 작게 만들었었던 덕분에 어느 이삭 하나 떨어진 것이 없었어요. 정말 다행이었어요. 그때 메밀의 울음소리가 들렸어요.

"버드나무의 말을 들었어야 했어. 버드나무야말로 정말 멋지고 늠름하구나!"

메밀에 달려 있던 예쁜 꽃들은 전부 바닥에 떨어져 있었어요. 버드나무와 곡식들은 함께 슬퍼하며 메밀을 따뜻하게 위로해주었답니다.

곰이 알려준 우정

두 친구가 있었어요. 시간이 날 때마다 함께 밥을 먹고 차를 마시며 시간을 보내곤 했어요. 산책을 하기도 하고 운동을 하기도 했지요. 자주 만나고 어울리다보니, 이제는 서로에 대해 모르는 게 없게 되었어요. 무엇을 좋아하는지, 또 무엇을 싫어하는지를 말이에요.

가을바람이 시원하게 부는 날, 두 친구는 처음으로 여행을 떠나게 되었어요.

"우리가 같이 여행을 떠나보기는 처음이지?"

"그렇지. 그래서인지 더 기대되고 설레는군."

두 친구는 기분 좋게 집을 나섰어요. 둘 다 오늘을 얼마나 기다렸는지 몰라요. 간밤에는 잠도 제대로 못 이룰 정도였지요. 그래서인지 자꾸 눈이 감기고 조금은 피곤하기도 했어요. 하지만 예쁜 단풍을 구경할 생각만 하면 금세 기운이 솟았어요.

두 친구가 먼저 지나게 된 곳은 야트막한 산이었어요. 빨강, 노랑, 주황 갖가지 색깔로 물든 나무들이 우거져 있는 산이었지요. 둘은 여기서 점심을 먹기로 했어요.

"자! 자네랑 먹기 위해 준비해온 게 있지!"

한 친구가 생글생글 웃으며 가방을 열었어요. 가방 안에는 도시락과 물, 과일 같은 먹을거리가 잔뜩 들어 있었어요. 친구는 도시락을 들고 잠시 뜸을 들이더니, 이내 뚜껑을 확 열어보였어요.

"주먹밥이군! 아주 맛나겠는걸!"

도시락 안에는 작고 예쁘게 만든 주먹밥이 알알이 차 있었어요. 자기 친구가 주먹밥을 가장 좋아한다는 걸 알고, 밤새 재료를 만들어 준비해온 것이었지요.

"어떤가? 마음에 드나?"

"그럼, 물론이지! 고맙네, 친구."

둘은 나무 그늘에 앉아 맛있게 주먹밥을 나누어 먹었어요. 가을바람이 살랑살랑 불어와서 둘의 얼굴을 간질였어요. 밥을 먹고 나니 배도 부르고, 바람도 시원하게 불고 하니 한숨 자고 싶은 생각이 굴뚝같았어요. 둘은 갈 길이 바쁘다는 걸 누구보다 잘 알기에, 얼른 자리를 털고 일어났어요.

점심을 먹고 난 뒤에는 바로 산꼭대기에 올랐어요. 멀찌감치 볼 때는 몰랐는데, 막상 오르려고 하니 산세가 아주 험한 산이었어요. 길도 고르지 않은 데다가 울퉁불퉁한 바위들이 겹겹이 쌓여 있었지요. 두 친구는 힘들 땐 서로 끌어주고 밀어주기도 하며 열심히 올라갔어요.

얼마쯤 갔을까. 어느 때보다 주변이 어두워진 기분이 들었어요. 커다란 나무들이 잔뜩 우거져 있어서 그런 것 같았어요. 무언가 으스스한 분위기마저 감돌았지요. 어느새 두 친구는 서로 등을 맞대고 걷고 있었어요. 뭐라도 나타나면 어떡하나 가슴을 졸이면서요.

그때였어요.

"앗! 곰이다!"

한 친구가 뒤로 발랑 넘어지며 외쳤어요. 정말 나무 틈에서 덩치가 제법 큰 곰 한 마리가 걸어 나오고 있었던 거예요! 두 친구를 합친 것보다도 덩치가 더 큰 곰이었어요. 곰이 나올 거라고는 생각도 못했던 터라, 두 친구는 어쩔 줄을 몰랐어요. 가만히 있다가는 분명 곰에게 꼼짝없이 잡히고 말 거예요. 주먹밥을 맛있게 먹었던 친구는 부리나케 커다란 나무 위로 기어올랐어요. 그런데 주먹밥을 만들어온 친구가 문제였어요. 산을 오르고 있는 동안에도 내내 꾸벅꾸벅 졸고 있었거든요. 그러다가 곰을 마주쳤으니 얼마나 놀랐을까요. 친구는 미처 도망가지 못하고 그 자리에 벌렁 누워버리고 말았어요. 그대로 눈을 꼭 감고 죽은 체를 했어요. 어릴 적, 아버지로부터 들었던 이야기가 생각났지요.

"곰은 죽은 사람은 절대 거들떠보지 않는단다."

물론 아버지의 이야기가 사실일지 아닐지는 모르겠지만, 지금으로서는 별 수 없었어요. 그냥 곰에게 잡히느니, 마지막 방법이라도 써보는 수밖에 없었으니까요. 친구는 눈을 더 꼭 감았어요. 후닥닥 나무 위로 도망쳤던 친구는, 자기까지 잡아먹힐까 봐 벌벌 떨고 있었고요.

곰이 성큼성큼 걸어서 누워 있는 친구 앞에까지 다가왔어요. 곰은 코를 킁킁거리며 친구의 온몸을 훑었어요. 정말 죽었는지 살았는지 살펴보고 있는 것 같았어요. 친구는 숨 쉬는 것까지 멈추고 있는 중이었어요. 콧바람이라도 조금 새어나가면, 이 친구가 살아 있다는 걸 곰이 알아차릴 테지요.

잠시 후, 정말 놀라운 일이 벌어졌어요. 곰은 마지막으로 친구의 귀를 한참동안 훑었어요. 다른 사람이 보기에 그 모습은, 곰이 친구에게 귓속말이라도 하고 있는 것처럼 보였어요. 그러더니 곰은 뒤도 돌아보지 않고 나무 사이로 사라져버렸어요.

곰이 완전히 사라지고 난 뒤에야 친구는 자리에서 일어날 수 있었어요. 나무 위로 도망쳤던 친구도 그제야 슬금슬금 나무 밑으로 내려왔지요.

"이보게 이보게! 아까 곰이 자네 귀에다 대고 뭐라고 하던가? 궁금해서 혼났다네."

아무 일도 없었다는 듯이 친구에게 묻기까지 했지요.

"휴. 곰이 그러더군. 위험할 때 자기 혼자만 도망가는 친구는 진짜 친구가 아니라고!"

죽은 체하고 있던 친구가 한숨을 푹 쉬며 말했답니다.

영원한 사랑

마을 사람들이 모두 부러워할 만큼 사이좋은 부부가 있었어요. 그런데 어느 날 뜻밖의 사고로 남편이 세상을 떠나고 말았어요. 여자는 매일 눈물만 흘리며 보냈어요. 시아버지는 그런 며느리가 몹시 안쓰러웠어요.

"아가야, 기운을 내야지. 아들이 하늘에서 이 모습을 보면 더 슬퍼할지도 몰라."

시아버지는 안타까운 마음에 여자를 어딘가로 데려갔어요. 그곳은 연두색 풀이 가득 덮인 뜰이었어요. 여자는 언젠가 남편과 이곳에서 도시락을 먹었던 기억이 떠올랐어요. 여자의 눈에는 또 금세 눈물이 맺혔지요.

"아들이 떠나기 전에 여기에 꽃씨 하나를 심어놓고 갔단다. 그런데 어떤 꽃을 심었는지 알 수가 없구나. 네가 이 꽃씨의 싹을 틔워보지 않겠니?"

시아버지는 다정하게 말했어요. 시아버지의 말을 들은 여자는 한없이 들떴어요.

"네! 제가 꼭 싹을 틔울게요!"

그때 어디선가 산양 한 마리가 나타났어요.

"음, 아들이 예뻐하던 녀석이란다. 그러고 보니 이 녀석도 곧 새끼를 낳겠구나. 새끼의 이름은 네가 지어주렴."

남편이 심어놓은 씨앗에, 남편이 아끼던 산양까지! 여자는 행복했어요. 그날부터 정성을 다해 뜰과 산양을 돌봤어요. 어서 빨리 꽃씨가 싹을 틔우고, 산양이 새끼를 낳기만을 기다렸지요. 그러던 어느 날, 마을사람들이 몰려왔어요.

"광장 담벼락에 남편의 그림이 있어요! 얼른 가서 보세요!"

여자는 마을 사람들의 이야기가 이해되지 않았어요. 남편이 그림을 좋아했었는지, 또 잘 그렸었는지 도무지 알 수가 없었어요. 광장에서 그림을 본 여자는 그 자리에 그만 풀썩 주저앉고 말았어요. 남편이 그려놓은 그림은 바로 여자 자신이었던 거예요. 두 손에 하얗고 예쁜 꽃을 쥐고 있는 여자의 모습이었어요. 여자는 다시금 남편을 생각하며 눈물을 흘렸어요.

"세상에나! 어쩜 아내를 저리도 사랑했을까!"

부부의 아름다운 사랑에 감동한 마을 사람들은 함께 눈물을 흘렸어요.

그 이후로 여자는 매일같이 뜰에 나가 꽃씨에 물을 주고 산양을 보살폈어요. 마음이 울적할 때는 광장의 담벼락에 기대어 시간을 보내기도 했고요.

얼마 후, 새하얀 꽃잎을 달고 있는 작은 꽃 한 송이가 피어났어요. 그것은 놀랍게도 남편의 그림 속에서 여자가 들고 있던 바로 그 꽃이었어요! 꽃의 이름은 말리! 며칠 뒤, 산양의 새끼도 태어났어요. 여자는 새끼의 이름을 말리라고 부르기로 했지요. 여자에게 더 이상 슬픔은 찾아오지 않았어요. 이제는 말리를 데리고 광장에 나가는 것이 아주 행복한 일이 되었으니까요.

장님의 등불

어둑어둑 어둠이 짙게 깔린 밤이었어요. 한 젊은이가 고향에 가기 위해 길을 걷고 있는 중이었어요. 오랜만에 찾은 고향 길인데다가, 몹시 어둡기까지 해서 걷는 게 몹시 힘들었어요. 젊은이는 한발 한발 조심스레 발을 내디뎠어요. 자신이 콰당하고 넘어지는 것도 걱정이지만, 혹여나 쿨쿨 밤잠을 자고 있는 개구리라도 밟으면 큰일이잖아요.

"쳇, 이럴 때 가로등이라도 있으면 좋으련만!"

젊은이는 검은색 도화지에 덮인 듯한 밤길이 아주 불만스러웠어요.

그때였어요. 멀리서 무언가가 반짝하고 빛났어요.

'뭐지? 이 밤길에 자동차가 다닐 리는 없고.'

젊은이는 반짝반짝하며 비추고 있는 불빛이 무엇인지 궁금했어요. 불빛은 이쪽을 향해 멈추지 않고 계속해서 비추고 있었어요. 젊은이가 앞으로 한 걸음씩 더 나아갈 때마다, 불빛의 크기는 점점 더 커졌어요. 처음에는 작고 희미하게 반짝였을 뿐인데, 차츰 방 안에 켜 놓은 등잔불처럼 가깝고 밝게 보이는 것이 아니겠어요. 젊은이는 발걸음을 더욱 빨리했어요.

불빛이 젊은이 앞에 멈춰 선 순간, 젊은이는 깜짝 놀라고 말았어요. 불빛의 정체는 바로 등불이었어요. 게다가 등불을 들고 있는 사람이 다름 아닌, 장님이었던 거예요. 장님은 한 손에는 등불을, 다른 한 손에는 지팡이를 들고 있었어요. 가까이에서 본 등불은 정말 환해서, 젊은이는 자신도 모르게 눈을 찡긋 감았어요. 젊은이는 이 어두운 밤길에 등불을 밝혀준 장님이 고맙게 느껴졌어요. 또 칠흑 같은 어둠 때문에 몹시 무서웠던 참인데, 사람을 만났으니 얼마나 반가웠겠어요.

"고맙습니다. 당신이 비춰준 등불 덕분에 편하게 걸을 수 있었습니다."

"별말씀을요. 도움이 되었다니 다행입니다."

젊은이와 장님은 서로 인사를 주고받고는 자연스레 함께 길을 걷기 시작했어요. 길을 걷다 보니 젊은이는 문득 궁금한 점이 생겼어요.

'아니, 어차피 아무것도 볼 수 없는 장님 신세인데, 뭐하러 등불을 들고 다니는 것일까? 혹시 자기가 들고 있는 게 무엇인지도 모르는 거 아니야?'

젊은이는 이런저런 생각이 들기 시작했어요. 앞이 보이지 않는 것도 갑갑한데, 손에 짐까지 들려 있으면 걷기가 더 불편하리라 생각한 것이지요.

"저기, 실례가 되지 않는다면 한 가지 여쭙고 싶은 게 있습니다만."

"네, 그렇게 하세요. 무엇이 궁금하신지요?"

"보아하니 당신은 장님인데, 등불은 왜 들고 다니시는지요?"

젊은이의 물음에 장님은 살며시 미소를 띄우며 대답했어요.

"제가 이 등불을 들고 다니면, 당신 같은 사람들은 앞이 더 잘 보여서 좋고, 또 사람들은 제가 장님이라는 것을 알아보고 저와 몸이 부딪칠 일도 없으니, 얼마나 좋은 일인가요."

장님의 대답을 들은 젊은이는 할 말을 잃고 말았어요. 장님이 정말 지혜롭다고 생각했어요. 또 다른 사람을 생각하는 마음씨도 정말 곱다고 생각했지요.

'그래, 나처럼 앞을 볼 수 있는 사람이 등불을 들고 다니면 더 좋을 거야. 그러면 나는 앞이 잘 보여서 좋고, 다른 사람들과 부딪치지 않아서 좋고, 장님 같은 사람이 일부러 등불을 들고 다니지 않아도 돼서 좋으니!'

젊은이는 장님의 손에서 등불을 받아들었어요. 그리고 다른 한 손으로 장님의 손을 꼭 잡았고요. 장님은 고맙다며 젊은이에게 인사를 했지요. 두 사람이 알콩달콩 이야기를 하며 걸어가는 동안, 검은 구름 사이에서 새어나온 달빛이 환하게 세상을 비추기 시작했답니다.

세상에서 가장
아름다운 인사

오랫동안 쉬지도 않고 일만 한 사나이가 있었어요. 몸과 마음이 지칠 대로 지쳐 있던 사나이는, 여행이라도 하며 한번 푹 쉬어보고 싶다고 생각했어요.

"저는 지금껏 쉬지 않고 일만 해왔어요. 인생의 참다운 즐거움을 느껴본 적이 없지요. 그래서 이번에 하던 일을 모두 멈추고 여행을 다녀오려고 해요. 여행을 다니며 휴식도 취할 겸 인생의 의미에 대해서도 생각해보려고요."

사나이는 가족들 앞에 마음을 털어놓고는 곧바로 집을 떠나기로 했어요.

처음 집을 나섰을 때는 정말 정말 신이 났어요. 세상의 갖가지 아름다운 모습을 구경하기에 바빴어요. 끼니를 굶을 때도 있고 발에 물집이 잡혀서 아플 때도 있었어요. 하지만 힘들다는 생각은 조금도 하지 못했어요. 그저 길가에 핀 꽃 한 송이조차도 아름답게 느껴졌을 정도니까요. 여행 중에 만나는 모든 자연과 사람들이 친구가 되어주었어요. 힘들게 일을 할 때와는 달리 하루하루가 즐겁게 느껴졌어요.

그러나 그런 즐거움도 어느 정도의 시간이 지나자 차차 사라지기 시작했어요. 처음에는 한참을 걸어도 힘든 줄을 몰랐는데, 이제는 조금만 걸어도 지치고 말았어요. 얼른 침대에 누워 쉬고 싶다는 생각만 하게 되었지요. 성한 구석이 없는 자신의 몸을 보며 가엾다는 생각도 하게 되었어요. 하루라도 빨리 여행을 끝내고 집으로 돌아가고 싶은 마음뿐이었어요.

그러던 어느 날, 사나이는 커다란 나무를 발견했어요. 몹시 더운 여름날이었기 때문에, 그늘이 드리워진 나무가 그렇게 반가울 수가 없었어요. 사나이는 얼른 나무 그늘로

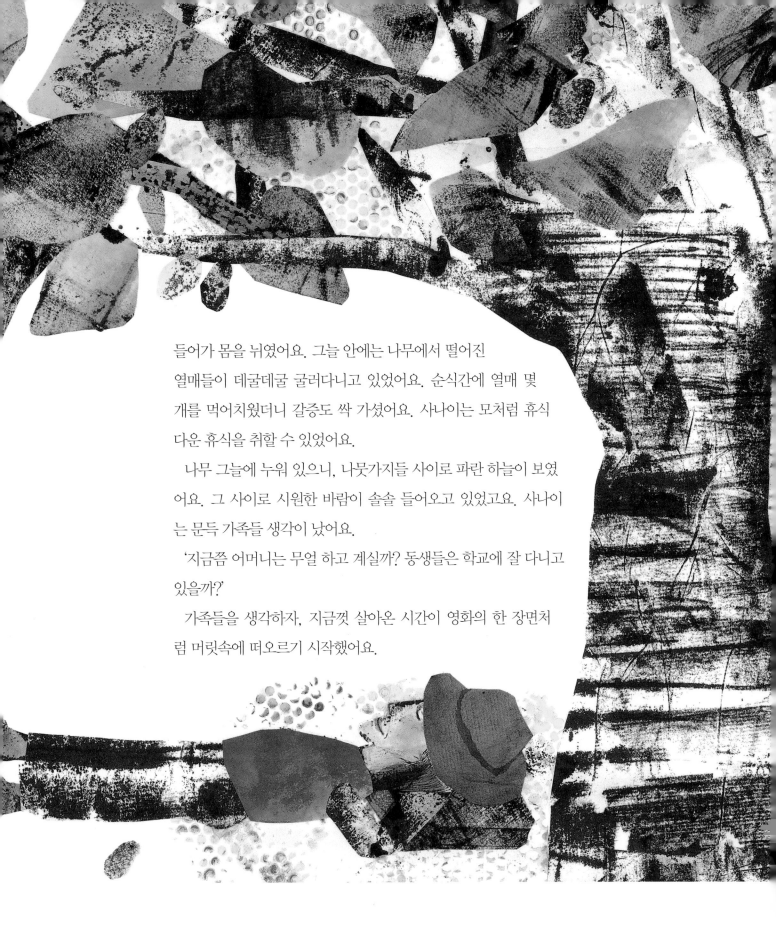

들어가 몸을 뉘였어요. 그늘 안에는 나무에서 떨어진
열매들이 데굴데굴 굴러다니고 있었어요. 순식간에 열매 몇
개를 먹어치웠더니 갈증도 싹 가셨어요. 사나이는 모처럼 휴식
다운 휴식을 취할 수 있었어요.

　나무 그늘에 누워 있으니, 나뭇가지들 사이로 파란 하늘이 보였
어요. 그 사이로 시원한 바람이 솔솔 들어오고 있었고요. 사나이
는 문득 가족들 생각이 났어요.

　'지금쯤 어머니는 무얼 하고 계실까? 동생들은 학교에 잘 다니고
있을까?'

　가족들을 생각하자, 지금껏 살아온 시간이 영화의 한 장면처
럼 머릿속에 떠오르기 시작했어요.

사나이는 먼저 부모님에 대해 생각했어요. 옷을 사주시고 맛있는 음식을 해주시고, 항상 깨끗한 이불로 침대를 정리해주시던 모습들이 떠올랐어요. 그때만 해도 고마운 줄도 모르고 지냈었는데, 이제 와 다시 생각해보니 정말 고마운 일이었어요.

동생들 생각도 났어요. 형이라고 해서 맨날 큰소리만 쳤지, 멋진 선물 하나 제대로 해준 적이 없었어요. 그래도 동생들은 싸우지 않고 서로가 서로를 아끼며 우애 좋게 지냈어요. 어느덧 사나이는 가족들 덕분에 비로소 자신이 행복하다는 사실을 알게 되었어요.

시원한 나무 그늘에서 조금 더 쉬고 싶었지만, 계속 쉬고 있을 수만도 없는 일이었어요. 사랑하는 가족들 품으로 돌아가기 위해서는 발길을 서둘러야 했거든요. 사나이는 나무가 고마웠어요. 나무 그늘에서 쉬는 동안 자신이 행복하다는 사실을 알게 되었잖아요. 사나이는 큰 목소리로 나무에게 인사를 하기로 했어요.

"나무님, 정말 고마워요. 당신 덕분에 타는 듯한 갈증도 가시고, 지친 몸도 쉴 수 있었어요. 또 사랑하는 가족들을 떠올릴 수 있었고요. 앞으로 가족들과 함께 더 행복하게 지낼 수 있을 것 같아요. 저도 당신의 행복을 빌어드리고 싶어요. 그런데 당신이 행복하게 되는 일은 무엇일까요? 당신의 열매는 정말 맛있어서 더 맛있어지라고 빌 수가 없어요. 당신의 나뭇가지도 이미 무럭무럭 다 자라나서, 더 잘 자라라고 빌 수가 없고요. 그나마 제가 당신을 위해 빌 수 있는 것은, 당신 곁에 당신과 똑같은 아기 나무들이 더 많이 자라기를 바라는 것뿐이랍니다."

사나이는 이렇게 말하고는 두 손으로 나무를 꼭 끌어안았어요. 나무도 자신처럼 행복한 마음을 느낄 수 있기를 바라면서 말이지요. 사나이는 모자를 벗으며 나무에게 인사를 건네고는 다시 길을 떠났답니다.

임신 10주

임신 기간 40주 중 10주를 한 분기라고 한다면, 당신은 벌써 1분기를 지나가게 되었습니다. 당신의 아기는 아직 형성되지 않은 장기들을 제외하면, 얼굴, 팔, 다리 같은 신체 부위를 모두 갖춤으로써 제법 아기 같은 모습으로 자라 있습니다. 학계에 보고된 바에 따르면, 선천성 기형의 대부분은 배아기인 10주 이전에 생기게 됩니다. 따라서 배아기 때 의사가 권고했던 주의사항들을 꼭 지켜, 11주부터는 별 탈 없이 '태아기'를 맞이할 수 있도록 해야 합니다.

임신부에게 일어나는 신체적 변화만큼 중요한 것이 바로 정신적인 변화일 것입니다. 아기를 가졌다는 기쁜 사실 이면으로, 조금은 보기 싫게 변하게 되는 신체와 앞으로 닥치게 될 육아에 대한 부담 등으로 인해 심한 감정의 기복을 겪게 되지요. 이때는 가족을 비롯한 주변 사람들의 관심과 애정이 절대적으로 필요한 시기입니다. 임신부의 정서적인 안정과 건강한 신체는 뱃속 아기에게 직접적인 영향을 미치는 중요한 요소들이기 때문입니다.

항상 왼쪽만 보고 사는 사람이 있었습니다. 길을 걸을 때도 밥을 먹을 때도 잠을 잘 때도 항상 왼쪽만 보았습니다. 그에게는 항상 오른쪽만 보고 사는 친구가 있었습니다. 대화를 나눌 때도 일을 할 때도 운동을 할 때도 항상 오른쪽만 보았습니다. 어느 날 두 사람은 같이 산길에 오르게 되었습니다. 왼쪽만 보는 친구는 왼쪽만 보고, 오른쪽만 보는 친구는 오른쪽만 보며 길을 걸었습니다. 얼마 후, 왼쪽만 보는 사람이 오른쪽에서 굴러온 돌멩이에 넘어졌습니다. 다시 얼마 후, 오른쪽만 보는 사람이 왼쪽에서 날아온 벌에 쏘였습니다. 두 사람은 손을 잡고 걸어보기로 하였습니다. 오른쪽만 보는 사람은 오른쪽에서 굴러온 돌멩이를, 왼쪽만 보는 사람은 왼쪽에서 날아온 벌을 막아낼 수 있었습니다.

"당신이 있어서 다른 쪽도 볼 수 있군!"

당신도 친구에게 왜 다른 쪽은 보지 않느냐고 질책만 할 수는 없을 것입니다.
그 친구 역시 당신이 보지 않는 쪽을 보아주고 있을 테니까요.
지금 당신은, 그리고 당신의 친구는 어느 쪽을 보지 않고 있습니까?

곰은 아무나 잡나?

한 사냥꾼이 산에서 곰 한 마리를 잡았어. 원래는 곰을 잡을 생각이 아니었지. 토끼나 몇 마리 잡을까 했거든. 그럼 어떻게 해서 곰을 잡았을까. 사람들은 그게 마냥 신기하기만 했어. 너노 나도 곰을 보기 위해 사냥꾼을 찾아왔어. 곰 구경을 온 사람들은 사냥꾼에게 돈이나 선물을 하나씩 주고 갔지. 사냥꾼은 금세 마을에서 제일가는 부자가 될 수 있었어.

"자자자, 제가 곰 잡아온 얘기를 좀 해볼까요?"

모여든 사람들에게 사냥꾼은 이렇게 말하곤 했어. 사람들은 곰 구경도 곰 구경이지만, 사냥꾼의 곰 사냥 이야기 듣기를 더 재밌어했거든. 그래, 도대체 어떻게 해서 곰을 잡았을까? 사람들은 두 눈을 끔뻑, 두 귀를 쫑긋했어.

"제가 터벅터벅 걸으며 산을 오르고 있었어요."

사냥꾼은 마치 그때 걸었던 것과 똑같이 걷는 시늉을 했어. 두 팔을 늘어뜨리고 두 다리는 허우적거리면서 말이야.

"토끼나 있으면 몇 마리 잡아볼까나, 꿩이나 있으면 몇 마리 잡아볼까나. 그런데 그날따라 산속에 짐승 한 마리가 없는 게 아니겠어요. 총을 들었다, 메었다, 내려놓았다 하며 시간을 보내고 있었지요. 해도 기울고 간식이나 먹을 겸해서 나무 둥치에 앉았어요. 그때 등 뒤가 싸늘하니 이상한 느낌이 들었어요. '분명 내 뒤에 뭔가가 있다!' 이렇게 생각을 했지만 차마 돌아볼 수는 없었어요. 왜, 예감이라는 게 있잖아요. 왠지 이건 분명 곰일 것이다, 하는 생각이 번쩍 들더라고요."

여기까지 듣고 사람들은 침을 꼴깍 삼켰어. 누구 하나 딴 짓을 하는 이가 없었고. 다들 어서 다음 이야기를 들려주시오, 하는 표정으로 사냥꾼을 지켜보고 있었어.

"그래서, 그래서요?"

사냥꾼이 뜸을 들이자 보채는 이가 몇 있었어.

"저는 얼른 밥그릇 하나를 손에 쥐었어요. 뒤에 있는 녀석이 눈치채지 못하게 슬금슬금 말이에요. 그러고는 확 뒤를 돌아봤어요. 그 순간 부리나케 밥그릇으로 녀석의 머리에 꿀밤을 날렸지요. 아니나 다를까 뒤에 있던 녀석은 새카만 곰이었어요. 밥그릇을 맞은 곰은 눈알이 팽글팽글 돌아가더니 이내 푹하고 쓰러졌어요."

"세상에! 그게 정말이에요?"

사람들은 믿기지 않는다는 눈치였어. 놀랐는지 눈을 크게 뜨는가 하면, 한 손으로 입을 가리고 있는 여자도 있었지.

"네, 그렇고말고요. 저는 그 틈을 타서, 보자기로 녀석의 두 손목을 꽁꽁 묶었어요. 마침 총을 묶어두었던 끈을 가지고 두 발도 묶어버렸지요. 녀석은 완전히 공처럼 동그래졌어요. 곰이 아니라 공이 되고 말았지 뭐예요. 저는 공이 돼버린 곰을 데굴데굴 굴리면서 우리 집 마당까지 끌고 올 수 있었답니다."

사냥꾼은 하하하 큰 소리로 웃었어. 사람들도 사냥꾼을 따라 허허허 큰 소리로 웃어대기 시작했지. 그러고는 처음 사냥꾼을 찾아왔을 때보다 더 많은 돈과 선물을 주는 게 아니겠어.

"덕분에 아주 즐거운 시간을 보냈다오."

"친구들을 데려올 테니, 그때도 곰 사냥 이야기를 꼭 들려주시게."

사람들은 사냥꾼에게 고맙다고 인사했지. 그런데 이야기를 듣고 있던 두 남자가 입을 삐죽거렸어.

"쳇! 말도 안 돼. 밥그릇 가지고 곰을 잡는다는 게 말이 돼?"

"말이 안 되고말고! 저 사냥꾼은 거짓말을 하고 있어. 저건 다 거짓말이라고요!"

두 남자는 큰 소리를 떵떵 치고는 그 자리를 떠나버렸어. 그러거나 말거나 나머지 사람들은 사냥꾼을 따라 곰을 구경하고 갔지.

사실 두 남자에게는 다른 생각이 있었어. 자신들도 사냥꾼처럼 곰을 사냥했으면 좋겠다는 생각을 한 거야. 그럼 사냥꾼처럼 곰 잡은 이야기를 들려주는 것만으로도, 또 곰을 구경시켜주는 것만으로도 큰 부자가 될 수 있잖아. 두 남자는 하루 빨리 곰 사냥을 떠나기로 마음먹었어.

며칠 뒤, 두 남자는 정말 산에 올랐어. 토끼도 보이고 꿩도 보였지만 절대로 사냥하지 않았어. 오로지 곰을 사냥하겠다는 생각뿐이었거든. 한참 올라가다 보니 사냥꾼이 말했던 나무둥치가 나왔어. 두 남자는 각각 준비해온 밥그릇을 꺼내서 손에 꼭 쥐었어. 사냥꾼이 했던 것처럼 곰이 나타나면 밥그릇으로 꿀밤을 먹일 생각이었지.

잠시 후, 정말 등 뒤에서 싸늘한 기운이 느껴졌어. 사냥꾼의 이야기와 똑같은 일이 벌어졌지. 두 남자는 분명 곰이 나타난 거라고 믿었어. 하나, 둘, 셋하고 숫자를 같이 세면서 뒤를 돌아봤어!

세상에, 그런데 이게 무슨 일이람! 덩치가 산만한 곰이 두 남자를 노려보고 있지 뭐야. 순간 두 남자는 그 자리에 얼음처럼 꽁꽁 얼어붙어 버렸어. 준비해온 밥그릇은 떨어져서 저만치 굴러가고 있었지. 두 남자는 있는 힘을 다해 나무 위로 도망쳤어. 온몸에서 땀이 뻘뻘 흘렀어. 가슴은 콩당콩당 뛰었지. 곰은 나무 위에 있는 두 남자를 올려다봤어. 내려오기만 해봐라, 가만두지 않겠다! 곰은 그렇게 말하고 있는 것 같았어. 두 남자가 한참 동안 내려가지 않자, 곰은 나무둥치에 발길질을 하고는 그냥 가버렸어. 그제야 두 남자는 한숨을 푹푹 쉬며 나무 밑으로 내려올 수 있었지.

그때 두 남자는 똑똑히 보았어. 곰이 자기네들을 비웃고 가던 모습을 말이야.

"저런 곰을 잡아왔다니, 사냥꾼은 정말 대단해!"

두 남자는 한숨만 연거푸 쉬고 있었다지 아마.

영원히 살 수 있는 방법

기지개를 펴듯이 햇빛도 멀리까지 죽죽 뻗어나가기 시작한 아침이에요. 사람들이 북적북적대는 어느 시골 장터에 하느님이 찾아왔어요. 상인들은 저마다 오늘 팔 물건들을 나르고 진열하느라 바빴어요. 하느님은 열심히 일을 하는 상인들을 보며, 선물을 하나 주고 싶다는 생각이 들었어요. 하지만 어떤 선물을 주는 것이 좋을지 생각하기란 쉬운 일이 아니었어요.

하늘 나라로 돌아온 하느님은 곰곰이 생각했어요. 과연 어떤 선물을 주어야 좋아할까. 하느님은 사람들이 소원을 적어 보낸 편지들을 살펴봤어요. 아이를 갖게 해주세요, 어머니의 병을 낫게 해주세요, 예쁜 색시를 만나게 해주세요……. 그동안 쌓인 소원 편지가 가득했어요. 사람들의 소원은 정말 정말 다양했어요. 그 중에 하느님의 눈에 띄는 편지가 하나 있었어요.

'영원히 살 수 있었으면 좋겠습니다.'

바로 시장에서 일하는 상인이 보낸 편지였어요.

다음날 하느님은 일찌감치 시장으로 찾아갔어요. 선물을 주겠다며 서둘러 상인들을 불러 모았어요. 선물이라는 말에 상인들은 귀가 번쩍 띄었어요. 모두들 하느님으로부터 선물을 받고 싶어 했음은 물론이고요.

"내가 줄 선물은 바로 '영원한 생명'이라오. 영원히 죽지 않고 오래 사는 것."

하느님의 선물이 무엇인지 알게 되자, 상인들은 웅성웅성대기 시작했어요. 나이를 많이 먹었더니 몸이 아프다, 보살펴야 할 가족들이 많다……. 상인들은 저마다 이유를 대며 자신이 하느님의 선물을 받아야 한다고 말했어요.

"여러분. 영원히 살고 싶지 않은 사람이 어디 있겠소. 그러니 이렇게 생각해보는 건 어떻겠소? 그대들 모두에게 꼭 필요한 사람이 누군지 생각해보시오. 그런 사람이 있다면 그 사람이야말로 오래 살아야 하지 않겠소?"

하느님이 말했어요. 상인들은 이내 조용해졌지요. 가만히 생각해보니 하느님의 말이 맞는 것 같았거든요. 상인들은 둥글게 모여앉아 회의를 시작했어요. 과연 이 시장에서 꼭 필요한 사람은 누구일까?

얼마 후 생선 가게 아저씨가 앞으로 나섰어요. 그때 새우 한 마리가 폴짝 뛰어오르더니만 볼록 나온 아저씨의 배 위에 툭하고 떨어졌어요.

"하하하. 저 새우 좀 보게나."

"그래, 그 배 위가 편안한 게지?"

상인들 모두가 큰 소리로 웃었어요. 생선 가게 아저씨는 새우를 집어 들었어요.

"하느님, 우리는 이 새우 한 마리 덕분에 모두 웃었습니다요. 바로 이 새우 같은 사람이 우리 시장에도 있습니다."

생선 가게 아저씨는 사람들 틈바구니에서 한 사람을 가리켰어요. 바로 동물 분장을 하고 있는 광대였어요.

"저 광대가 있어서 우리는 힘들거나 슬플 때, 또 기분이 안 좋을 때, 한바탕 웃고 다시 즐겁게 일할 수 있습니다. 그러니 저 광대를 영원히 살게 해주십시오."

"맞아요. 광대가 없다면 우리에게는 웃을 일도 없을 거예요."

생선 가게 아저씨의 말에 다른 상인들도 모두 고개를 끄덕였어요. 광대는 쑥스러운 듯이 머리를 긁적긁적하고 있었지요.

"과연 그대들은 훌륭한 상인들이오. 그대들의 소원대로 해주겠소."

그 이후 하느님은 상인들의 말에 따라 광대가 영원히 살 수 있도록 해주었어요. 상인들도 늘 건강한 모습으로 나타나 자신들을 즐겁게 해주는 광대를 보며, 오래오래 행복하게 살 수 있었답니다.

별주부전, 진짜 이야기

깊은 바닷속, 갖가지 보석들로 장식된 예쁜 용궁이 있었어요. 그 용궁에는 금색 줄이 주렁주렁 매달린 왕관을 쓴 용왕이 있었지요. 어느 날, 이 용왕이 큰 병에 걸리고 말았어요. 용왕은 아무것도 먹지 못하고, 한숨도 못 잔 채 삐삐 말라갔어요. 용하다는 의원들이 많이 다녀갔지만, 누구 하나 용왕이 왜 아픈 건지 똑 부러지게 말해주는 이는 없었어요. 그때 저 멀리 남해 바다에서 한 의원이 찾아왔어요.

"바다 밖으로 나가면, 이렇게 기다란 귀를 가진 토끼라는 동물이 있습니다. 용왕님은 그 토끼라는 동물의 간을 꺼내 드셔야 나으실 수 있습니다."

남해 바다 의원은 손으로 기다란 귀를 흉내 내며 말했어요. 의원의 이야기를 들은 궁궐 안의 동물들은 하나같이 기뻐했어요. 용왕님이 꼼짝 없이 돌아가실 거라고 생각했는데 토끼의 간을 먹으면 된다고 하잖아요. 뭐가 걱정이겠어요? 이제 토끼만 잡아오면 되는데!

"그런데 누가 토끼를 잡아오지?"

적어도 문어가 이렇게 말하기 전까지는 말이지요. 사실 용궁에 살고 있는 물고기들 중 누구도 물 밖에 나갈 수 있는 이는 없었어요. 물 밖으로 나갔다가는 숨을 못 쉬는 것은 물론 피부까지 말라붙어서 금세 죽고 말 테니까요. 용왕은 궁궐 안에 있는 모든 물고기들을 하나하나 쳐다봤어요. 그리고 쳐다볼 때마다 고개를 설레설레 저었지요. 정말 바깥으로 나갈 수 있는 물고기는 하나도 없었어요. 그때였어요. 용왕은 자라를 보고 무릎을 탁 쳤어요.

"그래! 자라 대신. 그대야말로 물 밖에서도 살 수 있지 않소? 자라 대신께서 나를 위해 토끼를 좀 데려와 주시겠소?"

용왕의 말이 맞았어요. 자라는 물속에서도, 물 밖에서도 모두 숨을 쉴 수 있었지요. 자, 지혜로운 것을 칭찬해야 한다고 해보자고요. 그럼 이 순간, 자라도 지혜를 부릴 수 있지 않았을까요? 내가 물 밖에서 숨을 쉴 수 있긴 하나, 대신 강렬한 햇빛 때문에 앞을 볼 수가 없다. 그런데 내가 어찌 토끼를 알아보고 데리고 오겠느냐. 뭐 이렇게 말이지요. 자라라고 그런 꾀를 부릴 수 없었을까요? 자라는 그렇게 할 수 있었지만, 그러지 않았어요.

"네, 용왕님. 제가 다녀오겠습니다. 건강한 모습으로 조금만 기다려 주십시오."

자라는 말이 떨어지기가 무섭게 물 밖을 향해 헤엄쳐갔어요. 머릿속에는 오로지 용왕을 위해 토끼를 꼭 잡아와야겠다는 생각뿐이었고요.

바깥으로 나온 자라는 금방 토끼와 마주쳤어요.

"용궁에 가면 토끼 네가 좋아하는 게 아주 많아. 예쁜 침대도 있고, 재밌는 그네도 있지. 게다가 토끼 너는 아주 귀엽게 생겼으니까, 바다에 사는 모든 물고기들에게 사랑받을 수 있을 거야."

자라의 말을 들은 토끼는 한껏 기분이 좋아졌어요. 고민도 않고 바로 자라의 등에 올라탔어요. 용궁에 가면 자기를 좋아해주는 물고기들이 정말 많을 테니까요. 자라는 토끼를 속인 것이 내내 미안했어요. 하지만 당장은 아픈 용왕에 대한 걱정과 용왕 앞에서 하고 온 약속만 생각하기로 했지요.

이윽고 토끼와 자라가 용궁에 도착했어요. 그런데 예뻐해주고 사랑해줄 줄 알았던 물고기들이 전부 몰려와 토끼를 끈으로 묶는 게 아니겠어요. 물고기들은 토끼를 용왕 앞에 떡하니 갖다놓았어요. 그제야 토끼는 모든 사실을 눈치챘어요. 이제 어떻게 살아서 나가야 하나 쉴 새 없이 고민했고요.

그때 떠오른 꾀가 바로, 간을 밖에다 꺼내두고 왔다는 것. 목숨이 오락가락하는 그 순간, 토끼는 다행히도 다시 자라의 등에 업혀 밖으로 나갈 수 있었지요. 도리어 땅 위에 도착하자마자 자라를 마구 놀리기 시작했어요.

"이 바보 같은 자라! 그래가지고 어찌 용왕을 지키는 대신이라고 할 수 있겠니?"

자라는 토끼의 말이 틀리지 않았다고 생각했어요. 토끼의 꾀를 전혀 눈치채지 못했었다면, 그 또한 용왕이 시킨 일에 최선을 다하지 않은 탓일 테니까요.

토끼를 내려준 자라는 쉬이 용궁으로 돌아갈 수 없었어요. 자라는 산속으로 뚜벅뚜벅 걸어갔어요. 지금까지 자기가 용왕에게 충성을 다하지 못했던 때가 얼마나 많았는지 생각해보면서 말이에요. 또 정말 바보 같은 자라였다고 치더라도, 자라는 정말 이 산속 어딘가에 토끼의 간이 꺼내져 있지는 않을까, 한 가닥 희망을 붙잡고 있었지요.

금세 자라의 눈에서 눈물이 흘렀어요. 이대로 용궁으로 돌아가면 자라 대신 자리를 내놓아야 함은 물론이요, 용궁에서 쫓겨날지도 모를 일이거든요. 그보다 더 가슴 아픈 건, 결국 용왕의 병을 낫게 해드리지 못했다는 것. 자라는 모든 일이 자신의 잘못 때문이라고 여겼어요.

그때였어요. 자라 앞에 하얀 한복을 차려입은 산신령이 나타났어요. 자라는 깜짝 놀라서 두 눈을 끔벅였어요. 산신령은 자라에게 짙은 초록색의 약초를 건넸어요. 그건 다름 아닌 산삼이었지요!

"용왕을 생각하는 너의 마음이, 토끼의 꾀보다 훌륭하도다!"

산신령은 자라의 머리를 쓰다듬어주었어요.

그 이후, 자라가 가져간 산삼을 먹은 용왕은 씻은 듯이 나을 수 있었어요. 또한 자라는 대신 자리보다 더 큰 벼슬을 내려받을 수 있었답니다.

햇빛과 새가
가져다준 선물

오랜 세월 동안 교도소에 갇혀 있는 남자가 있었어요. 남자는 빛이 들지 않는 컴컴한 방에서 혼자 지내고 있었지요.

남자의 방에는 아주 작은 창문이 하나 있었어요. 아주 가끔 실금 같은 햇빛이 새어 들어올 때가 있었지만, 정말이지 그런 일은 어쩌다가 한 번씩 있는 일이었어요. 남자는 날마다 그 작은 창문을 향해 무릎을 꿇고 앉았어요. 하루도 빠지지 않고 하느님께 기도를 했어요.

"하느님. 저의 잘못을 용서해주십시오. 제가 잠시 눈이 멀었나 봅니다. 제가 잠시 아무 것도 듣지 못했나 봅니다. 저도 저의 잘못이 부끄러워서 이렇게 한잠도 이루지 못하고 지내는데, 저 때문에 상처받았을 사람들은 얼마나 더 아프고 힘들까요. 부디 인생의 남은 시간만큼은 그 사람들을 위해 쓸 수 있도록 해주십시오."

기도를 하고 나면 마음이 한결 가벼워지는 걸 느꼈어요. 기도할 때 마음먹었던 대로 살아야겠다고 몇 번이고 다짐했어요. 하지만 하느님은 쉽게 남자를 용서해주지 않았어요. 교도소 밖으로 나갈 수 있는 날이 아주 까마득하게만 느껴졌지요.

'교도소 밖에는 아름다운 초원이 펼쳐져 있겠지? 하늘에는 뭉게구름이 둥둥 떠다니고, 초원에는 동물들이 통통 뛰어다니겠지? 아니야. 언젠가 어렴풋이 파도 소리를 들은 것도 같아. 바깥은 해안가일지도 몰라. 그럼 더욱더 아름다울 거야. 커다란 파도가 출렁일 때마다 하얀 거품이 촤르르 밀려오겠지? 그럼 해안가는 우유 거품을 잔뜩 머금은 카푸치노 같겠지? 아, 얼마나 아름다울까!'

남자는 어느새 기도하는 것은 잊고, 바깥세상에 대한 상상만을 하기 시작했어요. 그러는 동안 자연스레 교도소 생활에 불만을 품게 되었지요.

'빛이라고는 눈곱만치 들어오면서, 이것도 방이라고 할 수 있어? 휴, 나는 언제까지 이곳에 갇혀 지내야 하지? 바깥으로 나가면 사람들은 나더러 죄를 지은 사람이라며 손가락질을 하겠지? 차라리 나가지 않는 게 좋을지도 몰라. 아니야, 아니야. 그래도 여긴 너무 답답해. 아무것도 안 보이고 아무것도 들리지 않잖아. 하느님은 정말 너무 하셔!'

기도하는 것만 잊었다면 다행이었을지도 몰라요. 남자는 자신이 지었던 잘못에 대해서도 까맣게 잊기 시작했어요. 우울하고 답답하다고 생각하면 할수록, 시간은 더욱더 더디게 흘러갔어요. 그 사이 남자는 처음 교도소에 왔을 때보다도 더 슬픈 표정을 지은 채 살아가게 되었어요.

그러던 어느 날이었어요. 남자는 늦게까지 잠을 자고 있던 중이었어요. 남자의 귓가에서 노랫소리가 들렸어요.

어렴풋이 눈을 뜬 남자는 깜짝 놀랐어요. 창가에 작고 예쁜 새 한 마리가 앉아 있는 게 아니겠어요. 노래를 부른 주인공은 바로 새였어요. 교도소에 들어와 지금까지 지내는 동안, 새의 노랫소리를 들어보기는 처음이었어요.

그러고 보니, 방 안도 매우 환한 것이 신기했어요. 햇빛이 작은 창문이 답답하기라도 하다는 듯이, 온 힘을 다해 방 안을 비추고 있었어요. 어두컴컴하던 방 안은 금세 밝은 빛으로 가득 찼어요. 남자는 잠시 동안 멍하니 새의 노랫소리에 귀를 기울였어요.

"랄라랄라. 세상은 우리가 생각하는 것보다 더욱 아름다워. 랄라랄라. 세상의 주인은 우리. 랄라랄라. 우리 모두 이 아름다움을 함께해."

새의 노래를 듣는 남자의 눈가가 촉촉히 젖어 들었어요. 그러더니만 순식간에 남자는 펑펑 울기 시작했어요.

"내가 잘못 생각했구나. 죄를 지었건 그렇지 않건, 하느님은 똑같이 모두를 사랑하시는데……. 똑같이 밝은 햇빛을 볼 수 있도록 하시고, 똑같이 즐거운 새의 노랫소리를 들을 수 있도록 하시는구나. 나 때문에 아프고 힘들었을 사람들은 이보다 더 밝은 햇빛을 보고, 이보다 더 즐거운 새의 노래를 들어야 할 텐데. 나보다 더 행복해야 할 텐데. 그들과 똑같이 하느님의 사랑을 받는다는 것이 몹시 부끄럽구나. 다시 하느님께 기도드려야겠어. 빨리 그 사람들을 만날 수 있게 해달라고, 내가 그 사람들에게 힘이 되어줄 수 있게 해달라고 기도해야겠어."

남자는 큰 선물을 받기라도 한 사람처럼 고마운 마음을 갖게 되었어요.

그날 이후부터 남자는 더욱더 간절한 마음으로 기도하기 시작했어요. 더 이상 하느님이 불공평하다고 투정하지 않았어요. 하루라도 빨리 바깥으로 나가 사람들을 만나고 싶은 마음뿐이었어요.

남자는 자신도 사람들에게 햇빛이자 새가 되어주고 싶었어요. 아무리 어두운 곳이더라도, 아무리 작은 창문이더라도 뚫고 들어갈 수 있는 환한 빛과 어여쁜 새로 말이에요. 그것이 바로 하느님이 남자에게 주신 선물이었으니까요.

처음 보는 숲

나무가 울창하게 우거지고 산새들이 한가로이 노래하는 숲이 있었어요. 가만히 있어 보면, 달콤한 과일 향기와 향긋한 꽃향기가 새어나오는 숲이었지요. 그곳에는 사람이 다녀간 흔적은 하나도 보이지 않았어요. 어떤 사나운 짐승도 이 숲만큼은 괴롭히지 못할 것 같았어요.

어느 날, 한 사냥꾼이 숲을 지나게 되었어요.

"정말 아름다운 숲이군!"

사냥꾼의 눈이 반짝였어요. 이렇게 예쁜 숲은 정말 처음 보는 것이었어요. 아무에게도 발견되지 않은 숲인 게 분명했어요. 사실 사냥꾼은 의심이 아주 많은 사람이었어요. 어떤 일이든 잘 믿지 않고 의심하기만을 좋아했지요.

"이렇게 아름다운 숲이 숨겨져 있었다니! 분명히 이유가 있을 거야."

사냥꾼은 숲이 사람들에게 알려지지 않았던 이유가 무엇일까 곰곰이 생각했어요. 혹시 무시무시한 짐승이 살고 있어서 그러는 건 아닐까? 그러나 이토록 아름다운 숲에 무서운 짐승이 산다는 건, 정말 말도 안 되는 일이라고 생각했지요. 그렇다면 아주 지독한 독버섯이라도 자라고 있나? 하지만 이토록 달콤하고 향긋한 향기가 멈추지 않는 숲속에, 웬 독버섯이 있겠어요. 사냥꾼은 직접 산에 들어가보기로 했어요.

"내가 이 숲에 처음으로 들어가는가 보군! 이제 숲에 있는 사냥감은 다 내차지라고!"

사냥꾼은 문득 기분이 좋아졌어요. 누구도 이 숲에서 사냥을 한 적이 없기 때문에, 수많은 짐승들이 그대로 살고 있을 것이고, 이제 그것들은 사냥꾼 혼자서 마음껏 잡기만

하면 되는 일이잖아요.

어디 짐승들뿐이겠어요. 향긋하고 달콤한 과일들도 모두 사냥꾼 차지라고요! 사냥꾼은 마치 새가 되기라도 한 듯이 휘이휘이 날갯짓을 했어요.

사냥꾼은 먼저 새를 잡기 위해 그물을 쳤어요. 나뭇가지 사이에 촘촘하게 생긴 그물을 치기 시작했지요. 그때 마침 사냥꾼 앞에 새 한 마리가 나타났어요.

"사냥꾼님! 그 거미줄처럼 생긴 물건은 무엇인가요?"

새는 그물을 알아보지 못하고 사냥꾼에게 물었어요.

'그물을 못 알아보는군! 정말 이 숲에는 아무도 오지 않았던 게 확실해!'

사냥꾼은 어떻게 대답해야 할지 망설였어요. '이건 너를 잡기 위해 쳐놓은 그물이다' 라고 말할 수는 없는 노릇이잖아요. 그렇게 말했다가는 새를 한 마리도 잡을 수 없게 될 거예요.

사냥꾼은 결국 새에게 어떤 대답도 해주지 못하고 말았지요. 새는 사냥꾼의 대답을 기다리다가 다시 먼 곳으로 날아가버렸어요. 사냥꾼은 몹시 속상했어요. 새 한 마리를 당장 잡을 수 있었는데, 눈앞에서 놓아준 꼴이 되고 말았으니까요.

그물을 모두 치고 난 뒤, 사냥꾼은 활을 챙겨 어깨에 멨어요. 날카로운 창살로 만든 활이었어요. 사냥꾼은 활로 사슴을 잡고 싶었어요. 그때 마침 사슴 한 마리가 사냥꾼 앞에 떡하니 나타났어요!

"사냥꾼님! 등에 메고 있는 물건은 무엇인가요?"

사슴은 두 눈을 동그랗게 뜨고 활을 쳐다보고 있었어요. 사냥꾼은 이번에도 대답을 할 수 없었어요. '너를 잡기 위해 가져온 활이다'라고 어떻게 말할 수 있겠어요. 그랬다가는 사슴들이 재빨리 도망쳐버릴 게 분명한 일인걸요. 사냥꾼은 결국 사슴도 눈앞에서 놓친 꼴이 되고 말았어요.

새도 놓치고 사슴도 놓치고, 사냥꾼은 속상해서 눈물이 날 정도였어요. 그물을 치고 활을 메고 다녀서 그런가 어깨가 쿡쿡 쑤시며 아팠어요.

사냥꾼은 물도 마시고 조금 쉬었다 갈 생각에 샘이 있는 곳을 찾아갔어요. 샘에 거의 도착했을 때, 거북이 한 마리가 어기적어기적 걸어가고 있는 게 보였어요. 쥐처럼 작고 귀여운 거북이였어요. 거북이를 가만히 쳐다보고 있는데, 사냥꾼의 뱃속에서 꼬르륵 소리가 났어요. 생각해보니 오늘 온종일 아무것도 먹지 못했던 거예요.

그때 쥐 한 마리가 사냥꾼 앞에 불쑥 나타났어요.

"와! 당신처럼 커다란 사람은 도대체 무얼 먹고 살아요?"

쥐가 사냥꾼을 보고 신기하다는 듯이 물었어요. 입을 쩍 벌리고는 사냥꾼의 모습을 이리저리 살폈어요.

사냥꾼은 이번에도 아무 대답도 할 수 없었어요. '쥐에게 너나 거북이처럼 작은 동물들을 잡아먹고 산다'는 이야기를 할 수는 없었으니까요.

이렇게 해서 사냥꾼은 거북이와 쥐도 사냥하지 못하고 숲을 나왔어요. 처음에는 모든 짐승들이 다 자기 차지가 될 줄 알았는데, 결국 아무것도 사냥하지 못한 채 나오고 말았답니다.

모두가 세상을 변화시키려고 하지만, 정작 스스로 변하겠다고 생각하는 사람은 없다.
– 레프 톨스토이(Lev Nikolaevich Tolstoi, 1823~1889, 러시아의 작가)

임신 11주

아기의 크기는 약 5cm. 여기에서 머리가 절반 정도를 차지하고 있습니다. 지금까지 머리와 몸체가 딱 붙어서 마치 사라진 것처럼 보였던 아기의 목이, 11주 차부터 보이기 시작합니다. 목이 구별되어 보이면서, 턱도 뚜렷하게 생겨납니다. 또 겉으로 나온 아기의 외부 생식기가 뚜렷해지는 시기이기도 합니다. 그렇다고 해서 벌써 아들인지 딸인지 여부를 가늠할 수 있을 정도로 잘 보이지는 않을 것입니다.

아기의 신체 중 상당 부분이 뚜렷한 변화를 보이기 시작한 것과는 달리, 아직까지도 당신은 임부복을 입어야 될 정도의 큰 신체적 변화를 겪지 않을 것입니다. 그러나 자궁이 골반을 꽉 채울 정도로 커짐으로써, 전에 비해 허리는 분명히 아주 조금이라도 두꺼워지게 됩니다. 청바지를 입기가 다소 불편해지는 시기가 바로 이 시기입니다. 또한 기초 대사량이 임신 전보다 증가하기 때문에, 당신은 충분한 영양 공급과 휴식을 취함으로써 몸에 무리가 오지 않도록 해야 합니다.

세기의 미녀로 알려져 있는 클레오파트라. 로마 최고의 통치자가 되고자 했던 안토니우스.
클레오파트라는 유독 낚시를 못했던 안토니우스를 위해, 그의 낚시 바늘에 죽은 물고기를 끼워둔 적이 있었습니다. 물고기를 잡은 줄로만 알고 좋아하는 안토니우스에게 클레오파트라는 말했습니다.
"장군, 장군께서 잡아야 할 것은 죽어버린 물고기가 아니라, 시저의 죽음 이후 몰락해가는 대제국 로마입니다."
클레오파트라는 안토니우스의 야망이 식지 않도록, 항상 그를 지지하고 응원했습니다.
안토니우스 역시 그녀가 이집트의 통치자로서 자리를 굳건히 할 수 있도록 도왔습니다.
둘은 사랑하는 사이이기에 앞서, 서로에게 가장 믿음직한 친구이자 후원자였던 것입니다.

당신의 꿈과 야망을 지지하는 사람이 있는지요? 그 사람을 위해 당신은 가장 아름다운 사랑을 만들어보세요.
그 사랑이 운명의 마지막 순간조차 행복하게 할 테니까요.
클레오파트라가 무서운 독사에게 기꺼이 가슴을 맡겼던 것처럼.

고흐의 두 번째 사랑

해바라기의 화가, 고흐. 그가 사촌 누이였던 키 보스를 사랑했던 적이 있었어요. 그녀는 고흐보다 나이가 많을 뿐만 아니라, 얼마 전에 남편을 잃고 네 살배기 아이를 혼자서 키우고 있었지요. 고흐는 키 보스에게 사랑하는 마음을 고백했어요. 하지만 슬픔에 빠진 키 보스는 고흐의 마음을 받아줄 수 없었어요.

"마음을 거두세요. 누구도 우리의 사랑을 축복해주지 않을 거예요. 게다가 저에겐 당장 우윳값을 걱정해야 하는 아이가 있어요. 이 아이를 신경 쓰는 일만으로도 저는 너무 벅차요. 당신의 마음을 받아줄 여유가 제게는 없다고요."

키 보스는 정중하게 고흐의 고백을 거절했어요. 사촌끼리의 사랑을 옳다고 축복해줄 사람은 드물었어요. 좀 더 나이를 먹은 키 보스는 고흐보다 어른답게 행동하고 싶었어요. 고흐의 사랑을 받아줄 수는 없지만, 그렇다고 마음을 아프게 하고 싶지는 않았거든요. 물론 고흐는 이미 키 보스에게 흠뻑 빠져 있는 상태였어요. 어떤 말을 해도 듣지 않았지요.

"키 보스, 내 말을 잘 들어요. 사람은 누구나 사랑에 빠져요. 그게 언제이든, 누가 됐든. 사랑에 빠진 사람에게 돌을 던질 수는 없어요. 우리가 사촌 사이라는 게 뭐가 그리 중요한가요? 우리 같이 암스테르담으로 떠나요. 물론 당신의 아이도 함께요. 나만 믿어요. 내가 당신을 돌봐줄게요."

고흐는 키 보스와 함께라면 어디로든 갈 수 있을 것 같았어요. 누구도 둘 사이를 갈라놓을 수 없는 곳으로만 갈 수 있다면요.

얼마 지나지 않아, 키 보스의 아버지가 모든 사실을 알게 되었어요. 고흐에게는 큰아버지인 사람이었지요. 큰아버지는 키 보스와 어린 손자를 데리고 깊은 산속으로 들어가 버렸어요. 자기가 앞장서서 둘 사이를 갈라놓지 않으면 안 되겠다고 생각했던 거예요. 고흐와 키 보스의 사랑은 그렇게 해서 매듭을 짓게 되는 듯싶었어요.

그러던 어느 추운 겨울날이었어요. 눈보라가 세차게 몰아치던 날이었지요. 고흐는 옷도 제대로 갖춰 입지 않은 채로 집을 나섰어요. 바람이 얼마나 거세게 부는지, 눈도 제대로 뜰 수 없을 정도였어요. 고흐는 온통 눈으로 하얗게 덮인 산을 성큼성큼 오르기 시작했어요.

"자네 제정신인가? 지금 이 눈보라가 안 보여? 그러다 무슨 일을 당하려고! 얼른 돌아가게나!"

산 입구에서 만난 할아버지가 고흐를 말렸어요.

"꼭 만나야 하는 사람이 있습니다."

고흐는 아랑곳하지 않았어요. 할아버지의 이야기를 듣는 둥 마는 둥 하고는 더 빠른 걸음으로 산에 올랐어요.

얼마나 걸었을까. 고흐의 몸은 어느새 새하얀 눈에 덮여 있었어요. 눈이 쉬지 않고 내려서 고흐의 몸을 그렇게 하얗게 감싸버린 거예요. 산속에도 제법 눈이 쌓였어요. 걸을 때마다 다리가 눈 속으로 푹푹 들어갔어요. 고흐는 이미 힘이 빠질 대로 빠져 있는 상태였어요. 잔뜩 쌓인 눈 속을 걸으려니 여간 힘든 일이 아니었지요.

'지금껏 그녀는 큰아버지의 모진 꾸지람도 다 견뎌냈을 텐데 뭘. 이깟 눈쯤은 아무것도 아니라고!'

고흐는 지치지 않고 마음을 단단히 먹었어요. 무슨 일이 있어도 꼭 그녀를 만나고야 말겠다고 다짐했지요. 끼니를 거르는 일도 고흐에게는 아무런 문제가 되지 않았어요.

해가 뉘엿뉘엿 기울어, 산속도 조금씩 어둑어둑해지기 시작했을 무렵이었어요. 고흐가 드디어 한 산장 앞에 도착했어요. 바로 사촌 키 보스와 큰아버지가 살고 있는 집이었지요. 고흐는 대문을 두드리기 위해 주머니에서 손을 꺼냈어요. 그런데 이게 웬일일까요. 추위에 꽁꽁 언 손이 말을 듣지 않는 것이었어요. 고흐는 있는 힘을 다해 주먹을 쥐고는 대문을 쾅쾅 두드렸어요. 팽팽하게 부어 있던 손에서는 이윽고 피가 흘렀어요. 고흐는 아픈 줄도 모르고 옷에다가 피를 닦았어요.

잠시 후 큰아버지가 대문을 열고 나왔어요.

"아니, 자네. 여기가 어디라고 감히 찾아왔는가!"

생각했던 대로, 큰아버지는 고흐를 보자마자 큰 소리로 화를 냈어요. 키 보스를 보여줄 생각은 전혀 없었지요. 큰아버지는 인사도 하지 않은 채 대문을 쾅 닫아버리려고 했어요.

바로 그때였어요. 고흐가 큰아버지의 손을 덥석 붙잡고는 집 안으로 들어온 것이었어요. 거실에는 따뜻한 양탄자가 깔려 있었어요. 구석에 있는 벽난로에서는 장작이 타고 있었고요. 아주 잠깐의 순간이었지만, 고흐는 온몸이 다 녹아내리는 것처럼 행복했어요. 거실 한쪽으로, 2층으로 올라가는 계단이 보였어요. 아무래도 키 보스의 방이 저 2층에 있을 것만 같았지요. 그 계단 앞에 조그마한 탁자가 놓여 있었어요. 탁자 위에는 굵은 양초 하나가 타오르고 있었고요. 고흐는 양초를 발견하지마자 그 앞으로 터벅터벅 걸어갔어요.

"당장 나가게! 우리 아이가 보면 어쩌려고 그러는가!"

큰아버지는 고흐를 쫓아냈어요. 하지만 멈추지 않고 탁자 앞에까지 걸어갔어요. 그리고 그 순간이었어요! 고흐가 활활 타오르고 있는 양초 속에 자신의 손을 집어넣은 것은!

"이 손이 타고 있는 동안만이라도, 그녀를 볼 수 있게 해주십시오."

뜨거운 불길이 고흐의 손을 덮었어요. 이윽고 그의 눈에서 불길보다 뜨거운 눈물이 흘러내렸어요.

"딱 한 번이면 됩니다. 제 사랑도 딱 한 번일 테니까요."

구두 수선공이
행복한 이유

옛날 어떤 마을에 한 구두 수선공이 있었어. 구두 수선공은 헌 구두를 바늘로 꿰매어 고치거나, 또는 깨끗하게 닦아주는 일을 하는 사람을 말하지. 그는 날마다 노래를 부르며 열심히 일을 했어.

"룰루룰루. 사람들은 새 구두를 좋아하지만요. 나는 나는 헌 구두가 정말 좋아요. 헌 구두도 내 손만 거치면 새 구두처럼 뚝딱 변신하지요!"

구두 수선공은 늘 똑같은 노래를 불렀어. 노래를 가만히 듣고 있으면, 그것이 구두 수선공이 만든 노래임을 금방 눈치챌 수 있지. 사람들은 노래까지 부르며 즐겁게 일하는 구두 수선공이 신기하게 보였어.

그때 지나가던 어떤 부자가 구두 수선공에게 물었어.

"여보게, 구두 수선공. 당신은 뭐가 그리 즐거운 게요?"

부자의 물음에 구두 수선공은 생글생글 웃으며 입을 열었지.

"예, 저는 이렇게 일을 하는 것이 정말 즐겁고 행복하답니다."

아니, 아침 일찍부터 일어나 쉬지도 않고 일을 하는데 어떻게 행복하다는 거지? 부자는 구두 수선공의 말이 도무지 이해가 되지 않았어. 부자는 으리으리하게 큰 집에 살고, 번쩍번쩍한 금은보화를 많이 가지고 있는 사람이었지. 그는 일은 전혀 하지 않고 밤새 놀다가 아침 늦게까지 늦잠을 자곤 했어. 그런 부자를 남들은 모두 부러워했어. 하지만 부자는 한 번도 자신이 행복하다고 생각하지 않았거든. 부자는 구두 수선공이 행복해하는 진짜 이유를 알아내고 싶었어.

다음날 부자는 금화 한 자루를 들고 구두 수선공을 찾아갔어.

"여보게, 구두 수선공. 당신에게 선물하고 싶어서 돈을 조금 준비해왔다네."

부자는 구두 수선공이랑 친구가 되면, 행복하게 사는 방법도 알아낼 수 있을 거라고 생각했지.

그날 밤, 구두 수선공은 돈 자루를 들고 집으로 향했어. 어찌나 돈이 많이 들었는지, 끙끙거리며 자루를 들다가 쏟을 뻔한 적이 한두 번이 아니었다고. 구두 수선공은 집으로 향하는 내내 자꾸 주위를 살폈어.

'누가 따라오는 건 아니지? 도둑이라도 따라오면 정말 큰일인데!'

구두 수선공은 돈 자루를 누구에게 빼앗기진 않을까 조마조마했지.

'우리 집에 이렇게 큰돈이 있는 걸 도둑이 알면 어떡하지?'

집에 와서도 불안하기는 마찬가지였어. 돈 자루를 숨기기도 몇 번을 했는지 몰라. 옷장 속에 숨겼다가, 창고 안에 숨겼다가, 다시 쌀독 안에 숨기기를 반복했지.

다음날이 되어서도 구두 수선공은 돈 자루를 들고 온 집 안을 돌아다녔어. 결국 일을 하러 나가지도 못하고, 온종일 돈 자루 생각만 했어. 그 뒤로도 구두 수선공은 일을 하지 못했고, 얼굴에는 근심과 슬픔만 가득했어.

그러던 중 부자가 구두 수선공을 찾아왔어. 부자는 살이 쪽 빠지고, 얼굴빛도 칙칙하게 변한 구두 수선공을 쳐다보다가, 무릎을 탁 치고는 집으로 돌아왔어.

'그래. 돈은 쓸 만큼만 있으면 되는 것이었어!'

부자는 이렇게 생각하고는, 돈을 전부 사람들에게 나누어주기 시작했어. 돈이 없어서 며칠째 굶고 있던 가난한 사람들에게는 정말 기쁜 일이 아닐 수 없었지.

부자에게 돈과 보물, 곡식을 얻어간 사람들은 모두 고맙다고 인사했어. 하루가 멀다 하고 부자를 찾아와 이 얘기 저 얘기를 나누며 즐거운 시간을 보냈지. 그러는 동안 부자는 자신이 행복하다고 생각했어. 이를 본 구두 수선공도 부자가 준 돈을 가난한 사람들과 함께 나누어 가졌어. 그래서 구두 수선공도 다시 예전의 행복했던 때로 돌아갈 수 있었다고 하네.

비녀와 피리 이야기

따가운 햇볕이 살갗을 찌르는 한여름이 되면, 조금만 움직여도 땀이 뻘뻘 흘러요. 사람도 동물도 금세 지쳐, 더위를 피할 수 있는 시원한 그늘만 찾게 되지요. 하지만 이렇게 더운 날씨에도 아랑곳 않고 아름답게 피어나는 꽃들이 있어요. 담장을 붉게 물들이는 장미가 그렇지요.

옥잠화 역시 여름에 피어나는 꽃들 중 하나예요. 푹푹 찌는 더위에도 뽀얀 옥색 빛을 뽐내며 피어나는 꽃이지요. 예쁘게 피어난 옥잠화를 보고 있으면 더위가 한풀 꺾이는 기분이 들기도 해요. 이 예쁜 꽃에게는 아주 아름다운 전설이 전해져 내려오고 있어요. 바로 한 젊은이와 선녀의 사랑 이야기예요.

아주 먼 옛날 어떤 마을에 한 젊은이가 살고 있었어요. 잘 생기고 건강한 데다가 마음씨까지 착한 젊은이였어요. 그런데 젊은이는 집이 몹시 가난해서 가진 것이 없었어요. 젊은이가 가진 거라고는 작고 낡은 피리뿐이었어요. 그러니 젊은이는 기분이 울적할 때면 피리를 불며 마음을 달랬어요. 피리를 한 번도 불지 않은 날이 있는가 하면, 온종일 피리만 분 날도 있었어요. 기분이 좋은 날 피리를 불면 또롱또롱 산새 소리가 났어요. 하지만 울적한 날 피리를 불면 후득후득 빗소리가 났지요. 피리 소리는 젊은이의 기분에 따라 즐겁기도, 또 구슬프기도 했어요.

그러던 어느 날이었어요. 이날도 젊은이는 산 중턱에 앉아 피리를 불고 있었어요. 이곳에 앉아 있노라면 마을이 한눈에 내려다보여서, 가슴이 탁하고 트이는 기분이 들지요. 젊은이는 문득 자신의 처지가 딱하게 느껴졌어요.

"이날 이때껏 떡하니 차려놓은 밥 한번 먹어본 적이 없군. 근사한 사랑을 해본 적도 없고 말이야."

답답한 마음에 젊은이는 피리를 꺼내 불기 시작했어요. 이날따라 피리 소리는 더욱더 구슬프게만 들렸어요. 그런데 이 피리 소리를 듣고 있는 누군가가 있었어요. 바로 하늘 나라에 살고 있는 선녀였어요. 선녀는 젊은이의 피리 소리에 흠뻑 빠져 있었어요.

"대체 누가 저토록 아름답게 피리를 부는 걸까?"

선녀는 문득 피리를 부는 사람이 궁금해졌어요. 바로 날개옷을 꺼내 입은 선녀는 피리 소리가 들리는 산 중턱으로 날아갔어요. 선녀의 날개옷이 바람에 날릴 때마다 휘익휘익 소리가 났어요. 피리 소리만큼 아름다운 소리는 아니었지요. 선녀는 곧 산 중턱에 도착했어요. 한 젊은이가 피리를 불고 있는 모습이 보였어요.

'세상에! 저렇게 멋진 젊은이가 피리를 불고 있었다니!'

선녀는 젊은이를 보고 깜짝 놀랐어요.

'꿈속에서만 보던 선녀님이로군! 이게 꿈이야 생시야?'

젊은이 역시 선녀를 보고 깜짝 놀랐지요.

선녀는 젊은이의 곁으로 다가갔어요. 그리고 지금까지 하늘 나라에서 젊은이의 피리 소리를 들었고, 그 소리에 빠져서 내려오게 되었다고 고백했어요. 선녀에게 칭찬을 들은 젊은이의 볼은 금세 새빨개졌어요. 누구에게 피리를 잘 분다고 칭찬을 들어보긴 처음이었거든요.

젊은이는 바위 위에 대고 바람을 '후' 하고 불었어요. 흙먼지가 사라진 자리에 선녀를 앉혔어요. 선녀는 두 손을 꼭 모으고 젊은이를 바라보고 있었어요.

"이렇게 땅으로 내려왔으니, 피리 소리라도 실컷 듣고 가고 싶어요."

"네, 선녀님. 기꺼이 들려드릴게요."

젊은이는 선녀를 바라보며 피리를 불기 시작했어요. 즐거운 노래에서부터 슬픈 노래까지, 자신이 불 수 있는 노래들은 전부 불었어요. 피리 소리가 즐겁게 나자 선녀는 한들한들 날개옷의 소맷자락을 나풀거려 보였어요. 또 피리 소리가 구슬프게 날 때는 똑똑 눈물을 흘리는 모습을 보이기도 했고요.

그러다가 선녀가 자리에서 벌떡 일어났어요.

"어머? 벌써 시간이 이렇게 흘렀네! 곧 하늘 나라의 대문이 닫힐 텐데!"

선녀는 다시 하늘로 올라가야만 했던 거예요. 젊은이는 이제 선녀와 헤어져야 한다는 생각을 하니 눈물이 절로 났어요. 모처럼 외롭지 않고 즐거운 시간이었는데, 다시 혼자가 되어야 하다니……

그런 젊은이의 마음을 선녀도 모를 리가 없었어요. 선녀는 자신의 머리에서 비녀를 뽑아 젊은이에게 건넸어요.

"제가 생각날 때 한 번씩 쳐다봐주세요."

이렇게 마지막 말을 남긴 선녀는 이내 하늘로 돌아가버렸답니다. 젊은이는 선녀의 모습이 사라질 때까지 하늘만 쳐다보고 있었어요. 이윽고 선녀는 보이지 않게 되었지요.

그런데 이게 웬일일까요? 하늘만 바라보고 있다가 그만 비녀를 떨어뜨리고 만 거예요. 젊은이는 정신없이 비녀를 찾았지만, 어디에도 비녀는 보이지 않았어요. 선녀가 앉아 있었던 바위 위까지 샅샅이 뒤져보았

지만 비녀는 찾을 수 없었어요. 반짝 하고 빛나는 모래 알갱이조차 없었어요.

　그때 선녀가 앉아 있던 바위 틈 사이에서 무언가가 보였어요. 조금 전까지만 해도 없었던 꽃이 한 송이 피어 있었어요. 신기하게도 선녀가 주고 간 비녀랑 똑같이 생긴 꽃이었지요. 하마터면 비녀로 착각할 뻔했을 정도로요.

　젊은이는 그 꽃을 선녀라고 생각하기로 했어요. 그래서 선녀가 생각나고 보고 싶어지면 다시 이곳에 와서 피리를 불었어요. 마치 꽃에게 피리 소리를 들려주기라도 하듯이 말이지요.

　이 꽃이 바로 옥잠화예요. 여름이면 피어나는 이 옥색의 꽃을 보며, 사람들은 선녀를 그리워하는 젊은이의 마음을 떠올렸다고 합니다.

"If you look for it, I've got a sneaky feeling, you'll find that love actually is all around."
"조금만 주위를 둘러보면, '사랑은 실제로 어디에나 있다'는 것을 알게 될 거야."
— 영화 『러브 액츄얼리』 中 영국 수상(휴 그랜트)의 내레이션

멋진 사슴, 루루

울긋불긋 예쁜 색깔의 나뭇잎이 우거진 숲 속, 사슴들이 동그랗게 모여 있었어요.

"루루는 정말 멋진 사슴이야!"

"그러게 말이야. 저 뿔 좀 봐! 참 아름답다!"

사슴들은 친구, 루루를 칭찬하고 있었어요. 루루는 숲 속에서 가장 멋진 수사슴이에요. 루루의 뿔은 잘 자란 소나무 가지처럼 멋있었어요. 크기도 큰데다가 곧게 뻗은 모양이 정말 근사했지요. 게다가 루루는 몸도 튼튼했어요. 울퉁불퉁하게 근육이 붙은 몸통과 다리는 루루가 잘 뛸 수 있도록 해줬어요. 그야말로 루루는 숲 속에서 가장 인기 있는 사슴이었어요. 그래서 루루가 숲 속에 나타나기만 하면 전부 모여들었던 거예요. 다들 루루의 멋진 몸과 뿔을 칭찬하고 부러워했지요.

"루루는 좋겠다. 우리에겐 왜 저렇게 멋진 뿔이 없을까?"

사슴들은 자기네 뿔이 루루의 것에 비해 볼품없다고 생각했어요. 루루는 사슴들이 많이 모여 있는 곳으로 찾아가서는, 보란 듯이 우쭐거리며 걸어 다녔어요. 이 숲 속에 자기보다 멋지고 아름다운 사슴은 없을 거라고 자신했지요.

"아름다운 내 모습을 더 많이 소문낼 테야!"

루루는 사슴들 사이에서만 인기 있는 게 싫었어요. 분명히 다른 동물들도, 심지어 사람들까지도 루루의 모습을 보면 반할 거라고 생각했던 거예요. 루루는 숲을 떠나기로 결심했어요.

숲 밖으로 나온 루루는 사람들이 사는 곳까지 뛰어갔어요. 튼튼한 두 다리로 펄쩍 펄쩍 뛰었어요. 얼마쯤 지나 루루는 드디어 사람들이 사는 마을에 도착했어요. 루루는 뛰던 것을 멈추고 걷기 시작했어요. 뿔을 뽐내며 아주 우아하게 걸어야 했으니까요. 그런데 이게 어떻게 된 일일까요.

"사슴이다, 사슴 잡아라!"

사람들이 무섭게 생긴 사냥 도구를 챙겨서 루루를 쫓아오는 게 아니겠어요. 깜짝 놀란 루루는 사람들을 피해 헐레벌떡 뛰기 시작했어요. 다행히 달리기 하나는 자신 있던 터라 금세 사람들을 따돌릴 수 있었지요.

"휴, 하마터면 큰일 날 뻔 했네."

루루는 힘이 빠질 대로 빠져서, 우아하게 걷는 것도 잊은 채 터벅터벅 느리게 걸었어요. 스르르 눈이 감기며 졸음이 몰려왔어요. 그 순간이었어요.

"앗!"

루루가 깜빡 졸며 걷는 사이, 루루의 뿔이 소나무 가지에 걸렸던 거예요! 루루가 뿔을 빼내려고 몸부림을 치는 순간, 우지끈하며 뿔이 부러졌어요!

"으앙! 이를 어쩌면 좋아! 뿔이 몽땅 소나무에 걸려버렸어!"

루루의 울음소리가 산속에 울려 퍼졌어요.

"루루, 대체 무슨 일이야?"

사슴들은 깜짝 놀라서 달려왔어요. 순간 루루는 창피한 생각이 들었어요.

"얘들아, 내가 소나무에 뿔을 잠깐 걸어놨거든. 내 뿔 좀 같이 찾아주지 않을래?"

루루는 아무 일도 없었다는 듯이 시치미를 뚝 떼고 말했어요. 하지만 사슴들은 이미 눈치채고 있었어요. 루루의 머리 위에 뿔이 부러진 자국이 그대로 있었거든요. 사슴들도 시치미를 뚝 떼고 말했지요.

"그래? 그런데 소나무랑 똑같이 생긴 뿔을 소나무에 걸어놓으면 어떡하니?"

"맞아, 소나무인지 뿔인지 헷갈려서 찾을 수가 없잖아."

사슴들은 이렇게 말하고는 뒤돌아 가버렸어요. 모두 자기들의 뿔을 뽐내며 우아하게 걸어갔지요. 지금껏 루루가 그렇게 해왔던 것처럼요.

가로등 이야기

어느 골목 귀퉁이에 아주 오래된 가로등이 하나 있었어요. 불빛이 많이 약해지고, 어떤 때에는 아예 툭 하니 꺼져버릴 때도 있었어요. 마을 사람들은 내일 가로등을 새것으로 바꾸기로 결정했어요.

'새 가로등이 생기게 되면 사람들은 나를 까맣게 잊겠지. 나는 곧 뜨거운 불이 활활 타오르는 용광로에 던져질 테고. 그럼 나는 무엇으로 다시 태어날까?'

가로등은 이런저런 생각을 하느라 잠을 이룰 수 없었어요. 마지막 밤이라고 생각하니 자꾸만 눈물이 나왔지요. 가로등은 그동안 알게 된 마을 사람들을 하나하나 떠올려보았어요.

가장 먼저 생각나는 사람들은 어떤 노부부였어요. 사람들은 골목을 비춰주는 가로등이 있어서 편하다고 생각할 뿐, 특별히 고개를 들어 가로등을 한번 쳐다본다거나 고맙다고 말을 해주지는 않았어요. 하지만 노부부는 때때로 가로등을 올려다보며 고맙다고 인사를 했어요. 어떤 때에는 사다리를 놓고 가로등 불빛이 있는 곳까지 올라와 램프를 닦아주고 가기도 했어요. 가로등은 노부부가 참 고마웠어요. 누구 하나 알아주지 않는 것 같았는데, 노부부처럼 가로등을 아껴주는 사람들도 있었던 거예요.

가로등이 잊을 수 없는 사람은 또 있었어요. 젊고 잘생긴 청년. 언젠가 한 번 청년은 한껏 신이 난 말처럼 가로등 밑까지 달려왔어요. 청년은 가슴팍에서 곱게 접은 편지를 하나 꺼내들었어요. 가로등 밑에서 그 편지를 읽는 동안 청년의 얼굴은 분홍색으로 물들었어요. 청년은 세상의 모든 것을 다 갖기라도 한 듯 행복한 표정을 짓고 있었어요.

청년은 사랑에 빠졌던 거예요. 그런 청년의 모습을 가로등은 흐뭇하게 바라보았어요.

그러던 어느 날, 가로등 밑으로 장례 행렬이 지나가게 되었어요. 행렬에 있는 사람들 모두가 슬픔에 빠져 있었어요. 관 속에는 관을 장식하고 있는 갖가지 색의 꽃들보다도 아름다운 여자가 누워 있었어요. 가로등은 여자가 좋은 곳으로 갈 수 있기를 간절히 바랐어요.

그날 밤, 청년이 가로등을 찾아왔어요. 청년은 가로등에 기댄 채 펑펑 울기 시작했어요. 손에는 낮에 장례 행렬에서 보았던 꽃이 들려 있었지요. 가로등은 진심으로 마음이 아팠어요. 청년이 행복했으면 좋겠다고 기도했지요. 이렇게 노부부와 청년, 그리고 그가 사랑했던 여자를 떠올리다 보니 어느덧 밤이 깊어졌어요. 조금 있으면 해가 뜰 것이고, 가로등은 새 가로등에게 자리를 내어줘야만 해요.

다음날 아침, 노부부가 시장을 찾아갔어요.

"시장님, 저희 부부에게 지금의 가로등은 아주 소중한 친구입니다. 부디 저 가로등을 저희 부부가 평생 옆에 두고 간직할 수 있도록 허락해주세요."

노부부는 바로 가로등을 집으로 데려가고 싶었던 거예요.

"아시다시피 가로등은 몹시 낡고 녹슬어서 더 이상 쓸모가 없는 몸뚱이가 되었습니다. 그러나 부부에게만큼은 소중한 친구가 되어주고 있다고 하니, 아예 쓸모가 없게 된 것 같지도 않군요."

시장은 노부부가 가로등을 가져갈 수 있도록 허락해주었어요. 이렇게 해서 낡은 가로등은 노부부의 새 가족이 될 수 있었지요. 노부부는 날마다 가로등을 깨끗이 닦았어요. 기름칠도 해주었지요. 가로등 꼭대기의 램프가 있던 자리에는 작은 초가 놓이게 되었어요. 때때로 초에 불이 붙으면 가로등은 예전처럼 환한 빛을 낼 수 있었어요.

"지금까지 그대가 우리를 지켜주었으니, 이제는 우리가 그대를 지켜주리라."

이 말은 가로등이 하는 것인지, 아니면 노부부가 하는 것인지 알 수 없었지요. 아! 그날 오후, 청년도 시장을 찾아갔었어요. 자신도 가로등을 지켜주고 싶다고……

임신 12주

12주가 되었습니다. 이제 태아가 자라는 데 필요한 대부분의 신체 부위와 장기가 만들어졌습니다. 앞으로 이 기관들은 놀라운 성장과 발달을 거듭하게 됩니다. 12주는 남아와 여아를 구분할 수 있는 내부 생식기가 나타나는 주기입니다. 딱 붙어 있던 손가락과 발가락들이 벌어지고, 손톱, 모근 등이 생겨납니다. 태아의 뇌에서는 벌써 호르몬이 생성되고 있습니다.

자연유산의 위험이 당신의 가슴을 조마조마하게 했던 초기 단계가 끝나는 주입니다. 이때쯤 대부분의 경우 입덧도 가라앉게 됩니다. 이제 아기가 잘 자라날 수 있도록 영양에 신경을 써야 합니다. 이때쯤 당신의 가슴은 조금 더 커지고 허벅지와 엉덩이, 다리와 옆구리에는 살이 붙기 시작합니다. 간혹 임신마스크(The mask of pregnancy)라고 하여 얼굴과 목 부위에 갈색 반점이 나타날 수 있습니다. 이는 임신으로 인하여 멜라닌색소가 증가하면서 생기는 현상으로, 출산 후 색이 확연히 옅어지거나 아니면 아예 사라지게 되니 염려하지 않아도 됩니다.

뉴질랜드의 아름다운 호수, 로토루아를 사이에 두고 사랑에 빠진 연인이 있었습니다. 바로 아래하 부족 추장의 딸인 히네모아와 힌스터 부족의 청년 두타니카였습니다. 둘은 첫눈에 반했을 만큼 운명적인 사랑을 하였지만, 그 사랑은 지속될 수 없었습니다. 아래하 부족과 힌스터 부족은 호수를 사이에 두고 늘 전쟁을 일삼는 사이였기 때문입니다. 둘의 사랑을 눈치챈 힌스터 부족의 추장은 두타니카를 차가운 호숫물 안에 묶었습니다. 이 사실을 알고 밤새 호수를 헤엄쳐온 히네모아는 그를 풀어준 뒤 정신을 잃었습니다. 이후 죽음을 두려워하지 않은 둘의 사랑 앞에, 두 부족은 화해를 할 수밖에 없었다고 합니다.

그 무언가가 당신의 사랑을 방해한다고 절망해본 적이 있는지요?
호수보다 깊은 사랑, 그보다 더 가치 있는 것은 호수의 깊이조차 극복할 수 있는 사랑일 것입니다.
"비바람이 치던 바다 잔잔해져 오면, 그대 언제 오시려나 저 바다 건너서.
저 하늘에 반짝이는 별빛도 아름답지만, 사랑스런 그대 두 눈 더욱 아름다워라.
그대만을 기다리리, 내 사랑 영원히 기다리리."

오르페우스의
영원한 사랑 노래

　사랑하는 아내를 잃은 신이 있었어요. 바로 음악의 신, 오르페우스. 하루하루를 눈물로만 지새운 오르페우스는 많이 지쳐 있었어요. 오르페우스는 마지막 힘을 다해 죽은 아내가 있을 지하 세계로 향했어요. 그곳은 사방이 어둑어둑하고 습기가 가득할 뿐만 아니라 스산한 바람까지 부는 곳이었어요. 오르페우스는 무서움에는 아랑곳 않고, 자신의 악기 리라를 켜며 노래를 부르기 시작했어요.

　"용맹하신 저승의 왕 하데스이시여, 자비로우신 왕비 페르세포네이시여. 저의 노래를 들어주소서. 저는 에우리디케의 남편 오르페우스라고 합니다. 얼마 전 독사에게 아리따운 목숨을 내어준 저의 아내는 잘 지내고 있는지요. 그녀가 떠나고 한동안을 눈물로 지새웠습니다. 얼마나 아팠을까, 얼마나 아쉬웠을까, 얼마나 애태워 나를 찾았을까……. 저는 아직 그녀에게 해준 것이 아무것도 없습니다. 별들의 나라에 찾아가 별빛에 대고 사랑을 속삭여주겠다는 약속도, 꽃들의 나라에 찾아가 꽃잎으로 드레스를 만들어주겠다는 약속도, 마지막으로 신들의 나라에 찾아가 영원한 사랑을 맹세하겠다는 약속도 들어주지 못했습니다. 늘 이런저런 약속만 했지, 무엇 하나 제대로 들어주지 못한 저는 정말이지 못난 남편이 아닐 수 없답니다. 그런데 그녀가, 사랑하는 나의 그녀가, 꽃잎이 지는 모습에도 눈물을 흘리는 여리디 여린 그녀가, 지하 세계에 갇혀 있다니요. 별빛도 꽃향기도 없는 이곳에 오롯이 갇혀 있다니요. 용맹하신 저승의 왕 하데스이시여, 자비로우신 왕비 페르세포네이시여. 아내를 지키지 못한 저를 끝내 이렇게 벌하시는지요. 차라리 저를 거두어가소서. 저토록 아름다운 이승의 세상을 다 보지도 듣지도 만지지도 못하고 떠나기에, 제 아내는 너무 어리답니다. 제 목숨을 아내에게 이을 수 있다면 저는 더 이상 바랄 게 없습니다. 다만 누군가의 목숨이 그리우신 거라면, 차라리 저를 이 세계에 꽁꽁 가두어주소서."

오르페우스의 애달픈 노래가 끝날 무렵, 노래를 듣고 있던 모든 신들은 눈물을 흘렸어요. 무서운 벌을 받고 있던 티튀오스와 다나오스의 딸들, 그리고 시지포스도 자리에 멈춰 서서 오르페우스의 노래에 흠뻑 빠져 있었지요. 더 놀라운 것은 냉정하고 차갑기로 이름난 복수의 여신들이, 오르페우스의 노래를 들으며 생전 처음으로 눈물을 흘렸다는 사실이에요. 지하의 신인 하데스와 페르세포네는 노래를 듣자마자 오르페우스 앞으로 에우리디케를 데리고 왔어요.

"그토록 아름다운 사랑을 컴컴한 지하에 가둘 수만은 없는 일!"

하데스는 에우리디케를 오르페우스의 곁으로 보내주겠다고 약속했어요. 그때 조금 굵직한 목소리로 다음 말을 덧붙였어요.

"단 한 가지 명심할 일이 있소. 이 어둡고 무시무시한 지하 세계를 완전히 빠져나갈 때까지 절대로 뒤를 돌아보아서는 안 되오."

"그렇게 하겠습니다, 하데스! 꼭 지키겠습니다!"

오르페우스는 하데스에게 큰 목소리로 대답했어요. 그리고는 곧장 지상의 세계를 향해 길을 걷기 시작했어요. 지하 세계는 곳곳이 어둠에 묻혀 있고 어느 것 하나 살아 움직이는 것이 없었어요. 길 앞은 가시가 돋아나 있는 풀과 나무들로 가득했어요. 게다가 눈도 제대로 뜰 수 없게 만드는 회오리바람이 계속해서 불어왔어요. 오르페우스는 에우리디케가 혹여 깜짝 놀라기라도 할까 봐 앞장서 걸으며, 풀과 나뭇가지를 헤치고 바람을 온몸으로 막아냈어요. 그렇게 한참 동안을 걷다 보니 이윽고 지하 세계도 거의 끝나가고 있었지요.

그런데 지상의 세계를 거의 눈앞에 뒀을 무렵, 오르페우스는 몹시 지쳤던 나머지 하데스의 말을 잊고 말았어요. 에우리디케에게 잘 따라오고 있느냐고 계속해서 묻던 중이었는데, 어느 순간부터 그녀가 대답을 하지 않는 것이었어요. 오, 신이시여, 이를 어찌하면 좋을지! 오르페우스는 그만 뒤를 돌아보고 말았던 거예요.

"안녕, 내 사랑 오르페우스여. 절대로 당신을 원망하지 않겠어요."

이렇게 마지막 인사를 남긴 에우리디케는 다시 지하 세계로 사라져버렸어요. 그 이후로 오르페우스는 다시는 에우리디케를 만날 수 없었어요.

"당신 곁으로 가는 그 날까지 내 사랑은 영원할 것이오."

오르페우스는 다시 눈물로 하루하루를 지내야 했어요.

"아, 왜 뒤를 돌아보았단 말인가. 왜? 어째서!"

오르페우스는 자신의 실수 때문에 에우리디케가 다시 지하 세계에 갇힌 거라고 생각했어요. 이제 자신 역시 죽은 몸뚱이가 되어 지하 세계에 가는 일 밖에는, 다시 그녀를 만날 수 있는 방법은 없었어요. 오르페우스는 강둑에서 꼼짝도 하지 않았어요. 먹지도, 자지도, 거닐지도 않았어요. 오로지 에우리디케를 향한 노래만 부를 뿐이었어요.

"사랑하는 에우리디케여. 뒤를 돌아본 나를 용서하지 마세요. 당신을 믿지 못한 나를 용서하지 마세요. 하나 뒤를 돌아본 건, 당신을 몹시 보고 싶어 했던 탓이랍니다. 당신을 믿지 못한 게 아니라, 당신이 잘 따라오고 있는지, 험한 길에 다치지는 않았는지 너무 걱정이 됐던 탓이랍니다. 당신을 내 곁으로 데려오지도 못했으면서, 어찌 내 몸뚱이는 아직도 살아 움직이고 있단 말입니까. 당신은 그 춥고 어두운 땅속에서 외로이 눈물을 삼키고 있을 텐데……. 당신을 위해 무엇도 아깝지 않은, 당신을 위해 무엇도 할 수 있는 나입니다. 오직 당신을 위해 있는 나입니다. 내가 당신을 위해 무엇이라도 할 수 있게 해주길. 하데스에게 애원해주세요. 기꺼이 바칠 내 목숨이 여기 있으니!"

그러는 동안 칠 일이라는 시간이 흘렀어요. 이번에는 마을의 처녀들에게도 노래가 들렸어요. 처녀들은 오르페우스의 노래에 흠뻑 취해버렸지요.

"어쩜 저리도 아름다운 노래가 있을까? 얼마나 멋진 청년일까!"

처녀들은 노래만 듣고도 오르페우스와 사랑에 빠질 정도였어요. 곧장 오르페우스를 찾아갔지요. 오르페우스는 처녀들을 본체만체했어요. 살구처럼 예쁜 얼굴을 가진 처녀에게도, 연보라색 드레스를 예쁘게 차려입은 처녀에게도, 새의 날갯짓보다 더 아름다운 몸짓을 보인 처녀에게도 눈길 한번 주지 않았어요. 처녀들은 자기네들을 쳐다도 보지 않는 오르페우스에게 단단히 화가 났어요. 오르페우스는 처녀들이 화내는 모습도 못 본체하고 리라만 켜고 있었지요.

그러던 중 디오니소스 축제가 열리던 어느 날이었어요. 갑자기 처녀들이 오르페우스

에게 돌을 던지기 시작했어요.

"감히 우리를 무시하다니!"

처녀들은 창과 화살도 마구 던져댔어요. 결국 아주 뾰족한 창 하나가 오르페우스의 심장에 꽂혔어요. 오르페우스의 가슴에서 뿜어져 나온 피가 순식간에 리라를 빨갛게 물들였어요. 그는 숨이 끊어지는 순간까지 에우리디케를 향해 노래했어요. 이제야 비로소 에우리디케가 있는 지하 세계로 달려갈 수 있다는 생각에 기뻐하며!

드디어 오르페우스와 에우리디케가 만나게 되었어요. 둘은 아무 말 없이 서로를 끌어안고 한참 동안 울기만 했어요.

"죽어야만 만날 수 있는 거라면, 기꺼이 죽겠다고 하지 않았습니까."

이를 지켜본 제우스는 진심으로 가슴이 아팠어요. 어떻게 해서든 둘의 사랑을 지켜주고 싶었어요. 이윽고 제우스는 오르페우스의 리라를 하늘로 올려 별들 사이에 묻어주었어요. 리라는 어떤 별들보다도 밝고 아름답게 빛을 내기 시작했지요. 한 여자를 향한 영원한 마음처럼 유난히 오랫동안 반짝이는 이 별자리를, 바로 거문고자리라고 부르게 되었답니다.

어부들과 해적 떼

끼룩끼룩 갈매기 떼의 울음소리가 하늘을 가득 메우고 있는 어느 바닷가. 어부들을 태운 배가 바다 멀리 나아가고 있었어요. 어제까지만 해도 높게 일렁이던 파도는 언제 그랬냐는 듯이 잠잠해졌어요. 파랗게 갠 하늘도 어부들을 반기는 듯했지요. 어부들이 던져 놓은 그물에는 벌써부터 물고기들이 모여들었어요.

"이번 항해는 왠지 느낌이 좋군."

"그러게. 바람도 잠잠하고 파도도 일지 않으니 마치 땅 위에 있는 것 같네."

"집채만큼 큰 물고기를 낚아봤으면 좋겠어."

어부들은 즐겁게 콧노래까지 부르며 일했어요. 그들의 뜻대로 당장이라도 큰 물고기가 그물에 걸려들 것만 같았어요. 물고기를 비롯한 각종 해산물로 배를 그득하니 채워서, 하루라도 빨리 집으로 돌아가고 싶었어요.

항해를 시작한 지 며칠이 지났을 무렵이었어요. 바다 위에 시커먼 그림자가 드리워졌어요. 그림자를 보아 하니, 비를 머금은 먹구름의 것은 아닌 듯했어요. 그건 어부들을 태운 배보다 훨씬 큰 배의 그림자였어요.

"꼼짝 마라!"

커다란 배에서 검은 옷을 입은 남자들이 외치는 소리였어요. 이마에 난 상처하며 몸 곳곳에 새겨져 있는 문신 때문에, 그들이 말로만 듣던 해적이란 사실을 금세 눈치챌 수 있었어요.

"이를 어쩐담? 우리가 해적을 만날 줄이야!"

어부들은 잔뜩 겁을 먹었어요. 겁에 질린 얼굴은 바닷물보다도 파랗게 보일 정도였어요. 어부들은 허둥지둥대며 배의 구석으로 숨었어요. 험상궂게 생긴 해적들이 어부들의 배 위로 하나둘씩 뛰어내렸어요. 해적들은 어부들이 가진 물고기는 물론, 집에서 챙겨온 먹을거리와 옷가지, 심지어 이불까지도 몽땅 가지고 자기들의 배로 돌아갔어요. 그때까지 어부들은 꼼짝도 못한 채 울먹일 수밖에 없었어요.

"거지꼴이 되고 말았군. 우린 이제 어떻게 하면 좋지?"

하는 수 없이 어부들은 집으로 향해야 했어요. 바닷가로 마중 나와 있던 가족들은 어부들의 모습을 보고 깜짝 놀랐어요. 아무것도 못 먹은 사람들처럼 얼굴이 비쩍 말라 있었어요. 배 위에는 물고기는커녕 그물조차 남아 있지 않았지요. 사정을 들은 가족들은 하나같이 화를 냈어요.

"그런 나쁜 녀석들은 전부 바닷물에 빠져버렸으면 좋겠어!"

사람들은 해적들을 욕했어요. 그때 한 노인이 사람들 사이를 비집고 나왔어요. 노인은 어부들을 따뜻하게 감싸 안고는 조용한 목소리로 입을 열었어요.

"나쁜 마음을 먹으면 우리 마음도 나빠진다네. 해적들이 죽길 바라기보다는, 해적들 스스로 잘못을 뉘우치기를 바라야 하지. 그들의 마음도 당신들처럼 착해질 수 있도록 말일세."

노인의 말을 들은 어부들은 이내 마음이 풀어졌어요. 남을 괴롭히는 것은 나 역시 나빠져야만 가능하지만, 남을 착하게 만드는 것은 나도 같이 착해지는 일이잖아요. 어부들과 그의 가족들은 마음을 달리 갖게 되었어요.

"그래, 해적들은 물고기 잡는 법을 몰라서 그랬을지도 몰라. 다음에 다시 만나게 된다면 같이 물고기를 잡자고 해봐야겠어."

"집에서 챙겨간 먹을거리를 같이 나누어 먹어도 좋을 것 같아. 그들은 바다에만 있어서 그런 걸 못 먹어봤을지도 모르지."

이야기를 하는 동안 사람들의 마음은 점점 따뜻해졌어요. 해적을 만나서 슬펐던 기억은 저만치 물러나고, 어서 다시 그들을 만날 수 있었으면 좋겠다고 생각하게 되었고요. 어부들에게 해적들은 더 이상 두려움의 대상이 아니었답니다.

견우의 사랑, 까치의 우정

먼 옛날, 하늘 나라에 견우라는 청년이 살았어요. 하루 세 번 소들에게 먹이를 먹이고, 외양간을 치우는 일을 했지요. 거의 온종일을 소와 함께 지낸다고 해도 거짓말이 아닐 거예요.

"휴, 소들아. 나는 아무래도 평생 동안 너희만 돌보고 살겠구나."

견우는 틈만 나면 한숨을 쉬었어요. 소를 돌보는 일이 얼마나 힘들고 따분했는지 몰라요. 그런데 그런 견우가 사랑에 빠지는 일이 생겼으니……. 바로 하늘 나라 임금의 딸, 직녀를 보고 첫눈에 반하고 만 것이었어요. 직녀는 얼굴도 예쁘고 마음씨도 아주 고운 처녀였어요. 또 베 짜는 일을 참 잘해서, 직녀가 만든 베는 모든 사람들이 탐을 냈을 정도였어요.

"까치들아! 너희들이 이야기해보렴. 내가 정말 직녀를 사랑해도 될까?"

견우는 밭에서 놀고 있는 까치들을 향해 물었어요. 견우의 친구인 까치들은 모두 고개를 끄덕였어요. 푸드덕푸드덕 날갯짓을 하며 견우를 응원해주었어요. 까치들 덕분에 용기가 생긴 견우는 곧 직녀를 찾아갔어요.

"직녀! 그대를 본 뒤로, 나는 정말 달라졌어요. 혼자 있어도 괜스레 웃음이 나고, 소를 돌보는 일도 전혀 따분하지가 않아요. 모두 직녀, 그대를 생각하기 때문이에요. 나는 아무래도 그대를 사랑하고 있는 듯해요!"

견우는 직녀에게 사랑하는 마음을 고백했어요. 하늘이 견우를 도왔던 것이었을까요? 사실 직녀도 견우를 보고 첫눈에 반했어요. 둘은 금방 깊은 사랑에 빠질 수 있었어요.

둘은 매일 만나서 함께 시간을 보냈어요. 맛있는 과일을 나누어 먹고, 그네를 타기도 하며 즐거운 시간을 보냈어요.

견우와 직녀의 사랑은 금세 하늘 나라 곳곳에 소문이 났어요. 물론 소문은 임금의 귀에도 들어갔고요.

"뭐라고? 직녀가 베는 안 짜고 매일같이 놀기만 한다고?"

임금은 불같이 화를 냈어요. 게다가 직녀가 놀기만 하는 이유가 다 견우 때문이라는 이야기도 전해 들었지요.

"어쩐지, 요즘 소들이 하나같이 게을러졌다 했더니만!"

임금은 몹시 화가 나서는, 두 사람을 멀리 떨어트려 놓기로 결심했어요. 견우는 동쪽 하늘에, 직녀는 서쪽 하늘에 살게 한 거예요. 임금은 일 년에 딱 한 번만 두 사람이 만나는 것을 허락했어요. 그날이 바로 음력 칠월 칠일이었지요. 더 이상 직녀를 볼 수 없게 된 견우는 큰 슬픔에 빠지고 말았어요.

"직녀, 그대를 만나고 나서야 나는 사랑이 무엇인지, 행복이 무엇인지 알게 되었지요. 그대를 볼 수 있다는 건 내 눈이 밝다는 것이고, 그대를 생각할 수 있다는 건 내가 깨어

있다는 것이고, 그대를 만나러 달려갈 수 있다는 건 내가 살아 있다는 것이에요. 그대를 만날 수 없고 이토록 간절하게 생각만 해야 하는 지금은, 깨어 있어도 앞을 볼 수 없고 하루하루를 살 수 없는 것과 마찬가지. 당신 없이 사는 나는 죽어 있는 것과 마찬가지."

견우는 서쪽 하늘을 보며 말했어요. 어서 빨리 칠월 칠일이 되기만을 간절히 바랐어요.

시간이 흐르고 흘러 어느덧 기다리고 기다리던 칠월 칠일이 되었어요. 견우는 아침 일찍부터 준비를 서둘렀어요. 깨끗이 목욕을 하고, 깨끗하게 빨아놓은 옷을 꺼내 입었어요. 직녀를 만나면 무슨 이야기부터 해야 할지, 머릿속이 온통 뒤죽박죽이었어요. 그래도 마음만은 그렇게 즐거울 수가 없었어요. 견우는 서둘러 은하수 앞으로 나갔어요. 두 사람이 만나는 모습을 구경하고 싶어서 까치들도 함께 따라나섰지요.

"못 보는 사이, 얼마나 더 아름다워졌을까?"

견우는 몹시 설렜어요. 잠시 후, 정말로 은하수 저편에 직녀가 나타났어요! 직녀는 하늘하늘거리는 비단옷을 입고 있었어요. 견우는 당장이라도 달려가 직녀를 꼭 안아주고 싶었어요.

그런데 도대체 이게 무슨 일인가요. 은하수 깊이가 얼마나 깊은지, 도저히 건널 수 없을 것만 같았어요. 섣불리 발을 들여놓았다가는 온몸이 깊이 빠져버릴 게 틀림없었지요. 견우는 이러지도 저러지도 못하고 발만 동동 굴렸어요. 멀리서 직녀의 우는 모습이 보였어요. 직녀는 비단옷 소매로 눈물을 훔쳤어요.

"직녀! 울지 말아요, 울지 말아요!"

견우는 직녀를 향해 소리쳤어요. 어느새 견우의 눈에도 그렁그렁 눈물이 맺혔어요. 결국 두 사람은 멀리에서 바라만 볼 뿐, 만나지 못하고 말았어요. 얼마나 많은 눈물을 흘렸는지, 두 사람의 눈물 때문에 땅에서는 홍수가 날 정도였지요.

"도대체 이게 무슨 일이람! 비가 멈추질 않네!"

"견우랑 직녀가 펑펑 울어서 그런대요."

땅에 사는 사람들이며 동물들까지 걱정이 이만저만이 아니었어요. 견우와 친하게 지내곤 했던 까치들은 더 많이 걱정했고요.

그 다음 해 칠월 칠일에도 똑같이 홍수가 났어요. 은하수를 사이에 두고 견우와 직녀는 또 아주 많은 눈물을 흘려야 했거든요.

"까치들아. 다시는 그녀를 안을 수 없는가 보구나. 그녀를 한 번만 안아볼 수 있다면 얼마나 좋을까!"

견우는 까치들에게 슬픈 마음을 털어놓았어요. 그렇게 슬픈 마음으로 하루하루를 보내며 또 한 해가 흘러갔지요.

다시 일 년이 지나고, 어김없이 칠월 칠일은 찾아왔어요. 멀리서나마 직녀를 보기 위해 견우는 일찌감치 집을 나섰어요. 오늘은 또 얼마나 많은 눈물을 흘릴까.

은하수 저편으로 직녀의 모습이 보였어요. 견우는 해마다 그랬던 것처럼 직녀를 향해 힘차게 손을 흔들었어요. 바로 그때였어요! 어디선가 수십 마리의 까치들이 날아왔어요. 까치들은 은하수 위에 주르륵 줄을 지어 섰어요. 서로서로 꼬리와 날개를 붙잡았어요. 순식간에 은하수 위에 다리 하나가 만들어졌어요.

"세상에, 이럴 수가!"

견우는 몇 번이고 눈을 씻어 봤어요. 혹시 꿈은 아닌가, 도저히 믿겨지지가 않았던 거예요. 견우는 까치 다리를 밟고 한달음에 직녀에게 달려갔어요. 그리고 꿈에 그리던 직녀를 꼭 안았어요.

"직녀! 그대를 조금 더 사랑하고, 조금 더 지켜주라고 하늘이 저를 돕는가 봐요! 이렇게 그대를 다시 안을 수 있다니!"

견우는 직녀의 두 손을 꼭 잡았어요. 직녀도 기쁨의 눈물을 흘리며 견우의 손을 잡았지요. 칠월 칠일, 그날은 홍수가 나지 않았어요. 땅에서는 모처럼 편안한 칠월 칠일을 맞을 수 있었지요. 대신, 다리를 만들어주었던 까치들은 온몸에 힘이 몽땅 빠지고 말았어요. 그래도 까치들은 힘든 내색을 하지 않았어요. 견우가 직녀를 얼마나 사랑하는지, 견우의 친구였던 까치들은 알고 있었으니까요.

그 다음 해에도, 또 그 다음 해에도 까치들은 견우와 직녀를 위해 기꺼이 다리가 되어주었어요. 오랜 세월 견우와 직녀의 다리가 되어주는 동안, 까치의 머리는 하얗게 바랬다고 합니다.

쓸모없는 세 가지

옛날, 지혜롭고 용감하기로 유명한 다윗왕에게 있었던 이야기예요. 그는 백성들에게 먹을 것과 입을 것을 풍족하게 나눠주었어요. 또, 어느 전투에건 나가기만 하면 큰 승리를 거두고 왔지요. 모든 신하들과 백성들은 다윗왕을 존경했어요.

물론 이런 다윗왕에게도 골칫거리는 있었어요. 그것도 세 가지나 말이에요. 다윗왕은 그 세 가지를 생각하면 절로 고개가 흔들어졌어요. 그 세 가지란 바로 거미와 모기, 그리고 정신병자였지요.

"거미, 모기, 정신병자. 이 세 가지만 없으면 더 살기 좋은 나라가 될 텐데."

다윗왕은 날이면 날마다 이 세 가지를 없앨 수 있는 방법만 고민했어요. 거미는 더럽고 징그러운 동물이요, 모기는 사람의 피를 뽑아먹는 못된 녀석들이라고 생각했어요. 게다가 몇몇 돌아다니는 정신병자들 때문에 멀쩡한 사람들이 많은 피해를 입는다고 생각했고요.

어느 여름, 다윗왕은 군사들을 데리고 전쟁터에 나갔어요. 엄청난 더위에 지쳤던 탓이었을까요? 다윗왕은 그만 적군에게 쫓기는 신세가 되고 말았어요. 왕은 재빨리 어느 동굴 속으로 도망쳐 들어갔어요. 동굴 안에 웅크리고 앉아 가슴을 졸이고 있었어요.

그때 다윗왕은 동굴 입구에 있는 거미 한 마리를 보게 되었어요. 거미는 왕이 들어온 입구에다가 열심히 거미줄을 치고 있는 중이었어요. 얼마 후, 왕의 뒤를 쫓아오던 적군이 동굴 앞에 멈췄어요. 왕은 숨소리도 내지 않으려고 두 손으로 얼른 입을 막았어요.

"거미줄이 쳐진 걸 보니, 안에 아무도 없는 모양이군."

적군은 동굴 안은 들여다볼 생각도 안하고 재빨리 그 자리를 떠났어요. 다윗왕은 무사히 고국으로 돌아올 수 있었지요.

며칠 뒤, 다윗왕은 다시 적군들을 물리치기 위해 떠났어요. 소문을 듣자 하니 적군의 왕은 잠이 아주 많다고 했어요. 다윗왕은 적군 왕이 잠들어 있는 사이 몰래 들어가 그의 칼을 빼내올 생각을 했어요. 그 칼은 무엇이든 찔러서 없앨 수 있는 대단한 무기였거든요.

곧 캄캄한 밤이 찾아왔어요. 적군 왕은 칼을 바로 자기 발밑에 넣어둔 채 깊이 잠들어 있었어요.

'칼을 그냥 꺼냈다가는 왕이 잠을 깨고 말 텐데, 이를 어쩐담?'

다윗왕은 칼을 어떻게 꺼내면 좋을지 고민했어요. 바로 그때였어요. 윙윙 소리와 함께 모기 한 마리가 나타났어요. 모기는 온 방 안을 날아다니는 것 같더니만 잠시 후 적군 왕의 발등에 가 앉는 것이었어요! 왕은 저도 모르게 발을 뒤척였어요. 이때를 놓치지 않고 다윗왕은 칼을 빼내는 데 성공할 수 있었어요.

칼을 가져오느라 몹시 지친 다윗왕은 아무 데나 들어가 몸을 뉘였어요. 하지만 칼이 없어진 걸 알아낸 적군들이 순식간에 다윗왕을 쫓아왔지요.

"칼을 내놓으시오!"

다윗왕은 놀라서 잠에서 깨어났어요. 마침 칼은 왕이 벗어놓은 옷가지에 가려져 보이지 않았어요. 다윗왕은 그 순간 얼른 정신병자 흉내를 냈어요.

"아니, 이보게들. 왜 이제 오는가? 자자, 우리 술이나 한잔하지!"

다윗왕은 술에 취한 듯 비틀비틀 걸으며 말했어요.

"아니, 이런 미치광이를 봤나?"

적군들은 정신병자 흉내를 내는 다윗왕을 알아보지 못하고 다시 밖으로 나가버렸어요. 정신병자 흉내를 낸 덕에 다윗왕은 목숨도 칼도 모두 구할 수 있었지요. 다윗왕은 이번 전투야말로 거미와 모기, 정신병자 덕분에 승리할 수 있었다고 생각했어요. 또 세상에는 어느 것 하나 쓸모없는 게 없다는 걸 알게 되었지요. 이후 다윗왕은 단 한 명의 백성도 소홀히 하지 않는 훌륭한 왕이 될 수 있었다고 합니다.

정말 행복한 일

뚝딱뚝딱 망치질하는 소리가 들렸어요. 나이를 지긋하게 먹은 남자가 조그만 집을 짓고 있는 중이었지요. 남자의 얼굴에 땀이 송골송골 맺혀 있었어요.

"이렇게 내 집을 지을 수 있으니, 난 정말 행복한 사람이야."

남자는 집을 짓는 내내 행복하다는 생각을 했어요. 나이가 들긴 했지만, 아직 집 짓는 일을 할 수 있을 정도의 힘은 남아 있으니까요. 또 작은 집이나마 이렇게 지을 수 있는 돈도 모을 수 있었고요. 남자는 흥얼흥얼 노래도 불러가며 망치질을 했어요.

기둥이 세워지고 지붕도 올려지니 제법 집의 모습을 갖추게 되었어요. 이제 문도 달고 창문도 달면 집 짓는 일은 마무리 지을 수 있게 될 거예요. 남자는 누구의 도움도 받지 않고 혼자서 집을 지었어요. 이야기를 나눌 수 있는 사람이 없다 보니, 혼자서 자연스레 많은 생각을 하게 되었지요. 남자는 어릴 적 모습을 떠올렸어요.

남자는 몹시 가난했어요. 학교에 다닐 만한 형편이 되지 못했기 때문에, 학교에 가는 대신 부모님을 도와 농사를 지었지요. 아주 어릴 적에는 학교에 가지 못하는 사실이 몹시 부끄럽기도 했어요. 친구들이 학교에 갈 때면, 학교에 가지 못하는 자기 모습을 들킬까 봐 담벼락에 숨어 있곤 했어요.

하지만 친구들은 이미 다 알고 있었어요. 남자가 학교에 정말 가고 싶어 한다는 사실을 말이에요. 친구들은 날마다 남자를 찾아왔어요. 학교에서 배운 내용을 하나도 빠지지 않고 남자에게 가르쳐주기 위해서였지요. 처음에 남자는 자존심이 상해서 친구들이 가르쳐주는 걸 듣지 않았어요. 그럴수록 친구들은 더 열심히 남자를 가르쳐주었어요.

하루도 빠지지 않고 매일매일을 말이지요.

남자는 곧 친구들처럼 글을 쓸 수 있고 읽을 수도 있게 되었어요. 학교에 다니지 않은 사람이라고 하기에는 믿겨지지 않을 정도로 잘 할 수 있게 된 거예요. 또 그때쯤 남자네 집은 옛날보다 형편이 많이 나아지게 되었어요. 드디어 친구들과 함께 학교에 다닐 수 있게 되었지요. 남들보다 늦게 학교에 들어가긴 했지만, 남자는 공부하기를 전혀 힘들어하지 않았어요. 친구들에게 이미 배워뒀기 때문에 어려울 게 하나도 없었거든요.

남자는 그때의 친구들을 생각하며 집을 짓고 있었지요. 고맙다는 인사조차 제대로 한 적이 없는 친구들이에요. 아니, 고맙다는 말을 하기라도 하면, 친구 사이에 고마울 일이 뭐가 있느냐고 도리어 놀려주곤 하던 친구들이었어요. 남자는 지금 이렇게 집을 짓고 살 수 있게 된 건 모두 그때의 친구들 덕분이라고 생각했어요.

한 나그네가 남자의 집 앞을 지나고 있었어요. 나그네는 열심히 집을 짓고 있는 남자를 보았지요. 나이가 들어서 집을 지을 힘이라곤 남아 있을 것 같지 않았어요. 게다가 나그네는 남자가 저토록 힘들게 집을 짓고 있는 일보다 더 이해가 되지 않는 일이 있었어요. 남자가 짓고 있는 집이 여럿이 들어가 살기에는 턱없이 작아 보였던 거예요. 나그네는 바로 남자에게 다가갔어요.

"어르신. 왜 그렇게 작은 집을 짓고 계십니까?"

남자는 나그네의 물음에 살며시 미소를 지어 보였어요.

"체면도 있으신데, 이것보다는 조금 더 크게 지으시지 그러셨어요."

"젊은 양반. 당신에게는 평생을 함께 한집에서 같이 살고 싶은 친구가 몇 명이나 있는지요? 또 집을 전부 내어줄 만큼, 소중한 친구가 몇 명이나 있는지요? 그런 친구가 이 집을 채울 만큼만 있어도, 저는 정말 행복한 사람일 겁니다."

남자의 이야기에 나그네는 고개를 끄덕일 수밖에 없었어요. 자기는 지금 그만큼 행복하게 살고 있는지 생각해봤으니까요. 저 작은 집을 다 채울 만큼의 친구가 자기 곁에 있는지, 몇 명이나 있는지 깊이깊이 생각해봤으니까요.

임신 13주

아기는 '태아기'를 맞이하게 되었습니다. 태아기는 배아기에 형성되었던 조직과 기관이 빠르게 성장하고 발달하는 시기를 말합니다. 이때부터 24주까지 아기는 놀라운 속도로 성장하게 될 것입니다. 신체 기관도 제자리를 찾아가게 됩니다.

당신의 가슴은 확실히 더욱 커졌고, 유륜도 색이 짙어지고 크기도 더욱 커졌습니다. 어느 순간, 당신은 대나무 줄기처럼, 또는 커다란 드럼통의 가운데처럼 변해 있는 당신의 허리선을 보게 될 것입니다. 또한 몸 곳곳에 임신선이 나타나게 되는 시기입니다. 복부나 허벅지, 엉덩이 부위를 보면, 마치 살이 튼 것처럼 주글주글하게 자리 잡고 있는 하얀 선들을 볼 수 있습니다. 이 선들을 바로 임신선이라고 하는데, 이는 출산 후에 옅어지기는 하지만 완전히 사라지지는 않습니다. 따라서 피부가 건조해지지 않도록 해주면 임신선이 무한정 늘어나는 증상을 조금이나마 완화시킬 수 있습니다.

사람은 무엇으로 사는가, 누구나 한번쯤 자기 자신을 향해 물었을지도 모를 이 질문.
톨스토이는 『사람은 무엇으로 사는가』라는 작품을 통해 그것에 대한 답이 '사랑'이라고 말했습니다.
사람의 마음속에 간직되어 있는 것도 사랑이요, 사람을 살게 해주는 것도 사랑이라고 말입니다.
하지만 톨스토이가 이 작품을 통해 이야기하고 싶었던 것은 사랑뿐만이 아니었습니다.
비록 가난한 살림살이라 할지라도 불평하지 않고 하루하루 열심히 사는 구두장이 부부.
그들의 도움으로 목숨도 구하고 일도 하며 살 수 있게 된 천사 미하일.
서로 믿고 의지하며 살아가는 이들의 모습을 통해, 산다는 것 자체가 곧 사랑임을 알 수 있었습니다.

당신의 인생도 하루하루가 의미 있고 아름답고 힘이 넘쳤으면 좋겠습니다.
지금 이 순간, 당신은 무엇으로 살고 있습니까?

천사의 꽃

옛날부터 사람들 사이에서는, 착한 아이가 죽으면 하늘 나라에서 천사가 내려와 그 아이를 데려간다는 이야기가 있었어요. 천사는 아이를 안고 아이가 좋아했던 곳들을 날아다녔지요. 그러는 동안 아이는 땅에 있는 예쁜 꽃들을 몇 송이 챙겼어요. 하늘 나라에다가 그 꽃을 심어두기 위해서였어요. 그러면 꽃을 바라보는 동안 땅에서 보냈던 시간들을 떠올릴 수 있으니까요.

이번에도 천사가 한 아이를 안고 하늘 나라로 향하는 중이었어요. 가는 길에 천사는 아이가 놀았던 놀이터와 학교에 들렀어요.

"사랑스런 아이야. 너는 어떤 꽃을 챙겨가고 싶니?"

천사가 아이의 어깨에 살며시 손을 얹으며 물었어요. 아이는 곰곰이 생각하다가 곧 한쪽을 가리켰어요.

"저 꽃이요! 저 꽃을 가져가겠어요."

아이가 장미 나무를 가리켰어요. 가지가 꺾인 채 시들어가고 있는 꽃이 보였어요.

"하늘 나라에 가져가면, 저 꽃도 다시 예쁘게 피어날 거예요."

천사는 아이의 마음씨가 정말 예뻐서, 아이의 이마에 입을 맞춰주었어요. 곧바로 아이와 함께 곳곳을 돌아다니며 꺾이고 시든 꽃들을 챙기기 시작했어요. 모두 하늘 나라에 가져가서 예쁘게 피워줄 생각으로요. 아이는 하늘 나라에 가서 기운을 되찾을 꽃들을 생각하며 얼마나 행복했는지 몰라요. 어느새 아이와 천사의 가슴에는 꽃이 수북하게 찼어요. 이제 하늘 나라로 떠나기만 하면 됐어요. 천사는 아이를 데리고 어딘가로 향했어요. 마지막으로 들르고 싶은 곳이 있었지요.

어느 도시의 좁은 골목에 천사와 아이가 도착했어요. 골목 모퉁이에 작은 꽃 화분이 하나 버려져 있었어요. 예쁘고 화려한 꽃은 아니었지만, 작고 아기자기한 모양새가 풋풋하고 아름다워 보이는 들꽃이었어요.

"아이야. 우리 저 꽃도 챙겨가도록 하자."

아이는 천사의 말에 따라 그 꽃을 가슴에 안았어요. 이제 둘은 모든 일을 다 마친 듯 가벼운 마음으로 하늘로 향했어요.

"천사님. 이 꽃은 어떤 꽃인가요?"

아이가 화분을 만지작거리며 물었어요. 천사는 빙그레 미소를 짓고는 아이를 향해 이야기하기 시작했어요.

"저 골목 어떤 지하방에 한 소년이 살고 있었단다. 가난한 생활도 견디기 힘들 텐데, 몸까지 많이 아픈 소년이었지. 소년이 있는 방은 햇빛이 거의 들지 않아. 방은 컴컴하기만 하고, 몸이 아파서 밖으로 나갈 수도 없고. 소년은 세상의 아름다운 것들을 전혀 볼 수가 없었어. 그러던 어느 날 옆집에 사는 꼬마가 소년에게 작은 들꽃을 하나 가져다 주었어. 소년은 그 들꽃을 작은 화분에 심어서 창가에 놓아두었어. 소년은 정성스럽게 들꽃을 보살폈어. 새로운 친구가 생기기라도 한 것처럼 말이야. 햇빛이 잘 들지 않는 방이기 때문에, 약간의 햇빛이라도 보일라치면 바로 화분을 들고 그쪽으로 옮겨두었어. 하루에도 몇 번씩 화분을 옮겼는지 모른단다. 꽃은 소년의 정성에 보답이라도 하듯, 예쁘고 건강하게 자라났어."

"그럼 지금도 소년이 저 골목에 살고 있어요?"

"아니. 소년은 오래전에 하늘 나라로 왔어. 소년이 하늘 나라로 떠난 뒤, 소년의 식구들은 이사를 했고, 그 와중에 소년의 들꽃 화분을 골목 밖에다 내놓고 떠났지."

"아, 그럼 우리가 가져온 이 화분이 바로 소년의 화분이군요?"

아이는 신기하다는 듯이, 다시 가슴에 안고 있던 화분을 쳐다봤어요. 그리고 뭐가 궁금해지기라도 했는지 다시 물었어요.

"그런데 천사님은 소년에 대해 어쩜 그렇게 잘 아세요?"

아이가 묻자 천사는 잠시 이야기를 멈추고, 아이를 꼭 끌어안았어요.

"내가 바로 그 소년이기 때문이란다. 이 들꽃이 아니었다면, 나는 세상이
이렇게 아름다운 줄도 몰랐을 거야."

아이는 놀라서 한참 동안 아무 말도 할 수 없었어요. 그러는 동안 둘은 어느덧 하늘 나
라에 도착할 수 있었어요. 하느님은 천사가 안았던 것보다도 더 꼭 아이를 안아주었지요.

그 이후로도 하늘 나라로 가는 아이들은 꼭 꽃을 챙겼어요. 세상이 얼마나 아름다운
곳이었는지 오래오래 기억하기 위해서 말이지요. 정말 예쁜 사랑을 받았던 꽃은 물론 시
들고 꺾인 꽃, 버려진 들꽃들까지!

아르고스의 눈

    신들의 왕인 제우스는 대단한 바람둥이였어요. 제우스의 아내인 헤라가 질투의 신이 될 수밖에 없었던 건 당연한 일이었지요. 헤라는 비가 오나 눈이 오나 남편 제우스를 감시하기에 바빴어요. 제우스가 어여쁜 처녀와 함께 있는 모습을 보기만 하면, 금세 얼굴이 붉으락푸르락해졌어요. 다음은 제우스가 이오라는 처녀와 사랑에 빠졌을 때 있었던 이야기예요.

    강의 신 이나코스의 딸인 이오는 매우 아름다운 처녀였어요. 제우스는 이오를 보고 첫눈에 반했고 둘은 곧 사랑에 빠지게 되었지요. 당연히 이 사실도 헤라가 모를 리 없었지만요. 헤라는 제우스와 이오의 관계를 알고 속이 발칵 뒤집혔어요. 제 남편을 꼬인 이오를 당장 혼내줘야겠다고 마음먹었어요.

    '나의 사랑 이오가 위험해!'

    제우스는 이오가 걱정됐어요. 이런저런 방법을 생각한 끝에, 이오를 한 마리의 암소로 변신시켰어요. 헤라에게 이오의 본래 모습을 들키지 않기 위해서였지요. 아니나 다를까 이오가 암소로 막 변했을 때 헤라가 찾아왔어요.

    "아주 멋진 암소군요. 제게 이 암소를 선물로 주세요."

    사실 헤라는 암소 안에 이오의 몸이 숨겨져 있다는 사실을 눈치채고 있었어요. 제우스는 고민에 빠졌어요. 헤라에게 암소를 선물하자니 암소 안에 있는 이오가 걱정되었고, 선물하지 말자니 헤라에게 자기가 의심받을 것이 걱정됐지요. 결국 제우스는 헤라에게 암소를 건네고 말았어요.

헤라는 곧장 아르고스를 불러들였어요. 아르고스는 몸 전체에 백 개의 눈을 가지고 있는 신이었어요. 헤라는 아르고스에게 암소를 지키라고 명령했어요. 아르고스는 백 개의 눈을 끔벅거리며 온종일 암소를 감시하기 시작했지요.

"아르고스님. 제발 저를 놓아주세요. 가족들이 보고 싶어 견딜 수가 없어요."

이오는 아르고스를 향해 애원했어요. 하지만 이오의 입에서 나오는 소리는 음매음매 하는 암소 소리일 뿐이었어요. 이오는 하루하루를 눈물로 지새웠어요.

하늘에서 이 모습을 지켜보던 제우스는 마음이 아팠어요. 제우스는 얼른 지혜의 신, 헤르메스를 불렀어요. 둘 사이에 쑥덕쑥덕 이야기가 오고 갔어요.

제우스와의 이야기가 끝나자마자 헤르메스는 날개가 달린 모자를 쓰고 신발을 신었어요. 순식간에 아르고스와 이오가 있는 언덕으로 날아갈 수 있었지요. 헤르메스는 자신의 모습을 알아볼 수 없도록, 양치기 소년으로 변신했어요. 피리를 불며 살금살금 언덕 위를 걸어 나녔어요.

"웬 피리 소리지? 정말 아름다운 소리인데!"

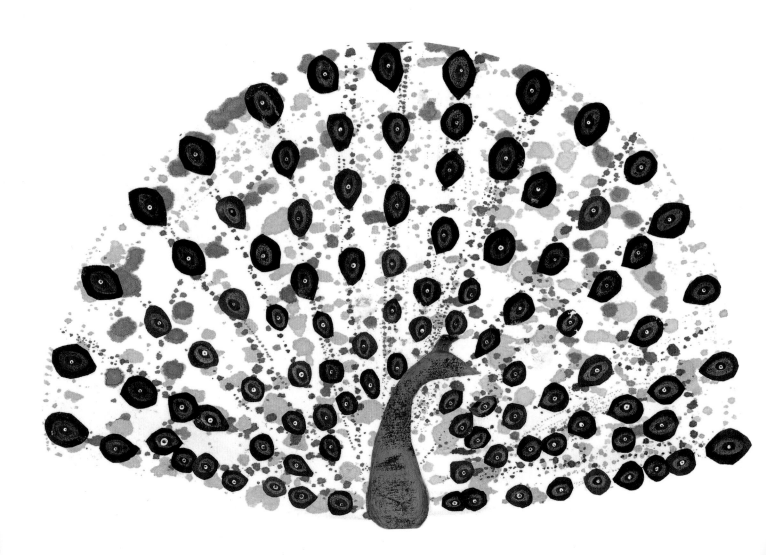

아르고스는 언덕 저편에서 들려오는 피리 소리에 귀를 기울였어요. 사실 헤르메스는 아르고스를 잠들게 하려고 일부러 피리를 부는 중이었어요.

"이보게, 양치기. 이리 와서 좀 앉게나."

아르고스는 양치기로 변신한 헤르메스를 다정하게 불렀어요. 헤르메스는 아르고스의 곁으로 다가가, 아름다운 연주를 들려줬지요. 암소로 변신한 이오는 피리 소리를 들으며 잠이 들었어요. 언덕 위의 양들을 비롯해 꽃과 나무, 새들도 쿨쿨 잠이 들었지요. 아르고스의 눈도 서서히 감기기 시작했어요. 하지만 백 개나 되는 눈이 전부 감기지는 않았어요. 아무리 오랫동안 피리를 불어도 결코 아르고스는 잠들지 않았어요. 아흔아홉 개의 눈이 다 감겨도 딱 한 개의 눈이 헤르메스를 뚫어져라 쳐다보고 있었으니까요.

헤르메스는 피리 부는 것을 그만 두고, 이번에는 피리에 얽힌 이야기를 들려주기 시작했어요. 아르고스는 헤르메스의 이야기를 들으며 눈을 더 크게 뜨는가 하면, 고개를 끄덕끄덕거릴 때도 있었어요. 긴 시간 동안 피리 이야기가 이어졌어요. 어느새 하늘의 별들까지 모두 잠든, 캄캄한 밤이 몰려왔어요.

이야기가 끝나갈 무렵, 헤르메스는 드디어 완전히 잠들어 있는 아르고스를 보게 되었어요! 백 개의 눈이 하나도 빠짐없이 모두 감겨 있었지요. 이때다 싶은 헤르메스는 아르고스를 순식간에 공격해서 쓰러트리고는, 암소로 변신한 이오를 데리고 달아날 수 있었어요.

헤라는 아주 많이 화가 났어요. 제우스와 이오가 다시 만나게 된 것보다 더 화가 나는 일은, 신하인 아르고스가 죽음을 맞이했다는 일이었어요. 많은 신하들 중에서도 가장 착하고 용감했던 아르고스가 말이에요. 헤라는 아르고스의 눈들을 자신이 아끼는 공작의 날개에 달아주었어요.

바로 이때부터 공작의 날개에는 백 개의 눈이 달리게 된 거예요. 활짝 펼쳐진 공작의 날개에는 수많은 눈들이 있잖아요. 그건 바로 한순간도 놓치지 않고 세상을 감시했던 아르고스의 눈들이랍니다.

나무의 열매

초록색 잔디가 이불처럼 곱게 깔려 있는 뜰이 있었어요. 뜰 구석으로 개미 떼가 졸졸졸 줄을 이어 지나갔어요. 노란 병아리 떼도 삐약삐약 쫑쫑쫑 노래를 부르는 중이었지요. 병아리 떼도 개미 떼를 따라 뜰 위를 걸어갔어요. 엉덩이는 삐죽삐죽 다리는 성큼성큼 박자라도 맞추는 듯이 걸어갔지요.

병아리 떼와 개미 떼가 도착한 곳에 한 할아버지가 있었어요. 할아버지는 뜰 가운데에 어린 나무를 심고 있었어요. 다들 할아버지가 나무를 심는 모습을 구경했어요. 아직 열매가 달리지 않은 작은 나무지만, 분명 맛있는 과일이 열리지 않을까 기대하면서 말이에요. 뜰 가운데에 과일 나무가 생겨나면 어떨까요? 뜰에 놀러온 곤충 친구들, 동물 친구들이 향긋한 냄새를 맡고 좋아하지 않을까요. 가끔씩 열매가 툭하고 바닥에 떨어지기라도 하면 다들 후다닥 뛰어서 모여들겠지요.

그때 지나가던 젊은이가 할아버지 앞에 멈춰 섰어요.

"할아버지, 지금 심고 있는 것이 무슨 나무입니까?"

젊은이는 열심히 나무를 심고 있는 할아버지를 향해 물었어요.

"아, 이건 사과나무입니다."

할아버지는 하던 일을 멈추고 젊은이에게 친절하게 대답해주었어요.

"보아하니 아주 어린 나무 같은데, 언제쯤 그 나무에서 사과가 열릴까요?"

젊은이는 궁금한 게 많다는 듯이 할아버지에게 계속해서 물었어요.

"아마도 수십 년이 지나야 하지 않을까요?"

"거참, 할아버지께서는 사실 날도 얼마 남지 않았을 것 같은데, 과연 나무에서 열린 사과를 드실 수는 있으시겠어요?"

젊은이는 할아버지를 이해할 수 없다는 표정을 지었어요.

"어떻게 저렇게 무례할 수가 있지?"

"맞아. 할아버지께 못하는 말이 없어!"

이 모습을 지켜보고 있던 병아리 떼와 개미 떼는 잔뜩 화가 나고 말았어요. 젊은 남자의 다리를 콱 깨물어주고 싶은 심정이었지요.

"하하하. 물론 나는 그때까지 살 수 없을 것입니다. 하지만 다른 사과나무에서 열린 사과를 먹으면 되니 무엇이 걱정입니까? 그 사과나무들은 나의 아버지와 나의 할아버지가 심어놓은 것들입니다. 그러니 내가 심은 나무에서 사과가 열리면, 젊은이 같은 사람이나 아니면 젊은이의 자식들이 먹으면 되지 않겠습니까? 그 생각을 하면 나는 벌써부터 신이 난답니다."

"아! 바로 그런 이유가 있었군요. 제가 할아버지의 깊은 뜻을 몰랐습니다. 무례했다면 용서하십시오."

젊은이는 그제야 할아버지의 깊은 속마음을 이해했다는 듯이, 고개를 숙이며 용서를 구했어요.

"괜찮습니다, 젊은이. 괜찮아요. 그저 여유가 된다면, 이 나무 심는 일을 조금 도와줄 수 있겠습니까?"

"네! 물론이지요, 할아버지!"

젊은이는 팔을 걷어붙이고 나무 심는 일을 돕기 시작했어요. 할아버지와 젊은이가 함께 일하니 일은 훨씬 수월해졌어요. 금세 나무 하나가 뜰 한가운데 자리하게 되었지요. 할아버지와 젊은이, 그리고 병아리 떼와 개미 떼는 어서 빨리 나무에서 사과가 열리기를 간절히 바랐답니다.

진정한 재산

옛날 어떤 마을에서 있었던 일이에요. 마을에는 오래전부터 전쟁이 일어나 있는 상태였어요. 세월이 흘러도 도무지 전쟁은 끝날 기미를 보이지 않았어요. 결국 몇몇 사람들은 짐을 꾸려 마을을 떠나기로 결정했어요.

물론 정든 고향을 떠난다는 건 쉬운 일이 아니었어요. 오랜 시간 동안 뚝딱뚝딱 살림을 하며 살아온 집을 버려야 했고, 캉캉대며 개구지게 짖어대는 강아지도 버려야 했으니까요. 하지만 매일같이 총소리가 울려 퍼지는 마을에서 사는 건 더 이상 불가능한 일이 되고 말았어요. 하루라도 빨리 떠나고 싶은 마음뿐이었지요.

시간이 흘러, 드디어 마을을 떠나기로 결정한 날이 되었어요. 마을 끝자락에 붙어 있는 항구 앞에 사람들이 하나둘씩 모여들었어요. 넓고 깊은 바다 위로 한 척의 배가 둥둥 떠올랐어요. 사람들을 다른 마을로 실어다줄 배였어요. 사람들은 서둘러 집에서 챙겨온 살림살이들을 배에 싣기 시작했어요.

"둥, 두두둥, 둥둥, 둥둥둥!"

커다란 기적 소리를 울리며, 배는 곧 항구를 벗어났어요. 아무래도 오랜 시간 항해가 계속될 것 같았어요. 사람들은 이 얘기 저 얘기를 나누며, 어서 빨리 배가 새로운 항구에 닿기를 바랐어요.

얼마 후, 사람들은 자신들이 각각 무엇 무엇을 싸왔는지 이야기를 나누게 되었어요. 마을에 살던 부자들이 큰 소리로 이야기하기 시작했어요.

"난 내 재산을 두고 올 수가 없어서 전부 가지고 왔다네."

"그래? 당신 재산이 얼마나 되는데? 나보다 많은가? 에헴."

한 사람이 자신의 재산을 자랑하면, 다른 사람은 자신이 더 많다며 비웃었어요. 그러고 보니 배에 올라탄 사람들 중에는 부자가 아주 많았어요. 왜냐하면 배를 타기 위해 치러야 했던 뱃삯이 엄청나게 비쌌거든요. 그러니 부자가 아니고서야 아무나 배를 탈 수는 없었을 거예요.

그때 부자들 눈에 한쪽 구석에 곤히 잠들어 있는 사람이 눈에 들어왔어요. 그는 마을 학교의 선생이었어요. 부자들은 선생을 흔들어 깨웠어요.

"선생 양반. 곧 새로운 마을에 도착할 텐데, 당신은 이제 무엇으로 살아갈 테요?"

"그러게요. 뭐 챙겨온 것이라도 있소? 허허허."

부자들은 자신들이 가져온 금은보화를 자랑하며 선생을 놀렸어요. 선생은 전혀 창피해 하지 않고 대답했어요.

"제가 가진 재산은 눈으로 볼 수 없는 것들이에요. 그렇지만 저는 이 배에 탄 사람들 중에 제가 제일 부자라고 생각하는걸요."

"아무것도 보여줄 게 없는데, 자기가 제일 부자라고? 별 재미난 농담도 다하는군."

선생의 대답에 부자들은 더 놀려댈 뿐이었지요.

이윽고 배 위에도 깊은 밤이 찾아왔어요. 모두가 잠들어 있는 무렵이었을 거예요. 배 위로 별안간 해적 떼가 들이닥쳤어요. 그들은 배에 탄 사람들을 전부 밧줄로 꽁꽁 묶어놓고는, 배에 실린 금은보화를 몽땅 가지고 달아나버렸어요. 부자들은 손발이 묶여 아무 것도 하지 못한 채 울상이 되어 있었지요.

해적들이 한바탕 휩쓸고 간 뒤 한참 만에야, 배는 새로운 항구에 도착하게 되었어요. 배에 탄 사람들은 항구 사람들의 도움으로 손발에 묶인 밧줄을 풀 수 있었어요.

마을 사람들은 얼마 후 다시 이곳에서 만나자고 약속한 뒤, 각각 새로운 생활을 시작하기 위해 헤어졌어요. 선생이야 원래 챙겨온 재산이 아무것도 없었지만, 이제 부자들도 아무것도 없기는 마찬가지였어요. 전부 해적들에게 빼앗기고 말았으니, 모두가 빈털터리인 신세로 헤어져야 했지요.

얼마간의 세월이 흐른 뒤, 언젠가 마을 사람들은 다시 항구에 모이게 되었어요. 모두들 남의 집에서 하인으로 일하며 겨우겨우 살아가고 있다고 말했어요. 얼마나 험하게 일했는지 옷이 꼬질꼬질하게 더러워져 있었어요. 씻지도 않았는지 얼굴은 까마귀처럼 꾀죄죄했고요. 그런데 유독 깨끗하고 멀끔한 차림의 사람이 있었어요. 바로 선생이었어요. 선생은 말쑥하니 신사복을 차려입었고, 하인도 몇 명 데려온 듯했어요.

"아니, 선생 양반, 자넨 아무것도 가진 게 없는 빈털터리이지 않았는가?"

"도대체 어떻게 된 일인 건가? 무슨 묘기라도 부렸는감?"

부자들이 선생의 옷이며 신발을 힐끔힐끔 쳐다봤어요.

"네, 저는 아무것도 가지고 온 게 없었지요. 다행히 저는 제가 가진 지식을 인정받아, 한 학교에서 일하게 되었습니다. 몇 년 후, 학생들을 가르치며 모은 돈으로 조그마한 학교를 차릴 수 있게 되었고요. 지금은 새집도 짓고 결혼도 하고 아이들까지 낳아 행복하게 살고 있답니다."

선생의 이야기를 들은 부자들은 모두 시무룩한 표정이 되고 말았어요. 배 위에서 그렇게도 자랑했던 자신들의 재산은 지금 한 푼도 남아 있지 않았지요. 하지만 눈으로 볼 수 없다던 선생의 재산은 조금도 사라지지 않은 채 그대로 있었으니까요.

우리는 가난을 예찬하지는 않는다. 다만 가난에 굴하지 않는 사람을 예찬할 뿐이다.
— 레프 톨스토이(Lev Nikolaevich Tolstoi, 1823~1889, 러시아의 작가)

마시면 젊어지는 샘물

사이좋은 할아버지와 할머니가 있었어요. 기쁜 일이 있으면 함께 웃고, 슬픈 일이 있으면 함께 울며 한평생을 함께 산 부부였지요. 정말이지 걱정이라고는 하나도 없을 것 같이 보였어요. 딱히 걱정이라고 할 만한 게 있다면, 한 가지가 있기는 했는데……. 바로 할아버지와 할머니 사이에 아직까지 아이가 없다는 것이었어요. 할아버지와 할머니는 무조건 슬퍼하지만은 않았어요.

"우리 두 식구 살기도 빠듯한데, 아이까지 있었으면 어쩔 뻔했어요."

일부러 좋게 생각하며 걱정거리를 떨어트리려고 했을 뿐이었지요.

하루는 할아버지가 산에 나무를 하러 갔을 때였어요. 할머니 생일이 얼마 남지 않은 때였지요. 할아버지는 나무를 해서 번 돈으로 고기도 조금 사고, 할머니의 꽃신도 한 켤레 사고 싶었어요. 고깃국을 맛있게 먹고, 꽃신도 예쁘게 신을 할머니를 생각하니 벌써부터 기분이 좋아졌어요.

한창 나무를 하고 있을 때였어요. 나무 하나를 막 베려고 도끼를 휘두르는데 작고 파란 무언가가 보였어요. 할아버지는 나무를 베려다 말고 도끼를 내려놓았어요. 나무 위에서 작고 파란 새 한 마리가 날갯짓을 하고 있었어요. 할아버지는 새가 참 예쁘다며 환하게 웃었어요.

그때 새가 할아버지를 향해 더 크게 날갯짓을 하기 시작했어요. 마치 어딘가로 할아버지를 데려가기라도 할 것처럼, 고개는 산 저편을 바라보고 있었고요. 할아버지는 그대로 파란 새를 따라갔어요. 새는 정말로 할아버지를 어딘가로 데려가기 시작했어요.

잠시 후, 할아버지는 작은 샘물 앞에 멈추게 되었어요. 고개를 돌려 주위를 살펴보았는데, 그 사이 새는 어디론가 사라지고 없었어요.

"거참 이상한 일이로군."

할아버지는 목도 마르던 차에 잘 됐다 싶어, 얼른 샘물을 들이켰어요. 그때쯤 해가 산 위로 뉘엿뉘엿 기울고 있었어요. 할아버지는 시간이 늦은 것도 같고 해서 곧장 집으로 돌아왔어요. 할머니에게 산에서 있었던 일을 이야기해주고 싶어서 견딜 수가 없기도 했고요.

"어머머! 그게 정말이에요? 아무래도 그 나무에 살고 있는 새였나 봐요. 당신이 나무를 베어버리면 어쩌나 걱정했던 모양이네요."

"정말 그런가 봐요. 나무를 베지 않길 잘했어요."

할아버지와 할머니는 한참 동안 파란 새 이야기를 하며 시간을 보냈어요. 맛있게 저녁을 지어 먹고는 일찍 잠자리에 들었지요.

다음날 아침, 할머니는 할아버지를 보고 깜짝 놀랐어요. 세상에, 간밤에 무슨 일이 있기라도 한 걸까요? 할아버지의 얼굴이 십 년, 아니 이십 년, 아니 아니 삼십 년은 족히 젊어져 있는 것이 아니겠어요! 할아버지도 믿겨지지가 않는지 자신의 얼굴을 몇 번이나 만져 보았어요. 어제까지만 해도 주름이 가득했던 얼굴이 정말 팽팽하게 펴져 있었어요. 할아버지와 할머니는 곰곰이 생각했어요. 도대체 어떻게 이런 일이 있을 수 있을까 하고 말이지요.

그날 할아버지와 할머니는 샘물이 있는 곳으로 산책을 갔어요. 할아버지는 샘물에 얼굴을 비춰보았어요. 샘물에 비친 할아버지의 얼굴은 아주 건강하고 멋진 젊은이의 얼굴 같았지요. 순간 할머니가 슬픈 표정을 지었어요.

"당신이 이렇게 젊어지니 보기가 좋네요. 그런데 저만 이렇게 쭈글쭈글한 얼굴 그대로이니 몹시 속상하답니다."

"여보, 그런 말씀 말아요. 제게는 지금도 당신이 제일 아름다운걸요."

할아버지는 할머니를 꼭 안아주었어요.

"참, 어제 이 샘물 맛이 아주 좋았어요. 당신도 조금 맛보고 갑시다."

할아버지는 할머니를 샘물 가까이로 데려갔어요. 할머니에게도 어제 자기가 했던 것처럼 똑같이 샘물을 먹게 했지요.

"당신이 저처럼 젊어지지 않는다 해도, 당신에 대한 제 마음은 변하지 않아요."

할아버지와 할머니는 서로 손을 꼭 잡고 집으로 돌아왔어요.

바로 다음날, 할아버지와 할머니는 또 다시 놀라고 말았어요. 글쎄 할머니의 얼굴도 삼십 년 전으로 돌아가 있는 게 아니겠어요! 모든 비밀은 바로 그 샘물에 있었던 거예요. 그 샘물을 마시면 수십 년이 젊어질 수 있는 것이었지요. 할아버지와 할머니가 젊어졌다는 소문은 순식간에 온 동네에 퍼졌어요.

며칠 후, 드디어 할머니의 생일이 되었어요. 할아버지는 그동안 모은 돈으로 고기와 꽃신을 사왔어요. 할머니는 할아버지가 끓여준 고깃국을 맛있게 먹었어요. 물론 꽃신도 예쁘게 신었지요. 할머니는 할아버지에게 몇 번이고 고맙다고 인사했어요.

할머니는 고깃국 한 그릇을 떠서 옆집에 사는 욕심쟁이 할머니를 찾아갔어요.

"할멈, 이디 게세요? 이것 좀 같이 드십시다."

그런데 이상하게도 욕심쟁이 할머니의 모습이 보이지 않았어요. 할머니는 걱정되는 마음에 집 안 구석구석을 살펴보았어요. 그때 방 안에서 '응애응애' 하는 아기 울음소리가 들렸어요. 할머니는 얼른 방으로 가보았어요. 갓난아기가 방에서 큰 소리로 울고 있었어요. 할머니는 울고 있는 아기를 달래서 얼른 집으로 돌아왔어요. 그 아기가 바로 욕심쟁이 할머니였던 거예요.

"욕심쟁이 할멈이 샘물을 너무 많이 먹었나 봐요. 그래서 젊어지다 젊어지다 못해 이렇게 갓난아기가 된 모양이에요."

할아버지는 아기를 안으며 말했어요. 그 이후로 할아버지와 할머니는 아기를 정성스럽게 키웠어요. 어쩌면 샘물이 가져다준 건 젊음이 아니라, 이 아기일 수도 있겠다고 생각했지요. 할아버지 할머니는 정말 행복했어요. 그나마 한 가지 있었던 걱정거리도 사라지고 말았으니 말이에요.

임신 14주

아기의 크기는 8~10cm, 몸무게는 30g 정도가 되었습니다. 몸에는 솜털이 나기 시작하고, 간과 비장 같은 내장 기관에서는 담즙과 적혈구를 만들기 시작합니다. 이제 아기는 3시간 간격으로 오줌을 누기도 합니다. 팔다리는 물론 얼굴 근육까지도 자유롭게 움직일 수 있습니다. 그리고 이때쯤 비로소 아기는 내외부의 생식기가 크게 발달해, 남아인지 여아인지 여부를 확실히 구분할 수 있게 됩니다.

임신 14주경이 되면 대부분의 임신부들의 경우 입덧이 사라지게 됩니다. 심했던 입덧 자리는 왕성해진 식욕이 대신하게 될 것입니다. 입덧 기간 동안 채우지 못했던 영양소를 보충한다는 개념에서 식사량을 조금 늘리는 것은 좋지만, 갑자기 너무 많은 음식을 섭취하는 것은 피해야 합니다. 임신 중 비만이 되면 임신중독증에 걸릴 수 있는데, 이는 임신성 당뇨는 물론 고혈압 같은 위험한 질환은 물론 출산 시에도 문제를 일으킬 수 있으니 각별히 조심해야 합니다.

어느 산골 마을에 한 별장이가 살고 있었습니다.
별장이가 할 수 있는 일이라고는, 사다리를 놓고 하늘 높이 올라가 별을 닦는 일밖에 없었습니다.
별장이는 하루도 거르지 않고 하늘에 올라 별 하나를 닦았습니다.
그 별이 온전히 반짝반짝 빛나던 날, 별장이는 별 위에 이름 하나를 새겼습니다.
바로, 별장이가 사랑하는 이의 이름. 별장이는 그 사랑이 더 환하게 반짝이도록 다시 별을 닦았습니다.

당신도 누군가에게 별장이가 되어주었으면 합니다.
별을 사랑하는 마음으로, 당신도 그렇게 누군가를 사랑할 수 있었으면 합니다.

날씨를 마음대로
할 수 있다면

농부는 날마다 논과 밭에 나가 땅을 손질하고 곡식과 과일을 보살펴줘야 해요. 비가 오면 논과 밭에 빗물이 고이지 않도록, 바람이 불면 나무가 쓰러지지 않도록 하나하나 신경을 써야 하지요. 그렇다고 비가 내리는 걸 귀찮아할 수도 없는 노릇이에요. 비가 오지 않으면 곡식과 과일들이 바짝 말라버리거든요.

바람도 마찬가지지요. 바람이 불어야 씨앗들이 바람을 타고 날아가 새로운 생명을 만들어줄 테니까요. 그렇기 때문에 바람이 불지 않는 것도 안 돼요. 그야말로 농사라는 건 농부와 자연이 함께 만들어가는 일인 거지요.

젊은 농부가 논에서 일을 하고 있었어요. 농부는 잔뜩 화가 나 있었어요. 며칠 동안 내내 비가 와서 씨앗을 하나도 심지 못했거든요. 농부는 일을 하다 말고 무릎을 꿇고 앉았어요. 대지의 신 데메테르에게 기도를 드리기 위해서였지요.

"사랑하는 신이시여. 비가 멈추질 않아서 씨앗을 단 한 개도 심지 못했습니다. 농사를 짓는다는 건 정말 쉽지 않은 일인 줄 압니다. 그렇다 하여 농사를 그만둘 수도 없는 일이고요. 사랑하는 가족들과 이웃들을 위해 맛있는 곡식과 과일을 가져다주고 싶으니까요. 저는 지금까지 불평 한 마디 없이 열심히 일만 하며 살았습니다. 신이시여, 제게 한 가지 은혜를 허락하신다면, 부디 날씨를 제 뜻대로 할 수 있도록 해주십시오. 세상의 모든 날씨를 허락하실 수 없다면, 부디 제 논과 밭만큼이라도, 제 마음대로 햇빛과 비를 내릴 수 있도록 해주십시오."

농부는 간절한 마음으로 기도를 드렸어요. 그러기를 하루 이틀 사흘 나흘 계속했지요. 그러던 어느 날 하늘에서 신의 목소리가 들려왔어요.

"좋다. 오늘부터 네 마음대로 날씨를 정하도록 해라."

신의 목소리를 들은 농부는 뛸 듯이 기뻤어요. 풍년은 벌써부터 정해진 일이라고 생각했지요. 농부는 당장 씨앗을 심는 내내 날씨가 맑을 수 있도록 만들었어요. 씨앗 심는 일이 끝날 때까지 단 하루도 빠지지 않고 햇볕이 내리쪼이게 했어요.

씨앗 심는 일이 끝난 뒤, 농부가 밭에 물을 주려던 참이었어요. 밭을 본 농부는 그만 깜짝 놀라고 말았어요. 오랫동안 날씨를 맑게만 했더니, 밭모퉁이에 대놓은 물이 몽땅 말라버린 거예요. 강가에서 물을 끌어다 쓰기에도 쉽지 않은 일이었어요. 이러다가 밭에 싹을 틔우기는커녕 심어놓은 씨앗도 모두 말라버릴 것 같았어요.

농부는 부랴부랴 비가 내리도록 만들었어요. 물이 부족하지 않게 하려고 많은 비가 내리게 만들었지요. 그랬더니 정말 며칠 동안 내내 비만 내렸어요. 농부는 자기가 마음먹은 대로 날씨가 바뀌는 게 신기했어요. 이제 비를 내렸으니 아무 문제없을 거라고 안심했어요.

그런데 문제는 또 생기고 말았어요. 비를 너무 많이 내리게 했던 거예요. 그 바람에 새싹들이 몽땅 물에 잠기고 말았어요. 물에 잠긴 새싹들은 금세 썩고 말았지요. 농부는 다시 부랴부랴 햇볕이 내리쪼이게 했어요. 하지만 이미 썩어버린 새싹들은 다시 살아날 수가 없었어요. 간신히 살아난 싹들도 며칠을 견디다 못하고 푹 쓰러지고 말았지요. 그제야 농부는 깨닫게 되었어요.

"아, 대지의 신은 얼마나 위대하신가! 자연은 나의 힘으로 다스릴 수 없는 것을!"

농부는 다시 며칠 동안 대지의 신께 기도를 드렸어요. 신의 지혜와 자비에 감사하며, 이제는 자연의 모습에 맞추어 더 열심히 일하겠다고요.

사랑해요, 문카이!

옛날 어느 마을에 호아랑이라는 아주 아름다운 처녀가 살았어요. 물결처럼 곱게 뻗은 머릿결, 새벽녘 이슬처럼 맑은 눈망울, 복숭아처럼 하얀 피부, 딸기처럼 빨간 입술⋯⋯. 어디 하나 미운 구석이 없을 만큼 아름다운 모습이었어요. 호아랑을 보고 잠 못 이룬 청년이 한둘이 아니더라는 말은 정말 거짓말이 아니었어요.

"호아랑, 내 마음을 받아주세요! 당신을 사랑하고 있어요."

수많은 청년들이 호아랑에게 마음을 고백했어요.

"저는 아직 사랑이 무엇인지 몰라요. 당신의 마음을 받아줄 수가 없답니다."

호아랑은 이렇게 청년들의 마음을 애타게 하면서도, 이상하리만치 그들의 마음을 받아주지 않았어요. 호아랑의 모습을 보기 위해 멀리 이웃 마을에서 찾아온 청년에게도 눈길 한 번 주지 않았지요.

"저렇게 지내다가는 평생 한 번도 사랑에 빠지지 못하겠군."

사랑의 여신은 호아랑의 모습을 보며 몹시 안타까웠어요. 호아랑도 한 번쯤은 사랑에 푹 빠지도록 해주고 싶었지요.

사랑의 여신은 문카이라는 청년을 불렀어요. 아주 잘생기고 몸이 튼튼한 청년이었어요. 호아랑이 청년들에게 인기가 많듯이, 문카이는 처녀들에게 인기가 아주 많았어요. 호아랑 역시 문카이를 사랑하게 될지도 모를 일이었지요.

"절대 호아랑의 마음만은 받아주지 말거라."

사랑의 여신은 문카이에게 귓속말로 속삭였어요.

곧 모든 일이 사랑의 여신이 예상했던 대로 이루어졌어요. 호아랑은 문카이를 보자마자 첫눈에 반하고 말았어요. 호아랑의 가슴이 콩당콩당 뛰었어요. 얼굴과 손은 전부 빨갛게 물들었지요. 호아랑은 문카이의 모습을 똑바로 쳐다볼 수가 없었어요. 호아랑의 마음은 온통 문카이에 대한 생각으로 가득 찼어요.

그녀는 날마다 문카이를 찾아갔어요.

"문카이, 내 마음을 받아주세요! 당신을 사랑하고 있어요."

호아랑은 문카이에게 사랑을 고백했어요. 문카이 역시 아름다운 자신의 모습을 보고 반하고 말 거라고 생각했지요. 그런데 이게 웬일인가요? 문카이는 호아랑을 거들떠보지도 않는 것이었어요.

호아랑은 마음이 아프고 몹시 애가 탔어요. 어떻게 하면 문카이의 마음에 들까 밤낮으로 생각했어요. 더 아름답게 몸을 치장하기도 하고, 예쁜 노래를 불러보기도 했어요. 맛있는 음식을 만들어서 가져가보기도 하고, 재미난 이야기를 들려줘보기도 했어요.

"저는 아직 사랑이 무엇인지 몰라요. 당신의 마음을 받아줄 수가 없답니다."

과연 누가 했던 말일까요? 문카이는 호아랑이 지금까지 했던 말들을 똑같이 따라했어요.

그 이후, 호아랑은 더 많이 문카이 생각만 하며 살게 되었어요. 먹을 것도 제대로 먹지 못하고 잠도 제대로 이루지 못했어요.

"사랑하는 문카이가 내 사랑을 몰라주니, 마음이 너무 아프구나."

호아랑의 눈에 눈물이 맺혔어요. 호아랑은 처음으로 사랑에 빠진 것이었지요.

사실은 문카이 역시 호아랑을 사랑하고 있었어요. 그것도 아주 오래전부터 말이지요. 그녀를 보고 사랑에 빠지지 않을 남자는 없을 정도인데, 문카이라고 다를 수 있었을까요. 호아랑의 마음을 받아주지 못해서 얼마나 마음이 아팠는지 몰라요. 문카이는 사랑의 여신을 찾아갔어요.

"그녀의 마음을 받아줄 수 없다면, 평생 그녀의 곁에 있을 수 있게만 허락해주세요."

문카이는 눈물을 흘리며 사랑의 여신에게 빌었어요.

"사랑은 참 아름답지, 문카이. 그 사람의 곁에 있을 수 있다는 것만으로도 행복한 일이 바로 사랑인데! 너의 소원을 들어줄게. 그 마음 변치 않길 바란다."

사랑의 여신은 문카이를 잎이 주렁주렁 열린, 큰 나무로 변하게 해주었어요. 호아랑의 집, 창문 옆에서 그녀를 바라보면서 살 수 있도록 해주었던 거예요.

호아랑도 사랑의 여신을 찾아갔어요.

"이제 알 것 같아요. 사랑하는 마음이 무엇인지! 그 사람이 곁에 없으면 이렇게 마음이 아프고 시리다는 것을요. 그와 함께 있을 수 있게 해주세요."

그녀 역시 문카이가 그랬던 것처럼 사랑의 여신에게 마음을 다해 빌었지요.

며칠 뒤, 호아랑은 작은 꽃 한 송이로 변했어요. 나무로 변한 문카이와 함께 있을 수 있게 된 것이었지요. 그제야 비로소 호아랑과 문카이는 사랑하는 마음을 나눌 수 있게 되었고요.

호아랑이 변한 꽃, 그 꽃이 바로 난초예요. 호아랑의 모습을 닮아서 아주 아름답고 사랑스러운 꽃, 이제는 온전히 누군가를 사랑하고 그의 사랑을 받기만을 기다리는 꽃.

"You make me wanna be a better man."
"당신은 내가 좀 더 좋은 사람이 되고 싶게 만들어요."
- 영화 「이보다 더 좋을 순 없다」 中 멜빈(잭 니콜슨)의 대사

부부의 의미

옛날에 사이가 아주 나쁜 부부가 살고 있었어요.

"당신은 정말 형편없는 남편이에요!"

"그러는 당신은 어떻소? 당신도 형편없긴 마찬가지!"

둘은 한시도 가만히 있지 않고, 서로를 헐뜯었어요.

아내가 남편을 미워하는 이유는 정말 많았어요. 돈을 많이 벌어오지 않는다, 따뜻하게 대해주지 않는다, 매일 잠만 잔다 등등. 남편이 아내를 미워하는 이유도 많았지요. 음식을 맛있게 하지 못한다, 말을 곱게 하지 않는다, 매일 잠을 깨운다 등등. 아마 이유를 대라고 하면 하루를 꼬박 새도 다 대지 못할 거예요. 둘은 날이면 날마다 싸웠고, 일분일초도 같이 있으려고 하지 않았어요. 어쩌다가 눈이라도 마주치면, 언제 그랬냐는 듯이 고개를 획 돌려버렸어요.

마을 사람들 모두 부부에 대해서 알고 있었어요. 날이면 날마다 싸우고, 일분일초도 같이 있으려고 하지 않는다는 사실을요. 사람들은 부부가 지나가기라도 하면, 이 얘기 저 얘기를 하느라 바빴어요.

"남편이 아주 게으름뱅이래. 일을 하나도 하지 않는다나 봐."

"아이고, 아내는 어떻고요. 아내도 집안일을 하나도 안 한다는데요 뭘."

"아주 빵점짜리 아내네요, 빵점!"

사람들은 눈을 찡긋해가며 부부를 흉봤어요.

그런데 한 가지 재미난 사실이 있었어요. 부부가 지나가다가 그 흉보는 소리를 들을 때가 있었거든요. 그러면 남편도 그렇고 아내도 그렇고 누구 하나 가만히 있지를 않는 거예요.

"우리 남편은 게으름뱅이가 아니에요. 일을 얼마나 열심히 한다고요!"

아내는 잔뜩 화가 나서 말했어요. 사람들은 아내의 눈치를 살피며 모두 흩어졌지요. 남편도 화를 내긴 마찬가지였어요.

"우리 아내가 빵점이라고요? 누가 그럽디까? 아내가 음식을 얼마나 잘하는데요!"

남편은 아예 팔까지 걷어붙이고 화를 냈어요. 사람들은 겁을 먹고 도망이라도 가는 양 사라져버렸어요. 이렇게 남편도 아내도 사람들이 서로를 흉보는 소리를 듣기라도 하면, 잔뜩 화를 내곤 했던 거예요. 그럼 도대체 집에서는 왜 그렇게 싸우는 것일까요. 사람들은 그 점이 참 신기했어요.

가만히 보면, 부부가 싸우는 때는 집에 있을 때뿐이었어요. 그것도 둘이 마주치게 되었을 때 말이지요. 그래서 부부는 일부러라도 붙어 있지 않으려고 했어요. 어느 순간부터는 방도 따로 쓰게 되었고 잠도 따로 자게 되었어요.

그러던 어느 날 밤이었어요. 그날도 부부는 멀리 떨어진 방에서 각자 잠을 자고 있었어요. 갑자기 창문이 덜컹하고 열리더니, '쿵' 하고 누군가 뛰어내리는 소리가 들렸어요. 분명히 집 안으로 누군가가 들어온 것이었어요! 문을 놔두고 왜 창문으로 들어왔을까? 세상에, 그건 분명 도둑이었어요! 도둑이 들어온 것이었어요.

'이를 어쩐담? 남편은 아무것도 모르고 자고 있을 텐데!'

아내는 무서워서 온몸을 부들부들 떨었어요. 도둑이 당장이라도 아내가 있는 방으로 들어올 것 같았어요. 아내는 살금살금 방문 앞으로 가서 섰어요. 눈을 크게 뜨고 집 안 구석구석을 살폈어요.

남편도 도둑이 들어오는 소리를 들었어요.

'이를 어째? 아내 방 쪽에 있는 창문으로 들어온 것 같은데!'

남편은 아내가 걱정됐어요. 아내의 방으로 가봐야 하나 망설여졌어요. 하지만 잠들기 전까지도 아내랑 싸우고 잤는걸요. 남편을 보고 큰 소리를 치던 아내 모습만 생각하면 절로 고개가 흔들어졌지요.

도둑은 보이지 않았어요. 분명히 어딘가에 숨어 있을 거예요. 그 순간 아내는 있는 힘

을 다해 남편이 있는 방으로 뛰
어갔어요. 숨을 헐떡이며 얼른
남편 옆에 다가가서 누웠어요. 남
편은 아내가 들어오는 모습을 다 보고도
모르는 체를 하고 있었고요. 남편은 끝까지 아무것도 모르는
척, 잠자는 시늉을 하려고 했어요. 그런데 그럴 수가 없는 일이 벌어
졌지요. 아내가, 매일같이 욕을 하고 싸움만 하는 아내가, 자기 품에 안
겨 눈물을 흘리고 있는 게 아니겠어요.

"여보, 너무 무서워요. 너무 무서워서 당신한테 왔어요. 집 안에 도둑이 있는 것 같아
요. 저를 지켜줄 사람은 당신밖에 없어요. 딱 한 번만 저를 지켜주세요."

아내는 눈물을 뚝뚝 흘렸어요. 남편은 아내를 꼭 끌어안았어요. 그때 아내도 깜짝 놀
라고 말았지요. 글쎄, 남편의 눈에서도 눈물이 흐르고 있지 뭐예요.

"여보, 미안해요. 이렇게 당신을 지켜주기만 하면 되는 것인데……. 나는 당신이 내
게 너무 많은 것을 바란다고 생각했어요. 당신은 그저, 이렇게 지켜주기만 해달라는 건
데……. 미안해요, 여보. 정말 미안해요."

남편은 아내의 귀에 대고 이렇게 속삭였어요. 부부가 되어서 처음으로 아내의 볼에
키스를 했지요. 부부는 밤새도록 방에서 꼼짝 않고 서로를 안고 있었어요. 아, 그리고
도둑! 도둑은 어떻게 됐을까 싶은데요. 날이 환하게 밝았지만, 집 안 어디에서도 도둑은
나타나지 않았다고 하네요.

우물 안에 사는 개구리

　어느 깊은 산속, 우물 안에 개구리 한 마리가 살고 있었단다. 태어날 때부터 지금까지 줄곧 우물 안에만 살고, 우물 밖으로는 한 번도 나가본 적이 없는 개구리였지. 우물이 너무 높아서 나가려야 나갈 수 없는 상황이었기도 했지만 말이야.

　개구리는 우물 안에만 있는 게 답답하다거나 슬프다고 생각해본 적이 없었어. 우물 밖으로 보이는 경치가 아주 볼 만했거든. 봄이랑 가을에는 물처럼 파란 하늘이 보였어. 여름에는 해가 쨍쨍하게 비췄고, 겨울에는 하얀 눈이 내리는 게 보였지.

　우물 안이 가장 아름다울 때는 캄캄한 밤이 되었을 때야. 둥근 보름달이 뜨면 우물 안으로 노랗고 환한 빛이 새어 들어오거든. 이 달빛이야말로 우물 안의 개구리가 가장 좋아하는 경치 중 하나였다고나 할까.

　그러던 어느 날 밤이었어.

　"까악 까악!"

　우물 위에서 어떤 짐승의 울음소리가 들렸어. 사실 우물 밖에서 무슨 소리가 들려도 개구리는 그 소리를 잘 알아차리지 못했어. 우물 밖으로 나가본 적이 없으니, 누가 우는 소리인지 알 수가 없잖아. 까악 까악 소리는 계속해서 들렸어. 그러더니만 갑자기 무언가가 우물 안으로 날아 들어왔어.

　"누구니?"

　개구리가 기어들어가듯 작은 목소리로 물었어.

　"나는 까마귀라고 해."

개구리는 소리가 나는 쪽을 돌아보다가 그만 깜짝 놀라고 말았어. 분명히 무언가가 들어온 것 같은데, 그 모습은 보이지 않고 목소리만 들리는 거야. 그것도 하얀 눈동자 두 개만 보이면서! 우물 안이 너무 새카매서 그랬을지도 모르지만, 개구리는 정말 깜짝 놀랐어. 한참을 들여다보니, 그 자리에 까만 새가 있는 게 보였지.

"안녕! 나는 저 멀리 금강산에서 온 까마귀라고 해."

"금강산? 까마귀?"

개구리는 까마귀의 말을 전혀 알아들을 수가 없었어.

"금강산을 모른단 말이야? 이 까마귀님도 모르고?"

까마귀는 한참 동안 자기를 자랑했어. 또 금강산에 대해 이야기했고. 까마귀의 이야기를 듣는 동안 개구리는 상상 속에 빠지게 되었지.

온갖 색들의 꽃과 나무가 가득한 산이 있대. 그 산 입구에는 큰 바위들이 죽 늘어서 있고, 그 바위들 너머에는 파란 시냇물이 졸졸졸 흐르고 있어. 그 시냇물 위에 나뭇잎 한 장을 떨어트리면, 나뭇잎이 둥둥 떠간대. 그 나뭇잎 위에 살포시 몸을 싣고 시냇물 위를 떠가다 보면, 달콤한 열매가 잔뜩 열려 있는 과일 나무 앞까지 갈 수 있어. 그때 사뿐하게 땅 위로 내려오면 되는 거야. 그리고 달콤한 열매를 한입 가득 베어 무는 거지!

어느새 개구리는 정말 금강산에 있기라도 하듯이 행복한 표정을 짓고 있었어. 그런 개구리를 바라보고 있던 까마귀는 문득 개구리가 딱하다고 생각했어. 자기는 맨날 보는 금강산인데, 개구리는 한 번도 가본 적이 없으니까 말이야.

"개구리야. 내 등 위에 올라타렴. 내가 금강산에 데려다줄게!"

까마귀는 개구리를 등 위에 태웠어. 다른 때보다 더 힘차게 날갯짓을 했지. 곧 개구리를 태운 까마귀의 몸이 하늘로 떠올랐어. 금세 우물 꼭대기까지 올라가더니 순식간에 우물 밖으로 나온 거야.

개구리는 우물 안에서 나오자마자 하늘에 뜬 달을 올려다봤어. 정말 동그랗고 환한 보름달이 하늘에 떠 있었지. 그 모습이 얼마나 아름답던지!

까마귀 말대로 금강산은 정말 먼 곳이었어. 개구리는 어느덧 까마귀 등 위에서 잠이 들었지. 눈을 떴을 때는 해가 하늘 높이 떠서, 날이 환하게 밝아 있었어. 까마귀는 개구리를 금강산 위에 내려놓고는 어디론가 날아가고 없었어. 개구리는 폴짝폴짝 뛰어다니며 금강산 곳곳을 구경했어.

금강산은 정말이지 까마귀가 말한 것보다 훨씬 더 아름다웠어. 정말 입이 다물어지지 않을 정도로 말이야. 개구리는 온 힘을 다해 금강산 꼭대기까지 올라갔어. 마치 하늘이 닿을 것처럼 높이 솟아 있는 꼭대기에 설 수 있었지. 그곳에서 바라본 세상은 말이야. 말로 다 표현할 수 없을 정도였어.

개구리는……, 개구리는……, 그만 그 자리에서 바위가 되고 말았어. 죽지 않고 오래도록 아름다운 모습을 바라보라고, 하느님이 그렇게 만들어준 거지. 개구리는 아름다운 세상을 한눈에 보고 싶어서 꼭대기까지 올랐던 거잖아.

그 이후로 사람들은 바위가 되어버린 개구리를 보고 싶어서 꼭대기에 오르게 되었다나 봐. 아, 도대체 얼마나 아름다운 세상을 봤기에 그 자리에서 바위가 되어버렸을까? 사람들은 그 점이 몹시 궁금했던 거야.

좁은 연못에 사는 개구리에게 바다를 이야기할 수 없고, 여름 한철을 사는 벌레에게 차가운 얼음을 이야기할 수 없다.
– 장자(莊子), BC 369년경 ~ BC 289년경, 중국의 사상가)

우렁이 각시

옛날 어느 마을에 우렁이와 결혼한 사나이가 있었어요. 정말 우렁이랑 결혼을 했느냐고요? 설마 그럴 리가요. 원래는 우렁이였다가 나중에 예쁜 아가씨로 변한 우렁이 각시였지요. 사나이는 우렁이 각시를 보고만 있어도 행복했어요. 얼굴도 예쁘고 마음씨도 고운 데다가 살림도 아주 잘했거든요. 하지만 우렁이 각시랑 사는 게 마냥 행복한 일인 것만은 아니었어요. 우렁이 각시를 탐내는 남자들이 아주 많았거든요. 그중 제일은 바로 사또였어요.

사또는 틈만 나면 사나이네 집을 찾아왔어요. 마치 사나이에게 볼일이 있어서 오는 것 같지만, 사실은 우렁이 각시 얼굴을 한 번이라도 더 보기 위해서였어요. 사나이는 그런 사또의 마음을 일찍부터 눈치채고 있었어요.

하루는 사또가 무슨 생각이 들었는지 아침 일찍부터 사나이를 찾아왔어요.

"이보게. 우리 내기를 하나 하지."

"네? 내기라고요?"

이건 또 무슨 말도 안 되는 소리. 사나이는 눈을 동그랗게 뜨고 물었어요.

"저기 산봉우리 두 개가 보이지? 하나는 내가 맡을 테니, 다른 하나는 자네가 맡게. 봉우리에 솟아 있는 나무를 먼저 벤 사람이 이기는 내기야."

사또는 내기에 대해서 이야기하고는 금방 돌아가버렸어요. 사나이는 걱정이 이만저만이 아니었어요. 어떻게 저 많은 나무를 다 베느냐고요. 사또는 분명히 일꾼들을 잔뜩 데리고 올 텐데, 그럼 내기는 해보나 마나 뻔한 거잖아요.

"서방님, 제게 좋은 수가 있어요."

우렁이 각시가 사나이에게 말했어요. 밥도 먹지 않고 끙끙 앓고 있는 사나이의 모습을 걱정스레 바라보고 있던 중이었지요.

"지금 바로 이 반지와 편지를 가지고 바다로 가세요. 그런 다음 이것들을 바다에 던지면 곧 길이 생길 거예요."

우렁이 각시는 끼고 있던 반지를 빼주었어요. 작게 접은 편지도 함께요. 사나이는 그것들을 들고 얼른 집을 나섰어요. 곧장 바다로 가서 우렁이 각시가 시킨 대로 해보았어요. 그랬더니 정말 놀라운 일이 벌어졌어요. 우렁이 각시가 말했던 대로, 바다 한가운데 길이 생기는 게 아니겠어요. 사나이는 길을 따라 들어갔어요. 이윽고 번쩍번쩍하고 으리으리한 궁전이 나왔고, 그 안에서 용왕님을 만나게 되었지요.

"힘들 때마다 열어보아라."

용왕님은 사나이에게 작은 호리병 하나를 건네주었어요. 사나이는 고맙다는 인사만 재빨리 한 채 얼른 용궁을 빠져나왔어요. 자기가 겪은 신기한 얘기를 얼른 우렁이 각시에게 들려주고 싶은 생각뿐이었지요.

다음날, 사나이는 호리병을 들고 산으로 갔어요. 사또는 많은 일꾼들을 데려와서 열심히 나무를 베도록 시키고 있는 중이었어요. 벌써 나무 절반이 베어져 있었지요.

사나이는 서둘러 호리병의 뚜껑을 열었어요. 그러자 정말 놀라운 일이 벌어졌어요. 호리병 안에서 몸집이 아주 작은 일꾼들이 수도 없이 쏟아져 나오는 것이었어요. 얼마나 많이 나왔는지 전부 셀 수도 없을 정도였어요. 손에는 저마다 작은 도끼를 쥐고 있었지요. 작은 일꾼들은 순식간에 산봉우리에 있는 나무들을 모두 베어버렸어요. 그리고 무슨 일이 있었냐는 듯이 아무렇지도 않게 다시 호리병 안으로 들어가버렸지요.

사나이는 눈앞에 벌어진 일이 믿겨지지가 않았어요. 호리병 덕분에 사나이가 내기에서 이긴 거예요! 사나이는 하늘로 날아갈 듯이 기분이 좋았어요. 이제는 사또 신경일랑 쓰지 않고 각시와 행복하게 살 일만 남았다고 생각했지요. 뭐 사또는 이미 화가 머리 꼭대기까지 차올라 있었지만요.

"이건 말도 안 돼! 분명히 무슨 꿍꿍이가 있었을 거야."

사또는 내기를 한 번 더 하자고 했어요. 이번에는 말을 타고 강을 빨리 건너는 사람이 이기는 내기였어요. 사나이는 또 걱정에 빠졌지요. 사또에게는 세상에서 제일 빠른 천리마가 있다는 것을 사나이도 잘 알고 있었거든요.

"힘내요, 서방님. 저는 서방님이 이기실 거라고 믿어요."

우렁이 각시는 사나이의 손을 꼭 잡아주었어요.

놀랍게도 이번 내기에서도 이긴 쪽은 사나이였어요. 강 앞에서 사나이는 호리병 뚜껑을 열었어요. 비쩍 마르고 쭈글쭈글하게 생긴 말 한 마리가 나왔어요. 사나이는 처음에 생김새만 보고 그 말을 무시했었어요. 그 말이 사또의 천리마를 앞지를 만큼 빠른 말이었다는 사실을 몰랐으니까요.

사또는 이번에도 순순히 물러나지 않았어요. 마지막으로 한 번만 더 내기를 하자고 했지요. 마지막 내기는 배를 타고 바다를 빨리 건너는 쪽이 이기는 것이었어요. 우렁이 각시는 이번에도 사나이를 응원해주었어요. 아무 걱정하지 말라고 했지요.

마지막 내기에서도 사나이는 호리병 뚜껑을 열었어요. 아주 작고 낡은 배가 한 척 나왔어요. 사또의 커다란 배에 비하면 정말 초라하고 볼품없는 배였어요. 하지만 작고 낡은 배는 마르고 볼품없었던 말만큼 엄청 빠른 속도로 나아갔어요.

한창 배를 타고 바다를 건너고 있을 때였을 거예요. 갑자기 시커먼 구름이 하늘을 뒤덮더니, 이내 비바람이 몰아치기 시작했어요. 사또의 큰 배가 바람을 가누지 못하고 기우뚱 기울어지더니만, 순식간에 뒤집어져 버렸어요.

그러나 사나이의 작고 낡은 배는 꼼짝 않고 있었어요. 오히려 바람을 따라 더 빨리 움직일 수 있었지요. 결국 마지막 내기에서도 사나이에게 승리가 돌아갔어요.

사나이는 결국 모든 내기에서 사또를 이길 수 있었어요. 그때쯤 바다에서는 한바탕 난리가 났어요. 사또는 물론 사또가 타고 있던 배까지도 찾을 수가 없었던 거예요. 아마도 바다 멀리 아주 먼 곳으로 떠내려가지 않았을까요? 마을 사람들은 마음씨 착한 사나이를 마을의 새로운 사또로 맞이했어요. 허름한 집에서 살던 부부는 곧 으리으리한 기와집에서 살 수 있게 되었지요.

"내기에서 이긴 건 모두 호리병 때문이었어요. 용왕님은 왜 제게 호리병을 건네주셨을까요? 그분은 대체 누구일까요?"

사나이가 고개를 갸우뚱거리며 말했어요.

"그분은 저의 아버지랍니다."

우렁이 각시의 얼굴에 환한 미소가 번졌어요.

"네? 그럼 제가 장인의 도움으로 내기에서 이길 수 있었다는 말인가요?"

사나이는 우렁이 각시의 이야기에 깜짝 놀랐어요. 정말로 장인의 도움이 없었다면 자기는 분명히 내기에서 지고 말았을 테니까요. 사나이는 조금 속상했어요. 결국은 자기 힘으로 내기를 이긴 게 아니라고 생각했지요.

"그렇지 않아요, 서방님. 서방님께서 저를 이토록 아끼고 사랑해주지 않았다면, 아버지도 우리를 도와주지 않았을 거예요. 세 번의 내기에서 이긴 것보다 더 중요한 건, 삼 년이 넘은 지금까지도 한결같이 저를 사랑해주었다는 사실이에요. 그것보다 더 소중하고 아름다운 일은 없을 거랍니다."

우렁이 각시는 사나이의 두 손을 꼭 잡아주었어요. 사나이도 우렁이 각시를 두 팔로 꼭 안아주었지요. 부부는 멀리 바다를 내다봤어요.

"아버님. 큰 도움 주셔서 감사합니다. 따님을 더 많이 아끼고 사랑하는 마음으로 보답하겠습니다."

임신 15주

15주 차에 들어 태반은 완전한 형태를 갖추게 됩니다. 태반은 임신 기간 동안 아기를 보호하고 아기에게 영양소와 산소, 혈액을 전해주는 역할을 할 것입니다. 이제 아기의 몸에서는 머리카락을 비롯해 눈썹과 체모가 자라나기 시작합니다. 피부에 땀샘이 형성되고 혀에는 맛을 느낄 수 있는 기관인 미뢰가 형성되기 시작합니다. 이제 아기는 양수를 들이마셨다 내뱉기를 반복하는가 하면, 때에 따라 엄지손가락을 빠는 형태의 행동을 보입니다. 또 눈을 가늘게 뜨거나 눈살을 찌푸리는 형태의 표정을 보이기도 합니다.

임신 중 유방의 크기가 커지는 것은, 출산 후 모유 수유를 위해서 유선이 발달하고 있기 때문입니다. 놀랍게도 지금 당신의 유방에서는 초유가 만들어지고 있습니다. 유두에서 약간 누리끼리한 분비물이 나올 수 있는데, 이는 초유가 만들어지는 과정에서 생길 수 있는 자연스러운 현상이니 놀라지 않도록 합시다. 앞으로도 당신의 몸은 아기의 엄마로서 부족함이 없도록 끊임없이 준비하고 변화할 것입니다.

"그녀를 만나야지!"

아침에 눈을 떠 이렇게 외치는 것만으로도, 종일 바랄 것이 없었던 베르테르. 로테를 사랑하는 순간이 천국과 같은 행복이라고 믿었던 베르테르. 그러나 베르테르의 사랑은 끝내 죽음으로 막을 내려야 했습니다. 로테의 곁에는 항상 남편 알베르트가 있었기 때문입니다. 슬픔에 빠진 베르테르는 죽기 전, 몇 통의 편지를 썼습니다. 일생을 바치고 싶을 만큼 사랑했던 로테에게는 당연한 것이었습니다. 여기에서 베르테르는 알베르트에게도 한 통의 편지를 남기는데, 이를 통해 자신의 사랑이 얼마나 순수하고 숭고했는지를 보여주었습니다.

"알베르토여, 나를 용서하십시오. 나는 죽음으로써 두 분의 행복을 빌겠습니다.

하느님의 축복이 당신에게 내리기를!"

당신이 누군가를 사랑할 때, 당신도 반드시 그 누군가로부터 사랑을 받아야 한다고 생각하지 않기를.

사랑하는 사람을 불신하고 시기하고 미워하게 되는 것만큼 슬픈 일은 없을 것이기 때문입니다.

누가 가장 행복할까?

어느 시골집 마당에 개와 닭과 매가 살고 있었어요. 하루는 세 동물이 행복에 대해 이야기를 나누게 되었어요.

"우리 중에서 누가 가장 행복할까?"

세 동물은 서로서로를 쳐다보며 물었어요. 먼저 개가 입을 열었어요.

"난 내가 제일 행복하다고 생각해. 나는 이 집에 처음 왔을 때부터 주인과 가깝게 지냈어. 봐봐! 지금도 내 집이 주인의 집과 가장 가깝게 놓여 있잖아. 난 항상 마당에 누가 들어오는지 지켜보고 있어. 우리 마을에 살지 않는 것 같은, 무섭게 생긴 아저씨가 마당에 들어오면 내가 캉캉하고 짖지. 그럼 주인은 빗자루를 들고 나와 아저씨를 쫓아내. 그런 다음에는 나를 꼬옥 끌어안아 준다고. 먹이도 보렴. 자기네들이 먹는 것과 똑같은 음식을 가져다주잖아. 나는 주인한테 사랑을 참 많이 받고 있어. 그러니까 내가 가장 행복한 것 같아."

개의 이야기가 끝나자 닭이 콧방귀를 팽 뀌었어요.

"그건 주인한테 사랑받는 게 아니야. 주인은 널 이용하고 있는 거라고. 그저 집이나 지키고 있으라고 말이야. 생각해봐. 네가 집 지키는 일 말고 또 하는 일이 뭐가 있는지. 없잖아. 그렇지? 게다가 네가 밤에 잘못 짖기라도 하면, 시끄럽다고 마구 구박하잖아. 그러니까 넌 주인한테 사랑받는 게 아니야. 행복한 것도 물론 아니고."

"그러는 너는 하는 일이 뭔데? 네가 하는 일을 주인이 좋아하기라도 한다는 말이야?"

닭의 이야기를 들은 개가 토라진 듯이 물었어요.

"그럼! 나는 매일같이 알을 낳잖아. 주인은 내가 낳은 알을 볼 때마다 아주 환한 얼굴로 웃어. 아이고, 요 귀여운 것. 또 예쁜 알을 낳았구나 하면서 말이야. 주인은 시장에 나가면 항상 내 모이를 사와. 그것도 아주 값비싼 걸로 말이야. 그러니 내가 얼마나 행복하겠니?"

"내가 보기에는 닭 너야말로 주인에게 이용당하고 있는 것 같아. 값비싼 모이를 사다 주는 건, 네가 그 모이를 먹고 더 좋은 알을 낳게 하기 위해서라고! 게다가 넌 닭장에 갇혀 있는 신세잖아."

매가 닭에게 말했어요. 닭은 금세 기분이 상하고 말았지요. 마지막으로 매가 이야기를 시작했어요.

"개집에 있건 닭장 안에 있건, 어차피 매여 있는 신세는 똑같네. 가끔 멀리 가보고 싶기도 할 텐데, 그렇게 갇혀 있기만 한 신세니 원."

매는 혀를 끌끌 찼고, 개와 닭은 입을 꼭 다물었어요. 사실 개는 항상 개집 안에만 있어야 했어요. 어쩌다가 주인 말을 안 듣기라도 하면, 줄에 메어지기가 일쑤였지요. 닭도 사정은 같았어요. 개집보다도 더 작은 닭장 안에 여러 마리의 닭이 함께 모여 살았거든요. 새끼들은 점점 더 많아지는데 닭장의 크기는 그대로이니 여간 불편한 게 아니었어요.

"너희, 이 마당을 나가면 무엇이 있는지 아니? 밖에 나가면 높은 산도 있고, 깊은 강도 있어. 나는 훨훨 날 수 있어서 정말 행복해."

매는 자신 있게 말했어요. 개와 닭은 그런 매가 얼마나 부러웠는지 몰라요. 기분이 좋아진 매는 더 으스대고 싶었어요. 두 날개를 쭉 뻗어 보란 듯이 하늘로 날아오르는 시늉을 했어요. 그때 개와 닭이 궁금하다는 듯이 고개를 갸우뚱했어요.

"그런데 매야. 사냥을 나갔을 때 말이야. 그때 돌아오지 않고 더 멀리 가버리면 되는데, 왜 번번이 집으로 돌아오니? 밖에는 먹이가 더 많지 않아?"

개와 닭의 말에 매는 아무 대답도 할 수 없었어요. 제일 자유로운 줄 알았던 자기야말로, 주인이 시키지 않았는데도 꼬박꼬박 집으로 돌아오고 있었으니 말이지요. 결국 세 동물은 가장 행복한 동물을 가리지 못하고 말았답니다.

금빛 사과를 보셨나요?

옛날 어느 나라의 궁궐 안에 금빛 사과가 열리는 나무가 있었어요. 그 사과를 먹으면 앓고 있던 병이 씻은 듯이 낫게 된다고 알려져 있었지요. 한 가지 참 신기한 일이 있었나면, 궁궐의 주인인 왕이 아직까지 금빛 사과를 한 번도 먹어본 적이 없었다는 사실이에요. 금빛 사과는 새벽 무렵에 열리곤 했는데 이상하게도 아침이 되면 감쪽같이 사라져버렸거든요. 여기저기 아픈 곳이 많았던 왕은 금빛 사과를 딱 한 개만 먹을 수 있었으면 하고 간절히 바랐어요.

도대체 금빛 사과는 다 어디로 사라지는 것일까? 세 왕자는 머리를 맞대고 생각했어요. 왕자들은 왕에게 꼭 금빛 사과를 가져다주고 싶었어요. 생각 끝에, 새벽에 잠을 자지 않고 한번 사과나무를 지켜보기로 했어요. 하지만 잠을 자지 않는다는 건 결코 만만한 일이 아니었어요. 첫째 왕자와 둘째 왕자 모두, 깜빡 잠이 들고 말았던 거지요. 그 사이에 금빛 사과는 순식간에 사라져버렸고요.

이제 금빛 사과의 비밀은 셋째 왕자만 풀 수 있는 일이 되었어요. 셋째 왕자는 금빛 사과가 열리는 나무 옆에 자리를 펴고 앉았어요. 밤새도록 이 생각 저 생각을 하며 시간을 보냈어요. 왕자는 특히 예쁜 신부 생각을 많이 했어요. 어서 빨리 예쁘고 착한 신부를 만나 결혼하고 싶다는 생각을요. 생각만 해도 행복한 일이었어요. 잠은 저만치 물러나고 없었지요.

금세 새벽이 다가왔어요. 사과나무 옆에서 푸드득 하는 소리가 났어요. 왕자는 하마터면 잠이 들 뻔했다가, 깜짝 놀라 일어났어요. 사과나무 밑에 공작 한 마리가 앉아 있었어요. 공작은 화려한 날개를 뽐내고 있었어요. 그때 갑자기 하얀 구름 같은 것이 일어 났어요. 순식간에 공작은 어여쁜 처녀로 변했어요!

"정말 아름다운 모습이로군!"

왕자는 처녀로 변한 공작의 모습을 보며 넋을 잃고 말았어요. 그 사이 처녀는 금빛 사과를 모두 따서 치마폭에 담고 있었어요. 왕자는 정신을 차리고 서둘러 처녀의 곁으로 달려갔어요.

"도대체 무슨 일로 이 사과들을 모두 따가는 것인가요?"

왕자가 나무를 막으며 말하자 처녀는 깜짝 놀랐어요. 처녀는 머뭇머뭇하다가 곧 이야기를 털어놓았어요. 처녀가 털어놓은 이야기는 아주 놀라웠어요.

산속 깊은 곳에 욕심이 아주 많은 마녀가 살고 있었어요. 마녀는 자기보다 예쁜 처녀들을 보기만 하면 가만히 두지를 않았어요. 전부 공작으로 만들어버렸지요. 다시 사람의 모습이 되고 싶으면, 날마다 궁궐에 가서 금빛 사과를 따오라고 시켰어요. 하지만 처녀들 중 누구도 금빛 사과를 따오지는 못했어요. 궁궐 앞에 무시무시한 병사들이 지키고 있었으니까요. 하는 수 없이 병사들이 다 잠든 새벽에만 사과를 따야 했어요. 마녀는 사과를 따온 처녀에게 아주 잠깐씩만 사람의 모습으로 돌아올 수 있도록 해주었어요. 물론 아무도 보지 않는 새벽에만 말이지요.

처녀의 이야기를 들은 왕자는 마음이 아팠어요. 그럼 그동안 금빛 사과를 따기 위해 밤마다 한숨도 잠을 자지 못했다는 거잖아요. 왕자는 처녀의 손을 꼭 잡았어요.

"알겠어요. 사과를 모두 가져가세요. 다만 한 가지 부탁이 있습니다. 아버지가 사과를 꼭 드시고 싶어 하니, 더도 말고 덜도 말고 딱 한 개만 남겨주고 가세요!"

왕자는 간절하게 부탁했어요. 처녀는 왕자의 손에 사과 두 개를 건네주었어요.

"하나는 왕의 것, 다른 하나는 왕자님의 것."

그러고는 다시 하얀 구름을 일으키며 휙 사라져버렸어요.

그날 아침, 왕자는 왕에게 금빛 사과를 바쳤어요. 왕은 믿기지 않는지 눈을 몇 번이나 떴다 감았다 했어요. 이 세상 어떤 사과보다 맛있는 사과를 먹게 해줘서 고맙다며, 왕자를 칭찬했어요. 왕자는 다른 왕자들에게 간밤에 있었던 이야기를 들려주었어요.

"에잇, 거짓말! 공작이 어떻게 처녀로 변해?"

"산속에 마녀가 산다는 얘기는 들어보지도 못했는걸?"

왕자들은 셋째 왕자의 이야기를 믿지 않았어요. 셋째 왕자가 잠결에 헛것을 본 게 분명하다고 큰 소리를 냈지요. 셋째 왕자도 문득 자신의 눈이 의심됐어요.

'정말 공작이 왔었던 것일까?'

그날 밤 셋째 왕자는 다시 사과나무 옆에서 밤을 지새웠어요. 새벽이 되면 다시 공작이 나타날 거라고 믿었어요. 그런데 이상한 일이었어요. 새벽이 되고 아침이 밝을 때까지도 공작이 나타나지 않는 것이었어요. 금빛 사과는 나무에 그대로 매달려 있었지요.

그날 이후로 왕은 물론 궁궐 안의 사람들 모두가 금빛 사과를 맘껏 먹을 수 있게 되었어요. 사과를 먹은 사람들은 정말로 아픈 곳이 싹 낫게 되었어요. 사람들은 기뻐했지만 왕자는 기쁘지가 않았어요. 더 이상 공작을 볼 수 없게 되었으니까요. 또 하루가 가고 다시 하루가 가도 공작은 나타나지 않았어요. 왕자는 공작, 아니 처녀로 변한 공작이 정말 보고 싶었어요.

결국 왕자는 공작을 찾기 위해 산속으로 향했어요. 며칠 밤을 헤매며 공작을 찾았어요. 그러다가 깊은 밤, 어느 골짜기에서 공작을 찾게 되긴 했는데⋯⋯. 세상에, 똑같이 생긴 공작 수십 마리가 우르르 몰려 있어서, 왕자가 그토록 그리워하던 공작을 찾기가 쉬운 일이 아니지 않겠어요.

'과연 어떤 공작이 그때 금빛 사과 두 개를 건네주었던 공작이란 말인가!'

왕자가 슬퍼하고 있을 때 골짜기 어딘가에서 마녀의 목소리가 들렸어요. 마녀는 왕자의 마음을 꿰뚫고 있기라도 하듯 말했어요.

"수많은 공작 중 왕자가 찾고 있는 공작을 한 번에 찾아낸다면, 그 공작은 물론 여기 있는 모든 공작들을 원래의 모습으로 돌려주겠어요. 하하하."

마녀는 큰 소리로 웃었어요. 왕자가 결코 해낼 수 없을 거라고만 여겼거든요. 왕자는 공작 하나하나를 꼼꼼히 살폈어요. 하나같이 똑같이 생겨서 쉽게 찾을 수가 없었어요.

시간은 자꾸만 흘러갔고, 왕자는 공작을 찾는 일을 포기해야만 하는 순간이 되었어요. 그때 왕자의 눈에 한 공작이 보였어요. 다리에 나무에 긁힌 듯한 상처가 있는 공작이었어요. 순간 왕자의 머릿속에 사과를 따고 있던 처녀의 모습이 떠올랐어요. 왕자는 재빨리 다가가 공작을 붙잡았어요.

"바로 이 공작입니다! 이 공작이 바로 제가 찾던 공작입니다!"

왕자는 큰 소리로 말했어요. 왕자의 말이 떨어지자마자 놀라운 일이 벌어졌어요. 골짜기에 있던 모든 공작들이 예쁜 처녀의 모습으로 돌아오는 게 아니겠어요! 왕자의 손에는 왕자가 그토록 그리워했던 처녀의 손이 쥐어져 있었어요.

"저는 왕자님을 믿었어요. 저를 찾으실 수 있을 거라고."

처녀는 고마운 마음에 눈물을 흘렸고, 왕자는 처녀를 따뜻하게 안아주었어요.

함께 궁궐로 돌아온 왕자와 공작, 아니 왕자와 처녀를 보며 왕이 말했어요.

"금빛 사과보다 더 귀한 선물을 준비했구나!"

왕은 두 사람을 진심으로 축하해주었어요. 이후 셋째 왕자와 처녀는 결혼을 하여 행복하게 살았어요. 첫째 왕자와 둘째 왕자는 산속을 그렇게 헤매고 다니기 시작했대요. 혹시 또 공작으로 변한 처녀가 없는가 하면서 말이지요.

프로메테우스의 선물

인간이 생겨나기 전의 세상은 온통 뒤죽박죽이었어요. 하늘과 땅, 산, 바다, 바람이 모두 뒤엉켜 있었지요. 하늘에 있던 신들은 이러한 세상을 그냥 두고 볼 수만은 없어서 산과 바다, 땅을 나누고, 모든 자연을 제자리로 돌려놓았어요. 깨끗이 정리된 세상에서는 날짐승과 들짐승들이 살기 시작했고, 꽃과 나무도 자라났어요.

거인족 티탄족의 신이었던 프로메테우스는 조금 더 세상을 바꾸고 싶었어요. 신들이 깨끗하게 정리해놓은 세상을 더 아름답게 가꿔줄 존재가 있었으면 한 거예요. 고민 끝에 프로메테우스는 아우 에피메테우스와 함께 인간을 만들기로 결정했어요. 이들은 곧장 땅으로 가서 흙을 조금 떼어냈어요. 여기에 물을 붓고 반죽을 하여 신들의 모습과 비슷하게 생긴 인간을 만들었어요. 프로메테우스는 인간이 꽃과 나무는 물론 다른 짐승들과도 사이좋게 지낼 수 있기를 바랐지요.

그때쯤 에피메테우스는 동물들에게 갖가지 선물을 나눠주기 시작했어요. 용맹하게 생긴 동물에게는 날카로운 발톱을 주었고, 날렵하게 생긴 동물에게는 빠르게 달릴 수 있는 다리를 주었어요. 연약하고 납작한 몸을 가진 동물에게는 딱딱한 등껍질을, 너무 작은 몸을 가진 동물에게는 날개를 주었어요. 사실 선물을 다 주고나면 두 형제는 다시 신들의 세계로 돌아갈 계획이었지요.

그러다가 드디어 인간에게도 선물을 주어야 하는 차례가 돌아왔어요. 프로메테우스는 밤낮으로 고민했어요.

'도대체 무얼 가져다주어야 인간이 더 풍요롭게 지낼 수 있을까?'

프로메테우스는 에피메테우스와 계속해서 이야기했어요. 안타까운 건, 에피메테우스가 가장 나중에 만들어진 인간은 생각지도 않고, 모든 선물을 다 써버리고 말았다는 것이었지요. 결국 인간에게는 나누어줄 선물이 하나도 남아 있지 않은 상황이었어요. 두 형제는 곧 실망에 빠지고 말았어요. 그러면서도 인간에게 아무것도 주지 않으면, 인간은 가장 약한 존재가 될 거라고 걱정하기 시작했어요.

어느 날, 프로메테우스가 갑자기 무릎을 탁 치더니 자리에서 벌떡 일어났어요.

"그래, 바로 그거야!"

프로메테우스는 무언가 대단한 선물거리라도 생각해낸 것 같았어요. 산속에 떨어진 나뭇가지 하나를 주워 들더니, 재빨리 하늘로 날아올랐어요. 마침 아테나 여신이 이륜차를 타고 하늘을 날고 있는 중이었어요. 아테나의 이륜차에서 불길이 활활 타올랐어요. 프로메테우스는 그 불길에 나뭇가지를 가져다 댔어요. 곧 그가 들고 있는 나뭇가지에 불이 옮겨 붙었어요.

프로메테우스는 곧장 땅으로 내려왔어요. 불이 꺼지기라도 할까 봐 조심조심하며, 불이 타오르고 있는 나뭇가지를 들고 인간들에게 향했어요. 프로메테우스가 인간들을 위해 준비한 선물은 바로 이 불이었던 거예요. 천상의 세계에만 있던 불을 인간들에게도 가져다주고 싶었던 것이었지요.

프로메테우스의 예상은 딱 맞아떨어졌어요. 인간들은 프로메테우스가 가져다준 불 덕분에 훨씬 더 편안하고 풍요롭게 살 수 있었어요. 불을 이용해 무기를 만들기도 하고 연장도 만들었어요. 연장으로는 농사를 지을 수 있게 되었고, 무기로는 다른 동물들을 다스릴 수 있게 되었지요. 따뜻한 불이 있어서 추운 겨울에도 건강한 몸을 유지할 수 있었고, 음식을 더 맛있고 신선하게 만들어 먹을 수 있었어요. 이로써 인간은 지상의 세계에서 아주 편안하게 지낼 수 있게 된 것이었지요.

그 이후로 인간들이 프로메테우스를 위해 꼬박꼬박 제사를 올리게 된 이유가 바로 여기에 있어요. 나중에 무시무시한 벌을 받게 될지언정, 그는 인간에게 꼭 필요한 선물을 가져다준 유일한 신이었으니 말이지요.

은혜를 갚은 쥐

바람이 선선하게 부는 어느 가을날이었어요. 쥐 한 마리가 친구들을 만나기 위해 산속으로 가고 있는 중이었어요. 저 앞에 볼록 솟은 언덕이 보였어요.

'처음 보는 언덕인걸?'

쥐는 언덕을 자세히 들여다봤어요. 언덕을 넘어갈 생각을 하니 벌써부터 힘이 빠졌어요. 쥐는 친구들 생각을 하며 영차영차 힘을 내서 언덕을 올랐어요.

언덕에는 올록볼록한 봉우리들이 여러 개 솟아나 있었어요. 그런데 이상한 일이었어요. 봉우리들이 생겼다가 사라졌다가 하는 게 아니겠어요. 쥐는 잘못 본 건 아닌가 하고 몇 번이나 눈을 씻어 다시 보았어요.

그때였어요. 갑자기 언덕이 높이 솟아올랐어요. 쥐는 언덕 밑으로 떼구루루 굴러 떨어졌어요. 순간 쥐는 하마터면 뒤로 까무러칠 뻔했어요. 언덕인줄로만 알았는데, 알고 보니 그건 사자의 등이었던 거예요! 사자는 곤하게 낮잠을 자고 있던 중이었어요. 그런 줄도 모르고 쥐는 사자의 등이 언덕인 양 올라가고 있었던 거지요. 사자는 잔뜩 화가 나서 당장이라도 쥐를 잡아먹을 듯이 으르렁거렸어요.

"사자님! 한 번만 살려주세요! 그럼 제가 이 은혜는 꼭 갚을게요!"

쥐는 눈물을 흘리며 간절하게 애원했어요. 그 모습을 본 사자의 마음이 조금 누그러졌어요. 사자는 쥐가 몹시 가여워 보여서, 이번 한 번만 용서해주기로 했어요. 쥐는 수십 번도 넘게 고맙다고 인사를 했지요.

며칠 후, 산속에 사냥꾼이 나타났어요. 산속의 모든 동물들은 사냥꾼이 쳐놓은 덫에 걸리지 않으려고 조심조심해서 걸어 다녔어요. 그런데 하필이면 사자가 그 덫에 걸리고 말았지 뭐예요. 사냥꾼은 사자를 밧줄로 꽁꽁 묶었어요.

"이래 봬도 숲 속의 왕인 몸인데, 이제는 밧줄에 꽁꽁 묶인 신세가 되었구나."

사자는 밧줄에 묶인 채 몹시 슬퍼하고 있었어요. 눈물도 조금 흘렸던 것 같아요. 아무리 몸부림을 쳐봐도 밧줄은 꼼짝도 하지 않았어요. 오히려 움직이면 움직일수록 더 세게 사자를 조일 뿐이었지요.

그때였어요.

"사자님! 사자님!"

어디선가 사자를 부르는 작은 목소리가 들렸어요.

"사자님! 저를 모르시겠어요? 며칠 전 살려주셨던 쥐예요!"

목소리의 주인공은 며칠 전 사자가 살려준 바로 그 쥐였어요.

"제가 사자님을 구해드릴게요. 잠시만 기다려보세요!"

쥐는 자신 있는 목소리로 말했어요.

"이렇게 커다란 몸뚱이로도 아무 힘을 못 쓰는데, 네가 어떻게 돕겠다는 거니?"

사자는 쥐의 말이 믿기지 않는지 고개만 흔들었어요.

"두고 보세요! 제가 꼭 구해드릴게요!"

쥐는 밧줄에 묶여 있는 사자 곁으로 바짝 다가왔어요. 그러고는 이빨로 밧줄을 쓱싹쓱싹 갉아대기 시작했어요.

"어림없는 짓이야. 언제 이 두꺼운 밧줄을 다 갈겠다는 거야!"

사자는 실망했어요. 보나마나 쥐가 지칠 게 뻔한 일이니까요. 쥐는 사자의 말에는 아랑곳하지 않고 열심히 밧줄을 갉아댔어요. 이빨이 많이 아팠지만 꾹 참았어요.

한참 시간이 지났을 거예요. '뚝' 하는 소리와 함께 밧줄이 끊어졌어요! 사자도 쥐도 모두 깜짝 놀랐지요.

"고맙다, 쥐야. 고마워!"

이렇게 해서 사자는 쥐 덕분에 목숨을 구할 수 있었어요. 정말로 쥐가 은혜를 갚은 것이었고요.

프시케와 에로스의
사랑 이야기

옛날 아주 먼 옛날 어느 나라에 세 명의 딸을 둔 왕이 있었어요. 왕에게는 고민이 한 가지 있었는데, 바로 셋째 딸 프시케가 아직까지 결혼을 하지 못했다는 사실이었어요. 왕은 매일같이 신전에 올라가 기도를 드렸어요. 두 딸은 이미 결혼을 했는데, 왜 세 딸 중 가장 예쁜 막내만 아직도 결혼을 못하는 것인지 정말 속상했지요.

그러던 어느 날, 신전으로부터 기다리고 기다리던 신탁이 내려왔어요.

"막내는 괴물의 아내가 될 것이다. 날이 밝으면 산 위에 딸을 데려다 놓거라."

신탁을 들은 왕은 깜짝 놀랐어요. 괴물의 아내가 되다니, 정말 말도 안 되는 신탁이라고 생각했어요. 하지만 신이 내린 신탁은 거절할 수가 없었어요. 신탁대로 프시케를 괴물에게 바쳐야만 했지요. 캄캄하고 긴 밤이 흘러갔어요. 왕은 괴물의 아내가 되어야 하는 프시케를 보며 밤새 울었어요.

다음날 아침, 왕은 딸에게 고운 새 옷을 입히고는 함께 산꼭대기로 향했어요. 이윽고 서쪽 바람의 신 제피로스가 다가오더니, 휘이익 바람 소리를 내며 순식간에 프시케를 데리고 가버렸어요. 왕은 지난밤처럼 하염없이 눈물만 흘려야 했답니다.

프시케가 도착한 곳은 아주 아름다운 궁전이었어요. 화려한 장식들이 가득하고 맛난 음식들이 곳곳에 차려져 있었어요. 참 이상한 점은, 모습은 보이지 않고 목소리만 들리는 하인들이 프시케의 시중을 들어주고 있다는 사실이었어요. 시원한 주스를 가져다주고, 예쁜 옷으로 갈아입혀 주고, 편안한 잠자리까지 봐주었어요.

시간이 얼마나 흘렀을까. 궁전 안은 금세 어둠으로 가득 찼어요. 이제는 하인들의 목소리조차도 들리지 않게 되었어요. 프시케는 어리둥절한 표정으로 주위를 훑어보았어요. 물론 컴컴해서 아무것도 볼 수 없었지요.

그때 낮고 조용한, 남자의 목소리가 들려 왔어요.

"내가 바로 당신의 남편이랍니다."

프시케는 다시 주위를 두리번거렸어요. 어디에도 남편의 모습은 보이지 않았어요. 프시케는 아버지가 일러준 신탁을 떠올렸어요. 괴물의 아내가 될 것이다! 그때부터 프시케는 더 이상 남편의 모습을 보려고 하지 않았어요. 괴물의 모습이라면, 차라리 보지 않는 편이 나을 거라고 생각했던 거예요.

남편은 밤새도록 프시케와 함께 있었어요. 재미있는 이야기도 해주고, 친절하게 다리도 주물러주었어요. 그러더니만 날이 밝아올 때쯤 스르르 사라져버렸지요.

다음날도, 그 다음날도, 또 그 다음날도, 남편은 캄캄한 밤에 찾아와서는 날이 밝기 전에 사라져버렸어요. 그러는 동안 프시케는 점차 남편을 편하게 생각하게 되었어요. 어떻게 보면 괴물과 결혼하여 산다고 하기에는 믿겨지지 않을 만큼, 행복한 생활을 하고 있었는지도 몰라요.

그 사이 궁전에서는 프시케에 대한 걱정이 떠나질 않았어요. 왕은 물론이며, 프시케의 두 언니도 걱정이 태산이었지요. 결국 두 언니는 프시케를 찾아 나섰어요.

놀랍게도 프시케의 남편은 이 사실을 다 알고 있었어요. 어느 날 밤, 남편은 프시케에게 이렇게 말했어요.

"곧 당신의 언니들이 찾아올 것입니다. 당신은 절대 언니들을 만나서는 안 됩니다. 언니들이 아무리 당신의 이름을 불러도 절대로 대답하지 마세요."

프시케는 남편의 말을 따르겠다고 대답했어요. 정말 신기하게도 다음날부터 언니들이 프시케를 찾아오기 시작했어요.

"프시케야, 프시케야. 잘 지내고 있니?"

"아버지께서 많이 걱정하셔. 대답 좀 해보렴, 프시케야."

언니들은 매일같이 프시케를 찾아왔어요. 프시케가 하마터면 '언니' 하고 대답할 뻔한 순간이 한두 번이 아니었지요. 프시케는 간절한 목소리로 남편에게 말했어요.

"제발, 언니들을 만날 수 있게 해주세요."

프시케의 애원에 남편도 고민하는 듯 한숨을 푹 내쉬었어요.

"그렇다면 한 가지 약속을 지켜주세요."

남편이 프시케의 손을 붙잡았어요.

"언니들이 아무리 당신을 꼬여도, 절대로 나의 얼굴을 보지 않겠다고!"

프시케는 남편의 말을 전부 이해할 수는 없었지만, 약속만큼은 꼭 지키겠다고 대답했어요. 금세 날이 밝아왔어요. 남편은 다시 연기처럼 사라져버렸지요.

날이 밝자마자 프시케는 언니들을 궁전으로 불러들였어요. 세 자매는 오랜만에 얼굴을 보며 얼마나 반가워했는지 몰라요. 언니들은 동생도 동생이지만, 아름다운 궁전의 모습에 그만 홀딱 반하고 말았어요. 자기들이 살고 있는 궁전과는 비교도 안 될 만큼 근사하고 우아한 곳이었지요. 괴물과 결혼하여 불행하게 살고 있을 줄 알았던 동생이, 하인들의 시중까지 받으며 이렇게 근사하게 살고 있다니……. 언니들은 궁전을 구경하는 데 정신이 쏙 빠져 있었어요.

프시케는 언니들에게 갖가지 선물을 내어주었어요. 반짝반짝 빛나는 보석으로 장식된 드레스는 물론, 탱글탱글한 과일로 가득 차 있는 바구니까지 아낌없이 챙겨주었지요. 언니들은 모두 행복한 미소를 보이며 돌아갔어요.

"프시케가 행복해 보여서 다행이야."

"그래, 아버지도 이 소식을 들으시면 정말 기뻐하실 거야."

언니들은 행복하게 살고 있는 프시케의 모습을 계속해서 떠올렸답니다.

프시케를 만나고 온 언니들의 입에서는 칭찬이 마를 날이 없었어요. 두 눈에 다 담기에는 부족할 만큼 근사한 궁전에, 종류를 헤아릴 수 없을 만큼 다양한 음식, 한 번씩 다 입어보기에도 날이 부족할 만큼 많은 드레스까지, 언니들은 프시케를 만나서 보고 온 것들을 모두 이야기했어요. 게다가 괴물이라고 알려진 남편은 몹시 친절하고 사랑스러워서, 괴물인지 아닌지 알 수 없을 정도라고 했지요. 프시케의 소식을 들은 사람들은 그제야 마음을 놓고 기뻐했어요.

그러던 어느 날이었어요. 두 언니는 뜰에 나와 책을 읽고 있는 중이었어요.

"어떻게 괴물하고 살면서 그렇게 행복할 수가 있지?"

"맞아! 분명히 무슨 비밀이 있을 거야."

언니들은 프시케의 남편이 진짜로 누구인지 궁금했던 거예요. 곧장 프시케를 찾아갔어요. 프시케는 다시 찾아온 언니들이 반가울 뿐이었어요. 그동안 프시케는 아이를 가졌는지, 배도 제법 볼록하게 나와 있었어요. 그런데 이번에는 언니들의 행동이 조금 이상했어요. 근사한 궁전 구경도, 맛있는 점심 식사도 마다했어요. 대신 프시케 뒤만 졸졸 쫓아다니며 남편에 대해 계속해서 캐묻는 것이었어요.

"프시케, 남편은 어떻게 생겼어? 얼굴은 직접 본 적 있어?"

"그래. 분명히 신께서 무시무시한 괴물이라고 했잖아. 그렇다면 너의 뱃속에 있는 아이도 괴물일지 모른다고!"

언니들은 쉬지 않고 남편 이야기만 했어요. 프시케에게 오늘 밤만은 꼭 남편의 얼굴을 직접 확인해보라고 시켰지요.

언니들이 돌아가고 나서 프시케는 혼자 생각에 잠겼어요. 잘 생각해보니 언니들 말이 틀린 것도 아니었던 거예요.

'얼굴도 모르는 남편의 아이를 낳을 수는 없어!'

결국 프시케는 이런 생각까지 하게 되었어요. 오늘 밤은 정말 언니들의 말대로 남편의 얼굴을 꼭 보고야말겠다고 다짐했지요.

깊은 밤이 되었어요. 캄캄한 어둠 속을 뚫고 어김없이 남편이 찾아왔어요. 남편은 이런저런 이야기를 하더니만 이내 잠이 들었어요. 프시케는 이때다 싶었어요. 침실 구석을 밝히고 있는 램프가 눈에 들어왔어요. 프시케는 살며시 램프를 들어 올렸어요. 살금살금 다가가서는 램프를 남편의 얼굴 옆에 가져다 대었어요. 이윽고 램프의 불빛에 남편의 얼굴이 드러났어요. 그런데, 이게 어떻게 된 일일까요? 남편의 얼굴을 본 프시케는 그 자리에 주저앉고 말았어요.

"세상에! 내 남편이 에로스였다니!"

에로스는 그리스의 신들 중에서도 가장 젊고 멋진, 사랑의 신이었어요. 프시케는 에로스가 자신의 남편인 줄도 모르고 지냈던 거예요. 불빛에 비친 에로스의 모습은 정말 아름다웠어요. 프시케는 그대로 넋을 잃고 말았지요.

그때였어요.

"앗!"

잠들어 있던 에로스가 비명을 지르며 깨어났어요. 프시케가 넋을 잃고 있는 사이, 램프의 기름이 에로스의 어깨에 떨어졌던 거예요. 잠에서 깬 에로스는 그제야 모든 상황을 눈치채게 되었어요. 절대 자신의 얼굴을 보아선 안 된다고 했건만, 프시케는 그 약속을 지키지 못했지요. 에로스는 그대로 그녀의 곁을 떠나고 말았어요.

프시케는 남편과의 약속을 지키지 못한 것이 내내 마음에 걸렸어요. 남편은 떠난 뒤로 다시는 돌아오지 않았지요. 프시케는 아무것도 먹지 못하고 잠도 자지 못했어요. 하루하루가 갈수록 점점 병들어 갔어요. 이 소식이 프시케의 고향에도 전해졌어요. 두 언니는 프시케를 고향으로 데리고 왔어요. 언니들도 곧 프시케의 남편이 사랑의 신 에로스였다는 사실을 알게 되었어요.

그 순간부터 언니들의 가슴 속에는 다시 질투가 싹트기 시작했어요. 자신들도 에로스의 아내가 되고 싶다고 생각했어요. 어떻게 하면 에로스의 아내가 될 수 있을까? 언니들은 생각 끝에 처음에 프시케가 했던 것처럼 산꼭대기로 올라갔어요. 서쪽 바람의 신, 제피로스가 와서 자신들을 데려가주기를 바라면서요. 하지만 한참 시간이 지나도 바람은 불지 않았어요. 바람 대신 언니들의 한숨 소리만 산속에 울려 퍼졌을 뿐이었지요.

사실 프시케와 에로스의 사랑 이야기에는 숨은 비밀이 한 가지 있었어요. 바로 에로스의 엄마이자, 미의 여신인 비너스에 관한 것이었어요. 아주 오랜 옛날부터, 비너스는 자신이 가장 아름다운 여신이라고 생각해왔어요. 그런데 어느 날, 인간들 중에 자신보다 더 아름다운 여자가 있다는 소문을 듣게 된 거예요. 그 여자가 바로 프시케였지요.

'나보다 더 아름다운 여자는 있을 수 없어!'

비너스는 곧장 프시케가 살고 있는 궁전으로 찾아갔어요. 누구에게 들키기라도 할까봐 몰래 프시케의 모습을 들여다봤어요. 눈은 별빛처럼 반짝였고, 입술은 석류를 머금은 듯 붉었어요. 볼은 선홍빛으로 물들어 있었고, 길게 늘어뜨린 머리카락에서는 윤기가 주르륵 흘렀지요.

'과연 듣던 대로 아름답구나.'

프시케의 모습을 본 비너스는 질투심에 불타오르기 시작했어요.

"사랑하는 나의 아들 에로스야. 지금 당장 프시케라는 여자에게 가서, 그녀를 가장 못생긴 남자의 아내로 만들도록 해라."

비너스는 아들 에로스에게 명령했어요. 에로스는 어머니의 명령에 따르겠다고 약속했지요. 에로스에게는 남자와 여자 사이에 사랑이 싹 틀 수 있도록 만들어주는 화살이 있었거든요. 에로스는 어머니가 말한 프시케라는 여자와, 세상에서 가장 못생긴 남자에게 사랑의 화살을 쏘아줄 생각이었어요.

드디어 에로스가 프시케를 찾아내어 화살을 쏘려고 한 순간이었어요. 그때가 바로 프시케가 괴물의 아내가 되기 위해 산꼭대기에 서 있던 때였지요. 프시케에게 화살을 쏘려는 순간, 에로스는 힘없이 활대를 내려놓고 말았어요. 프시케의 아름다운 모습을 보고 도저히 화살을 쏠 수 없었어요.

"저토록 아름다운 여자는 처음 보는구나. 나의 아내가 되면 좋으련만!"

에로스는 서쪽 바람의 신 제피로스에게 부탁했어요. 프시케를 자신이 살고 있는 궁전으로 데려와달라고 말이지요. 제피로스는 에로스의 부탁을 들어주었어요. 이로써 에로스는 프시케와 함께 살 수 있게 되었어요. 하지만 에로스의 머릿속에서는 걱정이 떠나지 않았어요. 이대로라면 어머니와의 약속을 어긴 게 되고 말테니까요. 에로스는 곰곰이 생각한 끝에, 자신의 모습을 밝히지 말아야겠다고 마음먹었어요.

얼마간의 시간 동안 둘은 아주 행복하게 지낼 수 있었어요. 서로의 모습을 보지 않아도, 충분히 믿고 사랑할 수 있었어요. 언니들의 꼬임에 넘어간 프시케가 에로스의 어깨에 기름을 떨어트리기 전까지는 말이지요.

둘은 정말 사랑했던 게 분명했어요. 궁전에 혼자 남게 된 프시케는 매일 눈물로 지새웠어요. 프시케의 곁을 떠난 에로스도, 그녀가 보고 싶어 견딜 수가 없었고요. 곧 비너스가 이 모든 사실을 알게 되었어요. 그녀는 당장 프시케를 찾아갔어요.

"감히 내 아들을 차지하려 했다니! 지금부터 내가 시키는 과제들을 풀지 못하면, 널 세상에서 가장 못생긴 여자로 만들어버리겠다!"

비너스가 무서운 얼굴을 하고는 말했어요.

"이 자루 안에 들어 있는 곡식들을 종류별로 나누어 놓아라. 시간은 저녁때까지다."

비너스는 커다란 자루를 내던지고는 사라져버렸어요. 프시케는 수십 가지 종류의 곡식이 뒤죽박죽 섞여 있는 자루를 들여다보고는 펑펑 울고 말았어요.

그때였어요. 어디선가 까만 개미떼가 우르르 몰려들었어요. 개미떼들은 프시케가 보는 앞에서 순식간에 곡식들을 분류하더니만 다시 우르르 어디론가 사라져버렸어요. 정말 눈 깜짝할 사이에 벌어진 일이었어요. 종류별로 차곡차곡 담겨 있는 곡식들을 보고 비너스는 깜짝 놀랐어요. 곧장 두 번째 과제를 내기에 바빴어요.

"강가에 가서 황금 양털을 가지고 오너라."

"네, 황금 양털이라고요?"

프시케는 깜짝 놀랐어요. 황금 양털을 가지고 있는 숫양들은 사람을 잡아먹기로 유명했거든요. 이번 과제만큼은 정말로 자신이 없었어요. 프시케가 할 수 있는 일이라고는 쉼 없이 눈물만 흘리는 일뿐이었어요.

그때, 프시케를 지켜보고 있던 갈대가 말했어요.

"프시케님, 울지 말아요. 조금 있으면 양들이 물을 마시러 나올 거예요. 양들은 앞다투어 물을 먹으려고 야단을 펴요. 그러고 나면 나뭇가지와 가시마다 양들의 털이 잔뜩 걸리게 되지요. 그걸 비너스에게 가지고 가세요."

갈대의 이야기에 프시케는 들떴어요. 정말 잠시 후 양 떼들이 물을 마시러 나왔고, 프시케는 커다란 나무 뒤에 숨어서 양들이 물을 다 마실 때까지 기다렸어요. 얼마 후 양들이 돌아간 자리에는 정말 양털이 잔뜩 남아 있지 않겠어요. 프시케는 그 양털을 모두 모아서 비너스에게 가져다주었어요. 깜짝 놀란 비너스는 헛기침을 하는 척하며, 마지막 과제를 내겠다고 말했어요.

"이 병 속에 스틱스 강의 검은 폭포 물을 담아오너라."

비너스가 옷섶 사이에서 작은 병을 하나 꺼냈어요. 마지막 과제는 프시케가 절대로 풀 수 없는 과제였어요. 스틱스 강은 다름 아닌 죽음의 강이었거든요. 게다가 스틱스 강에 있는 폭포는 몹시 높은 곳에 있어서 사람의 힘으로는 도저히 오를 수 없었어요. 간신히 스틱스 강 앞에 도착한 프시케는 하늘 높은 곳까지 뻗어 있는 폭포를 올려다보았어요.

'저 높은 곳까지 어떻게 올라간단 말이지?'

프시케는 자신이 죽을지도 모른다고 생각했어요. 하지만 다른 방법이 없었어요. 프시케가 강물에 뛰어들려고 하는 순간이었어요. 어디선가 무섭게 생긴 독수리 한 마리가 날아와서는 프시케의 손에 들린 병을 부리로 물었어요. 독수리는 금세 폭포의 꼭대기까지 날아올라가서는, 병에 검은 폭포 물을 가득 담아서 내려오는 게 아니겠어요. 병에는 비너스가 말한 그 검은 폭포 물이 출렁이고 있었지요.

세상에서 가장 못생긴 여자가 될 뻔한 위험에서 벗어날 수 있게 된 프시케. 프시케는 과제를 풀 수 있도록 도와준 개미떼와 갈대, 독수리를 생각했어요. 그것이 모두 남편 에로스의 도움일 거라고는 상상도 못했을 거예요.

프시케는 비너스가 내준 과제를 풀고 조금은 편안해진 마음으로 살고 있었어요. 그동안 비너스는 어깨를 다친 아들 에로스를 치료하며 지냈지요. 에로스를 치료하는 동안 비너스는 점점 늙어갔어요. 그녀는 다시 프시케를 찾아갔어요.

"너 때문에 내가 이렇게 병간호만 하면서 지내게 되었잖아!"

비너스는 프시케를 원망했어요.

"당장 저승에 살고 있는 페르세포네에게 가거라. 이 상자 속에 페르세포네의 아름다움을 담아오도록 하여라."

비너스는 작은 상자만 남겨놓고는 또다시 사라져버렸어요. 프시케는 다시 슬픔에 빠지고 말았지요. 저승의 땅에 가는 일은, 죽어야만 할 수 있는 일이었으니까요. 그녀는 높은 탑의 꼭대기로 올라갔어요. 이렇게 계속 비너스에게 시달리는 것보다는, 차라리 죽는 게 낫겠다고 생각했어요. 탑 꼭대기에서 내려다 본 세상은, 보기만 해도 아찔했어요. 프시케는 두 눈을 꼭 감았어요.

'안녕. 사랑하는 나의 남편, 에로스여.'

프시케가 남편을 떠올리며 뛰어내리려고 한 순간이었어요. 어디선가 굵고 낮은 목소리가 들려왔어요.

"지금 곧장 스틱스 강으로 가거라. 뱃사공 카론에게 뱃삯을 지불하면 너를 저승의 땅으로 데려다줄 것이다. 페르세포네가 살고 있는 궁전 앞에는 케르베루스라는, 머리가 셋 달린 개가 지키고 있을 것이다. 그 케르베루스에게 빵을 조금 떼어주면 곧 온순해질 테니, 그때 빨리 궁전 안으로 들어가도록 해라."

목소리의 주인공은 바로 탑이었어요. 프시케는 고맙다는 인사를 하고 탑을 내려오려고 했어요. 그때 다시 탑이 말했어요.

"다만, 페르세포네가 준 아름다움이 담긴 상자를 절대 열어보아서는 안 된다."

탑은 강한 목소리로 프시케에게 말했고, 프시케는 꼭 그러겠노라고 약속하고 탑을 내려왔어요. 프시케는 서둘러 스틱스 강으로 향했어요. 정말 탑이 말해준 대로 카론이라는 뱃사공이 기다리고 있었어요. 프시케는 카론에게 뱃삯을 넉넉하게 주었어요. 카론은 안전하게 프시케를 페르세포네의 궁전 앞으로 데려다주었어요. 이제 남은 건 케르베루스였어요. 케르베루스는 프시케에게 당장이라도 달려들 듯이 으르렁거렸어요. 프시케는 탑이 일러준 대로 침착하게 행동했어요.

"자자, 케르베루스. 착하지? 이 빵을 먹도록 하자."

프시케는 주머니에 넣어두었던 빵을 꺼내 케르베루스에게 던져주었어요. 그러자 케르베루스는 프시케는 쳐다보지도 않고 빵을 맛있게 먹기 시작했어요. 케르베루스가 빵을 먹느라 정신을 팔고 있는 사이, 프시케는 재빨리 궁전 안으로 들어갔어요. 무사히 궁전으로 들어온 프시케의 온몸에서 땀이 줄줄 흘렀어요.

페르세포네는 프시케를 반갑게 맞아주었어요. 마치 엄마가 어린 아이를 달래듯이 꼭 안아주었지요. 프시케의 이야기를 들은 페르세포네는 망설이지 않고 상자에 그녀의 아름다움을 가득 담아주었어요. 페르세포네의 궁전을 떠나 집으로 돌아오는 길은 결코 어렵지 않았어요. 아무 일 없이 편안하게 돌아올 수 있었지요.

집으로 돌아오는 도중에 프시케는 예쁜 꽃들이 피어 있는 언덕에서 잠시 쉬기로 했어요. 하늘색 비단을 펼쳐 놓은 듯한 하늘에, 양털 같은 구름이 뭉게뭉게 피어 있었어요. 빨강, 주황, 노랑, 보라 등등의 예쁜 색들로 물들어 있는 꽃밭은 프시케의 마음을 행복하게 해주었어요.

'내가 비너스 여신처럼 아름다워진다면, 남편도 다시 나를 찾아오지 않을까?'

그녀는 문득 남편 에로스가 그리웠어요. 그러면서 자신도 지금보다 더 아름다워지고 싶었어요. 프시케는 문득 자신이 들고 있는 상자가 생각났어요. 그 안에는 비너스에게 가져다줄 아름다움이 담겨 있었지요. 동시에 절대 상자를 열어보아서는 안 된다고 했던 탑의 이야기도 생각났어요.

'아이, 궁금해. 어떡하면 좋지? 아주 살짝만 열어볼까?'

프시케는 호기심이 생겨서 견딜 수가 없었어요. 그래서 아주 살짝, 아주 조금만 상자를 열어보기로 했어요. 프시케가 살며시 상자의 뚜껑을 열었을 때었어요. 상자에서 나온 것은 아름다움이 아니었어요! 그것은 바로 한 번 들면 결코 깨어나기 쉽지 않은, 깊은 잠이었어요.

프시케는 그 자리에서 바로 잠이 들고 말았어요. 탑의 말을 어긴 대가였지요. 결국 프시케는 비너스에게 상자를 가져다주지 못한 채, 꿈에서도 볼 수 없었던 남편을 만나보지도 못한 채, 그대로 영영 깊은 잠에 빠져들고 말았답니다.

그렇다면 에로스는? 프시케의 곁을 떠난 에로스는 날마다 어머니의 보살핌을 받았어요. 어깨의 상처가 아물자, 다시 날갯짓을 할 수 있게 되었어요. 어머니인 비너스는 에로스의 어깨에 상처를 입힌 프시케를 미워했지만, 아들인 에로스는 날이 가면 갈수록 프시케를 그리워했어요.

'나의 사랑 프시케는 어떻게 지낼까? 그녀도 나를 그리워하고 있을까?'

에로스는 온종일 프시케만 생각했어요. 그녀의 꽃처럼 예쁜 얼굴과 종달새의 지저귐 같은 목소리, 하늘하늘한 풀 같은 몸짓까지 모두 그리웠어요.

'혹시 아무것도 먹지 못하고 있는 건 아닐까? 한숨도 못 자고 있는 건 아닐까?'

또 그리움은 점차 걱정으로 변해갔어요. 머릿속은 온통 프시케에 대한 생각뿐이었고, 마음은 슬픔으로 가득 찼어요.

어느 날, 에로스는 살짝 열려져 있는 창문을 보게 됐어요. 비너스가 밖으로 나가며 미처 닫지 못한 것이었지요. 에로스는 몸을 일으켜 세우고는 날갯짓을 해 창문을 빠져나 갔어요. 프시케를 찾아 멀리멀리 날아갔어요. 그러다가 어느 들판 위에 누워 깊이 잠들어 있는 프시케를 발견하게 되었어요.

"오, 내 사랑, 프시케여. 여기에 이렇게 잠들어 있었다니……."

에로스는 프시케의 곁에 뚜껑이 열린 채 놓여 있는 상자를 보았어요. 상자에서 나온 잠 때문에 프시케가 이토록 깊은 잠에 빠졌다는 사실을 금방 알 수 있었어요. 그는 얼른 상자의 뚜껑을 탁 닫고는, 등 뒤에 메고 있는 활통에서 화살을 하나 꺼내 들었어요. 그 화살로 프시케의 몸을 살며시 찔렀어요. 그러자 프시케가 눈을 깜박깜박 하는가 싶더니, 이내 기지개를 죽 켜고는 잠에서 깨어나는 게 아니겠어요!

깊은 잠을 자고 일어난 프시케는 더욱더 아름다운 모습으로 변해 있었어요. 그녀의 피부는 갓 짜낸 우유처럼 맑고 뽀얗게 보였어요.

"프시케여, 프시케여. 도대체 어떻게 된 일인가요?"

에로스는 몹시 반가운 나머지 프시케를 꼭 끌어안고는 눈물을 흘렸어요. 프시케도 눈앞에 남편이 있다는 사실이 믿겨지지 않는지, 몇 번이나 눈을 감았다 다시 떴어요. 프시케도 남편을 꼭 끌어안았어요. 둘은 서로에게 지금껏 있었던 이야기를 모두 들려주었어요. 그동안 서로를 얼마나 그리워했는지 알 수 있도록이요.

"사랑하는 나의 아내여. 앞으로는 절대 달아나지 않겠어요."

"사랑하는 나의 서방님. 저도 당신 곁을 떠나지 않을게요."

둘은 앞으로 절대 헤어지지 않기로 약속했어요. 에로스와 프시케는 곧바로 신들의 왕인 제우스를 찾아갔어요. 제우스는 여신이 아닌, 인간인 여자를 데리고 온 에로스를 보며 놀란 표정을 지었어요. 에로스는 마음을 다해 제우스에게 부탁했어요.

"위대한 신이신 제우스님. 저희가 결혼할 수 있도록 도와주세요!"

제우스는 에로스의 부탁을 듣고 어리둥절한 표정을 지었어요. 비너스가 프시케를 엄청 미워한다는 사실을 제우스도 알고 있던 참이었지요. 프시케는 과연 듣던 대로 매우 아름다운 여자였어요. 게다가 마음씨까지도 정말 착했어요. 에로스와 프시케는 지금까지 겪은 슬픈 이야기들을 제우스 앞에 털어놓았어요.

"서로를 찾기 위해 정말 많은 시간을 견뎠구나."

제우스는 에로스와 프시케의 결혼을 인정해주기로 했어요. 에로스의 어머니인 비너스를 설득하는 일도 제우스가 맡아주기로 했지요.

　곧이어 제우스는 암부로네시아와 넥타르를 프시케에게 내어주었어요. 그건 바로 신들의 음식이었어요. 그것을 먹으면 신들처럼 영원한 생명을 얻게 되지요.

　제우스의 도움 덕분에 프시케는 비로소 여신이 될 수 있었어요. 에로스와 프시케는 아름다운 결혼식을 올릴 수 있게 되었지요. 제우스의 신전에 있던 많은 신들이 신전 앞으로 나와, 둘의 사랑을 축복해주었어요. 이로써 에로스와 프시케는 부부가 될 수 있었고, 이후 오래도록 행복하게 살았다는 이야기입니다.

　여기에서 에로스는 '사랑'을, 프시케는 '영혼'을 의미해요. 기꺼이 결혼식의 주례를 맡아준 제우스는, 두 사람에게 이렇게 말했어요.

　"영혼이 있는 사랑은 결코 변하지 않는 법."

사랑하는 것은 천국을 살짝 엿보는 것이다. ─ 카렌 선드(Karen Sunde, 1942~ , 미국의 배우)

Everyday Prenatal Literature II

당신은 세상
그 누구보다 행복합니다

임신 안정기(16주~21주)
본격적으로 시작된 임신기를 즐겁게 보낼 수 있는
밝고 긍정적이며 명랑한 이야기들

"달님, 달님. 어쩜 그리 아름다우신가요? 달님의 모습이 얼마나 아름다운지,

저는 햇볕을 비추는 일도 잠시 잊고 달님만 바라보았답니다. 이러다가는 일을 하나도 할 수 없을 것 같아요.

가뭄이 와도 얼음이 얼어도 아무 일도 할 수 없을 것 같아요.달님, 달님. 저와 결혼해 주시지 않겠어요?"

「달과 결혼하지 말아요!」中

Everyday Prenatal Literature

기쁨과 걱정이 공존하며 감성의 기복이 심했던 초기가 무사히 지나갔군요! 이제 힘든 입덧도 물러가고,

변화하는 자신의 몸에도 적응해가는 시기가 되었습니다. 제법 임신부 테가 나기도 할 것입니다.

입덧하는 기간 동안 못 먹었던 음식들에 앙갚음이라도 하듯, 무지막지하게 늘어난 식욕에 놀랄지도 모릅니다.

당신의 아기에게는 어떤 일이 일어났을까요? 얼마나 많이 당신을 닮은 모습으로 자라났을까요?

놀랍게도 이때부터 당신의 아기는 소리를 들을 수 있습니다. 물론 저건 엄마 목소리, 저건 아빠 목소리, 또 저건 자동차 경적 소리,

풀벌레 소리 등을 구분할 수 있을 정도까지는 아닙니다. 하지만 16주 즈음부터 시작된 태동과 함께,

소리에 대한 반응을 온몸으로 보여줄 것입니다. 궁하는 소리에, 아기는 어쩌면 당신보다 먼저 반응할지도 모릅니다.

이제 당신은 누가 뭐라고 해도 임신부입니다. 밝고 명랑하게 임신기를 보내봅시다.

이 시기 동안은 당신을 미소 짓게 하고 즐겁게 해줄 이야기들을 읽어봅시다.

임신 16주

전체 길이에서 절반을 차지하던 아기의 머리가 삼분의 일 정도로 줄어들게 됩니다. 이때부터는 신경세포가 크게 발달하여 전보다 더욱 정교한 움직임을 보일 수 있습니다. 신경세포의 발달과 함께 청각이 발달하기 시작하여 본격적인 문학태교를 시작할 수 있게 됩니다. 또한 신경세포가 발달하면서 아기는 빛에 민감하게 반응하기 시작하는데, 배 위에 불빛을 비추면 아기가 눈을 찡그리는 형태의 반사작용을 보입니다. 팔다리도 더욱더 활발하게 움직일 수 있고, 자세도 바꿀 수 있게 되었습니다. 숨쉬기 훈련을 잘하고 있다는 표시로서, 딸꾹질을 하기도 하는데, 아기를 감싸고 있는 양수 때문에 당신이 그 소리를 들을 수는 없을 것입니다.

16주에서 20주 사이 아마도 당신은 처음으로 태동을 느끼게 될 것입니다. 뱃속에 있는 아기의 움직임, 구체적으로는 엄마가 아기의 움직임을 직접적으로 실감하는 순간을 흔히 태동이라고 하곤 합니다. 처음 태동은 뱃속에서 뭐가 움찔하거나, 아니면 배가 꿀럭거리는 정도로 미미하게 나타나므로 때에 따라 느끼지 못할 수도 있습니다.

어떤 마을에 하루도 빠짐없이 술을 마시는 아저씨가 있었습니다.
"자네 등짝에서는 술이 뿜어져 나오겠군!" 마을 사람들은 아저씨를 술고래 아저씨라고 부르며 놀렸습니다.
"술고래는 술바다로 여행을 떠난답니다!" 사람들이 놀리면 아저씨는 술 마시는 시늉을 하며 웃었습니다.
그러던 어느 날, 아저씨가 마을에서 감쪽같이 사라졌습니다.
이상한 일은, 아저씨가 사라지고 난 뒤부터 마을 여기저기에 술병이 잔뜩 버려진다는 사실이었습니다.
아니, 술고래 아저씨가 없는데 왜 술병이 많아졌을까요? 사람들은 그제야 알 수 있었습니다.
그동안 아저씨가 마을 사람들이 마신 술병까지 모두 치워주고 있었다는 사실을.

사람들은 마음이 아팠습니다. 그리고 아저씨를 걱정했습니다.
"술고래가 정말 술바다로 갔으면 어떡하지?"

공작이 되고 싶었던
까마귀 이야기

깊은 숲 속, 공작 한 무리가 한꺼번에 우르르 지나가고 있었어. 여러 마리의 공작이 서로 부딪치며 지나갔는지, 숲 속 곳곳에 공작의 깃털이 우수수 떨어져 있었어.

이때 공작의 뒤를 따르고 있던 까마귀 한 마리가 있었어. 까마귀는 공작들이 지나간 자리에 떡하니 서서 주변을 두리번거렸어.

"와! 공작의 깃털이 이렇게 아름다울 줄이야!"

까마귀는 이렇게 가까이에서 공작의 깃털을 보기는 처음이었어. 얼른 깃털 몇 개를 주워들었지. 까마귀는 뭔가를 생각해내기라도 한 듯 고개를 몇 번 끄덕끄덕하더니, 서둘러 깃털 몇 개를 더 주웠어. 과연 그 깃털들로 무엇을 했을까? 까마귀는 깃털들을 자신의 날개 여기저기에 꽂기 시작했어. 자신이 마치 공작이라도 된 양 한껏 신이 났지. 까마귀는 곧바로 공작의 무리를 뒤따라갔어.

"여보시오, 공작들!"

까마귀는 큰 소리로 공작들을 불러 세웠어. 공작처럼 멋지게 변한 자신의 모습을 자랑하고 싶었거든. 그런데 까마귀를 본 공작들은 큰 소리로 웃기 시작했어. 거무죽죽한 날개 군데군데에 공작의 깃털이 달려 있는 모습이 여간 우스운 게 아니었거든. 깃털들은 까마귀가 조금이라도 몸을 세게 움직이면 툭 하니 떨어질 것 같았어. 아닌 게 아니라 깃털들은 얼마 가지 않아 몽땅 떨어지고 말았지. 까마귀는 망신만 톡톡히 당하고 도망쳐야만 했어.

사실 숲 속에서 공작의 깃털을 주운 까마귀는 한 마리가 아니었어. 어떤 까마귀는 깃털을 주워 들고 까마귀 무리가 있는 곳으로 갔어. 여러 마리의 까마귀들이 모여 있는 가운데 떡하니 깃털을 꺼내 놓았어. 까마귀들은 이게 정말 공작의 깃털이 맞느냐며 호들갑을 떨었지.

"공작 깃털이 이렇게 예쁠 줄은 몰랐어!"

"응, 실제 공작 깃털을 보게 되다니 놀라울 따름이야!"

"이런 걸 우리에게도 구경시켜줘서 고마워!"

까마귀는 금세 유명인사가 될 수 있었어. 그런데 그것도 오래 가지는 못했어. 깃털을 들고 이리저리 돌아다니던 중 그만 깃털을 잃어버리고 말았거든. 공작의 깃털을 자랑거리로 삼았는데, 그것을 잃어버리고 말았으니 더 이상 유명인사도 아닌 거지 뭐.

깃털을 주운 까마귀들은 아주 많았어. 어떤 까마귀는 주운 깃털을 신나게 가지고 놀다가 그냥 버리기도 했어. 아름다운 깃털을 들고 다니면, 사냥꾼의 눈에 더 쉽게 발견될 거라고 생각했지. 깃털을 주운 까마귀들은 많았지만, 그걸 가지고 정말 공작이 된 까마귀는 한 마리도 없었던 거야.

엽전 한 닢과 양초 하나

서당 안으로 따뜻한 햇볕이 내리쬈어요. 아이들은 입을 모아 글을 읽고 있었지요. 방금 전 점심밥을 아주 배불리 먹은 참이었어요.

"아함, 졸려."

한 아이가 하품을 했어요. 곧 다른 아이들도 따라서 하품을 했어요. 햇볕은 따뜻하고, 배는 부르고, 그야말로 낮잠 자기에 딱 좋은 때이긴 했어요.

"훈장님! 재미난 이야기 좀 들려주세요."

"맞아요. 너무 졸려서 글을 못 읽겠다고요."

아이들이 훈장님을 보챘어요. 훈장님은 한 손으로 가만히 수염을 쓸어내렸어요.

"좋다. 대신 문제를 하나 내겠다. 정답을 맞히면 재미난 이야기를 들려주지!"

훈장님이 큰 소리로 웃으며 말했어요. 아이들은 모두 입을 삐죽거렸어요. 다들 그럼 그렇지, 하는 표정들을 짓고 있었지요. 훈장님이 내는 문제라는 게, 절대 쉬울 리가 없었거든요. 훈장님은 아이들의 표정을 모르는 체했어요. 그러고는 주머니에서 작고 반짝이는 무언가를 쏙하고 꺼냈어요. 그건 엽전이었어요. 겉은 둥글고 속은 네모난 엽전!

"이 엽전으로, 방 안을 가득 채울 수 있는 물건을 사오렴!"

"네? 겨우 엽전 한 닢으로요?"

"방 안을 가득 채울 수 있는 물건이라고요?"

아이들은 고개를 내저었어요. 혀를 끌끌 차는 아이도 있었지요. 도저히 말이 안 되는 문제였으니까요. 무슨 수로 이 넓은 방 안을 가득 채울 수 있겠어요? 그것도 고작 엽전

한 닢으로 말이지요. 아이들은 재미난 이야기를 듣기는 아예 글렀다고 생각했어요.

"무얼 사오면 이 방 안이 가득 찰까?"

훈장님은 아이들을 약 올리기라도 하듯이 히죽 웃으며 물었어요.

"그 엽전 한 닢 가지고는 엿가락 한 줄밖에 못 살 거예요."

"만두 두 개나 살 수 있을까요?"

"엿가락 한 줄, 만두 두 개 가지고 무슨 수로 방을 채운담?"

"훈장님, 너무 하세요."

아이들은 문제를 맞히는 일일랑은 벌써 그만둔 듯했어요.

바로 그때였어요. 동이가 손을 번쩍 들었어요.

"제가 사올게요. 이 방 안을 가득 채울 수 있는 물건!"

동이는 꽤 큰 목소리로 말했어요. 그 모습이 얼마나 자신 있어 보였는지 몰라요. 훈장님은 동이에게 곧바로 엽전 한 닢을 주었어요. 그러면서도 과연 동이가 문제를 맞힐 수 있을까 의심하는 눈초리였지요. 동이는 엽전을 받아들자마자 서당을 나갔어요. 큭큭대며 웃는 아이들도 있었어요. 훈장님도 그렇고 아이들도 그렇고, 동이가 과연 엽전 한 닢을 가지고 이 방 안을 가득 채울 수 있는 물건을 사올 수 있을까, 의심하기만 했지요.

동이는 엽전을 들고 시장으로 갔어요. 시장에는 이것저것 별의별 물건들이 다 있었어요. 맛있는 음식 냄새가 동이의 코를 찔렀어요.

'가래떡 냄새가 아주 좋은걸. 저거나 하나 사먹을까?'

동이는 떡집 앞에서 머뭇거리다가 얼른 몸을 돌렸어요. 자꾸 그 앞에 있다가는 정말 떡 하나를 냉큼 사먹고 말 것 같았거든요. 하지만 떡집 옆에 있는 문구점에서 또 발길이 멈추고 말 줄은 누가 알았겠어요. 근사한 연 하나가 동이의 눈길을 잡아끌었던 거예요. 연에는 부리부리한 눈을 가진 독수리가 그려져 있었어요.

"독수리처럼 하늘을 나는 연을 사시오. 연 값은 엽전 한 닢이면 충분하니!"

문구점 주인이 동이더러 들으라는 듯이 말했어요. 동이는 하마터면 엽전을 쓰고 말 뻔했지만, 이번에도 무사히 문구점을 나올 수 있었어요. 아무리 생각해도 가래떡으로는, 또 독수리 연으로는 서당 방 안을 가득 채울 수 없을 것 같았어요. 그렇다면 도대체 무엇으로 채울 수 있을까요? 큰소리를 떵떵 치고 나오긴 했다만, 동이는 도저히 문제를 맞힐 수 없을 것 같았어요.

그때 동이의 눈이 한 곳에서 딱 멈췄어요.

"그래, 바로 저거야!"

동이의 눈이 왕방울 만하게 커졌어요. 동이는 혼자서 박수를 짝짝 쳤어요. 과연 동이는 무엇을 발견했을까요? 동이는 그것을 사가지고는 얼른 서당으로 갔어요.

시간이 꽤 흘렀던 모양이에요. 서당 주변이 어둑어둑했어요. 훈장님과 아이들은 조금 캄캄해진 방 안에서 여태껏 글을 읽고 있는 중이었어요. 동이는 훈장님 앞에 시장에서 사온 물건을 떡하니 꺼내놓았어요.

"양초?"

아이들은 깜짝 놀라서 동이를 쳐다봤어요. 동이가 사온 물건은 아주 작은 양초였던 거예요. 방 안을 가득 채우기는커녕, 훈장님의 손바닥 하나조차 채우지 못할 크기였지요. 아이들의 얼굴은 금세 시무룩해졌어요. 단, 훈장님의 표정만은 아이들과 달랐어요. 훈장님은 이미 고개를 끄덕이며 환하게 웃고 있었어요. 도무지 어떻게 된 일인지 알 수 없는 노릇이었지요.

훈장님이 양초에 불을 붙였어요. 금세 캄캄했던 방 안이 환하게 밝아졌어요.

"환한 불빛이 방 안을 가득 채웠구나!"

훈장님은 동이의 머리를 쓰다듬어 주었어요. 동이가 문제의 정답을 맞힌 것이었지요. 아이들은 문제를 맞힌 동이가 신기했어요.

그날 훈장님은 정말 약속대로 재미난 이야기를 잔뜩 들려주었어요. 아이들은 배꼽을 붙잡는 흉내를 내는가 하면, 아예 바닥에 데굴데굴 구르며 웃기도 했어요. 뭐, 동이의 머릿속에서는 아직도 고소한 가래떡 냄새와, 멋진 독수리 연의 모습이 떠나지 않았지만 말이에요.

당나귀의 주인 찾기

어느 시골집 마당에 당나귀 한 마리가 살고 있었어요. 눈이 부리부리하고 콧날이 오똑한 게, 아주 근사하게 생긴 당나귀였어요.

"정말 잘생겼단 말이야!"

당나귀는 우물에 비친 자기 모습을 볼 때마다 우쭐거렸어요. 앞발로 얼굴 여기저기를 만지며 으스댔지요. 다른 동물들은 잘난 체하는 당나귀가 몹시 얄미웠어요.

"네가 아무리 잘생겼어도 나처럼 힘이 세진 않을걸."

축사에 있는 소가 볏짚을 힘껏 들어 올리며 말했어요. 당나귀는 소의 말을 듣는 둥 마는 둥 했지만요.

"이 말처럼 빨리 달리지도 못하지!"

말도 소를 거들고 나섰어요. 물론 당나귀는 말의 이야기에도 신경 쓰지 않았고요. 소와 말뿐만이 아니었어요. 개도 당나귀가 얄밉긴 마찬가지였거든요.

"똑똑하기로는 내가 너보다 나을걸? 그러니 맨날 내가 집을 지키지."

개는 대문 앞에 서서 어깨를 으쓱해 보였어요.

'쳇. 다들 부러워서 저러는 거라고.'

당나귀는 속으로 생각했어요. 다들 자기가 부러우면서도 티를 내지 않는 거라고 말이지요. 당나귀를 부러워하는 동물은 닭뿐이었어요. 닭장과 당나귀 축사는 딱 붙어 있었어요. 둘은 자연스럽게 친해질 수 있었지요.

"당나귀야, 너는 참 좋겠다. 너처럼 잘생긴 당나귀는 본 적이 없어."

닭은 당나귀를 칭찬했어요.

"그럼! 나도 나보다 잘생긴 당나귀는 본 적이 없다고."

닭이 칭찬하자 당나귀는 기분이 좋아졌어요. 그런데 사실 닭과 당나귀는 불만을 잔뜩 품고 있는 중이었어요. 닭은 항상 닭장 안에 갇혀 있는 신세이고, 당나귀 역시 집 밖을 나가본 적이 없었거든요. 당나귀는 괜스레 주인이 미워졌어요.

"난 주인을 잘못 만났어. 이렇게 집 안에만 가둬두는 법이 어디 있어!"

"응, 맞아. 너처럼 잘생긴 당나귀는 더 부잣집으로 팔려갈 수도 있을 텐데."

닭이 당나귀의 말에 맞장구를 쳤어요. 당나귀는 하루라도 빨리 다른 곳으로 팔려가고 싶다고 생각했어요.

얼마간의 시간이 지났어요. 당나귀는 전보다 더 크고 튼튼하게 자라났어요. 어느 날, 드디어 주인은 당나귀를 내다 팔기 위해 준비를 했어요. 당나귀는 신이 났지요.

"닭아, 안녕! 드디어 난 새 주인을 만나러 간다!"

"그래, 어딜 가든 항상 조심하렴."

닭은 당나귀를 축하해줬어요. 닭과 인사를 나눈 뒤, 당나귀는 주인을 따라 시장으로 갔어요. 당나귀는 금세 새 주인을 만날 수 있었지요.

새 주인은 아주 커다란 집에서 방앗간을 하고 있었어요. 닭이 말한 대로, 정말 당나귀는 전보다 더 부잣집으로 올 수 있게 되었어요. 축사엔 짚도 수북하게 깔려 있었어요. 얼마나 폭신폭신한지 살짝 몸을 기대니 저절로 잠이 들 정도였어요. 당나귀는 모처럼 아주 편안한 밤을 보낼 수 있었지요.

다음날 아침, 새 주인이 잔뜩 화가 난 목소리로 당나귀를 깨웠어요.

"야, 이 잠꾸러기 당나귀야! 어서 일어나지 못해! 일을 해야지, 일을!"

새 주인은 빗자루로 당나귀의 볼기짝을 내려쳤어요. 당나귀는 깜짝 놀라서 벌떡 일어났어요. 새 주인은 당나귀를 끌고 곧장 일터로 나갔어요. 그러더니 온종일 일만 시키는 것이었어요. 어느덧 당나귀는 옛날 주인을 생각하게 되었지요.

'차라리 아무 일도 시키지 않던 주인이 나았어.'

엉엉 울어도 소용없는 일이었어요. 당나귀는 다음날에도, 그 다음날에도 쉬지 않고 일만 해야 했으니까요. 그러는 동안 당나귀는 점점 지쳐갔어요. 일도 제대로 할 수 없을 정도로 말이에요. 화가 난 주인은 당나귀를 숯장수에게 팔아버렸어요. 당나귀는 이번 주인만큼은 일을 많이 시키지 않기를 바랐어요. 하지만 숯장수 주인은 당나귀를 데려오자마자 일을 시키기 시작했어요.

"이 당나귀는 왜 이렇게 느려? 빨리 빨리 움직이지 못해!"

숯장수 주인은 당나귀의 등에 새카만 숯을 잔뜩 실었어요. 당나귀는 어느새 숯가루로 범벅이 되고 말았지요. 잘생긴 당나귀의 모습은 온데간데없이 사라지고 말았어요.

'이게 뭐람? 이래 봬도 세상에서 가장 잘생긴 당나귀인데!'

당나귀는 자존심이 상했어요. 온몸이 까마귀처럼 까매졌을 뿐만 아니라, 목이랑 다리가 욱신욱신 쑤시고 아팠어요. 매끈하게 뻗은 등 위에는 자꾸 숯이 올라 왔어요. 당나귀는 기분이 상했어요. 일부러 보란 듯이 숯을 마당에 쏟아버렸지요.

"아니, 이 당나귀가 지금 제정신이야!"

숯장수 주인은 화가 머리끝까지 치솟았어요. 당장 당나귀를 이끌고 시장으로 향했어요. 당나귀는 이번에는 어떤 주인을 만나게 될까 걱정하기 시작했어요. 제발 일도 안 시키고, 몸도 더럽히지 않는 주인을 만나고 싶다고 생각했지요.

숯장수는 대장장이에게 당나귀를 내밀었어요.

"몸이 좀 약해서 그렇지, 아주 잘생긴 당나귀라오."

숯장수는 당나귀의 얼굴을 잘 보이게 내밀며 말했어요.

"잘생긴 게 다 무슨 소용인가요? 당나귀가 일만 잘하면 되지!"

대장장이는 당나귀를 거들떠보지도 않았어요. 힘이 없는 당나귀는 필요 없다고 했지요. 숯장수는 여기저기 당나귀를 끌고 다녔어요. 하지만 누구도 당나귀에게 관심을 보이지 않았어요. 결국 당나귀는 새 주인을 만나지 못했어요. 숯장수는 당나귀를 끌고 정육점으로 갔어요.

"값은 아무렇게나 쳐 주시오. 어차피 필요 없게 된 당나귀이니."

숯장수가 혀를 끌끌 차며 말했어요. 당나귀는 속으로 끙끙 앓았어요.

"처음 주인이 나았어. 그땐 일이라도 하지 않았지. 아니, 방앗간 주인만 해도 괜찮아. 아니 아니, 숯장수 주인도 괜찮아. 그런데 지금은 뭐람? 곧 고기가 될 신세니!"

달과 결혼하지 말아요!

옛날 옛날 아주 먼 옛날, 태양과 달, 그리고 개구리에게 있었던 이야기예요. 태양은 항상 숲과 바다, 식물과 동물들을 위해 일했어요. 낮과 밤이 생기게 하고, 봄 여름 가을 겨울이 생기게 했어요. 태양 빛이 강하면 가뭄이 되고, 태양 빛이 약하면 얼음이 얼었어요. 태양은 가뭄이 들지 않고, 얼음이 얼지 않게 하느라 날마다 일해야 했어요. 그렇게 태양은 오랜 세월을 일만 하면서 혼자서 살았지요.

어느 날 문득, 태양은 산 너머에 걸쳐 있는 달을 보게 되었어요. 달은 몹시 지친 듯 곤히 잠들어 있었어요. 달도 태양처럼 열심히 일을 하며 살았지요.

'저 달도 외롭겠지? 날마다 혼자 있으니 말이야.'

태양은 한참 동안 달을 바라봤어요. 어두운 하늘에 밝게 떠 있는 달이 참 아름다웠어요. 다음날에도, 그 다음날에도 태양은 달을 바라보았어요. 그러다가 그만 태양은 사랑에 빠지고 말았어요. 태양은 용기를 내어 달을 찾아갔어요.

"달님, 달님. 어쩜 그리 아름다우신가요? 달님의 모습이 얼마나 아름다운지, 저는 햇볕을 비추는 일도 잠시 잊고 달님만 바라보았답니다. 달님이 잠들어 있는 낮 시간 동안 내내 달님만 보았답니다. 제가 잠들어야 할 밤 시간 동안에도 내내, 저는 달님만 보았답니다. 이러다가는 일을 하나도 할 수 없을 것 같아요. 가뭄이 와도 얼음이 얼어도 아무 일도 할 수 없을 것 같아요. 달님과 함께 있을 수 있다면 아무 문제없을 것 같은데……. 달님, 달님. 저와 결혼해주시지 않겠어요?"

태양의 볼이 발그레해졌어요. 누구를 사랑하고, 이렇게 청혼을 해보기는 처음 있는

일이었으니까요. 달의 볼도 붉게 물들었어요. 달이 말하길, 사실은 달도 태양을 사랑하고 있었다나요. 이렇게 해서 태양과 달은 결혼식을 올리기로 결정했어요.

결혼식 소식은 금세 퍼져나갔어요. 소식을 들은 동물들은 모두 반가워했어요. 사람도 식물도 모두 기뻐했지요. 세상의 모든 생물들은 진심으로 둘의 결혼을 축하해줬어요. 딱 하나의 동물만 빼고요. 그건 바로 개구리였어요.

개울가에 살고 있던 개구리는 큰 걱정에 빠지고 말았어요.

"태양이 결혼하면 어떻게 하지? 그럼 달만 사랑하게 될 텐데, 태양이 달 하나만 사랑해도 괜찮을까? 태양은 이 땅의 모든 생물을 보살펴야 하는데 말이야. 태양과 달이 사랑을 나누는 사이, 햇빛을 잘 비치지 못하면 어떡하지? 물론 달도 마찬가지야. 달빛을 잘 비치지 못하면 어떡하지? 나중에 햇빛이랑 달빛이랑 아예 하나도 비치지 않으면 어떡하지?"

개구리는 어느새 목 놓아 울기 시작했어요.

"게다가 태양과 달이 자식이라도 낳으면 더 큰일인데! 태양 하나만으로도 가뭄이 생기고 얼음이 얼곤 하는데, 그런 태양이 둘 셋 넷이라고 생각해봐. 정말 끔찍한 일 아니겠어? 아휴, 정말 큰일이다, 큰일이야!"

개구리는 태양과 달의 결혼을 반대하기로 마음먹었어요. 그때부터 낮이고 밤이고 가리지 않고 울기 시작했어요. 개굴개굴 개굴 개굴, 개구리 울음소리는 온 세상에 퍼져나갔어요.

"태양이 둘이 되고 셋이 되고 넷이 되면 어떻게 될까? 모든 생물이 다 말라 버리겠지? 그래도 태양은 모

를 거야. 달과 사랑에 빠졌으니 알 턱이 있나!"

개구리의 울음소리는 곧 다른 개구리들에게도 들렸어요. 사정을 알게 된 개구리들은 깜짝 놀랐지요.

"태양이 자식을 낳으면 우리는 다 말라죽을 거야!"

이렇게 해서 다른 개구리들도 함께 울기 시작했어요. 개구리 한 마리가 울었을 때는 작은 소리였는데, 개구리 수십 마리가 함께 울자 온 세상이 개구리 울음소리로 가득 찼어요. 곧 다른 동물들도 개구리들의 울음소리를 듣게 되었지요.

"맞아, 태양이 달에게만 홀딱 빠져 있으면, 낮과 밤은 물론, 봄 여름 가을 겨울도 몽땅 사라져버릴 거야. 그러니까 태양은 결혼하면 안 돼!"

"응! 태양은 우리 모두를 사랑해주어야 한다고!"

동물들은 입을 모아 말했어요. 모두 태양과 달의 결혼을 반대했지요. 이윽고 개구리들, 동물들을 포함하여 세상의 모든 생물들이 울기 시작했어요. 그 울음소리가 태양과 달에게 들릴 때까지 말이지요.

드디어 태양도 땅에서 들리는 울음소리를 듣게 되었어요. 만나는 동물마다 우는 이유를 물어봤지요. 그랬더니 세상에, 태양과 달의 결혼을 반대해서 운나는 게 아니겠어요.

태양은 슬펐어요. 곰곰이 생각에 잠겼지요. 잘 생각해보니, 동물들의 말이 틀리지 않았던 거예요. 태양은 며칠 밤을 고민하다가, 다시 달을 찾아갔어요.

"달님, 달님. 제가 달님의 모습에 흠뻑 취해 있는 사이, 땅에서는 한바탕 난리가 났었나 봐요. 햇빛을 제대로 비추지 않은 탓에, 동물들이 몹시 추웠다고 해요. 모두 오들오들 떨며 어서 겨울이 끝나기만을 기다렸다고 해요. 그래서 동물들은 달님이 미웠대요. 달님이 저를 빼앗아간 거라고만 여기고 달님을 미워했대요. 저는 정말로 마음이 아팠어요. 제가 사랑하는 달님이 저 때문에 미움을 받는 게 너무 슬펐어요. 그건 옳은 일이 아니겠지요? 저 때문에 달님이 다른 친구들로부터 미움을 받게 된다면, 그건 사랑이 아니겠지요?"

태양은 어느새 울먹이고 있었어요.

"전 달님과 결혼하지 않기로 마음먹었어요. 제가 낮에 모든 생물들을 돌보아야 하는 것처럼, 달님도 밤이 되면 모든 생물들을 돌보아야 하겠지요? 저 혼자만 달님의 사랑을 독차지할 수는 없는 거니까요. 그렇다고 저의 사랑이 변하지는 않아요. 저는 언제나 산 너머에 걸쳐 있는 달님의 모습을 바라볼 거예요. 모든 생물들이 달님을 미워하지 않게, 달님의 곁을 지킬 거예요."

태양의 이야기를 들은 달도 눈물을 흘렸어요. 태양의 사랑이 얼마나 예쁘게 느껴졌는지 몰라요.

"네! 그렇게 해요, 태양님! 저는 모든 생물들을 아끼고 보살피는 태양님의 모습에 홀딱 반했었답니다. 제가 태양님의 그 멋진 모습을 평생토록 볼 수 있게 해주세요."

달 역시 태양에 대한 사랑을 약속했어요. 자기에게만 빠져 다른 생물을 돌보지 않아서는 안 된다고, 모든 생물들을 사랑하는 마음이 변해서는 안 된다고 말했지요.

태양은 이렇게 마음까지 예쁜 달을 평생 사랑하겠다고 다짐했어요. 이렇게 해서 동물들의 울음소리는 그칠 수 있었다고 합니다.

세기의 사랑일지라도 참고 견뎌내야 한다.
- 코코 샤넬(Gabriel Coco Chanel, 1883~1971, 프랑스의 디자이너)

뱀의 머리와 꼬리

뜨거운 햇볕이 내리쬐는 여름날이었어요. 들판 위에 뱀 한 마리가 있었어요. 뱀은 꼼짝도 하지 않고 한 자리에 가만히 있었어요. 주변에는 나무도 없고 커다란 바위도 없었어요. 햇볕을 피할 만한 그늘이 전혀 없었지요. 시간이 지날수록 햇볕은 점점 더 뜨거워졌어요. 한시라도 빨리 물가에 가서 쉬어야 할 텐데, 꼼짝도 않고 그 자리에만 가만히 있는 게 신기한 일이었어요.

사실 뱀이 꼼짝도 않고 있는 데는 다 이유가 있었어요. 바로 뱀의 머리랑 꼬리가 서로 다투고 있었기 때문이지요.

"야, 꼬리! 나는 머리야. 너는 내가 시키는 대로만 하면 된다고!"

"싫어! 네가 머리면 다야. 내가 안 따라가면 그만이지!"

둘은 서로가 더 잘났다고 싸우고 있는 것이었어요. 뱀의 머리는 가끔가다가 저렇게 자기가 하자는 대로 하지 않는 꼬리가 얄미웠어요. 꼬리는 또 꼬리대로, 항상 이래라 저래라 시키기만 하는 머리에게 불만이 많았지요.

"내가 가시덩굴이 있는 걸 보고도 네게 말해주지 않으면? 그럼 어떻게 할 건데?"

머리는 자신이 꼬리를 보호하고 있는 거라고 생각했어요.

"쳇, 내가 뒤에서 꼼짝도 하지 않고 있으면 넌 어디든 못 간다고!"

꼬리는 한 마디도 지지 않고 말했어요. 둘의 싸움은 멈출 줄을 몰랐어요.

햇볕은 아까보다 더 뜨거워졌어요. 뱀의 입에서는 뜨거운 입김이 후후 불어나왔어요. 꼬리도 힘이 빠졌는지 흐물흐물거렸지요. 이대로 있다가는 정말 큰일 날 일이었어요.

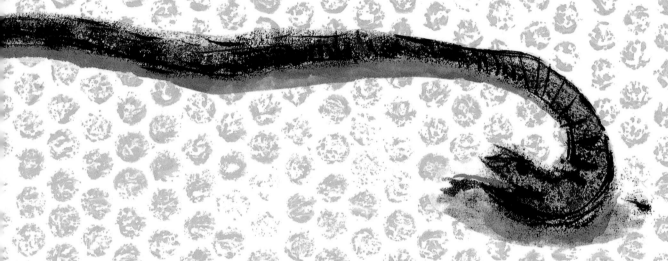

보다 못한 몸통이 입을 열었어요.

"자자, 내 말 좀 들어보지 않을래?"

머리와 꼬리가 잠시 싸움을 멈췄어요.

"맞아, 너희 말대로 머리도 중요하고 꼬리도 중요해. 하지만 내가 없다면 어떨까?
정말 더 큰일 아니겠어?"

몸통은 참고 있던 이야기를 쏟아놓기라도 하듯, 주절주절 쉬지 않고 말하기 시작
했어요.

"내가 없으면, 머리가 앞으로 나아가자고 해도, 꼬리가 잘 뒤따라온다고 해도 그 자
리에서 꼼짝도 할 수 없을 거야. 안 그러니?"

머리는 벌써부터 고개를 휙 돌리고 있었어요. 몸통의 이야기가 마음에 들지 않았거든요. 몸통은 이야기를 계속했어요.

"그리고 또 생각해보렴. 내가 없으면 먹이를 소화시킬 수도 없을 거야. 그렇지?"

"쳇! 그래서? 그래서 네가 가장 중요하기라도 하다는 거야?"

꼬리도 콧방귀를 팽하고 뀌었지요.

결국 머리와 꼬리의 싸움은 머리와 꼬리, 몸통의 싸움이 되고 말았어요. 이제는 둘이 아닌 셋이 되어, 아까보다 더 큰 목소리로 싸우기 시작했지요. 이야기를 들어본즉슨, 서로 자기가 더 중요하니 자기가 하자는 대로 해야 한다는 것이었고요.

"물가는 저 언덕 너머에 있어. 내가 똑똑히 봤다고. 그러니까 이쪽으로 가야 해!"

"싫어. 그럼 자갈밭을 지나야 하잖아. 그럼 내 몸이 얼마나 아프다고!"

"나도 마찬가지야. 자갈 사이에 낄 때가 한두 번이 아니야. 난 따라가지 않겠어."

오늘만큼은 몸통도 꼬리도 머리의 말을 듣지 않았어요.

"다른 물가를 생각해내도록 해. 난 언덕은 절대 넘지 않을 거야."

"나도!"

몸통과 꼬리가 버텼어요.

"언덕 너머에 있는 물가가 그늘이 많고 시원해. 그러니까 그리로 갈 거야!"

머리 역시 절대 지지 않았어요. 머리도 몸통도 꼬리도, 누구 하나 양보하려고 들지 않았어요. 싸움은 점점 커지고만 있었어요. 뜨거운 햇볕을 이기지 못한 채 뱀이 서서히 말라버릴 때까지 말이에요.

임신 17주

이제 뱃속 아기의 몸에는 지방이 생기기 시작합니다. 지방은 아기의 몸을 따뜻하게 하고 대사활동이 원활하게 이루어질 수 있도록 해줍니다. 아기는 태반을 통해 산소를 공급받으며 꾸준히 숨쉬기 운동을 하게 됩니다. 양수를 마셨다가 뱉었다가 하는 동작은 폐를 튼튼하게 하기 위한, 대표적인 숨쉬기 운동이라고 할 수 있습니다. 폐를 비롯하여 순환계와 신장계의 다른 장기들도 활발하게 움직이고 있습니다. 16주부터 발달하기 시작한 청각 기관은 20주가 될 때까지 더 크게 발달할 것입니다.

아기의 크기가 자라나며 엄마의 자궁은 위아래로 길어지게 됩니다. 당신은 복부가 많이 불편하다고 느낄 수 있습니다. 아래쪽에 뭔가 끼어 있는 것 같기도 하고, 두툼한 바지 열장을 겹쳐 입은 것 같기도 합니다. 걸음걸이 또한 점점 불편해질 텐데, 이때는 임신 전에 신었던 하이힐보다 굽이 낮은 플랫슈즈나 스니커즈를 신는 편이 좋습니다. 혹시라도 넘어져서 뱃속 아기에게 위험한 일을 만드는 일보다, 마음도 훨씬 안정될 것입니다. 대개의 경우 백대하라는 하얀색의 질분비물이 늘어날 수 있는데, 이 역시 임신 중기에 일어나는 정상적인 증상이므로 걱정하지 않아도 됩니다.

자기 자신을 가두고 있던 알을 깨고, 세상을 향해 '아브락삭스'를 외쳤던 소년 싱클레어.
헤르만 헤세는 『데미안』을 통해 자기 자신에게 눈을 뜬다는 것이 얼마나 중요한 일인지를 보여주었습니다.
세상은 크로머처럼 무섭고 화가 나는 곳만은 아니었습니다.
에바부인처럼 자신의 이야기를 들어주고 힘이 되어주는 사람은 정말 많았습니다.
크로머도 에바부인도 그리고 데미안도 결국 싱클레어 자신의 모습이었던 것입니다.

당신 안에는 얼마나 많은 크로머와 에바부인, 데미안이 당신 자신과 싸움을 벌이고 있습니까?
당신도 당신을 가두고 있는 알을 깨치고 나올 수 있기를. 오로지 당신 자신을 위한 주문을 걸어보기를.
아브락삭스, 새는 알을 깨고 나온다!

목소리 큰 재주

옛날 어느 나라에, 아주 큰 전쟁이 일어났어. 이웃나라가 글쎄 엄청 많은 군사들을 이끌고 쳐들어온 거야. 임금은 부랴부랴 군사들을 모으기 시작했어. 전쟁터에 가서 승리를 거두고 오면 커다란 상을 주겠노라고 큰 소리로 말했지. 그 바람에 너도 나도 군사가 되겠다고 모여들기 시작했어. 그러다 보니 군사가 되겠다고 모인 사람이 수천 명에 이르렀어. 전쟁터에 전부 다 내보내기엔 몹시 많았지 뭐야. 그래서 임금은 그중에 특별한 재주를 가지고 있는 사람들을 딱 백 명만 뽑기로 했어.

며칠 뒤, 드디어 군사를 뽑는 날이 되었어. 정말이지 훌륭한 재주를 가진 사람들이 매우 많았어. 하늘을 날고 있는 새를 화살로 맞추는 사람이 있는가 하면, 씨름을 아주 잘하는 사람도 있었어. 또 바람을 횡횡 가르며 엄청나게 빠른 속도로 말을 타는 사람도 있었지. 이런 사람들은 모두 군사로 뽑히게 되었어. 이 재주 저 재주를 가진 사람들을 하나씩 뽑다 보니 어느새 아흔아홉 명이 뽑혔어. 이제 한 명의 군사만 더 뽑으면 군대가 만들어지는 것이었지. 과연 마지막 군사는 누가 될까?

그때였어. 구경을 나온 사람들 틈바구니에서 한 남자가 걸어 나왔어. 키가 작고 몸집도 작은 남자였지.

"에이, 뭐야? 설마 군사가 되겠다고 나온 건 아니겠지?"

사람들은 코웃음을 쳤어. 남자에게는 특별한 재주가 전혀 없어 보였거든.

"임금님, 저는 목소리를 아주 아주 크게 낼 수 있습니다."

"오호, 그래? 그럼 어디 한번 소리를 질러보아라."

임금은 남자의 말에 귀를 쫑긋 세웠어.

"아니요, 임금님. 지금 목소리를 크게 내버리면 전쟁터에서는 소리를 못 낼 수도 있으니, 전쟁터에 나가서 제 목소리를 쓸 수 있게 해주십시오."

남자가 귓속말을 하듯이 아주 작은 목소리로 말했어. 임금은 남자의 능력이 살짝 의심되기도 했지만, 일단 남자를 군사로 뽑았어. 남자의 목소리가 도대체 얼마나 크기에 군사로 뽑힐 수 있었을까? 혹시 임금도 궁금했던 게 아닐까?

이윽고 백 명의 군사들이 전쟁터로 나갔어. 군사들은 말을 타고 빠르게 적군을 향해 이동했어. 그러다가 얼마 못가서 큰일이 닥치고 말았어. 글쎄 예상치도 못했던 큰 강을 만나고 만 거야. 군사들은 모두 말에서 내려, 발만 동동 굴리고 있었어.

그때 강 저편에 묶여 있는 배 몇 척이 눈에 들어왔어. 사람들도 몇 명 보였지.

"저 많은 배를 풀어 보내준다면 우리가 이 강을 건널 수 있을 텐데!"

"맞아. 그런데 무슨 수로 배를 보내달라고 하지?"

군사들은 곰곰이 생각했어. 강을 건너려면 저 배들이 꼭 이쪽으로 와야만 했거든.

그때, 백 번째로 뽑혔던 그 작은 군사가 앞으로 나섰어. 다들 눈을 동그랗게 뜨고 군사를 지켜봤어. 군사는 두 손을 모아 입 양 옆에 가져다댔어. 그런 다음 크게 소리를 지르기 시작했어.

"이보게들, 배를 좀 보내주시오!"

세상에! 군사의 목소리는 정말 정말 컸어. 목소리가 얼마나 컸던지, 곁에 있던 군사들은 물론 건너편에 있던 사람들까지 깜짝 놀랄 정도였어.

"적군이 몰려오고 있소! 어서 배를 보내주시오!"

군사는 한 번 더 큰 소리로 외쳤어. 그러자 건너편 사람들이 서둘러 배를 몰고 오기 시작했어. 덕분에 백 명의 군사들은 모두 무사히 강을 건널 수 있었지. 얼마 후 전쟁에서도 크게 승리할 수 있었대. 물론 작은 군사는 목소리를 너무 크게 내버려서 전쟁 내내 모기만한 목소리로 지냈지만 말이야. 나중에 임금이 말했지.

"그 작고 약해 보이는 군사를 뽑지 않았다면 어떻게 할 뻔 했나!"

날개도 갖고 싶어!

아주 무섭게 생긴 사자가 있었어. 엄청나게 큰 몸집과 뾰족한 이빨을 내밀며 항상 으르렁거리고 다녔지. 게다가 날카로운 갈기까지 가지고 있어서 사자를 무서워하지 않는 동물은 하나도 없었어. 그야말로 사납게 생긴 모습만으로도 숲의 왕이 되기에 충분했지. 그런데 사자는 자신의 생김새에 별 관심이 없었어. 사실 사자에게는 정말 이루고 싶은 소원이 하나 있었거든. 그건 바로 하늘을 나는 것! 사자는 하늘을 날아보고 싶었던 거야.

'나도 저렇게 하늘을 날 수 있으면 좋으련만!'

사자는 날개를 쭉 펴고 하늘을 나는 새들이 얼마나 부러웠는지 몰라. 그중에서도 특히 독수리를 가장 부러워했어. 독수리는 하늘을 날 수 있는 것은 물론이요, 부리부리한 눈매에 쭉 뻗은 날개까지 있어서 생김새가 꽤 멋졌거든. 사자는 독수리가 자기보다 훨씬 멋있게 생겼다고 생각했어.

어느 날, 사자는 무언가 결심이라도 한 양 독수리를 자신의 동굴로 초대했어. 독수리는 동물 왕국의 왕인 사자가 자신을 무슨 일로 불렀을까 하고 덜컥 겁부터 먹었어. 동굴 속으로 들어가서는 모기만 한 목소리로 인사를 건넸지.

"아, 안, 안녕하세요. 사자님."

"독수리야, 이리 와서 편하게 앉거라. 내가 너에게 부탁이 있어서 불렀느니라."

그런데 사자는 웃음까지 지어보이며 독수리를 반기는 게 아니겠어. 독수리는 사자의 부탁이 무엇인지 궁금해졌어.

"어떤 부탁을 말씀하시는가요?"

"응, 내가 하늘을 날고 싶어서 말이지. 내 이 날카로운 갈기와 너의 그 멋진 날개를 좀 바꿨으면 하는데, 너는 어떻게 생각하느냐?"

"어이쿠, 사자님의 부탁이라면 무엇이든 따라야 하지요."

독수리는 사자의 부탁이기 때문에 어쩔 수가 없다고 생각했어. 부탁을 들어주지 않았다가는 저 갈기에 혼쭐이 나고 말테니까. 독수리는 자신의 날개를 떼어 사자에게 주었어. 날개를 떼어낼 때는 눈물이 조금 났던 것 같아.

"어떠냐, 날개를 붙이니 더 위엄 있어 보이느냐?"

"네, 사자님. 정말 멋지십니다. 그럼 이제 제게 갈기를 주십시오."

"갈기라고? 이 사자의 갈기를 독수리가 달겠다? 흥, 어림없는 소리!"

사자는 약속을 지키지 않았어. 자신은 독수리에게서 날개를 뺏어 달았으면서, 자신의 갈기는 내어주지 않는 거야. 독수리는 몹시 속이 상했어. 이럴 줄 알았지 하면서도 어쩔 수가 없었거든. 풀이 죽은 모습으로 돌아오는 수밖에.

독수리가 돌아가고 나서 사자는 한껏 신이 나 있었어. 이제 높은 곳으로 올라가 훨훨 날기만 하면 된다고 생각했어. 사자는 씩씩거리며 언덕 꼭대기로 올라갔어.

'멋지게 날아서 동물들 앞에 나타나겠어!'

이제 독수리처럼 하늘을 날기만 하면 되는 일. 언덕 꼭대기에 오른 사자는 있는 힘을 다해 날갯짓을 시작했어. 독수리에게서 뺏은 날개를 쭉쭉 뻗으면서 드디어 꼭대기에서 발을 떼었지!

얼마 후 골짜기 아래에서 '쿵' 하는 커다란 소리가 들렸어. 사자는 엉덩이뼈를 심하게 다쳐서 꼼짝도 못하는 신세가 되고 말았지. 사자의 몸에 붙였던 독수리의 날개는 어떻게 됐을까? 날개는 모두 부러지고 망가져서 더 이상 쓸모가 없게 되어버렸어. 동물들은 꼼짝도 못하게 된 사자를 하나도 무서워하지 않았어. 오히려 사자를 보기만 하면 키득키득 웃어댔지. 독수리의 날개를 달고 뛰어내리는 사자의 모습이 자꾸 생각나서 말이야.

도깨비보다 무서운 도토리

산속에서 한 나무꾼이 열심히 나무를 하고 있었어요.

"조금만 쉬었다 해야겠구나."

나무꾼은 도끼를 한쪽에 내려놓고 나무 밑동에 걸터앉았어요. 곧 있으면 추운 겨울이 찾아올 거예요. 나무꾼은 서둘러 땔감을 준비해야 했지요. 그때 나무꾼 머리 위로 톡하며 무언가가 떨어졌어요.

"도토리구나. 바람에 떨어졌나?"

나무꾼은 도토리를 집어 들고 요리조리 살펴봤어요. 손바닥 안에 놓고 데굴데굴 굴려도 보았지요. 작고 귀여운 생김도 그렇거니와, 굴리는 재미도 있었어요. 나무꾼은 도토리를 주머니에 넣었어요. 바닥을 살펴보니 몇 개 더 떨어져 있기에, 그것들까지도 전부 주머니에 넣었어요.

예쁜 도토리도 여러 개 주웠겠다, 잠시 쉬기도 했겠다, 나무꾼은 다시 힘이 났어요. 기지개를 죽 펴고 하늘을 올려다봤어요. 앉아 있을 때는 몰랐는데, 그새 하늘이 어둑어둑하게 변해 있었어요. 금방이라도 굵은 비가 쏟아질 것만 같았지요.

과연 얼마 되지 않아 비가 쏟아졌어요. 나무꾼은 얼른 나뭇잎들로 땔감을 덮었어요. 옷까지 흠뻑 젖는 걸 보니 금방 그칠 비는 아닌 모양이었어요. 손으로 대충 머리를 가리고는 산 아래로 뛰어갔어요. 조금 가다 보니 허름하게 생긴 집 한 채가 나왔어요. 나무꾼은 후닥닥 집 안으로 들어갔어요. 비는 그때까지도 멈추지 않고 계속 내리고 있었지요. 비가 와서 그런지, 집 안도 온통 어둑어둑했어요. 나무꾼은 창밖을 내다보며, 어서 비가 그치기만을 기다렸어요.

　나무꾼이 집 안으로 들어온 지 얼마 되지 않았을 때였어요. 나무꾼은 창문 밖의 모습을 보고는 깜짝 놀랐어요. 글쎄 무섭고 험상궂게 생긴 도깨비들이 집으로 우당탕탕 들어오고 있는 것이었어요! 머리에 뿔이 나고 커다란 방망이를 들고 있는 모습이 영락없이 도깨비였어요. 그럼 이 집이 바로 도깨비들의 집? 믿을 수 없는 일이었어요. 나무꾼은 어디로 몸을 숨겨야 하나 이리저리 뛰어다니다가, 지붕을 받치고 있는 대들보 위로 올라갔어요. 기둥과 대들보의 작은 틈새에 살그머니 몸을 숨겼어요. 이윽고 요란한 소리를 내며 도깨비들이 들어왔어요.

　"오늘은 이상하게 다른 때보다 더 배가 고프다."

　"얼른 방망이를 두드리시게나!"

　도깨비들은 둥글게 모여 앉아 수다를 떨었어요. 머리에는 저마다 뾰족한 뿔이 달려 있고, 얼굴과 피부에는 빨간 점들이 수두룩하게 나 있었어요. 정말 쳐다보기만 해도 흉측하고 무서운 모습이었지요. 뿔이 가장 뾰족하고, 덩치도 가장 큰 도깨비가 아무래도 대장 도깨비 같았어요. 대장 도깨비는 바지춤에서 방망이 하나를 꺼내더니 바닥을 쿵쿵 치기 시작했어요.

　"쿵쿵쿵. 맛난 돼지고기야, 어서 이리로 나오너라!"

　대장 도깨비가 주문을 외웠어요. 그러자 정말 돼지고기가 눈앞에 차려졌어요.

　'세상에! 말도 안 돼!'

　대들보 위에서 지켜보고 있던 나무꾼은 하마터면 소리를 지를 뻔했어요. 대장 도깨비는 계속해서 방망이로 소고기, 닭고기, 과일들을 나오게 했어요. 순식간에 도깨비들의 맛있는 저녁 식사가 준비되었어요.

　그때쯤 나무꾼의 배에서는 꼬르륵 소리가 났어요. 그러고 보니 나무꾼은 오늘 점심 먹는 일도 잊은 채 일만 했지 뭐예요. 도깨비들이 먹는 음식을 보니 군침이 절로 났어요. 고기까지는 아니어도 좋으니, 두부라도 한 점 먹을 수 있었으면 좋겠다고 생각했지요.

　순간 나무꾼에게 도토리 생각이 났어요. 낮에 쉬면서 주웠던 그 도토리! 나무꾼은 주머니에서 도토리 하나를 꺼냈어요. 배가 얼마나 고픈지 도토리 하나도 그렇게 맛있어 보일 수가 없었어요. 나무꾼은 오도독하고 도토리를 깨물었어요.

"어라! 이게 무슨 소리지? 방금 오도독하는 소리 못 들었어?"

"오도독? 삐걱하는 소리가 아니고?"

도깨비들이 듣고 있는 줄도 모르고 나무꾼은 도토리를 한 번 더 깨물었어요. 도깨비들은 깜짝 놀라기라도 한 듯이 전부 자리에서 벌떡 일어났어요.

"들었어, 들었어. 삐걱하는 소리가 났어!"

"천장에서 난 것 같은데? 혹시 집이 무너지려고?"

도깨비들은 잔뜩 겁을 먹은 표정이었어요. 그제야 도깨비들의 모습을 본 나무꾼은 재밌어서 큭큭대고 웃고만 있었지요. 나무꾼은 주머니에서 도토리를 더 꺼냈어요. 일부러 아까보다 더 세게 도토리를 깨물었어요.

"으악! 아무래도 집이 무너지려는 것 같아! 얼른 도망가자!"

대장 도깨비의 말에, 도깨비들은 우르르 밖으로 뛰어나갔어요. 도깨비들이 하나도 빠짐없이 나간 걸 보고, 나무꾼은 천장에서 내려왔어요. 덕분에 도깨비들이 남기고 간 음식을 배가 터지도록 먹을 수 있었지요.

그런데 이게 또 웬일일까요? 대장 도깨비가 앉아 있던 자리에, 방망이가 그대로 놓여 있는 게 아니겠어요. 나무꾼은 얼른 방망이를 챙겨서 뒤도 돌아보지 않고 집으로 뛰어왔어요. 방문을 꼭 걸어 잠그고는, 아까 대장 도깨비가 했던 대로 흉내내보았지요.

"쿵쿵쿵, 맛난 쌀아, 어서 이리로 나오너라."

나무꾼이 주문을 외우자마자 놀라운 일이 벌어졌어요. 순식간에 방 안 가득 쌀이 쌓인 거예요. 나무꾼은 이불이랑 옷도 나오게 해봤어

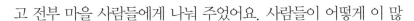

요. 그랬더니 정말 이불 여러 채랑 옷 수십 벌이 방 안 가득 쌓이는 게 아니겠어요.

나무꾼은 금세 부자가 될 수 있었어요. 나무꾼은 방망이로 얻은 물건들을 혼자만 갖지 않고 전부 마을 사람들에게 나눠 주었어요. 사람들이 어떻게 이 많은 물건을 얻었는지 궁금해하면, 나무꾼은 도깨비 집에서 있었던 일을 고스란히 들려주었어요.

나무꾼이 도깨비 방망이를 얻었다는 소문이 온 마을에 퍼졌어요. 마을에서 가장 큰 집에 살고 있는 욕심쟁이 영감도 이 소문을 들었어요. 욕심쟁이 영감은 나무꾼이 자기보다 더 큰 부자가 된 게 그렇게 배가 아플 수가 없었어요.

'도토리를 깨물었더니 도깨비들이 도망을 갔다, 이거지?'

욕심쟁이 영감은 도토리 한 주먹을 챙겨 도깨비 집으로 향했어요. 나무꾼은 영감에게 도깨비 집을 알려주면서도, 도깨비들이 눈치를 챘을지도 모르니 항상 조심하라는 말을 덧붙였어요. 영감은 나무꾼의 말은 들은 체도 안 했지요.

도깨비 집에 도착한 영감은 어서 빨리 도깨비들이 오기만을 기다렸어요. 잠시 후, 정말로 무시무시하게 생긴 도깨비들이 집으로 들어왔어요. 도깨비들은 다른 때와는 달리, 들어오자마자 자리에 앉지 않았어요. 뭐 수상한 게 없나 하고 사방을 두리번거렸지요. 그러거나 말거나 욕심쟁이 영감은 서둘러 도토리를 꺼내 입에 넣고는 요란한 소리가 나도록 깨물었어요.

그런데 그때였어요.

"이 고약한 것! 우리가 또 속을 줄 알았냐!"

어느새 천장까지 올라온 도깨비들이, 욕심쟁이 영감을 단번에 끌어내렸어요. 나무꾼의 말대로 도깨비들은 이미 눈치를 채고 있었던 거예요. 방망이를 주워가기는커녕, 밤새도록 방망이에 두들겨 맞고 말았지요. 과연 욕심쟁이 영감은 방망이로 무엇을 나오게 하고 싶었을까? 나무꾼은 몇 번이나 생각해보았답니다.

욕심 많은 개

욕심쟁이 개가 커다란 뼈다귀 하나를 주웠어요. 개는 뼈다귀를 물고는 어디로 가면 좋을까 하고 어슬렁어슬렁 걸어 다녔어요. 혹시 다른 개기 이 뼈다귀를 보기라도 하면, 분명히 나눠달라고 조를 일이 분명했어요. 개는 아무도 없는 곳으로 가서 혼자만 뼈다귀를 먹고 싶었거든요.

잠시 후, 개는 어느 농부네 집 마당으로 들어갔어요. 마당에는 소 한 마리만 있을 뿐 다른 동물들은 보이지 않았어요. 소는 농부가 주고 간 여물을 먹고 있었어요.

'여기에 있으면 아무도 뼈다귀를 나눠달라고 하지 않겠구나!'

개는 기뻤어요. 드디어 뼈다귀를 마음 놓고 먹을 수 있는 곳을 찾았으니까요. 개는 어디에 앉아서 먹으면 좋을까 하고 마당 구석구석을 살폈어요. 마당 한편에 쌓아놓은 건초더미가 눈에 들어왔어요. 소의 먹이로 쓰려고 모아놓은 것 같았어요. 개는 얼른 건초더미 위에 떡하니 앉았어요. 소는 개를 보고 깜짝 놀란 눈치였어요.

"야, 너 왜 거기에 앉고 그래? 난 거기 있는 건초를 먹어야 한단 말이야!"

안 그래도 소는 이제 막 건초를 먹으려던 순간이었지요.

"비켜! 여기는 너희 집도 아니잖아!"

소는 잔뜩 화가 나서는 개를 쫓아내려고 했어요. 그러나 개는 꼼짝도 하지 않았어요. 오히려 소를 향해 컹컹하며 큰 소리로 짖어댔어요. 마치 자기가 이 집의 원래 주인이라도 되는 양 굴었지요. 소를 당장이라도 쫓아내려는 듯이 말이에요.

"도대체 왜 건초 위에 앉아 있는 거야? 너는 건초를 먹지도 못하잖아!"

소가 개에게 따지듯이 물었어요. 개는 뼈다귀를 잠시 한 쪽에 내려놓고는 큰 소리로 웃어댔어요.

"하하하. 네가 이 건초를 배불리 먹을 걸 생각하니, 샘이 나서 그런다, 왜!"

세상에, 어차피 자기는 먹지도 못하면서, 소가 먹는 게 샘이 나다니요. 소는 정말이지 개의 모습이 이해가 되지 않았어요.

"너는 그 뼈다귀를 먹으면 되잖아. 왜 남의 먹이까지 욕심을 내고 그러니?"

"남의 먹이라니? 이 세상에 있는 모든 먹이는 다 내 거라고!"

어쩜 저렇게 욕심이 많을 수 있을까! 소는 한숨이 절로 나왔어요. 아무리 말을 해봤자 소용없는 일이라고 생각했지요. 그러거나 말거나 개는 소가 건초를 집어 먹기라도 할까 봐 한시도 쉬지 않고 지키고 있었어요. 소가 조금이라도 곁으로 다가오면 금방 컹컹하고 짖었어요. 참 재미있는 모습이 아닐 수가 없었지요. 소는 소대로 개가 비켜주질 않으니 건초를 먹지 못하고, 개 역시 소가 건초를 먹을까 봐 또 다른 동물들이 나타나기라도 할까 봐 지키느라 뼈다귀를 먹지 못하고 있었으니까요.

그때였어요.

"아니, 웬 개가 남의 집 건초 위에 앉아 있어!"

농부가 욕심쟁이 개를 발견한 거예요.

"썩 나가지 못해!"

농부는 빗자루를 가지고 개를 쫓았어요. 깜짝 놀란 개는 개울가까지 헐레벌떡 도망을 쳤어요.

"헥헥! 하마터면 큰일 날 뻔했네!"

얼마나 뛰어왔는지 다리가 후들후들 떨리고 있었어요. 그런데 이게 도대체 무슨 일이란 말인가요. 개는 화가 나고 속이 터져서 어쩔 줄을 몰라 했어요. 글쎄 급하게 도망치는 바람에 건초더미 위에 뼈다귀를 놓고 온 거예요. 건초야 뭐 원래 개는 먹지 못하니 그렇다 치더라도, 한 점도 뜯어먹지 않고 놔둔 뼈다귀가 자꾸 생각났어요.

"아이참! 혹시 소가 너무 배가 고파서 내 뼈다귀를 먹기라도 하면 어쩌지!"

봄이 이길 수밖에!

하루는 겨울이 봄에게 잘난 체를 하며 말했어요.

"나 겨울은 힘이 가장 센 계절이야. 나만큼 힘이 센 계절은 없지."

"힘이 세다고? 어떻게?"

"내가 차가운 바람을 휘휘 몰아치면 사람들은 추워서 아무것도 할 수 없거든. 집에 콕 틀어박혀서 나오지도 못한다고. 내가 정말로 화가 나서 정말로 센 바람을 불면, 정말 거리에는 새끼 쥐 한 마리도 보이지 않게 되지. 그러니 사람들도 짐승들도 모두 나를 사상 무서워하지. 어때? 정말 힘이 센 것 같지 않아?"

겨울은 일부러 바람을 크게 한 번 불며 말했어요. 바람이 어찌나 차가웠는지 봄은 추워서 몸을 웅크렸어요.

"하하하. 봄은 겁쟁이구나. 봄 너는 이렇게 센 바람도 불 줄 모르지?"

겨울은 봄을 놀렸어요.

"꽃송이라도 떨어질까 봐 걱정되지?"

겨울은 계속해서 봄을 비웃었어요. 하지만 봄은 전혀 슬퍼하지 않았어요. 겨울은 봄의 모습이 이해가 되지 않았어요.

"봄! 너는 힘이 센 내가 부럽지도 않아?"

겨울은 아까보다 더 으스대며 물었어요.

"그래. 너는 차가운 바람을 세게 불 수 있지. 그런데 말이야. 사람들이, 그리고 짐승들이 차가운 바람을 좋아하기는 하니?"

봄이 겨울에게 조심스레 물었어요.

겨울은 생각했어요. 자기가 센 바람을 불었을 때 사람들이랑 짐승들이 어떻게 했었는지 말이에요. 지난해에도 겨울은 엄청나게 센 바람을 불었어요. 많은 아이들이 그만 감기에 걸려 고생을 하게 됐었지요.

"어휴, 지긋지긋한 겨울! 어서 끝나버렸으면 좋겠다!"

"난 겨울이 제일 싫어! 정말이지 겨울만 없었으면 소원이 없겠어!"

그때 아이의 부모들이 했던 말이 떠올랐어요. 짐승들도 마찬가지였어요.

"겨울에는 너무 추워서 아무것도 하기 싫어. 그냥 잠이나 자련다. 겨울이 끝날 때까지 절대 깨지 않을 거야."

"맞아. 먹이 구하기도 정말 힘들어. 난 겨울이 너무 싫어."

사람들이 했던 말, 짐승들이 했던 말을 생각하자 겨울은 슬퍼졌어요. 봄은 다시 물었어요. 사람들이 너를 좋아하느냐고.

"아니, 사람들은 나를 정말 싫어해."

겨울은 기운이 쭉 빠진 목소리로 말했어요.

"봄 너는? 너는 사람들이 좋아하니?"

"물론이지. 사람들은 봄이 왔다는 걸 알게 되자마자 바로 창문을 확 열어젖힌단다. 정원에 난 새싹들을 보며 환한 웃음을 짓지. 그럼 나는 더욱더 따뜻한 바람을 불어서 얼른 꽃이 필 수 있도록 도와주곤 해. 사람들은 꽁꽁 겹쳐 입었던 옷을 벗고, 밖으로 나와서 산책을 하지. 모두들 봄이 왔다는 사실을 얼마나 반가

워하는지! 짐승들도 마찬가지야. 긴긴 겨울잠에서 깨어나 개울로 나오지. 졸졸졸 흐르는 개울물을 시원하게 마시며 서로서로 반갑게 인사를 나눈단다. 다들 이제야 비로소 봄이 왔다고 뛸 듯이 기뻐하면서 말이야."

봄은 눈을 감고 행복한 표정을 짓고 있었어요. 그런 봄의 표정을 본 겨울은 힘이 세다고 잘난 체했던 게 부끄러웠어요.

"힘이 세다고 좋은 게 아니었구나. 나는 사람이고 짐승이고 괴롭힐 줄만 알았지, 행복하게 해줄 생각은 꿈에도 못했어. 봄 너처럼 다른 이를 행복하게 만들어주면, 자기도 비로소 행복해지는 건데 말이야."

겨울은 봄이 부러웠어요. 자기도 봄처럼 행복해지고 싶었지요.

"겨울아. 너도 행복해질 수 있어. 너무 추운 바람만 불지 말고, 가끔씩 하얀 눈도 내려주고, 재밌게 생긴 고드름도 만들어주렴. 너무 추운 날에는 아주 조금이라도 환한 햇빛을 비춰주렴. 그럼 사람들도 짐승들도 모두 너를 좋아하게 될 거야."

봄은 겨울을 감싸주었어요. 그때부터 겨울은 봄의 말대로 하기로 했어요. 추운 바람을 분 뒤에는 하얀 눈이 펑펑 내리게 해주었어요. 사람들은 눈으로 눈사람을 만들며 행복해했어요. 아이들은 고드름으로 장난을 치고 놀았고요.

아이들이 눈도 삐뚤 코도 삐뚤하게 붙여 놓은 눈사람을 보며, 겨울은 처음으로 행복하다는 생각을 하게 되었답니다.

임신 18주

임신 18주가 되면 초음파를 통해 아기의 심장 기형 여부를 확인할 수 있습니다. 임신 3주경에 형성되기 시작한 심장은 5주경부터 수축 운동을 시작합니다. 심장이 정상적으로 운동함으로써 아기 몸에 필요한 혈액을 공급해주게 되는데, 18주가 되면 이 운동이 얼마나 잘 이루어지고 있는지 그 여부를 확인할 수 있게 되는 것입니다.

태동이 가장 활발한 때가 바로 이 시기입니다. 아기는 발길질을 하고 몸을 배배 꼬기도 하며, 바깥세상으로 나오기 위한 훈련을 하고 있습니다. 만약 태동이 현저히 줄어들거나 아니면 아예 멈춰버리는 일이 벌어졌다면, 반드시 의사에게 사실을 알려야 합니다.

시간이 지날수록 늘어나는 자궁이 방광을 누르게 됨으로써, 당신은 임신 전보다 자주 화장실을 찾게 될 것입니다. 간혹 방광염을 호소하는 임신부가 있기도 한데, 이때 역시 의사의 진찰을 통해 적절한 조치를 취해야 합니다. 방광염은 저체중아 출산의 위험은 물론, 심해지면 신우염으로 이어질 수 있기 때문에 각별히 조심해야 합니다.

굵은 빗줄기가 떨어지던 날이었습니다. 한 노인이 별장이를 찾아갔습니다.
별장이는 하늘에 올라갈 수 없다며 슬퍼하고 있었습니다.
별을 닦아주지 않으면, 별이 반짝거릴 수 없을 거라고 했습니다.
노인은 별장이의 어깨를 살며시 안아주었습니다.
"별장이님, 그럼 오늘 밤은 저 별을 위해 기도를 해주면 어떨까요?"
노인의 말에 별장이는 눈물을 멈췄습니다. 창문 앞에 무릎을 꿇고 앉아 별을 위해 기도했습니다.
"제가 별을 닦아주지 못하는 날에도, 저 별이 반짝일 수 있도록 해주십시오."

순간, 빗줄기가 내리치는 밤하늘에서 별빛이 반짝였습니다.
당신이 아무것도 하지 못한다고 해서, 당신의 꿈과 사랑이 저만치 달아나는 것은 아닙니다.

다자구 할머니

옛날, 우리나라 소백산에서 있었던 이야기예요. 소백산에는 높고 낮은 고개들이 아주 많기로 유명했는데, 그중에서도 가장 유명한 고개는 죽령이라는 고개였어요. 대나무(竹)가 많은 고개(嶺)라 하여 죽령이라고 불렀지요. 사냥꾼이 토끼를 잡다가 죽령에서 놓치면, 그날 토끼 잡는 일은 포기해야 했대요. 대나무 사이로 쏙쏙 숨어버려서 도저히 잡을 수가 없었다나요. 정말 대나무가 많긴 많았나 봐요.

대나무도 대나무지만, 이 죽령이 더 유명해진 이유는 한 가지 더 있었어요. 바로 죽령에 살고 있는 산적들 때문이었지요. 토끼도 숨기 좋은 곳에 산적이라고 숨지 말라는 법이 있었겠어요. 산적들은 얼씨구나 하며 죽령에 숨어 살았어요. 소백산 자락을 돌아다니며 사람들을 잡아가고, 살림을 빼앗아 가면서 말이에요. 소백산 사람들은 산적들 때문에 하루도 편하게 살 수가 없었어요.

"원님은 뭐하신담? 저런 산적들 안 잡아가고!"

사람들의 불만은 하늘을 찌를 듯했어요. 물론 원님도 산적들을 잡으려고 안 써본 방법이 없을 정도였어요. 다 잡았는가 싶으면 바로 대나무 사이로 숨어버리니, 마지막에 가서 놓치는 경우가 한두 번이 아니었어요. 원님은 누구든지 산적들만 잡아준다면 큰 상을 내리겠다고 말했어요.

어느 날, 한 할머니가 원님을 찾아왔어요. 할머니는 산적들을 잡을 아주 좋은 방법이 있다고 했어요. 그 말에 원님은 물론 주변에 있던 사람들도 눈이 번쩍 뜨였지요. 할머니는 원님의 귀에다 대고 이러쿵저러쿵 많은 이야기를 했어요. 원님은 할머니의 이야기를 듣는 내내 고개를 끄덕끄덕했어요.

"일단 군사들을 아주 많이 모아야 해요."

원님은 일단 할머니가 시킨 대로 하기로 했어요. 이웃 고을의 원님들에게도 부탁해, 군사들을 정말 많이 모았어요.

"그다음 군사들을 군사들이 아닌 것처럼 꾸며야 해요."

원님은 할머니의 말에 따라 군사들을 나무꾼이나 장사꾼, 혹은 선비처럼 꾸몄어요. 정말 산적들이 감쪽같이 속을 것 같을 정도로요.

"그런 다음 산적들에게 잡히기만을 기다리세요."

아니, 산적들에게 잡히라니요? 원님은 이번만큼은 할머니의 말이 이해가 되지 않았어요. 할머니는 다시 원님의 귀에다 대고 이러쿵저러쿵 이야기를 했어요. 그러자 원님은 박수까지 짝짝 치며 할머니의 이야기를 듣지 않겠어요.

얼마 후, 변장한 군사들과 할머니가 산적들에게 붙잡혔어요. 물론 일부러 잡힌 것이었지요. 산적들은 군사들을 한 명도 알아보지 못했어요. 정말 나무꾼 아니면 장사꾼이나 선비로 알아봤던 거예요.

산적들은 변장한 군사들과 할머니를 산적들의 소굴로 데려갔어요. 그곳은 죽령 가장 끄트머리에 있는 작은 동굴이었어요. 쭉쭉 뻗은 대나무들이 동굴 앞을 가로 막고 있어서, 자칫하면 못 보고 지나치기 쉬운 곳이었어요. 산적들은 동굴 안에 할머니를 풀어놨어요. 그러고는 자기들끼리 이 얘기 저 얘기를 하며 수다를 떨기 시작했지요. 그때 할머니가 동굴 앞으로 슬며시 걸어 나갔어요.

"들자구야! 들자구야!"

할머니는 아주 큰 목소리로 이상한 말을 했어요.

"할멈! 그게 무슨 말이오?"

수다를 떨고 있던 산적들이 물었어요.

"응, 우리 큰 아들 이름이구먼. 보고 싶어서 한 번 불러봤지."

할머니는 일부러 우는 체를 했어요. 사실 할머니에게는 아들이 없었어요. 저 말에는 다른 비밀이 숨어 있었지요. 바로 '들자구'는 '덜 잔다'라는 말이었어요. 즉 산적들이 아직 덜 잠들었다는 뜻이지요. 며칠 전 할머니가 원님의 귀에 대고 들려준 이야기가 바로 이것이었어요. '들자구야' 소리를 들은 원님은 어땠을까요? 원님은 군사들이 모여 있는 곳으로 갔어요.

"산적들이 아직 덜 잠들었다. 산적들이 모두 잠들면 그때 공격해라. 알겠느냐?"

원님이 군사들에게 명령했어요.

한편 할머니는 아직 잠들지 않은 산적들 옆으로 가서 앉았어요.

"재밌는 옛날이야기 좀 들려줄까나?"

할머니의 말에 산적들은 신이 났어요. 술까지 여러 병 꺼내와 마시며, 할머니의 이야기에 귀를 기울였어요. 옛날, 옛날, 아주 먼 옛날, 산속에……. 할머니의 이야기는 한참 동안 이어졌어요. 곧 이야기를 듣고 있던 산적들이 하나둘 잠들기 시작했지요.

그러기를 몇 번이 지났을까? 드디어 산적들이 모두 잠들게 되었어요!

"다자구야! 다자구야!"

할머니는 동굴 밖으로 나가 큰 소리로 외쳤어요. 산적들은 술까지 먹은 탓에 더 깊이 잠들었던 모양이에요. 할머니는 얼른 변장한 군사들을 풀어줬어요. 할머니가 계속해서 한참 동안 소리를 질렀지만 깨는 이는 한 명도 없었어요. 꾸벅꾸벅 졸다가 깬 사람은 바로 원님이었어요.

"뭐? 다 잔다고?"

할머니가 그랬었거든요. '다자구'는 '다 잔다', 그러니까 산적들이 다 잠들었다는 말이라고요. 원님은 얼른 다른 군사들을 더 이끌고 할머니의 목소리가 들리는 곳으로 달려갔어요. 과연 할머니가 있는 곳에 산적들이 다 잠들어 있는 모습이 보였어요. 군사들은 힘을 합쳐 산적들 모두를 밧줄로 꽁꽁 묶었어요. 그제야 잠이 깬 산적들이 원님 앞에서 두 손을 싹싹 빌었지만, 때는 이미 늦고 말았지요.

"에헴, 그동안 너희들이 저지른 잘못이 한두 개여야 말이지."

원님은 제법 거드름을 피우며 산적들을 잡아갔어요.

"할머니. 어떤 상을 드려야 좋을까요?"

"상은 괜찮습니다. 대신 산적들이 잘못을 빌면 용서해주기로 하지요."

할머니는 원님을 향해 그저 방긋이 웃을 뿐이었습니다.

여우와 포도나무

따가운 햇볕이 쨍쨍 내리쬐는 여름날이었어요. 새들은 날개를 축 늘어뜨린 채 나뭇가지에 앉아 있고, 다른 동물들은 나무 그늘에 숨어 쿨쿨 낮잠을 자고 있었어요. 멀리서 잘 익은 포도 냄새가 솔솔 풍겨 왔어요.

"음, 포도가 정말 잘 익은 모양이군. 한 송이 꿀꺽 먹어봤으면 좋겠다!"

나무 그늘에서 쉬고 있던 여우가 코를 킁킁거리며 말했어요. 포도를 배부르게 따먹는 상상을 하고 있었지요. 마침 배도 살살 고프던 여우는 포도밭을 향해 어슬렁어슬렁 걸어갔어요.

포도밭은 촘촘하게 만든 철조망으로 빙 둘러싸여 있었어요. 철조망 위에는 삐죽삐죽한 가시가 놓여 있었고요. 포도밭 안으로 들어가는 일이 결코 만만해 보이지 않았어요. 여우는 눈을 크게 뜨고는 철조망 구석구석을 살폈어요. 혹시 큰 구멍이라도 나 있으면, 그 구멍을 통해 포도밭 안으로 들어가면 된다고 생각했지요. 그러나 다리가 후들후들 흔들리도록 포도밭 주변을 걸었지만, 어디에도 구멍은 보이지 않았어요.

그러던 중 정말로 작은 구멍 하나가 눈에 들어왔어요. 여우는 그 구멍으로 안간힘을 다해 머리를 밀어 넣었어요. 간신히 머리가 들어갔어요. 여우는 머리를 휙휙 돌려가며 포도밭을 구경했어요. 철조망에 가려져 있던 포도밭은 정말 멋진 곳이었어요. 잘 익은 포도가 나무마다 주렁주렁 열려 있었어요. 포도송이에 붙은 알맹이들은 손가락으로 콕 찌르면 톡하고 터져버릴 것처럼 보였지요. 달콤한 냄새가 포도밭을 가득 메우고 있었어요.

포도밭을 감상하는 데 푹 빠져 있던 여우는 아차차 하며 정신을 차렸어요. 이제 있는 힘을 다해 몸통을 밀어 넣을 차례였거든요. 하지만 몸통은 조금도 들어가지 않았어요.

'어떻게 하면 저 포도밭 안으로 들어갈 수 있지?'

여우는 자신의 몸을 들여다봤어요. 턱이 뾰족하고 볼이 좁으니, 머리는 구멍 안으로 쉽게 들어갈 것 같았어요. 문제는 볼록 솟아나온 배였어요.

'좋아! 이 통통한 뱃살을 모두 빼버려야겠어!'

여우는 결심했어요. 그때부터 계속해서 끼니를 거르기 시작했지요. 하루, 이틀, 사흘, 나흘……. 여우는 배가 고파 견딜 수가 없을 정도였어요. 그럴 때마다 구멍 속으로 들여다본 포도밭 모습을 떠올렸어요. 주렁주렁 달려 있는 포도송이들, 톡하고 터질 것 같은 알맹이들, 게다가 정신이 혼미해질 정도로 향긋한 냄새까지! 여우는 그 모습을 떠올리며 굶는 것을 견딜 수 있었지요.

이윽고 여우의 배가 거짓말처럼 홀쭉해지게 됐어요. 온몸에 살이 많이 빠져서 팔다리는 앙상한 나뭇가지처럼 말랐어요. 여우는 심호흡을 크게 하고는 구멍 앞에 섰어요. 아주 조심스럽게 구멍 안으로 몸을 밀어 넣었어요. 가까스로 여우의 몸이 구멍을 통과했어요. 드디어 여우는 포도밭 안으로 들어가게 된 거예요!

여우는 정말 숨도 쉬지 않는다는 표현이 딱 맞을 정도로, 허겁지겁 포도를 따 먹었어요. 탱글탱글한 포도 알맹이를 씹을 때마다, 입안에 달콤한 포도 과즙이 주르륵주르륵 고였어요. 한 송이, 두 송이, 세 송이……. 여우는 정말 많은 포도를 먹어치웠어요. 그러다가 너무 배가 부르면 그 자리에서 그만 잠이 들었지요. 한잠 푹 자고 일어나면 또 다시 포도를 먹었어요. 포도밭 밖에서 끼니를 거르며 며칠을 보냈던 것과 반대로, 포도밭 안에서는 매 끼니마다 포도를 먹으며 며칠을 보내게 되었어요. 그러다 보니 다시 여우의 배는 볼록해지고 팔다리는 통통해지게 되었지요.

여우는 하루 한 끼도 거르지 않고 포도를 먹어치웠어요. 그 사이 포도밭 주인도 몇 번이나 포도를 따갔지요. 여우가 먹어치우고, 포도밭 주인이 따가는 동안 포도밭의 포도는 점점 줄어들었어요. 곧 여름이 가고 가을이 다가올 즈음이 되자 포도밭에는 한 송이의 포도도 남지 않게 되었어요.

"자, 포도도 실컷 먹었으니 이제 다시 밖으로 나가볼까?"

여우는 처음에 포도밭으로 들어왔던 구멍을 찾아갔어요. 구멍의 크기는 예전 그대로 아주 작았어요. 여우는 자기가 구멍으로 들어오기 위해 끼니를 굶었던 생각은 까맣게 잊고, 다짜고짜 구멍 안으로 머리와 몸통을 밀어 넣었어요. 물론 들어갈 리가 없었어요. 이번에는 머리조차 구멍을 통과하지 못했어요. 그동안 살이 많이 쪘기 때문이었지요. 여우는 나가보려고 있는 힘을 다해 구멍을 넓혀봤어요. 소용없는 일이었어요.

다시 사흘 밤낮을 굶어 살을 빼야 했어요. 여우는 자기가 다시 끼니를 굶게 될 줄은 꿈에도 몰랐지요. 게다가 이번에는 처음 포도밭으로 들어올 때보다 더 많이 굶어야 했어요. 그때보다 살이 더 많이 쪄 있었으니까요. 결국 며칠을 굶은 끝에 여우는 홀쭉해질 수 있었고, 가느다란 몸으로 구멍을 빠져나올 수 있었어요. 포도밭을 나온 여우는 나뭇가지처럼 마른 다리로 힘들게 걸으며 중얼거렸어요.

"휴, 포도밭을 들어갈 때나 나올 때나 힘들긴 마찬가지네."

여우는 얼마 걷지 못하고 그 자리에 풀썩 주저앉고 말았답니다.

개와 고깃덩이

고기를 정말 좋아하는 개가 있었어요. 아침 점심 저녁 삼시 세끼를 모두 고기만 먹고 싶어 할 정도로요. 한번은 까마귀가 고기 한 덩이를 들고 개를 찾아왔어요.

"아까 산속에서 주웠어. 독수리가 먹다가 남긴 모양이야. 같이 나눠 먹자."

개는 까마귀가 나눠준 고기를 맛있게 먹었어요. 이렇게 고기만 먹을 수 있다면 얼마나 좋을까 싶었지요.

그런 개가 며칠째 고기를 먹지 못했던 적이 있었어요. 이상하게 고기를 구할 수가 없었어요. 개는 고기가 먹고 싶어서 견딜 수가 없었어요. 세상의 모든 게 고기로 보이는 것은 물론, 코로 들어오는 모든 냄새도 다 고기 냄새로 느껴졌어요. 한번은 양 한 마리가 지나가다가 방귀를 뿡 뀌었는데, 그 방귀 냄새를 고기 냄새로 착각을 한 거예요. 그래서 그만 양의 엉덩이를 꽉 깨물고 말았지 뭐예요. 양이 '아야, 아야!' 하고 소리치지 않았다면 정말 큰일 날 뻔했던 일이었어요.

'아, 잘 익은 고기 한 점만 먹을 수 있다면!'

개는 밤하늘에 뜬 달을 보고 기도했어요. 어서 빨리 고기를 먹을 수 있게 해달라고요. 그날 밤 개는 마을에서 고깃덩이를 얻는 꿈을 꾸었던 것 같아요.

다음날, 날이 밝자마자 개는 마을로 내려갔어요. 고기를 얻는 꿈을 떠올리면서 말이에요. 분명히 마을에 가면 고깃덩이가 떡하니 있을 것만 같았지요.

아니나 다를까 마을에서는 한창 잔치가 벌어지고 있었어요. 어느 집에 생일을 맞은 사람이라도 있는 모양이었어요. 마을 전체가 음식 냄새로 가득했지요. 개는 두 눈을 왕방울만 하게 뜨고 고기를 찾았어요.

그때 개의 눈에 뭔가가 보였어요. 그럼 그렇지, 아주 잘 익은 고깃덩이였어요. 고기에서 맛있는 냄새가 솔솔 풍겼어요. 개는 벌써부터 입에 군침이 돌았어요.

개는 사람들이 쳐다보는지 요리조리 살폈어요. 다행히 사람들은 멀찌감치 떨어져서 음식을 먹고 있었어요. 워낙 음식이 많아서 고깃덩이에는 관심도 없는 듯 보였어요. 개는 순식간에 고깃덩이를 입에 물었어요. 엉덩이에 불이라도 붙은 듯이 후닥닥닥 마을을 빠져나왔지요.

마을이 멀어졌을 때쯤 개는 잠시 숨을 돌렸어요. 하지만 안심할 수는 없었어요. 이렇게 맛있는 고깃덩이를 안 좋아하는 사람이 어디 있겠어요. 분명히 고깃덩이를 보면 조금만 나눠달라고 하거나, 아니면 아예 빼앗아갈지도 모를 일이었어요.

'어떻게 얻은 고깃덩인데, 빼앗길 순 없어!'

개는 고개를 설레설레 저었어요. 아무래도 아무도 없는 산속에 가서 고기를 먹는 게 좋을 것 같았어요. 아까 전까지만 해도 고깃덩이만 구할 수 있었으면 했는데, 이제는 고깃덩이를 빼앗기지 않았으면 했지요.

얼마 후, 까만 털이 까슬까슬하게 난 까마귀가 보였어요. 생각해보니 얼마 전 개에게 고기를 조금 나눠주었던 그 까마귀였어요.

'이런! 까마귀잖아. 내게 고기를 나눠주었던 걸 기억하고 있을 텐데. 이 고기를 보면 분명히 나눠 먹자고 할지도 몰라. 암, 그렇고말고. 까마귀에게 들켜서는 안 돼!'

개는 까마귀가 볼까 봐 나무 뒤로 얼른 몸을 숨겼어요.

또 얼마 후, 눈이 부리부리하게 생긴 독수리가 보였어요. 개만큼이나 고기를 좋아하기로 소문난 독수리였어요.

'이런! 독수리잖아. 내 고깃덩이를 벌써 보았을 텐데. 이 고기를 보면 분명히 빼앗아갈지도 몰라. 암, 그렇고말고. 독수리에게 들켜서는 안 돼!'

개는 독수리가 볼까 봐 바위 뒤로 얼른 몸을 숨겼어요.

또 얼마 지나지 않아, 하얀 털이 복슬복슬하게 난 양이 보였어요. 며칠 전 방귀 냄새를 고기 냄새로 착각하고 엉덩이를 물었던 그 양이었어요.

'이런! 양이잖아. 내가 자기를 물었다고 화가 나 있을 텐데. 이 고기를 보면 분명히 빼

앗아갈지도 몰라. 암, 그렇고말고. 양에게 들켜서는 안 돼!'

개는 양이 볼까 봐 얼른 나무 뒤로 몸을 숨겼어요. 그랬더니 나무 뒤에 까마귀가 있는 게 아니겠어요. 개는 깜짝 놀라서 다시 바위 뒤로 몸을 숨겼어요. 그랬더니 거기에는 양이 있는 게 아니겠어요.

개는 있는 힘을 다해 강가로 뛰어갔어요. 얼마나 뛰었는지 숨을 헐떡였어요. 그러다가 문득 강물을 보게 되었는데, 개는 그만 깜짝 놀라고 말았어요. 강물 속에 웬 개가 한 마리 있었는데, 글쎄 그 개도 자기처럼 고깃덩이를 입에 물고 있는 거예요. 게다가 몸집이 아주 큰 개였어요. 분명히 자기가 물고 있는 것 말고, 이 고깃덩이도 욕심내고 있을 게 뻔했지요.

개는 강물에 있는 개를 노려봤어요. 그러자 그 개도 자기를 똑같이 노려봤어요. 개는 순간 화가 치밀었어요.

'감히 나를 뭐로 보고!'

개는 강물에 있는 개를 겁주려고 얼굴을 마구 찌푸려 보였어요. 일부러 아주 큰 소리로 짖기까지 했어요.

"컹컹!"

그때였어요. 강물 위로 고깃덩이가 툭하고 떨어졌어요! 강물에 있던 개의 입에서도 고깃덩이가 떨어져 나갔어요. 개는 어떻게 된 일인지 알 수가 없었어요. 까마귀와 독수리, 그리고 양이 지나가면서 물었어요.

"개야, 왜 그래? 물속에 고깃덩이라도 있는 거야?"

개는 아무 말이 없었어요. 계속해서 컹컹 하고 짖을 뿐.

왕의 초대

높은 언덕 위에 으리으리하고 멋진 궁전이 있었어요. 궁전까지 오르는 길 양옆으로 갖가지 꽃과 나무들이 줄지어 자라고 있었어요. 아네모네, 달리아, 카네이션, 튤립……. 게다가 이름을 알 수 없는 꽃들까지, 그 가짓수가 수백 개는 족히 되어 보였지요. 마침 왕이 신하들을 거느리고 꽃을 구경하고 있는 중이었어요.

"저 닭 벼처럼 생긴 꽃의 이름은 무엇이냐?"

"예, 맨드라미라고 합니다, 폐하."

"자세히 보면 붉은 피로 얼룩진 방패처럼 보이기도 합니다, 폐하."

왕이 새로 핀 꽃에 관심을 보이자, 신하들은 저마다 자신이 알고 있는 이야기를 왕에게 들려주었어요. 왕은 신하들의 이야기를 아주 재미있게 들었어요. 기분이 좋은지 신하들을 향해 환하게 웃어 보였지요.

"오늘 저녁 파티에 자네들을 초대하고 싶네."

"네? 파티라고요?"

신하들은 깜짝 놀랐어요. 왕과 함께 식사를 하다니, 궁궐에 들어오고 처음 있는 일이었거든요. 두 사람은 몹시 흥분되고 설렜어요.

"난 미리 목욕을 좀 해둬야겠어. 면도도 깨끗이 하고 말이야. 왕이 언제 파티를 시작할지 모르는 일이잖아."

신하 한 사람은 파티에 참석할 준비를 하느라 벌써부터 서두르기 시작했어요.

"에이, 왜 벌써부터 준비를 해? 분명히 폐하께서 저녁때라고 하시지 않았나? 아직도 해가 하늘 높이 떠 있거늘! 나는 조금 더 쉬었다가 준비하겠네."

　다른 신하 한 사람은 이렇게 말하고는 궁전 밖으로 훌쩍 나가버렸어요. 그는 목장으로 가서 목동들과 한바탕 수다를 떨고, 잔디밭에 누워 낮잠도 한숨 잤어요. 그 사이 서둘러 준비하고 있던 신하는 목욕을 마치고 옷장을 뒤지고 있는 중이었지요.

　"무엇을 입을까? 폐하께서 처음으로 초대해주신 자리인데, 아무거나 입고 갈 수는 없고. 아, 무엇을 입으면 좋을까?"

　신하는 파티에서 입을 옷을 고르는 데에도 한참을 생각했어요. 뭐, 옷을 고르고 나

서도 바쁘기는 마찬가지였어요. 꽃을 조금 선물해드리면 어떨까, 왕이 재미난 이야기를 들려달라고 하면 어떤 이야기를 들려줄까, 이것저것 곰곰이 생각하느라 시간 가는 줄 몰랐어요.

어느덧 해가 뉘엿뉘엿 기울기 시작했어요. 놀러 나갔던 신하는 그제야 들어와서 목욕을 시작했어요. 그때 주방 일을 맡아 하는 신하가 헐레벌떡 이들을 찾아왔어요.

"오늘 폐하께서 점심 식사를 하지 않으셨습니다. 그래서 지금 저녁 파티를 열기로 하셔서, 소식 전해드리러 왔습니다."

"으악! 뭐라고요?"

목욕을 하고 있던 신하는 깜짝 놀라 허둥지둥댔어요. 반면 오후 내내 준비하고 있던 신하는 느긋한 모습을 보였고요. 그는 외투를 걸쳐 입고 마지막으로 거울을 한 번 본 다음, 파티가 열릴 장소로 향했어요.

파티는 기대했던 것보다도 더 화려했어요. 소고기, 돼지고기, 닭고기는 기본이요, 오리고기, 양고기까지 못 먹어본 고기 요리들이 가득했어요. 과일 역시 생전 보지도 못했던 것들로 가득 차 있었지요.

"오늘 자네 상당히 멋있어 보이는군."

왕은 깔끔하게 차려 입은 신하를 보며 흐뭇한 미소를 지었어요. 그리고 예상했던 대로 신하에게 재미난 이야기를 해달라고 했지요. 신하는 낮에 미리 생각해두었던 이야기를 왕에게 들려주었어요. 기분이 좋아진 왕은 신하를 아낌없이 칭찬했어요.

"그런데, 나머지 한 사람은 왜 아직 나타나지 않지?"

왕은 함께 초대했던 다른 신하를 찾았어요. 그때 '삐걱' 하고 문 열리는 소리가 나더니, 그 신하가 모습을 나타냈어요. 얼마나 서둘러 나왔는지 외투 단추도 제대로 채우지 않은 모습이었어요. 면도도 대충 했는지 턱과 뺨이 거뭇거뭇하게 보였지요. 결국 그는 고개도 제대로 들지 못한 채 식사만 해야 했어요. 붉으락푸르락해진 얼굴은 고추 양념을 뒤집어쓴 닭고기보다도 발개져 있었답니다.

마음씨 고약한 부자와
지혜로운 김씨 아들

옛날 어느 마을에 마음씨가 아주 못된 부자가 있었어요.

'오늘은 누굴 괴롭혀볼까?'

부자는 틈만 나면 사람들을 괴롭힐 생각만 했지요.

아주 추운 겨울날이었어요. 이 날도 부자는 어떻게 하면 마을 사람들을 더 많이 괴롭힐 수 있을까 고민했어요. 그때 누군가 부자를 찾아왔어요. 아랫마을에 사는 김씨였어요. 사실 오늘은 김씨가 부자한테서 빌려간 돈을 갚기로 한 날이었지요. 그런데 김씨는 돈을 한 푼도 가져오지 못했어요.

"영감 나리. 정말 죄송합니다. 조금만 더 시간을 주시면……."

"시간을 주면? 그럼 돈이 하늘에서 떨어지기라도 한단 말이냐?"

부자는 콧방귀를 뀌었어요.

"시키는 일은 무엇이든 다 하겠습니다. 대신 조금만 더 시간을 주십시오."

"시키는 일은 무엇이든 다 하겠다고?"

부자는 눈을 동그랗게 뜨며 물었어요. 벌써부터 무슨 일을 시킬지 고민하기 시작한 거예요. 물론 부자가 시키는 일이란 게 다 고약한 일들뿐이었지요.

"그럼 산에 가서 산딸기를 따오너라. 그러면 네 빚을 갚지 않아도 좋다."

"네? 산딸기라고요?"

이번엔 김씨가 눈을 동그랗게 뜨며 물었어요. 도대체 말이 안 되잖아요. 이 겨울에 어디에 가서 산딸기를 구하겠냐고요. 집으로 돌아온 김씨는 끙끙 앓았어요.

"아버지. 도대체 무슨 일로 그러세요?"

아들이 걱정스레 물었어요. 아버지는 부자네 집에서 있었던 일을 들려주었어요.

"하하하. 그랬단 말이지요? 이제 그 일은 저한테 맡기세요."

아버지의 이야기를 들은 아들은 손뼉을 짝 치며 큰 소리로 웃었어요. 아버지는 아들의 모습을 이해할 수가 없었지요.

다음날 아침, 해가 뜨자마자 아들은 부자한테로 갔어요.

"나리. 아버지가 간밤에 산딸기를 따러 갔다가 그만 뱀에게 물리고 말았답니다."

"인석아. 이 겨울에 뱀이 어디 있단 말이냐!"

부자는 아들에게 버럭 화를 냈어요.

"그럼, 나리! 이 겨울에 산딸기는 어디 있단 말씀이십니까?"

"뭐라고?"

주변에서 구경하고 있던 마을 사람들이 큭큭대고 웃었어요. 모두 부자를 놀리는 눈치였지요. 김씨의 아들이 가고난 뒤, 부자는 다시 김씨를 불러들였어요.

"한 번의 기회를 더 주도록 하겠다. 내일까지 돌로 배를 만들어 가져와라."

이번에 시킨 일은 더욱더 말이 되지 않았어요. 돌로 어떻게 배를 만들겠어요. 김씨는 또 끙끙 앓고 있었어요. 아들은 이번에도 걱정 말라며 아버지를 달랬어요.

다음날, 아들은 다시 부자를 찾아갔어요.

"헥헥. 돌로 만든 배를 가져오려고 했는데, 너무 무거워서 도저히 못 가지고 오겠습니다. 그러니 모래로 만든 밧줄을 좀 빌려주시겠습니까?"

"모래로 밧줄을 어떻게 만드냐, 이놈아!"

"그럼 돌로 배를 어떻게 만드나요, 나리!"

이번에도 사람들은 큭큭대고 웃었어요. 부자는 또 김씨를 불러들였어요.

"마지막으로 한 번만 더 기회를 주겠다. 이번에는 새끼를 밴 수소를 가져오너라."

역시, 부자의 못된 생각은 끝도 없었어요. 수소가 어떻게 새끼를 배겠어요. 게다가 부자는 이번에 수소를 가져오지 않으면, 그땐 이자를 곱으로 받겠다고 겁을 줬지요. 집으로 돌아온 김씨는 다른 때보다 더 속상해했어요. 이번 일만큼은 아들도 도와줄 수 없을 게 분명했어요.

"걱정하지 마시고, 저만 믿으세요!"

아들은 이번에도 자신 있는 눈치였어요. 다음날에도 혼자서 부자를 찾아갔지요.

"아니, 오늘도 네가 왔느냐? 도대체 너희 아버지는 뭐하고 있는 게냐!"

부자는 아들을 보더니 또 버럭 화를 냈어요. 그렇지만 속으로는 낄낄대고 웃고 있었어요. 이번에는 분명히 아들도 꼬리를 내릴 거라고 생각했거든요.

"아이고, 부자 나리. 간밤에 아버지께서 아기를 낳으셨지 뭡니까. 그래서 제가 이렇게 대신 찾아왔습니다."

"이놈 보게나. 남자가 아기를 어떻게 낳는다는 말이냐? 내 살다 살다 그런 소리는 또 처음 들어 보는구나! 하하하."

부자는 일부러 사람들을 쳐다보며 더 큰 소리로 웃었어요. 이제 아들은 아무 소리도 못하고 용서를 빌 게 될 거라고만 생각했지요. 그런데 이번에도 아들은 자신 있는 모습을 보였어요.

"그럼 수소가 새끼를 뱄단 소리는 들어보셨고요? 여기 계시는 여러분, 여러분들은 혹시 들어보셨나요? 수소가 새끼를 뱄단 소리를!"

아들은 고개를 휘휘 돌리며 마을 사람들에게 묻는 시늉을 했어요. 사람들은 고개를 설레설레 저으며 큰 소리로 웃었어요. 그 이후로 부자는 김씨네 집에 얼씬도 하지 않게 되었어요. 그 근처에 가기라도 하면 김씨가 이렇게 말하곤 했으니까요.

"나리! 겨울에 산딸기를 따고, 돌로 배를 만들고, 수소가 새끼를 배거들랑 꼭 빚을 갚겠습니다요!"

아버지는 아들의 덕을 말하지 않고, 아들은 아버지의 허물을 말하지 않는다.
– 『명심보감』中 (고려 충렬왕 시기, 중국 고전의 좋은 글귀를 정리한 책)

임신 19주

이제는 초음파를 통해 아기의 모습을 제법 자세히 관찰할 수 있게 되었습니다. 심장은 물론, 콩팥, 폐, 대장과 같은 내부 장기들을 직접 눈으로 확인함으로써 아기의 발달 사항을 점검할 수 있습니다. 또한 초음파로는 내장 기관의 발달 사항뿐만 아니라, 뇌의 이상 여부도 확인할 수 있습니다. 아기의 뇌가 가장 크게 발달하는 시기가 바로 임신 19주 차입니다. 아기는 더 다양한 표정을 지을 수 있게 되었고, 더 큰 움직임도 보일 수 있게 되었습니다.

당신의 배는 겉에서 보기에도 확연하게 티가 나도록 불렀을 것입니다. 커다래진 배 때문에 무게 중심이 앞으로 쏠려, 허리와 무릎에 통증을 호소할 수 있습니다. 반드시 낮은 신발을 신고 보폭을 좁게 해서 천천히 걷도록 해야 합니다. 또한 유선이 발달하고 있다는 증거로서, 당신의 유방은 더욱 커지고 유즙의 양도 증가할 것입니다. 유선의 발달은 출산 후 모유 수유를 위한 중요한 과정이니, 유선 발달이 방해받지 않도록 조금 넉넉한 크기의 브래지어를 착용하는 것이 좋습니다.

비행기 조종사이자 작가이기도 했던 생 텍쥐페리. 그는 작품 『야간비행』을 통해 조종사들의 꿈과 고난, 희망과 좌절을 이야기했습니다. 야간 정기 비행은 위험한 도전이긴 하지만, 밤하늘의 낭만을 안겨주기도 하는 모험 같은 것이었습니다. 동료들이 비행 중에 실종되거나 다치는 일은 드물지 않게 일어나는 일이었습니다. 많은 조종사들은 항공사의 본부장이기도 한 리비에르에게 '안전하면서도 가장 멋진 비행'을 하기 위한 방법을 물었습니다. 리비에르는 대답했습니다. "경험이 곧 법칙을 만듭니다. 법칙을 잘 안다고 하여도, 결코 경험을 능가할 수는 없습니다."

지난날, 또 앞으로의 많은 날들 속에서 당신 역시 야간 비행을 하게 될지도 모릅니다.
그때 당신의 인내와 용기가 만들어낸 법칙은, 분명 당신의 비행을 멋지게 성공시킬 것입니다.

새들은 어떻게 날개를 가질 수 있었을까?

옛날 옛날 아주 먼 옛날, 새들에게는 원래 날개가 없었단다. 그때도 새들의 몸은 예쁜 깃털로 덮여 있었어. 날개가 없어도 참 아름다웠지. 게다가 고운 목소리를 가지고 있어서, 노래도 아주 잘 부를 수 있었어.

그러던 어느 날, 하느님이 새들 앞에 나타났어. 하느님의 손에는 이상하게 생긴 물건이 들려 있었어.

"하느님, 그 이상하게 생긴 물건은 무엇이에요?"

새들은 몹시 궁금한 표정을 지으며 물었어.

"사랑하는 나의 새들아. 이것을 등에 져보아라."

하느님은 그 물건이 무엇인지는 설명해주지 않고, 그것들을 등에 져보라는 말만 했지. 그 물건들은 꽤 큰 데다가 많이 무거워 보였어.

"네에? 이것들을 등에 져보라고요?"

새들은 어리둥절해서 고개를 갸우뚱거렸어. 곧 하느님이 시킨 대로, 그것들을 등에 지기 시작했지.

"어이쿠, 무거워. 등이 꼬부라지겠네!"

"그러게. 이런 걸 어떻게 지라고 하시는 거야."

등에 진 물건이 어찌나 무거웠는지, 새 한 마리는 팔을 죽 늘어뜨렸어. 어떤 새는 다리에 힘이 빠져서, 비틀비틀 춤을 추는 꼴을 보이기도 했지.

"어휴, 난 못해. 이런 건 뭐 하러 지고 있어!"

새는 등에 진 물건을 홱 내동댕이쳤어.

"자, 그것들을 양팔에 하나씩 끼고, 하늘을 날아보려무나."

하느님은 새들 앞에서 양팔로 날갯짓을 하는 시늉을 해보이며 말했어.

"하느님, 너무 무거워서 앞으로 고꾸라질 지경인데, 어떻게 하늘을 날아요?"

팔을 늘어뜨리고 있던 새가 간신히 고개를 들며 물었어.

"맞아요. 제대로 서 있지도 못하겠다고요."

새 한 마리가 짐 위에 풀썩 주저앉으며 맞장구쳤어. 여기저기서 불평이 쏟아져 나왔던 거야. 하지만 꼭 무거워서 그러지만은 않았을 거야. 왜냐하면 새들은 그때까지 한 번도 하늘을 날아본 적이 없었잖아. 하늘을 날아보라는 하느님의 말에, 덜컥 겁을 먹었던 건지도 몰라.

"처음에는 힘들 수도 있지만, 곧 가벼워질 테니 조금만 견뎌보렴."

하느님은 새들을 달래며 말했어. 팔을 늘어뜨리고 있던 새가 조심스럽게 날갯짓을 시작했어. 파닥파닥 힘차게 날갯짓을 했지만 쉽지는 않았어. 얼마나 힘이 들었으면 땀까지 뻘뻘 흘렸어.

그런데 정말 놀라운 일이 벌어졌어. 새가 그 자리에서 날아오르는 거야! 새는 좀 더 힘차게 날갯짓을 했어. 그럴수록 더 높이 하늘로 올라갔어.

이 모습을 지켜보고 있던 다른 새들은, 놀라서 입이 다물어지지 않았어. 곧바로 자기들도 날갯짓을 해보기 시작했지. 그러자 다른 새들도 모두 하늘로 날아오르는 게 아니겠어. 처음에는 등에 진 물건이 무거워서 다들 힘들어 했었잖아. 하지만 얼마 지나지 않아, 그것들은 하느님 말대로 정말 가벼워지는 거야. 이제는 원래부터 몸에 붙어 있었던 것처럼 보이기까지 했어!

"와, 우리가 하늘을 날고 있어!"

새들은 기뻐서 어쩔 줄 몰라 했지. 아까 물건을 내동댕이쳤던 새는, 신이 나서 뱅그르르 돌며 묘기를 부리기까지 했어. 크고 무겁기만 했던 이 물건이 바로 날개라는 것이었단다.

까마귀와 여우

까마귀 한 마리가 하늘을 날고 있었어. 까마귀의 부리에는 아주 커다란 고깃덩이가 물려 있었지. 사실은 사람들이 매일같이 제단에 바치는 고기인데, 오늘 낮에 제단을 지나던 까마귀가 슬쩍 물어온 것이었어.

제단은 신에게 제사를 지내는 곳을 말해. 사람들은 날마다 제단에 여러 가지 음식을 올리곤 했지. 까마귀는 언제나 제단 곁을 지날 때마다 군침을 뚝뚝 흘리곤 했어.

'언젠가는 저 고기를 꼭 먹고야 말겠어!'

이런 생각만도 수십 번, 수백 번은 족히 했을 거야. 하지만 좀처럼 좋은 기회가 오지 않았어. 그러니 오늘은 운이 정말 좋았던 거지 뭐야. 제단은 항상 몇 명의 일꾼들이 지키고 있기 마련인데, 글쎄 오늘은 전부 어디로 갔는지 하나도 보이지 않는 것이었어.

"야호! 드디어 기회가 왔군!"

당연히 까마귀는 두 번도 생각하지 않았어. 잽싸게 제단으로 날아가, 제일 두툼한 고깃덩이를 골라서 꼭 물었지. 그러고는 곧장 하늘을 향해 날아올랐던 거야. 이젠 아무도 없는 곳으로 날아가 맛있게 고기를 먹는 일만 남았어.

쉬지 않고 날았던 탓인지 까마귀는 양쪽 날개가 몹시 아팠어. 쉬어갈 겸해서 길고 가느다랗게 뻗은 나뭇가지에 잠시 멈췄어. 고깃덩이의 무게 때문에 나뭇가지가 살짝 휘어지기도 했어. 그 바람에 하마터면 바닥으로 떨어질 뻔했는데도, 까마귀는 뭐가 그렇게 좋은지 여전히 싱글벙글 웃고 있기만 했지.

"가만 있어보자. 우리 마을로 가면 다들 이 고기 좀 나눠달라고 야단이겠지?"

까마귀는 문득 걱정이 되기 시작했어. 누구나 탐낼 만한 맛있는 고깃덩이라서 말이야. 어떻게 하면 이 고기를 혼자서 다 먹을 수 있을까? 까마귀는 고민하고 또 고민했어. 다른 친구들과 나눠 먹지 않는 방법을!

그때였어. 풀이 무성하게 우거진 덩굴 속에서 부스럭대는 소리가 들렸어. 뾰족하고 세모난 귀가 꿈틀대는 걸 보니 여우가 분명했어. 여우는 덩굴 속에서 까마귀의 모습을 모두 지켜보고 있던 중이었어.

'와, 참 맛있게 생긴 고기로구나! 저걸 어떻게 뺏어 먹을까나?'

여우는 덩굴 속에서 이런 생각을 하고 있었지. 그러다가 좋은 방법이라도 생각났는지 까마귀 앞에 짠하고 나타난 것이었어.

여우를 발견한 까마귀는 고깃덩이를 더 꽉 입에 물었어. 여우한테 뺏기진 않을까 덜컥 겁이 났지 뭐야. 여우는 동그란 눈을 끔벅끔벅 더 크게 떴어. 뾰족한 귀는 더 쫑긋 세웠지. 까마귀는 양 날개와 두 발에 힘을 꽉 주었어. 그럴수록 나뭇가지가 더 세게 흔들렸고, 까마귀는 몇 번이나 나무에서 떨어질 뻔했는지 몰라.

까마귀의 모습 때문에 여우는 웃음이 나와서 혼났어. 겨우겨우 웃음을 참으며 큭큭대고만 있었지. 그렇게 서로 누가 먼저 움직이나 지켜보며 숨을 죽이고 있었어. 얼마 후, 여우가 헛기침을 한 번 하고는 입을 열었어.

"아이고, 까마귀님이셨구나. 난 또 누구라고. 안녕하세요, 까마귀님!"

여우는 능청스럽게 인사를 건넸어. 하지만 까마귀는 입에 고깃덩이를 물고 있어서 어떤 말도 할 수가 없었지. 여우는 계속해서 입을 열었어.

"까까까까 까치 듣기 좋은 까치, 까까까까 까마귀 듣기 싫은 까마귀!"

까마귀는 여우의 말을 들은 체 만 체하고 있었어.

"들자하니, 까마귀님이 까치님보다 노래를 못한다고 하던데, 그게 사실인가요?"

여우의 말에 까마귀는 하마터면 소리를 꽥 지를 뻔했어. 아니, 까마귀가 까치보다 노래를 못하다니, 그야말로 말도 안 되는 소리가 아니겠어?

"까마귀님이 노래를 얼마나 못 부르면, 그 소리가 마귀 소리 같다고 하던데요? 그래서 이름에도 '마귀'가 들어가 있는 거라고!"

여우는 계속해서 까마귀를 놀려댔어. 까마귀는 붉으락푸르락 인상만 쓰고 있었지. 여우가 놀릴 때마다, 절대 그렇지 않다는 듯이 고개를 좌우로 세게 흔들기도 하면서 말이야. 하지만 여우는 놀리는 걸 멈추지 않았어.

"그게 아니면, 이참에 까마귀님 노래를 한번 들려주세요. 제가 듣고 나서 잘하는지 못하는지 판가름을 해보겠으니!"

그러고 보니 여우의 말도 틀린 건 아니었어. 말도 안 되는 소문을 없앨 수 있는 좋은 기회일 수도 있잖아?

'좋아, 내 목소리가 얼마나 곱고 아름다운지 들려주지!'

까마귀는 노래 솜씨를 뽐내보기로 결심했어. 심호흡을 한 번 하고는, 바로 '아' 하고 입을 크게 열었어.

그때였어! '툭' 하는 소리와 함께, 여우가 있는 덩굴 속으로 고깃덩이가 떨어졌어. 여우는 얼른 떨어진 고깃덩이를 집어 들었지. 결국 여우의 잔꾀에 까마귀가 넘어가고 말았던 거야.

"헤헤, 바보 같은 까마귀야. 노래만 못 부르는 줄 알았더니 어리석기까지 하구나!"

여우는 이렇게 놀려대고는 숲 속으로 멀리멀리 달아나버렸어. 까마귀는 오랫동안 고깃덩이를 물고 있었기 때문인지, 목이 몹시 아팠어. '여우 너 거기 안 서!'라고 외치고 싶었지만, 목소리조차 나오지 않고 말았단다.

고양이 목에 방울 달기

언덕 위에 벽돌로 지은 예쁜 집이 있었어요. 마을에서 제일가는 부자가 살고 있는 집이었지요. 부잣집에서는 날마다 맛있는 음식 냄새가 솔솔 풍겼어요. 값비싼 소고기를 잔뜩 썰어 넣었을 것 같은 수프 냄새, 달콤한 꿀을 잔뜩 발랐을 것 같은 빵 냄새. 사람들은 부잣집을 지날 때마다 음식 냄새를 맡으려고 코를 킁킁거렸어요.

"아, 부잣집에서 하루만 살아볼 수 있었으면!"

"저 집에서 있을 수 있다면 하인이 되어도 좋아!"

"하인이 뭐람? 지하에 사는 생쥐만 되어도 좋겠군!"

사람들은 부잣집 창고에는 음식이 잔뜩 쌓여 있고, 거실과 침실에는 멋진 가구들이 가득할 거라고 생각했어요. 그러니 지하에 사는 생쥐가 되어도 좋겠다는 게 아니겠어요.

아닌 게 아니라 부잣집 지하에는 정말 생쥐 가족이 살고 있었어요. 이 생쥐 가족은 다른 쥐들과는 달랐어요. 비록 지하에 살고 있긴 하지만, 마을 사람들의 말처럼 부잣집에 살고 있잖아요. 부잣집 식구들이 먹다 남긴 음식들은 전부 쥐들 차지였어요. 다른 쥐들이라면 구경도 못해봤을 귀한 음식들을, 부잣집 쥐들은 매일같이 먹을 수 있었지요.

게다가 부잣집 사람들은 음식을 많이 먹지도 않았어요. 먹는 것보다 남기는 것이 더 많을 정도였어요. 남긴 음식은 당연히 쥐들 차지가 됐어요. 그래서 그런가 쥐들은 점점 살이 쪘어요. 제법 포동포동해서 걸을 때 뒤뚱뒤뚱거리는 쥐도 있었어요.

"우린 다른 쥐들하고 달라."

"암, 그렇고말고. 우린 부잣집에 사는 쥐라고."

먹이를 배불리 먹고 나면 항상 배를 두드리며 잘난 체를 해보였지요.

그러던 어느 날이었어요. 이 날도 쥐들은 먹이를 배불리 먹은 뒤, 누워서 쉬고 있는 중이었어요. 어른 쥐들이 무엇을 보고 놀라기라도 한 듯 헐레벌떡 뛰어왔어요.

"큰일이다, 큰일이야!"

어른 쥐들의 말에 아이 쥐들이 모여들었어요. 대체 무슨 큰일이기에 저렇게 호들갑을 떠나 싶었지요.

"고양이가 나타났어!"

쥐들은 깜짝 놀랐어요. 잘못 들었나 싶어 귀를 만져보기도 했어요.

"이 두 눈으로 똑똑히 봤어. 분명 고양이였다고!"

부잣집에 고양이가 나타났다면 분명 주인이 데리고 왔다는 말일 텐데? 데리고 왔다는 건 다름 아닌, 이제부터 이 집에서 함께 살게 될 거란 이야기고요. 어른 쥐는 고양이가 어떻게 생겼는지 자세하게 설명해줬어요.

"까만 털로 뒤덮인 녀석이었어. 덩치가 산만한 데다가 손톱은 낫처럼 길고 이빨은 송곳처럼 길었어. 눈은 또 얼마나 부리부리한지 무서워서 혼났다고."

"정말? 그게 정말이야?"

설명을 들은 쥐들은 잔뜩 겁을 먹었어요. 당장이라도 고양이가 지하로 쳐들어오면 어쩌나 조마조마했지요. 고양이는 지하에 이렇게 많은 쥐가 살고 있다는 사실을 모를 거예요. 만일 알게 되면 이게 웬 떡이냐 하면서 달려들 게 뻔한 일이고요. 쥐들은 울상이 된 표정으로, 하나같이 꼼짝도 하지 않았어요. 이제 부잣집에서 편안하게 지내던 세월은 다 끝났다고만 생각했지요.

그때 수염이 하얗게 샌 할아버지 쥐가 벌떡 일어났어요. 할아버지는 뭔가 아주 좋은 생각이라도 났다는 듯이 신난 얼굴이 되어 있었어요.

"내가 얼마 전에 방울을 하나 주웠거든. 딸랑딸랑 소리가 제법 잘 나지."

"에잇, 저도 알아요. 근데 그 방울이 뭐 어쨌다고요?"

아이 쥐들은 금세 실망한 표정을 지었어요.

"이 방울을 고양이 목에 다는 거야! 그럼 고양이가 움직일 때 방울 소리가 들리겠지? 우리는 그 방울 소리를 듣고 후닥닥 도망치면 되는 거고!"

"와우! 참 멋진 생각이에요!"

쥐들은 정말 기뻤어요. 할아버지 말대로 고양이 목에 방울을 달고, 그 방울 소리가 들리면 도망을 치면 되고! 쥐들은 이 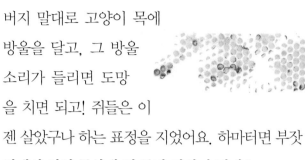 젠 살았구나 하는 표정을 지었어요. 하마터면 부잣집에서 영영 못살게 될 줄만 알았지 뭐예요.

그런데 그때였어요. 구석에서 가만히 듣고 있던 어린 쥐 한 마리가 다가왔어요. 이상하게도 어린 쥐는 기뻐하는 표정이 아니었어요.

"아가야, 왜 그러니? 너는 기쁘지 않은 게냐?"

할아버지는 다정한 목소리로 물었어요.

"아니요, 그게 아니고요. 그럼 고양이 목에 방울을 달아야 할 텐데, 그 방울은 누가 달아요? 방울을 달 때까지 고양이가 가만히 있어줄까요?"

쥐들은 기뻐하던 것을 멈추고 언제 그랬냐는 듯이 조용해졌어요. 다들 아차 하는 표정을 짓고 있었지요. 어린 쥐는 한참 동안 고개를 갸우뚱갸우뚱했어요.

"음, 공에다가 방울을 달면 어떨까요?"

어린 쥐가 손뼉을 짝 치며 말했어요.

"그래! 그럼 고양이를 속일 수 있겠구나!"

"맞아! 고양이가 공을 따라갈 때 우리는 도망갈 수 있고 말이야!"

이어 다른 쥐들도 모두 손뼉을 치며 좋아했답니다.

먹으면 죽는 약

옛날 어느 마을에 아주 무서운 훈장님이 있었어요. 아이들이 한문 공부를 조금만 게을리 해도 따끔하게 혼을 내곤 했지요.

그런데 이 훈장님에게는 무서운 모습 말고 아주 재미난 모습도 하나 있었어요. 아이들이 공부를 마치고 집으로 돌아가고 나면, 훈장님은 몰래 벽장문을 열었어요. 그 안에서 보자기에 꽁꽁 싸여 있는 항아리 하나를 꺼냈지요. 과연 무엇이 들어 있었을까요? 항아리에는 다른 것도 아니고 곶감이 한가득 들어 있었어요. 달콤한 냄새기 풀풀 풍기는 곶감 말이에요.

"정말 맛있어! 세상에 곶감보다 맛있는 건 없을 거야!"

훈장님은 곶감 먹는 모습을 누구에게 들키기라도 할까 봐, 방문이 잠겼는지 몇 번이나 확인하곤 했어요. 훈장님은 아이들을 다 보내놓고 혼자서 몰래 요 곶감을 먹곤 했던 거예요.

하지만 꼬리가 길면 잡힌다고 하지요. 훈장님이 몰래 곶감을 먹는다는 사실을 알아차린 아이가 있었어요. 바로 똘똘하기로 이름난 봉구였지요. 그러니까 그날이 언제였느냐 하면요. 아마 아이들이 한문 시험을 보던 날이었을 거예요.

그날따라 아이들이 한문 시험을 아주 엉망으로 보았어요. 화가 난 훈장님은 아이들에게 틀린 글자를 각각 백 번씩 쓰라고 시켰어요. 시험을 못 본 아이들이 많다 보니, 백 번씩 쓴 글자를 확인하는 데에도 시간이 아주 많이 걸렸어요. 그동안 훈장님은 곶감이 먹고 싶어서 안달이 났어요. 아이들이 빨리 가야 곶감을 먹을 수 있잖아요.

"거북이 귀신이라도 썰 게냐? 왜들 이렇게 늦게 쓰는 거람? 안 되겠다, 안 되겠어! 내일 다시 와서 쓰렴!"

훈장님은 아이들을 모두 돌려보냈어요. 훈장님이 왜 저렇게 서두르는지 아이들이 알 리 있나요? 아이들은 일찍 끝난 게 마냥 좋기만 했어요.

참, 훈장님도 그렇지요. 곶감이 그렇게나 먹고 싶었을까요? 훈장님은 아이들이 돌아가자마자 벽장에서 항아리를 꺼냈어요. 달콤한 곶감 하나를 순식간에 꿀꺽했지요. 그때였어요. 하필이면 봉구가 다시 방 안으로 들어오던 참이었어요.

"훈장님! 무얼 그렇게 맛있게 드시고 계세요?"

봉구가 훈장님과 항아리를 번갈아 보며 물었어요. 훈장님은 이미 얼굴이 빨갛게 변해 있었어요.

"응, 이거 말이냐? 응, 그러니까 말이다. 아, 그래! 약이다, 약! 내가 요새 머리가 지끈지끈 아파서 말이지……."

훈장님의 목소리가 점점 작아졌어요. 평소 때 같으면 듣는 사람이 귀가 아플 정도로 큰 목소리를 냈으면서 말이에요.

"저도 요즘 머리가 지끈지끈 아픈데, 그 약 좀 나누어 먹으면 안 될까요, 훈장님?"

봉구가 정말 머리가 아픈 양, 한 손으로 이마를 짚으며 말했어요. 훈장님의 얼굴은 더 빨갛게 달아올랐지요. 나누어 먹다니요? 어디 그게 말이나 될 소리냐고요.

"아, 이 약은 아이들이 먹으면 죽는 약이란다. 그래서 나누어줄 수가 없구나."

훈장님은 속으로 한숨을 푹 쉬었어요. 겨우겨우 봉구를 집으로 돌려보냈지요.

그런 일이 있은 뒤, 며칠이 지난 날이었어요. 그날은 훈장님이 이웃마을에 가기 위해 자리를 비워야 했어요. 아이들은 훈장님이 없는 동안 열심히 한문 공부를 하기로 했지요. 훈장님이 자리를 비우자마자, 봉구가 기다렸다는 듯이 아이들 앞에 나섰어요. 봉구는 며칠 전에 보았던 일을 아이들에게 이야기해주었어요.

"아이들이 먹으면 죽는다고?"

아이들은 직접 그 약을 구경해보기로 했어요. 먼저 한 아이가 문 앞에 서서 망을 보았어요. 혹시라도 훈장님이 일찍 돌아오기라도 하면 큰일이잖아요. 그러는 사이 봉구가 벽장에서 항아리를 꺼냈어요.

"어라? 곶감이잖아!"

봉구가 항아리에 들어 있는 것을 하나 꺼내 들며 말했어요. 곶감이란 말에 아이들이 모두 항아리 앞에 바짝 다가와 앉았어요. 봉구와 아이들은 순식간에 항아리에 들어 있는 곶감을 모두 먹어치웠어요. 곶감이 얼마나 달콤하고 맛있는지, 정말 하나를 먹으면 금방 또 하나가 먹고 싶어지는 정도였다니까요.

곶감을 다 먹고 나니 이제부터가 큰일이었어요. 곧 훈장님이 오실 텐데, 곶감을 모두 먹어버렸으니 어쩌면 좋아요. 아이들은 금방 울상이 되었어요. 훈장님께 혼날 일을 생각하니 벌써부터 겁이 났어요. 그때 봉구가 나섰어요.

"나한테 좋은 생각이 있어!"

봉구는 훈장님 자리에서 벼루를 챙겨서 밖으로 나갔어요.

"봉구야, 너 뭐하려고 그래? 그 벼루 훈장님이 아끼시는 거잖아."

아이들이 걱정하는 말에 대꾸도 않고, 봉구는 벼루를 마당에 냅다 집어던졌어요. 벼루는 쨍그랑하고 깨졌고, 깨진 조각들이 마당 안에 퍼졌어요. 봉구는 아이들을 모아놓고 무언가 비밀 이야기를 속삭였어요. 아이들은 그제야 봉구의 꾀를 알아차렸는지 손뼉을 치며 좋아했어요.

곧 훈장님이 돌아왔어요. 훈장님은 마당에 깨져 있는 벼루 조각을 보았어요.

"도대체 이게 무슨 일이냐! 네 이놈들 당장 나오지 못하겠느냐!"

훈장님은 아이들부터 찾았어요. 그런데 아이들이 하나도 나오지 않는 거예요. 훈장님은 얼른 방문을 열었어요. 그랬더니 세상에, 방 안에 아이들이 전부 누워 있는 게 아니겠어요. 그것도 배를 움켜잡고 데굴데굴 구르면서요.

"아이고, 훈장님. 저희가 실수로 벼루를 깨트렸지 뭐예요. 그래서 차라리 죽어버려야겠구나 하고 훈장님의 약을 모두 나눠 먹었습니다. 아이고, 배야!"

봉구의 말은 그야말로 기가 막혔어요. 훈장님은 아무 말도 할 수가 없었지요. 아이들이 먹으면 죽는 약이라고 거짓말한 게 바로 훈장님 자신이었으니까요. 훈장님은 한 손은 머리 위에, 한 손은 배 위에 가져다댔어요. 정말이지 머리가 지끈지끈 아프고, 배도 살살 아프기 시작하는 것 같았거든요. 다른 때 같으면 그렇게도 무서운 훈장님이 오늘은 영 힘을 내지 못하고 말았답니다.

공주님의 무기

　옛날 어느 나라에 아주 예쁜 공주가 살고 있었어요. 나라 안의 여자들이라면 모두 부러워할 만큼 아름다운 공주였지요. 궁전에 있는 신하들은 아름다운 공주를 매일 볼 수 있어서 정말 행복했어요.

　"아마 세상 어디에도 우리 공주님만큼 아름다운 분은 없을 거야!"

　"맞아. 보고만 있어도 절로 행복해지니!"

　신하들은 매일같이 공주를 칭찬했어요.

　사실 공주가 아름다운 모습을 간직할 수 있는 데에는 신하들의 노력이 컸어요. 신하들은 공주를 위해 매일 아침마다 장미 잎사귀를 가득 띄운 목욕물을 준비했어요. 목욕을 마치고 나온 공주의 몸에서는 정말 장미향이 났지요. 마치 장미 한 송이가 그대로 서 있는 모습 같았어요.

　또 옷을 짓는 신하들은 하루도 빠짐없이 새 옷을 갖다 바쳤어요. 공주는 먼저 입었던 옷과 똑같은 옷은 절대 입지 않았거든요. 구두를 만드는 신하들, 액세서리를 만드는 신하들도 날마다 새것을 만들어야 했지요.

　공주가 가장 좋아하는 일은 낚시였어요. 작고 예쁜 물고기들을 잡아 올릴 때의 기분은 정말 최고였어요. 공주는 하루도 빠지지 않고 낚시를 다녔어요.

　낚시를 하는 곳은 보통 수풀이 우거진 물가예요. 옷이 길면 쉽게 젖고 말겠지요. 또 낚싯대를 던지려면 편안한 옷을 입는 게 좋을 거고요. 낚싯대에 걸릴지도 모르니, 액세서리는 많이 하지 않는 게 좋겠지요.

공주는 어땠을까요? 공주는 낚시를 갈 때도 한껏 멋을 내고 나갔어요. 예쁜 옷을 입고 구두를 신고 화려한 액세서리를 했지요. 물론 그렇게 한 데에는 이유가 있었어요. 공주는 물고기들이 잘 잡히는 이유가 다 자신의 아름다운 모습 덕분이라고 생각했거든요.

"물고기들도 나의 아름다움을 알아보는구나!"

참, 이것 역시 말도 안 되는 이야기였지만, 뭐 어쩔 수 있겠어요. 신하들은 공주가 낚시를 갈 때에도 예쁜 옷과 구두를 기꺼이 준비해주었지요.

낚시를 다니기 시작한 지 몇 달이 지난 날이었어요. 공주는 재밌는 소문을 듣게 되었어요. 언젠가부터 강에 크기가 아주 크고, 반짝이는 비늘도 가진 잉어가 보이기 시작했다는 거예요. 그런데 그 잉어를 잡을 수 있는 사람이 아무도 없다고 했지요. 잉어의 모습을 본 사람들은 잉어에 대한 칭찬을 아끼지 않았어요.

"정말 화려하게 생긴 잉어였어!"

"살다 살다 그렇게 멋진 잉어는 처음 본다고!"

공주도 사람들의 이야기를 듣자 서서히 궁금해지기 시작했어요.

'대체 어떤 잉어이기에 저렇게들 호들갑이지?'

공주는 신하들을 불러 잉어를 잡으러 가자고 했어요. 이날만큼은 다른 물고기가 잡혀도 다 놓아주기로 했고요. 무조건 그 잉어만 잡기로 한 거예요.

낚싯대를 던져놓고 한참의 시간이 흘렀어요. 소문대로 잉어는 절대 잡히지 않았어요. 잡히기는커녕 오늘은 그 모습조차 보이질 않았어요. 결국 하루가 꼬박 지나도록 잉어를 잡지 못한 채 궁전으로 돌아오고 말았어요.

"오늘 나의 모습이 별로 아름답지 않나? 다른 물고기들은 나의 모습을 보고 홀딱 반해서 낚싯대를 물곤 했잖아!"

공주의 생각은 역시 말도 안 되기 짝이 없었지요. 공주는 혼자서 계속해서 말을 하고 있었어요. 신하들은 밖에서 공주의 이야기를 엿듣고 있었어요.

"오호라! 자기는 보통 잉어가 아니다, 이거지? 좋았어! 내게 좋은 생각이 있지!"

공주는 갑자기 기분이 좋아져서 방문을 확 열어젖혔어요. 그 바람에 엿듣고 있던 신하들이 우르르 방 안으로 쏟아졌지요.

"지금 뭐하고들 있는 거예요? 이럴 때가 아니라고요!"

신하들은 아직도 자리에서 일어나지 못하고 엎치락뒤치락했어요.

"나는 내일 지금까지 보여주었던 그 어떤 모습보다 예쁘게 꾸밀 거예요! 그럼 잉어가 내 모습을 보고 기절할 거고, 우리는 그때 잉어를 잡으면 되지요!"

오, 맙소사. 겨우 자리에서 일어난 신하들은 다시 우르르 무너지고 말았어요. 신하들은 그날 밤이 새도록 옷을 짓고 구두를 만들어야 했답니다.

다음날 아침이 밝자마자 궁전 안은 분주해졌어요. 공주는 지금까지 보여줬던 그 어떤 모습보다 아름다운 모습을 보여주기 위해 바쁘게 움직였어요. 사실 바쁜 건 신하들이 더 바빴겠지만요. 잠시 후 정말 지금까지 보여줬던 그 어떤 모습보다 아름답게 차려 입은 공주가 궁전을 나서게 되었어요.

공주는 강가에 서서 환하게 미소를 짓고 있었어요. 마치 왕자님을 기다릴 때 모습처럼 보였지요. 혹시나 잉어가 이쪽에 있진 않을까. 아니면 저쪽에 있진 않을까 걱정이 되어, 몸을 이리저리 움직여보기도 했어요. 이제 공주의 모습을 본 잉어가 기절해주기만 하면 되는 일이었어요.

그러나 잉어는 오늘도 모습을 드러내지 않았어요. 신하들은 공주 몰래 구석에서 낄낄낄 웃고 있었지요. 공주는 기분이 몹시 상하고 말았어요.

"아무래도 잉어가 잠을 자고 있는 모양이에요. 내가 물속으로 얼굴을 들이밀면, 잉어가 내 아름다운 얼굴을 보고 기절할 테니, 그때 꼭 잉어를 잡도록 하세요!"

공주는 큰 소리로 말했어요. 곧바로 성큼성큼 걸어 물 앞에까지 바짝 다가갔어요. 공주의 체면은 강물 저편에 띄워 보냈는지, 공주는 창피한 생각도 않고 무릎을 꿇고 앉았어요.

잠시 후, 공주는 정말 얼굴을 강물 속으로 푹 집어넣었어요. 놀란 신하들은 공주를 말릴 틈도 없었어요. 잉어가 기절하는 게 아니라, 신하들이 기절할 노릇이었지요. 공주는 한참 동안이나 물속에 얼굴을 넣고 있었어요. 그러다가 숨이 몹시 찬 나머지 힘겹게 얼굴을 꺼냈지요.

"헉헉헉. 이 녀석, 남자 잉어가 아닌 게 분명해! 그렇지 않고서야 내 얼굴을 봤는데도 어떻게 물 밖으로 나와보지 않아?"

공주는 자리를 탁탁 털고 일어났어요. 신하들은 기절한 듯이 그 자리에 가만히 서 있었지요.

"왜 그러고들 있지? 너희들이야말로 내 모습을 보고 기절이라도 한 거야?"

겸손해져라. 그것은 다른 사람에게 가장 불쾌감을 주지 않는 종류의 자신감이다.
— 쥘 르나르(Pierre-Jules Renard, 1864~1910, 프랑스의 작가)

임신 20주

아기의 키는 약 16~17cm, 몸무게는 약 280g 정도가 되었습니다. 이때부터 아기의 피부는 태지라고 하는 하얀 물질로 덮이기 시작하는데, 이는 양수로부터 아기의 피부를 보호하고 출산 시에 산도를 부드럽게 빠져나올 수 있도록 해주는 역할을 합니다.

임신 20주부터는 아기의 감각 기관이 놀라운 속도로 발달하기 시작합니다. 아기는 바깥세상의 소리를 더욱 잘 들을 수 있게 됩니다. 한 연구 결과에 따르면 뱃속의 아기는 엄마의 목소리보다 아빠의 목소리에 더 강한 반응을 보인다고 합니다. 높은 톤의 엄마 목소리보다 중저음의 아빠 목소리가 뱃속 아기에게 더 잘 전달된다는 것입니다. 따라서 이 시기에는 아빠가 직접 책을 읽어주는 형태의 태교를 진행하면 좋습니다. 한 가지 방법은. 아기가 태동하는 시간을 일정하게 메모해보는 것입니다. 아기는 비교적 규칙적인 시간에 움직이고 잠을 자곤 합니다. 아기가 깨어 있는 시간을 알아두었다가 그 시간에 책을 읽어주도록 해봅시다.

찰리 채플린은 어려서부터 세계적인 배우가 되겠다는 꿈을 키웠습니다.
아무리 가난해도, 부모의 보살핌이 없어도 그는 희망을 놓지 않았습니다.
먼 훗날, 한 영화감독은 찰리 채플린에게 뭐든 좋으니 아주 우스꽝스러운 모습을 보여달라고 주문했습니다.
그는 잠시 후, 헐렁헐렁하고 깡동한 바지에 멜빵을 메고, 아주 작은 콧수염을 붙이고 나타났습니다.
머리에는 굴뚝만 한 모자를 쓰고, 까만 지팡이를 흔들며 뒤뚱뒤뚱 걸었습니다.
상상만 해도 우스운 바로 이 모습이, 그를 세계적인 희극배우로 만들어주었던 것입니다.

그는 알고 있었습니다.
자존심을 내세우는 것만이 자신을 높이는 것은 아니라는 사실을.
때로는 자신을 가장 낮출 때, 비로소 더욱더 높아질 수 있다는 사실을.

수달은 누구 것

옛날 어느 마을에 아주 가난한 농부가 살았어요. 농부에게는 아내도 있고 자식도 셋이나 있었지만, 가난한 살림 때문에 밥 한 끼 제대로 챙겨 먹인 적이 없었어요. 농부의 머릿속은 온통 걱정뿐이었어요. 잠을 자면 돈을 못 벌어서 걱정, 눈을 뜨면 돈 쓸 일이 자꾸 생겨서 걱정, 그야말로 걱정 때문에 잠시도 편할 때가 없었어요.

"안 되겠어요. 나가서 족제비라도 한 마리 잡아올게요."

농부는 아내에게 말하고는 곧장 집을 나섰어요. 정말 족제비라도 잡기만 하면, 그 가죽을 팔아 얼마간의 돈을 마련할 수 있을 테니까요.

산에 도착한 농부는 몸을 낮게 숙이고 나뭇가지로 낙엽을 헤쳤어요. 혹시나 족제비 굴이 숨어 있지 않을까 잔뜩 기대하고 있었지요. 하지만 해가 머리 위에 높이 떠올랐다가, 다시 수그러들 때까지도 족제비 굴은 보이지 않았어요.

"다른 때는 잘만 보이더니 오늘은 한 개도 보이지 않는군."

농부는 팔 다리가 아프고 힘들었지만 절대 자리에 앉거나 쉬지 않았어요. 간밤에 배가 고프다며 징징대던 막내 생각만 하면 아직도 마음이 아팠거든요. 그때 농부의 발에 무언가 따가운 게 밟혔어요.

"앗, 따가워! 밤송이잖아!"

농부는 밤송이를 걷어찼어요. 밤송이는 낮게 날더니만 조금 못 가서 떨어졌어요. 순간 밤송이가 떨어진 자리에서 짐승 한 마리가 후닥닥 뛰어나왔어요. 아니 세상에! 수달이었어요! 족제비보다 더 값비싼 수달 말이에요! 농부는 수달을 향해 재빨리 손을 내밀었어요. 수달은 훨씬 더 빠르게 도망쳐갔어요.

"수달 가죽 값이 얼만데! 놓칠 수야 없지!"

농부는 있는 힘을 다해 수달을 쫓아갔어요. 수달의 달리기 실력은 보통이 아니었어요. 이제 거의 잡혔다 싶으면 어김없이 쏙쏙 빠져나갔어요. 농부는 포기하지 않았어요. 수달 가죽을 팔아서 많은 돈을 벌 생각을 하면 저절로 힘이 솟았지요.

그러다가 정말로 수달을 거의 손에 잡은 순간이었어요. 어디서 개 한 마리가 나타나더니만 순식간에 수달을 낚아채는 것이었어요. 개는 수달을 입에 물고는 아주 빨리 달려갔어요. 농부는 후닥닥 개를 쫓아갔지요.

잠시 후 개는 으리으리한 기와집 앞에 도착했어요. 개는 자기 주인 앞에 수달을 내려놓았어요. 농부가 얼른 수달을 따라 들어갔어요.

"헥헥. 내 수달 내놓으시오! 내가 거의 잡았는데, 저 개가 낚아채 갔단 말이오!"

농부는 숨을 헐떡이며 말했어요.

"보아하니 우리 개가 잡아온 것 같은데, 이게 어떻게 해서 당신 것이란 말이오?"

개 주인은 콧방귀를 팽 뀌었어요. 둘은 서로 자기가 수달의 주인이라며 우당탕탕 싸우기 시작했어요.

싸움은 한참 동안이나 계속 되었지요. 결국 농부와 개 주인은 수달을 들고 원님을 찾아가기로 했어요.

"그래, 그랬단 말이지?"

이야기를 들은 원님은 고개를 갸우뚱거렸어요.

"그럼 반씩 나눠 갖는 건 어떤가?"

원님이 좋은 생각이라도 났다는 듯이 환하게 웃으며 말했어요. 물론 농부와 개 주인은 원님의 말을 반길 리 없었지만요.

"내가 주인인데, 왜 반만 가져야 합니까?"

"흥, 내가 할 소리!"

농부와 개 주인은 한 치도 양보하지 않았어요.

"도대체, 왜 그렇게 수달을 갖고 싶어 하느냐?"

원님이 두 사람을 향해 물었어요.

"그야 수달 가죽을 팔아서 돈을 조금 마련해보려고 그러지요."

농부가 수달을 어루만지며 대답했어요.

"우리 개에게 수달 고기를 먹이고 싶어서 그러지요."

개 주인도 개와 수달을 번갈아 보며 말했어요.

결국 농부는 가죽이 갖고 싶은 것이고, 개 주인은 고기가 갖고 싶은 것이었지요. 농부와 개 주인은 아직도 서로를 흘겨보며 콧방귀를 뀌고 있었어요. 원님은 두 사람을 보며 빙그레 웃었어요.

"그럼 이렇게 하면 되겠군. 먼저 수달의 가죽부터 벗기게. 그런 다음 가죽은 농부가 갖고, 고기는 개가 먹도록 하세. 자, 어떤가?"

농부는 고개를 갸우뚱거렸어요.

"맞는 것 같기도 하고, 아닌 것 같기도 하고……."

"그것 참 헷갈리네."

농부와 개 주인은 뭔가 헷갈리는 것 같았지만, 곧 원님이 시킨 대로 수달을 나누어 가졌어요. 농부는 값비싼 수달 가죽을 손에 넣을 수 있었어요. 개도 수달 고기를 맛있게 먹을 수 있었고요.

그러고 보니, 두 사람 중 어느 한 사람도 손해본 사람이 없게 된 일이었어요. 농부도, 개 주인도, 그리고 개도 원님의 지혜에 놀라고 있을 뿐이었답니다.

사람처럼 살고 싶었던 뱀

아주 오랜 옛날부터 사람들은 뱀을 아주 싫어했어요. 차갑고 미끌미끌하고 기다란 몸 뚱어리는 보기만 해도 소름이 돋았지요. 사람들은 뱀이 집 안에 들어오면 안 좋은 일이 생긴다고 믿었어요. 어쩌면 그래서 사람은 사람끼리 마을에 모여 살고, 뱀은 뱀끼리 숲에 모여 살았는지 몰라요.

사람들은 뱀을 싫어했지만 뱀은 조금 달랐어요. 뱀은 사람들이 부러웠거든요. 사람들은 뱀처럼 숲에 숨어서 살지 않아도 되니까요.

사실 뱀은 숲 속에서 사는 것이 몹시 힘들었어요. 비가 오면 오는 대로 다 맞아야 하고, 눈이 오면 오는 대로 다 맞아야 했어요. 동굴이나 나무 밑에 숨으면 됐지만, 그마저도 숨어야 한다는 건 마찬가지잖아요. 게다가 다른 동물들도 모두 뱀을 싫어했어요. 뱀은 사람만 피해야 했던 게 아니라, 비도 피해야 하고, 눈도 피해야 하고, 거기에다가 다른 동물들까지도 피해야 했어요. 항상 숨어서 살 수밖에 없었지요.

숨어서 사는 것만 힘든 게 아니었어요. 먹이를 구하는 것도 쉬운 일이 아니었어요. 쥐며 개구리며 잡아먹으면 됐지만, 그것들을 잡기 위해서는 아주 많이 기어 다녀야 했어요. 온몸이 콕콕 쑤시도록 쫓아갔는데 먹이를 놓친 적도 있었어요. 그럴 때는 얼마나 속이 상한지, 배고픈 생각도 잊고 끼니를 굶기도 했지요.

'아, 언제까지 이렇게 힘들게 살아야 하지?'

뱀은 마음이 아팠어요. 눈물이 한두 방울 맺혔어요. 그러다가 문득 사람들 생각이 났어요. 언젠가 사람들이 사는 집을 본 적이 있었거든요. 그곳은 비도 맞지 않고 눈도 쌓이지 않는 곳이었어요. 맛있는 냄새가 솔솔 풍겼고요. 사람들 집을 보고 온 뒤로, 뱀은 틈만 나면 그 집 생각을 했던 것 같아요. 자기도 그런 데서 살면 얼마나 좋을까 하고요. 그렇게 생각하기를 하루 이틀 사흘 나흘 계속했지요.

며칠 뒤, 뱀은 결심했어요. 사람들 집으로 가서 살기로 말이에요. 물론 한 번도 가본 적이 없어서 조금 떨리기도 했지만 숲에서 숨어 지내는 것도, 힘들게 먹이를 구하는 것도 이제는 그만하고 싶었어요. 단 하루만이어도 좋으니 숨지 않고 먹이도 배불리 먹으며 지내보고 싶었어요.

"나도 이젠 편하고 행복하게 살 테야!"

뱀은 보란 듯이 숲을 떠났어요. 언젠가 보았던 그 집으로 가면 더 좋겠지만 아무렴 어때요. 여기보단 낫겠지요. 뱀은 더 힘차게 기어서 사람들이 사는 마을로 향했어요. 이젠 편안하게 지낼 일만 남았다고 생각하면서!

사람들이 사는 집은 정말 크고 멋졌어요. 지붕도 있고 창문도 있어서 비며 눈이며 다 피할 수 있을 듯했어요. 뱀은 창가로 향했어요. 어김없이 맛있는 음식 냄새가 솔솔 풍겨 나왔어요. 얼른 안으로 들어가 맛있는 음식을 한입에 베어 물고 싶었어요.

마침 창문이 조금 열려 있었어요. 뱀은 슬금슬금 창문으로 기어올랐어요. 이제 집 안으로 쏙 들어가기만 하면 되는 순간이었지요.

그때였어요. 뱀은 깜짝 놀라서 하마터면 창문 밑으로 데구루루 굴러 떨어질 뻔했어요. 글쎄 집 안에 이미 다른 뱀이 들어와서 살고 있는 게 아니겠어요! 길이는 자기랑 비슷해 보였는데, 굵기가 자기보다 훨씬 더 두꺼워 보였어요. 게다가 그 뱀은 몸에 울퉁불퉁한 근육도 보였어요.

'저 뱀이 나를 가만히 두지 않겠지?'

뱀은 이리저리 몸을 꼬았어요. 집 안에 들어가서 잘 살게 될 줄 알았는데, 다른 뱀이 있을 줄이야. 정말 생각도 못한 일이었어요. 뱀은 다시 돌아가야 하나, 아니면 그래도 집 안으로 들어가야 하나 고민했어요.

창문에서 슬금슬금 내려오던 뱀이 갑자기 멈췄어요.

"그래! 여기에서 돌아갈 순 없어!"

뱀은 집 안에 있는 뱀이 들으라는 듯이 큰 소리로 외쳤어요. 곧 아주 빠르게 집 안으로 들어갔어요.

뱀은 집 안에 있던 뱀 앞으로 다가갔어요. 그런데 이상한 일이 벌어졌어요. 뱀이 다가가는데도 그 뱀은 꼼짝도 않고 있는 게 아니겠어요. 오히려 본체만체하는 것 같았어요.

뱀은 순간 화가 치밀었어요. 그 뱀이 자기를 무시하는 것처럼 보였던 거예요. 뱀은 그 뱀을 무섭게 혼내줘야겠다고 생각했어요. 후닥닥닥 기어가서는 그 뱀의 몸뚱어리를 꽉 하고 물어버린 순간이었어요.

"앗!"

뱀의 몸이 멀리 튕겨나갔어요. 동시에 뱀의 이빨들이 우두둑 떨어졌어요.

'이게 도대체 어떻게 된 일이지?'

뱀은 바닥에 떨어진 이빨은 쳐다보지도 않고 다시 그 뱀에게 기어갔어요. 그 뱀은 여전히 꼼짝도 않고, 본체만체하고 있었지요.

'보통 놈이 아니구나! 같이 있다가는 살아남지 못하겠어!'

뱀은 잔뜩 겁을 먹고 얼른 집을 빠져나왔어요. 다시 뱀이 사는 숲으로 돌아올 때까지도 콩닥콩닥하는 가슴이 멈추질 않았어요.

그날 저녁, 뱀이 들어갔던 집의 주인이 큰 소리를 쳤어요.

"아니 대체 누가 쇠사슬을 흩트려놓은 거야!"

뱀은 전혀 모르고 있었어요. 집 안에서 무시무시한 모습을 하고 있던 뱀이 실은 쇠사슬이었다는 사실을. 또 사람들이 사는 집에는 쇠사슬 말고도 무서운 것들이 더 많을 거란 사실을 말이에요.

상상에 빠진 아가씨

어느 시골 마을에 매일 갓 짜낸 우유를 내다 파는 아가씨가 있었어요. 사람들은 아가 씨를 '우유 아가씨'라고 불렀지요. 우유 아가씨가 파는 우유는 달콤하고 고소한 맛이 났 어요. 사람들은 아침마다 우유 아가씨에게서 우유를 사곤 했어요.

우유 아가씨는 우유를 팔아서 무얼 할까 상상하기를 좋아했어요. 사실 아가씨는 예쁜 구두도 사고 싶고 부드러운 스카프도 사고 싶었거든요. 사고 싶은 것들을 상상하다 보 면 우유 항아리에 금세 우유가 가득 찼어요.

오늘도 우유 아가씨는 우유가 가득 찬 항아리를 들고 십을 나섰어요.

"오늘은 우유를 팔아서 무얼 사볼까?"

우유 아가씨는 벌써부터 마음이 들뜨기 시작했어요.

"오늘은 스카프를 사볼까? 그때 시장에서 보았던 분홍색 스카프가 참 예뻤는데!"

우유 아가씨는 스카프를 맨 모습을 상상했어요. 마침 따뜻한 봄이 되어서 마을에는 꽃 이 활짝 피어 있었어요. 꽃처럼 예쁜 분홍색 스카프를 매고 꽃 사이를 걸으면 우유 아가 씨도 한 송이 꽃처럼 보일지 몰라요.

"스카프를 살며시 목에 거는 거야. 꽃잎처럼 하늘하늘거리게."

우유 아가씨는 바람에 흔들리는 꽃잎처럼 몸을 살랑살랑 움직였어요.

"멀리서 내 모습을 왕자님이 본다면?"

우유 아가씨는 꿈에 그리던 왕자님 모습을 떠올렸어요.

"그럼 난 이 스카프로 얼굴을 살짝 가릴 테야. 왕자님이 내 얼굴을 몹시 보고 싶어 하

겠지? 그런 다음 아무 일도 아닌 듯 살짝살짝 걸어가겠어. 이렇게, 이렇게.”

살며시 걸어가는 흉내도 냈어요. 정말 왕자님에게 다가가듯이 말이지요.

“분명히 왕자님이 내 앞에서 딱 멈추겠지. 오, 이렇게 아름다운 아가씨는 처음이오. 나와 결혼해주지 않겠소? 이러면서 말이야.”

이제는 아예 왕자님의 목소리까지 따라했어요.

“이때 난 스카프를 살짝 걷겠어. 네, 그렇게 하겠어요. 왕자님.”

우유 아가씨는 인사를 하며 고개를 숙였어요. 바로 그때였어요! 와장창 소리와 함께 우유 항아리가 땅에 떨어졌어요. 항아리는 완전히 깨져버렸고, 우유는 몽땅 쏟아져버렸어요. 왕자님을 만나는 상상을 하느라, 자기가 우유 항아리를 들고 있다는 사실을 깜빡 잊었던 거예요. 우유 아가씨는 엉엉 울었어요. 오늘 팔아야 하는 우유를 몽땅 쏟아버렸으니, 스카프고 왕자님이고 모두 물 건너간 일이 되어버렸으니까요.

꼬마 원님과 돌갓

옛날에 아주 똑똑한 꼬마가 있었어요. 아주 어려서부터 글공부도 열심히 하고 책도 많이 읽어서 모르는 게 없었어요. 오죽하면 어른들도 모르는 게 있으면 꼬마에게 와서 물어볼 정도였지요.

"하늘이 왜 푸르냐 하면!"

꼬마의 한 마디에 사람들이 모여들었어요. 그러면 꼬마는 어깨를 쭉 펴고 목소리를 가다듬으며 이야기를 시작했어요.

"저 하늘의 별이 왜 반짝이느냐 하면!"

꼬마의 이야기는 멈출 줄을 몰랐어요. 사람들은 꼬마 정도라면 지금 당장에라도 과거 시험에 합격할 수 있을 거라고 생각했어요. 꼬마는 정말 모르는 게 하나도 없었거든요.

그러다가 꼬마는 정말로 과거 시험을 치르게 되었어요. 꼬마는 보란 듯이 과거 시험에 합격을 했고, 마을의 원님도 될 수 있었지요.

"정말 합격하게 될 줄은 몰랐어."

"이제 원님이 되었으니 어쩐담? 저 어린 녀석에게 넙죽 절을 해야 하다니!"

마을 사람들은 걱정이 이만저만이 아니었어요. 사실 걱정할 일은 아니었어요. 다만 조금 창피하고 쑥스러운 일이긴 했지만요. 그보다 관리들의 걱정은 더 컸어요. 관리들이야말로 가장 가까이에서 꼬마 원님을 도와줘야 할 사람들일 테니까요.

"난 도저히 저 꼬마에게 '나리' 소리가 나오지 않을 것 같네."

"누군 아닌감? 저 꼬마가 우리에게 이것 해라, 저것 해라 하고 시킬 걸 생각하면, 한밤

중에도 잠이 번쩍 깬다고."

관리들은 꼬마 원님의 말을 듣지 않았어요. 인사도 하지 않고, 봐도 못 본 체했지요. 관리들이 그러니, 마을 사람들도 덩달아 꼬마 원님의 말을 듣지 않았어요. 관리들처럼 꼬마 원님을 보고도 못 본 체했고요. 어느 누구도 꼬마 원님 앞에서 고개를 숙여 인사하는 사람이 없었어요.

신기한 일은 꼬마 원님이 조금도 속상해 하지 않았다는 거예요. 그럴수록 더 열심히 글공부를 하고 책을 읽었어요. 오히려 과거 시험에 합격하기 전보다 더 열심이었지요.

어느 날, 꼬마 원님은 관리들을 시켜 석공을 불러들이라 했어요. 석공은 돌을 가지고 이것저것 만드는 사람을 말하지요. 물론 관리들은 들은 체도 하지 않았어요.

꼬마 원님은 직접 나서서 석공을 찾아갔어요. 뭐 석공이라고 해서 꼬마 원님에게 고개를 숙여 인사할 리가 있었겠나요? 석공도 꼬마 원님을 보는 둥 마는 둥 했어요.

"돌로 된 갓을 만들어주세요."

"응? 아니, 네? 돌로 된 갓이요?"

석공은 깜짝 놀랐어요. 꼬마 원님은 관리들의 수만큼 돌갓을 만들어달라고 했어요. 석공은 어리둥절했어요. 도대체 그걸로 무엇을 하려고 그러나 하고 궁금해했어요.

며칠 뒤, 석공이 정말 돌갓을 만들어 왔어요. 꼬마 원님은 관리들을 모두 불러들였어요. 또 마을 사람들도 전부 불러들였고요.

"자, 저기 보이는 돌갓을 하나씩 쓰도록 하세요."

꼬마 원님이 말했어요. 관리들은 이번에도 꼬마 원님의 말을 듣지 않고 코웃음을 치고 있었어요.

"이제 저 돌갓을 쓰지 않은 자는 관리가 아닌 것이나 다름없습니다."

꼬마 원님이 마을 사람들을 향해 말했어요. 이 말에 관리들은 못 이기는 척 돌갓을 쓰기 시작했어요. 그러자 곧 재밌는 일이 벌어졌어요.

"어이쿠, 이게 무슨 일이래? 고개가 들어지지 않아!"

"아이고, 무거워!"

관리들은 전부 고개를 숙였어요. 아니, 돌갓이 얼마나 무거웠는지 가만히 있어도 저절로 고개가 숙여졌어요.

"하하하. 관리들이 전부 원님 앞에 고개를 숙이고 있군!"

마을 사람들은 큰 소리로 웃으며 말했어요.

그때 몇몇 사람들이 관리들이 그런 것처럼 고개를 숙였어요. 사실은 꼬마 원님의 지혜로움에 놀라고 말았던 거지요. 사람들은 물론 관리들도 그제야 꼬마 원님을 원님으로 여기게 되었어요.

"원님, 저희를 용서하십시오!"

관리들은 꼬마 원님 앞에서 진심으로 사과했어요. 이제는 마을 사람들도 전부 고개를 숙이고 있었지요.

"아직도 제게 듣고 싶은 이야기가 많이 남아 있지 않나요? 저 산이 왜 초록색인지, 사람들은 왜 숨을 쉬는지……. 변한 건 아무것도 없어요. 이제는 전보다 더 지혜로운 이야기를 여러분들에게 들려주고 싶다는 마음밖에는! 그러니 많이들 놀러오세요. 원님이 되기 전이랑 똑같이 말이에요."

꼬마 원님이 해맑게 웃으며 말했어요.

그때부터 관리들과 사람들 모두 마음을 다해 꼬마 원님을 따르기 시작했어요. 꼬마 원님이 그들처럼 나이를 많이 먹어 원님 일을 그만두게 될 때까지, 마을은 아주 평화로웠다고 합니다.

그 이후, 마을 사람들은 때때로 원님에게서 돌갓을 빌려갔어요.

"원님, 저희 아이가 통 인사를 하지 않아요!"

"아이고, 저희 아이는 어떻고요. 당장 돌갓을 씌워야 할 판입니다!"

용서란, 죄수를 석방한 후 그 죄수가 결국 자기 자신이었음을 깨닫는 것이다.
— 루이스 스미더스(Lewis B. Smedes, 1921~2002, 미국의 작가)

늑대가 목동이 될 수 있을까?

며칠째 끼니를 한 끼도 먹지 못한 늑대가 있었어. 얼마나 배가 고프냐 하면 꽃잎은 과자처럼 보이고 나뭇잎은 닭고기처럼 보일 정도였어. 달은 또 어떻고. 커다란 빵이 하늘에 둥둥 떠 있는 것처럼 보였지.

"정말 배가 고파서 참을 수가 없군. 뭐라도 나타나기만 해봐라. 이 홀쭉한 배가 빵빵하게 부풀도록 먹고 말테니!"

늑대는 잠도 자지 않고 몇날 며칠을 구석구석 뒤지고 다녔어.

그러던 어느 날, 늑대는 산 중턱에서 양 떼를 발견하게 되었어.

"아니, 저게 뭐야? 양 떼 아니야?"

늑대는 방방 뛰며 좋아했어. 이제 정말로 배를 빵빵하게 부풀릴 일만 남았다고 생각했지. 늑대는 조심조심 양 떼 곁으로 다가갔어. 양 떼를 지키고 있는 목동이 있는 줄도 모르고 말이야. 늑대는 목동을 보고 얼마나 놀랐는지 하마터면 다리를 삐끗할 뻔했다니까.

목동은 잠깐도 쉬지 않고 양 떼만 지키고 있었어. 늑대는 결국 양 떼 곁으로는 얼씬도 할 수 없었지.

'어떻게 해서든 양 떼를 차지하고 말겠어!'

늑대는 마음속으로 생각했어. 이제 어떻게 해서 저 양 떼를 차지할지 고민이 이만저만이 아니었지. 늑대는 배고픈 생각도 잊고 온종일 곰곰이 생각했어. 그러다가 꽤 그럴 듯한 생각을 하게 된 거야.

"그래! 내가 목동이 되면 되는 거잖아. 그럼 양들이 나를 따를 거 아니겠어?"

늑대는 곧장 마을에 내려가서 목동이 입었던 것과 꼭 같은 외투와 모자, 그리고 지팡이를 구해왔어. 그것들을 모두 걸치고 연못을 내려다본 늑대는 깜짝 놀라고 말았어. 세상에, 자기 모습이 목동이랑 아주 똑같은 거 있지.

그날 오후, 늑대는 나무 뒤에 숨어서 목동의 모습을 가만히 지켜보고 있었어.

'오호라, 손짓을 저렇게 하면 양 떼가 몰려오는군!'

목동이 어떻게 양을 모는지, 그 방법을 알아내기는 그리 어렵지 않았어. 늑대는 연못을 보고, 목동의 손짓까지도 똑같이 따라해 보았지. 정말 목동의 모습과 똑같았어. 늑대는 목동이 잠들기만을 기다렸어.

얼마 후, 드디어 목동은 낮잠에 빠졌어. 늑대는 이때다 싶어 서둘러 양 떼 앞에 나타났어. 그러고는 목동이 했던 것과 똑같이 손짓을 해 보였어. 그랬더니만, 정말 그 많은 양 떼들이 늑대를 따라오는 게 아니겠어. 늑대는 잔뜩 신이 났어.

한참 양 떼를 몰고 산에서 내려오던 중에 일이 벌어질 줄은 정말 몰랐지. 나비 한 마리가 양 떼 사이에 나타나, 예쁜 날갯짓을 뽐내며 날아다니고 있었어. 나비의 예쁜 모습을 쳐다보고 있던 새끼 양 한 마리가 양 떼 무리에서 벗어난 거야. 늑대는 얼른 다른 손짓을 해봤어. 그게 양을 돌아오게 하는 방법일 거라고 생각했던 거지. 그런데 양은 돌아오지 않고 자꾸만 양 떼 무리에서 멀어지고 있었어.

"이리 오지 못해!"

결국, 다급해진 늑대는 양에게 소리를 치고 말았어. 바로 여기에서 일이 벌어진 거야. 늑대의 목소리를 들은 양 떼들은 정말이지 놀라도 너무 놀라고 말았어. 목동의 입에서 늑대의 컹컹대는 소리가 나왔으니 말이야. 늑대의 목소리를 들은 양 떼들은 서둘러 도망치기 시작했어. 게다가 그 소리에 잠이 깬 목동이, 하늘 높이 지팡이를 휘두르며 이쪽으로 달려오고 있었고.

"늑대 이 녀석! 잡히면 혼날 줄 알아!"

목동의 화난 목소리가 온 산에 울려 퍼졌어. 늑대는 배가 빵빵하게 부풀도록 먹기는커녕, 겁만 잔뜩 먹고 도망치고 말았지.

임신 21주

태아는 하루에 500ml 정도의 양수를 삼킵니다. 이 중 수분과 영양분은 흡수하고 나머지는 대장으로 보내게 되는데, 이를 통해 출생 후 소화 기능을 원활하게 해낼 수 있는 준비를 하게 됩니다.

배가 더 많이 불러오기 시작하면서, 당신은 숙면을 취하기가 어려워졌을 것입니다. 천장을 보고 똑바로 누우면 숨쉬기가 살짝 힘들어질 수도 있습니다. 이때에는 바로 눕는 자세보다는 옆으로 비스듬히 눕는 자세가 그나마 편안한 잠을 잘 수 있도록 해줄 것입니다. 또한 오른쪽보다는 왼쪽으로 눕는 편이 훨씬 더 편안할 텐데, 이는 왼쪽에 있는 심장이 아래쪽에 안정적으로 자리 잡을 수 있기 때문입니다. 그렇다고 자꾸 한쪽으로만 눕다 보면 한쪽 어깨와 다리가 붓고 아플 수 있으니 적당하게 방향을 바꿔주는 일도 잊지 말아야 합니다. 다리 사이에 쿠션을 껴주는 것도 좋은 방법입니다. 가끔씩 바로 눕고 싶은 마음이 생겼을 때는, 쿠션에 등을 기대어 뒤로 조금 젖히는 모양을 취하고, 다리를 베개 위에 조금 높게 고여 두는 자세가 상당히 도움이 될 것입니다.

수박처럼 불러오기 시작한 배, 수박껍질처럼 늘어나기 시작한 배.
'이러다가 내 몸이 수박이 되는 건 아닐까?'
이렇게 빨리, 그리고 이렇게 많이 당신의 몸이 변화하리라고는 상상도 못했을 것입니다.
조금은 우울하고 속이 상한 일일 수도 있습니다.

하지만 당신의 몸이 변화하고 있다는 것은, 당신의 아기도 그만큼 잘 자라나고 있다는 증거일 것입니다.
지금 당신의 아기에게 속삭여봅시다. 그 속삭임은 당신 자신을 향한 울림일지도 모릅니다.
"아기야, 엄마는 네 덕분에 이렇게 변화하고 있어.
엄마 인생도 너와 더불어 행복하게 변할 수 있었으면 좋겠구나."

스무 냥 서른 냥

장사꾼이 산속을 걷고 있었어요. 오늘 챙겨온 물건을 다 팔고 일찌감치 집으로 향하는 중이었지요.

"룰룰루, 오늘은 운이 아주 좋은 날인가 보군."

장사꾼은 저절로 콧노래가 나왔어요. 허리춤에 찬 주머니를 몇 번이고 만져봤지요. 주머니 안에는 물건을 팔고 번 돈, 스무 냥이 들어 있었거든요.

장사꾼은 스무 냥으로 무엇을 할까 생각했어요. 고기를 배불리 먹을까, 근사한 비단 옷을 한 벌 지어 입을까? 아니면 다시 물건을 잔뜩 사서, 한 번 더 장사를 해볼까? 이번 에는 아주 비싼 값을 받으면 어떨까? 정말 생각만 해도 즐거운 일이었어요. 장사꾼이 걸을 때마다 주머니 속의 돈들이 땡그랑거렸어요.

한참 이 생각 저 생각을 하며 걷고 있을 때였어요.

"어이쿠, 어이쿠!"

장사꾼이 돌부리에 걸려 꽈당 넘어지고 말았어요. 낙엽에 덮여 있는 돌부리를 보지 못 했던 거예요. 어찌나 세게 넘어졌는지, 아직까지도 머리가 어질어질했어요. 그 사이 무 릎과 턱에서는 빨갛게 피가 나고 있었어요. 장사꾼은 허리춤에 찬 주머니를 찾았어요. 아침에 그 안에 작은 손수건을 넣어두었던 생각이 났지요.

"아이고, 이게 어디로 갔다나!"

이상한 일이었어요. 조금 전까지만 해도 분명히 허리춤에 있었던 주머니가 감쪽같 이 사라진 것이었어요.

장사꾼은 눈을 동그랗게 뜨고 주변을 살폈어요. 피를 닦으려던 생각은 까맣게 잊고 있었고요. 아무리 살펴도 주머니는 보이지 않았어요. 처음에는 주변만 살피려고 했는데, 이제는 아예 산속을 전부 뒤지는 꼴이 돼버렸지요. 산을 다 뒤져서라도 찾을 수 있으면 다행이게요. 아무리 찾아도 주머니는 코빼기도 보이지 않았어요.

"흑흑흑, 내 돈 스무 냥아. 도대체 어디로 갔니?"

장사꾼은 어느새 훌쩍훌쩍대고 있었어요. 아무래도 원님에게 가보는 게 좋을 듯 싶었어요. 장사꾼은 벌떡 일어나 산을 내려왔어요.

장사꾼은 원님에게 산에서 있었던 이야기를 들려주었어요.

"그래? 거참 재밌는 일이로구나! 방금 한 나그네가 주머니 하나를 주워왔거든!"

원님은 관리를 시켜 바로 나그네를 데려오게 했어요. 잠시 후 구멍이 뿡뿡 뚫린 허름한 옷을 입은 나그네가 나타났어요.

"주머니를 잃어버렸다는 사람이 왔으니, 아까 주워온 것을 내놓아 보아라."

원님이 나그네를 향해 말했어요. 나그네의 손에 장사꾼이 잃어버린 주머니가 들려 있었어요.

'뭐야? 꼴을 보아하니, 벌써 내 돈을 빼가고도 남았겠군.'

장사꾼은 나그네가 의심스러웠어요. 얼른 나그네의 손에 들린 주머니를 되찾아오고만 싶었지요.

"잠깐, 자네가 정말 주머니의 주인이 맞는지 알아보지 않았군."

원님이 말했어요. 맞는 말이었어요. 장사꾼에게 주머니를 줘버렸는데, 나중에 진짜 주머니의 주인이 나타나면 어떡해요.

"주머니를 어디에서 잃어버렸다고 했지?"

원님이 장사꾼을 향해 물었어요.

"또, 자네는 주머니를 어디에서 주웠다고 했지?"

나그네에게도 물었어요.

"산속이요!"

둘 다 똑같이 대답했어요. 원님은 눈을 가늘게 뜨고 장사꾼을 쳐다봤어요.

"자네 주머니에 돈이 얼마나 들어 있었지?"

원님은 장사꾼에게 한 번 더 물었어요.

"스무, 아니 아니, 서른 냥이요!"

이런! 장사꾼은 순간 거짓말을 하고 말았어요. 원래는 스무 냥이 들어 있던 게 맞지만, 왠지 서른 냥이 들어 있었다고 말하고 싶었어요. 누가 아나요? 열 냥을 나그네가 물어 주기라도 할지!

"그래, 그랬단 말이지? 자, 주머니 안에 얼마가 들어 있는지 한 번 보아라."

원님이 나그네에게 말했어요. 나그네는 얼른 주머니 안을 열어보았어요. 사실 나그네도 주머니에 얼마가 들어 있을 줄은 모르고 있었거든요.

"스무 냥입니다. 딱 스무 냥이 들어 있습니다."

나그네가 주머니 안에 들어 있는 돈을 보여주며 말했어요.

"저 사람이 열 냥을 빼돌렸는가 봅니다. 분명히 서른 냥이 들어 있었다고요!"

장사꾼이 나그네에게 손가락질을 하며 말했어요. 나그네는 깜짝 놀라며 고개를 절레절레 흔들었어요. 원님은 방그레 웃었어요.

"에헴! 그럼 이 주머니는 네 것이 아닌가 보구나. 서른 냥이 들어 있는 주머니가 나타나면, 그때 돌려주도록 하겠다."

말을 마친 원님은 방 안으로 홀쩍 들어가 버렸어요. 나그네가 들고 있던 주머니도 함께 가지고 말이에요.

"아이고, 원님. 잘못했습니다요. 스무 냥이 맞습니다요. 흑흑흑."

장사꾼이 울며불며 매달렸지만 원님은 듣는 체도 하지 않았어요. 그때 나그네는 바지춤을 내리며 어수선을 떨고 있었지요.

"혹시 나머지 열 냥이 바지 안에 빠졌는가 해서요."

방앗간 주인과 나귀

    옛날 어느 마을에 살고 있던 아버지와 아들의 이야기란다. 두 사람은 장에 나가 물건을 판 돈으로 살아가고 있었어. 곧, 건넛마을에 장이 선다는 이야기를 들었지. 두 사람은 장에다 내다 팔 물건들을 챙겨보기 시작했어.

    "아버지. 올해는 밀 농사가 아주 잘 되었으니, 밀가루를 내다 파는 게 좋겠어요."

    "좋은 생각이구나. 그런데, 그것만 팔아서는 돈을 많이 벌 수 없을 텐데……."

    아버지의 말에 아들은 다시 집 안 구석구석을 뒤지기 시작했어. 뭐 팔 만한 것이 없나 하고 찾아 다녔지. 아들의 눈에 늙고 힘없는 나귀가 보였어.

    '그래, 저 나귀는 늙어서 더 이상 일을 할 수 없어.'

    아들은 좋은 생각이라도 났다는 듯이 바로 아버지에게로 갔어.

    "아버지, 나귀도 같이 팔아야겠어요."

    "나귀를? 나귀는 우리 식구와도 같은 동물 아니더냐."

    "물론 그렇지만 이젠 늙어서 무거운 짐은 잘 들지도 못한다고요."

    "그럼 그렇게 하자꾸나."

    이렇게 해서 아버지와 아들은 밀가루와 나귀를 팔기로 마음먹게 되었지.

    그때부터 문제가 생겼어. 장이 열리는 마을까지 과연 나귀를 어떻게 데리고 가느냐 하는 것이었어. 장이 열리는 마을은 꽤 멀리 있었거든. 가뜩이나 늙고 힘없는 나귀인데 가다가 쓰러지기라도 하면 어떡해. 그럼 분명히 나귀 값을 제대로 받을 수 없을 게 뻔하다고.

둘은 곰곰이 생각하기 시작했어. 그러다가 생각해낸 것이 바로 들것이었어. 아버지는 창고에서 천과 나무, 끈을 가지고 나와 뚝딱뚝딱 망치질을 했어. 잠시 후 튼튼한 들것 하나가 금세 만들어졌지.

자, 이제 모든 준비가 끝나고, 드디어 아버지와 아들은 집을 나서게 되었단다. 밀가루 자루를 등에 지고, 나귀를 실은 들것을 함께 들고 있는 모습으로 말이야.

"이것만 내다 팔면 올겨울 식량 걱정은 안 해도 되겠어요."

"그러게나 말이다. 모두 좋은 값에 팔 수 있었으면 좋겠구나."

둘은 밀가루와 나귀를 팔 생각만 하면 저절로 웃음이 나왔어. 짐을 전부 지고 가느라 힘들었을 텐데, 그런 내색일랑은 아예 안 했지.

그때 한 남자가 지나가고 있었어. 남자는 두 사람을 쳐다보며 웃고 있었어.

"여보게들. 나귀는 사람이 타라고 있는 건데, 나귀가 사람을 타고 가고 있구려."

남자는 큰 소리로 웃으며 말했어. 남자의 말을 듣고 아버지는 아들을 쳐다봤어. 그러고 보니, 아들이 지금까지 걸어오느라 꽤 지쳐 있는 것처럼 보였어. 아버지는 얼른 들것에서 나귀를 내렸어. 그리고 나귀에 아들을 태웠지. 아들의 밀가루 자루는 자기 등에 지고 말이야. 등에 진 짐이 전보다 더 무거워지긴 했지만, 그래도 나귀를 실은 들것에 비하면 한결 가벼웠어.

그때 한 노인이 두 사람 곁을 지나갔어. 노인은 고개를 절레절레 흔들고 있었어.

"예이, 못된 아들 같으니라고! 늙은 아비더러 짐을 지게 하고, 너만 나귀를 타고 가니까 편하고 좋더냐?"

노인은 이렇게 말하고는 씩씩거리며 가버렸어. 이번엔 아들이 아버지를 쳐다봤어. 그러고 보니, 자기의 밀가루 자루까지 지고 오느라 아버지가 많이 지쳐 있는 것 같았어. 아들은 얼른 나귀에서 내렸어. 그리고 나귀에 아버지를 태웠지. 아버지의 밀가루 자루는 당연히 자기가 지고 말이야. 조금 힘들 것 같기도 했지만, 아버지가 편안해하는 모습을 보니 마음이 놓였어. 두 사람은 다시 열심히 길을 걸었어.

얼마 후 두 사람은 어떤 밭을 지나게 되었어. 밭에서 일하고 있던 아주머니가 두 사람의 모습을 보았어. 아주머니는 슬픈 표정을 짓고 말했어.

"아들이 아직 어린 것 같은데 저 무거운 짐을 혼자 들게 하다니, 참 정이 없는 아버지네그려."

아버지는 얼른 나귀에서 내렸어. 두 사람은 각자 자기의 밀가루 자루를 등에 졌어. 나귀는 끌고 가는 게 좋겠다고 생각했지. 두 사람 모두 다리는 좀 아플 수 있지만 마음만은 편할 게 아니겠어? 두 사람은 다시 열심히 길을 걸었어.

그때 어머니의 손을 잡고 나온 꼬마가 두 사람의 모습을 보게 되었어. 꼬마는 큰 소리로 웃고 있었어. 그야말로 배꼽이 빠지도록 말이야.

"엄마, 저기 좀 봐요! 나귀가 나귀를 둘이나 끌고 가고 있어요! 하하하하."

아버지와 아들이 모두 놀라고 말았어. 버젓이 나귀가 있는데도 나귀에 짐을 싣지 않고 자기네가 짐을 지고 가는 모습이 꼭 나귀 같았던 거야. 그래서 아버지는 아들과 함께 나귀에 타기로 했어. 두 사람 모두 나귀에 타서 가는 게 제일 편한 방법일 거라고 생각했지.

나귀에 타고 가니 등에 진 짐도 무겁게 느껴지지 않아서 참 좋았어. 편하게 장에 도착할 것 같았지. 그때 다시 지나가던 남자가 있었어. 남자가 두 사람의 모습을 보고는 큰 소리로 웃으며 말했어.

"나귀가 나귀 두 마리를 태우고 가고 있군. 하하하."

남자의 말을 들은 두 사람은 다시 나귀에서 내렸어. 두 사람을 태우고 한참을 걸어온 나귀는 금방이라도 쓰러질 기세였지.

아니 그럼 도대체 어떻게 하고 길을 걸어야 좋은 방법일까? 두 사람은 금방 좋은 방법이 떠오르지 않았어. 아버지와 아들은 한참을 고민한 끝에 밀가루 짐만 나귀의 등에 싣기로 했어. 두 사람은 손을 잡고 걷기로 하고 말이지.

장에 도착할 때까지 두 사람의 모습을 보고 웃는 사람은 단 한 명도 없었어.

"이게 가장 좋은 방법이었던가 보구나."

아버지는 아들에게 이렇게 말했어. 장에 도착한 두 사람은 밀가루와 나귀 모두 좋은 값에 팔 수 있었어. 집으로 돌아올 때는, 집을 나섰을 때보다 한결 더 가벼운 발걸음이 되어 있었단다.

광대와 연어구이

옛날 어느 나라에 부자들의 잔치가 열렸어요. 나라 안에 이름난 부자들이 모두 모여들었지요. 부자들은 맛있는 음식을 한상 차려놓고 즐거운 시간을 보냈어요. 물론 잔치를 연 부자는, 그중에서도 가장 부자인 사람이었어요.

부자가 사람들을 향해 술잔을 들며 말했어요.

"오늘의 요리는 연어구이입니다. 저 먼 바다에서 구해온 아주 귀한 연어지요. 우리 모두 이 연어를 위해 건배합시다. 자, 건배!"

사람들은 모두 부자를 향해 건배했어요. 다들 이렇게 귀한 연어구이를 먹게 되어서 기분이 좋았지요.

술잔을 내려놓고 막 연어구이를 먹으려고 할 때였어요. 부자들이 웅성웅성대기 시작했어요. 그 이유는 접시에 담긴 연어의 크기가 제각각 달랐기 때문이었어요. 누구의 접시에 있는 연어는 접시가 넘치도록 커다란데, 또 다른 누구의 접시에 있는 연어는 한입감도 안 될 만큼 작았던 거예요.

"궁에서 일하고 있는 사람의 연어가 더 커요!"

"돈이 많은 사람의 연어도 크고요!"

사람들은 부자의 접시에 담긴 연어를 보았어요. 두 말 할 것도 없이 부자의 접시에는 가장 큰 연어가 담겨 있었어요. 부자는 돈이 많을수록, 훌륭한 일을 하는 사람일수록 더 큰 연어를 먹게 해주고 싶었던 거지요. 몇몇 사람이 기분이 몹시 상한 듯 얼굴을 찌푸리기 시작했어요.

부자가 사람들 눈치를 살피며 광대를 데리고 나왔어요.

"자자, 여러분. 이제 광대의 재주를 보며 더 즐거운 시간을 보내보자고요!"

부자는 광대를 부른 걸 으스대며 말했어요. 부자의 소개가 끝나자 광대가 가운데에 나섰어요. 광대는 부자들이 좋아할 만한 노래를 계속해서 불러주었어요. 공과 막대기, 줄을 이용해 신기한 묘기도 곧잘 보여주었지요. 사람들은 이내 기분이 풀린 듯이 즐겁게 웃기 시작했어요.

광대는 한바탕 공연을 끝내고 식사를 하기 위해 식탁에 앉았어요. 광대의 식사는 식탁 가장 끝에 차려졌어요. 부자는 광대에게도 연어구이를 대접했어요.

그런데 연어구이를 본 광대는 놀라고 말았어요. 정말 아주 작은 연어가 접시 위에 놓여 있었기 때문이지요. 아마 잔치에 온 사람들이 먹은 연어 중에서 가장 작은 연어였을 거예요.

광대는 연어구이를 먹지 않았어요. 무언가 생각하는 것 같더니, 연어를 들어 자기 귀에다가 갖다 댔어요. 마치 연어한테 무슨 이야기라도 듣는 듯한 시늉을 부렸지요. 사람들은 광대의 모습이 우스워서 모두 쳐다봤어요. 부자도 광대를 보았고요.

"광대는 왜 식사를 하지 않나요? 아하, 이렇게 귀한 요리를 처음 먹어보는 모양이군요. 먹는 방법이 따로 있는 게 아니니, 그냥 마음 놓고 먹도록 하세요."

부자는 광대를 비웃었어요. 몇몇 사람들도 부자를 따라 웃었지요.

그때 광대가 손가락으로 입을 가리며 말했어요.

"쉿! 지금 연어가 제게 이야기를 하고 있어요."

"연어가 말을 한다고? 쳇, 별 희한한 광대를 다 보겠군!"

부자는 배꼽을 붙들고 웃었어요.

광대는 다시 손가락을 입에 가져다댔어요.

"그래, 연어가 뭐라고 하는가?"

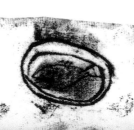

부자가 광대를 비꼬며 물었어요. 광대는 목청을 가다듬었어요. 수염을 쓸어내리는 척 하면서 입을 열었지요.

"에헴. 나는 저 멀리 바다에서 온 연어이올시다."

광대는 자기가 연어라도 된 양, 작은 목소리로 속삭이듯이 말했어요. 사람들은 광대의 모습이 재미있어서 귀를 쫑긋 세우고 있었지요.

"제가 살고 있는 바닷속 이야기를 좀 해볼까요? 바닷속에서는 힘이 세거나 똑똑한 물고기일수록 더 큰 먹이를 먹을 수 있지요. 그런데 제가 여기 바깥세상에 와보니 바닷속과는 정반대군요. 사람들을 즐겁게 해주고 행복하게 만들어주는 사람이 가장 작은 먹이를 먹고, 그 사람이 없이는 웃을 줄도 모르고 잘난 체만 하는 사람이 가장 큰 먹이를 먹고 있으니 말이에요. 정말 반대여도 너무 반대이지 않나요?"

광대는 계속 연어 흉내를 내며 말했어요. 광대, 아니 연어의 이야기를 들은 부자는 할 말을 잊고 말았어요. 물론 사람들까지도 한동안 아무 말도 할 수 없었지요. 조금 전까지만 해도 광대를 비웃고 놀리던 사람들도 더 이상 웃지 않았고요.

황금을 적당하게 쓰는 사람은 그 주인이고, 이를 모으기만 하는 사람은 돈지기이고, 이를 사랑하는 사람은 바보고,
이를 존중하는 사람은 우상숭배자이고, 이를 멸시하는 사람은 건전한 지자(知者)이다.
— 페트라크(Petrach, 1304~1374, 이탈리아의 인문학자)

이야기하는 재주

한번은 이솝이 배를 만드는 공장에 들렀던 적이 있었어요.

"안녕하세요. 지나가는 나그네입니다."

이솝이 인사를 건네자 일꾼들은 딱 한 번 쳐다보고는 다시 일을 계속했어요. 이솝은 쉬지도 않고 일만 하는 일꾼들이 안타까웠어요.

"나는 이야기꾼이에요."

이솝이 일꾼들 곁으로 바짝 다가갔어요.

"이야기꾼? 이야기꾼은 뭐하는 사람입니까? 우리처럼 배를 만들기라도 합니까?"

일꾼들은 이솝의 이야기를 듣는 둥 마는 둥 했어요.

"이야기꾼은 재미난 이야기를 들려주는 사람입니다."

"재미난 이야기라고요?"

재미난 이야기라는 말에 일꾼들이 관심을 보이기 시작했어요.

"좋아요. 그럼 재미난 이야기를 해보세요. 이야기가 정말 재미나면 우리가 당신에게 멋진 배를 한 척 선물하겠어요!"

한 일꾼이 말했어요. 이솝은 기침을 한 번 크게 하며 목을 가다듬었어요.

"옛날, 세상에는 원래 물밖에 없었어요. 물 말고는 아무것도 없었지요. 산도 없고 들판도 없었어요. 그야말로 온 세상이 바다였어요. 신이 어느 날 땅에게 말했어요."

"바다밖에 없었다면서요? 땅이 어떻게 있을 수 있어요?"

일꾼들은 이솝의 이야기를 방해하고 싶어 했어요.

"음, 그때 땅은 바닷속에 깔려 있었어요. 신은 땅에게 이렇게 말했어요. 땅아, 땅아. 이제부터 네가 바닷물을 세 번 삼켜 보아라."

"바닷물을 어떻게 삼켜요? 그것도 세 번이나?"

일꾼들은 뭐가 그렇게 못마땅한지 계속해서 참견하고 들었어요. 이솝은 빙긋이 웃으며 다시 이야기를 이어나갔어요.

"땅이 바닷물을 한 번 삼켰어요. 꿀꺽! 그러자 바닷물의 높이가 줄어들며 산이 생겨났어요. 신이 세 번 바닷물을 삼키라고 했던가요? 땅은 한 번 더 바닷물을 삼켰어요. 꿀꺽! 이번에도 바닷물의 높이가 줄어들었어요. 바다가 있는 반대쪽에 들판이 생겨났어요. 이제 세상은 물 말고 산과 들판도 있게 되었지요. 마지막으로 한 번 더 땅이 바다를 삼키려 했을 때였어요. 다시 신이 나타났어요. 잠깐만, 잠깐만 멈춰 보아라, 땅아."

이솝은 여기까지 말하고는 이야기를 멈췄어요.

"아니, 왜 이야기를 멈춥니까?"

"그러게요. 왜 갑자기 신이 나타난 겁니까?"

일꾼들은 어느새 이솝의 이야기에 귀를 기울이고 있었어요. 방해하고 참견하고 싶어 했던 마음은 달아나고 없었지요. 일꾼들은 뒷이야기가 궁금해서 이솝을 보챘어요. 이솝은 일꾼들을 향해 다시 빙그레 웃었어요.

"자, 땅이 바닷물을 한 번 더 삼켰으면 어떻게 됐을까요?"

"바닷물이 몽땅 없어졌겠지요!"

이솝의 물음에 한 일꾼이 대답했어요.

"그럼 사람들이 배를 탈 필요가 있었을까요?"

"아니요, 필요 없었겠지요."

"그렇다면, 배를 만드는 일꾼들이 필요했을까요?"

그다음 물음에 대답한 일꾼은 아무도 없었어요. 일꾼들은 이솝에게 아주 멋진 배를 선물했어요. 그리고 마치 이솝에게 감사하기라도 하듯이 이렇게 말했지요.

"휴, 땅이 바닷물을 몽땅 삼키지 않아서 천만다행입니다!"

애교 부리는 여우

달빛도 구름에 가려져 잘 보이지 않는 컴컴한 밤이었어요. 산에서 내려온 여우가 골목을 걷고 있었어요. 사람들에게 들킬까 봐 조심조심 걷는 중이었지요.

"어휴, 배가 너무 고프네. 어디에 가서 먹을 것을 구해야 하나?"

여우는 눈을 크게 뜨고 골목 여기저기를 살폈어요. 사람들이 버린 음식이 조금이라도 있을까 해서요. 물론 사람들한테 들키기라도 하면 혼쭐이 날 게 뻔했어요. 여우는 눈을 너무 크게 뜨고 발걸음을 너무 조심조심하느라 힘이 빠지고 말았어요.

"야옹!"

그때 어딘가에서 고양이 소리가 들렸어요.

"앗, 깜짝이야!"

여우는 바로 앞에서 고양이와 마주쳤어요. 고양이는 어둠 속에서 살금살금 여우 앞으로 걸어오고 있었던 거예요.

"이렇게 컴컴한 밤에 여기엔 웬일이니?"

고양이가 다정한 목소리로 물었어요.

"응, 먹을 것이 좀 있나 해서 와봤어."

여우는 온종일 굶은 이야기를 털어놓았어요. 고양이는 여우가 가엾게 느껴졌어요.

"왜 사냥을 하지 않고? 사냥을 하면 마음껏 먹을 수 있잖아."

"사냥? 휴, 사냥도 쉬운 일이 아니야. 난 네가 부러워."

여우가 한숨을 푹 쉬었어요.

"휴, 부럽긴 뭐가 부러워. 난 오히려 네가 부러운걸."

고양이도 한숨을 푹 쉬었어요. 고양이는 날쌔고 힘이 센 여우가 부러웠거든요.

"너는 사람들에게 밥을 얻어먹을 수 있잖아."

"너는 무엇이든 사냥해서 먹을 수 있잖아."

둘은 서로가 서로를 부러워했어요. 여우는 고양이의 모든 부분이 부러웠어요. 특히 사람들에게 귀여움을 받는 게 가장 부러웠지요. 여우는 고양이에게 어떻게 하면 사람들에게 먹이도 얻어먹고 귀여움도 받을 수 있는지 물었어요. 고양이는 볼 양쪽에 난 수염을 탁탁 잡아당기더니 이내 입을 열었어요.

"음, 그건 말이야. 바로 나의 애교 덕분이야."

"애교?"

여우는 고양이의 말이 이해가 되지 않았어요.

"응, 일단 사람들 앞으로 가. 그래서 배를 보이며 납작하게 눕는 거지. 그런 다음 배를 살살살 긁으며 까르륵 하고 웃으면 돼. 그럼 사람들은 내가 귀여워서 어쩔 줄 몰라 하거든. 맛있는 먹이도 맘껏 주고, 턱 밑도 간질여 준다니까."

여우는 그제야 이해가 됐다는 듯, 손으로 무릎을 탁 쳤어요.

'그래, 앞으로 사람들한테 애교를 부리면 되겠구나!'

여우도 이제 사람들에게 먹이를 얻어먹고 귀여움도 받을 수 있을 거라고 생각했어요. 얼른 골목 한편에 자리를 잡고 앉아, 사람들이 나타나기만을 기다렸지요.

잠시 후 골목 끝에서 사람들의 목소리가 들려왔어요. 여우는 얼른 소리가 나는 쪽으로 달려갔어요. 여우는 고양이에게 배운 내용을 떠올렸어요.

'배를 보이고 납작하게 누우라고 했지? 그 다음 배를 살살 긁으라고. 이렇게!'

여우는 어느새 고양이가 시킨 대로 똑같이 하고 있었지요. 그런데 이상한 일이었어요. 사람들은 여우를 귀여워하지 않았어요. 여우는 한 번 더 똑같은 행동을 했어요. 그러자 사람들이 여우 앞으로 우르르 몰려들었어요.

"이 여우는 도대체 뭐야? 자기 좀 잡아달라고 용을 쓰는군!"

사람들은 여우를 귀여워하기는커녕 귀찮아했어요. '훠어이' 하면서 여우를 쫓아낼 뿐이었지요. 결국 여우는 사람들을 피해 다시 도망칠 수밖에 없었답니다.

Everyday Prenatal Literature III

아빠가 들려주는
아름다운 하모니

임신 중기(22주~27주)
외부의 소리에 반응하는 아기를 위한
운율이 살아 있는 이야기들

아니 이게 무슨 일! 세상에, 이게 무슨 일! 우물 안에, 글쎄 우물 안에 치즈가 들어 있는 게 아니겠어! 그건 달빛,

달빛이었지. 우물 안에 비친 달빛이었지. 쥐는 찍찍찍 울었어. 퐁퐁퐁 걷고 싶었지만, 발이 물속에서 꼼짝도 하지 않았어.

「치즈가 들어 있는 우물」中

Everyday Prenatal Literature

"엄마, 나 임신했어!" 믿겨지지 않는다는 듯이, 다소 감격해하며 전화를 걸었던 날이 엊그제 같지요.

어느덧 임신기의 절반이 지났습니다. 당신의 배는 제법 그럴싸하게 불러서, 청바지를 입기가 조금은 불편한 일이 되고 말았지요.

임신 중기 무렵, 당신의 아기는 익숙한 목소리에 반응을 보이기 시작합니다. 엄마의 목소리와 아빠의 목소리를 구분해서

들을 수도 있게 됩니다. 영화나 TV드라마에서 보았던 어느 장면처럼, 아기의 아빠는 당신의 배에 대고 아기를 부를지도 모릅니다.

"행복아, 아빠야! 아빠 목소리 들리지?" 간지럽고 부끄러울 것 같지만, 막상 아기의 아빠가 배에 귀를 가져다대면

그렇게 사랑스러워 보일 수가 없을 것입니다. 실제로 아기는 엄마의 높은 목소리보다 아빠의 낮은 중저음 목소리에

더 반응을 보인다는 연구 결과가 있습니다. 그럼 어떤가요? 매일 반복해서 듣는 엄마의 목소리 대신,

지금 이 시기만큼은 아빠의 목소리를 들려주는 것. 이제부터 이 책의 주인은 아빠입니다. 아기에게 직접 들려주고 있다는

생각을 염두에 두고, 재밌고 신나게 소리 내어 읽어봅시다. 재잘재잘 콩콩콩. 주절주절 쿵쿵쿵. 지켜보세요,

아빠의 목소리를 알아보는 아기의 몸동작을!

임신 22주

아기는 외부의 소리에 더욱 민감해집니다. 여기에서 엄마의 목소리를 자주 들은 태아일수록 엄마와의 밀착도가 높아진다는 연구 결과가 있습니다. 이는 출생 후 아기가 엄마 젖을 더 잘 빨 수 있도록 해주고 실제로 아기의 지능 향상에도 도움을 준다고 합니다. 뱃속의 아기에게 다양한 방식으로 당신의 목소리를 들려주도록 해봅시다.

22주가 되면 아기의 골격이 완전히 형성되게 됩니다. 척추는 물론 두개골, 갈비뼈, 팔다리뼈가 전부 갖추어집니다. 아기는 골격을 형성시키기 위해 당신의 몸에서 상당량의 철분을 흡수하게 되는데, 이를 통해 당신은 빈혈 증세를 보일 수도 있습니다. 병원에서 처방해준 철분제를 빠지지 않고 복용함으로써 빈혈로 인한 위험 상황이 닥치지 않도록 조심해야 합니다. 물론 철분제의 복용은 극심한 변비 증세를 동반하곤 합니다. 변비약 섭취가 어려운 시기이기 때문에, 상추와 양배추 같은 여린 잎의 채소나 말린 자두 같은 식품의 도움을 받는 것이 좋습니다.

시조는 옛날 고려시대 말부터 지어지기 시작한 우리의 정형시입니다.
중국의 한시나 이탈리아의 소네트처럼, 읽을 때 운율이 절로 느껴지는 것이 특징입니다.
당신의 아기에게도 예쁘고 사랑스러운 시조 한 수 건넵니다.

아기야 아빠란다 온종일 무얼 했니
아빠는 네 생각에 온종일 행복했지
만약에 네가 없다면 온 마음이 울 테지?

아기야 엄마란다 사랑이 뭔지 아니
엄마는 네 덕분에 사랑이 뭔지 알지
세상에 네가 있어서 사랑 사랑 넘치니!

오이 도둑

옛날 옛날 어느 마을에 게으름뱅이 농부가 살고 있었어. 얼마나 게을렀느냐 말할 것 같으면, 밭을 가는 데 일 년이요, 씨를 뿌리는 데 이 년이요, 농작물을 거둬들이는 데 삼 년이 걸렸더라는 말씀이니, 그 게으른 정도를 알 수 있겠지?

어느 날 이 게으름뱅이 농부가 어슬렁어슬렁 길을 걷고 있었어. 이날도 하는 일이 몹시 귀찮고 따분해서, 몽땅 그만두고 나오는 길이었지.

"어이쿠, 웬 자갈이 이렇게 많담? 발바닥에 불이 나겠구먼."

농부가 길 위에 쏟아져 있는 자갈들을 밟으며 투덜댔어. 그렇게 아플 줄 알았으면 피해가면 될 것을, 그것도 귀찮아서 죄다 밟고 지나가던 중이었어. 길가에 피어 있는 예쁜 꽃들도 농부의 눈에는 전혀 들어오지 않았어. 꽃들을 향해 고개를 돌리는 것조차 아주 귀찮았다는 말씀.

그러던 중 농부 앞에 넓은 오이 밭이 나타났어. 초록색 오이들이 가지마다, 쭉쭉 기다랗게 주렁주렁 열려 있었지.

'오이 농사가 꽤 잘 됐군!'

농부는 갑자기 욕심이 생겼어. 그러고는 쓰고 있던 밀짚모자를 더 푹 눌러 썼어. 고개를 요리조리 돌리며, 누가 있나 없나 살펴보기까지 했어.

살금살금 스윽스윽. 농부가 오이 밭으로 들어갔어. 얼른 바위 뒤로 몸을 숨겼지.

"와, 시원한 데다가 맛도 제법인데!"

농부는 오이 하나를 똑 떼어내, 한입에 베어 물었어. 정말 맛있게 잘 익은 오이였지.

그때부터 농부는 생각했어.

'이 오이를 딱 열 개만 훔쳐볼까나? 장에 내다 팔아서, 닭 한 마리를 사는 거야. 그 닭을 잘 키우면, 곧 알을 많이 낳겠지? 그럼 얼마 후 그 알에서 병아리가 나올 거야. 그땐 병아리를 딱 열 마리만 팔아볼까나? 장에 내다 팔아서, 새끼 돼지 한 마리를 사는 거야. 그 돼지를 잘 키우면, 곧 새끼를 많이 낳겠지? 그럼 얼마 후 새끼 돼지가 커다란 돼지가 되는 거야. 그땐 돼지를 딱 한 마리만 팔아볼까나? 장에 내다 팔아서, 새끼소 한 마리를 사는 거야. 그 소를 잘 키우면, 곧 새끼를 많이 낳겠지? 그럼 얼마 후 새끼소가 커다란 소가 되는 거야. 그땐 소를 몽땅 팔아 오이 밭을 사는 거야. 하하하. 두고 보라고. 내가 오이 밭 주인이 되면 말이지, 난 절대 오이를 도둑맞지 않을 테니. 일꾼들더러 망을 보게 하면 도둑은 얼씬도 못할 거라고. 암, 그렇고말고! 그런데 요즘 일꾼들은 영 게을러서 원. 그래서 일꾼들 감시도 철저히 해야 한다고. 암 그렇고말고!'

"이보시오, 일꾼들. 그저 한눈팔지 말고 오이 밭을 잘 지켜주시오. 에헴!"

어이쿠, 세상에! 혼자 이러쿵저러쿵 생각에 빠져 있던 농부가 글쎄, 큰 소리로 혼잣말을 해버리지 않았겠어?

"이게 무슨 소리지? 거기 누구요!"

그 소리를 듣고 일꾼들이 달려왔어.

"오이 도둑이다! 오이 도둑 잡아라!"

일꾼들은 손에 들고 있던 호미며 낫, 쟁기를 몽땅 집어던지고는, 후닥닥닥 농부를 향해 뛰어왔어. 농부는 까무러치게 놀랐지만, 도망치는 것도 귀찮아서 고민하고 있었어.

"아이 참, 도망을 가, 말아?"

도망가는 것도 귀찮아서 한참을 고민만 하던 농부는, 결국 일꾼들에게 잡혀 호되게 혼쭐이 나고 말았다지.

새들의 칭찬

옛날, 어느 숲 속에 만나기만 하면 싸우는 새들이 살고 있었어. 싸움을 하는 이유는 가지가지였는데, 가장 많이 싸우는 이유는 뭐니 뭐니 해도 잘난 척 때문이었어. 서로 자기가 최고라고 자랑하는 거였지. 누구 목소리가 가장 곱네, 누구 깃털이 가장 예쁘네, 누구 날갯짓이 가장 빠르네, 자랑할 거리도 한두 가지가 아니었어.

자랑만 하면 다행이지, 자기가 최고라고 자랑하려고 상대방을 흉보기 일쑤였어. 누구 목소리는 정말 듣기 싫네, 누구 깃털은 지푸라기 같네, 누구는 모기보다도 빠르게 날지 못하네…… 그러다 보니 숲 속은 늘 시끄러웠어. 조용할 날이 하루도 없었지.

어느 날 아침, 수꿩이 알록달록 색이 고운 날개를 쫙 펼치고 산책을 하고 있었어. 이 모습을 지켜보던 까마귀가 수꿩의 곁으로 날아왔어.

"안녕, 수꿩아. 멀리서 보니, 햇빛을 받은 네 날개가 정말 예쁘긴 예쁘더라."

까마귀는 웬일로 수꿩의 날개를 칭찬하고 들었지.

"그, 그래? 네 까만 깃털도 오늘따라 유난히 반짝거리는걸?"

수꿩도 까마귀를 칭찬했어. 금세 까마귀는 기분이 좋아졌지.

"우리 저 골짜기까지 같이 가보지 않을래? 저쪽에 아주 멋진 폭포가 있거든."

"그래, 좋아. 같이 날아가 보자."

까마귀의 칭찬에 수꿩도 기분이 좋았어. 둘은 함께 폭포가 있는 골짜기를 향해 날기 시작했어. 이 모습을 지켜보던 다른 새들은 코웃음을 쳤어.

"잘생긴 수꿩이랑 못생긴 까마귀가 같이 다니는 꼴 좀 봐."

새들은 수꿩과 까마귀를 놀려댔어. 하지만 수꿩과 까마귀는 못 들은 체했어.

"수꿩아. 가만히 보니까, 너는 부리도 참 멋지게 생겼다."

"그래? 나는 까마귀의 날갯짓 솜씨가 제법이라고 생각했는걸."

그날 수꿩과 까마귀는 시원한 폭포 밑에서 재밌는 시간을 함께 보냈어.

그날 이후 둘은 줄곧 붙어 다니는 사이가 되었지. 이 꼴을 보다 못한 다른 새들은, 어떻게 하면 저 둘 사이를 떼어놓을까 고민했어.

언젠가 새들은 혼자 먹이를 찾고 있는 까마귀를 발견했어. 이때다 싶어 후닥닥닥 수꿩의 집으로 날아갔어. 새들은 앞다투어 수꿩에게 말했어.

"수꿩아. 까마귀가 그러는데 네 날개는 꼭 오래된 치맛자락 같대."

새들은 수꿩과 까마귀의 사이를 갈라놓으려고 거짓말을 했지.

"까마귀는 그럴 친구가 아니야."

수꿩은 이렇게만 말하고 더는 대꾸하지 않았어. 약이 오른 새들은 이번에는 까마귀가 있는 곳으로 날아갔어. 그러고는 수꿩에게 했던 것처럼 똑같이, 수꿩이 까마귀를 흉보더라고 거짓말을 했어.

"수꿩은 그럴 친구가 아니야."

까마귀도 새들의 말을 믿지 않았지. 오히려 수꿩이 보고 싶다며 휘리릭 날아가버렸어. 그 이후로도 수꿩과 까마귀는 사이좋게 지냈어. 아플 때면 먹을 것을 대신 구해다주고, 기쁠 때면 같이 깔깔깔 웃어대고 말이야.

새들은 어느새 둘 사이가 부러워졌어. 자신들도 수꿩과 까마귀를 따라 서로를 한번 칭찬해봤어. 물론 처음에는 창피해서 칭찬해놓고 멀리 날아가버리기도 하고, 칭찬한 말을 금방 취소하기도 했어. 그러나 그런 일이 계속 이어지다보니까 어느 순간부터 칭찬도 익숙한 것이 되었지. 이제는 아주 편하게 서로를 칭찬하기 시작했어. 만나기만 하면 서로를 헐뜯고 잘난 척하기에 바빴던 새들인데 말이야.

칭찬하는 목소리는 싸우는 목소리처럼 크지 않았어. 새들은 자기를 뽐내느라 무리하게 날갯짓을 하지 않아도 되었고, 이제는 자기를 흉보는 걸 겁내지도 않게 되었어. 그때부터 숲 속은 웃음소리로 가득 차기 시작했지. 새들이 사는 숲 속에도 드디어 평화가 찾아오게 된 것이란다.

돼지의 소풍

햇빛이 따사로운 어느 오후, 돼지 한 마리가 우리 안에서 뒹굴고 있었어.

"아, 따분해. 날씨도 따뜻하고 좋은데 어디로 소풍이나 가면 좋으련만."

돼지는 매일같이 우리 안에만 갇혀 있는 것이 몹시 답답하고 지루했어. 그때 멀리 으리으리하게 지어진 부잣집이 눈에 들어왔어. 돼지는 문득 그 부잣집으로 소풍을 가고 싶어졌어. 그래서 용기를 내서 주인에게 속마음을 이야기하기로 했지.

"주인님. 하루만 이 우리 안에서 나갈 수 있게 해주세요!"

"허허허. 어딜 그렇게 가고 싶어 그러느냐?"

주인은 큰 소리로 웃으며 물었어.

"저기 보이는 저 부잣집이요!"

"그래, 좋다. 대신 해가 지기 전까지는 돌아와야 한단다!"

이렇게 해서 돼지는 우리를 벗어나, 정말 소풍을 갈 수 있게 되었어.

바깥으로 나온 돼지는 눈을 어디에 두어야 할지 모를 정도였어. 하늘은 연한 하늘색 물감을 풀어놓은 듯했고, 잔디밭은 초록색 비단을 깔아놓은 듯했지. 우리 안에서는 볼 수 없었던, 그야말로 아름다운 세상이었던 거야.

돼지는 눈을 크게 뜨고 이곳저곳을 구경하며 다니다가, 부잣집 앞에 도착할 수 있었어. 얼른 집 안으로 들어가 자기가 가고 싶은 대로 이리저리 뒤지고 돌아다녔지. 창고, 마구간, 텃밭, 화장실까지!

부잣집에도 커다란 돼지우리가 있었어. 그 안에 많은 돼지들이 살고 있었지. 돼지는 부잣집 돼지들과 친구가 되어서 온종일 즐거운 시간을 보냈어.

그러다 보니 어느덧 해질녘이 된 거야. 돼지는 아쉽지만 새로 사귄 친구들과 헤어지고 집으로 돌아와야 했어. 집으로 돌아온 돼지를 본 주인은 깜짝 놀랐어.

"아니, 부잣집으로 소풍을 가겠다고 하더니만, 꼴이 그게 뭐냐?"

돼지는 흙탕물에서 놀다오기라도 한 양, 온몸이 꼬질꼬질하게 더럽혀져 있었어.

"부잣집은 값비싼 보석과 가구들로 꾸며져 있다고 하던데 그런 것들은 구경도 하지 못한 게냐?"

"아, 보석과 가구들이요?"

돼지는 그제야 주인의 말뜻을 알아차렸어.

"그런 게 있으면 뭐하나요? 돼지에겐 하나 필요 없는 것들인데!"

보석과 가구 얘기는 둘째 치고, 돼지는 새로 사귄 친구들 얘기를 하느라 정신이 없었어. 돼지 말이 맞지. 번쩍번쩍한 금은보화가 있으면 뭐해? 돼지 몸에 걸칠 수 있는 것도 아니고, 그걸 팔아서 무얼 살 수 있는 것도 아닌데. 온종일 부잣집을 돌아다니는 동안, 돼지가 신이 나서 구경한 것은 따로 있었어. 그건 말이지, 냄새 나는 거름과 음식물 쓰레기, 그리고 거름 같은 것들뿐이었단다.

내 금화가 얼마나 되지?

옛날 어느 마을에 한 구두쇠가 살고 있었어. 아주 많이 가난한 구두쇠였지.

어느 날, 하늘이 번쩍 두 동강이 나며 구두쇠네 집 마당에 무언가가 떨어졌어. 그것은 금화, 엄청난 금화였지. 금화는 쉴 새 없이 떨어졌어. 우르르 쾅쾅, 우르르 쾅쾅. 번개가 치는 소리인지, 금화가 떨어지는 소리인지 알 수가 없지. 찰찰찰 찰랑, 찰찰찰 찰랑. 비가 떨어지는 소리인지, 금화가 쌓이는 소리인지 알 수가 없지. 그냥 그렇게만 떨어졌어. 그냥 계속해서 쌓여갔어.

그 일이 있고 나서 구두쇠는 제일가는 부자가 되었던 거야. 금화가 얼마나 많은지 써도 써도 줄어들지를 않는 거야. 마을 사람들은 부자가 부러웠지. 하늘에서 '우르르' 소리만 나도, '쾅쾅' 소리만 나도 부리나게 마당으로 달려갔지. 어디에서 금화가 떨어지진 않나 목이 빠져라 하늘만 쳐다봤다나.

우리 구두쇠는 무슨 복이 그리도 많나. 써도 써도 줄어들지 않는 금화가 있고. 언젠가부터 구두쇠는 금화 세는 일만 했어. 쓰는 일보다 더 즐거운 일은 세는 일!

"내가 이렇게 많은 금화를 가졌다니!"

구두쇠는 금화를 세는 일이 그렇게 즐거울 수가 없었어. 엄청나게 많은 금화를 다 세고 나면 힘이 쭉 빠졌지. 그러면 구두쇠네 원숭이가 금화를 세곤 했어.

"원숭아, 원숭아. 내 금화가 얼마나 되지?"

원숭이도 제법 금화를 잘 셌지. 한두 번 세어본 솜씨가 아니라니까. 그런데 원숭이가 세기에도 금화는 너무 많았어. 원숭이도 힘이 쭉 빠졌지. 그럼 이제 누가 그 많은 금화를 세나?

원숭이는 구두쇠 몰래 금화를 들고 밖으로 나갔어.

"이놈의 금화, 세기도 힘들어 죽겠어! 이놈의 금화, 몽땅 버려야겠어!"

원숭이는 금화 한 다발을 바다에 풍덩 빠뜨려버렸어. 이제 저 한 다발만큼은 세지 않아도 되겠지. 어차피 쓰지도 않는 금화, 어차피 세기만 하는 금화, 더 있으면 어떻고 덜 있으면 어떻겠어. 원숭이는 아예 날마다 금화를 한 다발씩 내다 버렸어.

그런 줄도 모르고 구두쇠는 한바탕 난리를 치르고 있었어.

"아무리 세어 보아도, 어제랑 다르단 말이야. 적어도 열 다발은 없어진 것 같다고. 내 금화가 다 어디로 갔지?"

구두쇠는 금화를 세고 세고 또 셌어.

"원숭아, 원숭아. 내 금화가 얼마나 되지?"

구두쇠는 모르고 있었어. 원숭이가 금화를 내다 버리고 있을 거라고는 까맣게 모르고 있었어. 그저 금화를 셀 뿐이었지. 하루도 빠지지 않고 셀 뿐이었지.

'혹시 내가 잘못 센 것일 수도 있어. 다시 세어보면 맞을지도 몰라.'

이래서 또 세고, 그래서 또 세고, 저래서 또 세고. 그런데 아무리 세어도 이건 아니다 싶었어. 금화의 양이 자꾸만 줄어가는 거야. 이렇게 있다가는 안 되겠다 싶었어. 그래서 어떻게 했을까? 어떻게 하긴 뭘 어떻게 했겠어. 세고 세고 또 셌지. 이래서 또 세고, 그래서 또 세고, 저래서 또 셌지.

구두쇠는 점점 야위어 갔어. 이제는 금화를 셀 힘도 없을 만큼 야위어 갔어. 언젠가 한 번 더 하늘이 번쩍하고 두 동강이 났던 것 같아. 그러나 달려 나갈 수가 없었지. 달려 나갈 힘이 하나도 없었지.

"내 금화가 얼마나 되지?"

방 안에 꼼짝 않고 누워서도 금화만 셌으니까.

까악까악 까마귀, 까마귀

까마귀 한 마리가 있었어. 까악까악하고 우는 까마귀, 까마귀. 산이면 산, 들이면 들, 온 세상을 날아다니며 그렇게 울었지. 까악까악 까마귀, 까마귀.

하루는 이 까마귀가 목을 붙잡고 쉬고 있는 중이었어. 얼마나 까악까악대고 울었으면 목이 다 말라서 참을 수가 없었지 뭐야.

"아이고, 목말라. 시원한 물 한 모금만 마셔봤으면!"

까마귀는 우는 것도 멈추고 주위를 샅샅이 살폈어. 어디 시원한 물이 없나 구석구석 찾아봤어. 더 이상은 울 수 없었지. 까악까악하고 소리를 냈지만 까마귀, 까마귀 소리가 통 나오질 않았어. 그저 목이 마르다는 말밖에는!

날씨는 또 왜 이리 더울까? 햇볕이 뜨겁게 까마귀 몸에 내리쬤어. 그렇지 않아도 까만 까마귀, 더 까맣게 되면 어떻게 하라고. 이러고 있다가는 까만 날개가 홀랑 타버릴지도 모를 일. 바삭바삭하게 구워질지도 모를 일. 어서 물을 찾아야만 했지.

휘휘 하늘을 날던 까마귀 눈에 무언가가 보였어. 커다란 바위 위에 작은 항아리.

"저 안에 물이 있을지도 몰라!"

까마귀는 잔뜩 기대를 하고 항아리 앞으로 날아갔어.

정말 정말 다행이지. 정말 정말 기쁜 일이야. 항아리에는 정말 정말 물이 담겨 있었거든. 까마귀는 다짜고짜 항아리 안에 부리를 집어넣었어. 그런데 다짜고짜 물을 마실 수가 없는 일이 벌어졌지. 글쎄 항아리 안에 담긴 물이 너무 적었던 거야. 아주 조금 물이 담겨 있었는데, 까마귀 부리로는 그 물을 도저히 마실 수가 없었던 거야. 까마귀는 힘껏

부리를 항아리 안으로 집어넣었어. 부리 끝에 물이 닿기만을 바라면서. 아무리 아무리
부리를 집어넣어도 물은 닿지 않았어. 닿기는커녕 이러다가는 항아리 주둥이가 쩍하고
쪼개질 것만 같았어.

"정말 쩍하고 쪼개버릴까?"

까마귀는 그런 생각까지 했지. 하지만 그렇게 되면 물은 바닥으로 줄줄 새고 말 거야.
한 모금도 먹어보지 못하고 흙 속으로 스며들고 말 거라고. 하는 수 없
이 까마귀는 좋은 방법을 생각해보기로 했어. 항아리를
앞에다 딱 놓고 깊이깊이 생각해보기로 했어.

점점 더 목이 말랐지만, 까마귀는 서두르지
않았어. 속상해서 툴툴대기는 했지.

"이건 항아리 잘못이야! 왜 이렇게
주둥이가 좁담!"

가만히 생각해보니 항아리가
몹시 미운 거야. 항아리를 한
참 동안 째려봤어. 뭐, 째려
보면 뭐하겠어. 항아리는

아무 대답도 하지 않는데 말이야. 그러다가 문득 물도 미워졌어.

"그래, 이건 물이 잘못한 거야! 왜 이렇게 조금만 들어 있담!"

까마귀는 물도 몹시 미웠지. 항아리 안에 들어 있는 물도 한참 동안 째려봤어. 뭐, 물 또한 째려보면 뭐하겠어. 아무 대답도 하지 않는 건 항아리랑 똑같은데 말이야. 까마귀는 문득 다른 동물들도 미워졌어. 특히 부리가 기다란 학.

"학은 좋겠다. 부리가 길잖아. 학이 항아리에 있는 물을 마셔버린 게 아닐까? 그럼 조금만 마시고 갈 것이지, 왜 이렇게 많이 마시고 갔담!"

까마귀는 학도 몹시 미웠나 봐. 휴, 학은 대체 째려볼 수가 없네? 어디로 날아갔는지 알고 째려보느냐고 글쎄. 까마귀는 문득 자기 자신이 미워졌어.

"아니야. 이건 항아리가 잘못한 것도 아니고, 물이 잘못한 것도 아니고, 학이 잘못한 것도 아니야. 부리가 짧은 내 잘못. 학보다 늦게 항아리를 찾은 내 잘못."

까마귀는 속이 상한 나머지, 바닥을 데굴데굴 굴렀어. 그런데 바닥에 자갈이 얼마나 많은지, 구를 때마다 그것들이 콕콕콕 온몸을 찔러대는 거야.

그때였어.

"그래, 바로 그거야!"

까마귀가 자리에서 벌떡 일어났어. 서둘러 바닥에 있는 자갈들을 주워 담기 시작했어. 어디에다가? 바로 항아리에다가! 자갈이 들어가자 물이 조금 위로 올라왔어. 까마귀는 쉴 틈도 없이 더 많은 자갈을 항아리에 주워 담았지. 점점점 물이 높이높이 올라왔어. 얼마나 자갈을 담았는지 몰라. 이윽고 까마귀의 부리는 물에 닿을 수 있게 되었어! 까마귀는 그제야 비로소 물을 마실 수 있게 되었어!

"아, 시원해! 이제야 살 것 같다!"

까마귀는 생각했어. 항아리가 깨지지 않았기에 물을 마실 수 있었나? 아니면 물이 다 마르지 않아서 물을 마실 수 있었나? 그것도 아니면 학이 물을 다 마시지 않고 조금이라도 남겨놨기 때문에 물을 마실 수 있었나? 또또또 그것도 아니면, 까마귀 자기가 지혜롭기 때문에 물을 마실 수 있었나? 뭐 어쨌든 물을 마시니 다시 힘이 솟네. 까악까악 까마귀, 까마귀하고 울어댈 수 있게 다시 힘이 솟게 되었네.

임신 23주

이제 아기의 크기는 20cm, 몸무게는 450g이 되었습니다. 아기는 입술선이 보다 분명해지고 눈동자도 성숙하게 됩니다. 살이 붙어가며 몸이 조금씩 통통해지지만, 아직도 피부는 쭈글쭈글한 모습 그대로입니다. 잇몸선 아래에서는 치아의 싹이 자라기 시작합니다.

지금쯤 당신의 배꼽은 원래의 모습과는 다르게 변해 있을 것입니다. 볼록하게 솟아오른 배 때문에 오목하게 파여 있던 배꼽은 팽팽하게 펴지게 됩니다. 배 아랫부분과 허벅지 바깥쪽 부분, 엉덩이 부분을 보면 좀 더 많아진 임신선도 볼 수 있을 것입니다. 시간이 갈수록 달라지는 신체의 모습은 당신을 다소 우울하게 하고 화가 나게도 할 수 있습니다. 원래 임신 기간 중에는 호르몬의 변화가 원인이 되어 감정의 기복이 심해질 수 있습니다. 하지만 신체의 변화에 대한 실망감이 가중된다면, 당신이 받게 될 스트레스는 무한정 늘어날 것입니다. 임신 중 스트레스는 당신의 신체 밸런스와 컨디션을 저하시키기에, 뱃속 아기에게도 좋지 않은 영향을 미칠 수밖에 없습니다. 따라서 긍정적이고 즐거운 마음으로 임신 기간을 보내봅시다.

간디는 종교 간의 갈등, 계급 간의 차별이 끊이지 않았던 인도 사회를 향해 '비폭력 불복종'을 외쳤습니다.
시민을 향해 폭력을 행사하지 않을 것, 부당한 권력에 복종하지 말 것.
간디는 일생을 통틀어 한 번도 권력의 곁에 서지 않았습니다.
인도 사회의 평화를 위해, 항상 시민의 곁에서 그들의 머리와 가슴이 되어주었습니다.

당신의 아기가 지금보다 더 평화로운 세상에 살 수 있었으면 좋겠습니다.
타인에 대한 당신의 작은 배려, 사회를 위한 당신의 작은 봉사가 세상을 빛나게 했으면 좋겠습니다.

우리 안에 갇힌 호랑이

호랑이 한 마리가 산속을 어슬렁거리고 있었어. 온종일 아무것도 먹지 못해서 몹시 배가 고팠지. 호랑이는 뭐 먹을 게 없을까, 주변을 한참 뒤지고 있던 중이었어.

"뭐든 잡히기만 해봐라. 내 단번에 잡아먹을 테니!"

뾰족뾰족 고개를 넘고, 꼬불꼬불 오솔길을 걷고 있을 때였어. 커나란 나무 밑에 닭고기 하나가 떡하니 놓여 있었어. 마치 호랑이 선생님 드시오, 하는 것처럼. 나뭇가지가 촤르르 늘어져서 닭고기를 살살살 간질이고 있었어. 호랑이는 성큼성큼 뛰어가서 닭고기를 떡하니 물었지 않겠어.

"아이고, 깜짝이야!"

이게 웬일이야. 갑자기 나무 위에서 큼지막한 우리가 툭 떨어지지 뭐야. 호랑이는 놀라서 앞으로 고꾸라졌어. 이제 어떻게 나가면 좋으냐. 닭고기 하나 먹으려다가, 호랑이 고기가 되게 생겼네.

그런데 이건 또 웬일. 닭고기를 떡하고 물었는데, 하마터면 턱이 탁 빠져버릴 뻔했지 뭐야. 닭고기인줄만 알았는데 세상에 닭고기가 아니고 거북이 등껍질이 아니겠어. 대체 이건 어디에서 굴러온 거야! 호랑이는 금세 얼굴이 붉으락푸르락해졌어. 이제 닭고기나 마나 우리에서 나갈 방법부터 찾아야 했다고.

그때 나무 위로 원숭이 한 마리가 지나갔어. 호랑이가 얼른 원숭이를 잡아 세웠어.

"원숭아, 원숭아. 여기 문 좀 열어주라."

"에이, 그러면 날 잡아먹으려고?"

원숭이는 고개를 홱 돌려버렸어.

"아니야. 절대 안 잡아먹을게. 약속할게."

호랑이가 새끼손가락까지 내밀며 말했어. 원숭이는 호랑이 약속을 딱 믿었지. 얼른 내려와서 우리 문을 딸깍하고 열어주었네.

우리 밖으로 나온 호랑이는 그제야 살 것 같은지 뱅글뱅글 돌고 방실방실 웃었어. 원숭이에게 고맙다고 인사라도 해야 하지 않나?

그러면 그렇지, 이 호랑이. 돌고 웃고 하더니만, 바로 원숭이를 잡아먹으려고 하는 거야. 원숭이는 그런 법이 어디 있냐고, 분명히 약속하지 않았냐고, 막 따지고 들었어. 우리 위에 가지를 촤르르 늘어뜨리고 있는 나무에게 물었지.

"나무야. 네가 다 봤지? 분명히 호랑이가 약속했잖아."

"음, 글쎄. 원숭이 네가 맨날 내 나뭇가지를 톡톡 부러뜨리는 모습은 봤다만."

나무는 원숭이 편을 들어주지 않았어. 그때 나뭇가지 위에 앉아 있는 다람쥐 한 마리가 보였지. 원숭이는 다람쥐에게도 물었어.

"다람쥐야. 너는 어떻게 생각해? 지금 말이야. 이렇게 이렇게 돼서 저렇게 저렇게 됐거든. 누가 잘못한 거니?"

"음, 글쎄. 네가 나뭇가지를 부러뜨리는 바람에 나는 열 번도 넘게 나무에서 떨어졌거든. 이건 잘못한 게 맞다만."

오, 이럴 수가. 다람쥐도 원숭이 편을 들어주지 않는 거지.

"자, 이제 그만 물어봐! 잘못이고 뭐고, 난 배가 고파서 너부터 좀 잡아먹어야겠다!"

호랑이가 입을 호수 만하게 벌리고 원숭이를 막 잡아먹으려고 하던 순간이었어.

"호랑이님! 호랑이님!"

어디서 호랑이를 부르는 예쁜 목소리가 들렸어. 어디서 왔는지 호랑이와 원숭이 곁에 새하얀 토끼 한 마리가 있었지. 토끼는 예쁜 목소리로 호랑이를 부르고 있었어.

"힘세고 멋지고 지혜로운 호랑이님, 도대체 무슨 일로 그렇게 화를 내세요?"

힘세고 멋지고 지혜롭다고? 호랑이는 슬며시 미소를 지었어. 어깨가 으쓱해서는, 지금껏 있었던 일들을 또 줄줄줄 이야기해주었지. 호랑이 이야기를 들은 토끼는 고개를 도리도리 저었어.

"에잇, 말도 안 돼요! 이렇게 멋지고 근사한 호랑이님이 어떻게 저 조그만 우리 안에 갇힐 수 있어요? 그건 정말 말도 안 돼요!"

토끼는 믿을 수 없는 일이라고 했어. 호랑이 편을 들어주며 호들갑을 떨었지.

"생각해보세요. 게다가, 저렇게 볼품없고 초라한 원숭이가 호랑이님을 구해줬다고요? 그건 더 말도 안 되는 일이라니까요."

호랑이는 또 어깨를 으쓱해 보였지. 어깨가 하늘 높이 솟아서 나뭇가지를 툭하고 부러뜨릴 것만 같았지. 토끼는 계속해서 아양을 떨며 말했어.

"일단 호랑이님이 저 우리 안에 다시 한번 들어가보세요. 그럼 호랑이님 이야기가 말이 되는지 안 되는지 알 수 있을 테니!"

"응, 좋아. 그쯤이야!"

호랑이는 토끼의 말이 끝나기가 무섭게 우리 안으로 들어갔어. 토끼는 이때를 놓치지 않고 재빨리 뛰어가서는, 우리의 문을 도로 잠가버렸어.

"호랑이님은 무슨! 약속도 안 지키면서! 가시죠, 원숭이님!"

토끼는 배꼽을 붙잡고 깔깔깔 웃었지. 다람쥐가 짝짝짝 박수를 치고, 나무가 가지를 들어 올리며 토끼와 원숭이를 배웅했어.

알고 봤더니 글쎄 언젠가 한번 원숭이가 토끼의 목숨을 구해준 적이 있었다고 하네.

늑대와 여우 이야기

옛날 아주 먼 옛날, 한 동물 마을에서 있었던 일이야. 하루는 날쌔고 용감하기로 유명한 늑대가 경찰서를 찾아갔어. 경찰은 바로 곰이었어. 겉모습만 봤을 때는 조금 둔해 보이기도 하지만, 동물 마을을 지키는 일은 아주 똑 부러지게 해냈어. 늑대는 경찰 곰에게 다급하게 말했어.

"이보게나, 경찰 곰. 우리 조상님이 물려주신 귀하디귀한 은그릇이 없어졌다네."

"네? 그 집 안의 보물이라고 하던 그 그릇 말인가요?"

곰은 깜짝 놀란 듯 눈을 동그랗게 뜨고 되물었어.

"맞네 맞네, 그 그릇일세. 내가 의심되는 녀석이 하나 있어서 말이지."

"의심되다니요? 그릇을 훔쳐간 범인이라도 알고 계시다는 말씀인가요?"

"응, 그렇다네. 바로 여우 녀석이야. 여우가 다녀간 뒤로 그릇이 통 보이질 않아."

늑대의 이야기를 들은 경찰 곰은 고민에 빠지고 말았어. 왜냐하면 평상시 늑대와 여우의 모습을 생각해봤을 때, 둘 다 착실하지 못하고 거짓말하기를 좋아하는 동물들이었거든. 그러니 늑대의 말만 믿을 수는 없었던 거야.

지금껏 마을에 나쁜 일이 일어났을 때는 대부분 늑대 아니면 여우가 범인으로 의심되는 경우가 많았어. 그때마다 둘을 범인이라고 딱 집어서 말할 만한 증거를 찾지 못한 게 문제였지. 그렇다 보니 경찰 곰은 지금 늑대가 하고 있는 말을 전부 믿을 수가 없었어. 고민 고민하다가, 일단은 늑대의 신고대로 여우를 불러들였어.

경찰 곰의 이야기를 들은 여우는 펄쩍 펄쩍 이리 뛰고 저리 뛰고 야단이었어.

"감히 늑대 녀석이 나를 도둑으로 여겼다고? 말도 안 돼!"

여우의 얼굴이 금세 붉으락푸르락해졌어. 마음씨 고약한 늑대의 말만 듣고 어떻게 자기를 의심할 수 있느냐고 마구 따지기 시작했지.

경찰 곰은 머리가 지끈지끈 아팠어. 도대체 누구의 말이 참말이냐는 거지. 경찰 곰은 고민 끝에 마을에서 가장 똑똑하고 나이 많은 원숭이를 찾아가기로 했어.

"하하, 거 재밌는 싸움이로군. 자, 내가 누구의 말이 참말인지 가려주도록 하지."

원숭이는 경찰 곰을 도와주기로 했어. 늑대와 여우의 이야기는 곧 온 마을에 퍼지게 되었어. 게다가 이번에 원숭이가 판결을 내리기로 했다는 소문까지 나게 되었지. 동물들은 과연 어떤 판결이 날지 궁금했어.

이윽고 판결이 있기로 한 날, 재판장에는 늑대와 여우, 경찰 곰, 그리고 원숭이는 물론 동물 마을에 살고 있는 모든 동물들이 다 모여들었어. 원숭이는 기다랗게 자란 수염을 손가락으로 쓱쓱 쓸어내리며 말했어.

"자, 지금부터 우리 모두가 보는 앞에서 늑대와 여우는 각자 가지고 있는 물건을 모두 꺼내놓게. 두 친구의 집에 있는 물건들 몽땅 말일세. 그렇다면 은그릇이 누구의 집에 있는지 쉽게 찾을 수 있겠지?"

원숭이가 한 번 더 수염을 쓱쓱 쓸어내렸어.

"그리고 말일세. 지금껏 마을에서 물건이 없어질 때마다 자네들이 의심을 받았었지 않은가? 그 의심 역시 이번 기회에 싹 없어질 거라네!"

원숭이의 말이 끝났을 때, 늑대와 여우는 얼음처럼 꼼짝 않고 굳어 있었어. 그러더니만 뒤도 돌아보지 않고 순식간에 마을을 도망치는 게 아니겠어? 하는 수 없이 동물들이 대신 늑대와 여우의 집으로 가서 살림들을 뒤져봤어. 거기엔 지금껏 주민들이 잃어버렸던 물건들이 가득했지. 중요한 사실은 말이야. 늑대가 그렇게 자랑하고 자랑하던 은그릇은 누구의 집에서도 발견되지 않았다는 것.

왕관의 주인을 찾아라!

동물 나라에 슬픈 일이 생겼어. 동물 나라의 왕이었던 사자가 갑자기 세상을 떠나고 만 거야. 동물들은 정말 마음이 아팠어. 사자는 지금껏 동물 나라를 잘 다스린 멋진 왕이었거든. 동물들은 사자가 쓰던 왕관을 쳐다보며 눈물을 흘렸어.

사자가 세상을 떠나고 며칠이 지났어. 동물들은 이제 새 왕을 뽑아야 했지. 동물들은 과연 누구를 새 왕으로 뽑아야 할지 고민하기 시작했어. 재미있는 건, 왕이 될 만한 동물은 정하지 못했는데, 왕이 되기 싫은 동물도 없었다는 것.

'내가 왕이 되면 사자보다 더 잘할 수 있을 텐데!'

누구 하나 이렇게 생각하지 않는 동물이 없었지. 그럼 과연 누가 왕이 되어야 할까? 어떻게 하면 동물 나라의 왕이 될 수 있을까?

어느 날 꾀 많은 여우가 동물들을 모두 불러 모았어. 무언가 좋은 수라도 생긴 듯이 신이 나서 말이야.

"제게 좋은 생각이 떠올랐어요."

하루라도 빨리 동물 나라의 왕을 뽑고 싶었던 동물들은 여우의 말이 반가웠어. 모두 여우의 말에 귀를 쫑긋 세웠지.

"자, 여기 있는 게 무엇인가요?"

여우는 사자가 쓰던 왕관을 들어 올리며 말했어.

"왕관의 주인을 찾아라! 우리 중에 바로 이 왕관이 제일 잘 어울리는 동물을 왕으로 뽑는 거예요!"

여우는 자신 있게 말했어.

동물들은 잠시 수군거렸어. 생각해보니 여우의 말이 맞는 것 같기도 했거든. 힘이 센 동물이나 키가 큰 동물을 왕으로 뽑겠다고 하면, 힘이 약하고 키가 작은 동물들이 불평을 늘어놓을 게 아니겠어. 그런데 왕관이 잘 어울리는 동물이란, 전부 왕관을 써보지 않고서는 모를 일이잖아. 동물들은 모두 여우의 말대로 하자고 했어. 이렇게 해서 새 왕을 뽑는 방법이 정해졌지. 바로 왕관의 주인을 찾는 것!

먼저 코끼리가 왕관을 써보기로 했어. 코끼리는 제법 왕처럼 거드름을 피우며 걸어 나왔어. 곧 코끼리 머리에 왕관이 씌워졌어. 뭐, 동물들은 코끼리가 왕관을 쓰자마자 웃음을 터뜨렸지. 왕관이 너무 작아서 코끼리 머리 위에서 자꾸 미끄러지고 있었거든. 몇 번이나 다시 써도 몇 번이나 스르륵스르륵 미끄러졌어. 결국엔 바닥에 툭하고 떨어지고 말았지. 동물들은 코끼리 모습이 우스워서 깔깔대고 웃었지 뭐야. 결국 코끼리는 왕관의 주인이 되기를 포기하고 말았어.

다음은 기린이 왕관을 쓰기로 했어. 역시 재미있는 일이 벌어졌지. 기린은 두 다리를 다 뻗어서 왕관을 쓰려고 안간힘을 썼어. 아무리 쭉쭉 뻗어도 다리가 머리 위에 닿지 않았지. 다른 동물들이 서로 목마를 타고 올라가보기도 하고, 어떤 동물은 나무 위에 올라가 보기도 했어. 그러나 아무도 기린 머리 위에 왕관을 씌울 수 없었어. 기린은 그 자리에서 그만 엉엉 울어버렸지 뭐야. 결국 기린도 왕관의 주인이 되기를 포기하고 말았어.

다음은 뱀이 왕관을 써보기로 했지. 또 또 재미있는 일이 벌어졌지 뭐야. 왕관은 머리 위에 쓰라고 있는 거잖아. 그런데 뱀이 슈슈슉 하더니 왕관을 통과해서 지나가는 게 아니겠어. '왕관을 써보라고!' 동물들은 왕관의 이쪽에서 저쪽으로 자꾸 왔다 갔다하기만 하는 뱀을 보며 또 깔깔대고 웃었어. 뱀은 왕관을 써보고 싶어서 안달이 나 있었어. 집에 가서 모자를 한 뭉치 가지고 나와서 머리에 썼어. 그러나 모자를 열 개를 넘게 썼는데도,

뱀은 여전히 왕관 사이를 지나다니기만 했어. 결국 뱀도 왕관의 주인이 되기를 포기하고 말았어.

　다음은 사슴이 왕관을 쓸 차례. 그런데 사슴은 왕관을 써보기도 전에, 왕관 쓰기를 포기하는 게 아니겠어. 동물들은 왜 그러느냐고 사슴을 보챘어. 사슴은 머리 위에 멋지게 나 있는 뿔을 내밀었지. 이 뿔이 부러지기라도 하면 어떡하느냐고, 자기는 왕관을 쓰지 않겠다고 했지. 동물들은 그래도 왕을 뽑는 방법은 공평해야 하니까, 딱 한 번만 써보라고 했어. 사슴은 못 이기는 척 왕관을 썼어. 이게 웬일. 정말 툭하고 사슴의 한쪽 뿔이 부러져버린 거야. 동물들은 어떻게 해서든 사슴의 머리 위에 왕관을 씌워보려고 했어. 그러다가 그만 다른 한쪽 뿔도 부러지고 말았지. 사슴은 뿔을 돌려놓으

라며, 머리를 붙잡고 엉엉 울었어. 결국 사슴도 왕관의 주인이 되기를 포기하고 말았어.

그 뒤로도 많은 동물들이 왕관을 써 보았지. 하지만 왕관이 잘 맞고, 잘 어울리는 동물은 하나도 없었어. 결국 모든 동물들이 왕관의 주인이 되기를 포기했어. 이제 남은 건 원숭이와 여우뿐이었어.

사실 여우는 이 순간을 얼마나 기다렸는지 몰라. 여우는 지난밤에 몰래 왕관을 써봤었거든. 자기 머리에는 왕관이 딱 맞았던 거야.

'이제 왕이 될 일만 남았구나. 크하하.'

여우는 보란 듯이 왕관을 쓰기 위해 앞으로 나갔지. 그런데 다시 재밌는 일이 벌어지고 말았어. 여우의 자신감이 넘쳤던 건지, 땅에 돌멩이가 넘쳤던 건지 여우가 기우뚱대더니 그만 쿵하고 쓰러지고 만 거야. 여우는 머리에 큰 혹이 나고 말았어. 혹은 처음에는 작았다가 시간이 가면 갈수록 커졌어. 결국 여우는 볼록 튀어나온 혹 때문에 왕관을 쓰지 못하는 신세가 되고 말았어.

이제 마지막으로 남은 동물은 원숭이야. 동물들은 모두 원숭이만 보고 있었어. 원숭이까지도 왕관이 어울리지 않는다면, 왕을 찾는 일은 실패하고 말잖아. 다들 제발 원숭이만이라도 왕관이 잘 맞기를 바랐지. 원숭이는 조심스레 왕관을 썼어.

"와! 드디어 왕관의 주인을 찾았구나!"

왕관을 쓴 원숭이의 모습은 정말 근사했어. 동물들은 이제야 왕을 찾았다고 좋아했지. 원숭이는 기분이 좋아져서 어깨를 으쓱이며 왕 행세를 해보였어. 왕관이 잘 어울려서인지, 왕 행세를 하는 모습도 꽤 멋져 보였어.

여우는 얼마나 속이 상했을까. 누가 왕이 되면 좋을지 생각해낸 건 여우였잖아. 여우는 그 생각을 해내기 위해 며칠 밤을 고민했다고. 간밤에 잠도 자지 않고 와서 왕관을 써보기까지 했는데…….

여우는 다시 밤새도록 생각했어. 어떻게 하면 왕이 될 수 있을까, 어떻게 하면 원숭이에게서 왕관을 되찾아 올 수 있을까.

다음날 해가 뜨자마자 여우는 머리의 혹이 얼마나 들어갔나 만져 보았어. 언제 그랬냐는 듯이 혹은 싹 가라앉았지. 여우는 곧바로 원숭이를 찾아갔어. 원숭이는 반갑게 여우를 맞이했어. 머리에 멋진 왕관을 쓴 채로 말이야.

"왕관의 주인이 된 것을 축하드려요. 제가 축하의 뜻으로 선물을 드리려고요."

"선물이라고?"

"네! 사실 왕관은 두 개예요. 제가 왕관이 또 하나 있는 곳을 알려드릴게요."

왕관이 하나 더 있다는 말에 원숭이는 들떴어. 그것도 보나마나 자기 머리에 잘 어울릴 테니까. 원숭이는 여우를 따라 숲 속으로 들어갔어. 정말 여우가 가리킨 곳에 왕관 같이 생긴 게 놓여 있었어.

원숭이가 후닥닥 뛰어가서 그 왕관을 잡았을 때였어.

"앗!"

원숭이는 까무러칠 듯이 놀랐어. 원숭이의 발밑에는 왕관이 아니라, 사냥꾼이 쳐놓고 간 덫이 놓여 있었지.

여우는 그제야 한숨을 쉬었어.

"휴! 드디어 왕관의 주인을 찾았구나!"

Build me a son, O Lord,
who will be strong enough to know when he is weak,
and brave enough to face himself when he is afraid;
one who will be proud and unbending in honest defeat,
and humble and gentle in victory.

오, 주여. 제 아이가 이런 사람이 되게 하여 주소서.
자신의 약한 부분을 알 만큼 강하고,
두려워하는 자신에 맞설 만큼 용감하고,
정직한 패배에 부끄러워하지 않고 꿋꿋하며,
승리를 얻었을 때, 겸손하고 너그러운 사람이 되게 하소서.

— 더글라스 맥아더의 「아버지의 기도」中
Douglas Macarthur(1880~1964, 미국의 군인), 「A Father's prayer」

거북이는 왜 집을
지고 다닐까?

어느 날, 동물 나라에 신이 찾아왔어.

"너희를 위해 잔치를 열었단다. 하나도 빠지지 않고 모두 놀러 오너라."

신의 이야기에 동물들은 깜짝 놀랐어. 신이 온 게 신기하기만 했고.

"세상에, 신이 우리를 초대하다니!"

"우리에게 맛있는 음식을 먹여주시려나 보다."

동물들은 전부 신이 나서 모여들었어. 다들 한껏 멋을 내고 왔지 뭐야. 사슴은 빨간 모자를 쓰고 왔어. 원숭이는 노란 망토를 입고 왔고, 곰은 초록 신발을 신고 왔지. 여우는 보라색 장갑을 끼고 왔고, 다람쥐는 주황색 치마를 입고 왔어. 뱀도, 사자도, 호랑이도, 그리고 무당벌레까지도 모두 멋지게 꾸미고 나왔지. 동물들은 서로의 모습이 예쁘다며 칭찬해주었어. 신도 자기네 모습을 보고 좋아할 거라고 생각했어.

이제 서둘러 잔치에 가면 되는 거야. 곰이 떡하니 앞장을 섰어. 막 출발하려는 순간에 여우가 갑자기 걸음을 멈췄어.

"잠깐만! 거북이가 보이지 않아. 누구 거북이 못 봤니?"

여우의 말에 다들 주변을 살폈어. 정말 거북이가 보이지 않았어.

"하나도 빠지지 말고 모두 오라고 하셨잖아."

사슴이 걱정스런 표정으로 말하자 다른 동물들도 걱정하기 시작했어. 동물들은 다 같이 거북이네 집으로 가보기로 했어. 이러다가 잔치에 늦을지도 모를 일이지만, 그렇다고 거북이만 빼놓고 갈 수도 없는 노릇이잖아. 동물들은 산을 넘고 물을 건너 거북이네 집으로 갔어.

물가에 가니, 거북이는 없고 거북이의 집만 보였어. 동물들은 거북이의 집을 이리저리 들여다봤어. 거북이 집은 몹시 딱딱해서, 손가락 하나 들어가지 않았어.

"거북이야, 거북이야. 어디에 있니? 우리, 잔치에 가자!"

동물들은 큰 소리로 거북이를 찾았어. 얼마 있으니까 거북이가 집 밖으로 얼굴을 쏙 내밀었어. 여태 집 안에 웅크리고 있었던 거지.

"나는 안 가. 이렇게 집 안에 있는 게 훨씬 편하고 좋다고."

거북이는 다시 집 안으로 쏙 들어가버렸어. 동물들은 거북이를 달랬어. 잔치에 같이 가자고 말이야. 거북이는 꼼짝도 하지 않았어. 절대 집 밖으로 나오지 않았지.

하는 수 없이 동물들은 자기들끼리만 잔치에 가기로 했어. 다시 산을 넘고 물을 건너 잔치에 갔지.

이윽고 동물들은 잔치가 열린 곳에 도착했어. 신은 동물들을 반겼어. 어서 오라고, 다들 참 예쁘다고 칭찬해주었어.

그런데 갑자기 신이 얼굴을 찌푸렸어.

"거북이는 왜 오지 않았지?"

신이 동물들을 향해 물었어. 동물들은 서로서로 눈치만 보고 있었어.

"지, 지, 지 집이, 더, 더, 더 편하고, 조, 조, 조 좋대요."

곰이 떨리는 목소리로 말했어. 신은 순식간에 거북이네 집으로 갔어. 거북이는 아직도 집 안에서 쉬고 있는 중이었어.

"거북이야. 네가 그렇게 집이 좋다면, 집도 같이 잔치에 가자꾸나."

"네? 집을 어떻게 데려가요?"

거북이는 놀란 듯 눈을 동그랗게 떴지. 신은 거북이의 말은 듣지도 않고, 곧바로 거북이의 집을 들어 올렸어. 그러더니 집을 거북이의 등짝에 떡하니 올려놨어.

잠시 후, 거북이가 땀을 뻘뻘 흘리며 동물들 앞에 나타났어. 등짝에 그 큰 집을 올려놓은 채로 말이야.

개구리들의 노래

따뜻한 봄이 되면 논에서도 개울에서도 개구리 울음소리가 들려요. 개굴개굴, 개굴개굴. 어쩜 작은 몸에서 그렇게 큰 소리가 나는지 가끔 신기할 때가 많지요.

개구리는 특히 컴컴한 밤에 더 큰 소리로 울어요. 이때는 정말로 세상의 모든 개구리가 한곳에 모여 있기라도 하듯, 온 마을에 울려 퍼질 정도로 크게 울지요. 개구리가 낮보다 밤에 더 큰 소리로 우는 데는 다 그만한 이유가 있었어요.

사실 개구리들은 컴컴한 밤이 무서웠거든요. 언젠가부터 개구리들은 무서움을 달래기 위해 한두 마리씩 모이게 되었어요. 밤은 아주 길었어요. 그 긴 밤을 지새우는 동안 개구리들은 함께 노래를 부르기로 한 거예요. 개굴개굴, 개굴개굴. 개구리들은 컴컴한 밤하늘에 떠 있는 달을 보며 힘차게 노래를 부르기 시작했어요.

언젠가 밤이었을 거예요. 그 밤도 개구리들이 모여 노래를 부르고 있었지요.

"와! 저 달 좀 봐! 아까보다 훨씬 더 커다래졌어!"

개구리 한 마리가 들뜬 목소리로 말했어요. 개구리들은 노래를 부르다 말고 모두 하늘을 올려다봤어요.

"정말! 우리 노랫소리를 듣고 기분이 좋아서 그런가 봐!"

개구리들은 달이 커진 게, 자기들의 노래 때문일 거라고 생각했어요.

달이 커지니 세상은 조금 더 환해졌어요. 그러니 달이 더 커진다면 분명히 세상은 더 환해질 테지요. 개구리들은 더 큰 소리로 노래를 부르기로 했어요. 원래는 노래 부르기를 싫어하던 개구리도, 이제는 함께 노래를 부르기 시작했고요.

달은 커질 대로 커지더니만 곧 보름달이 되었어요. 보름달이 될 때까지 개구리들은 얼마나 열심히 노래를 불렀는지 몰라요.

보름달이 뜨자 세상은 대낮처럼 환해졌지요. 이제 어떤 동물도 밤을 무서워하지 않았어요. 보름달이 온 세상을 환하게 비춰주니까요.

보름달이 뜬 날은 그야말로 개구리들의 축제나 다름없었어요. 개구리들은 모두가 어울려 즐거운 시간을 보냈어요. 보름달이 오랫동안 떠 있지 않는다는 사실을 알 때까지는 말이에요.

보름달은 조금씩 작아졌어요. 개구리들은 슬픈 생각이 들었어요.

"보름달이 떴다고 우리가 너무 좋아하기만 했나 봐."

"맞아. 보름달이 떠 있는 동안 놀기만 하느라 노래 부르는 일을 깜박했잖아."

"응. 그래서 달이 저렇게 다시 작아지고 만 거고."

개구리들은 달이 작아진 게 다 자기들 때문이라고 생각했어요. 자기들이 노래 부르는

일을 게을리해서 작아졌다고 생각했던 거지요.

“달이 작아지면 세상도 다시 컴컴해질 텐데……. 그럼 다른 동물들이 몹시 무서워할 거야. 벌벌 떨게 될지도 몰라.”

개구리들은 다른 동물들에게 미안했어요. 자기들이 열심히 노래만 불렀다면 이런 일은 없었을 테니까요. 개구리들은 다시 모였어요.

“우리 다시 노래 부르자!”

“그래, 좋은 생각!”

“우리가 다시 보름달이 떠오르게 하자!”

개구리들은 다시 목청을 높여 노래 부르기 시작했어요. 노랫소리가 커질수록 달도 커져갔어요. 세상은 점점 더 환하게 변해갔지요. 다시 추운 겨울이 오기 전까지, 개구리들은 하루도 멈추지 않고 모여서 노래를 부르기로 약속했답니다.

“Seize the day, boys, make your lives extraordinary.”

“이 순간을 최대한 열심히 살아서, 여러분의 삶을 대단한 것으로 만드세요.”

– 영화 『죽은 시인의 사회』 中 존 키팅(로빈 윌리엄스)의 대사

임신 24주

임신 24주에서 28주 사이, 당신은 병원에서 임신성 당뇨 검사를 하게 됩니다. 임신 중 당뇨는 임신중독 같은 증세를 일으켜 임신부를 지치게 하고, 태아에게 악영향을 미칠 수 있으니, 늘 경계해야 하는 부분 중 하나입니다.

24주 정도가 되면 당신의 아기는 바깥의 소리를 구분할 수 있게 됩니다. 이제 자주 들어서 익숙한 소리에는 발길질로 반응을 보이기도 할 것입니다. 아기가 들을 수 있는 소리는 여러 가지가 있겠지만, 그중에서 소음은 아기에게 좋지 않은 영향을 미친다고 합니다. 엄마가 소음을 들음으로써 느끼는 예민함과 불안함 같은 정서들은 아기에게도 그대로 전달되니, 좋은 소리를 들려줄 수 있도록 주의를 기울여야 합니다. 이제 아기는 바깥세상에서 들리는 다양한 소리를 들으며, 웬만한 소리들에 익숙해지게 됩니다. 특히 매일 듣는 엄마의 목소리는 가장 익숙한 소리가 될 것입니다. 그런 반면에 상대적으로 자주 듣지 못하는, 아빠의 목소리는 다소 낯설게 느껴질 수도 있습니다. 따라서 아기가 아빠의 목소리에도 친밀감을 갖게 하기 위해, 아빠가 매일 규칙적으로 책을 읽어주는 방식이 상당한 도움이 될 것입니다.

매일매일 골목을 청소하는 아저씨가 있었습니다. 누가 시켜서 하는 일도 아니고, 더군다나 돈을 받고 하는 일도 아니었습니다. 마을 사람들은 아저씨가 미련하다고 생각했습니다. 아저씨에게 분명히 무슨 사연이 있을 거라고 의심하는 사람들도 있었습니다. 그래도 아저씨는 하루도 빠지지 않고 청소를 했고, 그런 덕분에 골목은 항상 깨끗할 수 있었습니다.

오랜 세월이 지났습니다. 사람들은 차츰 아저씨에게 고마운 마음이 들었습니다. 하지만 마음만 있지 누구 하나 먼저 고맙다고 인사를 하는 이는 없었습니다. 다들 누군가가 하겠지 하고 생각했습니다.

몇 년이 더 지난 어느 날, 아저씨는 앓고 있던 병을 이기지 못하고 결국 세상을 떠났습니다. 사람들은 마음이 아팠습니다. 마을 사람 중에 아저씨에게 고맙다는 인사를 건넨 사람이 단 한 사람도 없었기 때문입니다.

고맙다는 말, 미안하다는 말만큼 서둘러 해야 하는 말은 없을 것입니다.
당신에게도 혹시 아직까지 가슴 속에만 담아둔 채 건네지 못한 말이 있다면,
오늘 용기를 내보는 건 어떨까요.

두 당나귀 이야기

뜨거운 햇볕이 내리쬐는 여름날, 한 남자가 당나귀 두 마리를 끌고 이웃마을로 향하고 있었어. 하늘이 얼마나 맑은지, 멀리 있는 산등성이가 한눈에 들어왔어.

"날씨가 정말 좋구나! 너희들이 지고 온 짐을 모두 팔 수 있으면 좋겠다!"

남자는 당나귀들을 어루만지며 말했어. 한 당나귀 등에는 소금이, 다른 당나귀 등에는 솜이 가득 실려 있었어. 이것들을 다 팔기만 하면 음식도 살 수 있고 옷도 해 입을 수 있게 돼. 남자는 벌써부터 고기 생각만 했지. 곧 겨울도 다가오고 하니, 이번에는 털옷도 지어 입을 생각이고. 물론 소금과 솜을 모두 팔 수 있다면 말이야.

한편 당나귀 한 마리는 잔뜩 짜증이 난 얼굴을 하고 있었어. 바로 소금을 진 당나귀가 그 주인공이야. 당나귀는 등에 진 소금이 너무 무거웠던 거지. 소금의 무게는 정말이지 천근만근은 되는 것 같았어. 햇볕은 뜨겁고 등에 진 소금은 무겁고, 당나귀는 얼마 못가서 지쳐버리고 말았어.

"도대체 언제까지 이 소금을 지고 가야 한담? 힘들어서 걸을 수가 없네!"

당나귀는 계속 툴툴거렸어. 다리에도 힘이 빠져서 한걸음 한걸음 걷는 것조차 힘이 들었어. 발부리가 돌에 걸려 넘어질 뻔한 적도 한두 번이 아니었지. 그럴 때마다 남자는 큰소리로 당나귀를 나무랐어.

"이 녀석, 걷기 싫어서 꾀를 부리는 게로구나!"

남자는 당나귀의 엉덩짝을 찰싹 때리며 말했어. 당나귀는 눈물이 찔끔 났어. 걷는 것도 힘든데 미움까지 받고 있으니 얼마나 서러웠겠어.

소금을 진 당나귀는 솜을 진 당나귀를 찬찬히 쳐다봤어. 걸음걸이가 사뿐사뿐 가벼운 걸 보니 솜은 깃털처럼 가벼운 게 분명했어. 게다가 솜을 진 당나귀는 룰루랄라 노래까지 부르고 있는 참이었어.

"땀을 뻘뻘 흘리는 네 모습이 참 안 됐구나. 나는 한참을 더 걸을 수 있겠는데!"

소금을 진 당나귀가 속상해 하거나 말거나 아랑곳 않고 놀리기까지 했지.

'휴, 곧 도착하겠지 뭐. 조금만 참아보자.'

소금을 진 당나귀는 조금 더 힘을 내기로 했어. 자기만 소금을 지고 가는 점이 속상하긴 했지만, 어쩔 수 없는 일이려니 하고 생각했지.

잠시 후, 이들 앞에 강물이 나타났어. 남자는 당나귀들이 건너기 좋게 물이 얕은 곳을 찾았어. 당나귀들은 남자를 따라 조심조심 강물을 건너기 시작했어.

강물의 절반쯤 건너왔을 때였어. 갑자기 물살이 거세지는 게 아니겠어. 남자는 서둘러 당나귀들의 고삐를 당겼어. 그 바람에 당나귀 두 마리가 모두 물에 넘어지고 말았지. 남자는 다행히도 물 밖에 나와 있었어. 남자는 당나귀들을 일으켜 세우려고 고삐를 더 세게 당겨댔어. 곧 소금을 진 당나귀가 물속에서 빠져나왔어. 문제는 솜을 진 당나귀였어. 이 당나귀는 아무리 세게 고삐를 당겨도 나오지 못하는 거야.

알고 봤더니, 당나귀들에게도 다 이유가 있었어. 소금을 진 당나귀의 소금이 물에 전부 녹아버렸던 거지. 등이 가벼워진 당나귀는 금세 물 밖으로 나올 수 있었어. 하지만 솜을 진 당나귀의 상황은 정반대였어. 솜 안에 물이 가득 차는 바람에 등에 진 솜이 엄청 무거워지고 말았던 것. 솜이 얼마나 무거워졌는지, 아까 소금을 진 당나귀가 지고 왔던 소금의 무게보다 갑절은 더 나갈 듯했어.

결국 솜을 진 당나귀는 한참 뒤에야 나올 수 있었어. 물 밖으로 나온 당나귀는 추워서 오들오들 떨고 있었어. 남자는 소금도 솜도 모두 팔 수 없게 되었다며 화만 냈지. 이때 소금을 지고 있던 당나귀가 웃으며 말했어.

"아직도 한참을 더 걸을 수 있을 것 같니?"

등이 가벼워진 당나귀는 룰루랄라 노래를 부르며 걷기 시작했어. 솜을 진 당나귀는 울상이 된 표정으로 뒤를 따랐고.

수탉과 농부

"꼬끼오! 꼬꼬꼬꼬."

매일 새벽이면 마당에서 들려오는 이 소리. 누구의 울음소리일까? 이 소리가 들리고 나면 산등성이에서 붉은 해가 솟아오르지. 웅크리고 있던 꽃과 나무들이 기지개를 켜고. 그래, 이 소리, 바로 수탉의 울음소리야. 수탉이 새벽같이 꼬끼오하고 울면, 주인은 잠자리에서 일어나 마당으로 나오지. 잠을 깨워준 수탉에게 인사를 건네듯이 마당에 모이 한 움큼을 흩뿌려주곤 한단다.

옛날 어떤 농부의 집에도 수탉 한 마리가 살고 있었어. 이 수탉도 매일 새벽마다 꼬끼오하고 울었어. 농부도 수탉이 울면 그제야 마당으로 나와 모이를 주었어. 그러고 나서 아침밥을 지어먹고는 일터로 나갔지.

하루는 수탉이 혼자 마당을 돌아다니던 중에 이런 생각을 하게 되었어.

'쳇! 새벽마다 주인님을 깨워주는데, 주인님은 맨날 똑같은 먹이만 주는군.'

수탉은 갑자기 심술이 났어. 자기가 하루도 빠짐없이 농부를 깨워주고 있다고 생각했거든. 그건 아무도 대신해줄 수 없는 중요한 일인 데다가, 수탉은 누구의 도움도 없이 혼자 해내고 있었잖아. 수탉은 무언가 곰곰이 생각하는 눈치였어.

그날 저녁, 농부는 밭일을 많이 했던 나머지 몹시 지친 모습으로 돌아왔어. 물을 한 모금 마시고는 곧 수탉에게 모이를 주었어. 그런데 이 수탉이 글쎄 모이를 한 알도 먹지 않는 거야. 농부는 고개를 갸우뚱거리며 수탉에게 물었어.

"아니 왜, 모이를 먹지 않는 게냐?"

"흥, 전 이제 이렇게 맛없는 모이는 먹지 않을 거예요."

수탉은 입을 삐죽거리며 농부에게 말했어. 농부가 다시 물었지.

"아니, 새벽까지만 해도 잘 먹지 않았느냐?"

"그 새벽이 문제라고요. 저는 새벽마다 주인님을 깨워주는데, 주인님은 저를 위해 아무것도 해주시는 게 없잖아요. 하물며 맛있는 먹을거리조차 주지 않고, 매일 똑같은 모이만 주시는걸요."

농부는 기가 막힌지 혀를 끌끌 찼어. 수탉은 계속해서 말했어.

"전 이제 새벽이 되어도 울지 않을 거예요. 제게 맛있는 먹이를 주실 때까지 절대 울지 않을 거라고요!"

수탉은 이렇게 큰소리를 치고는 마당 구석으로 몸을 숨겨버렸어. 농부는 어쩔 수 없다는 표정을 지으며 방으로 들어가버렸지.

'흥, 어디 내가 울지 않아도 새벽에 일어날 수 있나 두고 보라지!'

수탉은 자신만만한 표정을 짓고 있었어.

이내 어둠이 찾아왔어. 배에서는 자꾸 꼬르륵 소리가 났어. 어서 새벽이 와야 할 텐데, 밤은 무지 길게만 느껴졌어.

다음날 새벽, 수탉은 입을 꼭 다물고 있었어. 새벽마다 우는 게 습관이 되어서 하마터면 '꼬' 하고 소리를 지를 뻔도 했지만, 꾹 참았지. 수탉은 농부가 절대 잠에서 깨어나지 못할 거라고 생각했어.

그런데 잠시 후, 농부는 여느 때와 다름없이 방문을 열고 나오는 게 아니겠어! 그것도 원래 일어나는 시간과 똑같이 말이야. 농부는 수탉은 쳐다도 보지 않은 채, 밥을 지어먹고는 곧장 일터로 나가버렸어. 수탉은 울상이 되어서 농부의 뒷모습만 한참 동안 바라보았어. 수탉이 울지도 않았는데 하늘 높이 솟아 있는 해랑, 기지개를 죽 켜고 있는 꽃과 나무들이 이상하기만 했지.

결국 수탉은 저녁 무렵 농부가 돌아올 때까지 쫄쫄 굶고 있을 수밖에 없었단다.

호랑이에게 잡아먹힌
두 장수

옛날 아주 먼 옛날, 소금장수가 소금을 등에 지고 금강산을 오를 때지. 보따리에서 삐져나온 소금들이 따끔따끔 등짝을 쑤셔대네. 손으로 등짝에 붙은 소금을 털어내고, 보따리를 고쳐 매며 계속 가네. 소금장수가 소금을 지고 다니는 게 당연한 일이다만, 오늘 같은 날엔 이 금강산 자락에 소금을 살 만한 사람이 몇이나 있겠다고, 굳이 이걸 이렇게 지고 왔나? 하고 짜증이 확 나네. 그래도 짜증이 금방 가시는 게, 여기가 금강산이잖아. 아름답기로 소문난 금강산이잖아. 평생 한 번 안 와보면 두고두고 후회한다는 금강산을 보니, 그 많은 짜증이 금방 가시더군.

금강산도 식후경! 소금장수는 커다란 바위 위에 자리를 폈어. 보따리 안에서 주먹밥 한 뭉치를 꺼냈지. 그림같이 아름다운 금강산을 바라보며 먹는 주먹밥이라! 맨날 먹는 주먹밥인데도 오늘따라 더 맛있는 거 있지. 후룩후룩 금세 다 먹어치웠지. 주먹밥 한 뭉치를 먹고 나니 배가 빵빵해. 바람도 시원하게 부니 졸음이 솔솔 오네. 쿨쿨쿨쿨. 소금장수 금세 잠이 들어버렸지.

그러다가 큰일이 나고 만 거야! 한참 맛있게 잠을 자고 있는데, 호랑이 한 마리가 나타난 거야. 호랑이는 이게 웬 떡이냐 하며, 바위 위에 누워 있는 소금장수를 한입에 꿀꺽 삼켜버렸지. 소금장수는 호랑이 뱃속으로 뱅글뱅글 돌아 들어갔어.

"오잉? 여기가 어디더냐?"

소금장수 호랑이 뱃속에 들어와서야 잠이 깼지. 주위를 두리번거리니 여기도 까맣고 저기도 까매. 여기도 물컹물컹 저기도 물컹물컹. 그때 쩌렁쩌렁 울려 퍼지는 '어흥' 소

리. 아이고 세상에, 호랑이 뱃
속이잖아! 소금장수, 이를 어찌하면 좋나, 방방 뛰
었어.

"어이쿠, 어이쿠!"

그때 호랑이 뱃속으로 누군가가 뱅글뱅글 굴러왔어.

"여보시오, 자네는 누구신감?"

소금장수가 먼저 인사를 건넸지. 호랑이 뱃속은 호랑이 뱃속이다만,
할 건 해야 하지 않겠어? 누가 누군지는 알아야 하잖아.

"나 말이요? 나는 기름장수. 금강산이나 구경할까 하고 오르고 있었소. 누
가 기름장수 아니랄까봐 금강산에 오는데도 기름병을 등에 지고 오지 않았겠소. 병에서
기름이 꿀럭꿀럭 삐져나오더니, 이내 등을 흠뻑 적셨소. 기름장수가 기름을 지고 가는
게 당연한 일이다만, 오늘 같은 날엔 이 기름 좀 안 지면 안 되나 하고 짜증이 확 나더
군. 아이고, 이 금강산 자락에 기름을 살 만한 사람이 몇이나 있겠다고, 굳이 이걸 이렇
게 지고 왔나? 기름병에 내 이름이 떡하니 쓰여 있는데, 누가 이걸 훔쳐간다고 이렇게
지고 왔나? 그래도 짜증이 금방 가시는 게, 여기가 금강산이잖아. 평생 한 번 안 와보면
두고두고 후회한다는, 바로 그 금강산이잖아. 진짜로 금강산을 보니, 그 많은 짜증이 금
방 가시더군. 이제 주린 배나 채울까 하고 마땅한 자리를 찾고 있었소. 방금 요 앞에서
마음에 드는 바위 하나가 보이기에 냉큼 뛰어 왔더니, 글쎄 호랑이 한 마리가 별안간 나

타나 나를 꿀꺽 삼켜버리지 않겠소."

기름장수는 한숨을 푹푹 쉬었어.

"그런데 여기는 왜 이리 깜깜하오?"

"아, 호랑이 뱃속이니 훤할 리가 있소?"

호랑이 뱃속이라 더 까만가 싶었어. 그때 기름장수에게 좋은 생각이 났어.

"내가 누구? 기름장수 아니겠소? 어쩐지 오늘 기름을 지고 오고 싶더라고!"

기름장수는 보따리에서 기름 한 병을 꺼내가지고는 뚝딱 불을 붙였어. 주변이 아주 환해졌지. 그럼 이제 못 먹은 점심을 먹어볼까 했지. 그런데 이게 웬일이람. 삶은 닭을 한 마리 싸왔는데, 글쎄 소금을 싸오지 않은 거야. 싱거워서 어떻게 먹느냐고 기름장수 투덜투덜대자, 소금장수 손뼉을 짝 치네.

"내가 누구? 소금장수 아니겠소? 어쩐지 오늘 소금을 지고 오고 싶더라고!"

소금장수는 보따리에서 소금 한 주먹을 꺼내 놓았어. 기름장수는 닭고기 한 점을 소금에 찍어 소금장수에게 건넸어. 소금장수, 나는 밥을 먹었다며 손사래를 쳤지. 나는 밥을 먹었대도, 나는 밥을 먹었다니깐. 기름장수, 그래도 한 점 먹어보라며 자꾸 닭고기를 내밀어. 닭고기 한 점을 가운데 두고 두 장수 이러거니 저러거니 실랑이를 하네. 그 바람에 글쎄 불을 붙여놓은 기름이 글쎄 툭하고 쓰러지고 말았어.

"으아악!"

갑자기 속이 화끈해진 호랑이가 마구 날뛰었어. 호랑이가 날뛸 때마다 두 장수의 몸이 이리 구르고 저리 굴렀어. 기름병 안에서 기름도 마구 새어나왔어. 그러자 두 장수의 몸이 이리 미끄러지고 저리 미끄러졌어. 그렇게 얼마나 구르고 얼마나 미끄러졌는지 몰라. 두 장수는 호랑이의 목구멍을 타고 다시 밖으로 나올 수 있었어!

호랑이는 두 장수를 뱉어놓고 냅다 도망쳐버렸지. 두 장수 서로를 칭찬해.

"자네 기름이 아니었으면 큰일 날 뻔했지!"

"자네 소금이 아니었으면 큰일 날 뻔했지!"

요이요이 맷돌

옛날 옛날 어느 나라에, 아주 희한한 맷돌을 가진 임금이 있었어. 맷돌을 돌리며 주문을 외우면 무엇이든 나오는 맷돌이었어. 무엇 무엇아 나와라 하고 주문을 외우면, 정말 그 무엇 무엇이 뚝딱 나왔다니까. 나오게 할 때 주문은 이랬어.

"요이요이요이얍! 무엇 무엇아 나와라!"

또 그것을 그만 나오게 할 때 주문은 이랬어.

"요이요이요이요이루압얍! 무엇 무엇아 그만 나와라!"

나오게 할 때랑 그만 나오게 할 때랑 주문이 조금 헷갈리지? 임금은 맷돌을 요이요이 맷돌이라고 불렀어. 주문을 잊지 않기 위한 임금만의 방법이었다고나 할까.

맷돌을 아무 때나 마음껏 사용할 수 있다면 얼마나 좋을까? 안타깝게도 맷돌은 딱 세 번만 쓸 수가 있었어. 임금의 아버지의 아버지의 아버지가 맷돌을 물려주었다지 아마. 그때 그 아버지의 아버지의 아버지가 이렇게 말했대.

"꼭 필요할 때, 딱 세 번만 쓰도록 해라!"

참 다행한 일이기도 하지. 임금의 아버지도, 그 아버지의 아버지도, 그 아버지의 아버지의 아버지도 단 한 번도 맷돌을 쓰지 않았다고 했어. 그러니까 임금의 손에 맷돌이 들어왔을 때까지 맷돌은 한 번도 쓰인 적이 없었던 거야. 그렇다면 임금은 언제 언제 맷돌을 사용했을까?

아마 몇 년 전이었을 거야. 그해 여름에 비가 얼마나 많이 왔는지, 논이 빗물에 흠뻑 잠기고 말았어. 그 바람에 벼들이 몽땅 떨어져 나갔어. 결국 그해 농사는 흉년이 되고 말았지. 쌀을 한 가마니도 얻지 못해서, 백성들 모두 밥을 지어먹을 수 없게 되었어. 한 명도 빠짐없이 배가 고프다고 하소연을 했지.

그때 임금은 처음으로 요이요이 맷돌을 쓰게 되었던 거야. 임금은 아무도 없는 곳으로 가서 몰래 맷돌을 꺼냈어.

"요이요이요이얍! 쌀아 쌀아 나와라!"

임금은 다행히도 주문을 하나도 틀리지 않고 외우고 있었어. 임금의 주문이 끝났을 때였어. 정말 맷돌에서 쌀이 나오기 시작한 거야! 쌀은 쉬지도 않고 계속 나왔어. 시냇물이 흐르듯 졸졸졸 흘러나오더니, 나중에는 폭포처럼 찰찰찰 쏟아져 나왔어. 임금은 금방 쌀에 둘러싸였지. 임금 주변은 금방 쌀 바다가 되었지 않겠어!

"요이요이요이요이루얍얍! 쌀아 쌀아 그만 나와라!"

임금은 쌀이 그만 나오게 하려고 또 주문을 외웠어. 정말 신기하게도 찰찰찰 나오던 쌀이 금방 뚝하고 멈췄어. 임금은 맷돌에서 나온 쌀을 전부 백성들에게 나눠주었어.

흉년이 들어 걱정이 이만저만이 아니었던 백성들은, 임금이 나눠준 쌀 덕분에 그 해를 무사히 보낼 수 있었지.

그럼 두 번째로 맷돌을 썼을 때는 언제였을까? 그때는 나라에 전쟁이 일어났을 때였어. 이웃 나라에서 병사들을 이끌고 쳐들어오는 바람에 나라 안이 난리가 나고 말았지. 여기저기 부서진 마을이 한둘이 아니었고, 여기저기 다친 백성이 한둘이 아니었어. 임금은 얼른 요이요이 맷돌을 꺼냈어.

"요이요이요이얍! 병사들아 병사들아 나와라!"

이번에도 주문이 끝나자마자 맷돌에서 병사들이 쏟아져 나왔어. 나라 안은 금세 병사들로 가득 찼지.

"요이요이요이요이루얍얍! 병사들아 병사들아 그만 나와라!"

그런데 임금이 병사들을 그만 나오게 하는 주문을 외웠을 때였어. 갑자기 어디선가 도둑이 들이닥쳤어.

"이제 이 맷돌은 내 차지다!"

도둑은 순식간에 맷돌을 가지고 도망가버렸어. 임금은 깜짝 놀라서, 도둑을 잡을 겨를이 없었어. 빨리 이웃 나라 병사들을 내쫓아야 했으니 말이야. 다행히 요이요이 맷돌에서 나온 병사들 덕분에 전쟁은 승리할 수 있었어.

임금은 걱정이 가득 쌓이고 말았어. 맷돌이 없어졌으니 말이야. 신하들에게 당장 도둑을 잡아오라고 했지.

도둑의 모습은 코빼기도 보이지 않았어. 일찌감치 배를 타고 바다 저 멀리 도망치고 있었으니까. 사실 도둑은 임금이 처음 맷돌을 돌렸을 때부터 몰래 지켜보고 있었어. 어떻게 주문을 외우는지 잘 보아뒀었지.

하지만 도둑은 모르는 사실이 있었어. 그건 바로, 요이요이 맷돌을 이제 딱 한 번밖에 쓸 수 없다는 것. 거기에다가 또 하나 모르는 사실은 말이야. 맷돌을 멈추게 하는 주문이었어.

그때 도둑의 배에서 '꼬르륵' 소리가 났어. 맷돌을 들고 열심히 도망쳐 오느라, 온종일 아무것도 먹지 못했거든.

"옳거니! 저 닭고기를 먹으면 되겠구나!"

도둑은 배 위에 놓여 있는 닭고기를 뜯어 먹었어. 닭고기는 간이 하나도 배어 있지 않아서 싱겁고 맛이 없었어. 그때 도둑에게 맷돌 생각이 났어. 맷돌에다가 소금을 조금만 나오게 해달라고 주문을 외울 생각을 했지.

"요이요이요이얍! 소금아 소금아 나와라!"

도둑은 임금이 하던 주문을 그대로 따라했어. 그랬더니 정말 주문이 끝나자마자 바로 맷돌에서 소금이 나오는 게 아니겠어. 정말 요술맷돌이 따로 없었지.

그런데 금세 일이 벌어지고 말았어. 소금이 계속 계속 쉬지 않고 나오더니, 이내 배 안에 가득 차고 만 거야. 배는 소금이 무거운지 조금씩 물에 잠기기 시작했어.

"어라? 멈추게 하는 주문이 뭐였더라?"

큰일이지 뭐야. 도둑은 맷돌을 멈추게 하는 주문은 모르고 있었잖아. 배는 점점 더 물에 가라앉아 갔어. 도둑은 하는 수 없이 배에서 뛰어내려야 했어. 한시라도 빨리 헤엄을 쳐서 도망치는 수밖에 없었지.

요이요이 맷돌은 어떻게 됐을까? 멈추게 하는 주문을 하지 않았으니 말이야. 맷돌에서는 평생 멈추지 않고 소금이 나오게 되었어.

그러니까 왜 바닷물이 이렇게 짜게 되었는지 알겠지? 그러나 저러나 딱 세 번밖에 쓸 수 없는 맷돌인데, 마지막으로 쓸 때 소금을 말하고 말았네. 훗날 사람들이 바다 멀리 어딘가에 떠 있을 맷돌을 생각하며 말했대.

"이 세상에 가장 필요한 게 소금인가보군. 그러니 쉬지도 않고 나올 수밖에!"

독수리를 흉내 내려 한 까마귀

까마귀 한 마리가 나무에 앉아 벌레를 잡아먹고 있었어.

"어휴, 이렇게 작은 벌레들을 언제 다 잡아먹지? 힘들어서 못 먹겠네!"

까마귀는 문득 벌레 먹는 일이 귀찮고 힘들다고 생각하고 있었지.

그때 까마귀의 머리 위로 검은 그림자가 드리워졌어. 작은 바람이 슈웅하고 일었어. 그림자의 정체는 다름 아닌 독수리였어. 커다란 독수리 한 마리가 까마귀 머리 위로 날아갔지.

원래 독수리의 덩치가 크다지만, 오늘은 다른 때보다 훨씬 더 커 보였어. 까마귀는 어떻게 된 일일까 하고 독수리를 더 자세히 쳐다봤어. 독수리의 입에 뭔가 물려 있는 게 보였어. 바로 새끼 양이었어. 새끼 양을 사냥한 독수리가 그걸 통째로 입에 물고 하늘을 날고 있었던 거야.

"메에, 메에! 살려주세요, 독수리님!"

새끼 양은 슬프게 울고 있었어. 멀리, 새끼 양의 가족들이 이쪽을 쳐다보고 있었어. 모두 메에 메에하고 울고 있는 것 같았지. 누가 봐도 새끼 양의 모습은 가엾었어.

사실 까마귀는 새끼 양보다 독수리의 모습을 뚫어지게 쳐다보고 있었어.

"와! 독수리는 정말 좋겠다!"

까마귀는 새끼 양을 통째로 물고 하늘을 나는 독수리의 모습이 부러웠지. 새끼 양 한 마리만 있으면 한 달은 충분히 먹고도 남을 양이었거든. 또 그것을 한입에 물고 나는 독수리의 모습은 꽤 멋있어 보이기까지 했어.

'그래, 나도 독수리처럼 새끼 양을 물고 날아가겠어!'

마침내 까마귀는 이렇게 마음먹었어. 까마귀는 자기도 독수리처럼 새끼 양 한 마리를 잡아야겠다고 생각했지. 토실토실하게 살이 오른 새끼 양을 입에 물 생각을 하니 벌써부터 기분이 좋아졌어. 맨날 남이 먹다 버린 고기만 먹곤 했는데, 이젠 제가 잡은 새끼 양을 먹을 수 있을 테니 말이야.

"하늘을 나는 것쯤은 나도 문제없다고!"

까마귀는 큰 소리로 외치며 양 떼가 있는 곳으로 날아갔어.

과연 새하얀 양 떼가 산중턱에서 풀을 뜯고 있는 게 보였지. 까마귀는 양 떼를 향해 있는 힘껏 속도를 내서 날아갔어.

"자, 넌 이제 내 차지다!"

까마귀는 새끼 양의 옆구리를 콱 물었어. 이제 독수리가 그랬던 것처럼 하늘로 날아오르기만 하면 되는 순간이었어.

그런데 이게 어떻게 된 일일까? 까마귀는 하늘로 아주 조금도 날아오르지 못하고 있었어. 까마귀의 힘으로는 도저히 새끼 양을 들어 올릴 수 없었던 거야. 까마귀는 좀 더 힘을 주어 새끼 양을 물었어. 새끼 양은 메에 메에하고 소리를 쳤고, 이 바람에 다른 양들이 우르르 몰려왔어. 양들은 까마귀에게 돌을 던지기 시작했어. 다들 잔뜩 화가 나 있는 것 같았지.

"이 못된 새야! 얼마 전에도 한 마리 물어갔으면서, 또 물어갈 생각을 해!"

양들은 쉬지 않고 까마귀를 공격했어. 새끼 양을 잡아다가 한 달 내내 편하게 지내 보려고 했건만, 새끼 양을 잡기는커녕 새끼 양의 밥이 되게 생겼지 뭐야.

까마귀는 속으로 생각했어.

'나는 새이긴 하지만, 독수리가 될 수는 없는 거구나.'

하고 말이지.

임신 25주

이제 당신의 아기는 자궁 안에 꽉 찰 정도의 크기로 자라났답니다. 크기는 22cm, 몸무게는 700g 정도가 되었습니다. 아기는 앞으로도 점점 더 자라서 자궁 안의 빈 공간을 꽉 채우게 될 것입니다. 임신 25주부터는 아기의 미각이 발달하기 시작합니다. 투명하게 보였던 피부색이 점차 붉어지는데, 아직 지방질이 많지 않아서 쭈글쭈글하게 주름진 모습은 그대로일 것입니다.

당신은 배, 허벅지 등에 나타났던 임신선이 보라색으로 변해 있는 모습을 발견하게 될 것입니다. 자궁의 크기가 커지며 배가 부풀어 오르기 때문에 당신의 피부는 자연스럽게 늘어날 수밖에 없습니다. 이때 피하지방이 피부가 늘어나는 속도를 따라가지 못하면서 모세 혈관들이 파열되는데, 보라색 임신선은 바로 그 흔적들인 것입니다. 물론 임신선은 출산 후에 은백색으로 희미해지거나 아예 없어지기도 하니 크게 걱정할 필요는 없습니다. 다만 수분과 유분이 함유된 로션이나 크림 제품을 임신선 부위에 꾸준히 발라주면 예방과 치료의 효과를 기대할 수 있으니 알아두도록 합시다.

기드 모파상의 단편소설, 〈목걸이〉의 주인공인 르와젤은 꽤 아름답고 매력적인 여자였습니다. 하지만 포레스띠에 부인에게서 빌린 다이아몬드 목걸이를 잃어버린 뒤, 그녀는 빚을 갚으며 평생을 살았습니다. 훗날, 우연히 만난 포레스띠에 부인은 눈물을 글썽이며 말했습니다.

"아, 가엾은 르와젤! 그 목걸이는 가짜였어!"

포레스띠에의 눈에 비친 르와젤은 더 이상 아름답고 매력적인 여자가 아니었습니다.

처음 목걸이를 빌리러 가기 전, 르와젤의 남편은 말했습니다.

"예쁜 장미를 달아보면 아주 아름다울 거예요. 십 프랑이면 두세 송이를 살 수 있지요."

그녀는 자기 자신이 얼마나 아름답고 매력적인 여자인지 알지 못했습니다.

당신은 반드시 3만 6천 프랑이라는 목걸이를 걸어야만 아름다운 여자는 아닐 것입니다.

십 프랑을 가지고도 충분히 아름답고 매력적일 수 있는 여자,

그녀가 바로 당신이기 때문입니다.

생쥐의 소원

옛날 어떤 집에 생쥐 한 마리가 살고 있었어. 생쥐는 사람들이 싫어하는 동물이기 때문에, 항상 사람들 몰래 숨어 살아야 했어. 맛있는 먹을거리를 발견하고 냠냠 먹고 있다가도, 사람이 나타나면 후닥닥 부리나케 숨기가 일쑤였단다.

생쥐는 이렇게 숨어지내는 게 참 갑갑하고 힘들었어. 사람들이 온종일 집 안을 돌아다녀서, 생쥐도 온종일 구석진 곳에 숨어 있었던 적도 있었어. 그런 때마다 생쥐는 이런 생각에 빠지곤 했어.

'아잉, 나도 사람으로 태어났으면 좋았을 텐데!'

사람은 숨지 않아도 되고, 먹을거리도 마음 편하게 먹을 수 있으니 얼마나 좋아 보였을까? 생쥐는 정말이지 사람이 되고 싶었어. 곧장 마법사를 찾아갔지.

"그래, 생쥐야. 네가 여기 무슨 일로 왔느냐?"

마법사는 생쥐에게 얼굴을 가까이 대며 물었어. 마법사가 왜 생쥐 가까이에 얼굴을 댔느냐 하면, 생쥐 몸뚱이가 몹시 작아서 마법사의 눈에 잘 보이지 않았거든.

"네, 마법사님. 저는 사람이 되고 싶어요."

생쥐는 금방이라도 앙앙 울어버릴 것 같은 목소리로 말했어. 그간 있었던 슬픈 일들을 몽땅 털어놓았지. 마법사는 생쥐가 불쌍하게 여겨졌어. 생쥐의 소원을 꼭 들어주겠다고 약속했어.

"예쁜 아가씨가 되어라, 뾰로롱 뿅!"

마법사가 살랑살랑 요술봉을 흔들며 주문을 외웠어. 그러자 정말로 생쥐는 예쁜 아가씨가 되는 게 아니겠어! 아가씨가 된 생쥐는 금세 기분이 좋아져서 생글생글 웃으며 밖으로 나갔어. 뽀얀 피부와 가느다란 팔 다리, 그리고 예쁜 옷까지, 어느 것 하나 마음에 들지 않는 것이 없었지. 생쥐가 된 아가씨는 사뿐사뿐 걷다가, 폴짝폴짝 뛰고, 뱅그르르 돌아보기도 했어.

"정말 예쁜 아가씨야."

"그래, 저렇게 예쁜 옷을 입으니 더 예뻐 보이는걸."

사람들은 아가씨가 예쁘다며 한참 동안 쳐다봤어.

아가씨도 신이 나서 춤을 추고 있을 때였어. 하늘에 갑자기 시커먼 구름이 드리우기 시작했어. 금방 빗방울이 우두둑 떨어졌지. 아가씨는 갑자기 쏟아진 비 때문에 온몸이 젖고 말았어. 예쁜 옷도 흠뻑 젖어서 더 이상 입고 있을 수 없게 돼버렸지.

'비가 오니까 예쁜 옷도 쓸모없구나. 구름은 좋겠다. 비를 내릴 수 있으니.'

아가씨는 울상이 되어 있었어. 곧장 마법사에게 달려갔지.

"마법사님, 구름은 정말 힘이 센 것 같아요. 구름이 될 수 있게 해주세요."

아가씨는 처음에 생쥐에서 사람이 되고 싶다고 말했을 때처럼, 슬픈 표정으로 마법사에게 말했어. 마법사는 이번에도 아가씨가 가엾었는지, 얼른 구름으로 만들어주었지. 처음에는 생쥐였다가 다음엔 아가씨, 그 다음엔 구름이 된 거야.

구름이 된 아가씨는 하늘 위에 둥둥 떠 있게 되었어. 이상한 건, 그 자리에만 가만히 있을 뿐 몸이 꼼짝하지를 않는다는 것.

"어, 이상하다. 왜 움직이지 않지?"

구름이 몸을 이리저리 비틀어보고 있을 때, 어디선가 솔솔 바람이 불어왔어. 그러자 구름의 몸도 바람 따라 살살 움직이기 시작했어. 맞아, 구름은 바람이 불어야만 움직일 수 있는 것이었지. 구름은 다시 울상이 된 표정으로 마법사를 찾아갔어.

"바람이 되게 해주세요. 바람이 힘이 더 센걸요."

마법사는 변덕이 심한 생쥐가 조금 얄미웠어. 하지만 울상이 된 모습을 보니 또 생쥐가 가엾어 보이지 뭐야. 결국 생쥐는 처음에는 생쥐였다가 다음에는 사람이었다가 다음에는 구름이었다가 다음에는 바람이 되었어.

바람이 된 생쥐는 세상 구석구석을 달리기 시작했어. 높은 산꼭대기에서 기지개를 켜

면, 산에 있는 나무의 잎사귀들이 우수수 떨어졌고, 커다란 강에서 입김을 불면 강물이 쏴하고 세차게 흘러갔어. 바람의 힘을 당해낼 것은 아무것도 없는 것 같았지. 그때 작은 생쥐 한 마리가 눈에 들어왔어. 생쥐는 바람을 피해 요리 조리 숨어 다니고 있었어.

"아니, 이 바람을 무서워하지 않는단 말이야?"

바람은 더 세차게 입김을 불고 기지개를 켰어. 생쥐는 무섭지도 않은지, 콧방귀도 안 뀌고 바위틈으로 숨어들었지.

"휴, 저깟 생쥐 녀석이 이 바람보다 세다는 거야?"

바람은 한숨을 크게 내쉬었어. 너무 힘을 썼던 나머지 온몸이 욱신욱신 아팠어. 바람은 곧장 마법사를 찾아갔어.

"그래, 이번엔 또 뭐가 되고 싶어 왔느냐?"

"마법사님, 저를 다시 생쥐로 돌아가게 해주세요."

바람은 마법사에게 산속에서 만난 생쥐 이야기를 들려주었어. 마법사는 큰 소리로 웃으며 바람을 생쥐로 만들어주었지. 결국 생쥐는 처음에는 사람이었다가 다음에는 구름이었다가 다음에는 바람이었다가 다시 생쥐가 되었던 것이란다.

빨간 부채, 파란 부채

옛날 어느 마을에 두 할아버지가 살았어. 한 할아버지는 키가 아주 커서 꺽다리 할아버지라고 불렀고, 다른 할아버지는 키가 아주 작아서 몽당이 할아버지라고 불렀어. 꺽다리 할아버지는 큰 키만큼이나 마음씨도 좋았고, 몽당이 할아버지는 작은 키만큼이나 마음씨도 좁았어. 사람들은 꺽다리 꺽다리 착한 꺽다리하며 꺽다리 할아버지를 좋아했고, 몽당이 몽당이 나쁜 몽당이하며 몽당이 할아버지를 미워했어.

반짝반짝하던 해가 지고, 어둑어둑한 밤이 찾아왔을 때였어. 한 나그네가 마을을 지나가고 있었어. 나그네는 몽당이 할아버지 집을 찾아갔어.

"똑똑. 지나가던 나그네이올시다. 갈 길이 아직 한참이나, 밤이 깊어 더는 갈 수가 없답니다. 부디 여기서 하룻밤 묵고 갈 수 있게 해주셨으면!"

나그네가 노래를 부르듯이 말했어.

"에헴 에헴. 나는 이 집의 주인, 몽당이라오. 당신을 재워주면 좋겠지만, 보다시피 집이 이 몸 하나 눕히기에도 좁은 집이라오. 다른 곳을 찾아보시게!"

몽당이 할아버지도 노래를 부르듯이 대답했어. 나그네를 들이기는커녕, 문을 부수기라도 할 기세로 쾅 닫아버렸지. 나그네는 꺽다리 할아버지 집을 찾아갔어.

"똑똑. 지나가던 나그네이올시다. 갈 길이 아직 한참이나, 밤이 깊어 더는 갈 수가 없답니다. 부디 여기서 하룻밤 묵고 갈 수 있게 해주셨으면!"

이번에도 나그네는 노래를 부르듯이 말했어.

"에고 에고. 나는 이 집의 주인, 꺽다리라오. 당신을 재워주면 좋겠지만, 보다시피 집이 작고 지저분하다오. 당신만 괜찮다면 얼마든지 묵어가시게!"

꺽다리 할아버지도 노래를 부르듯이 대답했어. 나그네를 마치 가족처럼 따뜻하게 대해줬지. 세상에 이렇게 착한 할아버지가 또 있을까.

다음날 아침, 꺽다리 할아버지는 아침상을 들고 나그네 방에 갔다가 깜짝 놀랐어. 나그네는 이미 가고 없고, 이불 위에 부채 두 개가 덜렁 놓여 있는 거야. 하나는 빨간 부채, 다른 하나는 파란 부채였어. 이보시오, 이보시오, 나그네, 이보시오. 할아버지는 방 구석구석 돌아보며 나그네를 찾았어. 그러나 어디에도 나그네는 없었지.

답답한 마음에 할아버지는 빨간 부채 하나를 척 펼쳤어. 펄럭펄럭 부채질을 할 때였지. 난데없이 할아버지의 코가 죽 늘어나는 게 아니겠어? 이게 도대체 웬일인가 싶어, 얼른 부채질 하던 걸 멈추었어. 이내 코가 늘어나던 것도 딱 멈추었지.

"어이쿠, 코가 이렇게나 길게 늘어나면 어쩐담?"

할아버지는 한숨을 푹 쉬었어. 이번에는 파란 부채를 척 펼쳤어. 펄럭펄럭 부채질을 할 때였지. 이번에는 글쎄 할아버지의 코가 쭉쭉쭉 줄어드는 게 아니겠어? 조금 있으니 코는 원래대로 돌아왔어. 참 신통방통한 부채이기도 하지.

온 동네에 꺽다리 할아버지에게 신기한 부채가 있다는 소문이 났어. 사람들은 부채를 구경하려고 순식간에 모여들었지. 할아버지는 얼른 빨간 부채를 척 펼쳤어. 솔솔솔 부채질을 했지. 정말 할아버지의 코가 하늘 높이 솟아올랐어.

"우와 우와!"

사람들이 놀라서 소리를 쳤어. 할아버지는 이번에는 파란 부채를 척 펼쳤어. 그러자 하늘 높이 치솟았던 할아버지의 코가, 언제 그랬냐는 듯이 제자리로 딱 돌아왔어. 사람들은 신기한 부채를 구경시켜줘서 고맙다며 돈이랑 선물을 주고 갔어.

신기한 부채가 있다는 소문은 더 멀리멀리 퍼져나갔어. 이제는 나라 곳곳에서 사람들이 부채를 구경하러 왔어. 할아버지는 순식간에 돈방석에 앉을 수 있었다나 봐. 그저 부채를 척 펼쳐 들고 코를 길게 했다, 짧게 했다를 계속했을 뿐인데 말이야. 사람들은 모두 할아버지의 부채를 탐냈고, 창고에 쌓여가는 할아버지의 쌀자루도 부러워했어. 그 중 가장 부러워 한 사람은 당연 몽당이 할아버지였지!

"뭐? 나그네가 놓고 간 부채라고?"

몽당이 할아버지는 꺽다리 할아버지 이야기를 듣고 깜짝 놀랐어.

'이런 이런, 내가 왜 나그네를 그냥 돌려보냈을까?'

몽당이 할아버지는 후회했어. 사실 몽당이 할아버지네 집은 꺽다리 할아버지네 집보다 훨씬 더 부자였어. 나그네를 재울 수 있는 방이 얼마든지 있었지. 그러나 몽당이 할아버지는 나그네를 재워주기가 싫었어. 재워주려면 이불을 내어주어야 할 텐데, 나그네가 이불을 망가뜨리기라도 하면 어떡해? 재워주려면 저녁밥, 아침밥도 지어주어야 할 텐데, 나그네가 쌀을 너무 많이 먹으면 어떡해? 이런저런 생각을 하고 있자니, 도저히 나그네를 재워줄 수가 없었던 거야.

'어떻게 하면 그 부채를 뺏어오려나?'

몽당이 할아버지 머릿속은 온통 부채 생각으로 가득 찼어. 부채만 빼앗아오면 지금보다 더, 꺽다리 할아버지보다도 더 부자가 될 수 있을 것만 같았지.

며칠 뒤 몽당이 할아버지에게 아주 좋은 수가 생각났어. 작년에 마을 전체에 흉년이 들었을 때, 꺽다리 할아버지가 몽당이 할아버지에게서 쌀을 한 가마 꾸어갔거든. 그걸 올해 농사가 끝나는 대로 갚기로 해놓고는, 아직까지 소식이 없었던 거지. 몽당이 할아버지는 서둘러 꺽다리 할아버지를 찾아갔어.

"이보게, 꺽다리! 작년에 꾸어간 쌀 한 가마를 받으러 왔다네!"

몽당이 할아버지는 큰 소리로 떵떵거리며 외쳤어.

"아, 맞네 맞아. 내 깜박했지 뭐게나. 내 미안한 의미로 쌀 두 가마를 갚겠네."

꺽다리 할아버지가 허허 웃으며 말했어. 몽당이 할아버지는 조금 놀란 눈치였어. 원래 생각대로라면, 꺽다리 할아버지가 쌀이 없다고 하여, 쌀값 대신 부채를 내놓게 할 작정이었거든. 꺽다리 할아버지가 몽당이 할아버지보다 훨씬 더 부자가 되었다는 사실은 깜박하고 말이야.

"내가 작년에 준 것과 똑같은 것으로 주게. 쌀도 똑같고, 주머니도 똑같은 것."

몽당이 할아버지는 말도 안 되는 소리를 늘어놓았어. 그러면서 꺽다리 할아버지네 집 곳곳을 살폈지. 어디에 부채가 놓여 있는가 하고 말이야. 마침 꺽다리 할아버지가 자주 앉아 있는 의자 위에 부채 두 개가 나란히 놓여 있었어. 꺽다리 할아버지는 어떻게 해야 할지 몰라, 이리 갔다 저리 갔다 왔다 갔다하고 있었어.

"어쩔 수 없군. 쌀값은 이걸로 대신하도록 하지!"

몽당이 할아버지는 꺽다리 할아버지가 한숨을 쉬는 사이, 잽싸게 부채를 집어 들었어. 뒤도 돌아보지 않고 꺽다리 할아버지네 집을 빠져나왔지. 사실 꺽다리 할아버지가 마음먹고 몽당이 할아버지를 잡는다면 얼마든지 잡을 수 있었어. 꺽다리 할아버지의 한 걸음은 몽당이 할아버지의 세 걸음하고 똑같았거든. 그런데도 꺽다리 할아버지는 몽당이 할아버지를 잡으러 가지 않았어. 그냥 몽당이 할아버지에게도 부채가 필요한 거겠지 하고 말았지.

집으로 돌아온 몽당이 할아버지는 얼른 부채부터 꺼내들었어. 얼마나 신통방통한가 당장 보고 싶었거든. 할아버지는 빨간 부채를 척 펼쳤어. 펄럭펄럭 부채질을 했지. 이게 웬일, 정말 할아버지의 코가 길어지기 시작했어. 할아버지는 더 빨리, 더 많이 부채질을 했어. 곧 있으니까 할아버지의 코가 길어져도 너무 길어져서, 하늘 끝에 가서 닿고 말았어. 선녀님들이 있는 하늘 나라에 말이야.

하늘 나라의 선녀들은 할아버지의 코를 보고 깜짝 놀랐어.

"어머? 이게 뭐야? 신기하기도 하지!"

선녀들은 할아버지의 코를 나무에 붙들어 맸어. 그런 줄도 모르고 할아버지는 파란 부채를 부쳐보았지. 정말 코가 줄어들기 시작했어. 그런데 코가 줄어들면 줄어들수록 할아버지의 몸이 점점 하늘 높이 떠올랐어.

"와, 높이 오르니까 좋구먼! 꺽다리도 좋았겠구먼."

할아버지는 신이 났어. 점점 더 세게 부채질을 했어.

그때였어. 코가 간질간질하더니 재채기가 나왔지 뭐야. 그 바람에 할아버지 코에서 콧물이 삐죽 나왔어. 선녀들은 콧물이 나온 걸 보고, 지저분하다고 야단이 났지. 한 선녀가 할아버지의 코를 묶은 밧줄을 뚝하고 끊어버렸어!

"아이고, 몽당이 살려!"

할아버지는 그대로 땅 아래로 쿵 떨어지고 말았어. 얼마나 세게 엉덩방아를 쪘나, 엉덩이에 불이라도 난 것 같았어. 할아버지는 얼른 꺽다리 할아버지를 찾았어.

"이보게, 꺽다리! 빨리 와서 저 파란 부채 좀 집어주게! 이러다가는 몽당이가 아니고, 코다리가 되게 생겼다니까!"

꼬리 없는 여우 이야기

옛날부터 여우는 똑똑하기로 이름난 동물이었어. 사람들은 여우를 잡으려고 덫을 놓곤 했는데, 여우는 어떤 덫이든 잘 피해 다녔거든. 그런데 원숭이도 나무에서 떨어진다는 속담이 괜히 있는 게 아니더라고. 글쎄 여우가 덫에 걸리게 될 줄이야! 여우는 태어나서 처음으로 덫에 걸리게 되었어.

"아야야야, 아이고 여우 살려!"

덫에 걸려본 적이 없으니, 덫에 걸리면 얼마나 아플지도 몰랐을 게 당연해. 여우는 아파서 이리 뛰고 저리 뛰었어. 덫은 꼬리에 딱 달라붙어서 떨어지지 않았지. 얼마나 세게 물렸는지 아파서 참을 수가 없었어. 눈물이 찔끔 날 정도였다니까. 여우는 좋은 방법이 없을까 하고 생각했어. 이래 봬도 동물나라에서 가장 똑똑한 여우잖아.

"이렇게 잡힐 수는 없어! 꼬리를 떼어버리면 되지 뭐!"

여우는 큰 소리로 말했어. 그러더니만 아픈 걸 꾹 참고, 덫에서 자기 꼬리를 떼어냈지. 다행히 꼬리는 똑 떨어져나갔어. 여우는 꼬리가 물려 있는 덫을 두고 집으로 돌아왔어. 잠을 자려고 누웠는데 잠이 오질 않았어. 여우는 꼬리가 없어진 엉덩이를 자꾸 만져봤어. 복슬복슬한 털이 위로 쭉 뻗어 있는, 참 멋진 꼬리였는데……

"그래, 잘한 일이야! 이렇게 목숨을 구했잖아."

여우는 속상한 마음을 달래며 겨우 잠이 들었지.

다음날, 여우는 해가 뜨자마자 친구들을 찾아갔어.

"짠!"

여우는 꼬리가 없어진 엉덩이를 자랑이라도 하듯이 쭉 내밀었어. 친구들은 모두 깜짝 놀랐어. 한 친구가 여우 곁에 바짝 다가오더니 여우 몸을 샅샅이 뒤졌어.

"꼬리를 어디에 숨긴 거야?"

분명히 몸 어딘가에 꼬리를 숨겼을 거라고 생각했나 봐. 한참 동안 찾아도 꼬리는 보이지 않았어. 그러거나 말거나 여우는 어제 있었던 일을 자랑하느라 바빴어.

"얘들아, 글쎄 내가 어제……."

여우가 한참 이야기를 하는데, 웬일인지 친구들은 저만치 물러나 있었어.

"너 사실 여우 아니지?"

"맞아. 꼬리 없는 여우는 이 세상에 없어."

친구들은 여우를 의심했어. 그러더니 꼬리가 없으니 진짜 여우가 아니라며 놀려댔지. 여우는 속상했어. 친구들은 더 이상 여우의 이야기를 들어주지 않고, 뿔뿔이 흩어져 가 버렸어. 다음날에도, 또 그 다음날에도 여우의 이야기를 들어주는 친구는 없었어. 다들 여우더러 '꼬리 없는 여우'라고 놀려대기만 할 뿐.

여우는 하는 수 없이 혼자 지내게 되었어. 밥도 혼자 먹고 소풍도 혼자 가야 했지. 이 젠 어려운 일이 생겨도 여우에게 물어보는 친구가 없었어. 꼬리 없는 여우는 여우가 아니라며 미워했거든. 꼬리 없는 여우랑은 놀아줄 수가 없다고 했거든.

훗날, 아주 오랜 시간이 지난 어느 날이었어. '탕' 하는 총소리가 산속에 울려 퍼졌어. 바로 사냥꾼이 나타난 거야! 사냥꾼들은 더 이상 덫을 놓지 않았어. 여우를 잡고 싶은 데, 여우는 똑똑해서 좀처럼 덫에 걸리지 않았거든. 사냥꾼은 덫 대신 총으로 여우를 쉽게 잡을 수 있었어.

그런데 참 재미있고 다행한 일이 벌어졌어. 사냥꾼은 산속에서 몇 번이나 꼬리 없는 여우를 봤지만, 한 번도 총 부리를 겨누지 않았어. 사냥꾼 역시 꼬리 없는 여우는 여우가 아니라고 생각했던 거지. 그리하여 꼬리 없는 여우는 평생 동안 사냥꾼에게 잡히지 않았다고 하네.

누가 더 영리할까

강가에 개 두 마리가 앉아 있었어. 지금 무얼 먹고 싶은가 이야기를 하고 있었지.

"나는 고기가 정말 먹고 싶어. 아주 큼지막한 걸로다가."

첫 번째 개는 고기가 먹고 싶다고 했어. 커다란 고기를 손에 쥐고 먹는 시늉을 했지.

"나도 고기가 정말 먹고 싶어. 아주 잘 구운 걸로다가."

두 번째 개도 고기가 먹고 싶다고 했어. 꼬챙이에 끼운 고기를 불에다가 굽는 시늉을 했지. 두 마리 개는 군침을 줄줄줄 흘렸어. 강물이 졸졸졸 흘러가는 걸 보면서 말이야. 고기만 먹을 수 있다면 힘이 죽죽죽 날 것 같았지.

그때 졸졸졸 흐르는 강물을 따라 무언가가 둥둥둥 떠내려 오는 게 보였어. 두 마리 개는 두 눈을 크게 뜨고 강물 저쪽을 지켜봤어.

"나무토막이군!"

"그래, 그 위에 고깃덩이도 있어!"

두 마리 개는 폴짝폴짝 뛰며 좋아했어. 둘 다 나무토막 위에 놓인 고깃덩이만 뚫어져라 쳐다봤지. 아주 먹음직스러워 보이는 고기였어. 크기도 제법 큰 데다가 불에다가 잘 구웠는지 구수한 냄새도 났어. 두 마리 개는 정말로 군침을 줄줄줄 흘리기 시작했어. 어서 빨리 나무토막이 강물을 타고 흘러오기만을 기다렸어.

한참 시간이 지났을 거야. 이상하게도 나무토막은 강가 쪽으로 흘러오지 않고 있었어. 그것도 모자라 이제는 조금씩 강물 저편으로 멀어져가고 있었어. 두 마리 개는 발을 동동 굴렸지. 이마에는 땀이 송골송골 맺혔지.

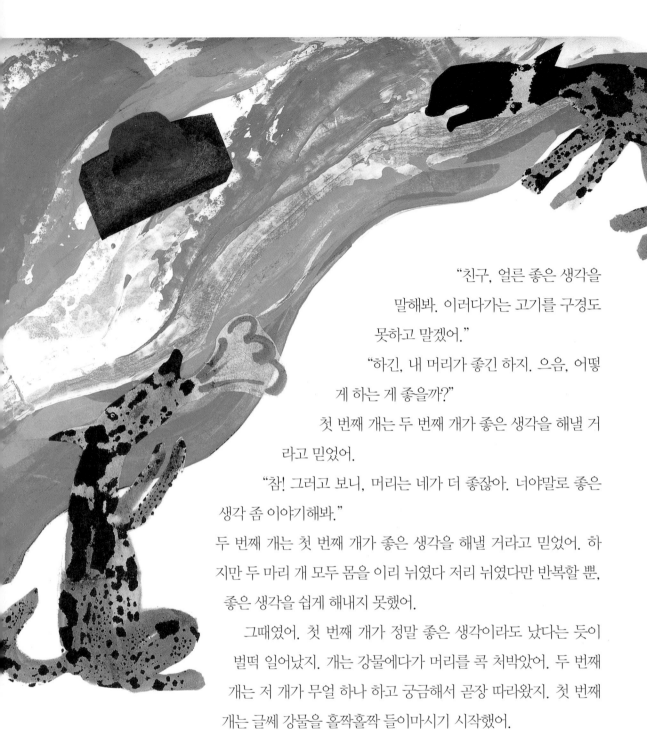

"친구, 얼른 좋은 생각을
말해봐. 이러다가는 고기를 구경도
못하고 말겠어."

"하긴, 내 머리가 좋긴 하지. 으음, 어떻
게 하는 게 좋을까?"

첫 번째 개는 두 번째 개가 좋은 생각을 해낼 거
라고 믿었어.

"참! 그러고 보니, 머리는 네가 더 좋잖아. 너야말로 좋은
생각 좀 이야기해봐."

두 번째 개는 첫 번째 개가 좋은 생각을 해낼 거라고 믿었어. 하
지만 두 마리 개 모두 몸을 이리 뉘였다 저리 뉘였다만 반복할 뿐,
좋은 생각을 쉽게 해내지 못했어.

그때였어. 첫 번째 개가 정말 좋은 생각이라도 났다는 듯이
벌떡 일어났지. 개는 강물에다가 머리를 콕 처박았어. 두 번째
개는 저 개가 무얼 하나 하고 궁금해서 곧장 따라왔지. 첫 번째
개는 글쎄 강물을 홀짝홀짝 들이마시기 시작했어.

"강물이 말라야 저 나무토막이 있는 데까지 뛰어갈 수 있잖아."

첫 번째 개는 쉬지도 않고 강물을 마셨어.

두 번째 개는 콧방귀를 팽 뀌었어. 속으로는 첫 번째 개가 강물을 정말 다 마셔버리면 어떡하나 걱정이 되었지. 그럼 첫 번째 개가 자기보다 똑똑한 개가 될 테니까.

그때 두 번째 개에게도 좋은 생각이 떠올랐어.

"자, 나를 잘 보라고!"

두 번째 개는 갑자기 숨을 크게 들이마셨어.

"후-우-욱!"

실컷 숨을 마시더니만 그 숨을 강물을 향해 후우욱하고 불었지.

"바람이 불면 나무토막이 이쪽으로 흘러올 수도 있잖아."

두 번째 개는 쉬지도 않고 숨을 내쉬었어.

첫 번째 개는 입을 삐죽거렸어. 속으로는 두 번째 개가 정말 바람을 불게 하면 어떡하나 걱정이 되었지. 그럼 두 번째 개가 자기보다 똑똑한 개가 될 테니까.

개 두 마리는 밤이 가고 날이 새도록 똑같이 행동하고 있었어. 첫 번째 개는 배가 볼록하게 솟아오를 때까지, 두 번째 개는 얼굴이 홀쭉하게 마를 때까지. 홀짝홀짝 강물을 들이마시고, 후욱후욱 바람을 불었지.

지혜 없는 힘은 그 자체의 무게로 쓰러진다.
— 호리티우스(Horace, BC 65년경 ~ BC 8년경, 고대 로마의 시인)

꿀통 주인 찾기

옛날 어느 깊은 산속, 나무들마다 초록 나뭇잎이 무성하게 달린 숲이 있었어. 숲 속에는 아주 달콤한 냄새가 퍼지고 있었어. 빼쭉하니 솟은 은행나무 가지에 꿀통 하나가 대롱대롱 매달려 있었는데, 바로 이 꿀통에서 나는 냄새였지. 동물들이 꿀통 옆을 지날 때면, 그 달콤한 냄새에 취해 재밌는 모습을 보이곤 했어. 참새가 날개를 파르르 떨며 꿀통 앞에 한참을 멈춰 있는가 하면, 곰은 꿀통을 집으려고 나무 밑에서 발버둥을 치다가 데구루루 구르기도 했어.

그런데 이때 꿀통 앞에서 싸우고 있는 친구들이 있었어.

"이 꿀통은 내 거야! 내가 밤새 붕붕 날아다니며 만들었다고!"

"아니, 이 꿀통의 주인은 나야! 나도 밤새 잉잉 날아다니며 만들었어!"

바로 말벌과 꿀벌이었어. 서로 자기가 꿀통의 주인이라며 싸우고 있었지.

"하하하, 꿀벌아. 붕붕대는 날개 소리는 못 들었는걸."

말벌은 뿡뿡대고 방귀 뀌는 시늉을 하며 꿀벌을 놀렸어.

"허허허, 말벌. 나 역시 날개에서 잉잉 소리가 난다는 말은 처음 듣는다고."

꿀벌도 지지 않고, 잉잉대고 우는 시늉을 하며 말벌을 놀렸어.

둘의 싸움은 좀처럼 끝날 줄을 몰랐어. 두 벌의 목소리가 점점 더 높아지면 높아질수록, 산속은 붕붕, 잉잉 소리로 가득했어. 나중에는 화가 난 두 벌이 서로를 괴롭히다가 날개가 엉겨 붙기까지 했지 뭐야.

"아니 도대체 이게 무슨 소리야?"

둘이 시끄럽게 싸우는 통에 숲 속 친구들도 하나 둘 모이기 시작했어. 새로운 친구가 나타날 때마다, 둘은 꿀통의 주인이 누구인지 가려달라고 했지.

"음, 글쎄. 어젯밤 붕붕대는 소리를 들은 것도 같고."

풍뎅이가 머리를 긁적긁적, 고개를 갸우뚱갸우뚱하며 말했어. 풍뎅이의 말에 꿀벌은 신이 났지. 말벌은 화가 났는지, 더 세게 날갯짓을 하며 풍뎅이를 쏘아봤어. 그러자 풍뎅이는 다시 머리를 긁적긁적, 고개를 갸우뚱갸우뚱하며 말했지.

"아니다, 아니다. 잉잉대는 소리였던 것도 같고."

풍뎅이는 자신 있게 대답하지 못하고, 이랬다가 저랬다가 왔다 갔다 하고 있었어.

"개미야, 너 어젯밤에 집 짓느라 한숨도 못 잤다고 했지?"

꿀벌은 흥하고는 개미에게로 날아갔어. 개미는 놀란 듯 움찔했지.

"잠을 안 잤다면 우리도 봤겠지? 안 그래? 우리 중 누가 꿀통의 주인이니?"

꿀벌이 개미에게 더 바짝 다가가서 물었어. 개미는 자꾸 뒷걸음질을 쳤어.

"응, 분명히 무슨 소리를 듣긴 들었는데, 그게 확실하지가 않네."

개미 역시 얼버무리기만 할 뿐, 얼른 대답하지 못했어.

"이름에 '꿀' 자가 들어 있으니까, 꿀벌이 주인 아닐까? 하하하."

옆에서 듣고 있던 메뚜기가 놀리며 말했어. 말벌은 뾰족한 침을 세워 보이며 메뚜기를 째려봤어. 메뚜기는 '어이구 메뚜기 살려' 하며 바위 사이로 숨어버렸지.

숲 속 친구들은 말벌과 꿀벌이 조금이라도 곁에 다가오면, 이래저래 딴청을 부렸어. 옆의 친구와 이야기하는 척하기도 하고, 다리를 다친 듯 절뚝거리며 내빼기도 했지. 하는 수 없이 두 벌은 여왕벌을 찾아가기로 했어.

여왕벌은 갖가지 꽃잎으로 장식된 보금자리에서 쉬고 있는 중이었어. 옆에서 잠자리가 날개로 부채질을 해주고 있었지. 꿀벌과 말벌은 여왕벌에게 지금까지의 일을 조랑조랑 이야기했어. 이야기를 다 들은 여왕벌은 고개를 절레절레 흔들었어. 도대체 누가 꿀통의 주인인지 여왕도 가려낼 수가 없었거든.

"여왕님, 우물쭈물하다가는 다른 동물들이 꿀통을 몽땅 먹어치우겠어요."

다른 꿀벌이 여왕벌에게 꿀 주스를 건네며, 걱정하는 투로 말했어.

"그래, 그거야!"

그 순간 꿀 주스를 가져온 벌이 갑자기 기발한 생각이라도 난 듯 무릎을 탁 쳤어. 모두들 그 벌을 향해 몸을 돌렸어.

"여왕님, 두 친구에게 꿀통 만들기를 시켜보는 게 어떨까요?"

벌의 생각은 아주 훌륭했어. 여왕벌도 덩달아 무릎을 탁 쳤지.

"참 좋은 생각이구나. 그럼 꿀통을 만들지 못한 친구는, 자연스레 꿀통의 주인이 아닌 게 될 테니 말이다!"

여왕은 곧바로 꿀벌과 말벌에게 꿀통을 만들어보라고 시켰어. 꿀벌과 말벌은 앞다투어 꿀통을 만들기 시작했어.

"두고 보라지. 꿀통의 주인은 나, 이 꿀벌이라고!"

"어림없는 소리! 이제 진짜 주인을 가려보자고!"

꿀벌과 말벌은 열심히 꿀통을 만들기 시작했어. 붕붕붕, 잉잉잉, 두 벌의 날갯짓 소리가 숲 속을 가득 채웠지.

얼마 후, 과연 꿀통의 주인이 가려질 수 있었어. 꿀벌은 붕붕 날아다니며 바쁘게 움직였어. 그런데 말벌은 어찌할 바를 모르고 발만 동동거리고 있었던 거야. 꿀벌이 어떻게 하나, 잘 지켜보다가 따라하기도 하는 것 같았어. 하지만 꿀벌이 다섯 번 움직일 때, 말벌은 한 번도 제대로 움직이지 못했어. 가끔 꿀벌의 길을 방해하기도 했지. 처음에 큰소리치던 모습은 싹 사라지고 말이야.

"자, 됐다. 꿀통의 주인이 가려졌구나!"

여왕벌은 장미 줄기로 만든 봉을 손바닥에 두드리며 말했어. 바로 판결이 내려진 거야. 꿀벌은 뛸 듯이 기뻐했어. 말벌은 거짓말을 한 게 창피했는지 후닥닥 어디론가 날아가버렸고. 붕붕붕. 잉잉잉. 꿀벌의 소리인지, 말벌의 소리인지 알 수 없는 소리가 숲 속을 가득 채웠지.

임신 26주

당신의 아기는 조금씩 숨쉬기 운동을 시작합니다. 물론 아직 폐 안에는 공기가 들어 있지 않습니다. 하지만 장차 호흡을 하는 데 필요한 폐포가 발달하기 시작하고, 콧구멍도 열리게 됩니다. 아직 공기로 숨을 쉬는 것은 아니지만, 끊임없이 숨쉬는 연습을 반복할 것입니다. 또한 이때쯤 아기는 촉각은 물론 시신경도 크게 발달하게 됩니다. 만지는 것에 대해 반응을 보이게 되며, 빛이 비치는 방향을 향해 머리를 돌리기도 합니다.

아기가 숨쉬기 운동을 시작하는 것과는 반대로, 지금쯤 당신은 숨쉬기가 다소 힘들어진 듯한 경험을 하고 있을 것입니다. 35cm나 커다래진 자궁이 당신의 폐와 횡경막을 위로 밀고 있기 때문입니다. 아직 폐가 완전하지 않은 태아는 엄마를 통해서 숨을 쉽니다. 엄마의 호흡이 차단된다는 것은, 아기에게도 위험한 상황이라는 사실을 기억해야 합니다. 숨이 많이 차고 힘이 들 때는, 숨을 크게 들이마셨다가 천천히 내뱉는 복식호흡을 여러 번에 걸쳐 반복해봅시다. 이때 호흡에 도움을 주는 임신부 요가를 배워보는 것도 좋은 방법입니다.

아기가 세상으로 나오기 위해 거치는 최초의 문이자, 인생을 통틀어 단 한 번 지나게 되는 좁은 문.
오직 당신에게만 있는 문. 바로 자궁입니다. 당신이 여성이고, 자궁을 가졌다는 사실이 경이롭습니다.
뱃속 아기의 두개골이 딱딱하지 않고 말랑말랑 한 것은, 이 '좁은 문'을 통과하기 위해서라고 합니다.
성서에 이러한 구절이 있습니다.
"좁은 문으로 들어가기를 힘쓰라. 생명으로 들어가는 길은 좁기 때문이니라."

성공하기 위해 들어가는 문은 넓지만, 미덕을 실천하기 위해 들어가는 문은 매우 좁습니다.
자기 자신만을 위해서가 아니라, 자신을 낳아준 부모는 물론 타인을 위해 사는 삶이야말로 가장 가치 있는 삶임을 가르쳐주는 구절입니다. 산다는 것은 곧, 좁은 문으로 나와 다시 좁은 문으로 들어가는 것임을 말합니다.

황금 알을 낳는 닭

옛날 옛날 아주 먼 옛날, 한 부자가 대궐같이 으리으리한 집에 살고 있었어요. 장롱에는 보석이 가득가득, 쌀독에는 쌀이 가득가득, 창고에는 비단이 가득가득 차 있는 집이었지요. 부자는 날이면 날마다 장롱이며 쌀독, 창고를 열어보았어요.

장롱 문을 활짝 열어젖히며 하는 말,

"아이고, 눈 부셔! 행복하구먼."

쌀독 뚜껑을 딸깍 들어 올리며 하는 말,

"아이고, 배불러! 든든하구먼."

창고 문을 철컥 걸어 잠그며 하는 말,

"아이고, 손 아파! 신나는구먼."

부자의 말은 마치 노랫소리 같았어요. 눈이 아프고 배가 부르고 손이 아프도록 많은 걸 가졌으니, 얼마나 신이 났을까요? 덩실덩실 춤을 췄겠지요?

그러던 어느 날, 부자는 이상한 소문을 듣게 되었어요. 이웃마을 어느 농부네 집에 황금 알을 낳는 닭이 있다는 소문이었어요.

'아니 닭이 어떻게 황금 알을 낳지? 믿을 수가 없군. 그럼 그 닭만 있으면 최고 부자가 될 수 있다는 말이잖아!'

부자는 서둘러 집을 나섰어요. 머릿속은 온통 황금 알을 낳는 닭 생각으로 가득했지요. 전 재산을 다 주고서라도 그 닭을 차지하고 싶었어요.

밭 두 개를 지나고 개울 하나를 건너니 어느덧 이웃마을에 도착했어요. 부자는 농부

앞에 돈뭉치를 떡하고 내려놓았어요.

"내게 그 황금 알을 낳는 닭을 파시오!"

부자의 말에 농부는 머리를 긁적긁적했어요. 그러더니 별안간 닭을 팔겠다고 하는 게 아니겠어요. 대신 아주 비싼 값을 받고 말이지요. 부자는 망설임 없이 가지고 온 금은보화를 전부 다 꺼내놓았어요. 황금 알을 낳는 닭은 이제 부자의 품에 들어올 수 있었지요.

부자는 룰루랄라 큰 소리로 노래를 불렀어요. 얼마나 신이 났는가하면, 웃을 때마다 방귀가 뽕뽕하고 새어 나왔을 정도였지요.

"황금 알 하나로 창고 자물쇠를 새로 사야지. 아무도 못 열게 더 단단한 걸로 채워야겠어. 황금 알 두 개로는 쌀독을 새로 사야지. 곡식을 더 사들여서 담아둬야겠어. 황금 알 세 개로는 장롱을 새로 사야지. 보석을 더 많이 채워 넣어야겠어."

부자의 머릿속은 온통 황금 알로 가득 차 있었어요. 그런데 가만히 생각해보니, 자물쇠도 새로 사고, 쌀독도 새로 사고, 장롱도 새로 사려면 황금 알이 족히 여섯 개는 넘게 필요했어요. 하지만 닭은 하루에 하나의 알만 낳을 수 있다고 했지요. 부자는 갑자기 심통이 났어요.

'어느 세월에 여섯 개를 낳겠어? 그럼 어찌한담?'

부자는 생각하고 또 생각했어요.

'오호, 그래! 요 녀석 뱃속에는 황금 알이 수십 수백 개가 들어 있을 테지? 옳거니! 뱃속을 열어보자꾸나.'

부자는 집으로 돌아오자마자 당장 닭을 잡고 말았지요. 정말 뱃속에 수십 수백 개의 황금 알이 들어 있었을까요?

어림도 없는 말씀! 닭의 뱃속은 텅 비어 있었어요. 황금 알이라고는 개미 한 마리만 한 것조차 들어 있지 않았지요.

"아니 이게 어떻게 된 일이야? 농부가 나를 속인 게로구나!"

화가 난 부자는 한달음에 밭 두 개를 지나 개울을 넘어 농부네 집으로 찾아갔어요. 뭐, 농부네 집에는 사람의 흔적은커녕 개미 한 마리조차 찾아볼 수 없었지요.

"농부가 미리 알고, 알을 몽땅 끄집어낸 게 분명해!"

부자는 마을 곳곳을 돌아다니며 농부를 찾았답니다.

어부의 횡재

우리 오늘은 바닷가로 나가보자. 하늘 높이 뭉게구름이 둥실둥실 떠 있고, 갈매기가 휘이휘이 날고 있는 곳. 부들부들한 모래사장 위로 파도가 촤르르르 밀려오는 곳. 바닷가에 나가면 볼 것들이 참 많단다. 가끔씩 멀리서 뿌앙뿌앙 기적 소리를 내는 유람선이 보일 때도 있어. 멋진 구조복을 입은 구조대원 아저씨들도 만날 수 있지. 오늘은 어떤 것을 보면 좋을까? 옳지 그래. 저기 조개 하나가 보이는구나.

아주 커다란 조개가 하나 있네. 입을 좍 벌리고 있는 것을 보니 낮잠이라도 자고 있는 모양이야. 작은 벌레 한 마리가 문득 호기심이 생겨, 저 커다란 입속으로 들어갔다고 생각해보렴. 그 다음엔 어떻게 될까? 콱하고 조개가 입을 닫아버리겠지? 그러면 벌레는 캄캄한 조개껍데기 속에 꽁꽁 갇혀버리게 돼. 으악, 생각만 해도 무섭다 무서워!

잠깐. 무언가가 날아온 것 같아. 아주 작은 새 한 마리가 조개 앞으로 날아왔네.

"조갯살이 아주 맛있어 보이는구나. 어디 한번 먹어볼까?"

작은 새가 조개껍데기 안에 있는 조갯살을 보며 군침을 흘리고 있어. 한 점 베어 물 생각을 하니 기분이 좋은가 봐. 이내 파드드득 날갯짓을 하더니만, 조개껍데기 안으로 냉큼 부리를 집어넣었네. 저러다가 조개가 낮잠에서 깨어나기라도 하면 큰일인데. 걱정이다. 그렇지?

아이고, 아이고! 내 저럴 줄 알았지! 어느 결에 깨어났는지, 조개가 작은 새의 부리를 콱 물어버렸어.

"아니, 감히 허락도 없이 내 살을 쪼아 먹어? 어디 맛 좀 봐라!"

조개는 작은 새가 괘씸한지, 일부러 입을 더 꽉 다물어버리네.

"야! 조개, 너! 이거 당장 놓지 못해!"

작은 새는 어떻게 해서든 조개 입에서 헤어나려고 끙끙대고 있어. 조개가 쉽사리 놓아 줄 것 같지는 않은데, 이를 어쩌면 좋지?

"아이고, 새 살려!"

"흥, 내가 네 날갯짓 소리를 못 들었을 줄 알고?"

조개와 새는 화해할 생각도 않고 계속 다투고만 있어. 새는 부리 끝으로 조갯살을 콕콕 찍어대고, 그럴수록 조개는 입을 더 꽉꽉 다무는 꼴이네.

이때 어부 하나가 살금살금 걸어왔지.

"웬일이래, 조개 하나가 떨어져 있고? 아니, 새도 한 마리 같이 있네!"

어부는 커다란 조개를 발견하고 신이 나서 이리로 온 듯해.

"하하하. 둘 다 내가 가져가면 되겠구나. 이게 웬 횡재지!"

어부는 등에 짊어지고 있던 투망을 내려놓더니, 조개와 새를 얼른 그 안으로 쏙 집어 넣는 게 아니겠어. 조개와 새가 화해하지 않고 계속 다투는 바람에, 지나가던 어부가 행운을 잡은 셈이지. 조개와 새는 결국 투망 안에 갇힌 신세가 되고 말았고!

옛날 어른들은 이런 모습을 종종 보곤 했었나봐. 이런 모습을 두고 '어부지리(漁父之利)'라는 말을 쓴대. '어부의 이득'이란 뜻을 가지고 있는 말이야. 두 사람이 어떤 일로 다투고 있을 때, 그 일과 아무 상관없는 다른 사람이 이익을 몽땅 가져간다는 말이지. 조개와 새의 이야기에서처럼 말이야.

걱정 많은 토끼

어느 날, 동물나라의 왕 사자가 모든 동물들을 불렀어. 사자는 기분이 좋지 않은 듯 뾰로통한 얼굴이 되어 있었어. 동물들은 사자에게 무슨 일이 생긴 걸까 하고 걱정을 했지. 누가 사자의 기분을 상하게 한 걸까, 사자네 집에 무슨 일이 있었던 걸까, 별의별 생각을 다했어.

사자를 기분 나쁘게 해서 좋을 일은 하나도 없다고. 사자가 화가 나면 아주 무섭거든. 무서운 이빨을 내밀며 사납게 으르렁거려. 달리기도 얼마나 잘하는지 사자가 못 잡는 동물은 하나도 없을 정도였어. 그러니 동물들은 사자가 화가 날까 봐 늘 가슴이 조마조마했어. 바로 지금 사자가 뾰로통한 얼굴이 되어 있으니, 이를 어찌하면 좋담?

특히 토끼의 걱정이 이만저만이 아니었어. 혹시 사자가 자기 때문에 화가 난 건 아닌가 싶었지. 토끼는 어제오늘 있었던 일을 곰곰이 생각해봤어. 하지만 아무리 생각해봐도 사자한테 잘못한 게 떠오르지 않는걸. 오늘 아침에도 산 중턱에서 사자를 봤는데, 꾸벅하고 인사도 잘했고 말이야.

'아잉, 사자가 나한테 저 큰 이빨을 들이대면 어쩌지? 나를 한 입에 꿀꺽하기라도 하면 어쩌지? 아잉, 무서워!'

토끼는 잔뜩 겁을 먹고 있었어. 사자랑 마주칠까 봐 가슴이 콩당콩당 뛰었지.

사자는 동물들이 다 모였나 안 모였나 한 번 더 훑어봤어.

"역시 사슴은 오지 않았군!"

사자가 벌컥 화를 냈어. 알고 보니 사자는 사슴을 찾고 있는 것 같았어. 원래 사자가 부르면 한달음에 달려오는 사슴인데 오늘은 어떻게 된 일일까?

"사슴이 무슨 잘못이라도 한 모양이야."

"그러게 말이야. 사자가 불렀는데 나타나지도 않고."

"괜히 우리에게 불똥이 튀면 어쩌지?"

동물들은 수군대기 시작했어. 토끼는 사자가 사슴을 찾는 모습을 보고 휴하고 한숨을 쉬었어. 일단 토끼가 잘못한 게 아니니 얼마나 다행이야.

그때 사자가 아픈 듯 끙끙거리는 소리를 냈어. 사자를 쳐다본 동물들은 모두 깜짝 놀랐어. 글쎄 사자의 옆구리에서 피가 흐르고 있는 게 아니겠어. 아니, 동물의 왕 사자를 누가 물었단 말이지? 동물들은 고개를 갸우뚱거렸어. 도대체 사자에게 무슨 일이 있었던 걸까? 동물들은 모두 사자가 무슨 말을 할지 몰라 걱정됐어. 토끼도 다시 겁을 먹었고 말이야. 그때 사자가 입을 열었어.

"앞으로 뿔 달린 동물은 우리 동물나라에서 살 수 없다! 뿔 달린 동물은 하루 빨리 여길 떠나라!"

뿔 달린 동물이라고? 전부 떠나라고? 동물들은 저마다 자기의 머리를 만져봤어. 혹시 작은 뿔이라도 있을까 봐 걱정하면서 말이야. 어떤 동물은 너무 겁을 먹은 나머지, 귀를 만지고는 뿔인 줄 알고 놀라기도 했어. 다행히 여기에 뿔 달린 동물은 없었어. 물론 오늘 나타나지 않은 사슴을 빼고 말이지.

"낮에 사슴뿔에 이렇게 찔리고 말았다! 사슴 녀석은 내가 아픈 줄도 모르고 부리나케 도망을 가더군. 오오오, 다른 동물들도 나처럼 뿔에 찔릴 수 있겠지? 위험해, 위험해, 아주 위험해. 그러니 뿔 달린 동물들은 모두 동물나라를 떠나거라!"

사자는 이렇게 이야기하고는 사라졌어.

"뿔 달린 동물은 바로 사슴을 말한 모양이야."

"아니, 분명 사슴 말고도 뿔 달린 동물이 있을 거야."

"사자 옆구리에서 흐르는 피 봤어? 뿔이 위험하긴 위험해."

동물들은 한참 동안 이야기하고는 곧장 사슴을 찾아갔어. 사자가 했던 이야기를 그대로 사슴에게 들려주었지. 사슴은 자기가 꼼짝없이 떠나야 하는 신세가 되었다며 한참 동안 슬퍼했어.

저녁 무렵이 다 되어서야 사슴은 집을 나섰어. 사실 사자에게 가볼 생각이었어. 앞으로는 다른 친구들이 다치지 않게 조심해서 다닐 거라고 말할 생각이었지. 아무리 생각해도 동물나라를 떠나서 살 수는 없을 것 같았거든.

"휴, 사자가 마음을 풀었으면 좋겠네."

사슴은 한숨을 크게 쉬었어.

그때 어디선가 또 한숨 소리가 들렸어. 그건 사슴 말고 다른 동물의 한숨 소리였어. 사슴은 주위를 살폈어. 나무 뒤에 누군가 숨어 있는 게 보였어. 사슴은 살금살금 나무 뒤로 걸어갔어.

"앗! 깜짝이야! 토끼구나!"

한숨 소리의 주인공은 바로 토끼였어.

"토끼야, 왜 거기에 숨어 있니?"

사슴은 토끼가 걱정이 되어서 물었어. 토끼는 몸을 작게 웅크리고는 아무 말도 없이 눈물을 뚝뚝 흘리고 있었지.

"토끼 너는 동물나라에서 떠날 일도 없는데, 왜 그렇게 슬퍼하고 있니?"

사슴이 다시 물었어. 그러자 토끼가 바닥에 비친 자기 그림자를 가리켰어.

"이것 좀 봐. 사자가 내 그림자를 보고, 내가 뿔 난 동물인 줄 알면 어떡하지?"

토끼는 다시 울음을 터뜨렸어. 사슴은 그제야 토끼 마음을 알아챌 수 있었지.

"토끼야, 그럼 앞으로는 항상 그늘 속에만 숨어 있으렴. 그래야 네 그림자가 비치지 않을 테니까."

사슴은 이렇게 말하고는 가던 길을 계속 걸어갔어. 사자를 만나면, 자기 친구 토끼에게는 뿔이 없다는 이야기도 해줄 생각이었지. 사슴이 돌아올 때까지 토끼는 여전히 걱정만 하고 있었어. 그늘 속에 꽁꽁 숨어서 말이야.

다섯 냥짜리 냄새

온종일 아무것도 먹지 못한 남자가 있었어. 머릿속으로 온통 음식 생각만 하고 있었지. 따끈한 고기 국물에 밥 한 그릇을 뚝딱 먹어치울까나? 방금 뽑은 가래떡을 줄줄줄 이어 먹을까나? 시원한 동치미 국물에 삶은 국수를 풍덩 말아 먹어도 제맛! 계란을 톡톡 깨트려서 찜을 해먹어도 좋고!

하지만 고기 국물이건 가래떡이건 먹을 수 있어야 말이지. 국수도 계란찜도 모두 말도 안 되는 상상일 뿐이야. 남자는 몹시 가난했거든. 고기 국물은커녕, 시레기국 한 사발 사 먹을 돈도 없었지. 점점 남자의 걸음걸이가 늦어졌어. 걸을 힘도 없게 된 거지 뭐야. 아, 낚시라도 할 줄 알면, 물고기나 한 마리 낚아서 먹는 건데!

그때였어. 어디선가 구수한 냄새가 풍겨왔어. 숯불에다가 자작자작 태울 때 나는 냄새, 그건 바로 생선을 굽는 냄새였어! 남자는 얼른 냄새가 나는 쪽을 쫓아갔어.

"음, 냄새 한 번 좋구먼. 냄새도 이렇게 좋은데 그 맛은 어떠할꼬?"

남자의 입에서 군침이 돌았어. 아니, 이미 침을 뚝뚝 흘리고 있었는지도 몰라. 생선 굽는 냄새는 부잣집 부엌에서 나고 있었어. 남자는 부잣집 담벼락에 딱 붙어 앉았지.

"음, 이 구수한 냄새! 이런 집에서는 날마다 생선을 구워 먹겠지? 비싼 생선을 날마다 먹으니 얼마나 좋을까?"

남자는 문득 부잣집 식구들이 부러웠어. 날마다까지는 바라지도 않거니와, 딱 한 번만이라도 생선구이를 먹을 수 있다면 얼마나 좋겠어. 남자는 방금 지어서 아주 뜨끈뜨끈한 밥을 상상해보았어. 그 밥을 한 숟가락 딱 뜨는 거지. 그런 다음, 구수한 냄새가 나는 저 생선살 한 조각을 숟가락 위에 떡 올려놓는 거야. 정말 기가 막힌 맛이 아니겠어? 다시 남자의 입에서 침이 뚝뚝 떨어지기 시작했어.

순간 대문이 벌컥 열리며 누군가 걸어 나왔어. 반짝반짝하는 비단옷을 입고, 빳빳한 갓을 쓴 걸 보니 분명 부자였어. 부자는 몹시 화가 난 표정이었어. 남자를 향해 성큼성큼 걸어왔지.

"자네 지금 뭐하고 있는 건가?"

"네? 저요? 아, 저는 생선 굽는 냄새가 참 좋아서……."

부자의 말에 남자는 말을 얼버무렸어. 아니, 담벼락에서 무얼 하든 말든 무슨 상관이람? 막말로 담벼락을 때려 부순 것도 아닌데 말이야.

"냄새를 맡았다고? 누구 맘대로? 내 허락도 없이!"

아니, 이건 또 무슨 날벼락 같은 말이란 말인가, 글쎄. 냄새 맡는 것을 허락을 받아야 하다니, 그게 말이 될 법한 소리냐 이 말이지.

"가만있어 보자. 저 생선 값이 딱 열 냥이었으니까, 자네는 냄새 맡은 값으로 딱 다섯 냥만 내게. 이래 봬도 많이 깎아준 거야."

남자는 부자의 말이 도무지 이해가 되지 않았어. 눈을 동그랗게 뜨고 입도 크게 벌린 채로 아무 말도 못하고 있었지.

"아무 말도 하지 않는 걸 보니, 네 죗값을 인정한 걸로 알겠다. 에헴!"

"네? 죗값이라니요, 나리! 저는 냄새만 맡았을 뿐이라고요!"

남자가 울먹거리며 말했지만 부자는 신경도 쓰지 않았어. 내일까지 반드시 돈

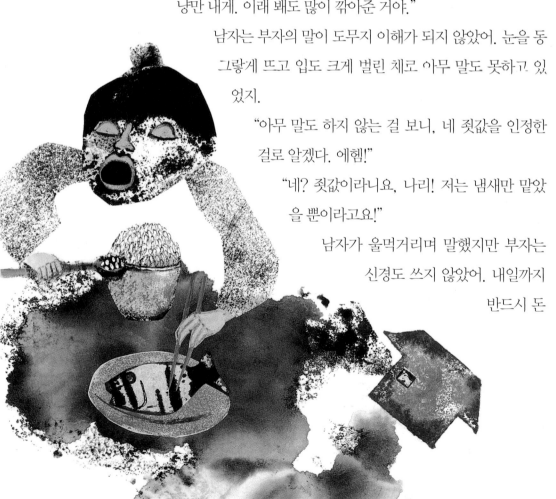

다섯 냥을 갚으라고 큰 소리만 칠 뿐이었지.

집으로 돌아온 남자는 큰 걱정에 빠지고 말았어. 날이 밝기 전에 다섯 냥이란 돈을 마련해야 할 텐데, 그게 어디 쉬운 일이어야 말이지. 남자는 훌쩍훌쩍 눈물을 흘렸어. 남자의 얼굴에서 군침이 아닌, 눈물이 떨어지기 시작한 거야.

"아버지, 왜 그리 슬피 우세요?"

아들이 걱정스럽게 물었어. 아버지는 내일까지 다섯 냥의 냄새 값을 갚아야 한다고 말했지. 꺼이꺼이 숨이 넘어가도록 울기만 했어.

아들은 어떻게 하면 아버지의 마음을 달랠 수 있을까 고민했어. 그러다가 아들은 정말 좋은 생각을 해낸 듯했어. 얼른 옆집으로 가더니 돈 다섯 냥을 빌려 온 거야.

"얘야, 그 돈을 어떻게 갚으려고 빌려왔니?"

"걱정 마세요, 아버지. 내일이면 바로 가져다 드릴 거예요."

아들은 아버지의 손을 꼭 잡아주었어.

다음날, 날이 밝자마자 남자는 아들과 함께 부잣집으로 갔어. 돈 다섯 냥이 든 주머니를 손에 든 채로. 부자는 아들까지 데리고 온 남자를 보며 신기해했지. 어떻게 하루 만에 돈을 마련했을까 궁금해하기도 하면서 말이야.

아들은 부자 앞으로 나섰어. 다섯 냥이 들어 있는 주머니를 남자 앞에 척 내밀었지. 그러더니만 아들은 주머니를 아주 세게 흔들기 시작했어.

"우리 아버지는 어르신 댁에 함부로 들어가지도 않았고, 생선을 빼앗아 드시지도 않았어요. 다만 맛있는 생선구이 냄새를 맡았을 뿐이지요. 냄새를 맡았을 뿐인데 돈을 내라 하셨다기에, 동전 소리로나마 그 돈을 치르러 왔습니다."

아들은 더 세게 주머니를 흔들었어. 딸랑딸랑 동전 소리가 났지. 꼭 다섯 냥이 들어 있을 것 같은 소리가 말이야. 부자는 헛기침을 하며 안으로 들어가버렸어. 생선구이 냄새가 새어나가기라도 할까 봐 문을 꼭꼭 닫아버렸지.

진주가 무슨 소용

옛날 옛날 어느 집 마당에, 커다란 닭 한 마리가 살고 있었어.

"꼬끼오!"

이렇게 울면, 주인이 잠에서 깨어났고.

"꼬꼬댁 꼬꼬댁!"

이렇게 울면, 주인이 마당에 나와봤어.

닭은 꼬끼오하고 울 때도 있고, 꼬꼬댁하고 울 때도 있었어. 꼬끼오하고 울 때는 닭도 잠에서 깨어난 거고, 꼬꼬댁하고 울 때는 닭에게 무슨 일이 생긴 거였지. 그럼 언제 언제 꼬꼬댁하고 울었을까? 그건 딱 두 가지. 배가 고플 때랑 마당에 누군가 찾아왔을 때.

주인은 밥시간을 어기는 법이 없었어. 그래서 닭은 아침에 한 번 꼬끼오 하고 울고, 낮에 한 번 꼬꼬댁하고 울었어. 낮에는 왜? 응, 하루에 한 번씩 우유 배달부 아저씨가 찾아왔거든. 그럼 주인은 닭이 낳은 달걀 두 알을 우유 배달부 아저씨에게 주었어. 우유 배달부 아저씨는 작은 우유 한 병을 주인에게 주고 갔지.

그러던 어느 날 아침이었어.

"꼬끼오!"

닭은 어김없이 큰 소리로 울었어. 곧 주인이 일어나서 부스럭부스럭대는 소리가 났지. 이제 조금 있으면 주인이 닭에게 모이를 주는 시간. 닭은 기분 좋게 주인을 기다렸어.

이상한 일이 벌어졌어. 분명히 닭이 꼬끼오하고 울었잖아. 주인이 부스럭부스럭 소리를 내며 일어났고. 조금 있으면 주인이 모이를 주는 시간이고. 그런데 주인이 통 나오지를 않는 거야. 아니, 꼬끼오 하고 깨워줬는데, 왜 나오지를 않느냐고.

'혹시 주인이 꼬끼오 소리를 못 들었나?'

닭은 한 번 더 큰 소리로 울었어.

"꼬끼오! 꼬 꼬 꼬끼오!"

다른 때와는 달리 두 번이나 울었지. 그런데도 주인은 나오지 않았어. 아침 시간이 다 지나도록 절대 나오지 않았어. 닭은 얼마나 배가 고팠는지 몰라. 꼬끼오 꼬끼오하고 수십 번도 넘게 울었어. 해는 이미 높이 떠올랐고, 닭은 점점 지쳐갔어.

어느 순간 점심 먹을 시간이 되었지. 누군가 마당에 들어왔어.

"꼬꼬댁 꼬꼬댁!"

닭은 얼른 큰 소리로 울었어. 그 소리를 듣고 주인이 방에서 뛰쳐나왔어. 아니, 꼬끼오 하고 울 때는 일어나지도 않고 나와보지도 않더니, 마당에 누가 왔다니까 저렇게 빨리 뛰쳐나오다니. 닭은 기분이 퍽 상하고 말았지.

이번에 찾아온 손님은 바다에 나가 물고기를 잡는 어부 아저씨였어.

"요 앞 바다에서 잡았다네. 맛있게 드시게나!"

어부 아저씨가 내놓은 건 커다란 조개였어. 작은 새 한 마리도 덤으로 주었지. 주인은 조개를 먹을 생각에 기분이 좋은지 덩실덩실 춤을 췄지. 얼른 닭의 보금자리로 오더니 방금 낳은 달걀 두 개를 쏙 빼갔어.

"이거 받게나. 내가 줄 거라고는 이 달걀밖에 없다네."

달걀을 받은 어부 아저씨도 기분이 좋은지 쿵덕쿵덕 뛰면서 돌아갔어.

닭은 잔뜩 화가 났어.

"꼬꼬댁 꼬꼬댁! 꼬 꼬 꼬 꼬댁!"

얼마나 큰 소리로 울었는지 몰라.

"아니 이 녀석이 왜 이렇게 시끄럽게 울어!"

주인은 빗자루로 닭을 쫓았어. 닭은 몹시 슬펐어. 눈물을 주룩주룩 흘렸지.

'아이고, 내 신세야. 온종일 굶은 것도 서러운데, 빗자루로 쫓기다니.'

닭은 한숨을 푹푹 쉬었어. 얼마나 굶었는지, 이제는 꼬꼬댁하고 울 힘도 없었어. 닭은 마당 안을 터벅터벅 걸어 다녔어. 혹시 어제 먹다가 남긴 모이가 남아 있진 않나 찾아보려고. 혹시 주인이 옮기다가 흘린 곡식이 남아 있진 않나 찾아보려고. 마당에는 쌀알 하나 떨어져 있지 않았어. 닭은 배가 너무 고팠어. 나중에는 바닥에 깔린 모래알이 모이로 보일 지경이었지.

얼마나 시간이 지났을까? 마당 한편에 뭔가 반짝하고 빛나는 것이 보였어.

'엥? 저게 뭐지?'

닭은 혹시나 하는 마음에 냉큼 달려갔어. 과연 예쁘게 생긴 무언가가 있었지. 그것은 작은 알갱이였어. 햇빛을 받을 때마다 하얀 빛을 뿜어냈지. 칼로 깎아내기라도 한 듯, 모난 데 없이 동글동글한 모양을 하고 있었고. 도대체 이게 무엇일까? 닭은 그 작은 알갱이를 요리조리 살펴봤어. 이렇게 한 번 굴리고, 저렇게 한 번 굴렸어. 이쪽에서 한 번 쳐다보고, 저쪽에서 한 번 쳐다봤어. 도대체 이게 무엇일까?

사실 그것은 진주였어. 왜, 낮에 어부 아저씨가 조개를 한 마리 잡아왔었잖아. 그 조개에서 떨어진 진주였던 거야. 진주라고는 구경도 해본 적이 없는 닭이니, 그걸 알아볼 수가 있었겠냐고. 닭은 부리 끝으로 진주를 콕콕 쪼아봤어. 얼마나 딱딱한지, 아주 작은 흠집도 나지 않았지. 그럼 그것을 삼켜볼까 하고 홀랑 입에 넣었어.

"에잇, 퉤퉤!"

뭐, 얼른 뱉고 말긴 했지만. 곡식이라면 마땅히 아주 고소한 맛이 나야 하거든. 그런데 진주에서는 아무 맛도 나지 않고, 오히려 비릿한 맛이 나는 거야. 그것도 아주 꼬릿꼬릿한 냄새를 풍기면서 말이야. 결국 닭은 그것을 그 자리에 놔둔 채 돌아서버렸어.

"에잇, 옥수수 알갱이인줄 알았더니만!"

닭은 못마땅하다는 듯이 입을 삐죽거렸어. 다시 꼬꼬댁 꼬꼬댁하고 큰 소리로 울기 시작했지. 세상에 모이보다 맛있는 건 없다고, 부디 내일 아침 다시 꼬끼오하고 울 때에는 주인이 꼭 나와주었으면 좋겠다고 생각했지. 다음날이 되어서야 닭은 주인이 많이 아팠다는 사실을 알게 되었어.

임신 27주

아기의 눈은 5주경 머리 양옆에 생겨, 7~10주 사이에 얼굴 제자리로 옮겨오게 됩니다. 눈을 덮고 있는 눈꺼풀은 임신 11~12주경까지 계속 다물어져 있다가, 임신 27~28주가 되면 서서히 벌어집니다. 눈꺼풀이 완전히 형성되면 눈동자가 만들어지고, 눈도 뜰 수 있게 됩니다. 아기는 축구공을 차듯이 발차기를 하고, 수영을 하듯이 위아래로 움직일 수 있게 되었습니다. 당신은 이전보다 더 강한 태동을 느끼게 될 것입니다.

이 시기쯤 되면 약간의 고혈압 증세를 보이는 임신부도 있을 수 있습니다. 혹 체중이 갑자기 늘거나, 아니면 눈이 침침하거나, 손과 발이 자주 붓는다거나 한다면, '임신중독증'의 증세일 수도 있으니 꼭 의사 선생님의 진찰을 받아야 합니다. 임신중독증은 임신부를 몹시 지치게 하고 나중에 난산의 위험을 불러올 수도 있으니 사전에 예방하는 것이 무엇보다 중요합니다. 이상할 정도로 분에 넘치는 식욕은, 여러 번의 횟수로 조금씩 나누어 먹으며 다스려봅시다.

세계적으로 이름난 성악가가 있었습니다. 그의 노래를 들은 사람은 한 명도 빠짐없이 그를 칭찬했습니다. 그럴 때마다 그는 한 번도 빠짐없이 다른 누군가의 덕분이라고 대답했습니다.

모두 하느님의 덕분입니다. 부모님 덕분이다, 스승님 덕분이다, 제자들 덕분이다…….

오랜 세월이 지나, 성악가에게도 죽음의 순간이 찾아왔습니다. 사람들은 이제야 성악가도 자신의 능력을 인정하고 말 거라고 장담했습니다. 사람들이 모두 모인 자리에서 성악가는 이렇게 말했습니다.

"제가 노래할 수 있었던 건 모두 이 죽음 덕분이었습니다.

저는 죽는 순간까지 당신들을 위해 노래하고 싶었습니다."

이윽고 성악가의 마지막 노랫소리가 울려 퍼지기 시작했습니다.

겸손한 마음과 자세는 분명 당신의 능력을 더욱더 빛나게 해줄 것입니다.

토끼와 산비둘기

토끼 한 마리가 개에게 쫓기고 있었어. 개는 캉캉하고 짖으며 토끼를 쫓았어. 토끼가 뛸 때마다 토끼의 동그란 꼬리가 달랑달랑 흔들렸어. 그 꼬리가 개의 눈앞에까지 다가왔다가 멀어지기 일쑤였어. 조금만 더 빨리 뛰면 잡을 수 있을 듯한데, 토끼는 쉽게 잡히지 않았어.

'흥! 이 토끼를 우습게 보면 큰일 나는 법!'

토끼는 개를 쳐다보며 눈을 찡긋해 보였어. 원래 빨리 뛰기로 유명한 토끼잖아. 게다가 오늘은 다른 때보다도 더 빨리 뛰고 있었으니, 분명 개가 따라잡기 어려웠을 거야.

"나는 몸은 작고 약해도, 달리기만큼은 누구에게도 지지 않아!"

토끼는 달리기를 잘하는 자기가 정말이지 자랑스러웠어. 뛰면서 자꾸 뒤돌아보는 것도 잊지 않았어. 개가 얼마만큼 쫓아왔는지 보면 뛰기에도 더 편하거든. 개가 가까이 왔을 땐 더 빨리 뛰고, 멀리서 오고 있을 땐 조금 천천히 뛰고 말이야.

토끼는 다시 뒤를 돌아봤어. 어찌 된 일인지 개가 보이지 않았어. 아니 그렇게 열심히 쫓아오더니 도대체 어디로 갔을까? 토끼는 기분이 좋아졌어.

"그럼 그렇지! 제가 감히 토끼를 어떻게 잡겠다고!"

토끼는 개가 지친 게 분명하다고 생각했어. 지금쯤 어딘가에서 숨을 헐떡이며 쉬고 있을 게 뻔하지. 토끼는 자기가 개를 따돌린 줄 알고 기분이 얼마나 좋았는지 몰라. 노래가 절로 나왔어. 그뿐인 줄 알아? 동그란 꼬리를 달랑달랑 흔들며 춤도 춰보였지. 입은 흥얼흥얼, 몸은 흔들흔들, 그렇게 신이 날 수가 없었다니까 글쎄.

어깨도 우쭐우쭐하며 신나게 걷다가, 어느새 집 앞에 탁 도착을 했네. 아니 그런데 이건 또 무슨 일이람? 아까 그 개가 토끼 집 앞에 떡하니 버티고 있는 게 아니겠어. 토끼는 깜짝 놀라서 두 눈이 왕방울만해졌지.

'어떻게 나보다 먼저 우리 집에 와 있지?'

토끼는 아무리 생각해도 이해가 되지 않았어. 개는 씩하고 웃고 있었어.

사실 개는 일찌감치 토끼 쫓기를 포기했었어. 뛰어봤자 달리는 데에는 토끼를 이길 수 없을 테니, 다른 방법을 생각해보는 수밖에 없었지. 개는 곧장 토끼네 집 앞에 와 있었던 거야. 어차피 언젠가는 토끼도 집으로 돌아올 테니까, 집 앞에서 토끼를 기다리는 게 낫겠다고 생각했어. 결국 토끼는 다시 개에게 쫓기는 신세가 되고 말았지 뭘.

그때 나무 위에서 큰 소리로 웃는 소리가 들렸어.

"푸하하하! 저 토끼 꼴 좀 봐!"

바로 산비둘기였어. 산비둘기는 여태껏 개와 토끼를 지켜보고 있었지. 토끼 꼴이 참 우습다면서 한참을 큰 소리로 웃었어. 게다가 놀리기까지 했지.

"아무리 빨리 뛰면 뭐해? 나보다 느린데!"

산비둘기는 두 날개를 쫙 펼쳐서 하늘로 날아올랐어.

"나도 산비둘기처럼 날 수 있으면 이렇게 쫓기는 신세는 되지 않았을 텐데."

토끼가 산비둘기의 모습이 부러운 듯 중얼중얼댔지.

그 순간이었어. 갑자기 검은 그림자가 바닥에 드리우더니, 순식간에 매 한 마리가 나타났어. 어떤 짐승도 놓치지 않는다는 매 말이야. 매는 엄청나게 빨리 날아와서 산비둘기를 낚아채갔어. 그 모습을 보고 토끼는 다시 중얼중얼댔지.

"아무리 빨리 날면 뭐해? 매보다 느린데!"

개구리의 응원

햇볕이 쨍쨍 내리쬐고 그늘은 꽁꽁 숨은 여름날, 독사 한 마리가 연못을 향해 기어가고 있었어. 시원한 물 한 모금만 마실 수 있었으면 했지. 연못에 가면 시원한 물이 고여 있을 거야. 그늘은 또 얼마나 시원할까? 햇볕은 식을 줄을 몰랐어. 마치 독사가 연못에 가는 것을 방해라도 하는 양 더 뜨겁게 내리쬐고 있었어.

잠시 후 독사가 연못에 도착했어. 정말 시원한 나무 그늘이 가득하고, 나무들마다 먹음직스러운 열매가 주렁주렁 매달려 있었어. 독사는 힘들었던 생각이 싹 사라졌지. 후닥닥 연못으로 가서 허겁지겁 물을 마시려넌 순간이있어.

"여기가 어디라고! 썩 나가지 못해!"

갑자기 어디선가 물뱀 한 마리가 나타나더니 큰 소리를 치는 게 아니겠어. 독사는 깜짝 놀랐어. 아니 대체 이게 무슨 일인가 싶었지.

"여기는 내 연못이야. 그러니까 좋은 말로 할 때 나가!"

물뱀은 잔뜩 화가 난 표정으로 독사를 째려보고 있었어.

"어째서 여기가 네 연못이라는 거야? 말도 안 돼!"

독사는 물뱀의 말을 무시하고 연못에 입을 담그려고 했지. 그때 물뱀이 독사에게 돌을 확 집어던지지 뭐야. 독사는 잔뜩 화가 났어.

"물뱀 너! 우리 내기해! 이긴 쪽이 연못을 차지하기로 하자고!"

"그래, 좋아! 대신 지면 두말 않고 나가기야. 알았지?"

이렇게 해서 독사와 물뱀은 내기를 하기로 했지. 내기는 내일 하기로 결정됐어. 독사는 목이 몹시 말랐지만 꾹 참기로 했어. 어차피 내일이면 연못은 자기 차지가 될 거라고 생각했으니까.

그날 저녁, 개구리 한 마리가 독사를 찾아왔어.

"독사님. 저는 연못에 살고 있는 개구리예요. 독사님을 돕기 위해 찾아왔어요."

"나를 돕는다고?"

"네. 저도 물뱀 때문에 고생이 이만저만이 아니거든요. 물 한 모금 먹을라치면 물뱀이 얼마나 못살게 구는지……. 제가 내일 열심히 독사님을 도울게요."

개구리가 두 주먹을 꼭 쥐며 말했어. 독사는 그런 개구리가 참 고마웠지.

"좋아. 내가 이기면, 개구리 너도 연못에 살게 해주지!"

독사는 개구리에게 약속했어.

드디어 날이 밝았어. 내기는 일찍부터 시작됐어. 연못 옆에 있는 나무 꼭대기까지 가장 먼저 올라가는 사람이 이기는 내기였지. 독사는 있는 힘을 다해 싸웠어.

그때 나무 뒤편에서 개구리의 울음소리가 들려왔어.

"독사님, 이겨라. 개굴개굴!"

개구리 울음소리는 멈추지 않았어. 독사는 개구리의 울음소리가 신경 쓰였어. 개구리는 계속해서 울었고, 독사는 아예 모르는 체하고 내기에만 집중했어.

마침내 독사는 물뱀을 이기게 되었지. 물뱀은 순순히 연못에서 물러났고 연못은 독사의 차지가 되었어. 독사는 드디어 연못에서 물을 마실 수 있었어. 연못가에 떨어진 열매도 마음 놓고 주워 먹었지. 독사는 정말 행복했어. 천국이 따로 없었던 거야.

그때 어디선가 다시 개구리 울음소리가 들렸어.

"독사님, 축하드려요. 이제 저도 여기에 같이 살게 해주세요! 개굴개굴!"

개구리는 잔뜩 신이 난 듯이 말했어. 하지만 독사는 비웃고 있었어.

"나를 돕겠다고 했었지? 그런데 왜 나를 돕지 않았니?"

"돕지 않다니요? 제가 얼마나 열심히 응원을 했는데요. 쉬지 않고 계속해서요."

개구리는 내내 독사를 응원했다고 말했어. 개굴개굴하고 울면서 말이야.

"그래? 내게는 내기를 방해하는 소리로밖에 들리지 않던걸."

독사는 고개를 가로저을 뿐이었지.

쇠항아리와 질항아리의 여행

먼지가 뿌옇게 쌓인 어느 창고 안에 항아리 두 개가 있었단다. 하나는 숯을 담는 쇠항아리였고, 다른 하나는 물을 담는 질항아리였지. 항아리들은 심심할 때면 심심할 때마다 이야기를 나눴어. 특히 옛날이야기 하기를 제일 좋아했지.

"휴, 한때는 말이야. 주인님이 내 몸 안에 항상 숯을 담아놨었어. 밥 지을 땐 꼭 숯을 꺼내 썼지. 그땐 저녁 무렵마다 주인님 얼굴을 꼬박꼬박 볼 수 있었는데……."

쇠항아리가 한숨을 푹 쉬며 말했어.

"밥 지을 때 꼭 필요한 게 하나 더 있지. 바로 물! 한때는 이 몸에도 물이 찰랑찰랑 남겨 있었는데. 휴!"

질항아리도 한숨을 쉬긴 마찬가지였어. 언젠가부터 두 항아리는 숯도 물도 담지 못하고 이렇게 창고에 처박히게 되었어. 주인님은 숯 대신 기름을 사용했고, 물을 길러오는 대신 우물을 만들게 되었거든. 자연스레 두 항아리는 아무것도 담지 못하는 신세가 되었지. 두 항아리 말대로 한때는 주인님 얼굴을 날마다 보곤 했는데 말이야. 둘은 그때 이야기를 자주 하곤 했던 거야. 그럼 심심한 생각도 싹 잊혀지고 좋았어. 물론 창고에 처박힌 신세에서 변하는 건 없었지만.

하루는 쇠항아리가 들뜬 목소리로 말했어. 뭔가 재미난 일이라도 생긴 듯이 말이야.

"질항아리야. 우리 여행 가지 않을래?"

"뭐? 여행?"

쇠항아리의 말에 질항아리는 깜짝 놀랐어. 여행이란 건 생각해본 적도 없었거든.

"응! 계속 여기에 처박혀 있을 수만은 없잖아. 저 멀리 바다에 가보자."

쇠항아리가 질항아리를 꾀었어. 질항아리는 어떻게 하면 좋을까 생각했지.

"그래, 좋아! 나도 더는 여기에 못 있겠어. 정말 따분하기 짝이 없다고!"

질항아리는 쇠항아리의 말을 따르기로 했어. 이렇게 해서 두 항아리는 여행을 떠나게 되었지. 드디어 창고 밖으로 나가게 된 거야. 둘은 데굴데굴 몸을 굴려 마당으로 나왔어. 주인이 만들어놓은 우물이 한눈에 들어왔어. 우물가에는 물이 조금 고여 있었어.

"그래, 여기에 몸을 씻으면 되겠다!"

"좋은 생각이야. 이 꼴로 밖에 나갔다가는 망신이라고."

두 항아리는 고인 물에 몸을 이리저리 굴렸어. 얼마나 먼지가 많이 묻어 있었는지, 물은 금세 흙탕물처럼 검게 변했어. 마당 안에 우당탕탕 소리가 울려 퍼졌지.

마당에서 요란한 소리가 나는 걸 듣고 주인이 나왔어.

"너흰 왜 나와 있는 게냐?"

주인이 마당에 나와 있는 항아리들을 보고 물었어.

"우린 여행을 갈 거예요. 이젠 저 지긋지긋한 창고에 더는 못 있겠다고요."

두 항아리는 겁내지 않고 말했어.

"여행이라고? 너희 바깥세상이 얼마나 위험한 줄은 알고 있고?"

주인은 눈을 크게 뜨며 말했어.

"저 컴컴하고 답답한 창고보다는 낫겠지요!"

"두말하면 잔소리!"

두 항아리는 주인의 말에는 아랑곳하지 않았어. 이미 저만치 대문 앞으로 굴러가 있기까지 했으니까. 둘은 있는 힘껏 대문 밖으로

굴러 나갔어. 주인이 큰 소리로 부르는 게 들렸던 것도 같아. 두 항아리는 들은 체 만 체 했지만.

"와! 밖으로 나오니까 정말 좋다!"

질항아리가 언덕 아래를 내려다보며 말했어. 마침 날씨도 솜사탕처럼 보들보들하고 따뜻해서 참 좋았지.

"우리 언덕 아래까지 내려가보지 않을래?"

"응! 신난다!"

두 항아리는 언덕 아래까지 내려가보기로 했어.

"자, 그럼 내려간다. 하나, 둘, 셋!"

셋하고 숫자를 세자마자, 두 항아리는 언덕을 굴러가기 시작했어. 내리막길이어서 굴러가기에 훨씬 편하고 좋았어. 이젠 제법 콧노래까지 부를 정도였지.

그러다가 언덕 아래로 거의 다 내려왔을 때쯤이었어. 갑자기 와장창창 소리가 나더니 질항아리가 깨지고 말았어! 돌부리가 있는 걸 보긴 했는데, 내려오는 중에 도저히 멈출 수가 없었어. 돌부리에 모서리가 쿵하고 찍혔는데, 그때 금이 갔던 모양이야. 그 금이 점점 더 벌어지더니만 이렇게 와장창 깨져버린 거지.

"질항아리야, 어떡하면 좋니?"

쇠항아리는 깨진 질항아리를 보며 안타까워했어.

얼마 지나지 않아 쇠항아리에게도 일은 터지고 말았어. 언덕 위에서는 보이지 않았는데, 내려와보니 언덕 아래로 강물이 흐르고 있는 게 아니겠어. 쇠항아리는 여행은커녕, 강물 위에 둥둥 떠다니는 신세가 되고 말았지.

한편 두 항아리가 있었던 집에서는 한바탕 난리가 났어.

"아니, 이 항아리들이 언제 들어오려고 그러지? 쌀이랑 밀을 담아두려고 했건만!"

주인은 밤이 깊도록 두 항아리를 찾았어. 항아리들이 무서운 곳에서 헤매다가 어디 다치기라도 했으면 어떡하나, 마음을 다해 걱정하면서 말이야.

치즈가 들어 있는 우물

쥐 한 마리가 있었어. 찍찍찍 울고 종종종 걸어 다니는 쥐 말이야. 쥐는 배가 고팠지. 온종일 아무것도 먹지 못했지. 무엇이든 먹을 수 있었으면 좋겠지만, 사실 그건 좀 억울했어. 어떻게 참고 기다렸는데, 어떻게 아무거나 먹겠어. 쥐는 자기가 가장 좋아하는 음식을 먹고 싶었어. 쥐가 가장 좋아하는 음식이 무엇일까. 알알이 탱글탱글한 옥수수일까. 죽죽이 길게 뻗은 소시지일까. 속속이 잘 익은 오렌지일까. 아니야, 아니야. 쥐가 좋아하는 음식은 치즈. 그래, 바로 치즈였어.

쥐가 치즈를 얼마만큼 좋아했는지 볼까? 먹어보지 않고도 치즈를 찾을 수 있는지 볼까? 먼저 쥐의 눈을 가려. 그런 다음 쥐 앞에다가 치즈랑 치즈 그 비슷한 것들을 몽땅 갖다 놓지. 자, 쥐야. 치즈를 찾아보렴! 그럼 쥐는 두 팔을 뻗어 더듬더듬 앞에 있는 것들을 만져보지. 이건가? 아니 이건가? 아니 아니 이건가? 이것저것 한참이나 만져봐.

쥐는 다시 두 콧구멍을 벌려 킁킁킁킁 앞에 있는 것들 냄새를 맡아보지. 이건가? 아니 이건가? 아니 아니 이건가? 이것저것 한참이나 맡아봐. 그런 다음 말하지. 그래, 바로 이것. 이것이 치즈! 딱 맞혔어, 아주 딱 맞혔어!

쥐의 눈도 가리고, 쥐의 코도 가려. 그런 다음 쥐 앞에다가 치즈랑 치즈 그 비슷한 것들을 몽땅 갖다 놓지. 자, 쥐야. 치즈를 찾아보렴! 이제 쥐는 냄새도 맡을 수 없어. 두 볼을 부비부비 앞에 있는 것들에 비벼보지. 이건가? 아니 이건가? 아니 아니 이건가? 이것저것 한참이나 비벼봐. 그런 다음 말하지. 그래, 바로 이것. 이것이 치즈! 딱 맞혔어, 아주 딱 맞혔어!

쥐는 정말로 치즈가 먹고 싶었어. 그런데 밤이 깊도록 치즈를 찾을 수 없었어. 두 팔로 더듬더듬 만져보아도, 두 콧구멍으로 킁킁킁킁 냄새를 맡아보아도, 두 볼로 부비부비 비벼보아도, 어디에도 치즈는 없어. 참 한숨밖에 안 나오는 상황이야.

밤은 저리도 깊은데, 배는 이리도 고픈데, 치즈는 어디에 있단 말이야? 그냥 아무거나 닥치는 대로 먹어? 아니야, 아니야, 아무거나 아니야. 쥐는 다시 집 주변을 샅샅이 뒤지고 다녔어. 혹시나 못 본 데가 있나 없나 두 눈을 크게 뜨고 찾아보았지.

그러다가 문득 물이라도 먹을까 하는 생각이 들었어. 그래 물이라도 먹을까 했지. 쥐는 우물로 갔어. 두레박에다가 물을 한가득 따라 마실 생각을 했지.

'오늘은 물로 허기를 때우자. 내일은 분명 치즈를 먹을 수 있을 거야.'

쥐는 좋게 좋게 생각했어. 하루가 다 저물었으니, 오늘 치즈를 먹기는 글렀으니, 더 이상 슬퍼하지 말고 이제 코 자면 되는 거잖아. 치즈는 내일 또 찾아보면 되는 거잖아. 쥐는 두레박을 찾기 위해 우물 안을 들여다봤어.

그런데, 이게 웬일! 세상에, 이게 웬일! 우물 안에, 글쎄 우물 안에 치즈가 들어 있는 거야! 쥐는 가슴이 콩당콩당 뛰었어.

'사람들이 치즈를 여기에 숨겨놓았군! 하하하. 내가 못 찾을 줄 알았지?'

치즈를 못 찾다니, 말도 안 되는 소리. 눈을 가리고 코를 가려도 치즈 찾는 데는 노사인 쥐인데. 쥐는 기분이 들뜨기 시작했어. 다시 한 번 우물 안을 들여다봤지. 두레박 안을 꽉 채우고도 남을 만큼 커다란 치즈였어. 빛깔이 노란 것이 아주 잘 익은 치즈였어. 그래, 그래. 저렇게 크고 맛있어 보이는 치즈는 처음이었어.

'온종일 참고 기다린 보람이 있구나!'

쥐는 정말 행복했어. 저 치즈를 언제, 어떻게 다 먹을까 생각했지. 생각만 해도 행복했어. 쥐는 두레박을 타고 서서히 우물 안으로 들어갔어.

"풍덩!"

아니, 이게 무슨 일! 세상에, 이게 무슨 일! 우물 안에, 글쎄 우물 안에 치즈가 들어 있는 게 아니었어! 그건 달빛, 달빛이었지. 우물 안에 비친 달빛이었지. 쥐는 찍찍찍 울었어. 종종종 걷고 싶었지만, 발이 물속에서 꼼짝도 하지 않았어.

물뱀을 감동시킨 족제비

햇볕이 따사로운 여름날, 물뱀 한 마리가 강물속을 헤엄쳐 다니고 있었어요.

"역시 여름에는 물속이 최고지! 땅에서 사는 동물들은 얼마나 더울까?"

물뱀은 물속에 살고 있는 게 정말 행복했어요. 물론 물뱀이라고 해서 처음부터 헤엄을 잘 쳤던 것은 아니에요. 처음에는 물속으로 꼬르륵 빠져버리는 일이 많았지요. 그럴 때마다 물뱀은 헤엄치는 연습을 더 열심히 했어요. 신기하게도 연습을 하면 할수록 헤엄치는 실력은 점점 나아졌어요. 지금은 헤엄치는 것만큼은 누구보다 자신 있게 되었지요. 물뱀은 강물 위로 머리를 내밀고 땅 위를 내다봤어요.

'어휴, 저 족제비는 얼마나 더울까? 저기 저 여우는 또 어떻고?'

물뱀은 지나가는 족제비와 여우를 보며 생각했어요. 물뱀은 상상했어요. 족제비와 여우가 물뱀에게 헤엄치는 방법을 가르쳐 달라고 조르는 모습을요.

"물뱀님. 어떻게 하면 헤엄을 잘 칠 수 있을까요?"

"물뱀님은 헤엄치기 일등이잖아요. 우리도 좀 가르쳐주세요!"

상상할수록 정말 신이 났지요. 아마도 물뱀은 이렇게 대답했을 거예요.

"에헴! 헤엄치는 건 그리 어려운 일이 아니야. 나만 잘 따라하면 된다고! 하하하."

물뱀은 절로 웃음이 나왔어요. 물뱀이 한참 상상에 빠져 있을 때였어요. 어디서 불어온 바람 때문인지 갑자기 강물이 세게 출렁거렸어요. 그 바람에 물뱀은 강변으로 떠밀려 오고 말았어요.

"어휴, 이를 어쩜담? 햇볕도 뜨거운데!"

강변은 마른 흙으로 덮여 있었어요. 어디에도 물은 보이지 않았고요. 다시 강으로 기어가면 될 텐데, 마른 흙 사이를 기어가면 온몸에 상처가 나고 말 거예요. 하는 수 없이 물뱀은 그 자리에 꼼짝 않고 있을 수밖에 없었어요.

시간이 지날수록 물뱀의 몸은 바짝바짝 말라갔어요. 이대로 있다가는 정말 위험해질 것 같았어요. 그때 마침 족제비가 보였어요. 아까 무지 덥게 보인다고 했던 그 족제비 말이에요.

"족제비야, 족제비야. 나 좀 강물 있는 곳까지 데려다주지 않겠니?"

물뱀은 족제비를 보고 애원했어요.

"응, 나도 그렇게 해주고 싶긴 한데, 내 작은 덩치로 어떻게 너를 들겠니?"

족제비는 안타까운 듯 말했어요.

"나를 데려다주기만 하면, 내가 가지고 있는 건 뭐든지 다 줄게!"

"정말?"

물뱀의 말에 족제비는 깜짝 놀랐어요. 벌써부터 신이 난 모양이었어요.

'어떻게 하면 저 커다란 물뱀을 옮길 수 있지?'

족제비는 물뱀 옆에 쪼그리고 앉아, 한참 동안 곰곰이 생각했어요.

잠시 후, 족제비는 집으로 가서 기다란 끈을 챙겨왔어요. 그 끈으로 물뱀의 몸통을 꽁꽁 묶더니, 영차 영차 열심히 끌기 시작했어요. 땀을 뻘뻘 흘리고 팔과 다리에 힘이 다 빠진 후에야 간신히 강물에 도착할 수 있었어요.

"자! 이제 나에게 무엇을 줄 거야, 물뱀아?"

물뱀이 환하게 웃으며 물었어요. 힘들었던 생각은 조금도 남아 있지 않았어요. 물뱀에겐 무엇 무엇이 있을까 상상해보니 그렇게 즐거울 수가 없었지요.

그러나 문제가 생기고 말았어요. 글쎄 물뱀이 자기는 도저히 약속을 지킬 수 없다는 게 아니겠어요.

"네가 나를 너무 꽁꽁 묶는 바람에 내가 얼마나 아팠는지 몰라!"

도리어 족제비에게 화를 내기까지 했어요. 그뿐만이 아니었어요. 이제는 족제비를 잡아먹으려고까지 했지요.

"왜 약속을 안 지키는데! 데려다주기만 하면 된다고 했잖아!"

족제비도 화가 치밀었어요. 물뱀은 족제비를 모르는 체하고는 강물속으로 풍덩 들어 갔어요. 언제나 그랬듯이 멋진 헤엄 솜씨를 뽐내며 사라져버렸지요.

"정말 은혜도 모르는 물뱀이야!"

족제비는 풀이 잔뜩 죽은 모습이 되어 집으로 돌아왔어요.

'언젠가 내 도움이 또 필요하겠지? 그때 한 번 더 도와주지 뭐. 그때는 원래 주려던 것 보다 더 큰 선물을 달라고 하자!'

족제비는 물뱀이 아주 많이 미웠지만, 한 번만 꾹꾹 참기로 했어요.

곧 뜨거운 여름이 지나고 시원한 가을이 찾아왔어요. 이번 날씨는 참 이상했어요. 여 름에는 그렇게 비가 많이 오더니, 가을이 되니까 이상하리만치 비가 오지 않는 것이었 어요. 결국 비가 한 톨도 오지 않는 가뭄이 들고 말았어요.

가뭄이 들자 강물이 점점 말라붙기 시작했어요. 물뱀의 몸도 점점 말라가기 시작했지 요. 이대로 있다가는 정말 큰일이 날지도 모르는 상황이었어요.

얼마 후, 족제비는 물뱀이 다시 위험에 빠졌다는 소식을 듣게 되었어요. 족제비는 얼 른 물뱀을 찾아갔어요. 언젠가 산 너머에 있는 다른 강물을 본 적이 있었거든요.

"그게 정말이야?"

족제비의 말을 들은 물뱀은 서둘러 산 너머로 향했어요. 강물에 살고 있는 다른 친구 들도 물뱀의 뒤를 따랐어요.

과연 산 너머에는 물뱀이 몰랐던 다른 강물이 흐르고 있었어요. 족제비 덕분에 또 한 번 목숨을 구한 물뱀은, 족제비의 마음에 감동을 하고 말았어요.

"족제비야. 내가 헤엄치는 방법 가르쳐줄까?"

"강물이 다 말라붙었는데 무슨 헤엄이냐?"

물뱀의 말에 족제비가 씨익 웃으며 말했어요.

"아니, 언젠가는 가뭄 말고 홍수가 날지도 모르는 일이잖아. 그때 네가 위험에 빠지면 안 되니까……."

"그런가? 그래, 그러고 보니 헤엄 솜씨야말로 네가 가진 최고의 보물이다!"

그 이후, 물뱀과 족제비는 가장 친한 친구 사이가 될 수 있었답니다.

Everyday Prenatal Literature IV

건강하고 지혜로운
아기를 꿈꾸며

임신 완성기(28주~35주)
부쩍부쩍 자라는 아기를 위한
지혜롭고 훌륭한 내용의 이야기들

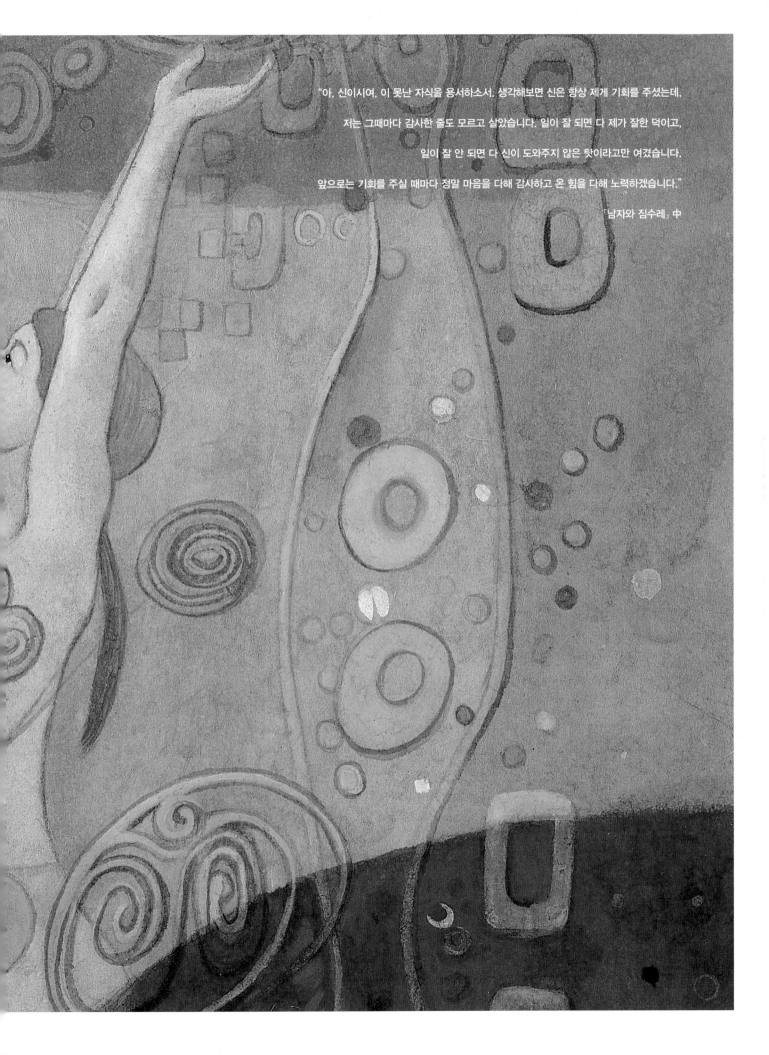

"아, 신이시여, 이 못난 자식을 용서하소서. 생각해보면 신은 항상 제게 기회를 주셨는데,

저는 그때마다 감사한 줄도 모르고 살았습니다. 일이 잘 되면 다 제가 잘한 덕이고,

일이 잘 안 되면 다 신이 도와주지 않은 탓이라고만 여겼습니다.

앞으로는 기회를 주실 때마다 정말 마음을 다해 감사하고 온 힘을 다해 노력하겠습니다."

「남자와 짐수레」中

Everyday Prenatal Literature

임신 완성기. 대중교통을 이용할 때 눈치 보지 않고 자리를 양보받는 시기. 젖병을 몇 개나 준비해야 할지 고민이 되는 시기.

많은 임신부들이 임신 후기에 가까울수록 깊은 걱정의 늪에 빠진다고 합니다. 자신이 무사히 출산을 할 수 있을까,

자신이 정말 아기를 잘 키워낼 수 있을까……. 출산과 육아에 대한 걱정과 부담이 없는 임신부는 없을 것입니다.

누구에게나 찾아오는 걱정이니만큼, 걱정 대신 희망찬 생각과 구체적인 계획을 가져보는 건 어떨까요?

당신의 아기를 생각해봅시다. 앞으로 어떤 덕목을 갖추고, 어떤 가치를 실현하는 사람으로 자랐으면 하나요?

당신의 아기에게 가르쳐주고 싶은 세상의 모든 가치를 떠올리는 시간. 지금부터 읽게 될 이야기들 속에서

그 소중한 가치들을 만나봅시다. 앞으로 아기에게 훌륭한 부모가 되어주고 싶은 꿈을 위해

어쩌면 당신이 먼저 갖추고 싶은 그 가치들을 말입니다.

임신 28주

아기의 키는 30~35cm, 몸무게는 1kg이 되었습니다. 이제는 눈꺼풀에 덮여 있던 눈을 자유자재로 깜박일 수 있고, 자고 일어나는 것에 대해서도 규칙적인 패턴이 생겼습니다. 아기의 뇌세포가 급격하게 증가하면서, 아기는 다양한 동작을 보여줄 수 있게 되었습니다. 그 중 가끔 손가락을 빠는 동작을 보이곤 하는데, 이는 태어나서 엄마젖을 빨기 위한 예비동작이라고 합니다. 아직 완벽한 것은 아니지만 폐도 스스로 숨을 쉬는 능력을 갖춰가고 있습니다. 아기의 장기 중 가장 늦게 발달하는 것이 폐라는 사실을 생각해봤을 때, 현재 아기의 발달 상태는 태어나기 위한 막바지 준비를 마쳐가는 단계에 와 있다고 볼 수 있을 것입니다.

임신 중기 무렵, 아기는 당신과 똑같은 감정을 느끼고 있습니다. 뇌세포와 뇌 조직이 크게 발달한 시기인 만큼, 아기는 다양한 두뇌활동도 할 수 있게 되었습니다. 당신이 기뻐하거나, 슬퍼하고 우울해하는 감정을 아기도 똑같이 느낄 수 있다는 것입니다. 따라서 충분한 휴식과 안정을 통해 아기에게 밝고 긍정적인 감정을 전해줄 수 있도록 합시다.

독일의 시인, 라이너 마리아 릴케는
『젊은 시인에게 보내는 편지』를 통해 힘들어하는 시인들을 격려했습니다.
"당신의 생활이 비록 빈약하게 보일지라도 그것을 탓하지 말고,
평범한 생활이 갖는 풍요로움을 끌어낼 수 없었던 자신을 탓하십시오.
창조하는 자에게는 가난이 없으며, 그냥 지나쳐 버려도 좋을 빈약한 장소란 없기 때문입니다.
설사 당신이 감옥에 갇혀서 바깥세상의 소리조차 당신에게 전해지지 않는 경우라도,
당신에게는 여전히 어린 시절의 그 소중하고도 풍요로운 추억의 보물 상자가 있지 않습니까?"

누구에게나 세상은 도전의 대상이며, 또한 자기편이 아닐 수 있습니다.
하지만 세상을 향해 진정으로 자신의 온 힘을 꺼내놓는 당신의 용기가 아름답습니다.
당신이 채워온 보물 상자를 결코 잊지 마십시오.

두 농부 이야기

이제 막 전쟁이 끝난 마을이 있었어. 거리에는 부서지고 버려진 가구들이 가득 차 있고, 음식물들이 썩어서 고약한 냄새를 풍기고 있었어. 하늘 위에 떠 있는 구름과 높게 뻗은 나무들 말고는 제대로 있는 게 하나도 없었어. 그야말로 마을이 온통 엉망이 되어 있었지.

두 농부가 새로운 마을을 찾아 길을 나서기로 했어. 마을을 막 나서려는데 두 농부의 눈에 버려져 있는 양털 뭉치가 보였어.

"어떻게 전쟁 중에도 타지 않고 지금껏 남아 있을 수가 있시?"

"그러게나 말일세. 일단 챙겨보는 게 좋겠군."

두 농부는 양털을 잘 묶어서 어깨에 짊어졌어. 생각보다 꽤 무거웠지.

"아이고, 무거워. 괜히 챙긴다고 했나?"

"아니야. 분명히 쓸 데가 있을 거야."

농부들은 끙끙거리며 길을 걸었어. 잠시 후 농부들은 또 다른 무언가를 발견했어. 이번에는 버려진 옷감이었지. 잘만 손질하면 옷을 해 입을 수도 있을 것 같았어.

"그래, 양털보다는 옷감이 더 쓸모 있을지도 모르지."

한 농부는 양털 짐을 바닥에 내려놓고 옷감을 꾸리기 시작했어.

"이보게, 친구. 자넨 귀찮지도 않나? 난 그냥 이 양털 짐이나 잘 들고 가야겠네."

또 다른 농부는 옷감은 거들떠보지도 않고 계속 길을 걸었지. 이렇게 해서 한 농부만 양털 짐을 옷감 짐으로 바꾸게 되었어.

얼마 지나지 않아, 이번에는
버려진 옷이 두 농부의 눈에 들어왔
지. 옷감으로 짐을 고쳐 든 농부는, 다시 옷감을 내
려놓고는 옷을 꾸리기 시작했어. 아무래도 옷감보다는 옷이
더 쓸모 있을 거라고 생각했지. 이번에도 다른 농부는 양털 짐을
내려놓지 않았어.
　"양털이 훨씬 가볍고 좋은데, 자넨 무엇 하러 그렇게 무거운 짐을
꾸리는가, 쯧쯧쯧."
　양털 짐을 진 농부는 일부러 잘난 체를 하며 앞장서 걸
어갔지.
　어떤 마을 앞을 지날 때였어. 한편에
서 무언가가 번쩍번쩍 빛나고 있는
게 보였어. 그건 바로 은으
로 만든 예쁜 그릇들이었
지. 옷을 짊어졌던 농부
는 얼른 그것을 내려놓고,
은그릇들을 잔뜩 꾸렸어.
　"전쟁 통에 은그릇들이 다

무슨 소용이람?"

양털을 진 농부는 입꼬리를 삐죽삐죽거렸어. 은그릇들을 한가득 짊어진 농부는 어깨가 몹시 아팠어. 정말 양털 짐과는 비교도 안 될 만큼 무거운 짐이었거든. 농부는 꾹 참았어. 양털 짐을 짊어진 농부는 훨씬 더 앞장서 걸어갔지.

그러다가 이들 앞에 황금이 나타난 적도 있었어.

"전쟁 통에 황금이 다 무슨 소용이람?"

양털 짐을 진 농부는 값비싼 황금도 마다하고 길을 걸었지. 물론 은그릇을 챙겼던 농부는 다시 황금을 짊어 맸고. 황금은 은그릇들보다도 아주 많이 무거웠지.

그때였어! 하늘에서 비가 한두 방울 떨어지기 시작하더니, 순식간에 많은 비가 쏟아졌어. 양털은 비에 흠뻑 젖고 말았지. 양털 짐을 진 농부는 무거워질 대로 무거워진 양털을 버릴 수밖에 없었어. 비에 젖은 양털은 쓸모가 없었거든.

그러나 황금은 비에 젖지 않았어. 황금을 챙긴 농부는 그대로 짐을 진 채 비가 그치기만을 기다렸지.

이윽고 비가 그치고 다시 환한 햇빛이 비쳤어. 여름 한철에 자주 내리는 소나기였던 거야. 두 농부는 다시 길을 걸었고, 얼마 후 새로운 마을에 도착할 수 있었어. 이제 이 마을에서 새롭게 살아갈 생각을 하니 몹시 설렜어.

그 후, 황금 짐을 지고 있던 농부는 황금을 팔아서 많은 돈을 벌 수 있었어. 그 돈으로 집도 새로 짓고 결혼도 할 수 있었고. 하지만 양털 짐마저 버리고 온 농부는 아무것도 가진 게 없었어.

"나도 양털을 버리고 옷감을, 아니 옷감을 버리고 옷을, 아니 옷을 버리고 은그릇들을, 아니 은그릇들을 버리고 황금을 챙겼어야 하는 건데!"

이렇게 후회만 하며 지낼 수밖에 없었다지.

황금을 지고 왔던 농부가 양털 짐마저 버리고 온 농부를 찾아갔어.

"도중에 자네를 만났다면, 나는 황금을 버리고 자네를 짊어졌을 거라네."

그러면서 황금을 판 돈을 아끼지 않고 나눠주고 갔지.

쌀 한 되로 얻은 며느리

옛날, 어느 나라에 지혜로운 임금이 있었어요. 임금에게는 아들이 하나 있었는데, 아들 역시 아버지처럼 아주 지혜로웠어요.

"이 세상에 지혜로움보다 뛰어나고 강한 것은 없다!"

임금은 아들에게 줄곧 이야기하곤 했지요.

어느덧 세월이 흘러 아들도 결혼할 때가 되었어요. 임금은 아들처럼 지혜로운 처녀를 며느리로 맞이하고 싶었지요. 어느 날, 임금은 됫박을 들고 아들을 찾아갔어요.

"아들아, 너는 이 안에 무엇을 담으면 좋겠니?"

"아버지, 그것은 쌀 됫박이 아닙니까? 당연히 쌀을 담아야지요."

임금의 물음에 아들이 방긋 웃으며 대답했어요.

"쌀 됫박이라고 해서 쌀만 담으란 법은 없지. 내게 좋은 수가 있단다. 여기에 쌀 말고 다른 것을 채울 수 있는 처녀를 며느리로 맞이하는 것!"

임금이 무릎을 탁 치며 말했어요. 아들은 고개를 설레설레 흔들었지요. 쌀 됫박에 쌀 말고 무엇을 채울 수 있을지 얼른 생각이 나지 않았어요. 하지만 일단 아버지의 뜻에 따르기로 했어요. 아버지의 지혜로움은 한 번도 빗나간 적이 없었거든요.

이윽고 나라 곳곳에 임금이 지혜로운 며느리를 구하고 있다는 소문이 퍼졌어요. 소문을 듣고 나라 곳곳에서 처녀들이 모여들었어요. 멀리 이웃 나라에서 온 처녀도 있었지요. 임금은 처녀들을 한 자리에 불러 모았어요.

"한 달 동안 이 쌀 한 되로 살아보거라. 쌀을 다 비운 다음에는, 그 됫박 안에 다른 걸

채워 넣어도 좋다!"

임금은 큰 소리로 말하고는 처녀들에게 쌀을 한 되씩 나눠주었어요. 물론 됫박 그대로 요. 벌써부터 처녀들의 불만이 이만저만이 아니었어요.

"아니, 쌀 한 되로 어떻게 한 달을 지내?"

"그러게나 말이에요. 이건 열흘도 못 가서 없어지는 양이라고요."

"게다가 다 비운 다음 무얼 채워 넣기까지 하라니 원."

곧바로 처녀들은 쌀로 밥을 지었어요. 한 달 동안 먹어야 하는 양이니, 생각을 잘 해야 했어요. 한 처녀는 쌀 한 되로 전부 죽을 끓었어요. 죽으로 끓이니 양이 아주 많아졌어 요. 며칠은 충분히 먹을 수 있을 것 같았어요. 하지만 매 끼를 죽만 먹어서인지 쉽게 또 배가 고팠어요. 온몸에 힘도 하나도 없었고요. 결국 처녀는 닷새도 채 못 넘기고 집으로 돌아가야만 했지요.

또 한 처녀는 쌀 한 되를 가지고 일부러 아주 거친 밥을 지었어요. 쌀알이 하나하나 떨 어지도록 말이에요. 처녀는 끼니때마다 쌀알 열 개씩을 세어서 먹었어요. 그 모습이 얼 마나 우스웠는지 몰라요. 처음 하루는 그런대로 견디는 것도 같더니, 다음날부터 처녀 는 쌀알을 세지 못했어요. 머리가 지끈지끈 아파서 쌀알을 셀 수 없었던 거예요. 결국 처녀도 닷새도 다 채우지 못하고 떠나야 했어요. 처녀의 됫박에는 설익은 쌀알이 절반 정도 남아 있었지요.

다들 쌀 한 되를 다 먹거나, 아니면 밥을 짓고 남은 쌀을 남겼어요. 한 달을 채우는 처 녀도 없었거니와, 남은 쌀 외에 다른 것을 됫박에 담아놓은 처녀도 없었지요. 아들은 걱 정이 되기 시작했어요. 이러다가는 결혼은커녕, 나라 안 처녀들의 미움만 사게 될 게 뻔 한 일이니까요.

그러던 어느 날, 한 처녀가 찾아왔어요. 임금은 처녀에게도 똑같이 쌀 한 되를 주었 어요. 이번 처녀도 죽을 끓이거나 밥을 짓겠거니 싶었지요. 그러니 처녀가 그 쌀을 가 지고 바로 떡을 만들었을 때 임금은 놀랄 수밖에 없었어요. 게다가 처녀는 뜰에서 예 쁜 꽃을 꺾어 와서는, 떡에다가 장식까지 해보았어요. 정말 보기만 해도 입에 군침이 도는 떡이었어요.

처녀는 떡을 가지고 시장으로 나갔어요. 사람들은 예쁜 떡을 보고 너도나도 사고 싶어

했어요. 처녀는 비싼 값에 떡을 팔고, 그 돈으로 쌀 두 되를 살 수 있었어요. 쌀 두 되로 다시 전부 떡을 만들었지요.

"아버지. 이번에 새로 온 처녀가 참 희한합니다."

"그래, 나도 보았다. 아주 예쁜 떡을 만든다지?"

임금과 아들은 처녀를 눈여겨보고 있었어요. 처녀는 떡을 만들어서 자기도 먹고, 시장에 내다 팔기도 했어요. 쌀 석 되를 사오기도 하고, 어떤 때에는 다섯 되를 사오기도 했어요. 그러는 동안 한 달이라는 시간은 금세 지나갔어요.

딱 한 달이 되던 날, 임금은 처녀를 불러들였어요.

"어떠하였느냐? 쌀 한 되가 부족하지는 않았느냐?"

임금은 아무것도 모른다는 듯이 시치미를 뚝 떼고 물었어요. 아들은 아버지와 처녀의 모습을 가만히 지켜보고 있었지요.

"그럼요. 먹고도 남을 만큼 충분한 양이었습니다."

처녀가 임금과 아들 앞으로 쌀 됫박을 내밀었어요.

"맙소사! 믿을 수가 없군요!"

아들은 깜짝 놀라서 입을 다물지 못했어요. 처녀가 내민 쌀 됫박 안에는, 남은 쌀도, 지어놓은 밥도 아닌, 반짝반짝하는 돈이 수북하게 담겨 있었으니까요! 처녀는 떡을 팔아서 마련한 돈을 하나도 쓰지 않고 됫박 안에 담아놓았던 거예요.

"역시! 이 세상에 지혜로움만큼 뛰어나고 강한 것은 없습니다!"

아들이 기뻐하는 모습을 보며 임금도 정말로 기뻐했어요. 이렇게 해서 떡을 판 처녀는 임금의 며느리이자, 왕자의 아내가 될 수 있었답니다.

남자와 짐수레

한 남자가 짐수레를 끌고 고향을 향해 가고 있었어요. 짐수레에는 짐이 한가득 실려 있었어요. 남자가 그동안 입은 옷가지와 몇 개의 살림살이, 그리고 가족들에게 나눠줄 선물들이었지요.

'서둘러 가야겠군. 가족들이 선물을 보고 실망하지 말아야 할 텐데.'

남자는 발길을 서둘렀어요. 짐수레를 끌고 가는 말도 더 빨리 달릴 수 있도록 고삐를 바짝 당겼어요. 길을 걷는 동안 남자는 지난 시간들을 떠올렸어요.

남자가 고향을 떠난 건 꽤 오래 전 일이었어요. 남자는 도시에 나가 꼭 성공하고 오겠다며 약속하고 떠났었는데, 도시에서의 생활은 결코 쉬운 일이 아니었지요. 남자는 하는 일마다 번번이 실패하기 일쑤였어요. 그럴 때마다 남자는 신을 향해 기도했어요.

"신이시여, 부디 제 기도를 들어주소서. 저는 고향을 떠나 멀리 도시에 나와 있습니다. 가족들에게 많은 돈을 벌어다주고 싶은 마음뿐인데, 일이 잘 되지 않습니다. 곧 고향에 돌아가야 할 텐데, 모아놓은 돈이 턱없이 부족합니다. 하루 빨리 제가 많은 돈을 벌 수 있도록 도와주소서."

남자는 하루도 빠지지 않고 기도했어요. 하지만 일을 해도 장사를 해도 마음에 들게 잘 될 때가 없었어요. 가끔씩은 일을 잘 해내기도 하고, 장사도 잘 치르곤 했는데, 이상하게도 돈은 많이 모이지 않았어요. 남자는 불만이 가득했어요. 혹시 신이 자기만 미워해서 기도를 들어주지 않는 게 아닌가 하고 의심하기도 했고요. 남자가 지난 시간을 떠올리는 동안 고향은 점점 가까워지고 있었어요.

오후가 되었을 무렵이었어요. 점심을 먹고 다시 서둘러 걷는 중이었지요. 갑자기 짐수레가 멈춰섰어요. 남자는 놀라서 얼른 짐수레를 살폈어요. 바퀴 하나가 진흙탕에 빠져 있었어요. 말은 그런 줄도 모르고 짐수레를 끌려고 계속 안간힘을 쓰고 있었지요. 남자는 말의 고삐를 더 세게 움켜쥐고 힘껏 잡아당겼어요. 목이 아픈지 말이 킹킹거렸어요. 바퀴는 진흙탕에서 꼼짝도 하지 않았어요.

"도대체 이게 무슨 일이야? 왜 하필 지금 진흙탕에 빠진단 말이냐고!"

남자는 소리를 고래고래 질렀어요. 이미 화가 날 대로 나 있었어요.

"신이시여. 정말 너무 하십니다! 그래, 결국 진흙탕으로 빠트리셔야 마음이 놓이시겠습니까? 제가 고향에 가는 것조차 그렇게 마음에 들지 않으시단 말입니까?"

남자는 어느새 신을 원망하고 있었어요. 어차피 기도를 해도 한 번도 들어준 적이 없는 신이라고 생각했어요. 그러니 기도를 하든 원망을 하든 상관없는 일이었지요.

그런데 그때였어요. 진흙탕이 있는 쪽에서 환한 빛이 비쳤어요.

"내게 무엇을 원하느냐?"

세상에, 환한 빛을 내뿜고 있는 주인공은 바로 신이었어요!

"말하면 무엇 합니까? 어차피 들어주지도 않으실 텐데!"

남자는 신을 보는 둥 마는 둥 했어요.

"저 진흙탕에 빠진 바퀴나 좀 빼주시오!"

남자는 원망이 가득 섞인 목소리로 말했어요. 신은 무언가 곰곰이 생각하는 것 같더니, 잠시 후 널빤지와 돌덩이 하나를 가지고 왔어요.

"내가 바퀴를 빼달라고 했지, 이깟 널빤지나 갖다 달라고 했습니까?"

남자는 계속 화만 내고 있었어요. 신은 아무 말 없이 고개를 절레절레 젓다가, 스르륵 사라지고 말았지요.

"흥! 그럼 그렇지. 신이 도와줄 리가 없지!"

남자는 콧방귀를 뀌었어요. 다시 바퀴를 빼내보려고 힘을 주기 시작했지요. 바퀴는 여전히 꼼짝도 하지 않았어요. 점점 남자도 말도 지쳐가고 있었어요.

날은 점점 어두워졌어요. 이러다가는 고향에 가기는커녕 길거리에서 밤을 지새워야 할지도 모를 일이었어요. 남자는 문득 널빤지와 돌덩이가 생각났어요.

'이걸 도대체 어디에 쓰란 말일까?'

남자는 널빤지와 돌덩이를 요리조리 살폈어요. 그때 불현듯 일터에서 그것들을 사용했던 일이 떠올랐어요! 남자는 얼른 널빤지를 바퀴에 끼웠어요. 다음에는 무거운 돌덩이를 널빤지 반대편에 올려놓았지요. 금방 놀라운 일이 벌어졌어요. 바퀴가 언제 그랬냐는 듯이 쑥 미끄러져 나오는 게 아니겠어요! 지난날 일터에서 일했던 경험 덕분에, 남자는 널빤지를 이용해서 바퀴를 빼낸 거예요.

남자는 그제야 다시 신을 생각했어요.

"아, 신이시여. 이 못난 자식을 용서하소서. 생각해보면 신은 항상 제게 기회를 수셨는데, 저는 그때마다 감사한 줄도 모르고 살았습니다. 일이 잘 되면 다 제가 잘한 덕이고, 일이 잘 안 되면 다 신이 도와주지 않은 탓이라고만 여겼습니다. 앞으로는 기회를 주실 때마다 정말 마음을 다해 감사하고, 온 힘을 다해 노력하겠습니다."

기도를 마친 남자는 발걸음을 더 서둘렀어요. 오늘 신을 만난 일이야말로 인생 최고의 축복이었다고 생각하면서요.

판도라와 에피메테우스

프로메테우스와 에피메테우스 형제는 인간을 만들고, 인간에게 불이라는 귀한 선물을 가져다준 신들이었어요. 이들이 아니었다면 오늘날 인간은 맛있는 고기도 먹을 수 없었을 거고, 튼튼한 그릇도 만들 수 없었을 것이며, 따뜻한 집도 마련할 수 없었을 거예요. 하지만 그 불을 천상의 세계에서 가져갔다는 사실이 알려지며, 두 신은 제우스에게 노여움을 사게 되었지요.

프로메테우스가 아테나의 이륜차에서 불을 가져갔다는 사실을 알게 된 제우스는 몹시 화가 나 있었어요.

"감히 인간들에게 불을 가져다주다니. 그것도 신들의 허락도 없이 말이야. 이건 분명 신들에 대한 모욕이라고!"

제우스는 두 형제 신을 벌하기 위해 이리저리 머리를 굴리기 시작했어요. 어떻게 하면 두 형제를 따끔하게 혼내줄 수 있을까 곰곰이 생각했어요.

"그래, 바로 그거야! 여자를 만들어 보내는 것!"

제우스는 인간 세상에 아직 여자가 없다는 사실을 알고는, 판도라라는 이름을 가진 여자를 만들어 보내기로 했어요. 과연 어떠한 벌을 주려고 하기에 여자를 만들게 되었는지 다른 신들도 호기심을 갖기 시작했어요. 제우스는 신들을 향해 판도라에게 줄 선물을 한 가지씩 가져오라고 했어요. 얼마 지나지 않아 신들은 저마다 선물 한 가지씩을 가지고 판도라 앞으로 모이게 되었지요.

"여자는 자고로 아름다워야 하는 법!"

아프로디테는 판도라에게 아름다움을 선물했어요.

"상대방을 설득할 수도 있어야겠지!"

헤르메스는 지혜로움을 선물했어요.

"유혹은 여자의 무기!"

아폴론은 음악을 선물했지요.

"몸을 소중하게 감싸야 할 거야. 암, 그렇고말고!"

아테나는 좋은 옷감을 짜주었어요.

신들로부터 갖가지 선물을 받아든 판도라는 곧장 인간 세상으로 향했어요. 그녀가 향한 곳은 바로 프로메테우스와 에피메테우스가 살고 있는 집이었지요.

이때쯤 형 프로메테우스는 아우 에피메테우스에게 날마다 똑같은 이야기를 하고 있던 중이었어요.

"제우스는 훌륭한 신이기도 하지만 무시무시한 신이기도 하지. 내가 천상의 세계에서 불을 훔쳐온 이상, 우리 모두를 가만히 두지는 않을 거야. 아우여, 당분간 제우스가 보내온 선물에는 절대로 눈길도 주지 말게."

"네, 형님. 형님의 뜻이 백 번 천 번 옳을 거예요."

두 형제는 제우스에게 받게 될 벌이 무서웠어요. 불을 훔쳤을 당시에는 어떤 벌이든 달게 받을 용기가 있었지만, 지금은 겁이 나는 마음을 어쩔 수가 없었어요.

얼마 후, 프로메테우스의 걱정대로 일은 터지고 말았어요. 절대 안 된다고 이야기했는데, 글쎄 에피메테우스가 제우스의 선물을 받아버렸지요. 에피메테우스는 제우스가 보낸 판도라를 아내로 맞이하기까지 했어요. 판도라는 신들로부터 받은 아름다움과 지혜로움, 유혹으로 에피메테우스를 꾀었어요. 에피메테우스는 형과의 이야기는 까맣게 잊은 채, 판도라와 즐거운 나날만 보내고 있었어요. 그럴수록 형 프로메테우스의 가슴은 까맣게 타들어갔지요.

시간이 얼마나 지났을까. 어느 날 판도라는 에피메테우스의 집에서 이상한 상자를 하나 발견했어요. 그 상자 안에는 두 형제가 아직 인간들에게 전해주지 않은 것들이 가득차 있었지요.

"사랑하는 나의 아내여, 절대 이 상자를 열어보아서는 안 되오."

판도라는 언젠가 에피메테우스가 했던 말이 생각났어요. 판도라의 머릿속은 이미 호기심으로 가득 차 있었어요. 상자를 열어보지 않고서는 도무지 아무 일도 할 수 없을 정도였어요. 판도라는 에피메테우스가 밖으로 나간 틈을 타서 상자를 열어보기로 마음먹었어요. 상자를 열기 전 주위를 이리저리 샅샅이 살폈어요. 다행히 새 한 마리조차 눈에 들어오지 않았어요. 판도라는 조심스레 상자의 뚜껑을 열었어요.

그 순간! 상자 안에서는 상상도 할 수 없었던 것들이 쏟아져 나오기 시작했어요. 그건 바로 인간 세상을 어지럽히는 갖가지 슬픔, 아픔, 증오, 복수, 질투, 불행 같은 것들이었어요. 판도라는 부리나케 뚜껑을 쾅 닫아버렸어요.

"오, 판도라여! 제발 그것만은!"

마침 집으로 돌아온 에피메테우스는 깜짝 놀라고 말았어요. 판도라는 아름다운 모습으로 다시 에피메테우스를 유혹했어요. 하지만 이번만큼은 에피메테우스도 화를 풀지 않았어요. 벌써부터 세상 곳곳에서 인간들이 서로 다투고 아파하는 소리가 들리기 시작했던 거지요.

'형의 말을 들었어야 했어! 아, 이제 인간들을 어떻게 도와줘야 할까?'

에피메테우스는 몹시 슬펐어요. 프로메테우스도 슬퍼하긴 마찬가지였지요. 형제 신은 인간 세상을 돌아다니며, 상자에서 흘러나왔을 나쁜 것들을 쉽게 볼 수 있게 되었어요. 그런데 한 가지 보이지 않는 게 있었어요. 분명히 상자에 그것도 함께 들어 있었는데, 그건 보이지가 않았어요. 슬픈 표정으로 고개를 숙이고 있던 형제는 동시에 고개를 번쩍 들었어요.

"그래, '희망'이 있었지!"

형제가 생각해낸 건 바로 '희망'이었어요. 판도라가 열었던 상자 안에는 아직 '희망'이 고스란히 남아 있었지요. 형제는 얼른 인간들에게 '희망'을 가져다주었어요. 비록 판도라의 실수 때문에 나쁜 것들이 먼저 쏟아져 나오긴 했지만, 그래도 인간들은 이 '희망' 때문에 오늘날까지 견디고 살 수 있게 되었어요. 아무리 무서운 일이 닥쳐도, 이겨내기 힘든 병이 찾아와도 인간들은 희망을 놓지 않고 살 수 있게 된 것이랍니다.

구두쇠와 친구

오랫동안 돈을 모은 구두쇠가 있었어요. 한 푼도 쓰지 않고 무조건 모아두기만 했지요. 구두쇠는 엄청나게 많은 돈을 모을 수 있었어요. 그 많은 돈을 전부 방 안에 숨겨 두다 보니, 언젠가부터는 더 이상 돈을 놓아둘 곳이 없게 되었어요. 다락에도, 장롱 안에도, 심지어 이불 위에까지도 온통 돈으로 가득했던 거예요. 구두쇠는 방에서 꼼짝도 할수가 없었어요. 행여나 돈을 밟기라도 하면 어쩌나 걱정이 이만저만이 아니었지요.

물론 그보다 더 큰 걱정은 따로 있었어요.

'돈이 많다는 게 알려지면 분명 도둑이 들 거야!'

구두쇠는 누가 돈을 훔쳐가기라도 할까 봐 항상 불안했어요. 돈을 밟을까 봐도 걱정, 훔쳐갈까 봐도 걱정이었으니 얼마나 힘들었을까요. 구두쇠는 밥도 제대로 못 먹고 잠도 제대로 못 자는 꼴이 되어버렸어요.

방법은 절대 집 밖으로 나가지 않는 수밖에 없었어요. 이제는 친구도 만날 수 없었어요. 며칠이 지나자 구두쇠는 몹시 답답하고 외로워졌어요. 친구를 만난 지 벌써 수년은 더 된 것 같았지요. 누가 찾아와주기라도 했으면 좋겠다고 생각했어요. 그러나 그마저도 안 될 일이었어요. 그 사람이 돈을 보기라도 하면 어떻게 해요. 그럼 분명히 저 집에 돈이 엄청나게 많다고 소문낼 게 뻔한데 말이에요.

그러던 어느 날 드디어 친구가 찾아왔어요. 구두쇠와 가장 친한 친구였지요.

"아니, 자네 얼굴이 왜 이런가? 왜 이렇게 어두운 표정이 되어 있는 거야?"

친구는 구두쇠의 얼굴을 보고 걱정했어요. 순간 구두쇠는 울컥하고 눈물을 흘릴 뻔했

어요. 자기한테 그렇게 따뜻한 말을 건네주는 사람은 처음이었거든요. 구두쇠는 자기를 찾아와준 친구가 정말 고마웠어요. 맛있는 음식을 대접하고 선물도 잔뜩 주었어요.

"사실은 내가 말일세……."

구두쇠는 친구에게 그간 있었던 일을 모두 털어놓았어요. 친구에게만큼은 털어놓아도 된다고 생각했던 거예요.

"세상에! 그래서 밖에도 나가지 않고 돈만 지키고 있단 말인가!"

구두쇠의 이야기를 들은 친구는 마음이 아팠어요.

"이보게, 친구. 자네는 지금 돈의 노예가 되었어. 돈의 노예가 되었다고."

친구는 진심으로 구두쇠가 걱정되었어요.

"그 돈을 아무도 모르는 곳에 잘 숨겨두면 되지 않겠나? 그리고 자네는 마음 편히 돌아다니면 되고 말이야."

친구는 구두쇠에게 좋은 방법을 이야기해줬어요. 구두쇠도 그 방법이 정말 마음에 들었어요. 정말 그렇게만 된다면 이제는 마음 편히 살 수 있을 것 같았지요.

두 사람은 깜깜한 밤이 오기를 기다렸어요. 깊은 밤이 되자마자 돈을 전부 챙겨서 산속으로 향했어요. 둘은 커다란 나무 밑에 구덩이를 파기 시작했어요. 제법 큰 구덩이를 파서는 그 안에 돈을 몽땅 묻어버렸어요. 하나도 남김없이 모두!

구두쇠는 비로소 편안한 생활을 할 수 있었어요. 사람들도 만나고 시장에 장을 보러 다니기도 했지요. 구두쇠는 왜 진작 돈을 숨기지 않았을까 하고 생각했어요.

이제 문제는 돈을 같이 숨겨준 친구에게 일어나고 말았어요. 돈을 숨기던 날, 친구는 사실 속으로 많이 놀랐었거든요.

'이렇게 많은 돈이라면 평생을 쓰고도 남겠는걸!'

친구의 머릿속은 온통 돈 생각으로 가득했어요. 사실 돈이 많았으면 좋겠다는 생각은 누구라도 하는 생각이었지요. 친구도 그랬고요. 친구는 구두쇠의 돈 생각 때문에 아무 일도 하지 못했어요. 잠도 제대로 못 잤어요. 결국 친구는 구두쇠의 돈을 몰래 꺼내오고 말았어요. 구두쇠는 아직도 돈이 잘 묻혀 있을 거라고만 생각할 일이었지요. 자기가 돈을 빼온다고 해서 구두쇠가 알게 될 리가 없었으니까요.

그런데 또 큰일이 나고 말았지요.

'돈이 많다는 게 알려지면 분명 도둑이 들 거야!'

친구도 구두쇠가 했던 것과 똑같은 걱정을 하게 된 거예요. 친구는 구두쇠처럼 돈을 방 안에 꼭꼭 숨겼어요. 역시나 돈을 밟기라도 하면 어쩌나, 누가 훔쳐가기라도 하면 어쩌나 걱정을 떨치지 못했지요.

며칠이 지난 어느 날, 구두쇠가 친구를 찾아왔어요.

"자네 얼굴이 왜 이리 어두운가? 그동안 무슨 일이라도 있었던 거야?"

구두쇠가 놀란 듯 물었어요. 친구는 눈물을 흘리며 모든 사실을 털어놓았지요.

"괜찮네, 괜찮아! 자네를 도둑맞지 않았으니 괜찮네!"

구두쇠는 환하게 웃을 뿐 조금도 화내지 않았어요. 마치 중요한 사실을 알게 되었다는 표정을 짓고 있었고요.

그날 밤 두 친구는 밤이 새도록 이야기를 나누었어요. 이 많은 돈을 어떻게 쓰면 좋을까 생각했지요. 고향에 계시는 부모님께 보내드릴까, 어려운 사람을 도와줄까……. 생각은 끊이지 않았어요. 그러는 동안 둘의 얼굴에서 환한 웃음이 떠나지 않았답니다.

임신 29주

아기는 자궁 밖의 빛을 감지할 수 있을 정도로 시신경이 발달하게 되었습니다. 당신의 배에 일정 시간 동안 빛을 비춰보면, 아기는 눈을 깜박이며 빛이 비춰진 쪽으로 고개를 돌립니다. 또한 아기의 몸에 지방이 늘어나기 시작하면서, 쭈글쭈글해 보이던 피부가 점점 포동포동하게 변화하게 됩니다. 아기의 움직임도 더욱 활발해져서, 당신은 가끔씩 심한 태동으로 인해 갈비뼈 부위에 통증을 느낄 수도 있습니다.

이쯤 되면 당신은 커진 배 때문에 몸이 자꾸 앞으로 쏠리게 될 것입니다. 등과 허리가 앞으로 굽게 되어서, 척추에 통증을 느낄 수 있습니다. 또 앞으로 쏠리는 몸을 바로잡으려고 자꾸 몸을 뒤로 젖히는 탓에 어깨에도 피로가 쌓이게 됩니다. 이럴 때에는 가벼운 산책과 스트레칭, 임신부를 위한 체조나 수영 등을 통해 통증을 완화하도록 해야 합니다. 가족들의 도움을 받아 통증이 있는 부분을 마사지해주는 것도 좋은 방법입니다. 허리와 어깨의 통증을 그냥 놔두면 출산 시에 더 극심한 산통을 겪게 되고, 원만한 자연분만을 하는 데 방해를 받게 되니 신경 써서 관리하도록 합니다.

스콧 피츠제럴드의 소설, 『위대한 개츠비』는 사랑하는 여인을 되찾기 위한 개츠비의 일대기를 보여줍니다.
개츠비는 옛 연인 데이지를 다시 만나기 위해 쉬지 않고 파티를 열었습니다. 혹시나 그녀가 오지는 않을까! 물론 그녀는 단 한 번도 개츠비의 파티에 오지 않았습니다. 결국 닉과의 만남은 개츠비에게 있어 최고의 행운이 아닐 수 없었습니다. 데이지의 사촌오빠인 그가 개츠비의 바로 옆집으로 이사를 오게 되면서 둘은 다시 만날 수 있었습니다.

때로는 노력이 아닌 행운이 인연을 만들 수도 있습니다.
복권에 당첨되는 것도, 시험에 합격하는 것도 행운일 것입니다.
하지만, 도저히 만날 수 없을 것 같은 사람을 만난 것처럼 큰 행운은 없을 것입니다.
지금 당신의 곁에 있는 사람들 하나하나와의 만남이 모두 행운인 것처럼 말입니다.

깨진 도자기

옛날 어느 마을에 아주 큰 부자가 살고 있었어요. 대궐 같은 집에는 방이 열 칸이나 되고, 창고도 열 개나 되었지요. 방에는 값비싼 이불과 옷들이 가득하고, 창고에는 몇 달이고 충분하게 먹을 곡식들이 가득했어요. 그 많은 재산들 중에서도 부자가 가장 아끼는 물건이 있었어요. 그건 바로 도자기. 그 옛날 부자의 할아버지, 할아버지의 할아버지가 남겨주고 간 도자기 두 개였지요.

부자는 이 도자기들을 얼마나 아꼈는지 몰라요. 자기 방 한가운데에 두 칸짜리 장을 짜놓고, 그 안에다가 도자기 두 개를 올려놓았어요. 혹시 잘못하여 떨어트리기라도 할까 봐, 장 밑에다가 두툼한 이불을 꼭 깔아놓곤 했어요. 그뿐만이 아니었어요. 많이 쳐다보면 닳기라도 할까 봐, 또 한 쪽만 쳐다보면 그쪽만 닳아서 도자기 모양이 못 생겨질까봐 날마다 골고루 도자기를 훑어봤어요. 그야말로 자식처럼 애지중지 도자기를 돌보는 꼴이었지요.

그러던 어느 날이었어요. 모처럼 집 안 대청소를 하고 있던 하녀가 부자의 방에 들어왔어요. 방에 들어오자마자 하녀는 푹하고 웃음을 터뜨렸어요. 방 한가운데 이불을 깔아놓고 그 위에 도자기 장을 놓아둔 모습이 얼마나 우스웠겠어요. 무슨 아기를 키우는 것도 아니고, 도자기를 저렇게 정성스레 돌보나 싶었지요.

"어디, 잘난 도자기 구경이나 해보자!"

하녀는 이불 위로 슬며시 올라갔어요. 과연 예쁜 도자기들이었어요. 어떻게 보면 하얀 빛이 나고, 또 어떻게 보면 푸른 빛이 나는 도자기였어요. 도자기들은 어느 하나 다른 데 없이 똑같이 생긴 모습이었어요. 하녀는 문득 도자기 안에 무엇이 들었나 궁금해졌어요. 깨금발을 하여 도자기 안을 살짝 들여다봤지요.

"에잇, 아무것도 없잖아!"

하녀가 코웃음을 치며 뒤로 물러나려던 참이었어요. 갑자기 '쿵'하는 소리와 함께 하녀가 넘어졌어요. 그때 하필 도자기 장을 붙든 건 무슨 이유에서였을까요. 위 칸에 놓여 있던 도자기가 떨어지며 그만 와장창 깨지고 말았어요! 얼른 장을 다시 붙잡은 게 그나마 다행이었어요. 아래 칸에 놓여 있던 도자기는 무사했으니까요.

하녀는 펑펑 울었어요. 부자가 알면 분명히 엄청나게 화를 낼 일이 불 보듯 뻔한 일이었거든요. 하녀는 밥도 먹지 않고, 청소도 하지 않고 온종일 울기만 했어요.

펑펑 울기만 하는 모습이 걱정됐는지 마님이 하녀를 불렀어요.

"도대체 무슨 일이 있는 거니? 나한테 이야기해보렴."

마님은 하녀의 손을 따뜻하게 잡아줬어요. 하녀는 서러운 마음에 더 큰 소리로 꺼이꺼이 울었어요. 가끔씩 힘든 일이 있을 때마다 하녀를 달래주곤 하는 마님이었어요. 하녀는 마님에게만큼은 사실을 털어놓아도 될 거라고 생각했어요.

"그래, 그런 일이 있었구나. 이제 그만 울어도 돼. 내게 좋은 수가 있단다."

마님이 하녀의 귀에 대고 무언가 소곤소곤 이야기를 했어요. 마님의 이야기를 들은 하녀는 금세 눈물을 뚝 그치고 환하게 웃기 시작했어요.

오후가 되어서, 밖에 나갔던 부자가 돌아왔어요. 부자는 역시나 돌아오자마자 방으로 들어가 도자기부터 쳐다보았지요. 자기가 없는 동안 무사히 잘 있었는지 걱정이 되어서 혼났으니까요. 물론 오늘 도자기들은 무사히 있지 못했지만요. 곧 사실을 알게 된 부자는 잔뜩 화가 나고 말았고요.

"도대체 누구야! 누가 감히 겁도 없이!"

부자의 얼굴이 새빨갛게 변했어요. 그때 마당에서도 아주 큰 소리가 들렸어요. 부자는 씩씩거리면서 마당으로 나왔어요. 아내와 하녀가 큰 목소리로 싸우고 있었어요. 대체 싸우는 이유가 무엇인고 하고 가만히 듣고 있던 부자는 깜짝 놀랐어요. 글쎄 깨진 도자기를 놓고 싸우는 게 아니겠어요.

"그러니 내 조심하라고 하지 않았느냐!"

"무슨 말씀이세요? 도자기는 마님이 깨셨잖아요!"

둘은 서로 자기가 도자기를 깨지 않았다며 싸우는 것이었어요.

"감히 어느 앞이라고 그러느냐! 너는 이제 쫓겨날 신세인 줄 알아라!"

부자는 마님 편에 서서 하녀를 나무랐어요. 바로 그 순간이었어요. 하녀가 갑자기 부자의 방으로 들어가더니 남은 도자기 하나를 가지고 나왔어요. 그러더니만 눈 깜짝할 사이에 마당 한가운데에 도자기를 휙 집어던졌어요. 부자가 말릴 틈도 없이 벌어진 일이었어요. 도자기는 산산조각이 나고 말았지요.

"어차피 쫓겨날 신세인걸요 뭐. 이렇게 마저 하나를 깨트려야, 다신 누구도 도자기를 깨트릴 일이 없을 거고, 쫓겨날 일도 없을 테니까요."

하녀가 울먹이며 말했어요. 그때 갑자기 마님이 부자 앞에 무릎을 꿇었어요.

"여보. 저 아이는 제 일을 가장 많이 돌봐주는 아이에요. 저 아이보다 음식을 맛있게 하고 바느질을 잘하는 아이는 본 적이 없어요. 그런데 저 아이를 내쫓다니요. 그까짓 도자기가 사람보다도 중요한가요? 그렇다면 저도 같이 내쫓아주세요."

마님은 부자에게 간절히 빌었어요. 어느새 하녀도 그 옆에 무릎을 꿇었지요.

"부인, 내가 잘못했소. 어찌 사람보다 중요한 게 있을 수 있단 말이오."

부자는 마님을 일으켰어요. 또 마님 곁에 있는 하녀도 함께요. 도자기는 깨어졌지만, 이렇게 자기 옆에는 아내와 하녀가 그대로 있지 않겠어요.

도자기들이 다 깨지고 나서, 오히려 부자에게는 웃는 날이 더 많아졌어요. 혹시라도 도자기가 깨지면 어떡하나, 누가 도자기를 훔쳐가기라도 하면 어떡하나 조마조마하던 마음이 싹 사라졌거든요. 생각해보니 자기에게는 도자기 말고도 소중한 것들이 정말 정말 많았어요. 그때부터 부자는 자기가 가지고 있는 다른 모든 것들을 소중히 아끼며 지내게 되었답니다.

행운의 여신 니케 이야기

우리 모두가 바라고 기다리는 행운의 여신, 니케. 니케는 항상 손에 코르누코피아를 들고 다녔어요. 코르누코피아는 원통형으로 생긴 뿔인데, 그 안에서는 쉬지 않고 금화가 쏟아져 나왔어요. 니케가 찾아가는 곳은 어디든지 금화가 흘러 넘쳤지요. 사람들은 단 한 번만이라도 니케를 만날 수 있기를 바랐어요. 그럼 일을 하지 않고도 금방 부자가 될 수 있을 테니까요.

어느 날 니케가 코르누코피아를 들고 한 마을을 찾아갔어요.

"오늘은 누구에게 행운을 줄까?"

니케는 마을 곳곳을 살폈어요. 그때 마을 광장에서 두 남자가 싸우고 있는 모습이 보였어요. 니케는 한편에 숨어 두 남자가 싸우는 모습을 지켜봤어요.

"행운의 여신은 절대 우리에게 오지 않아! 우리가 먼저 찾아가는 수밖에 없지."

"아니, 행운의 여신은 꼭 우리를 찾아올 거야. 그때까지 참고 기다려야 한다고!"

놀랍게도 두 남자는 니케 이야기를 하며 싸우고 있는 중이었어요. 니케는 싸움의 내용이 궁금해져서 좀 더 엿듣기로 했어요.

"행운의 여신을 어디에서 만나겠다는 거지? 그냥 참고 기다리게."

"그렇게 항상 기다리기만 한다고 행운의 여신이 찾아오나? 노력을 해야지!"

두 남자는 서로의 말이 옳다며 큰 소리로 말했어요.

사실 두 남자의 말 중 틀린 말은 없었어요. 세상에는 하루하루를 열심히 일하며 사는 사람들이 참 많아요. 이 사람들은 모두 행운의 여신이 언젠가는 나타나줄 거라 믿으며

일을 하지요. 하지만 행운의 여신은 쉽게 나타나
지 않아요. 실제로 행운의 여신을 직접 만나보겠다고
길을 떠난 사람들도 있었는데, 다들 석 달도 채 되지 못
해 돌아오고 말았지요.

니케는 두 남자 중 한 사람에게 행운을 주고 싶었어요.

'행운은 참고 기다려야 찾아온다고 말한 남자에게 행운을 줘
야 하나?'

니케는 남자의 말이 옳다고 생각했어요. 남자는 시장에 나가 장사를
하는 사람이었어요. 하루도 거르지 않고 장사를 했어요. 남자는 자기가 말한
것처럼 언젠간 행운의 여신이 자기를 찾아올 거라고 믿었지요.

'그런데 언제까지 기다리고만 있을 건가? 직접 찾아 나설 용기도 있어야지!'

니케는 다른 남자의 말도 옳다고 생각했어요. 남자는 집을 짓는 일을 하는 사람이었
어요. 장사를 하는 남자처럼 열심히 일을 했어요. 다섯이나 되는 가족들을 챙기려면 남
자에게는 더 많은 돈이 필요했거든요. 남자는 가족들을 위해서라도 직접 행운의 여신을
찾아가겠다고 생각했어요.

니케가 이런 생각을 하고 있는 줄도 모르고 두 남자는 계속 싸우고만 있었어요. 싸움을 지켜보던 니케는 그만 지치고 말았어요.

"에잇, 모르겠다. 다른 마을로 가버려야지!"

결국 행운을 기다리던 사람도, 찾아 나선 사람도 니케를 만날 수 없게 되었지요. 니케는 옆의 마을로 옮겨 가면서도 내내 두 남자 생각을 했어요.

'행운은 기다리는 것이 옳을까, 아니면 찾아 나서는 것이 옳을까?'

아직도 정답을 찾을 수가 없었어요. 하지만 분명한 건 행운은 반드시 온다는 것이었어요. 니케는 가능하면 세상의 모든 사람에게 행운을 나눠주려고 했거든요. 다만 그 나눠주는 때가 제각각 다를 뿐이지, 행운을 얻지 못하는 사람은 없었어요.

이런저런 생각을 하는 동안 니케는 드디어 다음 마을에 도착할 수 있었어요. 니케는 열심히 일을 하고 있는 한 남자를 찾아갔어요.

잠시 후, 말도 안 되는 일이 생기고 말았지요. 남자가 니케를 반가워하지 않는 것이었어요. 반가워하지 않는 게 아니라, 남자는 니케가 행운의 여신인 줄도 모르고 있는 것 같았어요. 이리 갔다, 저리 갔다 온통 정신이 없었어요.

"제가 왔어요. 당신에게 행운을 드리러!"

니케가 큰 소리로 말했어요. 남자는 니케의 말을 들었는지 말았는지 쳐다보지도 않았어요. 니케는 남자 앞에 코르누코피아를 내려놓았어요. 이전 마을에서 열어보지 않았기 때문에, 코르누코피아 안에는 전보다 더 많은 금화가 들어 있었어요. 이제 남자가 그것을 보고 가져가기만 하면 되는 일이었지요.

"자, 이 행운을 받아요!"

니케는 아까보다 더 큰 소리로 말했어요. 이번에도 남자는 듣지 않고 있었어요. 코르누코피아는커녕 니케조차 바라보지 않았지요. 니케는 혀를 끌끌 찼어요.

'이 남자에게는 금화를 줄 게 아니라, 조심스러움과 똑똑함을 주어야겠구나!'

니케는 코르누코피아를 다시 가슴에 안았어요. 대신 남자의 머릿속에 조심스러움과 똑똑함을 넣어주었지요.

니케가 다녀간 뒤, 남자는 몰라보게 조심스럽고 똑똑한 사람이 되었어요. 이전에 남자는 장사를 해보기도 하고 집 짓는 일을 해보기도 했었어요. 늘 조심스럽지 못하고 똑똑하지 못해서 일을 망치는 때가 많았는데, 지금은 그때와 전혀 달랐어요.

"당신, 무슨 좋은 일이라도 생긴 게요?"

"자네가 이렇게 훌륭한 사람인 줄은 정말 몰랐어!"

사람들은 하나같이 남자를 칭찬했어요. 날이 갈수록 남자는 더 많은 일을 할 수 있게 되었어요. 순식간에 마을에서 제일가는 부자가 될 수 있었지요. 남자는 이 모든 게 자기가 잘난 덕이라고 생각했어요. 행운의 여신 니케가 자신을 찾아왔었다는 사실은 까맣게 모르고 있었지요.

얼마 후 남자는 큰 결심을 했어요. 지금 살고 있는 마을보다 더 큰 마을로 가서 큰 장사를 해보겠다고요.

"저는 마을에서 가장 똑똑하고 꼼꼼한 사람입니다. 어딜 가도 성공할 거라고요!"

남자의 자신감은 식을 줄을 몰랐어요. 이제는 바다 너머에 있다는 아주 큰 마을로 가고 싶다는 생각까지 하게 되었지요. 거기에 가서도 성공할 것이 틀림없다면서요. 사람들은 남자를 걱정했어요. 그러다가 큰일이라도 당하면 어쩌냐며 남자를 말렸어요. 남자는 아예 사람들의 말을 듣지 않았어요.

결국 며칠 뒤, 남자의 전 재산을 실은 배가 바다 위에 떠올랐어요. 하늘 높이 돛을 올린 배는 금세 바다 한가운데까지 나아갔어요. 니케는 멀리서 이 모습을 지켜보고 있는 중이었어요. 남자의 모습이 그저 안타깝기만 했지요.

"아! 내가 남자에게 조심스러움과 똑똑함만 주고, 겸손함을 주지 않았구나!"

니케는 아쉬운 마음에 코르누코피아를 탕탕 치며 말했어요. 소리는 거센 바람 때문에 들리지 않았어요. 어디선가 두 남자의 싸움 소리가 들리는 것도 같았어요.

'진정한 행운이란 과연 무엇일까?'

니케는 생각했어요. 그 사이 거센 바람은 곧 폭풍우가 되어, 남자가 타고 있는 배를 향해 휘몰아치기 시작했답니다.

붉게 물든 충성심

가을이 되면 만날 수 있는 꽃들이 참 많아요. 코스모스가 그렇고 국화, 맨드라미도 그렇지요. 그중에서 맨드라미는 생긴 모양이 좀 특이한데, 꽃 모양이 마치 빨간 물이 뿜어져 나오는 분수같이 생겼어요. 또 언뜻 보면 수탉의 볏처럼 보이기도 하고요. 이 맨드라미에게는 이야기 하나가 전해져 오고 있어요.

옛날 어느 나라에 있었던 이야기예요. 이 나라에는 용감하고 충성스러운 장군이 있었어요. 어떤 전투에서도 겁을 내지 않고 용감하게 맞서 싸웠지요.

"자네만 있다면, 우리는 어떤 전쟁이 일어난다 해도 승리할 수 있어!"

임금은 하루가 멀다하고 장군을 칭찬했어요. 장군도 임금의 칭찬에 보답이라도 하듯, 늘 지치지 않는 모습으로 나라를 지켰어요. 더 힘이 센 군대를 만들기 위해 열심히 병사들을 훈련시켰고요. 조금 쉬면서 할 법도 한데, 장군은 결코 게으름을 피우는 일이 없었어요. 그렇다 보니 병사들은 장군이 몹시 얄밉게 느껴졌어요.

"쳇, 전쟁은 자기 혼자 나가나?"

"누가 아니래? 임금님 칭찬은 맨날 자기가 독차지하지!"

"정말이지 얄미워 죽겠어."

"그래. 장군이 어디로 좀 가버렸으면 좋겠어!"

병사들은 틈만 나면 장군을 욕했어요. 오로지 장군만 임금의 사랑을 받는 것이, 몹시 질투 났던 거예요.

며칠이 지난 날이었어요. 모든 병사들이 훈련을 하기로 되어 있는 날이었지요. 이날 병사들은 엄청난 일을 꾸미고 있는 중이었어요.

"맨날 장군만 칭찬 받게 할 수는 없어!"

"맞아! 장군을 물러나게 만들어야겠어!"

병사들은 소곤소곤 쑥덕쑥덕 비밀 이야기를 하느라 바빴어요. 과연 병사들은 어떤 일을 꾸미고 있었던 것일까요.

병사들은 곧 임금에게로 갔어요. 한 병사가 당당하게 임금 앞에 섰어요.

"폐하, 장군이 폐하를 욕하고 다닌다는 소문을 듣고 이렇게 찾아왔습니다."

"아니, 나를 욕하다니? 누가 누구한테 욕을 한다는 말이오?"

임금은 목을 죽 빼고는 큰 목소리로 물었어요.

"네, 저도 처음에는 믿기 어려웠습니다만, 여기 있는 다른 병사들도 모두 그 소문을 들었다고 하니 믿지 않을 수가 없게 되었습니다. 폐하가 아주 형편없는 임금이라고 욕하고 다녔다는군요."

임금은 그제야 몹시 화가 난 표정을 지었어요. 그렇게 믿고 의지했던 장군인데, 이건 정말 말도 안 되는 일이라고 생각했지요.

이번에는 병사들이 장군에게로 몰려갔어요. 좀 전에 임금 앞에 나서서 말을 했던 병사가 다시 앞으로 나왔어요.

"위대한 장군님이시여. 간밤에 우리의 폐하께서 몹시 흉한 꿈을 꾸었다고 합니다. 그래서 오늘은 훈련을 멈추라는 명령을 듣고 이렇게 찾아왔습니다."

병사는 뻔뻔한 목소리로 거짓말을 했어요.

"그렇소? 폐하께서 잠자리가 얼마나 불편하셨을까? 내 잘 알겠소."

병사의 말을 들은 장군은 곧바로 훈련을 취소했어요. 군대의 훈련이 취소됐다는 소식은 금세 임금의 귀에 들어갔어요. 이런저런 사정을 모르는 임금은 몹시 화가 났어요.

"과연 듣던 대로군. 이제는 훈련도 안 하겠다는 모양이군."

임금은 장군이 미워지기 시작했어요. 그 다음날에도 병사들은 임금과 장군 사이를 오가며 거짓말을 했고, 그러는 동안 임금의 마음은 장군에게서 완전히 떠나고 말았어요. 결국 임금은 병사들을 시켜 장군을 내쫓으라고 명령하기에 이르렀어요.

병사들은 신이 나 있었어요. 그렇게 얄밉던 장군이 물러나게 되었으니까요.

"모든 게 우리 뜻대로 되고 있어."

"맞아. 이대로라면 임금도 물러나게 할 수 있겠는걸?"

병사들은 임금도 내쫓아야겠다는 위험한 생각까지 하고 있었어요. 그러나 이들이 나쁜 짓을 계속 하도록 하늘이 가만 놔둘 리가 없었어요.

'병사들이 이런 작전을 짜고 있을 줄이야!'

바로 장군이 병사들의 이야기를 엿듣게 되었던 거예요. 장군의 심장이 쿵쾅쿵쾅 뛰었어요. 장군의 머릿속은 온통 임금을 보호해야겠다는 생각뿐이었지요.

그날 밤, 장군은 잠도 자지 않고 임금의 곁을 지켰어요. 얼마 있으니 과연 병사들이 임금의 침실로 살금살금 다가왔어요. 장군도 숨을 죽이고 지켜보고 있었어요. 병사들끼리 찡긋하고 눈짓을 주고받는 듯하더니, 별안간 칼 하나가 임금을 향해 날아왔어요! 장군은 재빨리 몸을 날려 임금의 몸 위에 쓰러졌어요. 그 칼은 정확히 장군의 가슴팍에 꽂혔지요.

"아니, 대체 이게 무슨 일이오?"

잠에서 깨어난 임금은 깜짝 놀랐어요. 자신의 곁에는 장군이 쓰러져 있었어요. 장군의 가슴에서는 쉼 없이 빨간 피가 뿜어져 나오고 있었어요. 그제야 모든 사실을 눈치챈 임금은 장군을 끌어안고 눈물을 흘렸어요.

"오, 장군이여. 나를 용서하시오. 내가 자네를 의심하다니!"

병사들은 이미 도망치고 사라진 뒤였어요. 날이 밝자마자 임금은 장군을 궁전 마당에 묻어주었어요. 최대한 근사하게 장례를 치러주었지요.

"잘 가시오, 장군. 그대의 충성심을 내 잊지 않으리다."

장례를 치르고 나서도 임금은 매일같이 눈물을 흘렸어요.

오랜 시간이 지난 뒤, 장군을 묻은 자리에서 꽃 한 송이가 피어났어요. 빨간 피를 잔뜩 묻힌 방패처럼 생긴 꽃이었어요. 이 꽃이 바로 맨드라미라고 해요. 이때부터 맨드라미는 임금에게는 물론, 세상 사람들 모두에게 장군의 충성스러운 마음을 생각하게 해주는 꽃이 되었답니다.

바람을 이기는 방법

강가에 거센 바람이 불었어요. 쌩쌩하고 바람이 밀려올 때마다 풀들이 쓰러졌어요.

"하하하, 저 풀들 좀 봐! 역시 내 앞에선 꼼짝을 못하는군."

바람은 쓰러진 풀들을 보며 깔깔깔 웃었어요. 풀들이 몸을 일으키려고 하면, 바람은 더 세게 입김을 불었어요. 나무들도 거센 바람을 이길 수는 없었어요. 바람이 불 때마다 나뭇잎들이 후드득 떨어졌어요. 때론 나뭇가지가 뚝뚝 부러지기도 했고요. 바람은 날이면 날마다 풀이랑 나무를 괴롭혔어요.

태양은 그런 풀과 나무를 가엾게 쳐다봤어요. 마침 바람이 태양의 옆으로 왔어요.

"태양, 심심하지 않아? 우리 내기 하나 하자!"

"내기?"

"응, 내기. 저기 밑에 지나가는 사람 보이지?"

바람이 밑을 가리켰어요. 두꺼운 외투를 입은 남자가 길을 걷고 있었어요.

"저 남자의 외투를 벗기는 내기야. 먼저 벗기는 사람이 이기는 것!"

바람은 보나마나 자기가 이길 거라고 생각했어요. 어서 빨리 태양한테 자기가 얼마나 힘이 센지 자랑하고 싶은 마음뿐이었지요.

"좋아! 대신 내가 이기면, 다시는 풀과 나무를 괴롭히지 않기야."

이렇게 해서 태양과 바람의 내기가 시작됐어요. 풀과 나무는 태양을 응원했어요. 태양이 이기기만 하면 다시는 바람이 자기들을 괴롭히지 못할 테니까요.

먼저 바람이 힘을 보여주기로 했어요. 바람은 자신 있었어요. 세게 부는 바람에 당해낼 이가 있겠어요? 바람은 자신만만하게 입김을 확 불었어요.

　길을 걷고 있던 남자는 갑자기 부는 바람에 깜짝 놀란 듯했어요. 그는 외투가 날아가지 않게 붙들었어요.

　'어? 어떻게 된 일이지? 이 정도 바람이면 외투가 벗겨져야 하는데.'

　바람은 남자의 옷이 벗겨지지 않자 놀라고 말았어요. 숨을 크게 쉬더니 이번에는 거의 태풍과도 같은 입김을 강하게 불었어요. 이번에야말로 남자의 외투를 벗기고 말겠다고 생각했지요.

　그런데 이게 어떻게 된 일일까요. 남자는 더욱 단단히 외투를 여밀 뿐, 바람에 끄떡도

하지 않았어요. 세찬 바람에 다리를 조금 휘청이는 것도 같았지만, 이내 아무렇지 않게 잘 걸었어요.

바람은 계속해서 입김을 불었어요. 점점 더 세게 불었어요. 그럴수록 남자도 옷을 더욱더 세게 여미었지요. 결국 바람은 거친 숨을 푹푹 몰아쉬게 되었어요.

"그럼 이번에는 내가 해볼게."

태양은 기다렸다는 듯이 바로 햇빛을 강하게 뿜기 시작했어요.

"오늘은 날씨가 왜 이 모양이람? 추웠다가 더웠다가!"

남자는 귀찮다는 듯이 투덜대더니, 곧 단단히 여몄던 외투의 단추를 모두 풀었어요. 태양은 이때다 싶어 더 세게 햇빛을 내뿜었어요.

그러자 아주 놀라운 일이 벌어졌어요. 글쎄 더위를 참다못한 남자가 스스로 외투를 벗어버린 거예요!

"자, 내가 이겼지?"

태양은 바람을 향해 미소를 지었어요. 바람은 아무 말도 못하고 있었지요. 태양은 내기에서 진 바람을 놀리지 않았어요. 대신 다정한 목소리로 타일렀어요.

"바람아. 힘이 센 것도 멋지지만, 힘을 잘 쓰는 것은 더 멋지단다."

태양의 말에 바람의 볼이 빨갛게 변했어요. 여태껏 풀과 나무를 괴롭히고 잘난 체만 했던 게 부끄러웠으니까요.

이때부터 바람은 힘을 잘 쓰는 멋진 친구가 되었어요. 바람이 '후' 하고 살짝 입김을 불어주면, 풀과 나무의 씨들이 멀리 날아가서 새로운 싹을 틔웠답니다.

만나는 모든 사람에게서 무엇인가를 배울 수 있는 사람이 이 세상에서 가장 현명하다.
— 『탈무드』 中 (유대인들의 사상과 지혜를 담은 책)

안 먹는 게 편하지!

높은 하늘 위로 까마귀 한 마리가 날고 있었어. 까마귀는 입에 뭔가를 물고 있었어. 그걸 떨어뜨리기라도 할까 봐 조심조심 날갯짓을 하고 있었지. 입에 물고 있는 게 무엇이기에 저렇게 조심스레 나는 걸까? 그건 바로 고깃덩이, 방금 구웠는지 맛있는 냄새가 솔솔 풍기는 고깃덩이였어!

까마귀는 눈을 요리조리 돌리며 땅을 내려다보더니, 이윽고 한 나뭇가지 위에 앉았어. 그래, 저렇게 조심조심 고깃덩이를 물고 온 이유를 알겠다. 아무도 없는 곳에 가서 혼자 맛있게 먹으려던 거였지.

"휴, 이제야 마음놓고 먹을 수 있겠구나."

까마귀는 고깃덩이를 내려놓고는 한숨을 크게 쉬었어. 그럼 이제부터 까마귀의 맛있는 식사가 시작되겠구나 싶었어.

잠깐! 그때였어. 저쪽에서 새카만 구름 같은 것이 몰려오고 있었어.

"어, 저게 뭐지?"

막 고깃덩이를 한 입 먹으려고 했던 까마귀는 놀란 듯 고개를 들었어.

"으악! 까마귀 떼잖아!"

새카만 구름은 바로 수십 마리의 까마귀 떼였던 거야.

"맛있는 고기 냄새로구나."

"고기 먹어본 지가 언제야."

까마귀들은 고기 냄새를 맡고 여기까지 날아온 참이었지. 곧 까마귀들이 다투기 시작했어. 냄새만 맡았을 때는 고기가 아주 많을 줄 알고 날아왔는데, 막상 와보니 고깃덩이가 달랑 하나밖에 없는 게 아니겠어. 그러니 서로 고기를 차지하려고 다퉜지 뭐야.

"먼저 고기 냄새를 맡은 건 나야!"

"어허, 무슨 말씀을! 이쪽으로 날아오자고 한 건 나라고!"

까마귀들이 싸우는 소리, 파드득 파드득하며 날갯짓하는 소리 때문에, 주변은 몹시 시끄러웠어.

그럼, 처음부터 고기를 물고 온 까마귀는 어떻게 하고 있었을까? 까마귀는 다른 까마귀들이 다투는 모습을 가만히 지켜보고 있다가 입을 열었어.

"이보세요, 까마귀 친구들. 이 고깃덩이는 제가 구해왔다고요."

까마귀는 고깃덩이를 다시 입에 꽉 물었어. 다른 까마귀들도 고깃덩이를 뺏으려고 달려들었지. 까마귀는 있는 힘을 다해 고깃덩이를 지켰어. 금세 고깃덩이를 가운데 놓고 까마귀들끼리 전쟁이라도 난 듯한 꼴이 되어버렸지.

싸움은 한참 동안 이어졌어. 그러는 사이 까마귀는 많이 지쳐버렸어. 쉬지 않고 날갯짓을 했더니 어깻죽지가 몹시 아팠고, 고기를 세게 물고 있었더니 입도 많이 아팠어.

결국 까마귀는 고깃덩이를 입에서 떨어뜨리고 말았어. 이때를 놓치지 않고 까마귀들은 순식간에 고깃덩이로 몰려들었어. 고깃덩이를 떨어뜨린 까마귀는 다시 하늘 높이 날아오르기 시작했지.

"휴, 고깃덩이는 뺏겼지만 마음은 편하다."

까마귀는 처음 나뭇가지에 앉아 고기를 내려놓았을 때처럼 길게 한숨을 내쉬었어. 까마귀들 틈바구니에서 빠져나오니 어깨가 아프지 않았어. 고깃덩이를 꽉 물고 있던 입도 한결 편해졌지. 까마귀가 하늘로 더 높이높이 올라가는 동안에도, 까마귀들은 고깃덩이를 놓고 계속해서 싸우고 있었어.

"그깟 고기 안 먹고 말지! 이제야 편하구나, 이제야 편해!"

까마귀는 중얼거리며 넓은 하늘을 날아다녔어. 나중에 꼭 더 맛있는 고기를 찾을 거라고 생각하면서 말이야.

임신 30주

임신 8개월에 접어들었습니다. 아기의 크기는 38cm, 몸무게는 약 1.3kg 정도가 되었습니다. 임신 30주 무렵, 아기는 뇌가 빠른 속도로 성장하며 머리 크기가 상당히 커지게 됩니다. 또 생식기의 구분도 완전히 뚜렷해집니다. 폐를 제외하고는 대부분의 신체 기관이 완성되고 각각의 기능도 정상적으로 수행하게 됩니다.

이제 당신의 자궁은 횡경막에 닿을 정도로 커져 있습니다. 임신 초보다 몇 배 이상이 늘어난 아기의 크기 때문임은 물론, 1리터에 가까운 양수가 당신 뱃속을 꽉 채우고 있기 때문입니다. 커진 자궁이 위와 심장을 압박하면서 당신은 숨쉬기가 더욱 힘들어지고, 가끔 속이 얹힌 듯이 갑갑하고 쓰릴 때도 있을 것입니다. 이러한 증상을 완화하기 위해서는 생활 속에서 몇 가지 사항을 주의해야 합니다. 일단 평상시에는 자세를 똑바로 해서 횡경막 쪽에 압박이 가해지지 않도록 해야 합니다. 또 잠을 자거나 몸을 기대고 싶을 때에는 큰 베개나 쿠션을 이용해 상체가 살짝만 뒤로 젖혀지는 자세를 취하는 것이 좋습니다.

생 텍쥐페리의 『어린 왕자』에서, 어린 왕자는 다른 별들로의 여행을 떠나게 됩니다.
각각의 별에서 만난 사람들은 모두 누군가를 소유하려고 하였습니다. 왕은 신하를, 허영심 많은 사람은 찬양자를, 지리학자는 탐험가를 필요로 했습니다. 일곱 번째 별인 지구에서 그는 여우를 만나게 되었습니다. 여우는 그에게 친구가 되어줄 것을 부탁하며 이렇게 말했습니다.
"네가 나를 길들인다면 내 생활은 정말 근사할 거야.
밀은 금빛이니까. 나는 밀밭만 지나도 금빛 머릿결을 가진 너를 떠올릴 테니까!"

친구를 가지고 싶다면 누군가를 길들여야 한다는 것,
누군가를 길들인다는 것은 자신도 그 누군가에게 길들여진다는 것.
바로 여우가 속삭여준 우정의 비밀이었습니다.

판의 피리와 쉬링크스

아흔아홉 개의 눈들이 전부 감겨도, 단 한 개의 눈만은 절대 감기지 않았던 아르고스의 눈. 아르고스는 세상의 갖가지 일을 감시했던 신이었어요. 그만큼 책임감이 대단했지요. 그런데 지혜의 신 헤르메스가 아르고스의 눈 백 개를 전부 감게 만들었던 일이 있었어요.

어느 날, 헤르메스는 양치기로 변신해 아르고스에게 다가갔어요. 감미로운 피리 소리를 내면서 말이지요. 물론 피리 소리만으로 아르고스를 잠들게 할 수는 없었어요. 그래서 생각해낸 것이 바로 피리에 관한 이야기를 들려주는 것이었어요. 헤르메스의 이야기를 듣던 중 아르고스는 비로소 잠이 들게 되었지요. 정말 백 개의 눈이 모두 감겼던 거예요. 도대체 어떤 이야기가 아르고스의 눈들을 전부 감게 만들었을까요? 피리 소리만큼이나 아름다운 이야기였을까요?

숲 속에 아주 예쁘게 생긴 요정이 살고 있었어요. 쉬링크스라는 이름을 가진 요정이었지요. 쉬링크스는 모습도 예쁘고 마음씨도 착해서 다른 요정들로부터 사랑을 듬뿍 받고 있었어요. 하지만 쉬링크스에게는 문제점이 한 가지 있었어요. 이렇게 많은 사랑을 받고 지내면서도, 쉬링크스 자신은 누구도 사랑하지 않는다는 것이었지요. 쉬링크스는 오로지 아르테미스 여신만을 좋아했어요. 날이면 날마다 아르테미스 여신과 함께 사냥을 하러 다녔어요. 워낙 아름다웠던 쉬링크스의 모습은 아르테미스에게 비교해도 부족함이 없었어요. 이들이 사냥을 할 때면, 아르테미스의 은빛 화살과 쉬링크스의 구릿빛 화살이 숲 속에 반짝반짝거렸어요.

그러던 어느 날이었어요. 사냥을 마친 쉬링크스가 집으로 돌아오고 있었어요. 그때 그녀의 앞에 목장의 신, 판이 나타났어요. 판은 오랫동안 쉬링크스를 짝사랑해온 신이 었지요.

"아름다운 쉬링크스, 나의 마음을 받아주세요!"

"미안해요, 판. 난 그 누구도 사랑하지 않아요. 내겐 오직 달의 여신, 아르테미스만 있을 뿐이에요."

쉬링크스는 판의 마음을 받아주지 않았어요. 사실 판은 보기에도 몹시 징그러운 모습을 가진 신이었어요. 상반신은 사람의 모습인 데 반해, 하반신은 염소의 모습을 하고 있었으니까요.

"어떻게 하면 당신의 마음을 돌릴 수 있단 말인가요. 오, 쉬링크스, 제발!"

판은 다른 때보다 더 간절하게 애원하고 있었어요. 하는 수 없이 쉬링크스는 판을 따돌리기 위해 도망치기 시작했어요. 오늘따라 판은 무언가 결심이라도 한 듯, 지치지 않고 쉬링크스의 뒤를 쫓아왔어요. 뛰고 뛰고 또 뛰다 보니 어느새 강가에까지 다다르게 되었어요.

"헉헉, 강물의 요정님. 저를 좀 도와주세요!"

쉬링크스가 숨을 헐떡이며 강물을 향해 외쳤어요. 가슴이 콩닥콩닥 뛰었어요. 이대로 있다가는 결국 판과 마주치게 될 것이고, 그러면 이번만큼은 판의 청혼을 거절할 수 없을 것 같았어요.

곧 쉬링크스의 목소리를 들은 강물의 요정이 나타났어요.

"쉬링크스야. 도대체 무슨 일로 그렇게 힘들어 하고 있느냐?"

"네, 요정님. 판이 제 뒤를 쫓아오고 있어요. 저는 판을 사랑하지 않아요. 어떻게 그의 마음을 거절해야 할지 모르겠어요. 저를 좀 도와주세요!"

쉬링크스의 눈에서 눈물이 뚝뚝 떨어졌어요. 강물의 요정은 그녀가 안타까웠어요. 어떻게든 도와주고 싶었지요.

이윽고 뒤따라온 판이 이들 앞에 나타났어요. 판은 쉬링크스를 보자마자 반가운 마음에 그녀를 덥석 껴안으려고 했어요. 그때였어요. 휘리릭 휘리릭 바람 소리가 크게 나는 것 같더니만, 이내 쉬링크스의 몸이 갈대로 변하는 것이었어요. 바로 강물의 요정이 벌인 일이었지요. 판은 자신의 가슴에 안긴 갈대를 보며 깜짝 놀랐어요. 품 안에 안은 줄 알았던 쉬링크스는 한 아름의 갈대로 남겨져 있었어요.

"오, 쉬링크스. 모두 나의 잘못이에요. 나 때문에 당신의 아름다운 몸이 갈대가 되고 말다니. 나를 용서하세요!"

판은 갈대를 끌어안고 한참을 울었어요. 사방에는 갈대만 가득할 뿐, 어디에도 쉬링크스의 모습은 보이지 않았어요. 그런데 이상한 일이 벌어졌어요. 판의 울음소리가 갈대 줄기 사이에 울려 퍼지면서, 아름다운 소리를 만들어내고 있었어요. 판은 잠시 눈을 감았어요.

"내 울음소리가 이렇게 아름답게 들리다니! 마치 나의 사랑에 대답해주고 있는 그녀의 목소리 같구나."

판은 재빨리 갈대 몇 개를 꺾었어요. 그 자리에서 바로 갈대 피리를 만들어냈어요. 판이 만든 피리에서는 정말 아름다운 소리가 흘러나왔어요. 판은 시간 가는 줄 모르고 피리를 불기 시작했어요. 쉬링크스를 좋아했던 마음은 그대로 피리를 좋아하는 마음으로 바뀌었어요.

"그래, 이 피리를 불며 쉬링크스를 떠올리겠어."

판은 피리에게 쉬링크스라는 이름을 붙여주었어요. 이때부터 판은 항상 피리를 불고 다니기 시작했어요. 사랑하는 판을 잊지 않기 위해서였지요. 판의 피리 소리는 누가 들어도 아름답고 달콤했다고 해요.

"바로 이것이 판의 피리란다."

헤르메스는 아르고스 앞에 작고 예쁜 피리를 내밀었어요. 자신도 판이 그랬던 것처럼 사랑하는 사람을 향해 달콤한 피리 소리를 들려주고 싶다고 했지요. 이야기가 모두 끝났을 때, 아르고스는 깊은 잠에 빠져 있었어요. 마지막 한 개의 눈도 꼭 감겨 있었고요. 아르고스 역시 꿈속에서 아름다운 사랑을 고백하고 있었을지도 몰라요.

토끼의 귀가 길고
눈이 빨간 이유

옛날 옛날 아주 먼 옛날, 토끼의 귀는 원래 길지 않았어요. 눈도 지금처럼 빨갛지 않았고요. 토끼는 원래부터 아주 작은 몸을 가지고 있었어요. 귀는 짧고 눈은 까매서 언뜻 보면 족제비나 두더지하고도 비슷해 보였지요.

한때 토끼는 족제비의 친구가 되고 싶었던 적이 있었어요. 용감한 족제비와 함께 있으면 마음이 든든할 것 같았거든요. 그런데 족제비는 토끼를 좋아하지 않았어요.

"안 돼. 넌 날카로운 이빨이 없잖아. 우리 족제비들은 이빨로 사냥을 한다고."

족제비는 토끼와 친구가 되어주지 않았어요. 생각해보니 토끼에게는 날카로운 이빨이 없는 게 맞았어요. 족제비들은 작은 동물들을 잘 사냥하곤 했는데, 토끼는 항상 땅에 난 풀만 뜯어 먹었어요. 족제비와 토끼가 친구가 되기란 쉬운 일이 아닌 것 같았지요.

토끼는 두더지와도 친구가 되고 싶었던 적이 있었어요.

"안 돼. 넌 땅을 팔 수 없잖아. 우리 두더지들은 땅속에 집을 짓고 산다고."

두더지 역시 친구가 되어주지 않는 건 마찬가지였어요.

토끼가 이렇게 친구들을 찾아 나선 건 다 커다란 동물들 때문이었어요. 바로 늑대나 여우 같은 동물들 말이지요. 족제비는 가끔 그 녀석들의 발목을 콱 물어서 겁을 줄 때가 있었어요. 두더지는 그 녀석들이 나타나기만 하면 땅속으로 쏙 숨어버렸고요. 하지만 토끼는 늘 도망쳐 다니는 게 일이었어요. 토끼에게는 날카로운 이빨도 없고, 땅을 팔 수 있는 재주도 없었으니까요.

하는 수 없이 토끼는 스스로 자신을 지킬 수 있는 방법을 찾아내야 했어요. 토끼는 족제비처럼 이빨을 날카롭게 갈아보았어요. 곧 풀이나 당근을 뚝뚝 자를 수 있게 되었지만, 늑대의 발목을 물 수 있을 만큼 날카로워지지는 않았어요. 토끼는 또 족제비처럼 땅을 파보기도 했어요. 역시나 밤낮을 쉬지 않고 땅을 파도, 토끼는 꼬리 하나 들어갈 만큼의 구멍도 파지 못했지요.

토끼는 무서웠어요. 특히 밤은 더더욱 그랬어요. 어디서 갑자기 늑대가 나타날지, 여우가 뛰쳐나올지 모를 일이잖아요. 토끼는 항상 누가 뛰어오는 소리가 들리지 않나 귀를 쫑긋 세우고 있었어요. 아주 작은 소리라도 자세히 듣기 위해서였지요.

아무 일도 일어나지 않았던 밤보다 더 무서운 밤은, 바로 그 다음날 밤일 거예요. 지난 밤에 아무 일도 없었다면, 오늘은 왠지 일이 꼭 터지고 말 것 같은 기분 있잖아요. 그런 날 토끼는 밤을 새야만 했어요. 일부러 새려고 마음먹지 않아도 잠이 한숨도 오지 않았지만요.

'녀석들은 분명히 내가 잠든 사이에 나타날 거야!'

토끼는 불안했던 거예요. 토끼가 잠들기라도 하면 기다렸다는 듯이 자기를 덮칠 거라고 생각했어요. 차라리 밤을 지새우는 편이 나았어요. 그것도 뜬 눈으로 말이에요. 그때부터 토끼의 밤은 늘 똑같아지고 말았어요. 귀는 쫑긋 세우고, 눈은 동그랗게 뜨고. 마음을 놓으면 큰일이 나고 말 테니까요.

그러던 어느 날, 토끼는 산속에서 족제비와 두더지를 만났어요. 족제비와 두더지는 토끼를 보고 깜짝 놀랐어요.

"아니, 토끼야! 네 귀가 왜 그래? 엄청 길어졌어!"

족제비가 토끼의 귀를 잡아당기며 말했어요.

"아야, 아야! 뭐가 길어졌다는 거야?"

토끼는 자기의 귀를 만져보았어요. 원래대로라면 한 손 안에 귀가 모두 잡혀야 하는데, 이상하게도 귀가 한 번에 잡히지 않았어요. 세상에! 정말 족제비의 말대로 토끼의 귀가 길어진 거예요!

"그뿐만이 아니야! 네 눈은 또 왜 그래? 엄청 빨개졌어!"

두더지도 놀란 듯 토끼를 향해 말했어요. 토끼의 눈을 똑바로 쳐다보면서요.

"눈이 빨갛다고? 말도 안 돼. 어떻게 눈이 빨개?"

토끼는 두더지의 말을 믿지 않았지요.

"진짜야. 네가 연못에 가서 봐봐! 정말 눈이 빨갛다고!"

"응, 귀도 길고!"

족제비와 두더지는 토끼의 모습이 신기하다는 듯이 계속해서 여기저기를 살폈어요. 토끼는 얼른 연못 앞으로 뛰어갔어요.

'정말 귀가 길어졌으면 어떡하지? 눈이 빨개졌으면 어떡하지?'

토끼는 자기 모습이 보기 흉하게 변했을까 봐 걱정됐어요. 연못에 도착할 때까지 속으로 끙끙 앓았어요.

토끼는 조심스럽게 자기 얼굴을 연못 위에 비춰봤어요. 와! 이게 웬일일까요? 토끼는 연못에 비친 자신의 모습을 보고 뛸 듯이 기뻤어요.

"와! 정말 귀여워! 내가 이렇게 귀여운 모습으로 변했구나!"

토끼는 자신의 바뀐 모습이 마음에 들었어요. 길게 늘어져서 반쯤 꺾인 귀하며, 사과처럼 빨갛게 물든 눈하며!

토끼의 귀가 길어지고 눈이 빨개진 뒤로 이상한 일이 생겼어요. 예전보다 소리를 더 잘 듣게 되었고, 또 주변을 더 잘 살펴볼 수 있게 되었지요. 토끼는 기다란 귀와 빨간 눈을 갖게 되어서 정말로 행복했답니다.

자신을 사랑하는 법을 아는 것이 가장 위대한 사랑이다.
— 마이클 매서(Michael Masser, 1941~ , 미국의 작곡가)

찹쌀보다 소중한 것

어느 날, 아침부터 집 안에서 한바탕 난리가 났어요. 부엌에 있던 찹쌀이 몽땅 없어진 거예요. 분명히 어제 저녁까지 찹쌀밥을 지어 먹었는데, 어떻게 하루아침에 없어질 수가 있지? 집 안 식구들은 모두 어리둥절했어요. 아버지는 반드시 범인을 잡겠다고 큰소리를 쳤어요.

범인을 쉽게 잡을 수 있으면 좋으련만, 그건 결코 쉬운 일이 아니었어요. 밤새 부엌을 지키고 앉아 있었던 게 아니니, 누가 찹쌀을 가져갔는지 어떻게 알 수 있겠어요. 아버지는 한숨을 푹 쉬었어요.

그때 그 집의 아이가 나섰어요.

"아버지. 범인은 집 안에 있어요. 제가 범인을 잡겠어요."

"아니, 네가 어떻게 범인을 잡을 수 있다는 말이냐?"

아버지는 아이의 말을 믿지 않는 눈치였어요. 아이는 아버지처럼 수염을 쓸어내리는 척을 하며 하인들을 쳐다봤어요.

"지금 당장 찹쌀 두 말을 사오세요."

아이의 말에 아버지는 놀랐어요. 아이는 몇 가지 일을 더 시키기까지 했어요.

"그 찹쌀로 인절미를 만들어오세요."

하인들은 아버지의 눈치를 살폈어요. 아버지는 아이의 눈치를 살폈고요. 일단은 아이가 하는 행동을 한번 지켜보기로 했어요.

잠시 후, 하인들은 찹쌀 두 말로 인절미를 만들어왔어요. 집 안 식구들은 물론 하인들까지도, 도대체 아이가 이 인절미로 무엇을 하려는 것인지 궁금했어요.

"이 인절미는 하인들을 위한 것입니다. 어려워 마시고 마음껏 드세요."

정말 알다가도 모를 일이었어요. 다짜고짜 인절미를 만들어오라고 하더니, 이번에는 그걸 하인들더러 다 먹으라고 하다니…… . 그랬거나 저랬거나 하인들은 이게 웬 떡이냐는 듯이 기뻐했어요. 숨 고를 틈도 없이 인절미를 먹기 시작했지요.

그중 이상한 모습을 보이는 하인이 있었어요. 다른 하인들은 열심히 인절미를 먹는데, 이상하게 그 하인만 한 점도 먹지 않는 게 아니겠어요. 처음에 한두 개 정도를 먹는 둥 마는 둥 하다가 이제는 아예 젓가락을 내려놓고 있었지요.

"인절미가 맛이 없습니까? 그럼 다른 요깃거리를 드릴 테니 저를 따라오시지요."

아이는 하인을 데리고 부엌으로 갔어요. 사실 그때 아이는 이미 알고 있었어요. 바로 그 하인이 찹쌀을 훔친 범인이라는 사실을. 하인 역시 알고 있었어요. 자기가 찹쌀을 훔친 일이 들통 나고 말았다는 사실을.

"찹쌀은 쉽게 소화가 되지 않지요? 간밤에 찰밥을 많이 드셨나봅니다."

아이는 주위에 누가 없는지 꼼꼼히 살피며 조용한 목소리로 말했어요.

"예, 도련님. 찰밥이 몹시 먹고 싶어서 그만…… . 어떤 벌이든 달게 받겠습니다."

하인의 눈에서 눈물이 뚝뚝 떨어졌어요.

"다음에 또 찰밥이 먹고 싶거든 꼭 제게 말씀해주세요."

아이는 하인의 손을 꼭 잡아주었어요. 아버지에게는 물론 사람들에게도 하인이 범인이라는 사실을 결코 말하지 않았지요.

그 이후, 하인은 정말 찰밥이 먹고 싶을 때 아이에게 이야기를 했어요. 그럴 때마다 아이는, 마치 제가 먹고 싶은 양 시늉하여 하인에게 찰밥을 얻다 주었어요. 이렇게 해서 하인은 평생 아이에게 감사하는 마음으로 살았다고 하네요.

암행어사 박문수라고 하면 모르는 사람이 없을 거예요. 하인 한 사람 한 사람의 부끄러운 마음까지 모두 감싸주었던 이 아이가, 바로 암행어사 박문수였답니다.

솔개의 노래

솔개는 하늘을 날아다니는 무법자예요. 솔개가 두 날개를 쭉 펴고 날아오면, 새들은 후닥닥 도망을 가기에 바빴어요. 솔개의 그림자만 나타나도 새들은 덜컥 겁을 먹곤 했지요.

그런가 하면, 휘파람새는 하늘을 날아다니는 가수예요. 휘파람새가 노래를 부르면 휘파람을 부는 것 같이 아름다운 소리가 나요. 새들은 휘파람새의 노래를 듣는 것을 아주 좋아했어요. 휘파람새는 틈만 나면 나뭇가지에 앉아 노래를 불렀지요.

솔개가 나뭇가지에 앉아 있는 휘파람새를 발견했어요. 솔개는 힘껏 날갯짓을 해서 휘파람새가 있는 곳으로 날아갔어요. 휘파람새의 노래에는 관심이 없었지요. 솔개는 휘파람새의 등을 콱 움켜쥐었어요.

"어머나! 깜짝이야!"

한참 노래를 부르고 있던 휘파람새는 깜짝 놀랐어요. 휘파람새는 자기가 솔개에게 잡힐 거라고는 생각도 못했어요. 솔개는 휘파람새를 잡은 채로 하늘을 날았어요. 휘파람새는 꼼짝 없이 솔개에게 잡힌 신세가 되고 말았지요.

문득 휘파람새에게 좋은 생각이 떠올랐어요.

'그래! 같이 노래를 부르자고 해보자!'

원래대로라면 휘파람새가 살려달라고 애원을 해야 되지 않겠어요? 휘파람새는 그렇게 하지 않았어요. 애원한다고 해서 놓아줄 솔개가 아니었거든요.

"솔개야, 나랑 같이 노래 부르지 않을래?"

휘파람새가 다정한 목소리로 물었어요.

"나는 노래 못 불러. 노래는 너나 실컷 부르라고."

솔개는 시큰둥한 표정으로 대답했지요. 휘파람새는 실망하지 않았어요.

"내가 있잖아. 내가 가르쳐줄게."

휘파람새는 더욱더 다정한 목소리로 말했어요.

"쳇, 그깟 노래를 뭐하러 부르는데? 노래를 부르면 뭐 좋은 일이라도 생긴대?"

솔개는 아직도 시큰둥해하고 있었지요. 도리어 휘파람새의 등을 발톱으로 더 꽉 잡아 버렸어요.

"새들이 얼마나 노래를 좋아하는데! 새들뿐만이 아니야. 동물들도 모두 노래를 좋아 해. 내가 노래를 부르면 다들 귀 기울여 듣곤 하지. 아주 행복한 표정을 하고 말이야. 아, 맞다! 노래를 부르면 나도 행복해지더라. 기분이 참 좋아져."

"정말? 노래를 부르면 친구들이 좋아해? 동물들은 나를 피하기만 하는데도?"

솔개가 휘파람새의 이야기에 관심을 보이기 시작했어요.

"응, 정말이야. 내가 노래를 잘 부르도록 가르쳐줄게. 일단 나를 좀 내려놔 줄래? 등이 아파서 지금은 노래를 못 부르겠어."

휘파람새는 솔개를 달랬어요. 솔개는 아까보다 많이 누그러진 모습을 보였어요. 휘 파람새를 놓아주어도 되겠다고 생각했지요.

그러다가 휘파람새를 나뭇가지 위에 막 내려주려고 할 때였어요.

"안 돼! 너 도망가려고 그러잖아. 내가 네 꾀에 속을 줄 알고?"

솔개는 휘파람새를 의심했어요.

"아니야. 내가 노래를 가르쳐준다고 했잖아. 그건 약속이야. 꼭 지킬게."

휘파람새는 한 번 더 솔개를 달랬어요. 솔개도 날갯짓을 오랫동안 한 탓인지 날개가 많이 아프던 참이었어요. 결국 휘파람새를 나뭇가지 위에 놓아주게 되었지요.

"고마워, 솔개야. 자, 그럼 우리 같이 노래 불러볼까?"

휘파람새는 정말 도망가지 않았어요. 서둘러 목청을 가다듬고는, 솔개에게 노래 부르 는 방법을 가르쳐주었지요. 솔개는 더듬더듬 노래를 따라 불렀어요. 처음에는 잘 부르 지 못했는데, 시간이 가면 갈수록 잘 부르게 되었어요.

"네 목소리는 참 크고 씩씩해서 좋아."

휘파람새가 솔개를 칭찬했어요. 솔개는 하늘을 날 때처럼 기분이 좋았어요.

다음날, 휘파람새와 솔개는 또 만났어요. 그 다음날도, 또 그 다음날도 만났어요. 만날 때마다 휘파람새는 솔개에게 노래를 가르쳐주었어요. 솔개는 점점 노래 솜씨가 좋아졌어요. 나중에는 아예 휘파람새만큼 부를 수 있을 정도가 되었지요.

그때부터 휘파람새와 솔개는 함께 노래를 부르기로 했어요. 두 새가 노래를 부르면 그 소리가 온 산에 울려 퍼졌어요. 이윽고 노랫소리를 들은 새 친구들이 하나둘 모여들기 시작했어요.

"솔개야, 네가 이렇게 노래를 잘 부르는 줄은 정말 몰랐어!"

"그래, 정말 멋진 노래야!"

새들은 하나같이 솔개를 칭찬했지요.

'내가 이렇게 많은 칭찬을 받다니! 아, 정말 행복해!'

솔개는 더 고운 목소리로 노래를 부르기 시작했답니다.

사랑스런 눈을 갖고 싶으면, 사람들에게서 좋은 점을 보아라.
– 오드리 햅번(Audrey Hepburn, 1929~1993, 미국의 영화배우)

비단 장수와
지혜로운 원님

"비단 사세요! 꽃잎처럼 어여쁜 비단 사세요!"

마을에 비단 장수가 온 모양이에요. 마침 옷을 한 벌 지어 입고 싶었던 여자들이 우르르 몰려 나왔어요. 망주석 앞에 비단 장수가 비단을 펼쳐놓고 있었어요. 꽃잎처럼 어여쁜 비단에다가, 풀잎처럼 산뜻한 비단도 있었어요. 너도나도 더 예쁜 비단을 고르겠다고 난리였어요. 그때였어요.

"원님 납시오! 모두 물러서시오!"

원님이라는 말에 사람들은 비단 보던 일을 그만두고 원님의 행차를 따라갔어요. 이번에 새로 온 원님은 생김새도 멋진 데다가, 그 지혜로움이 아주 빼어나기로 유명했어요. 사람들은 비단 구경보다 원님 구경에 더 재미가 났는지, 금세 우르르 몰려갔어요.

"쳇, 정말 훌륭한 원님이긴 한가보군."

비단 장수는 비단을 한 필도 못 팔게 되어서 조금 속상했어요. 뭐, 비단 장수도 원님 구경에 잠시 넋을 잃긴 했지만요.

아마 그때였을 거예요. 말도 안 되는 일이 벌어지고 말았지요. 글쎄 비단 장수의 비단이 순식간에 몽땅 없어진 거예요!

"도대체 어디로 갔지?"

정말 눈 깜짝할 사이에 벌어진 일이었어요. 비단 장수는 아까 비단을 펼쳐놓고 팔던 곳을 샅샅이 뒤졌어요. 이리 뒤지고 저리 뒤졌으나 비단은 보이지 않았어요. 꽃잎 비단도 풀잎 비단도 하나도 보이지 않았어요.

"이게 다 원님 때문이야!"

비단 장수는 원님이 원망스러웠어요. 원님만 나타나지 않았어도 비단을 잃어버리지 않았을 거예요. 게다가 구경 나온 여자들 모두 비단을 팔아주었을 거고요. 비단 장수는 속상한 나머지, 원님에게 가서 비단을 찾아달라고 하기로 마음먹었어요. 정말 지혜로운 원님이라면 비단을 찾아주는 일쯤이야 문제도 아닐 테니까요.

"원님, 제 비단을 좀 찾아주십시오!"

비단 장수는 원님 앞에 가자마자 하소연을 했어요. 비단 장수에게 무슨 일이 있었는지 이야기를 들은 원님은 고개를 갸우뚱하며 깊은 생각에 빠졌어요.

"아까 어디에서 비단을 팔았다고 했지?"

"예, 마을 입구에 있는 망주석 앞에서요!"

"그 망주석도 나를 보려고 달려갔느냐?"

"에이, 원님도 참. 망주석이 어떻게 달려가요?"

비단 장수는 팽하고 코웃음을 쳤어요.

"그래? 그럼 망주석은 그 자리에 가만히 있었다는 말이지?"

"예, 꼼짝 않고 있었을 겝니다. 아이고, 원님도 참."

"좋다! 여봐라, 마을 입구에 있는 망주석을 잡아오너라!"

아니 이건 무슨 말씀인가요? 망주석을 잡아오라니요? 포졸들은 웃음이 나오는 걸 꾹꾹 참으며, 망주석을 밧줄로 꽁꽁 묶어 왔어요. 이 재미난 일을 구경하려고 마을 사람들이 전부 따라왔지요.

원님은 망주석을 보자마자 다짜고짜 따지고 들었어요.

"예끼, 고얀 망주석! 당장 비단을 내놓지 못하겠느냐! 여봐라, 저 놈을 매우 쳐라!"

원님의 명령에, 포졸들은 망주석을 엎어놓고 엉덩이를 찰싹찰싹 때렸어요. 사람들은 얼마나 웃겼는지 배꼽을 잡기도 하고 몸이 뒤집어지기도 했어요. 이게 도대체 무슨 말도 안 되는 일인가요, 글쎄. 그런데 원님의 얼굴빛이 이상했어요.

"감히 원님을 비웃었단 말이지? 여봐라, 웃은 사람들을 전부 옥에 가둬라!"

졸지에 구경 나온 사람들은 모두 옥에 갇히고 말았어요. 사람들은 그제야 웃음을 멈추고는, 제발 살려만 달라고 원님에게 싹싹 빌기 시작했어요.

"좋다. 대신 내게 비단을 한 필 바치는 사람만 풀어주겠다."

원님의 말에 사람들은 전부 집에 가서 비단을 한 필씩 가져왔어요. 원님은 곧바로 비단 장수를 불렀어요.

"여기에 네가 잃어버린 비단이 있느냐?"

원님의 말에 비단 장수는 비단을 샅샅이 살펴봤어요.

"예, 전부 제 비단입니다요!"

사람들의 입이 전부 쩍 벌어졌어요. 원님은 한 사람 한 사람에게 모두 비단을 어디에서 샀느냐고 물었어요. 그랬더니 놀랍게도 모두가 이웃마을에서 온 비단 장수에게서 샀다고 대답하는 게 아니겠어요.

"당장 이웃 마을에서 왔다는 비단 장수를 잡아들여라!"

이윽고 이웃 마을 비단 장수가 잡혀 왔어요. 원님도 비단 장수도 처음 보는 얼굴이었어요. 이웃 마을 비단 장수는 원님을 보자마자 부들부들 떨었어요.

"자, 자, 잘못했습니다요, 원님!"

그러더니 갑자기 눈물을 흘리며 넙죽 엎드리는 게 아니겠어요. 이웃 마을 비단 장수가 바로 비단을 훔쳐 간 범인이었던 거예요.

'아, 정말 훌륭한 원님이로구나!'

비단 장수는 원님의 지혜에 감동하고 말았어요. 잠시나마 원님을 원망했던 자신이 부끄러웠지요. 이웃 마을 비단 장수는 비단을 팔아서 번 돈을 전부 내놓았어요. 원님은 진짜 비단 장수에게 그 돈을 보여줬어요.

"자, 네 비단을 판 돈이다. 이 돈을 갖겠느냐, 아니면 비단을 갖겠느냐?"

"아닙니다요, 원님. 제가 비단을 잘 간수하지 못한 잘못이 더 큽니다. 돈은 전부 사람들에게 돌려주십시오. 제가 사람들에게 비단을 선물한 걸로 하겠습니다."

사람들은 손뼉을 치며 좋아했어요. 이웃 마을 비단 장수는 머리를 긁적긁적하며 진짜 비단 장수에게 사과했어요.

"망주석도 웃고 있구먼!"

원님의 말에 구경하던 사람들 모두 환하게 웃었답니다.

임신 31주

31주가 되면 아기는 소화기관을 비롯해 폐도 거의 다 발달해서, 신생아로서의 모습을 거의 갖추게 됩니다. 발달한 폐를 이용해 숨을 들이마시고 내쉬는 방식의 호흡을 할 수 있습니다. 또 소화기관이 발달했기 때문에, 양수를 삼키고 그것을 소변으로 배출할 수도 있습니다. 아기는 크기가 40cm, 몸무게가 1.6kg 정도가 되도록 자랐습니다. 이렇게 아기의 크기가 점점 커지면서 자궁 안을 가득 채우고 있던 양수의 양은 점점 줄어들게 됩니다.

당신은 간혹 자신도 모르게 소변이 새어나오는 요실금을 겪게 될 수도 있습니다. 특히 웃을 때나 재채기를 할 때, 자리에 앉았다가 일어날 때 나타날 수 있는데, 이는 커진 자궁이 방광을 압박해서 생기는 현상으로 앞으로 출산 시까지 계속될 것입니다. 예기치 못한 상황이 벌어지지 않도록 소변을 보고 싶을 때마다 자주 화장실에 가두는 것이 좋습니다. 또 이때쯤이면 호르몬의 영향으로 잇몸에서 피가 나는 현상이 나타날 수도 있으니 주의하도록 합시다.

어린 왕자가 마지막으로 찾은 별은 지구였습니다. 어린 왕자는 아프리카의 사막에서 만난 뱀에게, 사람들은 모두 어디로 갔느냐고 물었습니다. 사람들도 없이 혼자 있는 뱀이 무척 외로워 보였던 것입니다. 뱀은 이렇게 말했습니다.

"사람들 가운데서도 외롭기는 마찬가지야."

만약 별과 별을 옮겨 다니는 것이 인생이라면, 그래서 사람들이 모두 별과 별을 옮겨 다니고 있는 중이라면, 우리가 사람들을 만날 수 있는 곳은 어디일까요?

때로는 사람들을 찾아 떠도는 것 보다는,
사람들 사이에 머무르는 것이 훨씬 매력적인 일일 것입니다.
그냥 지나쳤던 기쁨, 슬픔, 아픔들에 대하여 머물러 지켜주고 함께 해주는 일.
당신이 사람을 만나고 사귀는 일이 곧 그러했으면 좋겠습니다.

정말 늑대가 나타났다고요!

야트막한 언덕 위에 양들이 떼를 지어 풀을 뜯고 있어요. 파릇파릇한 풀밭 위에 양들이 모여 있는 모습은 마치 흰 구름처럼 보이지요. 양들이 이쪽에서 저쪽으로 몰려다닐 때마다 구름이 두둥실 떠다니는 것 같답니다.

풀밭 끄트머리에는 키가 큰 버드나무 한 그루가 서 있어요. 햇살 아래 버드나무 그림자가 만들어지면 얼마나 시원한지 몰라요. 마침 한 소년이 그늘 안에서 쉬고 있는 중이었어요. 이 소년으로 말할 것 같으면, 이다음에 훌륭한 목동이 되려고 지금 열심히 양 떼 다루는 방법을 배우고 있는 주인공이지요. 벌써부터 목동이라고 부르기에는 아직 부족한 점이 많아서, 일단은 '양치기 소년'이라고 해두기로 해요.

양치기 소년은 그늘 안에 자리를 깔고 누웠어요. 시원한 바람이 소년의 얼굴 위로 솔솔 불어왔어요.

"날씨 참 좋다!"

따뜻한 햇살은 햇살대로, 시원한 바람은 바람대로 소년을 기분 좋게 만들어주었어요. 소년은 스르르 잠이 들게 되었지요. 얼마나 오랫동안 잠이 들었는지 모르겠어요. 소년은 그 사이에 꿈을 하나 꾸었거든요. 바로 늑대가 나타나는 꿈이었어요. 꿈속에서 늑대는 소년이 지키고 있는 양을 물어가려고 했어요. 깜짝 놀란 소년은 고래고래 소리를 질렀어요. 금세 마을 사람들이 언덕 위로 몰려왔어요. 몽둥이를 들고 온 사람도 있고, 밧줄을 들고 온 사람도 있었어요. 사람들은 늑대를 잡으려고 한바탕 난리를 쳤지요. 그때 소년은 꿈에서 깨어났어요.

"휴, 꿈이었구나! 정말 다행이다, 다행이야!"

소년은 일어나자마자 양들부터 살폈어요. 다행히 양들은 아직도 흰 구름처럼 몰려다니며 평화롭게 풀을 뜯고 있었지요. 소년은 혹시나 하는 마음에 양들의 숫자를 세어보기도 했어요. 물론 없어진 양은 한 마리도 없었지만요.

'정말 늑대가 나타나면 어떻게 될까?'

소년은 문득 재밌는 생각이 떠올랐어요. 꿈속에서 사람들이 이리 뛰고 저리 뛰던 모습이 자꾸만 생각나는 거예요. 사실 소년이 양들을 지키기 시작한 뒤로 늑대가 나타난 적은 한 번도 없었어요.

'어떻게 되는지 한번 알아볼까?'

소년은 장난을 치고 싶은 마음이 들었어요. 마침 심심하기도 했던 차에 아주 잘된 일이라고 여기면서 말이에요. 소년은 일부러 기침을 콜록콜록하며 목을 가다듬더니, 마을을 향해 큰 소리로 외쳤어요.

"늑대가 나타났어요! 늑대가 나타났어요!"

소년의 목소리가 마을을 향해 울려퍼졌어요. 소년은 재미가 붙었는지 쉬지도 않고 계속해서 외쳤어요. 그러자 정말 꿈속에서와 같은 일이 벌어졌어요! 마을 사람들이 전부 언덕 위로 몰려오는 것이었지요! 사람들은 정말 몽둥이, 밧줄, 빗자루 같은 온갖 것을 다 들고 뛰어왔어요.

"어디야! 늑대가 어디에 있니?"

사람들은 오자마자 늑대부터 찾았어요. 당장이라도 늑대를 혼내줄 기세였어요. 얼마나 빨리 뛰어왔는지 아직도 숨을 헐떡이는 사람도 있었어요.

"거짓말인데! 늑대는 없어요!"

소년은 깔깔깔 웃으며 말했어요. 바닥에 누워 데굴데굴 구르기까지 했어요.

"장난이에요, 장난!"

사람들은 소년을 보며 아주 못마땅해 했어요. 꿀밤이라도 한 대 때려주려다가 그냥 돌아가는 사람도 있었어요.

"늑대가 나타나지 않았다니 천만다행이다. 하지만 다시는 장난쳐선 안 돼."

사람들은 소년을 타이르고는 다시 우르르 언덕을 내려갔어요. 사람들이 가고 나서도

소년은 한참을 더 웃었어요. 세상에 이렇게 재밌는 일이 또 있을까 싶었지요. 그날 밤 잠자리에 누워서까지도 계속 웃었을 정도로요.

다음날, 소년은 날이 밝자마자 또 장난칠 생각부터 했어요. 오늘따라 양을 돌보는 일이 하나도 지루하지 않았어요. 다른 때 같으면 꾸벅꾸벅 졸았을 텐데, 오늘은 낮잠도 자지 않았지요. 어서 점심때가 지나기만을 기다렸어요.

"늑대가 나타났어요! 늑대가 나타났어요!"

점심때가 지나자마자 소년은 기다렸다는 듯이 마을을 향해 외쳤어요. 어제보다 더 큰 목소리로 힘차게 외쳤어요. 그러자 이번에도 사람들이 우르르 몰려왔어요. 어제랑 똑같이 숨을 헐떡이면서 말이지요.

"거짓말인데! 늑대는 없어요!"

소년은 이번에도 깔깔깔 웃으면서 말했어요.

"너 이 녀석! 우리를 놀리다니!"

사람들은 아주 많이 화가 났어요. 오늘은 정말 꿀밤을 한 대 때려주고 돌아가는 사람도 있었어요. 소년은 웃느라 정신이 없었어요. 그날 밤에도 배꼽을 붙잡고 웃으며 잠이 들었지요.

그리고 또 다음날.

"늑대가 나타났어요! 늑대가 나타났어요!"

소년은 이번에도 큰 소리로 외쳤어요. 아직 사람들이 오지 않았는데도 벌써부터 웃음이 나왔어요. 우당탕탕 뛰어오는 사람들 모습은 몇 번을 봐도 우습기 짝이 없었지요.

"늑대가 나타났어요! 늑대가 나타났어요!"

소년은 한 번 더 큰 소리로 외쳤어요. 그런데 정말 이상한 일이었어요. 사람들이 아무도 언덕으로 뛰어오지 않는 것이었어요!

바로 그때였어요. 쌕쌕하고 깊은 숨을 몰아쉬는 소리가 들렸어요. 주위를 두리번거리던 소년은 하마터면 뒤로 넘어질 뻔했어요. 글쎄, 버드나무 뒤에 정말 늑대 한 마리가 나타난 거예요!

"늑대가 나타났어요! 늑대가 나타났어요!"

소년은 있는 힘껏 소리를 내서 외쳤어요. 정말 늑대가 나타날 줄이야, 상상도 못한 일이었던 거예요. 소년의 목소리가 언덕 아래까지 울려 퍼졌어요. 그러나 마을 사람 어느 누구도 언덕 위로 올라오지 않았어요. 늑대는 살이 가장 많이 오른 양을 고르기 위해 어수선을 떨고 있었어요. 양들은 '메에'거리며 이리 뛰고 저리 뛰고 난리를 치고 있었고요. 사람들이 놀라서 뛰어올라오던 모습은 그렇게 재미있었는데, 양들이 놀란 모습은 결코 재밌지가 않았어요.

결국 늑대는 토실토실하게 살이 오른 양 한 마리를 물고서야 언덕을 내려갔어요. 그때까지도 소년은 외치고 있었지요. 힘이 빠질 대로 빠진 목소리로 말이에요.

"정말 늑대가 나타났다고요……."

무엇이든 맞히는 사람

아무것도 믿지 않는 남자가 있었어요.

"곧 비가 올 거래요. 비에 맞지 않게 얼른 준비하세요."

"흥, 거짓말! 햇볕이 저렇게 쨍쨍한데 무슨 비가 내린담?"

남자는 사람들의 이야기도 믿지 않았어요. 그러다가 정말 비가 내리기라도 하면, 그런 말은 아예 듣지도 못했다고 시치미를 뚝 뗐지요.

"저 사람은 분명히 자기 자신도 믿지 못할걸."

사람들은 남자가 못마땅했어요.

"사람들은 다 거짓말쟁이야. 남한테는 절대 진실을 이야기하지 않아. 왜냐고? 그래야지만 자기가 성공할 테니까."

남자도 사람들이 못마땅하긴 마찬가지였지요.

그러던 어느 날, 남자는 이상한 소문을 듣게 되었어요. 바로 이웃 마을에 무엇이든 알아맞히는 사람이 있다는 거예요.

"흥, 말도 안 돼. 어떻게 무엇이든 알아맞혀?"

물론 남자는 그 소문도 믿지 않았어요. 사람들은 온통 그 사람 이야기뿐이었어요.

"정말 신기해. 내가 올해 아들을 낳게 될 거래."

"그래? 나는 딸을 낳게 될 거라고 하던걸."

남자는 귀가 솔깃하긴 했지만, 그래도 사람들의 말을 믿지 않았어요. 아들을 낳을 거라고 했던 사람은 정말 아들을 낳았고, 딸을 낳을 거라고 했던 사람은 정말 딸을 낳았는데도 말이에요.

'흥, 그럴 수도 있지 뭐. 사람이 아이를 낳으면, 당연히 아들이든지 딸이겠지. 사람이 설마 당나귀 새끼를 낳겠어?'

남자는 이번에도 콧방귀를 뀔 뿐이었어요. 하지만 이상하게 자꾸 신경이 쓰였어요.

'정말 무엇이든 맞힐 수 있을까?'

정말 그럴 수도 있겠다는 생각이 들었던 거예요.

"그러지 말고 한 번 가보세요. 좋은 이야기를 많이 해줄 거예요."

사람들은 남자를 부추겼어요. 하지만 남자는 또 사람들을 의심하고 들었지요.

'내가 그 사람의 말을 믿으면, 그땐 분명히 사람들이 나를 비웃겠지? 내가 결국 꼬리를 내렸다고 하면서 말이야.'

남자는 쉽게 그 사람을 찾아갈 수 없었어요. 그렇다고 그 사람에 대한 궁금증이 사라지는 것도 아니었어요. 어떤 때에는 밤새도록 생각나서 잠 한숨 이루지 못한 적도 있었고요. 결국 남자는 그 사람을 찾아가기로 결심했어요.

'분명히 맞히지 못할 거야!'

남자는 나뭇가지 하나를 주머니 안에 숨겼어요. 그 사람에게 자기 주머니 안에 있는 나뭇가지가 부러졌는지 아닌지를 물어볼 생각이었어요. 부러졌다고 말하면 나뭇가지를 그냥 내놓고, 부러지지 않았다고 말하면 몰래 부러뜨려서 내놓으면 되는 일이었으니까요. 남자는 드디어 그 사람을 만날 수 있었어요.

"지금 제 주머니에는 나뭇가지가 하나 있어요. 이것이 부러졌는지 아니면 부러지지 않았는지 맞혀보세요."

남자는 자신만만하게 말했어요. 주변에는 남자를 구경나온 사람들이 몇몇 있었어요. 무엇이든 맞히는 사람이 남자의 마음까지도 맞힌다면, 남자는 더 이상 누구를 의심하지 않을 테니까요. 사람들은 그 모습이 보고 싶었던 거예요.

잠시 후, 무엇이든 맞히는 사람은 이렇게 말했어요.

"그건 당신의 손에 달려 있습니다."

결국 남자는 품 안에서 나뭇가지를 꺼내지 못했어요. 얼마나 놀랐는지 입만 쫙 벌리고 있었지요.

무인도에서 살아남기

배 한 척이 바다 위에 올랐어요. 상인 한 사람과 귀족 한 사람, 그리고 왕자님과 목동 한 사람이 타고 있었지요. 배는 바다 건너 저쪽 나라로 향하고 있었어요.

상인이 저쪽 나라에 가는 이유는 딱 하나였어요. 바로 많은 돈을 버는 것. 상인은 자신이 팔고 있는 모든 물건들을 배에 실었어요. 저쪽 나라에 가서 이 물건들을 모두 팔면 자신은 금방 부자가 될 수 있을 거라고 생각했지요.

귀족은 원래부터 저쪽 나라의 사람이었어요. 친구들을 만나기 위해 잠시 이쪽 나라로 건너왔다가, 지금은 다시 고향으로 돌아가는 중이었어요. 귀족은 오랫동안 보지 못한 가족들을 만날 생각에 기분이 들떠 있었어요.

왕자는 저쪽 나라의 공주를 사랑하고 있었어요. 공주가 매우 아름답다는 소문이 이쪽 나라에도 퍼져 있었지요. 왕자는 공주한테 청혼할 생각이었어요.

목동에게는 팔 수 있는 물건도, 만날 수 있는 가족도, 청혼하고 싶은 여자도 없었어요. 목동은 저쪽 나라로 여행을 떠나는 중이었어요. 원래 목동은 여행 다니기를 참 좋아했어요. 과연 저쪽 나라는 어떤 모습을 하고 있을까 하고 상상해보곤 했지요.

아마 장사도 할 수 없고, 가족도 만날 수 없고, 청혼도 할 수 없는 일이 벌어질 거라고는 아무도 생각하지 못했을 거예요.

얼마 지나지 않아 배는 거센 바람과 엄청나게 큰 파도 때문에 뒤집어지고 말거든요. 네 사람은 힘겹게 헤엄을 쳐서 간신히 무인도에 닿을 수 있었어요.

사실 모두가 헤엄을 칠 수 있는 건 아니었어요. 상인과 목동만 수영을 할 수 있었지요.

귀족을 안고 헤엄쳐온 사람은 상인이었고, 왕자를 안고 헤엄쳐온 사람은 목동이었어요. 결국 네 사람은 무인도에 갇히고 말았지요.

처음 무인도에 도착했을 때 그곳이 무인도라는 사실을 아는 사람은 목동밖에 없었어요. 목동은 여행을 많이 다녀봤기 때문에, 섬에 있는 나무들만 보고도 그곳이 무인도인지 아닌지를 맞힐 수 있었거든요.

"이제부터 우리는 어떻게 하면 이 섬에서 살아남을 수 있을까 궁리해야 해요. 무엇을 먹어야 하고, 어디에서 잠을 자야 하는지 말이에요."

목동이 나머지 세 사람을 향해 말했어요.

"나무에 과일이 주렁주렁 열렸는데, 뭐가 걱정이란 말인가요?"

상인이 코웃음을 치며 물었어요.

"에이, 저 과일 나무에도 주인이 있지 않겠어요?"

귀족은 걱정하는 얼굴로 물었고요.

"아니다. 과일 나무를 관리하는 왕이 있을 것이다."

왕자는 어깨를 으쓱해 보이며 말했지요. 다들 목동의 말을 귀담아 듣지 않았어요. 목동 혼자서만 까맣게 속이 타고 있었어요.

이제 곧 어둠이 몰려올 테고 배도 많이 고플 텐데 이러고 있을 수만은 없는 노릇이었지요. 목동은 일단 안전한 장소를 찾아야겠다고 생각했어요.

섬에 무서운 짐승이라도 살고 있다면 정말 큰일 날 일이잖아요. 목동은 서둘러 숲 속으로 들어갔어요.

한참이 지난 후에 목동이 숲에서 나왔어요. 마침 숲 속에 안전한 장소를 찾아냈지요. 목동은 사람들을 숲 속으로 대피시키려고 했어요.

"어서 숲 속으로 피해야 합니다. 곳곳에 들짐승들의 발자국이 있어요."

"피하긴 어디로 피해! 우린 배가 고파서 못 참겠다고!"

귀족이 짜증을 내며 말했어요.

"분명히 어딘가에 가게가 있을 거예요. 가서 먹을 것을 좀 사오겠어요."

"푸하하. 사람이 한 명도 살지 않는 섬에 어떻게 가게가 있을 수 있어요?"

귀족은 배꼽을 붙들고 웃으며 상인을 놀렸어요.

"안 되겠다. 어서 배를 만들어 나를 궁전으로 돌아가게 해다오."

왕자가 사람들을 향해 명령을 내렸어요.

"여긴 당신의 궁전이 아니야. 그러니까 명령 따윈 하지 말라고!"

상인과 귀족은 오히려 큰소리를 치며 왕자를 꾸짖었어요. 왕자와 상인, 귀족은 한참 동안을 이러쿵저러쿵하며 다퉜어요.

그러다가 목동이 사라진 걸 알게 되었지요. 세 사람이 다투는 동안, 목동은 혼자서 다시 숲 속으로 들어갔어요. 곳곳을 돌아다니며 땔감을 넉넉하게 구하고, 나무에 올라가 열매도 잔뜩 땄지요.

얼마 후 숲 속에서 나온 목동은 더욱더 바쁘게 움직였어요. 땔감을 놓고 불을 지펴서 주변을 따뜻하게 했어요. 추위에 오들오들 떨고 있던 사람들은 불에다 몸을 녹였어요. 목동은 숲에서 따온 과일을 절반만 사람들 앞에 내놓았어요. 나머지 절반은 내일 먹기 위해 땅속에 묻었어요. 땅속에 묻지 않으면 짐승들이 내려와서 먹어버릴지도 모르니까요. 목동이 바쁘게 움직이는 모습을 보며 세 사람은 동시에 말했어요.

"정말 대단한 목동이군!"

그때부터 세 사람은 자기가 목동과 가장 친한 사이라며 우기기 시작했답니다.

가장 지혜로운 마음은 계속 무언가를 배울 여유를 가진다. — 조지 산타야나(George Santayana, 1863~1952, 미국의 시인이자 평론가)

금도끼를 돌려준 나무꾼

한 나무꾼이 산속에서 열심히 나무를 하고 있었어요.

"오늘은 꼭 어머니 약값을 마련해야지!"

나무꾼은 병에 걸린 어머니를 걱정하며, 다짐이라도 하듯 큰 소리로 말했어요. 약을 먹으면 나을 수 있다는데, 그 약값이 만만치가 않았어요. 가난한 살림으로는 도저히 마련할 수가 없는 정도였지요. 나무꾼은 열심히 나무를 해서 번 돈으로 어머니에게 약을 지어드리고 싶은 생각뿐이었어요.

물론 쉬지도 않고 나무를 한다는 게 쉬운 일은 아니었어요. 팔이 욱신욱신 쑤시고, 다리가 후들후들 떨렸어요. 이러다가는 나무꾼도 병이 들고 말 일이었지요.

점심때가 지난 무렵이었어요. 갑자기 나무꾼의 손에서 도끼가 휙하고 빠져나갔어요. 도끼는 저만치 날아가더니만 연못 속으로 풍덩하고 빠져버렸어요.

"아이고, 이를 어쩐담!"

나무꾼은 발을 동동 굴렸어요. 이제 도끼가 없으니, 나무를 더 하고 싶어도 할 수 없는 처지가 되어버린 거예요.

"내가 딴 생각을 해서 그래. 벌써부터 나무를 해서 돈 벌 생각만 해서 그래."

나무꾼의 눈에서 굵은 눈물이 뚝뚝 떨어졌어요. 울음소리도 점차 커지더니, 이내 산속을 가득 메웠어요.

그때였어요.

"도끼를 잃어버렸느냐?"

연못 속에서 어떤 목소리가 들렸어요. 나무꾼은 눈물을 닦고 얼른 연못 쪽으로 몸을 돌렸어요. 목소리의 주인공은 놀랍게도 산신령이었어요!

"네, 신령님. 제가 다른 생각을 하는 바람에, 도끼를 놓치고 말았습니다."

나무꾼은 어른에게 꾸지람을 듣는 아이처럼 고개를 푹 숙였어요. 산신령은 수염을 한 번 쓸어내리더니, 연못 속에 손을 넣어 무언가를 꺼냈어요.

"자, 이 중에 너의 도끼가 있느냐?"

산신령이 나무꾼 앞에 도끼 두 자루를 내밀었어요. 나무꾼은 깜짝 놀랐어요. 산신령이 들고 있는 건, 금도끼와 은도끼였으니까요! 나무꾼은 순간 욕심이 났어요.

"그 금도끼가 제 도끼입니다."

나무꾼은 저도 모르게 거짓말을 하고 말았지요.

산신령은 나무꾼에게 금도끼를 건네주고는 연기 모양이 되어 사라졌어요.

'금도끼를 내다 팔면 약값은 걱정 안 해도 되겠구나! 약값이 뭐람, 그보다 더한 것도 가질 수 있을 거라고. 더 이상 나무를 하지 않아도 될 테고!'

나무꾼은 기분이 좋았어요. 집에 오는 내내 콧노래를 불렀지요. 물론 한편으로는 겁이 나기도 했어요. 사실 나무꾼은 금도끼의 주인이 아니잖아요.

'금도끼 잃어버린 양반, 속이 많이 상하겠구먼. 암, 나라도 그랬을 거야. 지금쯤 얼마나 찾고 있을까?'

나무꾼은 금도끼를 천천히 쳐다보았어요. 번쩍번쩍한 금으로 된 금도끼가 분명했어요. 시장에 내다 팔면 분명 어마어마한 값을 받을 수 있을 거예요. 이 금도끼가 원래부터 나무꾼의 것이었다면 얼마나 좋았을까요. 나무꾼은 문득 마음이 아팠어요.

'진짜 내 것이 아니라서 이렇게 속이 상

한데, 하물며 제 것을 잃어버린 진짜 주인은 마음이 어떨까!'

나무꾼은 발길을 멈췄어요. 그리고 다시 연못이 있던 곳으로 돌아갔어요. 어느덧 날이 저물어 주위가 어둑어둑했어요.

"신령님! 용서해주십시오! 제가 순간 욕심을 내고 말았습니다. 저는 이 금도끼의 주인이 아니랍니다."

나무꾼은 연못을 향해 큰 소리로 외쳤어요. 그리고 연못 속으로 금도끼를 던졌어요. 그때 나무꾼의 발치에 무언가가 밟혔어요. 바로 나무꾼의 도끼였어요. 나무꾼은 이제야 자기 도끼를 찾았다며 그 도끼를 들고는 집으로 돌아왔어요. 금도끼를 얻지 못한 것이 조금 서운하기도 했지만, 마음만은 한결 가벼웠어요.

"그래, 열심히 일해서 금도끼 판 돈보다 더 많은 돈을 벌면 되지 뭐!"

집으로 돌아온 나무꾼은 어머니에게 오늘 있었던 이야기를 들려주었어요. 어머니도 금도끼를 돌려주고 온 게 참 잘한 일이라며 나무꾼을 칭찬했어요.

다음날 아침, 나무를 하러 나가려던 나무꾼은 깜짝 놀랐어요. 글쎄 집 안에 금도끼가 놓여 있는 게 아니겠어요! 분명히 어젯밤에 자기 도끼로 바꿔서 들고 왔었는데 말이지요. 나무꾼은 얼른 금도끼를 들고 연못으로 갔어요. 어제 날이 어두워서 자기가 실수를 하진 않았나 싶었지요.

"신령님! 잘못했습니다! 제가 눈이 어두워 제 것을 가져간다는 게 그만……."

나무꾼은 다시 금도끼를 연못 속으로 던졌어요. 발치에는 어제랑 똑같이 나무꾼의 도끼가 놓여 있었고요. 나무꾼은 온종일 열심히 나무를 하고, 다시 자기 도끼를 들고 집으로 돌아왔어요.

그 다음날 아침, 나무꾼은 다시 금도끼가 놓여 있는 모습을 보게 되었지요. 다시 돌려주고 돌려주고 돌려주고를 반복하는 동안, 나무꾼은 정말로 나무도 많이 하고, 돈도 많이 벌 수 있었어요. 그때까지도 나무꾼은 금도끼를 돌려주러 연못에 가고 있었지요. 아침마다 나무꾼의 집 안에는 금도끼가 놓여 있었으니까요.

지혜를 파는 남자

옛날 어느 나라에 지혜를 파는 장사꾼이 있었어요.

"지혜를 팔다니, 그게 가능한 일인가요?"

사람들은 지혜를 판다는 말이 믿겨지지 않았어요. 그런데도 지혜를 파는 장사꾼이 있다는 소문은 순식간에 퍼져 나갔어요. 곳곳에서 사람들이 모여들었지요. 사람들은 지혜를 사기 위해 많은 돈을 챙겨 왔어요. 소를 백 마리나 끌고 온 부자도 있었어요.

"세상에, 왜 이렇게 많은 소를 가져오셨어요?"

"난 아주 많이 지혜롭고 싶습니다. 그래서 내가 가진 소를 전부 가지고 왔답니다."

부자는 소를 모두 팔면 자기가 가장 많은 지혜를 살 수 있을 거라고 생각했어요.

사람들 중에는 부자처럼 소를 가져온 사람도 있고, 혹은 쌀을 가져온 사람도 있었어요. 또 아무것도 가져오지 못한 사람도 있었고요.

드디어 지혜를 파는 장사꾼네 집에 사람들이 모두 모였어요. 사람들은 장사꾼이 무슨 말을 할까 귀를 쫑긋 세우고 듣고 있었지요.

"지혜라는 것은 사간다고 해서 바로 써먹을 수 있는 것이 아니에요. 일단 내 말을 잘 듣고, 지혜를 사갈지 안 사갈지 결정들 하세요."

장사꾼은 이렇게 말하고는, 아까 소를 가져온 부자에게 물었어요.

"당신은 지혜를 사가면 무엇에 쓰려고 하시는지요?"

장사꾼의 물음에 부자는 놀랐어요. 뭐라고 대답해야 할지 몰랐지요.

"네, 저는 지금보다 더 부자가 되는 방법을 알아낼 거예요."

부자는 대답했어요. 장사꾼은 턱에 손을 괴더니, 눈을 지그시 감았어요.

"여보시오. 돈을 많이 버는 방법이 아니라, 그 많은 돈을 잘 쓰는 방법을 알아내는 것이 더 지혜로운 게 아닐까요?"

장사꾼은 이번에는 쌀을 가져온 사람에게 물었어요.

"당신에게도 묻겠습니다. 당신은 지혜를 무엇에 쓰려고 하시는지요?"

"네, 저는 힘들이지 않고 농사짓는 방법을 알아내는 데 쓰려고요."

장사꾼은 이번에도 눈을 지그시 감았어요.

"그보다는 농사를 매년 풍년이 되게 하는 방법을 알아내는 편이 낫지 않겠습니까?"

사람들은 장사꾼의 말에 고개를 끄덕였지요. 장사꾼은 다음으로 아무것도 가져오지 않은 사람에게 물었어요.

"자, 당신은 지혜가 생긴다면 무엇을 하고 싶습니까?"

"저는 저기 소를 가져온 사람처럼 부자가 되는 방법을 알아내고 싶어요."

"음, 부자가 되면 행복할 것 같은가요? 더 이상 바랄 게 없을 것 같은가요? 그렇다면 저 부자는 왜 저를 찾아왔을까요?"

장사꾼의 이 말에 사람들은 모두 박수를 쳤어요.

"행복해지는 방법을 아는 것이야말로 진정한 지혜가 아닐까요?"

사람들은 드디어 지혜가 무엇인지 알게 되었다고 기뻐했어요. 정말 지혜를 사기라도 한 것처럼 좋아했지요. 사람들은 준비해온 물건들을 장사꾼에게 모두 주었어요. 장사꾼은 물건들을 다시 사람들에게 돌려주며 이렇게 말했어요.

"내 자신이 행복해지는 방법을 알았다면, 이제는 모두가 행복해지는 방법을 알아내는 게 지혜라고 생각합니다."

이후로도 장사꾼을 찾아오는 사람은 많았어요. 장사꾼은 그때마다 사람들의 이야기를 들어주며 행복한 시간을 보냈다고 합니다.

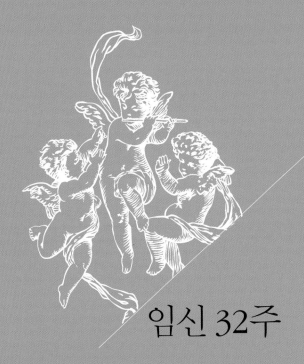

임신 32주

32주 무렵부터 눈에 띄게 태동이 줄어들 것입니다. 몸무게가 1.8kg이 되도록 자란 아기는 자궁 안의 공간이 좁아지면서 크게 움직이기가 쉽지 않게 되었습니다. 그러나 큰 동작을 할 수는 없지만, 전보다 지능적이고 수준 높은 동작을 할 수 있게 되었습니다. 아기는 마치 도리도리를 하듯 머리를 양쪽으로 움직이는가 하면 손가락을 가지고 노는 모습도 보여줍니다.

이 무렵 당신의 몸무게는 더 빠른 속도로 증가하기 시작합니다. 당신은 매주 많게는 1kg 가까이 늘어나 있는 당신의 몸무게를 보게 될 것입니다. 몸무게가 여기에서 더 급격하게 늘어나지 않도록 식생활 관리에 신경을 써야 합니다. 그렇다고 식사량을 아예 줄여버리면 아기의 영양 공급이 차단되어 위험합니다. 아기의 성장에 도움이 될 만한 양질의 식품을. 조금씩 자주 먹는 방식으로 식습관을 바꿔보도록 합시다.

「나뭇잎'을 소리 나는 대로 쓰시오.」
어느 초등학교의 국어 시험에 나온 문제였습니다. 우리말에는 구개음화라 하여 시옷(ㅅ) 받침이 니은(ㄴ) 받침으로 덧나는 현상이 있습니다. 따라서 답은 '나문닙'이라고 적어야 합니다. 아이들이 전부 돌아간 뒤 시험지를 채점하던 선생님은 그만 푹하고 웃고 말았습니다. 도저히 틀렸다고 할 수 없을 것 같은 답안을 발견했던 것입니다.
시험지에는 답란을 다 삐져나오도록 크게 쓴 글씨로 이렇게 적혀 있었습니다.
「바스락」

때로는 재치가 지혜를 앞설 수도 있습니다.
당신이 정확하게 안다고 하여, 그것이 꼭 정답이라고 자신할 수는 없을 것입니다.
문제라는 것은 문제를 내는 사람과 문제를 푸는 사람의 대화이기에,
정답은 언제나 달라질 수 있기 때문입니다.

쇠와 자루

아주 오랜 옛날, 세상에는 원래 쇠가 없었어요. 나무와 풀, 예쁜 꽃이 세상을 가득 가득 메우고 있었지요. 나무가 많은 곳에서는 새들이 모여 짹짹짹 노래를 불렀고, 풀이 우거진 곳에서는 동물들이 모여 폴짝폴짝 뛰어 놀았어요. 또 꽃이 잔뜩 피어난 곳에서는 곤충들이 모여 윙윙윙 날기 시합을 했어요. 사람들은 나무와 풀, 꽃들 속에서 열매도 따고 곡식도 얻을 수 있었어요. 그야말로 아름답고 평화로운 세상이었어요.

겨울이 되면 세상은 전혀 다른 모습으로 변했어요. 잎이 모두 떨어진 나무는 앙상한 가지만 남았고, 추위를 견디지 못한 풀들은 땅속에 뿌리만 남긴 채 온몸이 사라졌어요. 꽃도 자취를 감추긴 마찬가지였어요. 나무와 풀, 꽃들이 우거진 자연 속에서 먹을 것을 얻었던 사람들은 살기가 힘들어졌어요. 겨울에 얻을 수 있는 것이라고는 나무를 베어내 만든 땔감뿐이었지요. 그나마 이 땔감마저 얻을 수 없었다면, 손발이 꽁꽁 얼도록 추운 겨울을 견뎌내기 힘들었을 거예요.

여기에서 이 땔감을 얻는 일이 바로 문제였어요. 나무를 베어내는 일이 보통 힘든 일이 아니었거든요. 여러 사람이 영차 영차 힘을 합쳐 겨우 나무를 쓰러뜨리면, 다시 나뭇가지를 떼어내고 나무줄기를 부러뜨려야 했어요. 그렇게 해서 얻은 땔감은 하루 저녁을 태울 수 있는 정도밖에 되지 않았어요. 더 많은 땔감을 얻으려고 했다가는 온몸에 병이 날지도 모를 지경이었지요. 그래서 해마다 겨울이 되면 사람들은 마음을 다해 하느님께 기도를 했어요.

"하느님, 힘 들이지 않고 땔감을 얻을 수 있었으면 좋겠어요."

하느님은 사람들의 기도를 듣고 고민했어요. 땔감을 얻느라 고생하는 사람들을 보면 정말 마음이 아팠거든요.

사흘 밤낮을 고민한 하느님은 사람들에게 쇠를 선물하기로 했어요. 날카롭게 만든 쇠가 있으면 쉽게 나무를 벨 수 있을 것 같았지요.

"이제 겨울이 와도 끄떡없겠어."

"그래, 우리에겐 이 날카로운 쇠가 있으니 말이야."

사람들은 기뻐했어요. 다들 쇠를 더욱 날카롭게 갈기 시작했지요. 그러는 동안 자연 속에 살고 있는 친구들이 몹시 슬퍼하리라고는 상상도 하지 못했지만요.

"엉엉. 이제 저 무시무시한 쇠로 우리를 베어내겠지?"

풀과 꽃들이 훌쩍였어요.

"맞아. 저 쇠로 내 몸을 쫙쫙 갈라놓을 텐데……."

나무들도 금방 울상이 되었고요. 모두들 잔뜩 겁을 먹고 있었어요. 나무와 풀, 꽃은 하느님께 기도를 했어요.

"하느님, 저 무서운 쇠로 우리를 베면 정말 아플 것 같아요. 우리 좀 살려주세요."

자연 친구들의 기도를 들은 하느님은 또 마음이 아팠어요. 사람들만 신경 쓰느라 나무와 풀, 꽃들은 생각도 못했던 거예요.

"너무 겁내지 말거라. 너희들이 자루를 만들 수 있는 나무 재료를 내어주지 않으면, 쇠는 절대 너희들을 해칠 수 없단다."

하느님의 말을 들은 친구들은 그제야 안심을 했어요. 하느님 말대로 자루가 없다면 쇠는 있으나마나 한 것이 되고 말았거든요. 그 이후 사람들은 죽은 나무에서 얻은 재료로 자루를 만들었어요. 또 땔감을 얻을 땐 꼭 자연 친구들에게 물어보곤 했고요. 사람들은 이제 겨울에도 힘들이지 않고 땔감을 얻을 수 있게 되었어요. 물론 나무와 풀, 꽃들도 사람들과 함께 행복하게 겨울을 날 수 있었답니다.

두 친구 이야기

옛날 어느 마을에 사이좋은 두 친구가 살고 있었어요. 둘은 어릴 때부터 같은 마을에 살며 함께 자랐어요. 틈만 나면 개울에 나가 물고기를 잡고, 산에 가서 알밤을 주우며 놀았어요. 한겨울엔 야트막한 언덕에 올라 썰매를 타며 놀았고요. 마을에 다른 친구들이 더 없는 것도 아니었지만, 둘은 그들보다 더 가깝게 지내곤 했어요.

두 친구는 서로 이야기 나누는 것을 가장 좋아했어요. 무슨 이야기 거리라도 생기면 곧바로 서로를 찾았지요. 수많은 이야기들 중에 가장 좋아한 이야기는 바로 우정에 관한 것이었어요.

"친구, 자네는 우정이 무엇이라고 생각하나?"

"우정은 말이야. 나의 모든 것을 주는 것이라고 생각하네."

"음, 맞는 말이야. 나는 자네한테 무엇을 가져다주어도 아깝지가 않거든."

"아니, 자네도 그런가? 나는 나만 그런 줄 알았는데!"

이야기를 나누다 보면 서로의 생각을 잘 알 수 있어서 참 좋았어요. 자기가 생각하지 못했던 일들도 알 수 있었지요. 또 가끔 자기가 잘못 알고 있었던 일이 있다면, 친구의 이야기를 듣고 바로 알게 되기도 했고요. 둘은 이렇게 이야기를 나누며 더 가깝게 지낼 수 있었어요. 나중에는 서로 어떤 이야기를 하게 될지 맞히기도 했어요.

'친구도 같은 생각일 거야!'

이야기를 나누면 나눌수록 두 친구는 마치 한 몸이 되어가는 것 같았답니다.

어느덧 긴 세월이 흘렀어요. 두 친구는 머리가 하얗게 샌 노인이 되었지요. 노인이 되

어서도 두 친구의 우정은 변하
지 않았어요. 아직도 만나면 이야
기하고 싶은 것이 많아서 안달이었지요.
다만 이제는 몸이 젊을 때처럼 건강하지 않
아서, 자주 만날 수 없다는 게 한 가지 슬픔이었
어요. 젊을 때는 서너 시간도 족히 이야기를 나누
곤 했는데, 이제는 한 시간도 채 이야기를 나누지 못
했어요. 목소리에는 힘이 빠지고, 어깨는 축 처져버렸
으니까요.

"예전에 우리가 나눴던 대화가 생각나는군. 우정이
무엇인가 하고 물었던 것 말이야."

"맞네, 맞아. 그것 참 어려운 문제지."

두 친구는 어느덧 이야기를 하기에는 너무 지쳐
버렸어요. 그저 요즘에는 서로 손을 꼭 맞잡고
있을 때가 더 많았어요. 누군가 몸이 많이 아프
기라도 하면 며칠씩 만나지 못하기도 했어요.
잘 지내고 있는지 궁금하지만, 예전처럼 펄
펄 뛰어서 가볼 수 있는 것도 아니었지요.

그러던 어느 겨울날이었어요. 한 친구
가 따뜻하게 데워놓은 난로 옆에서 모
처럼 곤히 잠들어 있었어요. 그런
데 갑자기 자다가 벌떡 일어나
고 말았어요. 잠을 자는 동안 꿈을
꿨는데, 글쎄 꿈속에서 친구가 나온 거예요.
친구는 물에 빠져서 허우적대고 있었어요. 그러면서 자기를 향해 살려달라고 외쳤지요.
깜짝 놀라서 같이 소리를 고래고래 지르다가 잠에서 깨어났어요.

"한동안 못 보고 지냈더니, 이제는 꿈에서까지 보이는구나. 친구에게 무슨 일이 있는 게 분명해!"

꿈을 꾼 친구는 얼른 옷가지를 챙겨 입고 집을 나섰어요. 간밤에 눈이 많이 왔는지 온 세상이 하얗게 변해 있었어요. 친구는 지팡이로 눈길을 콕콕 짚으며 길을 걸었어요. 마음속에는 온통 친구 생각뿐이었지요.

'아무 일 없어야 할 텐데, 부디 아무 일도 없어야 할 텐데!'

친구네 집까지 가는 길이 오늘따라 더 멀게 느껴졌어요. 서둘러 걷는 바람에 지팡이가 부러지기도 했어요. 지팡이가 없으면 잘 걸을 수 없는데, 그렇다고 지팡이 탓만 하고 있을 수도 없는 노릇이었어요. 친구는 눈 속에서 주운 나뭇가지를 지팡이 삼아 다시 열심히 걸었어요.

친구네 집에 도착했을 무렵에는 다리에 힘이 온통 빠지고 말았어요. 손은 얼음처럼 꽁꽁 얼어 있었고요. 친구는 마지막 힘을 다해서 친구네 집 문을 두드렸어요.

한참 문을 두드렸는데도 친구가 나오지 않았어요. 눈길을 걸어온 친구는 살며시 문을 열고 집으로 들어갔어요. 집 안에서 누군가 끙끙대는 소리가 들렸어요. 이럴 수가, 그건 친구의 목소리였어요! 친구는 침대에 누워서 시름시름 앓고 있었어요. 자리에서 일어날 힘도 없어 보였어요.

"자네 이게 어떻게 된 일인가? 어디가 얼마나 아픈 게야?"

아픈 친구를 향해 물어보는데, 눈가에 눈물이 그렁그렁 맺혔어요.

"왜 아프다고 말해주지 않았나? 왜 말해주지 않았어!"

"말하지 않아도 자네가 이렇게 찾아와주지 않았는가."

두 친구는 서로를 꼭 끌어안고 펑펑 울었어요.

"암, 말하지 않아도 알아. 내 다 알지."

"고맙네, 고맙네그려."

두 친구는 오늘만큼은 아무 이야기도 나누지 않았어요. 서로 이렇게 껴안고 있을 뿐. 아마 우정이 무엇인가에 대해 생각하고 있었는지도 몰라요. 창밖에는 다시 하얀 눈이 내리기 시작했어요.

진짜 점쟁이

어떤 마을에 나이 많은 점쟁이가 살고 있었어요. 점쟁이는 이 마을에서만 이십 년 넘게 점을 보고 있었어요. 이제 마을 사람들 중에 점쟁이를 모르는 사람은 없을 정도였어요. 점쟁이는 사람들이 알고 싶어 하는 것들을 잘 이야기해줬어요.

"아내가 아이를 가졌어요. 딸일까요, 아들일까요?"

"어머니께서 쓰러지셨어요. 일어나실 수 있을까요?"

"아들이 시험을 봐요. 합격할 수 있겠지요?"

사람들은 앞으로 일어날 일들을 몹시 궁금해했어요. 놀라운 건 점쟁이가 말해준 이야기는 정말로 다 이루어졌다는 사실이에요.

금세 온 마을에 점쟁이에 대한 소문이 퍼졌어요. 뭐든지 딱딱 맞힌다더라, 손님들에게 아주 친절하다더라…… 어느 때부터 점쟁이네 집은 손님들로 넘쳐나기 시작했어요. 멀리 이웃마을에서 오는 사람도 있었어요. 지나가는 여행객이 소문을 듣고 찾아오기도 했지요. 점쟁이는 순식간에 돈방석에 앉게 되었어요.

사실 점쟁이는 오랫동안 아주 가난하게 살았어요. 손님들이 오지 않아 돈을 통 벌 수가 없었거든요. 옷은 물론 쌀조차 사기 힘들 때도 있었어요. 낡은 천장에서는 때때로 물이 뚝뚝 떨어졌지만 고칠 수도 없었어요. 집을 수리하려면 아주 많은 돈이 필요했으니까요. 바닥에 물이 흥건해지면 옷이 젖기 일쑤였어요. 그럴 때마다 너무 속상한 나머지 눈물을 훌쩍이기도 했지요.

그러는 와중에 부자가 됐으니, 점쟁이가 얼마나 행복했을지 알 만한 일 아니겠어요.

점쟁이는 돈을 벌자마자 커다란 집으로 이사를 갔어요. 몇날 며칠 동안 집을 꾸미는 일만 했지요. 그러는 동안은 점도 보지 않았어요. 그저 예쁜 그릇과 가구를 사는 데에만 흠뻑 빠져 있었으니까요. 하인도 열 명이 넘게 들이게 되었어요. 하인들과 함께 정원도 가꾸고 커튼과 이불도 새로 만들었어요.

점쟁이가 새집 꾸미는 일에 빠져 있는 동안 세 달이라는 시간이 흘렀어요. 점쟁이는 새집을 단장하는 데 엄청나게 많은 돈을 쓰고 말았지요.

'괜찮아! 돈은 또 벌면 되지!'

점쟁이는 돈 버는 일만큼은 자신 있었어요. 이 마을에서 자기만큼 점을 잘 보는 점쟁이는 없을 테니까요. 점쟁이는 다시 손님을 맞이하기로 했어요.

그런데 이상한 일이었어요. 매일같이 줄을 서서 기다리던 사람들이 어찌된 일인지 하나도 보이지 않는 거예요. 하루가 지나고 이틀이 지나고 사흘이 지났어요. 그동안 점쟁이의 점집에는 손님이 한 명도 찾아오지 않았어요.

"이상하다. 왜 아무도 오지 않는 거지? 설마 새집을 못 찾아오는 건가?"

점쟁이는 이상한 생각이 들어 원래 살던 집으로 달려가 보았어요. 여전히 낡은 모습 그대로인 집이 멀리서 보였어요. 그때 무언가 이상한 느낌이 들었어요. 알고 봤더니 사람들이 예전처럼 그 집 앞에 줄을 서 있는 게 아니겠어요. 점쟁이는 두 눈을 떴다 감았다, 비볐다 다시 보았다 했어요. 분명히 자기가 살던 그 허름한 집이 맞고, 그 앞에는 많은 사람들이 줄을 서 있었어요.

점쟁이는 헐레벌떡 집 안으로 들어갔어요. 자기가 세 달 전까지 점을 보았던 집이잖아요. 그 집 안에는 놀랍게도 옆집 노파가 점을 보고 있었어요. 노파는 그동안 점쟁이가 점보는 것을 어깨너머로 배웠다고 했어요. 사람들은 점쟁이가 새집으로 이사 간 줄은 까맣게 모르고 옛날처럼 똑같이 점을 보러 오는 거였고요. 노파 역시 점쟁이만큼 제법 점을 잘 본다고 했어요.

사람들은 잔뜩 화가 나 있는 점쟁이를 보며 소곤소곤거렸어요.

"다른 사람 앞날은 잘 맞히더니, 정작 자기 앞날은 못 맞히는군."

"내 말이! 진짜 점쟁이가 아니었던 거지!"

날개를 지키는 방법

한 농부가 잔뜩 화가 난 얼굴로 마당에 서 있었어요. 농부가 키우던 닭 한 마리가 감쪽같이 없어져버렸거든요. 농부는 얼마 전부터 독수리가 나타나 자꾸 닭을 잡아간다는 사실을 알고 있었어요. 그래서 어떻게 하면 독수리를 혼내줄까 궁리했지요. 덫을 놓으면 딱인데, 이 독수리는 보통 똑똑한 녀석이 아니었어요.

고민한 끝에 생각해낸 게 바로 가짜 닭을 만드는 것이었어요. 농부는 마당에 빠져 있는 닭 깃털을 모두 주워다가 덫에 붙였어요. 깃털을 다 붙이고 나니 언뜻 보면 닭 한 마리가 있는 것처럼 보였어요. 이제 독수리가 깜빡 속아주기만 하면 되었지요.

"좋았어! 독수리 녀석, 어디 잡히기만 해봐라!"

농부는 독수리를 벌써 잡기라도 한 것처럼 좋아했어요. 깃털을 붙인 덫 위에 달걀 몇 개를 살포시 올려놓고, 독수리가 나타나기만을 기다렸어요.

얼마 후, 정말 닭 모양의 덫에 독수리가 걸려들었어요! 농부는 드디어 독수리를 잡았다며 얼마나 기뻐했는지 몰라요. 농부는 독수리를 덫에서 꺼낸 뒤, 곧바로 독수리의 두 날개를 툭하고 부러뜨려버렸어요. 그 바람에 독수리는 하늘을 날 수 없게 되었을 뿐만 아니라, 마당에 있는 닭들과 함께 지내는 신세가 되고 말았지요.

"아, 하늘의 왕인 내가 이게 무슨 꼴이람!"

독수리는 슬프게 울었어요. 닭들 사이에서 지내다 보니 어느 순간부터는 자기도 닭이 되어버린 것 같았어요. 자기도 모르게 '꼬끼오' 하고 울기도 했으니까요.

어느 날, 한 나그네가 농부네 집 앞을 지나가고 있었어요. 나그네는 닭들 사이에서 모이를 주워 먹고 있는 독수리를 발견했어요.

"아니, 도대체 이 독수리는 왜 날지 못하게 되었나요?"

나그네는 농부에게 몹시 궁금하다는 듯이 물었어요. 농부는 그동안 있었던 일을 나그네에게 모두 털어놓았어요.

"그래도 그렇지, 독수리가 몹시 안 됐군요. 제가 독수리를 데려가겠습니다."

나그네는 농부에게 약간의 돈을 주고 독수리를 데려갔어요. 나그네의 집으로 온 독수리는 마음이 편안해졌어요. 시끄러운 닭들과 함께 지내지 않아도 되니까요. 나그네는 독수리의 날개를 정성껏 치료해주었어요. 얼마 지나지 않아 독수리는 다시 하늘을 날 수 있을 정도로 낫게 되었지요.

독수리는 예전처럼 멋지게 하늘을 날아다녔어요. 그러던 중 우연히 산토끼 한 마리를 잡게 되었어요. 독수리는 당장 산토끼를 잡아먹으려다가 생각을 고쳤어요. 바로 나그네에게 가져다주기로 한 거예요. 독수리는 나그네가 정말 고마웠거든요. 하마터면 닭과 같은 신세로 평생을 살 뻔했는데, 자기를 데려다가 낫게 해주고 다시 날게 해주었잖아요. 독수리는 나그네에게 토끼를 선물하고 싶었어요.

그때 독수리의 모습을 본 여우가 있었어요. 여우는 큰 소리로 독수리를 불렀어요.

"독수리! 너 그 토끼를 어떻게 할 셈이야?"

여우는 독수리가 토끼를 어떻게 하려는 건지 몹시 궁금해 했어요. 독수리는 여우에게 그동안 있었던 이야기를 들려주었지요.

"이 바보 독수리야. 토끼는 농부에게 가져다주어야 하는 거야!"

"농부는 내 날개를 부러뜨렸단 말이야. 그런데 왜 농부에게 토끼를 가져다주니?"

독수리는 여우를 이해할 수 없다는 듯이 퉁퉁거리며 말했지요.

"그래야 농부가 다시는 네 날개를 부러뜨리지 않을 거 아니야!"

여우는 답답하다는 듯이 말했어요. 그제야 독수리는 여우의 말을 이해할 수 있었지요. 농부가 독수리를 미워하는 한, 독수리는 농부에게 다시 잡히지 말란 법이 없을 테니까요. 매일매일 별의별 모양의 덫을 다 놓을 테니까요.

솔로몬의 재판 1

어느 날, 세 사람이 예루살렘으로 여행을 떠났어요. 여행을 떠나기 전 세 사람은 가지고 있던 돈을 모두 한곳에 묻었어요. 여행 중에 가지고 다니다가 잃어버리기라도 하면 큰일이니까요. 세 사람은 서로 비밀을 꼭 지키기로 약속했어요.

하지만 약속은 지켜지지 않았어요. 그들 중 한 사람이 몰래 그 돈을 전부 가져가버렸지요. 돈이 없어진 사실을 알고, 세 사람은 여행을 멈췄어요.

며칠 후 세 사람은 솔로몬 왕을 찾아갔어요. 당시 솔로몬 왕은 지혜롭고 현명하기로 유명했지요. 세 사람은 자신들 중 누가 돈을 가져간 범인인지 가려달라고 할 작정이었어요. 솔로몬 왕 앞에서 그간 있었던 일을 털어놓으며 도움을 요청했어요. 이야기를 다 들은 왕은 머리를 갸우뚱거리며 고민했어요.

"먼저 젊은이들이 내 고민을 좀 해결해주게. 그럼 나도 기꺼이 그대들의 문제를 해결해주겠네."

솔로몬 왕의 말을 들은 세 사람은 어리둥절했어요. 분명히 왕에게 아무 도움을 주지 못할 게 뻔하고, 결국 자신들도 범인을 잡지 못한 채 돌아가게 될 테니까요. 솔로몬 왕은 세 사람의 표정을 요리조리 살피더니 이내 이야기를 시작했어요.

"결혼을 앞둔 어떤 처녀가 있었다네. 사실 처녀는 약혼자 말고 다른 남자와 사랑에 빠져 있었지. 처녀는 약혼자에게 헤어지자고 이야기를 했다네. 약혼자는 아무것도 요구하지 않고 처녀의 제안을 받아들였어. 한 푼의 돈도 바라지 않았지. 그런데 며칠 후 처녀는 한 남자에게 유괴를 당하고 말았다네. 당시 처녀의 집 안은 마을에서 제일가는 부자였거든. 돈을 노리고 자신을 유괴한 남자에게 처녀는 당당하게 말했어. 저는 얼마 전 약혼자에게 헤어지자고 말했어요. 한때 저와 사랑을 나누고 결혼까지 약속했던 그는, 제게 단 한 푼의 돈도 요구하지 않았어요. 그러니 저와 사랑조차 나누지 않았던 당신이 제게 돈을 요구한다는 건 말이 되지 않아요. 처녀의 말을 들은 남자는 고개를 끄덕이며 바로 처녀를 풀어주었지. 자, 이들 중 가장 훌륭한 일을 한 사람은 누구라고 생각하는가?"

솔로몬 왕의 이야기를 듣고 첫 번째 사람이 입을 열었어요.

"당연히 약혼자가 가장 훌륭한 사람이 아닐까요? 그는 처녀의 생각을 존중해주었을 뿐 아니라, 돈도 한 푼 받지 않았으니까요."

그러자 두 번째 사나이도 자신의 생각을 이야기했어요.

"저는 그 처녀야말로 훌륭하다고 생각해요. 자신이 진정으로 사랑하는 사람과 결혼하기 위해 약혼도 깨트렸으니 말이지요."

이어서 세 번째 사나이도 말했어요.

"저는 사실 왕의 이야기가 이해가 되지 않습니다. 아니, 돈 때문에 처녀를 유괴해놓고, 그냥 풀어준다는 게 솔직히 말이 됩니까? 그런 일은 있을 수 없습니다."

그때였어요. 솔로몬 왕이 갑자기 자리에서 일어났어요.

"범인은 당신일세. 다른 두 사람은 처녀와 약혼자 사이의 사랑과 결혼에 관심을 갖고 있는데, 당신은 오로지 돈에 대해서만 관심을 갖지. 이 이야기에서 가장 중요한 건 돈이 아니지 않은가. 틀림없이 당신이 범인일세."

솔로몬 왕의 이야기를 들은 세 번째 사람은 다리를 휘청거렸어요. 도둑질을 하다가 걸리기라도 한 사람처럼 부들부들 떨기까지 했지요. 곧 그 사람은 자신이 범인이었다고 고백하고 말았지요. 세 사람을 보며 왕은 말했어요.

"사람 사이에서 중요한 건 돈이 아닐세. 세 사람의 사이가 나빠지지 않길 바라네."

세 사람은 솔로몬 왕의 지혜와 인품에 감동하고 말았어요. 그래서 왕의 말대로 화해하고 서로를 더 믿기로 했지요. 곧 세 사람은 다시 한곳에 돈을 묻어두고, 머나먼 여행을 떠나게 되었답니다.

임신 33주

아기의 키는 43cm, 몸무게는 2Kg 정도가 되었습니다. 33주 차부터 남아 있는 임신 기간 동안, 뱃속 아기의 몸무게는 태어날 때 몸무게의 절반 이상이 증가하게 됩니다. 이제 자궁은 방광을 더욱더 압박해서 당신으로 하여금 더 자주 화장실을 찾게 하는가 하면, 요실금 증상도 심해질 것입니다. 이때쯤 당신의 아기 또한 하루 0.5L 정도의 소변을 보고 있습니다.

아직까지 책이나 지인을 통해, 혹은 출산교실 같은 곳을 통해 출산을 대비한 교육을 받지 못한 상태라면, 이제는 조금 서둘러야 합니다. 실제 출산 당시, 미리 출산 교육을 받아둔 경우 상당한 도움이 되었더라는 산모들이 많이 있습니다. 출산교실에서는 출산 시에 필요한 호흡법이나 통증을 완화시키는 마사지 요법 등을 가르쳐주고, 출산 전 준비해야 하는 항목들을 요목조목 짚어주고 있습니다. 요즘에는 웬만한 산부인과 병원은 물론 지역문화센터에서 무료로 이러한 교육을 진행하는 경우가 많으니, 잘 알아보고 대비하도록 합시다.

처음 한지공예 작품을 보았을 때는, 투박한 모양새와 어두침침한 색상이 마음에 들지 않았습니다. 그만한 돈을 들여 직접 사고 싶은 마음일랑 쉽게 생기지 않았습니다. 그러다가 우연히 어느 한지공예가의 작업실에 들른 날, 그 마음은 조각조각 부서지고 말았습니다. 예쁠 것도 자랑할 것도 없는 그 모양새와 색상을 만들기 위해, 적게는 마흔 번이 넘게 한지를 덧댄다는 것이었습니다. 도저히 돈을 치를 수가 없어, 가방 안을 탈탈 털어 가지고 있는 모든 것을 내어주고서야 집으로 돌아올 수 있었습니다. 방 안에 앉아 은은한 불이 켜진 한지 등을 보고 있자니, 세상에 그렇게 곱고 청아한 작품이 또 있을까 싶었습니다.

이 세상 그 무엇도
당신의 묵묵한 인내심과 끈질긴 노력보다 더 가치 있는 것은 없을 것입니다.
당신이 흘린 땀과 눈물은 수십 번이 넘는 인생의 겹 속에서 반짝일 것이기 때문입니다.

토끼와 거북이의
진짜 이야기

햇살이 따뜻한 어느 봄날이었어요. 토끼가 나무 밑에서 꾸벅꾸벅 졸고 있었어요.

"아이, 따분해. 뭐 재밌는 일 좀 없을까?"

토끼는 몹시 심심했어요. 아무것도 하지 않고 누워만 있으려니 여간 따분한 일이 아니었지요. 그때 토끼 앞으로 거북이 한 마리가 느릿느릿 지나갔어요.

"옳거니! 바로 그거야!"

토끼는 거북이를 보고 갑자기 좋은 생각이 난 눈치였어요.

"헤이, 거북아! 우리 달리기 시합 하지 않을래?"

토끼가 거북이의 등을 치며 말했어요.

"가장 먼저 산꼭대기에 도착한 쪽이 이기는 거야. 할 수 있겠지?"

토끼는 신이 난 듯 말을 했지만, 거북이는 아무 말도 하지 않고 있었어요. 사실 거북이는 달리기 시합이 별로 하고 싶지 않았거든요. 다른 동물도 아니고 달리기 선수인 토끼랑 달리기 시합을 한다는 게 말이나 되냐고요.

토끼는 서둘러 땅바닥에 출발선을 죽 그었어요. 곧바로 시합이 시작됐지요. 토끼는 생각했던 대로 아주 빠른 속도로 껑충껑충 뛰었어요. 순식간에 산꼭대기 근처까지 올라갔어요.

"하하하! 역시 상대가 안 되는군!"

토끼가 큰 소리로 웃으며 말했어요. 토끼는 자기 자신이 정말 기특했어요. 이렇게 빨리 달리기를 할 수 있다니 얼마나 멋있는 토끼란 말인가요! 토끼는 산꼭대기에 오르기 전에 산중턱에 잠시 걸터앉았어요. 거북이가 어디쯤 오나 살펴보려고 산속을 내려다보았어요.

"거북이 등껍데기 보려면 한참은 더 있어야겠군!"

토끼는 거북이 찾기를 그만두었어요. 아까 낮잠을 다 못잔 탓인지, 자꾸 졸음이 쏟아졌어요. 귀를 잡아당기고 뒷다리를 쭉 뻗어보아도 잠은 달아나지 않았어요.

"거북이 등껍데기가 보일 때까지만 자야겠다! 그때 따라가도 늦지 않을 텐데 뭘."

토끼는 거북이가 올 때까지 딱 한숨만 자야겠다고 생각했지요.

그때쯤 거북이는 열심히 산을 올라오고 있었어요. 산꼭대기까지 가려면 아직 먼 길이었지만, 쉬지 않고 올라가면 오늘 내에는 오를 수 있을 거라고 생각했어요.

"어휴, 덥고 힘들다. 조금 쉬었다 갈까?"

거북이는 쉬었다 가고 싶은 마음이 굴뚝같았지만, 꾹 참고 다시 열심히 올라갔어요. 지금 쉬었다가는 분명히 오늘 내에 산꼭대기까지 오를 수 없을 테니까요.

"토끼는 진작 도착해 있겠지?"

거북이는 토끼 생각을 했어요. 발이 빠른 토끼는 벌써 도착해 있을 게 뻔한 일이었지요. 사실 처음부터 이 시합은 말도 안 되는 시합이었잖아요. 하지만 거북이가 시합을 하기로 마음먹었던 데에는 더 중요한 이유가 있었어요.

'난 한 번도 산꼭대기까지 올라가 본 적이 없어. 그러니 산꼭대기에 어떤 꽃이 피어 있고 어떤 나무가 심어져 있는지 알 수가 있나. 어쩌면 나는 산꼭대기에 갈 수 있으면서도, 내가 포기하고 있었던 건지도 몰라. 나도 한 번 도전해보겠어!'

거북이는 이렇게 생각했던 거예요. 바로 자기 자신과의 시합이라고나 할까요? 분명히 거북이는 산꼭대기에 다 오르기도 전에 힘이 빠지고 말 거고, 어쩌면 하루 만에 다 오를 수 없을지도 몰라요.

얼마 후, 거북이는 산 중턱을 지나게 되었어요. 거북이는 나무둥치 위에서 낮잠을 자고 있는 토끼를 보았어요. 토끼가 깨기라도 할까 봐 거북이는 조심조심 옆을 지나갔어요. 그러고 나서도 거북이는 한 번도 쉬지 않았어요. 다리가 후들후들 떨리고, 머리도 지끈지끈 아팠지만 꾹 참았어요. 오늘은 자기 자신에게도 약속을 했기 때문에 절대 포기하지 않을 생각이었어요.

믿기지 않는 일이지만, 거북이는 마침내 산꼭대기에 도착할 수 있었어요! 하루가 채 지나지 않았는데도 말이에요. 거북이는 자기가 산꼭대기까지 올라왔다는 사실이 도무지 믿겨지지 않았어요. 게다가 산꼭대기에서 바라본 세상의 모습은 믿기지 않을 만큼 아름다웠지요.

"내가 이곳에 오지 못했다면, 나는 평생 이 아름다운 모습을 보지 못했을 거야!"

거북이는 한참 동안 산 밑을 내려다봤어요. 태어나서 이렇게 행복한 순간은 처음이었어요. 거북이가 한창 좋아하고 있을 때, 저쪽에서 헐레벌떡 뛰어오는 토끼가 보였어요. 토끼는 가쁜 숨을 몰아쉬며 산꼭대기에 올랐어요. 잠시 후, 먼저 도착해 있는 거북이를 보고 기절할 정도로 놀라고 말았지요.

"세상에! 어떻게 네가!"

병을 이겨낸 사슴 이야기

병에 걸린 사슴 한 마리가 있었어요. 풀도 잘 먹지 못하고, 잠도 잘 자지 못했어요. 몸은 점점 말라갔고, 얼굴은 반쪽이 되어 갔어요. 걷기가 점점 힘들어졌고, 뛰는 일은 더 힘든 일이 되어버렸지요. 친구들은 모두 아픈 사슴을 걱정했어요.

"우리 같이 산꼭대기까지 뛰어갔을 때 있잖아. 그때 얼마나 재미있었다고."

"그래, 맞아. 얼른 나으렴. 그래서 같이 뛰어다니자."

친구들은 사슴이 하루라도 빨리 나을 수 있기를 진심으로 바랐어요. 사슴은 그런 친구들이 정말 고마웠어요. 친구들을 생각해서라도 얼른 낫고 싶었고요.

하지만 병은 쉽게 낫지 않았어요. 사슴은 점점 더 야위어갔어요. 이제는 사슴 무리를 따라다니는 일조차 힘든 일이 되어버렸지요.

"얘들아. 먼저들 가. 난 천천히 따라갈게."

"아니야. 너 혼자 오다가 위험에 빠지기라도 하면 어떡해."

"맞아. 기다려줄게. 천천히 따라오렴."

친구들은 아픈 사슴을 혼자 내버려두지 않았어요. 오히려 사슴이 늦게 걸으면 자신들도 함께 늦게 걸어갔어요. 빨리 간다고 해서 좋을 일이 뭐가 있겠어요. 친구들은 아픈 친구를 돌보고 챙기는 일이 훨씬 중요하다고 생각했던 거예요.

그러던 어느 날이었어요. 이날도 사슴은 친구들과 함께 천천히 산속을 걷고 있었어요. 예쁜 꽃들이 많이 펴서 그런지 산에서 좋은 향기가 났어요.

"천천히 걸으니까 꽃향기도 맡을 수 있고 참 좋은걸."

"그러게. 꽃향기가 이렇게 좋은 줄은 정말 몰랐어."

친구들은 아픈 사슴이 미안해할까 봐 일부러 더 즐겁게 이야기했어요. 꽃들을 엮어서 예쁜 왕관을 만들어주기도 했지요.

"정말 잘 어울린다. 마치 공주님 같아!"

왕관을 쓴 사슴의 모습은 정말 공주 같았어요. 사슴은 자기를 공주처럼 예쁘게 꾸며준 친구들이 몹시 고마웠어요.

"공주마마 납신다! 길을 비켜라!"

사슴들은 장난까지 치며 즐거운 시간을 보냈어요. 바로 그때였어요.

"컹컹! 오늘은 먹이가 떼로 모여 있군!"

사슴들 앞에 늑대가 나타난 것이었어요! 사슴들은 재빨리 여기저기로 도망치기 시작했어요. 하지만 아픈 사슴의 친구들은 빨리 뛸 수가 없었어요.

"빨리 내 위에 올라타!"

덩치가 가장 큰 사슴이 아픈 사슴에게 몸을 낮추며 말했어요.

"곧 있으면 늑대가 쫓아와!"

아픈 사슴이 친구의 등 위에 올랐어요. 다른 친구들은 두 사슴이 넘어지지 않도록 옆에서 붙잡았어요. 그때부터 사슴들은 있는 힘을 다해서 뛰었어요. 아픈 사슴을 태운 사슴은 다리가 휘청거렸지만 꾹 참고 뛰었어요. 한참만에야 사슴들은 늑대를 따돌릴 수 있게 되었지요. 덩치 큰 사슴은 힘이 다 빠져버렸어요.

'이대로 있다가는 친구들까지 위험해질지도 몰라.'

사슴은 자기가 친구들에게 피해를 주고 있는 것 같아서 몹시 슬펐어요.

그날 밤, 사슴은 혼자 조용히 무리를 떠났어요. 친구들이 알기라도 할까 봐 살금살금 걸었어요.

'다 나을 때까지 돌아오지 않겠어!'

사슴은 꼭 병을 이겨내고야 말겠다고 마음먹었어요.

다음날부터 사슴은 일부러 더 씩씩하게 움직였어요. 먹기 싫은 풀도 꾹 참고 먹었고요. 자꾸 기운을 내려고 노력했어요. 꼭 낫고야 말겠다고 날마다 다짐을 했지요. 가끔 친구들이 보고 싶을 때가 있었어요. 그럴 때마다 지금 친구들에게 돌아가면 자기는 여전히 짐이 될 거라고 생각했어요. 외롭고 힘들지만 조금만 더 참고 견뎌야 했지요.

그렇게 지내는 동안 봄이 가고 여름이 되었어요. 사슴에게는 정말 놀라운 일이 벌어졌어요. 다리에 힘이 생겼고, 몸에는 살도 제법 붙었어요. 얼굴도 보기 좋게 변했고, 이제는 풀도 잘 뜯어먹을 수 있게 되었지요. 비로소 병이 나은 것이었어요!

사슴은 서둘러 친구들을 찾아갔어요. 친구들은 사슴을 보고 정말 반가워했어요. 눈물을 흘리는 친구까지 있었지요.

"얼마나 걱정했는지 몰라. 이제 병은 다 나은 거야? 괜찮은 거야?"

"어디에서 무얼 하며 지냈니? 먹이는 잘 먹고 다닌 거야? 잠은 잘 잔 거고?"

사실 친구들은 그동안 아픈 사슴을 찾아다녔다고 했어요. 걱정이 돼서 아무것도 할 수 없었다고 했지요.

"응. 너희 덕분에 다 나았어. 이제는 하나도 아프지 않아."

사슴은 생각했어요. 이런 친구들이 곁에 있다는 게 얼마나 큰 행복인지, 아프지 않았다면 이 행복을 알 수 있었을지!

세상을 만든 반고 이야기

아주 아주 머나먼 옛날, 사람도 동물도 생겨나기 이전, 하늘과 땅도 아직 생겨나기 이전이었어. 세상은 모든 게 뒤엉켜서 동그란 알과 같은 모양을 하고 있었어. 그 알 한가운데에 쿨쿨 잠들어 있는 누군가가 있었어. 바로 거인 반고였지.

반고는 한 번도 깨지 않고 잠들어 있었어. 하루 빨리 세상이 만들어지기를 바라면서. 아니면 깊은 꿈속에서 꽃과 나비, 새들과 함께 춤을 추고 있었는지도 몰라. 꿈속이 즐겁지 않고서야 어떻게 그렇게 오랫동안 잠만 잘 수 있었겠어? 분명 예쁜 동산에서 놀고 있었을 거야.

어느덧 만 팔천 년이란 시간이 흘렀어. 정말 정말 긴 시간이 흐르고서야, 드디어 반고는 긴 잠에서 깨어났어. 세상은 온통 짙은 어둠 속에 뒤덮여 있었어. 반고는 아무것도 없이 캄캄하기만 한 세상을 보자 문득 슬퍼졌어. 아마 꿈속에서 보았던 세상과는 달라서였을지도 몰라. 반고는 그대로 자리에서 번쩍 일어나 기지개를 힘껏 켰어. 캄캄한 세상을 향해 두 손을 휘두르기도 했고. 반고의 손이 얼마나 컸는지, 두 손이 움직일 때마다 휭휭 바람 소리가 났을 정도였어.

잠시 후 놀라운 일이 벌어졌어. 반고가 손을 휘젓자, 세상이 반으로 갈라지는 것이었어! 알 속에 있던 가볍고 맑은 것들이 모두 위로 올라가더니만 이내 푸른 하늘이 되었어. 또 무겁고 탁한 것들은 모두 아래로 내려가더니만 이내 두꺼운 땅이 되었지. 알 속에 어지럽게 뒤엉켜 있던 세상이 비로소 하늘과 땅으로 나누어진 거야.

세상이 하늘과 땅으로 나누어지자마자 반고는 더욱더 바빠졌어. 겨우겨우 갈라놓은

하늘과 땅이 다시 척하고 엉겨 붙게 되면 어떡해? 반고는 두 팔로 하늘을 떠받치고, 두 다리로 땅을 밟았어. 한시도 쉬지 않고 그렇게 우뚝 선 자세로 지내야 했어. 그러는 동안 반고는 더욱더 키가 자랐어. 반고의 키가 커질 때마다 하늘은 조금씩 높아졌어. 반고의 몸무게가 늘어날 때마다 땅도 조금씩 단단해졌지.

그 후로도 반고는 한참의 시간을 견뎠어. 아마 알 속에서 잠을 자고 있던 만 팔천 년의 시간과 비슷할 정도로 말이야. 어느덧 세상은 하늘과 땅으로 완전히 나누어질 수 있었어. 반고는 그제야 본인이 할 일을 다 마쳤다는 듯이 팔과 다리를 바로 했지. 오랜 시간 하늘과 땅을 지탱하고 있던 반고는 몹시 지쳐 있었어. 세상을 가르는 데 온힘을 썼기에 이제는 조금의 힘도 남아 있지 않았어.

"휴우. 아직 할 일이 더 남은 것 같은데."

반고는 깊은 한숨을 몰아쉬고는, 그대로 다시 깊은 잠에 빠지게 되었어.

반고가 눈을 감은 후, 세상에는 다시 한 번 놀라운 일이 벌어졌어. 반고가 숨을 거두기 직전 내쉰 한숨이 바람과 구름, 안개로 변했던 거야. 또 한숨 소리는 곧 천둥이 되었어. 그뿐이 아니었지. 반고의 왼쪽 눈은 세상을 환하게 비추는 태양이 되었고, 오른쪽 눈은 곧 달이 되었어. 머리털과 눈썹은 별이 되어 어두운 밤하늘에 반짝이게 되었지.

반고의 몸은 계속해서 변해갔어. 몸뚱이와 손발은 산으로, 피는 강으로 변했어. 살은 농사를 지을 수 있는 고운 흙이 되었고, 힘줄은 길이 되어 사방으로 퍼져 나갔어. 뼈와 이빨은 바위와 광물이 되었어. 피부에 난 솜털은 꽃과 나무가 되었고, 마지막으로 그가 흘린 땀은 비와 이슬이 되었지. 반고의 몸 어느 것 하나 그냥 사라진 게 하나도 없었어. 모두 세상을 만드는 중요한 선물이 되었던 거야.

깊은 잠에서 깨어나 살아 있는 동안 내내 하늘과 땅을 지키고 있던 반고는, 결국 죽어서 세상의 모든 것을 만들어낼 수 있었어. 알 속에서 꿈을 꾸고 있던 시절, 반고가 꿈꾸던 세상이 바로 이런 세상이 아니었을까.

돈을 모으는 이유

아주 지독한 구두쇠가 있었어. 그는 자기 손에 들어온 것은 절대 쓰지 않는 사람이었어. 하나도 빠지지 않고 전부 모아두기를 좋아했지. 그러다 보니 옷도 사지 않고 신발도 사지 않았어. 누가 쓰던 걸 버리기라도 하면, 얼씨구나 하며 주워왔어.

구두쇠는 정말 많은 돈을 모을 수 있었어. 보란 듯이 사람들에게 자랑할 법도 한데, 그는 사람들 앞에서 절대 돈 이야기를 꺼내지 않았어. 사람들은 그런 구두쇠에 대해 수군거리길 좋아했지.

"저렇게 한 푼도 안 쓰는데, 얼마나 많은 돈을 모았을까?"

"에이, 그가 입는 옷을 좀 보세요. 돈을 하나도 못 모은 게 분명해요."

"맞아요. 돈이 많다고 자랑도 하지 않으니 원."

"돈이 있긴 있는 걸까?"

사람들은 구두쇠가 부자라는 소문은 들었지만, 그가 정말 부자인지에 대해서는 의심하고 있었어.

사실 구두쇠는 돈을 남몰래 숨겨둔 곳이 있었어. 사람들이 잘 들어가지 않는 깊은 산속이 바로 그곳이지. 구두쇠는 산속에 조그맣게 땅을 파서, 매일매일 번 돈을 묻기 시작했어. 처음엔 땅을 조그맣게 파도 됐지만, 돈이 점점 늘어나면서 땅도 더 깊이 깊이 파야 했지. 구두쇠는 날마다 산속에 가서 땅을 파보곤 했어. 땅속에 가득하게 들어 있는 돈을 보는 것이 그의 유일한 기쁨이었거든.

그러던 어느 날이었어. 그날도 평소 때와 같이 그는 돈을 들고 산속으로 향했어.

'내일은 구멍을 하나 더 파야겠지?'

구두쇠는 땅속 가득 자기 돈이 차 있는 것을 상상하고 있었어. 그건 상상만으로도 즐거운 일이었지. 그는 산속에 도착하자마자 서둘러 땅을 파보았어. 돈이 잘 있나 안 있나 검사하는 것도 날마다 하는 일 중 하나였거든.

그런데 이게 어찌 된 일이지? 땅을 아무리 파도 돈이 보이지 않았어. 분명히 돈이 가득 묻혀 있어야 하는데, 어디에도 돈이 보이지 않는 거야. 그는 자기가 실수한 건가 싶어 그 옆의 땅도 파보았어. 역시 돈은 나오지 않았어. 그 옆의 땅도, 또 그 옆의 땅도 이곳저곳을 전부 파보아도 돈은 나오지 않았어.

"내 돈, 내 돈, 내 돈, 도대체 어디로 갔을까?"

구두쇠의 울음소리가 산속에 울려 퍼졌어. 마침 산속을 걷고 있던 나그네가 그 소리를 듣게 되었어. 나그네가 울음소리를 듣고 쫓아왔어.

"여보시오, 무슨 일로 그리 울고 계시는 거요?"

나그네가 구두쇠 곁에 앉으며 물었어. 구두쇠는 그동안의 일을 나그네에게 모두 털어 놨어. 구두쇠가 대충 이야기를 마쳤을 때 나그네는 조용히 물었어.

"그렇게 모은 돈으로 대체 무얼 하고 싶었소?"

"무얼 하고 싶다니요? 써버릴 돈이라면 모으지도 않았을 겁니다."

구두쇠는 나그네의 말이 이해가 되지 않는다는 듯, 눈을 동그랗게 뜨며 대답했지. 나그네는 구두쇠의 어깨를 살포시 안아주었어.

"슬퍼하지 마시오. 어차피 안 쓸 돈이었다면, 있으나 없으나 마찬가지 아니오."

나그네의 말을 들은 구두쇠는 한동안 말이 없었어. 없어진 돈이 다시 생긴다 해도, 또 그만큼 다시 돈을 모은다 해도, 그 돈을 어디에 써야 할지 떠오르지 않았거든.

개미의 은혜

"아, 시원하다! 더위가 싹 가시네."

비둘기 한 마리가 웅덩이에서 홀짝홀짝 물을 마시고 있었어. 그때 구석진 곳에서 아주 작은 목소리가 들려왔어.

"살려주세요! 살려주세요!"

비둘기는 마침 물을 다 마시고, 집으로 돌아가려던 참이었어. 귀를 쫑긋 세우고는 작은 목소리가 들리는 곳을 찾기 시작했지. 비둘기가 몸을 낮추자 목소리는 조금 더 크게

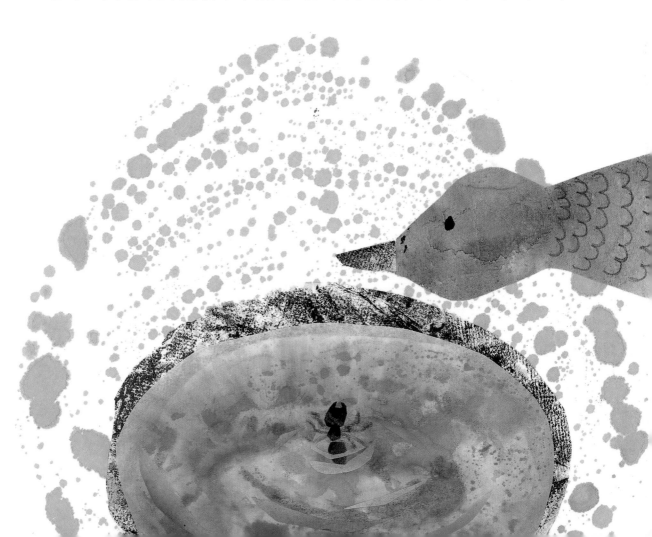

들렸어. 비둘기는 한참 동안 주변을 두리번거렸어. 목소리는 웅덩이에서 들려오고 있었어. 눈을 부릅뜨고 웅덩이 안을 들여다봤어. 웅덩이 안에 아주 작은 개미 한 마리가 허우적대고 있는 게 보였어. 개미는 헤엄을 칠 줄 몰랐던 거야.

"조금만 기다리렴! 내가 도와줄게!"

비둘기는 개미가 걱정됐어. 어떻게 하면 도와줄 수 있을지 고민하다가 아주 좋은 생각이 떠올랐지. 비둘기는 나뭇잎 한 장을 개미에게 던져 주었어. 개미는 간신히 나뭇잎 위로 올라탔어. 비둘기는 얼른 물속에 나뭇가지를 넣고 휘저었어. 곧 물결을 따라 개미를 태운 나뭇잎이 땅 위로 올라왔지. 다행히도 개미는 위험에서 빠져나올 수 있었어.

"고맙습니다, 비둘기님. 저도 이다음에 꼭 비둘기님을 도울게요."

개미는 두 손을 꼭 모은 모습으로 비둘기를 향해 약속했어. 비둘기도 다음에 또 어려운 일이 있으면 도와주겠다고 약속했지.

며칠 후, 산속에 사냥꾼이 나타났어. 한창 집을 만들고 있던 개미는 사냥꾼을 보고는 얼른 몸을 숨겼어. 사냥꾼이 무얼 하나 지켜보았지. 그러다가 개미는 깜짝 놀라고 말았어. 글쎄 사냥꾼이 비둘기를 향해 총을 겨누고 있는 거야!

'비둘기가 위험해!'

개미는 서둘러 땅속에서 나와서는, 있는 힘을 다해 사냥꾼의 발등으로 올라갔어. 발등 위에 삐죽삐죽하게 솟은 털들을 꼭 붙잡았지. 사냥꾼이 방아쇠를 당기려는 순간, 개미는 사냥꾼의 발등을 꼭 깨물었어.

"아야!"

그 순간, 깜짝 놀란 사냥꾼은 총을 잘못 쏘고 말았어. '빵' 하는 소리에 놀란 비둘기는 얼른 다른 곳으로 날아갈 수 있었지. 개미는 멀리 날아가는 비둘기를 향해 작은 목소리로 외쳤어.

"항상 조심하세요, 비둘기님!"

그 이후로도, 비둘기와 개미는 도움이 필요할 때마다 서로 돕고 살았다고 하네. 작은 일이나 큰일이나, 서로 도와주면 큰 힘이 되었으니까.

임신 34주

아기의 키는 44cm, 몸무게는 2.3kg 정도가 되었습니다. 두개골이 아직 말랑말랑한 것을 제외하고는 다른 골격은 상당히 단단해졌습니다. 아기의 머리가 단단하지 않은 이유는 출산 시에 산도를 쉽게 빠져나오기 위한 것이며, 출생 후에는 다른 골격들처럼 단단해지게 됩니다. 이제 피부의 주름도 많이 줄어들어서 갓 태어난 아기와 거의 같은 모습이 되어가고 있습니다.

이제 아기는 머리를 점점 자궁 아래쪽으로 향하며 골반 안으로 내려가게 됩니다. 엄마의 자궁 안에서 나와 비로소 세상 밖으로 나올 준비를 시작하는 것입니다. 당신은 아기가 내려가는 느낌인, '하강감'을 겪게 될 것입니다. 하강감을 느끼면서 숨 쉬기가 훨씬 편해질 텐데, 그에 반해 걷기가 불편해질 수 있습니다. 아기가 아랫배에 꽉 차 있기라도 하듯이 골반과 대퇴부에 통증을 느끼게 됩니다. 따라서 장시간 서 있거나 움직이는 형식의 무리한 신체활동을 자제하고, 되도록 자주 휴식을 취하는 것이 좋습니다. 이때 옆으로 누워 있거나, 다리를 조금 높이 올려두고 쉬는 자세가 도움이 될 것입니다.

이 시기 뱃속의 아기는 꿈을 꾼다는 연구 결과가 있습니다.
당신의 아기는 지금쯤 어떤 꿈을 꾸고 있을까요?
당신의 뱃속에 당신과 함께 있으니, 혹시 당신과 똑같은 꿈을 꾸고 있지는 않을까요?
'꿈이 없다면 인생은 쓰다'라고 이야기한 바론 리튼.
아기에게 꿈을 심어주는 것보다 더 멋진 모습은,
아기가 스스로 꿈을 꿀 수 있도록 지지하는 모습일 것입니다.

앞으로 당신의 아기는 어떤 꿈을 꾸게 될까요?
그리고 당신은 아기를 기다리며 어떤 꿈을 꾸고 있나요?
어릴 적 스케치북 위에 그렸던 파스텔의 풍경 속으로, 오늘밤 당신의 아기를 초대해봅시다.

구슬보다 소중한 것

한 선비가 과거 시험을 보기 위해 집을 나섰어요. 과거 시험이 치러지는 한양은, 선비네 집에서 아주 멀리 떨어진 곳에 있었어요. 시험 날짜에 늦지 않기 위해서는 길을 서둘러야만 했지요.

선비가 가는 길에는 예쁜 꽃들이 가득 피어 있었어요. 선비는 꽃들을 한참 동안 바라보았어요. 마치 선비를 응원해주기라도 하듯이 환한 빛을 뿜내고 있었어요. 또 나무 위에는 새들이 줄을 지어 앉아 있었어요. 또로롱 또로롱 아름다운 소리로 노래를 불러주었지요. 선비는 꽃들과 새들의 응원을 받으며 부지런히 길을 걸었어요.

어느덧 해가 저물기 시작했어요. 하룻밤 쉬었다 갈 곳을 찾던 중에, 멀리 보이는 주막집 하나를 발견하게 되었어요. 선비는 한달음에 주막집으로 달려갔어요. 주막집에는 먼저 온 손님들이 많아서, 남는 방이 없었어요. 하는 수 없이 선비는 저녁만 먹고 갈 수밖에 없었지요.

온종일 걷느라 힘이 빠져서인지, 저녁밥이 그렇게 맛있을 수가 없었어요. 선비는 밥두 공기를 금세 먹고는 마당에 나와 산책을 했어요. 어린 꼬마 아이가 구슬을 가지고 놀고 있었어요. 주막집 딸인 듯했지요. 선비는 아이의 모습이 귀여워서 한참을 바라보고 있었어요. 그러다가 주인이 딸을 부르는 소리가 들렸어요. 아이는 구슬을 내려놓고는 집 안으로 들어갔어요.

그때었어요. 마당에 있던 거위가 눈 깜짝할 사이에 글쎄 구슬을 꿀꺽하고는 삼켜버리는 것이었어요! 순식간에 일어난 일이었어요. 선비는 눈을 크게 떴다 감았다 했어요.

잠시 후, 아이가 다시 마당으로 나왔어요. 아니나 다를까 아이는 나오자마자 구슬부터 찾았어요. 물론 아무리 찾아도 구슬은 보이지 않았지요. 보일 리가 있나요. 이미 거위의 뱃속에 들어가 있을 텐데!

"선비 아저씨! 아저씨가 제 구슬 훔쳐갔지요?"

아이가 선비에게 소리쳤어요. 그 소리에 주막집 주인 부부가 뛰어나왔어요.

"그게 무슨 소리냐? 누가 무엇을 훔쳐?"

아이는 부모 품에 안겨 펑펑 울기 시작했어요. 선비는 놀라서 어찌할 줄을 몰랐어요. 주막집 주인은 아이 말만 믿고, 선비를 사또 앞으로 끌고 갔어요. 선비가 아이의 구슬을 훔친 범인이라고 일러바쳤지요. 사또는 선비를 밧줄로 꽁꽁 묶었어요.

"훔칠 게 없어서, 아이의 장난감을 훔친단 말이오?"

주인 부부는 선비를 몰아세웠어요. 그런데 이상한 일이었어요. 선비는 구슬을 훔친 범인이 거위라는 이야기를 결코 하지 않는 것이었어요. 분명히 두 눈으로 똑똑히 봤으면서도 말이에요. 다만 선비는 거위를 자기 옆에다가 같이 묶어달라는 부탁만 했어요. 사또는 어리둥절해하면서, 선비가 부탁한 대로 하게 해주었어요.

다음날 아침, 사또와 주막집 부부는 깜짝 놀라고 말았어요. 간밤에 거위가 똥을 눴는데, 글쎄 그 똥 속에서 구슬이 나온 거예요. 주막집 부부는 선비 앞에 넙죽 엎드렸어요. 사또도 선비에게 미안한 표정을 짓고 있었고요.

"왜 거위가 구슬을 삼킨 거라고 말하지 않았소?"

사또가 선비를 향해 물었어요.

"그랬다면 지금 저 거위가 살아 있었을까요?"

다들 선비의 말에 고개를 끄덕끄덕했어요. 만약 거위가 구슬을 삼켰다는 사실을 알았다면, 주막집 부부가 거위를 가만히 내버려뒀을까요? 당장 배를 갈라서 구슬을 꺼내려고 했으면 모를까!

선비는 다시 길 떠날 채비를 했어요. 길가에는 예쁜 꽃들이 어제보다 더 많이 피어 있었어요. 주막집 부부는 전혀 몰랐지요. 이 선비가 장차 훌륭한 문신이 될, 윤회였다는 사실을 말이에요.

수다쟁이 요정, 에코

푸른 나무가 쭉쭉 뻗어 있는 깊은 산속에 에코라는 요정이 살고 있었어요. 물방울처럼 반짝이는 눈에 사과처럼 빨간 머릿결, 그리고 구름처럼 하얀 날개를 가진 요정이었어요. 예쁘고 귀여운 데다가 마음씨도 착해서 친구들은 에코를 참 좋아했어요. 산속에 사는 식물이며 동물, 또 다른 요정들까지도 모두 에코와 친구가 되고 싶어 했을 정도였지요. 다만 에코에게 한 가지 단점이 있다는 사실을 모르는 채로요.

이상하게도 에코와 친해진 요정들은 에코와 오랫동안 함께 있으려 하지 않았어요. 친구가 되고 싶어서 어쩔 줄 몰라 했던 요정들이었는데 말이에요. 일단 에코와 한 번이라도 어울려본 친구들은 다들 한숨을 푹푹 쉬었어요.

"에코는 정말 못 말리는 수다쟁이야!"

"세상에 그렇게 말이 많은 아이는 처음 봤어!"

바로 에코의 수다가 문제였던 것이었어요. 에코는 재잘재잘 이야기하기를 참 좋아했어요. 친구들이 싫어하는 줄도 모르고 쉴 새 없이 이야기를 했지요. 친구들도 처음에는 에코의 이야기를 재미있게 들어주다가, 나중에는 두 손으로 귀를 꼭 닫는 시늉을 하며 도망가버렸어요.

햇빛이 쨍하고 비치는 어느 날이었어요. 풀이 우거진 곳에서 바스락거리는 소리가 들렸어요. 에코의 귀가 쫑긋 세워졌어요.

'뭐가 숨어 있나? 재밌는 일이 벌어질 것 같은걸!'

에코는 신이 나서 풀이 있는 곳으로 살금살금 다가갔어요.

"엄마야!"

풀 속에서 깜짝 놀라는 소리가 들렸어요. 에코의 친구 요정과 제우스가 보였어요. 둘은 나무에서 따온 갖가지 열매를 먹으며 재미있게 놀고 있는 중이었어요.

'헤라 여신님이 아시면 큰일인데!'

에코는 깜짝 놀랐어요. 친구 요정과 제우스도 에코를 보고 깜짝 놀란 눈치였어요.

바로 그때였어요. 풀 뒤쪽에 정말로 헤라의 모습이 나타났어요! 제우스의 아내이자 질투의 여신인 헤라는 잔뜩 화가 난 모습으로 이쪽으로 다가오고 있었어요.

"쉿!"

에코를 발견한 헤라는 입가에 손가락 하나를 가져다댔어요. 자기가 나타났다는 사실을 말하지 말라는 신호 같았어요.

순간 에코는 친구 요정이 걱정됐어요. 분명히 헤라에게 혼쭐이 나고 말 테니까요. 얼마 전에도 요정 하나가 제우스와 어울려 놀다가 헤라에게 아주 많이 혼이 났거든요. 에코는 친구 요정에게 헤라가 나타났다는 사실을 종알종알 말해주고 싶어서 참을 수가 없었어요.

"얼른 도망가! 헤라 여신님이 나타나셨어!"

에코는 떨리는 목소리로 친구와 제우스에게 소리쳤어요. 그제야 눈치를 챈 친구 요정은 재빨리 날갯짓을 하며 도망을 갔어요. 제우스는 자리를 털고 일어나서는 아무 일도 없었다는 듯이 헤라를 쳐다보고 있었지요.

"에코 너 정말!"

헤라의 얼굴이 붉으락푸르락했어요. 에코는 친구 요정이 무사히 도망간 것을 보고 한숨을 크게 내쉬었어요. 어느새 제우스도 후닥닥 도망을 가버리고 없었지요.

"에코는 앞으로 아무 이야기도 할 수 없을 것이다!"

화가 난 헤라는 그 자리에서 바로 에코에게 벌을 내렸어요. 에코는 앞으로 어떤 말도 할 수 없는, 무서운 벌을 받게 되었지요.

"에코, 아까는 고마웠어."

친구 요정이 에코를 찾아와서 말했어요. 에코는 친구 요정에게 속상한 마음을 털어놓고 싶었어요.

그런데 이상한 일이 벌어졌어요. 정말 에코의 목소리가 나오지 않는 것이었어요! 아무리 소리를 쳐보아도, 에코의 입에서는 한 마디의 말도 나오지 않았어요. 에코의 눈에서 눈물이 뚝뚝 흘렀어요. 친구 요정은 에코에게 미안한 마음이 들었어요.

에코가 벌을 받게 된 이야기는 금세 소문이 났어요. 친구들은 에코를 위로했어요. 에코는 얼른 힘을 내기로 했지요. 옛날처럼 말을 많이 할 수 없게 된 건 슬픈 일이지만, 다시 친구들과 사이좋게 지낼 수 있게 된 건 참 좋은 일이었어요.

그 후로 얼마간의 시간이 흘렀어요.

'이야기를 듣는 것도 참 즐거운 일이구나!'

에코는 속으로 생각했어요. 친구들의 이야기들을 하나하나 재미있게 들으면서요. 이 모습을 지켜 본 헤라는 화난 마음이 조금 가라앉게 되었어요. 에코의 잘못을 조금이나마 용서하기로 했지요. 헤라는 에코를 찾아갔어요.

"앞으로는 다른 사람이 말을 하면 끄트머리에 있는 말만 따라할 수 있도록 해주지!"

헤라가 말했어요. 이 말이 무슨 말인가 하면요. 친구 요정이 에코에게, "에코야, 놀자." 라고 말을 하면 '놀자' 라는 말만 따라할 수 있다는 것이었어요.

에코는 그렇게나마 다시 말을 할 수 있게 된 게 천만다행이라고 생각했어요. 가끔 들에 사는 친구들이 산에 놀러와 큰 소리로 말을 하면, 가만히 듣고 있다가 끝에 있는 말을 따라했지요.

말을 할 수 없게 된 요정 에코. 그런 에코에게 가장 슬픈 일이 무엇이었을까요? 언젠가 에코에게도 사랑하는 사람이 생긴 적이 있었어요. 아주 잘생기고 힘도 센 청년이었는데, 에코는 청년에게 사랑하는 마음을 표현할 수가 없었어요. 청년의 입에서 먼저 '사랑해' 라는 말이 나오지 않는 한, 결코 그 말을 따라할 수 없는 일이었으니까요.

헤라는 알게 해주고 싶었어요.

"에코. 때로는 말로 다 표현할 수 없는 것들이 있단다. 그만큼 세상에는 말보다 중요한 게 아주 많다는 거지."

의사의 역할

불치병에 걸린 남자가 있었어요. 남자는 밤마다 눈물을 흘리며 기도했어요.

"신이시여. 저는 아직 신께 돌아갈 준비가 되어 있지 않습니다. 사랑하는 아내와 자식들에게 해주지 못한 것이 너무 많습니다. 시원한 바다로 여행을 데려가주지도 못했고, 사랑의 노래를 들려준 적도 없으며, 보는 것만으로도 군침이 도는 요리를 해준 적도 없습니다. 이대로 제가 신께 돌아간다면, 저는 하지 못했던 일들을 떠올리며 슬퍼할 테지요. 아, 그런 슬픔을 감당할 용기가 제게는 아직 없습니다. 부디 제게 한 번만 더 기회를 주십시오."

기도를 하는 동안, 남자는 반드시 병을 이겨내겠다고 다짐했어요. 이름난 의사가 있다고 하면, 그곳이 어디가 됐든 찾아갔어요. 남자가 만난 의사만도 아마 수십 명은 족히 될 거예요. 의사들도 마음이 아팠어요. 한결같이 남자에게 똑같은 이야기를 했지요.

"너무 걱정하지 마세요. 곧 일어나실 거예요. 정말이에요. 용기를 잃지 마세요."

남자는 의사들이 정말 고마웠어요. 자기의 병이 얼른 낫지 않아도, 결코 의사들을 원망하지는 않았어요.

"그래, 의사들의 말이 맞아. 난 꼭 병을 이겨낼 거야!"

남자는 용기를 냈어요. 매일 기도하는 것도 잊지 않았고요.

그러던 어느 날이었어요. 남자는 아주 유명한 의사를 찾아가게 됐어요. 못 고치는 병이 없기로 소문난 의사였지요. 남자는 혹시나 하는 마음에 많은 돈을 챙겨서 의사를 찾아갔어요.

그런데 의사를 만난 남자는 깊은 슬픔에 빠지고 말았어요.

"당신에게는 더 이상 가망이 없어요. 당신은 곧 죽게 될 거예요."

의사는 차갑고 딱딱한 말투로 말했어요. 그 이상 어떤 말도 해주지 않았지요. 의사는 자기가 가장 정확한 진단을 해준 것이니, 많은 돈을 내고 가라고 했어요. 남자는 하는 수 없이 가져온 돈을 모두 의사에게 줄 수밖에 없었어요.

집으로 돌아오는 길에 남자는 예전에 만났던 의사들을 다시 찾아갔어요.

"어떤 이름 난 의사가 저는 곧 죽을 거라고 합니다."

남자는 의사를 만나고 온 이야기를 털어놓았어요. 그 의사의 말이 사실이라면, 예전에 만난 의사들이 거짓말을 한 것일 테니까요. 이제 의사들도 어쩔 수 없이 진짜 사실을 이야기하게 될 거예요.

의사들은 예전과 다를 바가 없었어요. 이름난 의사의 이야기라고 했는데도, 전혀 놀라는 기색이 없었어요.

"엉터리, 엉터리군요. 당신은 죽지 않아요. 당신의 용기가 변하지 않는다면, 당신은 곧 일어날 수 있어요."

의사들은 오히려 전보다 더 남자를 위로하고 격려해줄 뿐이었지요. 결국 남자는 터덜터덜 걸어서 집으로 돌아오고 말았어요. 밤이 깊도록 잠을 이룰 수 없었어요.

"당신은 곧 죽게 될 거예요."

낮에 만나고 온 의사의 말이 머릿속에서 떠나지를 않았어요. 남자는 일부러 다른 의사들의 말을 떠올렸어요.

"당신의 용기가 변하지 않는다면, 당신은 곧 일어날 수 있어요."

남자는 날마다 신께 기도를 했던 모습을 떠올렸어요. 이내 다시 용기를 내기로 마음먹었지요. 절대 쓰러지지 않겠다고, 단지 한 의사의 말 때문에 용기를 잃지 않겠다고 말이에요.

남자는 다음날부터 운동을 시작했어요. 다른 때에는 힘들어서 운동 같은 건 절대 하지 않았었거든요. 하지만 지금은 무엇이든 잘 해낼 자신이 있었어요. 남자는 운동도 열심히 하고, 식사도 더 맛있게 했어요. 약도 잘 챙겨 먹고 책도 읽고 노래도 불렀지요. 그 뒤로 아주 오랜 시간을 그렇게 지냈어요.

몇 달 후, 남자에게 놀라운 일이 벌어졌어요! 언제 그랬냐는 듯이 남자의 몸이 나은 거예요. 불치병의 흔적은 어디에도 없었어요. 남자는 의사들을 찾아갔어요.

"놀라운 일이에요! 당신은 완전히 나았어요!"

의사들은 남자가 완쾌된 것을 진심으로 축하해주었어요. 남자는 문득 그 이름난 의사가 떠올랐어요. 남자의 병이 나은 것을 보면 놀랄 일이 분명했으니까요.

남자는 의사를 찾아갔어요. 의사는 건강한 모습으로 돌아온 남자를 보고도 별로 놀라지 않았어요. 여전히 예전처럼 쌀쌀맞게 대할 뿐이었지요.

"의사선생님 말대로 저는 하마터면 저승에 갈 뻔했던 적이 있었습니다. 다행히 저는 저승 구경만 하고 이렇게 살아 돌아왔습니다."

"허허, 살아서 돌아왔군. 그래, 염라대왕은 만나봤나?"

남자는 아무렇지도 않게 이야기를 하는 의사가 얄미웠어요.

"그럼요. 염라대왕이 아주 많이 화가 나 있던걸요. 뭐라더라? 의사라는 직업을 가진 사람이 사람들을 자꾸 살려낸다나요? 분명히 저승에 와야 할 사람들까지도 말이에요. 염라대왕은 의사들을 모두 잡아다가 뜨거운 불구덩이에 빠트리겠다고 말했어요."

"그래서? 그래서 어떻게 했습니까?"

의사는 침을 꿀꺽 삼키고 있었어요. 사실 조금 겁을 먹은 눈치였지요.

"그래서 제가 그랬습니다. 염라대왕님, 그러실 필요 없습니다. 의사들 중에는 대왕님 말씀대로 사람을 살리는 진짜 의사도 있지만, 그렇지 못한 가짜 의사도 있거든요. 그런데 생긴 것만 보면 그게 진짜 의사인지 가짜 의사인지 알 수가 없어요. 그러니까 의사들을 잡는 일일랑은 아예 제쳐두시는 게 나을 듯합니다."

"휴, 다행이군! 듣고 보니, 자네가 우리를 구했어!"

의사가 남자의 어깨를 탁 치며 말했어요.

"우리라니요? 저는 의사들을 구한 겁니다. 진짜 의사들을요."

남자도 의사의 무릎을 탁 치며 말했답니다.

양치기의 잘못

어느 산속에 한 양치기가 살고 있었어요. 양치기는 매일같이 아무 데도 가지 않고 양들만 지켰어요. 늑대가 나타나기라도 하면 작대기를 들고 늑대를 쫓았어요. 그 사이 휘파람을 크게 불어 양들을 안전한 곳으로 대피시켰고요.

처음에 양치기가 되었을 때, 양치기는 정말 행복했어요.

"와! 내가 이 많은 양들의 주인이 되었구나!"

양치기는 양들을 쳐다보고만 있어도 좋았어요. 이제 이 산속에 자기가 없이는, 양들을 돌볼 수 있는 사람은 아무도 없었거든요. 양치기는 자기가 양들의 아버지나 다름없다고 생각했지요.

양치기가 된 뒤로 오랜 시간이 흘렀어요. 그동안 양들은 많은 새끼를 낳았어요. 또 새로운 양들이 목장에 들어오기도 했고요. 양의 수는 엄청나게 많아졌어요. 어느 순간부터 양치기는 양들을 지키는 일이 조금 힘들어지기 시작했어요.

"휴, 내가 이 많은 양들을 혼자 다 지켜야 하다니!"

어느덧 양치기는 불평도 많이 하게 되었어요. 양을 지키는 일은 결코 쉬운 일이 아니라고 생각하게 됐지요. 양치기는 양들을 불러 모았어요.

"이제는 너희들이 알아서 늑대를 물리치도록 해."

양치기는 앞으로 양치기 일을 하지 않겠다고 말했어요. 늑대가 나타나면 도망을 치든지 물리치든지 자기는 모르는 일이라고 했지요.

곧 양들이 전부 한곳에 모였어요. 이제부터 양치기 없이 살아야 한다고 생각하니까 덜컥 겁이 났던 거지요.

"우리는 늑대를 혼내주지 못할 거야."

"맞아. 혼내주기는커녕, 도리어 잡아먹히고 말걸."

"그래. 빨리 뛰는 늑대를 당해낼 수 없을 거라고."

"그렇다고 가만히 있을 수만은 없잖아. 어떻게 하면 좋을까?"

양들은 고민에 빠졌어요. 누구도 그럴 듯한 방법을 생각해내지 못했어요.

그때 가장 나이 많은 양이 벌떡 일어났어요.

"어쩔 수 없지 뭐. 항상 똘똘 뭉쳐 있는 수밖에."

나이 많은 양은 도망가지 못할 바에야, 서로 뭉쳐 있기라도 하자고 말했어요. 그러자 여기 저기서 반대를 하고 나섰어요.

"그럼 가장 바깥쪽에 있는 양만 불리하잖아요. 분명히 얼마 도망도 가지 못한 채, 가장 먼저 잡아먹힐 테니까요."

"그뿐만이 아니에요. 뭉쳐 있으면 서로 몸이 부딪쳐서 아주 불편할 거예요. 풀을 뜯어 먹기가 힘들 거라고요."

반대하는 이야기는 이밖에도 계속 나왔어요. 나이 많은 양이 한 이야기는 이루어지지 않았지요. 결국 양들은 좋은 방법을 생각해내지 못한 채 흩어지고 말았어요.

사실 양치기는 몰래 양들의 이야기를 엿듣고 있던 중이었어요. 자기도 모르게 한숨이 푹 새어나왔지요.

"내가 잘못했군. 양들을 보호할 줄만 알았지, 양들이 스스로를 보호하는 방법은 가르쳐주지 않았으니!"

그날 이후로 양치기는 양들을 훈련시키기 시작했어요. 늑대가 나타났을 때, 게다가 양치기도 있지 않을 때, 어떻게 하면 자신을 지킬 수 있는지에 대해서. 물론 양치기 일을 그만두는 건 당분간 아주 먼 일이 되었고요.

고기를 지키는 방법

어느 마을에 아주 똑똑한 개 한 마리가 있었어요. 주인은 개를 더 똘똘하게 만들기 위해 날마다 훈련을 시켰어요. 일부러 장애물을 만들어놓고 건너게도 해보고, 먹이를 숨겨놓고 찾아보게도 했어요.

개는 주인이 시키는 것을 곧잘 해냈어요. 주인은 그럴 때마다 개를 쓰다듬으며 칭찬해주었어요. 아껴두었던 맛있는 먹이를 꺼내주기도 했고요. 물론 해내지 못했을 때는 따끔하게 혼내기도 했지만요.

마을에 있는 다른 개들은 똑똑한 개를 가엾게 생각했어요.

"저 개는 참 바보 같아. 주인이 하라는 대로만 하고."

"맞아. 나 같으면 확 집어치우고 도망칠 텐데."

다른 개들이 보기에 똑똑한 개는 결코 똑똑해 보이지 않았어요.

그때쯤 주인은 개에게 새로운 훈련을 시키고 있었어요. 시장에 가서 장을 봐오는 훈련이었지요. 주인은 개의 입에 바구니를 물려주었어요. 무엇 무엇을 사오라고 시키면, 개가 시장에 가서 그것들을 사서 바구니에 담아 오면 되는 훈련이었어요.

개는 며칠 동안 장보는 훈련을 받았어요. 지금까지 하던 훈련과는 달라서 개는 몹시 힘들었어요. 실수를 얼마나 많이 했는지 몰라요.

'난 이 훈련만은 못하겠어. 너무 힘들어!'

개는 문득 도망치고 싶다는 생각이 들었어요. 다른 개들처럼 훈련을 받지 않고 사는 게 훨씬 행복해 보였어요. 그러나 주인은 개를 훈련시키는 일을 결코 그만두지 않

앉아요.

며칠이 지난 어느 날, 주인은 드디어 개를 시장에 직접 내보내게 되었어요.

"시장에 가면 맨 처음에 정육점이 나온단다. 거기에서 고깃덩이를 하나 사오렴."

개는 덜컥 겁이 났어요. 발걸음이 떨어지지 않았어요. 주인은 잔뜩 겁을 먹은 개를 오히려 쓰다듬어 주었어요.

"넌 할 수 있어. 분명히 해낼 거야!"

주인은 개를 꼭 안아주었어요. 개도 용기가 났어요. 주인이 시킨 일을 꼭 해내겠다고 다짐하고는 집을 나섰어요.

시장까지 가는 일은 전혀 힘들지 않았어요. 주인과 함께 자주 와보았던 곳이니까요. 정육점을 찾는 일도, 고깃덩이를 사는 일까지도 아주 쉽게 해낼 수 있었어요. 이제 고깃덩이를 들고 집으로 무사히 돌아가기만 하면 다 끝나는 일이었어요.

폴짝폴짝 뛰면서 집으로 돌아가는 길이었어요. 개는 마을의 개들과 마주치게 되었어요. 개들은 고기 냄새를 맡고 멀리서부터 개를 쫓아오고 있는 중이었어요.

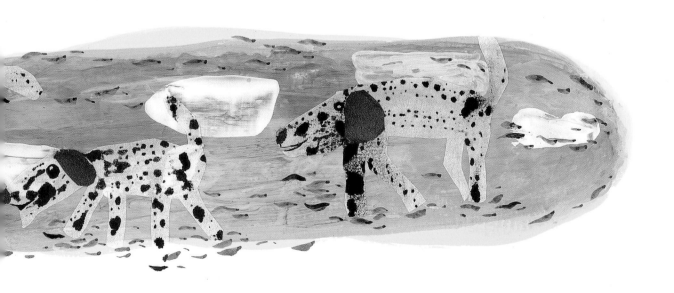

"주인에게 가져다주면 너는 한 입도 못 먹게 될걸?"

"맞아. 여기에서 먹고 가는 게 좋을 거야!"

개들이 똑똑한 개를 꾀었어요. 그 바람에 개도 마음이 뒤숭숭했어요.

'저 개들 말이 맞을지도 몰라. 난 이 고기를 맛도 보지 못할 게 뻔하다고.'

개는 고기가 들어 있는 바구니를 잠시 내려놓았어요. 집으로 갈까 말까 고민이 되었지요. 개들이 더 바짝 다가왔어요.

"캬! 정말 맛있게 생긴 고기로구나!"

개들은 당장이라도 고기를 한 점 베어 물 것 같았어요.

그때 개의 머릿속에 주인의 모습이 떠올랐어요. 가끔 혼낼 때도 있었지만 자기를 아주 많이 사랑해주는 주인임에는 틀림이 없었어요. 지금 들고 있는 고기만큼은 아니어도, 맛있는 음식을 곧잘 해주곤 했지요. 생각해보면 개는 여기 있는 개들보다 맛있는 음식을 더 많이 먹고 있는 게 분명했어요. 개는 다시 생각을 고쳤어요.

'시킨 걸 잘 해냈을 때 주인은 항상 나를 칭찬하고 예뻐해주셨어. 그리고 이번에는 나에게 힘내라고 용기도 주셨고. 나는 집으로 돌아갈 테야!'

개는 바구니를 다시 입에 물었어요.

"쳇, 후회하게 될 거라고!"

개들이 놀려댔지만 개는 들은 척도 않고 집으로 향했어요.

이윽고 개는 무사히 집에 도착할 수 있었어요. 주인은 시킨 대로 고기를 잘 사온 개가 정말 기특했어요. 몇 번이고 쓰다듬어주고 꼭 안아주었지요.

"기특한 녀석! 잘했구나, 정말 잘했어. 자, 시장에서 사온 고기는 네 몫이다!"

주인은 바구니 속에 든 고기를 꺼내 개의 입에 물려주었어요. 주인이 고기 심부름을 시킨 건 다 개를 위한 것이었지요.

개는 기분이 좋았어요. 뿌듯한 마음에 신이 나기도 했고요. 집으로 오는 길에 실수할 뻔한 적이 있기도 했지만, 꿋꿋이 이겨내고 돌아온 게 천만다행이라고 생각했어요. 개는 며칠 동안 내내 고기만 실컷 먹으며 지냈어요.

그 이후, 개는 주인의 도움이 없이도 스스로 고기를 구해먹을 수 있는 훈련을 받기 시작했답니다.

임신 35주

35주. 아기의 크기는 45cm, 몸무게는 2.5kg 정도가 되었습니다. 이제 아기의 피부에도 어느 정도의 지방이 쌓였습니다. 쭈글쭈글하던 주름은 점차 줄어들고 피부색도 분홍색에 가까울 만큼 변했습니다. 피부에 쌓인 지방은 나중에 아기가 체온을 유지하고 조절할 수 있도록 해줄 것입니다. 이제 이 피부를 보호하기 위해 두꺼운 태지가 아기의 몸에 덮이기 시작할 것입니다. 손가락 끝에 나서 꾸준히 자라고 있던 손톱도 어느새 많이 길어져서, 간혹 자기의 얼굴을 할퀴기도 합니다.

당신의 몸무게도 꾸준히 늘고 있습니다. 임신 35주가 되면 자궁의 크기가 최대치까지 커져서, 위와 폐, 심장에도 가장 심한 압박을 가하게 될 것입니다. 당신은 그 어느 때보다 숨쉬기가 힘들어지며, 소화도 되지 않을 것입니다. 또 더 심해진 하강감 때문에 다리가 붓고 골반 부위가 뻐근한 통증도 겪게 될 텐데, 이러한 통증들이 너무 심할 때는 반드시 의사의 진찰을 받도록 해야 합니다.

순식간에 지구 반대편의 사정도 알아낼 수 있을 정도로 발달한 인류의 문명.
그러나 아기를 낳는 방식만큼은, 인류가 생긴 이래 단 한 번도 바뀐 적이 없었습니다.
아기가 곧 나오게 될 거라는 생각에 밤잠을 설치지는 않는지요. 산고란 도대체 얼마나 고통스러운 것일까, 생각만으로도 몸서리쳐지지는 않는지요. 우리네 부모님도 겪었고, 또 우리가 낳을 자식들도 겪게 될 이 고통. 부모님의 지난 고통을 이해하고 받아들이기 위해, 또 내 아이가 겪을 고통을 부모로서 먼저 경험하고 설명해주기 위해, 당신은 가장 인간적이고 직접적인 경험을 하게 될 것입니다.

믿어보길.
긴 고통의 터널을 지나 아기를 낳는 순간, 정말 씻은 듯이 사라진다는 그 고통을,
그 믿을 수 없는 느낌을!

왕을 감동시킨 목동 이야기

아주 평화로운 나라가 있었어요. 나라 안의 모든 사람들이 행복하게 살고 있었지요. 사람들은 나라가 평화로운 건 훌륭한 임금을 두었기 때문이라고 생각했어요. 평화로운 나라에서 살게 해준 임금에게 언제나 고마운 마음을 가졌지요.

그런데 알려지지 않은 사실이 한 가지 있었어요. 그것은 바로 임금이 아주 게을러서 일을 하기 싫어한다는 것이었어요. 사실 임금은 임금이 되려고 노력한 적이 없었어요. 태어날 때부터 자기는 이미 왕이 되어 있었으니까요.

나라 일이야 신하들이 알아서 해주니 걱정이 없었어요. 임금은 그저 높은 자리에 앉아 신하들의 이야기를 듣기만 하면 됐지요. 다른 나라와 전쟁이 일어나면 힘센 장군들을 내보내면 되는 일이었고, 흉년이 들면 창고 안에 쌓아두었던 곡식을 나누어주면 되는 일이었어요.

가을바람이 시원하게 부는 날이었어요. 임금은 혼자서 산속까지 산책을 나왔어요. 산속에서는 목동이 양을 지키고 있었어요. 임금은 목동이 양을 다루는 모습을 한참 동안 지켜보았어요.

잠시 후 목동이 나무 그늘에 앉는 게 보였어요. 임금은 목동 옆으로 가서 자리를 잡고 앉았어요. 임금을 본 목동은 깜짝 놀랐어요.

"임금님, 용서하소서. 미처 몰라 뵀습니다."

목동은 고개를 깊이 숙였어요.

"아니오. 날씨가 좋아서 걷다 보니 여기까지 오게 되었소."

임금은 목동을 일으켜 세웠어요.

"이보시오, 목동 양반. 당신은 이 나라가 어떻다고 생각하오?"

임금은 자신 있게 물었어요. 보나마나 아주 평화롭고 살기 좋다고 대답할 게 뻔한 일이니까요.

"아주 엉망입니다."

목동의 대답에 임금은 깜짝 놀랐어요.

"엉망이라니? 다들 평화롭다고 말하는 와중에 말이오!"

임금은 목동에게 호통을 쳤어요.

"나라가 평화로운 데는 다 이유가 있습니다. 임금께서 거느리고 계신 신하들이 있지 않습니까? 그 신하들이 하루가 멀다 하고 이웃나라에 재물을 바치고 있습니다. 쓸데없는 전쟁을 막기 위해서지요. 신하들은 더 많은 재물을 갖다 바쳐야 한다며 백성들을 보채고 있습니다. 더 많은 곡식과 더 많은 옷감을 내놓으라고 말이지요."

목동의 이야기를 들은 임금은 아무 말도 할 수 없었어요. 믿었던 신하들한테 큰 실망을 하게 되었던 거예요. 자기가 나라 일을 돌보지 않는 사이, 그토록 엄청난 일이 벌어지고 있었고요. 임금은 몹시 화가 났어요.

"임금님. 저는 임금님께서 지금보다 더 훌륭한 임금님이 되시리라 믿습니다."

목동은 이렇게 말하며 임금에게 용서를 구했어요. 아까보다 더 깊이 고개를 숙이고 있었지요. 임금은 목동의 말이 고마웠어요. 자기에게 진심을 다해 이야기를 해주는 사람은 처음이었거든요.

"잘못된 일을 잘못됐다고 말할 수 있는 당신이 부럽소. 사실 나도 신하들의 이야기가 마음에 들지 않을 때가 많았소. 그래서 그냥 하고 싶은 대로 하라고 내버려두곤 했지. 나는 이제야 알게 되었다오. 임금은 사람들의 말을 골고루 다 들을 수 있어야 한다는 것을. 그리고 그 말이 옳은지 그른지 판단할 수 있어야 한다는 것을!"

임금은 목동을 데리고 궁전으로 향했어요. 곧 목동에게 높은 벼슬을 내려줄 생각이었지요. 목동이 부리던 양들이 그 뒤를 따랐어요. 양들이 몰려가는 모습이 마치 하얀 구름처럼 보였답니다.

지혜로운 여우

사자는 동물 나라의 왕이었어요. 멋진 모습도 모습이거니와 힘도 아주 세서 왕이 되기에 부족함이 없었어요. 왕이다 보니 마음대로 하지 못하는 게 없었고요.

다만 사자에게는 걱정거리가 한 가지 있었어요. 그건 바로 입 냄새였어요. 언젠가 사자는 동물 나라 회의를 할 때, 동물들이 자기 얼굴을 쳐다보지 않는다는 사실을 알게 되었어요. 사자는 혹시나 하는 마음에 깊은 숲 속으로 들어갔어요. 누가 따라오지는 않는지 계속 뒤를 살폈어요. 다행히 숲에는 아무도 없었어요. 사자는 나뭇잎 한 장을 떼어냈어요. 그것을 동그랗게 말아서 그릇 모양으로 만들었어요. 사자는 나뭇잎 그릇을 자기 코에다 갖다 대고는 '후' 하고 크게 입김을 불었어요.

"세상에! 이렇게 고약한 냄새는 처음이야!"

나뭇잎에 밴 입 냄새를 맡은 사자는 뒤로 넘어지고 말았어요. 그것은 과일이 상했을 때 나는 냄새 같았어요. 아니, 나뭇잎을 태울 때 나는 냄새 같기도 했어요. 사자는 나뭇잎 그릇을 꽉꽉 밟아서 짓이겨버렸어요. 그랬다가 이내 울상이 되고 말았지요. 그 냄새가 바로 자기 입에서 나는 냄새였으니까요. 사자는 다른 동물들을 떠올려봤어요. 분명히 동물들은 사자의 입 냄새가 고약하다는 사실을 알고 있었을 거예요. 사자는 곧장 동물들을 불러 모았어요. 먼저 양에게 물었어요.

"내 입에서 무슨 냄새가 나지?"

사자는 양을 향해 입김을 후 불었어요. 양은 순간 뒤로 발라당 넘어졌어요.

"똥 냄새가 나요, 똥 냄새!"

양은 손을 코에다 대고 마구 휘저었어요. 똥 냄새라는 말에 동물들이 깔깔대고 웃었어요.

"뭐라고! 이 고얀 것 같으니라고!"

사자는 양을 호되게 혼냈어요. 결국 양은 펑펑 울고 집으로 돌아갔어요. 사자는 늑대에게도 입김을 '후' 하고 분 뒤, 아까처럼 똑같이 물었어요.

'사실대로 말하면 나도 양처럼 혼나겠지? 그래, 거짓말을 해야겠다.'

늑대는 사자에게 혼날까 봐 겁이 났어요.

"아주 달콤한 과일 향이 나요!"

늑대는 정말 과일 냄새를 맡는 것처럼 행복한 표정을 지었어요.

"거짓말쟁이!"

누군가가 소리쳤어요. 사자는 거짓말쟁이라는 말에 화가 더 나고 말았지요.

"거짓말을 하다니! 너도 용서하지 않겠다!"

사자는 늑대도 호되게 혼냈어요. 결국 늑대도 양처럼 집으로 돌아가야 했지요.

사자는 모든 동물들에게 하나하나 입김을 불었어요. 입에서 무슨 냄새가 나는지 맞혀 보라고 했지요. 양처럼 고약한 냄새가 난다고 사실대로 말하는 동물들도 있었고, 늑대 처럼 좋은 냄새가 난다고 거짓말을 하는 동물들도 있었어요. 이렇게 말하나 저렇게 말 하나 사자에게 혼나기는 매한가지였어요. 사자는 마지막으로 여우에게 물었어요. 마찬 가지로 입김을 '후' 하고 분 다음에 말이에요. 여우는 고개를 갸우뚱거렸어요. 그러더니 갑자기 기침을 크게 하고는 이렇게 말했지요.

"에취! 제가 감기에 걸렸답니다. 콧물 때문에 콧구멍이 꽉꽉 막혀서, 사자님 입에서 무슨 냄새가 나는지 맡을 수가 없네요."

여우는 순간 꾀를 내었던 거지요. 다행히도 그날 여우는 사자로부터 아주 많은 칭찬을 받을 수 있었어요. 동물들은 그런 여우가 부러웠어요. 자기들도 감기에 걸려서 사자의 고약한 입 냄새를 맡지 않았으면 하고 바랐지요. 여우가 참말로 감기에 걸린 줄로만 알 았으니까요.

꾀 많은 쥐 이야기

배가 몹시 고픈 고양이가 있었어요.

"딱 쥐 한 마리만 먹었으면 좋겠다!"

고양이는 두리번거리며 주위를 살폈어요. 정말 쥐를 잡으면 한입에 꿀꺽해버릴 참이었지요. 마침 높은 담벼락 위를 지나고 있을 때였어요. 담벼락 아래 회색의 조그마한 무언가가 꼬물거리는 게 보였어요. 기다란 꼬리가 쭉 뻗어 있는 모양이 분명히 쥐었어요.

"옳거니, 쥐다!"

고양이는 순식간에 쥐를 잡아챘어요.

"하하하. 드디어 쥐를 먹을 수 있게 되었구나!"

고양이는 잔뜩 신이 났어요. 온종일 굶은 게 속상하기도 했지만, 이렇게 맛있는 쥐를 잡으려고 그랬었나보다 하고 생각하니 금세 기분이 좋아진 거예요.

"오호호, 요 쥐 녀석을 머리부터 먹을까, 아니면 꼬리부터 먹을까?"

고양이는 콧노래까지 부르며 좋아했어요.

참 이상한 점이 한 가지 있었어요. 곧 잡아먹힐 신세에 놓인 쥐잖아요. 그런데 글쎄 이 쥐가 하나도 겁을 먹지 않은 모습인 거예요. 고양이는 순간 괘씸한 생각이 들었어요.

"야, 쥐! 넌 무섭지도 않은 거야?"

"제가 왜 무서워요? 이렇게 즐겁기만 한데!"

쥐는 고양이의 물음에 또랑또랑한 목소리로 대답을 했어요. 겁을 먹기는커녕 즐거워 보이기까지 했지요.

"곧 잡아먹힐 신세인데 무섭지 않느냐고!"

고양이는 괜스레 화를 내고 있었어요. 쥐는 배시시 웃기만 했어요.

"고양이 아저씨. 제가 비밀 한 가지 알려드릴까요?"

"비밀? 무슨 비밀?"

고양이는 혹시 쥐가 꾀를 부리는 건 아닌지 의심스러웠어요.

"저는 지금 아주 작은 쥐에 불과해요. 그런데 말이지요. 저는 지금 한창 크기가 자라고 있는 중이거든요. 딱 한 달만 지나면, 아마 제 몸은 지금보다 두 배의 크기로 자라 있을걸요."

두 배로 커진다는 말에 고양이는 깜짝 놀랐어요. 순식간에 머릿속은 지금보다 더 큰 쥐를 먹을 수 있다는 상상으로 가득 찼고요.

"딱 한 달 뒤에 저를 다시 잡으세요. 제가 여기로 올게요. 지금 잡히나 그때 잡히나 어차피 잡힐 목숨이라면, 조금이라도 몸을 더 크게 해서 잡수게 해드리고 싶어요."

쥐는 제법 고양이를 생각하는 척하고 나섰어요.

'그럴까? 이깟 쥐를 잡는 일쯤이야 나한테는 식은 죽 먹기인걸 뭐. 일단 놓아주었다가 한 달 뒤에 두 배로 커진 쥐를 먹는 거야!'

고양이는 속으로 이런저런 생각을 하다가, 결국 쥐의 뜻대로 하기로 결정했어요.

"좋아! 대신 한 달 뒤에 여기에 꼭 나타나야 한다!"

"그럼요! 정말 몸을 두 배로 불려서 올게요! 자, 그럼 이제 저를 놓아주세요!"

쥐는 새끼손가락까지 내밀며 약속을 했어요. 고양이는 바로 쥐를 놓아주었지요. 고양이의 발톱에서 풀려난 쥐는 냉큼 지붕 위로 올라갔어요.

"고양이 아저씨, 제가 비밀 한 가지 더 알려드릴까요?"

"비밀? 또 무슨 비밀?"

"저는 길눈이 어두워서 한 번 왔던 곳을 다시 찾아올 줄 모른답니다!"

한때는 화려했던 말

　아주 옛날부터 귀족들은 말을 타고 산책하기를 좋아했어요. 산책을 나갈 때면 자신들의 모습처럼 말도 화려하게 꾸며주곤 했지요. 머리에 난 털은 항상 곱게 빗어주었고, 등에는 금박 은박으로 장식된 안장을 올려주었어요. 몸 곳곳에 반짝이는 장신구들을 주렁주렁 달아주기도 했고요. 사람들은 귀족이 타는 말을 '귀족 말'이라고 부르곤 했어요. 그 덕에 말들은 자신들도 귀족이나 된 것처럼 으스대고 다녔지요.

　어느 마을에 바로 그 '귀족 말' 한 마리가 살고 있었어요. 말은 주인 덕분에 언제나 화려한 모습으로 꾸며져 있었어요. 또 주인이 산책을 나갈 때 빼고는 특별히 하는 일도 없었어요. 쉬는 시간이 생기면 그저 얼굴을 씻거나 낮잠을 자곤 했지요. 아니면 운동도 할 겸해서 마을을 산책하곤 했고요.

　어느 날, 귀족 말이 산책을 하던 중이었어요. 말은 나귀 한 마리와 마주치게 되었어요. 작고 초라해서 아주 볼품없게 생긴 나귀였어요. 나귀의 등에는 짐이 잔뜩 실려 있었어요. 나귀는 그 짐을 지고 오느라 지쳤는지, 힘이 하나도 없어 보였어요.

　"어이, 나귀! 무슨 짐을 그렇게나 많이 들었어? 허리가 부러지겠다!"

　말이 나귀를 놀리며 물었어요.

　"난 몹시 바빠. 주인님 심부름을 가는 길이거든."

　나귀는 말을 한 번 쳐다보고는 기운이 하나도 없는 목소리로 대답했어요.

　'정말 멋진 말이구나! 귀족 말인 것 같네. 좋겠다.'

　말의 모습을 본 나귀는 부러운 생각이 들었어요.

"노예가 따로 없군! 하하하!"

말은 나귀를 한 번 더 놀리고는, 보란 듯이 우아하게 걷기 시작했어요.

며칠이 지난 어느 날이었어요. 말은 점심을 든든하게 먹고는 산책을 하고 있었어요. 얼마쯤 걸었을까? 말은 꾸벅꾸벅 졸기 시작했어요. 걸음걸이는 점점 비틀비틀해졌어요. 나중에는 아예 코가 땅에 닿을 지경이 되었고요.

그 순간, 말은 정말 코를 땅에 쿵하고 찧으며 넘어지고 말았어요.

"아이고 아파!"

졸다가 그만 앞에 있는 돌부리를 보지 못했던 거예요. 말은 코도 다치고 다리도 심하게 다치게 되었지요.

잠시 후 말의 주인이 나타났어요.

"이런, 다리를 다쳤잖아! 이제 쓸모없는 말이 되었군."

주인은 다친 말을 보살피기는커녕, 못마땅하다는 듯이 혀를 끌끌 차기만 했어요. 그러더니만 곧바로 말의 몸에서 화려한 장식품과 안장을 전부 떼어냈어요.

"이제 다 소용없는 것이 되었군! 달리지도 못할 텐데 뭘!"

주인은 말을 구박했어요. 장식품과 안장을 떼어낸 말은 아주 볼품없어 보였어요. 주인은 말을 데리고 이웃의 농부를 찾아갔어요.

"이 말이 다리를 다쳤지 뭡니까? 제게는 더 이상 필요 없는 말이 되었습니다."

주인은 말을 농부에게 건네고는, 곧바로 농부네 집에서 나가버렸지요.

"네 신세도 정말 딱하구나. 이제 네게 어울리는 건 바로 이것이지."

농부는 말의 몸에 쟁기를 채워주었어요. 쟁기는 밭을 갈 때 쓰는 농기구를 말해요. 말은 쟁기 같은 것을 한 번도 차본 적이 없었어요. 그래서 그런지 쟁기가 너무 무겁게 느껴졌어요. 이걸 메고는 한 걸음도 걷지 못할 것 같았지요.

"별 수 있나, 일이나 해야지! 이라!"

농부는 곧바로 말을 잡아끌기 시작했어요. 아까 돌부리에 걸려 넘어지면서 다친 발이 욱신욱신 아팠어요. 하지만 어떤 말을 할 수 있었겠어요. 새 주인이 된 농부의 말을 따르는 수밖에 없잖아요.

그때 밭 저편으로 나귀 한 마리가 보였어요. 며칠 전 보았던 바로 그 나귀였어요. 나귀는 하던 일을 다 마쳤는지, 여유롭게 여물을 먹고 있었어요.

"어이, 귀족 말 양반. 무슨 일로 그렇게 허리가 부러지도록 일을 하고 있는가?"

나귀는 말을 비웃었어요. 자기가 할 일을 일찍 마치고, 편하게 쉬고 있는 나귀의 모습은 전혀 노예처럼 보이지 않았어요.

"나도 한때는 정말 화려했던 말인데……."

말은 눈물을 뚝뚝 흘리며 혼자 중얼거렸어요. 곧 안장이 채워졌던 자리에는 볏짚 한 묶음이 올려졌답니다.

완두콩 공주

옛날 옛날 아주 먼 옛날, 어느 먼 나라에 한 왕자가 살고 있었어요. 왕자가 살고 있는 나라는 아주 평화로워서, 사람, 나무, 꽃, 동물 가릴 것 없이 모두가 행복하게 살고 있었어요. 나무마다 열매가 주렁주렁 열리고, 땅에는 농작물이 쑥쑥 자라나니, 먹을거리는 날마다 넘쳐날 정도였어요.

하지만 이렇게 평화롭고 풍요로운 나라에 살고 있는 왕자에게도 딱 한 가지 고민이 있었어요. 바로 아직까지 왕자가 결혼을 하지 못했다는 것이었지요.

왕자는 항상 지혜로운 공주를 아내로 맞고 싶어 했어요. 얼굴이 예쁜 공주, 마음씨가 착한 공주, 사냥을 잘 하는 공주, 옷을 잘 짓는 공주까지, 지금까지 왕자가 만나보지 않은 공주는 이 세상 어디에도 없을 정도였어요. 그럼에도 이상하리만치 지혜로운 공주는 찾기가 쉽지 않았지요.

왕비는 왕자 때문에 마음이 아팠어요.

"왕자여. 지혜로움이란 쉽게 갖출 수 없는 것이지요. 공주가 지혜로움을 갖추지 않았다면, 계속 힘을 써서 갖추도록 해주면 되지 않겠습니까?"

왕비는 날이면 날마다 왕자를 설득했어요. 도대체 왜 지혜로운 공주만을 원하는 것인지, 그 이유도 알 수가 없었거든요.

그러던 어느 날이었어요. 하늘이 새카맣게 변하더니만 갑자기 폭우가 쏟아지기 시작했어요. 비가 억수같이 내리는가 싶더니 이내 회오리바람까지 몰아쳤어요. 작은 짐승들이라면 바람에 날아갈지도 모를 정도였지요. 궁궐 안에 있는 사람들은 몹시 걱정에 찬 얼굴로 창밖을 내다보고 있었어요.

"이렇게 많은 비가 내리는 건 처음이군. 백성들에게 아무 일도 없어야 할 텐데……."

왕은 백성들이 걱정돼서 안절부절못하며 궁궐 안을 몇 번이나 돌고 있었어요.

바로 그 순간, '똑똑' 하고 성문을 두드리는 소리가 들렸어요. 혹시 백성들에게 무슨 일이 생긴 건 아닌지 걱정하는 마음에, 왕은 부리나케 달려가 직접 성문을 열었어요. 문앞에는 비를 흠뻑 맞은 여자가 서 있었어요. 왕이 놀란 모습으로 서 있자, 곧 왕비와 왕자도 문 쪽으로 다가왔어요. 세 사람 모두 비에 젖은 여자를 희한하게 바라봤지요.

그때 여자가 입을 열었어요.

"이렇게 누추한 모습으로 찾아뵙게 되어 죄송합니다. 저는 이웃나라의 공주입니다. 오늘 오후 늦게 신하들과 함께 사냥을 나왔다가 소나기를 만났습니다. 급하게 비를 피하다가 그만 일행도 잃고 말았지요. 부디 오늘 하룻밤만 저를 재워주세요"

여자의 이야기를 들은 세 사람은 여전히 믿기지 않는다는 표정을 짓고 있었어요. 왜냐하면 여자의 행색이 공주라고 하기에는 정말이지 형편없기 짝이 없었거든요.

세 사람은 잔뜩 의심이 되긴 했지만, 일단 여자를 궁궐 안으로 들였어요. 왕비는 여자를 손님용 침실로 안내했어요. 새 옷도 챙겨주었지요. 여자가 씻으러 들어간 사이 왕비는 여자가 쓸 침대를 손보고 있었어요. 왕비는 문득 궁금했어요.

'정말 공주가 확실하다면, 뭐가 달라도 다를 거야. 시험해봐야겠어!'

이렇게 생각한 왕비는 신하를 시켜 완두콩 하나를 가져오게 했어요. 왕비는 그 완두콩을 여자가 누울 침대 위에 보이지 않게 살며시 놓았어요. 다 씻고 나온 여자는 왕비의 안내에 따라 아무 의심 없이 그 침대 위에 누웠어요.

다음날, 날이 밝자마자 왕비는 여자의 방으로 물었어요.

"잘 주무셨는지요? 행여나 잠자리가 불편하지는 않으셨는지 걱정입니다."

왕비는 여자가 과연 뭐라고 대답할까 궁금했어요. 곧 여자는 대답했어요.

"왕비님께서 신경써주신 덕분에 편히 잠들 수 있었습니다만, 새벽녘에 몹시 무서운 꿈을 꾸고 말았답니다. 침대 속에 무언가 딱딱한 것이 들었는데 그걸 꺼낼 수도 없고, 무엇인지 알 수도 없는 것이었어요. 날카로운 칼이었을까요? 딱딱한 망치였을까요? 아니면 뾰족한 이빨을 가진 맹수였을지도 몰라요. 그게 무엇인지는 하느님만 아실 거예요. 결국 한숨도 못자고 뒤척이다가 온몸이 새파랗게 멍이 드는 꿈이었어요.

여자는 누구를 미워하거나 의심하는 일을 하지 않았어요. 왕비는 여자에게 몹시 미안한 마음이 들었어요. 또 한편으로는 여자의 현명한 대답에 깜짝 놀라기도 했어요.

이 이야기는 곧 왕과 왕자에게 전해졌어요. 왕비의 이야기를 들은 왕자는 여자를, 아니 공주를 아내로 맞이하고 싶었어요.

이후 왕자와 공주는 행복한 결혼식을 올렸어요. 그때 왕비에게 완두콩을 가져다준 신하만이, 공주를 '완두콩 공주'라 부르며 남몰래 웃었다는 이야기입니다.

약한 사람은 결정을 내리기 전에 의심하고, 강한 사람을 결정을 내린 후 의심한다.
— 카를 크라우스(Karl Kraus, 1874~1936, 오스트리아의 작가)

Everyday Prenatal Literature Ⅴ

사랑합니다.
훌륭한 부모가 될 당신!

임신 말기(35주~40주)
출산과 육아에 대한 부담을 느끼고 있을 당신을 위해
가족애와 교육에 대한 이야기들

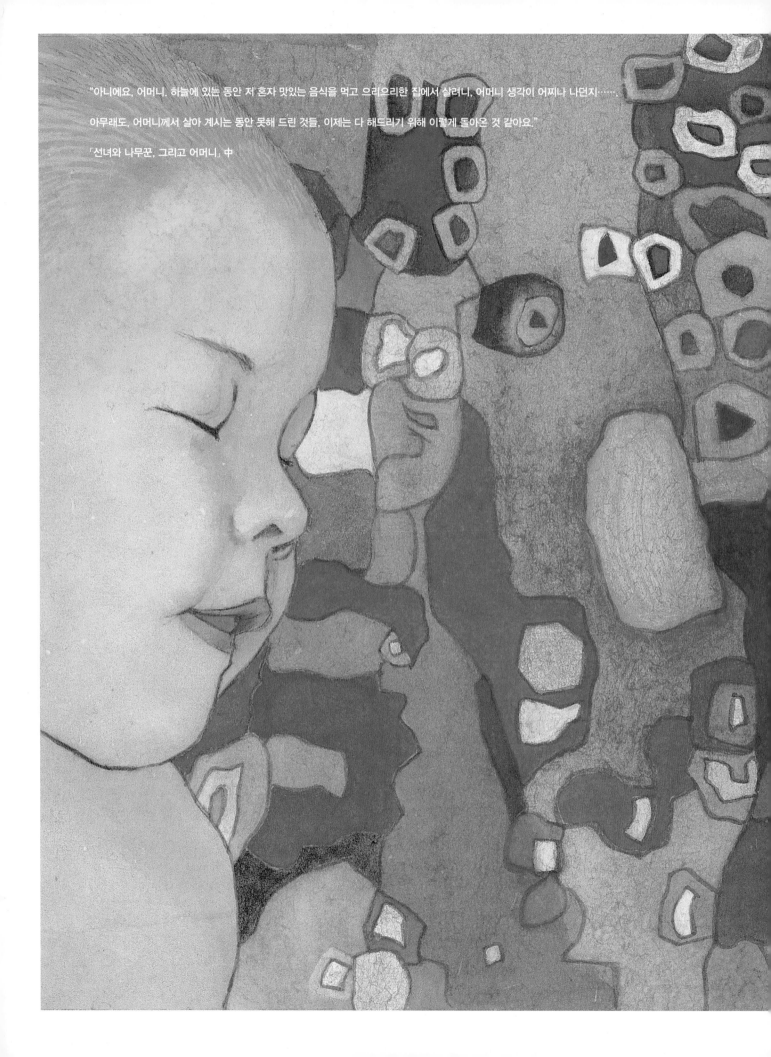

"아니에요, 어머니, 하늘에 있는 동안 저 혼자 맛있는 음식을 먹고 으리으리한 집에서 살려니, 어머니 생각이 어찌나 나던지……,

아무래도, 어머니께서 살아 계시는 동안 못해 드린 것들, 이제는 다 해드리기 위해 이렇게 돌아온 것 같아요."

「선녀와 나무꾼, 그리고 어머니」中

Everyday Prenatal Literature

드디어 임신기의 마지막 차례가 되었습니다. 이제 예기치 않게 불현듯 당신의 아기를 만나게 될지도 모릅니다.

당신이 정말 엄마가 될 날이 멀지 않았군요. "아, 이제 정말 아기를 낳는구나! 잘나가던 내 인생도 다 끝나는 건가?

온종일 아이만 보고 있어야겠지?" 당신은 다시 임신초기에 그랬던 것처럼 기쁨과 불안이라는 감정 사이에 빠지게 될 것입니다.

이제 정말 엄마가 된다는 사실은, 이제 정말 혼자가 아니라는 사실과 같은 것이니까요. 당신은 곧 알게 될 것입니다.

아기와 함께일 때에 비로소 '가족'이라는 가치를 깨닫게 된다는 사실을. 세상의 모든 가치에는 반대말이 있습니다.

고운 것이 있으면 미운 것이 있고 뜨거운 것이 있으면 차가운 것이 있기 마련입니다. 하지만 '가족'이라는 말에는

반대말이 없다고 생각합니다. 가족은 그만큼 원초적이고 강렬한 것이어서 무엇으로도 대체가 불가능한 가치니까요.

기억하세요. 당신은 지금 엄마로서만이 아닌, 한 가족을 만들기 위한 준비를 하고 있다는 사실.

'가족'의 의미와 가치를 가슴에 새기며, 당신의 아기를 기다려봅시다. 긴 시간 함께 해준 당신, 대견합니다.

세상에서 가장 멋진 엄마, 그리고 가족이 되기를!

임신 36주

당신 아기의 키는 어느덧 45cm가 넘고, 몸무게도 2.5kg를 넘게 되었습니다. 폐를 제외하고 다른 대부분의 신체 기관이 완전하게 성숙했습니다. 지금까지 몸에 나 있던 작은 솜털들이 모두 빠지고, 피부는 더욱 분홍빛을 띠게 됩니다. 태지는 여전히 남아 있는데, 이는 출산 시 아기가 산도를 빠져나오는 데 수월할 수 있도록 해주고, 갑작스럽게 마주치게 될지도 모를 오염 물질들로부터 피부를 보호해주는 역할을 합니다. 이제 의사선생님은 언제라도 나올지 모를 당신의 아기를 위해, 매주 병원에 나와 검진을 받도록 지시할 것입니다.

이제 양수의 양이 눈에 띄게 줄어들게 됩니다. 줄어든 양수는 대부분 당신의 몸속에 흡수됩니다. 당신은 임신 전에 비해 눈의 통증도 자주 느끼게 될 것입니다. 예전보다 많이 예민하고 건조해서, 눈 안에 알갱이 같은 것이 계속 굴러다니는 듯한 느낌도 겪을 수 있습니다. 이는 임신 중에 나타나는 전형적인 건조안 증상으로, 출산 후에는 차차 사라지게 됩니다. 정 불편하면 첨가물이 많은 안약보다는, 식염수를 한두 방울 떨어트리는 것이 좋습니다. 또 눈에 좋은 비타민A가 다량 함유되어 있는 당근 같은 식품을 챙겨먹는 것도 하나의 방법입니다.

놀랍게도, 지금 당신의 자궁은 임신하기 전보다 1000배 가까이 그 크기가 늘어나 있답니다. 그리고 지금 당신의 뱃속에서는 당신이 겪지 못한 1000가지 이상의 행복을 가져다줄 아기가 자라나고 있습니다. 앞으로 1000일, 2000일, 3000일, 그리고 그보다 더 많은 날들을 아기와 함께 하게 될 것입니다.

이제 그 많은 날들을 보내는 동안 당신 곁에는 1000가지의 아픔과 슬픔이 함께 할지도 모릅니다.
하지만 1000가지의 아픔과 슬픔 뒤에는
반드시 숫자 1000을 가지고는 다 헤아릴 수 없는 행복이 찾아올 것입니다.
하느님이 보내주신 선물, 그 선물과도 같은 아기를 위해
지금부터 1000가지의 아름다운 말들을 떠올려보는 건 어떨까요?

결혼하는 딸에게

옛날 어떤 마을에 딸을 몹시 사랑하는 부부가 살고 있었어요. 부부는 때마다 딸에게 예쁜 옷과 신발을 지어주었어요. 예쁘게 차려 입은 딸을 보면 절로 행복해졌어요. 계절 마다 피어나는 갖가지 꽃들로는 딸의 방을 예쁘게 장식해주었어요. 딸이 있을 때나 없을 때나 딸의 방에서는 항상 향기로운 꽃내음이 퍼졌지요. 또한 딸에게 사랑한다는 말을 아 끼지 않았어요. 딸은 부모의 사랑과 관심 속에 더욱더 예쁘게 자라날 수 있었어요.

어느덧 딸도 어엿한 숙녀로 자라게 되었어요. 분홍빛을 띤 볼은 방금 딴 복숭아처럼 탱글탱글하고 어여뻤어요. 가느다란 팔 다리는 춤을 추는 백조의 것처럼 곧게 뻗었고 요. 마을엔 어느새 딸을 좋아하는 총각들도 많이 생겨나게 됐어요. 딸은 한 남자와 사랑 에 빠지게 되었고, 이내 결혼을 약속하게 되었어요.

결혼 날짜까지 정해 놓은 때인데, 언젠가부터 딸에게는 걱정이 생기기 시작했어요. 부모님과 함께 사는 동안 딸은 자신이 마치 공주였던 것처럼 행복했거든요. 하지만 결 혼을 하면 부모님 곁을 떠나게 될 테고, 그럼 더 이상 공주처럼 살 수 없을 거라고 생각 했던 거예요.

작고 예쁜 종달새가 딸의 방 창가에 와서 앉았어요. 종달새는 딸의 기분을 아는지 모 르는지 쫑쫑쫑쫑 노래를 부르기 시작했어요. 이제 조금 있으면 꽃들로 장식된 이 방을 떠나야 하고, 그러면 더 이상 종달새 같은 친구도 만날 수 없게 되겠지요. 그런 생각을 하다 보니 저절로 눈물이 나왔어요.

딸은 부모님을 찾아가 슬픈 마음을 털어놨어요. 딸의 마음을 알게 된 부부도 마음이

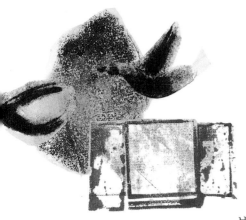

아프긴 마찬가지였어요. 부부는 딸을 키운 지난 시간을 되돌아봤어요.

"딸아이를 키우는 동안 우리도 참 행복했어요."

"맞아요. 우리가 딸을 공주처럼 대하며 키웠으니, 우리도 절로 왕과 왕비가 될 수 있었던 것 같아요."

"왕과 왕비라…… 맞다, 그거예요!"

대화를 나누던 중, 딸의 어머니는 무언가 생각났다는 듯이 급히 딸의 방으로 갔어요. 딸은 여전히 울상이 되어 창밖만 내다보고 있었어요. 어머니는 딸의 어깨를 살포시 감싸 안았어요.

"사랑하는 내 딸아. 공주처럼 예쁜 너를 키우는 동안, 우리 부부는 마치 왕과 왕비가 된 듯 했단다. 엄마는 문득 그런 생각을 해. 결혼 생활도 똑같지 않을까 하고 말이야. 네가 남편을 왕처럼 대한다면 너는 절로 왕비가 되지 않겠니? 하지만 네가 늘 울상이 되어 남편을 신하처럼 부리기만 한다면 너도 하녀와 같을 수밖에."

딸은 눈물을 멈추고 어머니를 바라봤어요.

"또 이렇게 생각해보렴. 너와 결혼하게 될 그 총각 역시, 그쪽 집에서는 왕자처럼 자랐을 테니 총각의 부모도 엄마와 똑같은 이야기를 하고 있지 않을까? 아내를 공주처럼 대해야 너 역시 계속 왕자처럼 지낼 수 있는 거라고."

어미 새가 알을 품듯, 어머니는 딸을 더 꼭 안아주었어요. 어미 새와 아기 새처럼 하나가 되어 있는 딸과 어머니의 모습을 아버지는 흐뭇한 표정으로 바라보고 있었지요.

부부는 딸의 결혼식을 위해 근사한 드레스를 만들기 시작했어요. 이제, 결혼할 날이 정말 얼마 남지 않았답니다.

유언의 비밀

몸이 많이 아픈 남자가 있었어요. 남자에게는 아내와 세 딸이 있었는데, 남자는 딸들을 남겨두고 세상을 떠날지도 모른다는 사실 때문에 걱정이 많았어요. 첫째는 일은 안 하고 몸을 꾸미기만을 좋아하는 딸이었고, 반대로 둘째는 일만 열심히 하고 전혀 쉬지 않는 농사꾼이었거든요. 또 셋째는 일도 열심히 안 하고 자기도 예쁘게 꾸미지 않는데다가 술만 몹시 좋아하는 딸이었고요.

"저 셋이 적절히 섞인다면 최고일 텐데!"

남자는 조금씩 부족한 면이 있는 세 딸이 그렇게 걱정될 수가 없었어요. 세 딸을 남겨두고 세상을 떠날 수 있을까, 그건 생각만 해도 슬픈 일이었지요. 남자는 세 딸에게 유언을 남기기로 했어요.

"사랑하는 내 딸들아. 자식들이 평생 동안 잘 지낼 수 있도록 가르치고 도와주는 것이 아비의 노릇이건만, 내게는 이제 그 노릇을 할 만한 힘이 남아 있질 않구나. 지금 내가 너희에게 해줄 수 있는 것이라곤, 내가 아끼고 모은 것들을 나눠주는 일밖에 없단다. 자, 너희는 나의 유산을 똑같이 나누어 가져라. 아마도 당분간 살아가는 데 어려움은 없을 거란다. 단, 그 유산을 모두 써버렸을 경우에는, 너희의 어머니에게 똑같은 양 만큼의 벌금을 내도록 해라."

남자의 유언은 정말 알쏭달쏭했어요. 유산을 똑같이 나눠 가지고, 그것을 다 쓰면 어머니에게 벌금을 내라는 것. 쉬운 일 같으면서도 또 다르게 생각해보면 아주 골치 아픈 일이었지요.

얼마 후, 남자는 세상을 떠났어요. 아내는 세 딸에게 어떻게 유산을 나누어 주어야 할지 고민했어요. 고민 끝에 아내는 마을에서 가장 지혜롭다는 노인을 찾아갔어요. 노인에게 남편이 남긴 유언을 그대로 이야기해주었지요. 노인은 한참 동안 곰곰이 생각했어요.

"첫째에게 땅을 주도록 하세요. 그리고 둘째에게 주류 창고를, 셋째에게 옷과 장식품을 주세요. 그 이유는 나중에 다 알게 될 거예요."

노인의 이야기는 간단했어요. 아내는 일단 노인의 말대로 해보기로 했지요. 세 딸에게 노인이 시킨 대로 유산을 똑같이 나누어주었어요.

몇 년이 지난 후, 아내는 놀라운 일을 겪게 되었어요. 세 딸 모두 아내에게 벌금을 가져다 내는 게 아니겠어요. 그 이유를 들여다보면 또 재밌지 않을 수가 없었어요.

땅을 물려받은 첫째는, 도대체 땅을 가지고 무얼 해야 할지 알 수가 없었어요. 관심은 온통 예쁜 옷과 장식품에만 있는데 커다란 땅이 다 무슨 소용이겠어요. 첫째는 땅을 전부 팔아서 옷과 장식품을 샀어요. 땅을 팔아서 번 돈은 아주 많았어요. 그러나 옷을 한두 벌씩 사고, 장식품을 한두 개씩 사다 보니 그 돈도 금세 사라지고 말았지요.

결국 첫째는 돈을 모두 쓰고 말았고, 유언에 따라 어머니에게 돈을 가져다주어야만 했어요. 유언에서 약속한 만큼의 벌금을 내기 위해 열심히 일을 해야만 했고요. 딸은 알게 되었어요. 일을 열심히 하면 돈을 벌 수 있고, 그 돈으로 더 예쁜 옷과 장식품을 살 수 있다는 것을요.

주류 창고를 물려받은 둘째도 첫째와 같은 생각을 했어요. 열심히 일해서 한 푼의 돈이라도 더 모아야 하는데, 이 많은 술이 다 무슨 소용이겠어요. 둘째는 주류 창고를 마을 사람들에게 팔아버렸어요. 그 돈으로 지금 가진 것보다 더 넓은 땅을 사들였어요. 둘째는 매일같이 그 넓은 땅에 나와 일을 했어요. 그러는 동안 마을 사람들은 둘째에게서 사들인 술로 파티를 열었어요. 서로 힘들었던 이야기도 하고 맛있는 음식도 먹으며 즐거운 시간을 보냈어요. 둘째는 파티에도 가지 않고 일만 했지요.

그러던 어느 날 아침, 둘째는 몸이 꼼짝을 하지 않는다는 사실을 알았어요. 너무 일만 하고 지낸 나머지 병에 걸리고 만 거예요. 병원에 가서 약이라도 짓고 싶었지만 땅을 사는 데 돈을 다 써버려서 약을 살 돈이 없었어요. 결국 둘째도 아버지의 유언대로 어머니에게 벌금을 내야 했지요. 마구 사들였던 넓은 땅을 다시 팔아야만 했어요. 땅을 파니 일할 거리는 점점 줄어들었어요. 일하는 대신 편히 쉴 수 있는 시간이 생겼지요.

마을 사람들은 둘째를 파티에 초대했어요. 둘째는 파티에 가서 맛있는 음식도 먹고 술도 마시며 즐거운 시간을 보냈어요. 그 이후, 희한하게도 아팠던 몸이 조금씩 나아졌어요. 둘째도 알게 되었지요. 몸을 적당히 쉬게 하고 마음도 조금이나마 즐겁게 한다면, 더 힘을 내서 일할 수 있게 된다는 사실을요.

옷과 장식품을 물려받은 셋째는 당장 그것들을 팔아버렸어요.

"꾸미고 치장할 시간이 어디 있어? 한 잔이라도 더 마셔야지!"

셋째는 유산을 팔고 번 돈으로 술을 잔뜩 사들였어요. 매일같이 파티를 열고 즐겁게 놀았지요. 언젠가 셋째는 파티에서 한 남자를 만나게 되었어요. 늠름하고 멋지게 생긴 남자에게 셋째는 관심을 갖게 되었고, 이내 사랑에 빠지게 되었지요. 하지만 늘 술독에만 빠져 지내던 터라, 어떻게 남자에게 관심을 끌어야 하는지 그 방법을 몰랐어요. 예쁜 옷과 장식품으로 꾸미고 싶은데, 이미 다 팔아버려서 아무것도 가진 게 없었어요. 시장에 나가서 좀 사볼까 싶었지만, 술을 사느라 돈을 다 써버려서 살 수도 없는 노릇이었어요. 남자는 예쁘게 꾸미지도 않고, 매일같이 술만 마시는 셋째에게 관심을 보이지 않았어요. 오히려 보란 듯이 다른 예쁜 여자들에게 관심을 보이며 떠나버렸지요.

셋째는 아주 깊은 슬픔에 빠지고 말았어요. 그리고 알게 되었지요. 술을 마시면 즐거울 것 같지만, 그 즐거움은 아무것도 가져다줄 수 없다는 사실을. 돈도, 사랑도 그 어떤 것도 이루어줄 수 없다는 사실을.

이렇게 해서 아내는 세 딸 모두에게 벌금을 받게 되었어요. 남편이 세상을 떠나기 전에 가지고 있던 돈보다 더 많은 돈이 모이게 되었지요. 아내는 흐뭇하게 웃었어요. 남편의 유언을 그제야 이해했다는 듯이 고개를 끄덕였어요.

"이제 다시 이 돈들을 어떻게 나누어줄지 고민해야겠구나!"

아내를 찾습니다!

아주 먼 옛날, 한 마을에 아주 많은 돈을 가진 부자가 살고 있었어요. 부자에게는 딱 한 가지 걱정이 있었는데, 그건 바로 지금껏 결혼을 하지 못했다는 것.

"아, 나는 이 나이가 되도록 아내도 얻지 못했구나!"

부자는 아내도 없이 혼자 사는 자신의 처지가 마음에 들지 않았어요. 언젠가부터 부쩍 외롭다는 생각도 들었어요. 특히 저녁노을이 짙게 깔린 들판을 걸을 때면 그 외로움이 더욱 깊어졌어요. 이렇게 아름다운 풍경을 사랑하는 아내와 함께 볼 수 있으면 좋겠다고 생각했지요. 결국 부자는 직접 아내를 찾아보기로 했어요.

'우리 마을에서 제일가는 부자가 아내를 찾습니다.'

다음날 마을 곳곳에 이렇게 적힌 종이가 붙었어요. 부자가 아내를 찾는다는 소문은 순식간에 마을 안에 퍼지게 되었지요. 부자가 머리가 하얗게 샌 노인이라는 것을 알면서도, 아주 많은 여자들이 모여들었어요. 왜였겠어요. 자기도 부자 덕분에 조금이나마 편하게 살아보고자 했던 거지요.

다음날부터 부자는 그 수많은 여자들 중 마음에 드는 여자를 고르느라 정신이 없었어요. 고르고 고른 끝에 부자는 두 명의 여자를 고를 수 있었어요. 한 여자는 젊고 예쁜 여자였어요. 애교도 많아서 매우 사랑스러웠어요. 반대로 다른 한 여자는 나이가 많고 못생긴 여자였어요. 대신 요리를 잘하고 이해심이 많았지요. 부자는 둘 중 누구를 아내로 맞아들여야 할지 도저히 고를 수가 없었어요.

얼마 후, 결정을 내리기로 한 날이 되었어요. 두 여자가 한껏 멋을 부리고 부자의 집을 찾아왔어요. 두 여자는 한참 동안 부자의 집을 구경했어요. 여기를 쳐다봐도 돈, 저기를 쳐다봐도 돈, 곳곳에 돈이 넘쳐났어요. 정말 부자의 아내가 되기만 한다면 세상에 부러울 것이 없을 것만 같았어요.

"두 분 다 아름다운 모습이군요. 보시다시피 제 꼴은 영 엉망이랍니다. 그러니 부탁하건대, 두 분께서 제 머리를 좀 손질해주시겠습니까?"

부자가 여자들을 향해 말했어요. 곧바로 젊은 여자가 바짝 다가왔어요.

'어머! 웬 흰 머리가 이렇게 많담? 나이 많은 남자랑 산다고 놀림 받겠어.'

젊은 여자는 부자의 머리에서 흰 머리를 뽑아내기 시작했어요. 그러자 나이 많은 여자도 부자의 곁에 와서 앉았어요. 나이 많은 여자도 혼자 속으로 생각했어요.

'아직도 검은 머리가 이렇게 많네? 그럼 내가 더 나이 들어 보이겠군.'

나이 많은 여자는 부자의 머리에서 검은 머리를 뽑아내기 시작했어요.

잠시 후, 두 여자가 부자의 머리 손질을 끝냈어요. 그런데 이게 무슨 일이란 말인가요! 부자의 머리에 머리카락이 단 하나도 남아 있지 않는 거예요. 놀란 건 두 여자도 마찬가지였어요. 뭐, 당연한 일이었지요. 한 여자는 흰 머리만 뽑고, 다른 한 여자는 검은 머리만 뽑았으니, 남는 머리가 있었겠어요.

부자는 한숨을 푹 쉬었어요.

"아무래도 제 아내는 어디에도 없는 듯합니다. 다시 검은 머리가 솟아날 때까지, 또 그 검은 머리가 하얗게 변할 때까지, 저는 혼자 사는 게 나을 듯합니다."

결국 부자는 아내를 고르지 못했지요. 이후, 아무리 많은 돈을 써도 마음에 드는 아내는 구할 수 없었어요. 부자의 머리에서 검은 머리가 솟아나길 바라는 일만 남게 되었지요.

진짜 아들 찾기

옛날 어느 마을에 아주 오랜 세월 끝에 아들을 낳은 부부가 있었어요. 부부는 아들이 얼마나 소중했는지, 정말 정성을 다해 길렀어요. 먹고 싶다는 것이 있으면 무엇이든 먹게 해주고, 갖고 싶다는 것이 있으면 무엇이든 갖게 해주었어요. 그러다 보니 아들은 점점 게을러지기 시작했어요. 사람들은 그런 아들을 걱정했어요.

"아들을 아주 바보로 만들려고 하는군."

"그러게 말이에요. 아직 글도 배우지 못했다나 봐요."

사람들의 말을 듣고 보니, 정말 가만히 있을 수만은 없는 일 같았어요. 부부는 마음이 좀 아프긴 했지만, 아들을 깊은 산속에 있는 절로 보내기로 했지요.

"그 깊은 산속까지 어떻게 걸어가라는 말씀이신가요? 얼른 말을 불러주세요!"

"말이라고? 아들아, 깊은 산속까지 너를 데려다줄 말은 없단다."

부부는 이번만큼은 아들이 원하는 것을 들어주지 않았어요. 화가 잔뜩 난 아들은 씩씩거리며 집을 나섰어요. 부부는 마음이 아팠지만 아들을 위해 삼 년만 꾹 참기로 했지요.

절에 도착한 아들은 하루도 못 가서 집으로 돌아가겠다고 난리를 피웠어요. 아침 일찍 일어나서 절 마당을 쓸어야 했는데, 청소를 한 번도 해본 적이 없는 아들은 몹시 헤맸어요. 밥도 스스로 차려 먹어야 했지요. 매일 어머니가 방 안까지 차려온 밥만 먹다가 혼자서 차려 먹어야 하니, 보통 힘든 일이 아니었어요.

공부라고 잘 했을 리가 있겠어요. 책을 보기는커녕 아예 글조차 모르는 아들이었잖아요. 스님은 매일같이 아들을 가르쳤어요. 아주 조금만 게으름을 피워도 눈물이 쏙 빠지도록 혼냈지요. 아들은 하루가 일 년같이 느껴졌어요. 어서 빨리 삼 년이란 시간이 지났으면 좋겠다는 생각뿐이었어요.

세월이 흐르고 흘러 드디어 아들이 집으로 돌아가기 하루 전 날이 되었어요. 그동안 아들은 자기가 얼마나 게을렀었는지 깨달았어요. 부모님이 없으면 아무것도 할 줄 몰랐던 자신이 부끄러웠어요. 삼 년이 지나 다시 집으로 돌아가면, 그때는 꼭 부모님께 효도하고 일도 잘하는 아들이 되겠다고 다짐하며 살았지요.

아들은 문득 부모님께 말끔한 모습을 보여드리고 싶어졌어요. 손톱 발톱을 깔끔하게 다듬었지요. 그런데 이때 아들은 큰 실수를 하고 말았는데…… 바로 깎은 손발톱을 마당에다가 휙 던져버린 거예요. 앞으로 어떤 일이 일어날지 감히 상상도 못했을 거고요.

날이 밝자, 아들은 스님에게 마지막으로 인사를 하고 곧바로 집으로 향했어요. 그 먼 길도 한 마디 불평도 않은 채 걸었어요. 말을 타고 갈 생각은 하지도 않았지요.

그런데 집에 돌아온 아들에게 말도 안 되는 일이 벌어졌어요. 분명히 맞게 찾아온 자기 집인데, 글쎄 집안사람들 중 누구도 아들을 반겨주지 않는 거예요. 알고 봤더니, 집에 이미 아들이 와 있다는 것이 아니겠어요! 자기와 똑같이 생긴 가짜아들이 말이에요.

"내가 진짜예요! 저 사람은 가짜라고요!"

"어허, 누가 할 소리! 어서 썩 물러가지 못하겠느냐!"

아들은 울며불며 외쳤어요. 가짜아들도 지지 않았어요. 부부는 놀라서 입을 다물지 못했어요. 똑같이 생긴 두 아들 중 누가 진짜아들인지 구분이 되지 않았어요. 한 군데도 빠짐없이 똑같이 생겼으니까요. 부부는 사또를 찾아갔어요.

"정말 똑같구나!"

사또도 두 아들을 보자마자 고개를 갸우뚱거렸어요. 그러다가 사또는 무언가 좋은 생각이라도 해낸 듯 자리에서 벌떡 일어났어요.

"옳거니! 자식이라면 당연히 부모의 생일을 알아야 하는 법!"

사또의 말에, 가짜아들은 부모의 생일을 척척 맞혔어요. 그런데 진짜아들이 문제였어요. 절에서 오랜 시간 지내는 동안 부모의 생일을 까맣게 잊고 만 거예요. 진짜아들은 한 마디 대답도 못하고 우물쭈물 하고만 있었어요.

"예끼, 이놈아! 어디서 진짜 행세를 하느냐! 썩 사라지지 못할까!"

사또는 진짜아들을 쫓아냈어요. 아들은 눈물을 흘리며 부모를 바라봤어요. 부모는 아들을 본체도 하지 않았지요. 결국 아들은 다시 절로 돌아가야만 했어요.

"아니 그게 정말이냐?"

아들의 이야기를 들은 스님은 깜짝 놀랐어요. 그러더니 대뜸, 혹시 손발톱을 아무 데나 버린 적이 있느냐고 묻는 게 아니겠어요.

"예부터 손발톱을 아무 데나 버리면 들쥐가 그것을 먹고 사람으로 변한다고 했단다. 그 사람하고 똑같은 모습으로 변해서 그 사람 흉내까지 내곤 하지."

스님의 이야기는 그야말로 놀라웠어요. 그럼 들쥐가 지금 자기 행세를 하고 있다는 말이잖아요. 아들은 스님의 이야기가 믿겨지지 않았어요.

"이 고양이를 가짜아들 앞에 풀어놓아라."

스님은 아들에게 고양이 한 마리를 안겨주었어요. 아들은 고양이를 품에 안고 서둘러 다시 집으로 향했어요. 부모는 아들을 보자마자 쫓아내려고 야단이었어요.

"감히 가짜 주제에, 여기가 어디라고 또 왔느냐!"

가짜아들도 진짜아들에게 마구 쏘아붙였고요. 아들은 얼른 품에서 고양이를 꺼내놓았어요. 고양이는 잽싸게 가짜아들에게 달려들었어요. 순간 '뻥' 하는 소리와 함께 가짜아들이 들쥐로 변했어요! 들쥐는 고양이를 보고는 꼬리가 빠지도록 달아나고 말았지요. 아들은 자신의 부모에게 큰절을 올렸어요.

"아버지, 어머니! 아들이 왔습니다."

어느덧 아들의 눈에서 눈물이 뚝뚝 떨어졌어요. 부부는 그제야 아들을 알아보고 아들을 일으켜 세웠어요. 그 후로 아들은 공부도 열심히 하고 일도 열심히 했어요. 부모에게 마음을 다해 효도하는 것은 물론이고요.

이후 부부의 집에는 웃음이 끊일 날이 없게 되었지요. 부부는 이야기했어요.

"이렇게 훌륭한 아들을 갖기 위해, 그렇게 오랫동안 아이가 생기지 않았나 보오."

집에서 어떤 소리가 날까?

어느 마을에 나란히 붙어 있는 두 집이 있었어요. 한 집에는 김씨네가, 다른 한 집에는 박씨네가 살고 있었지요. 집이 딱 붙어 있다 보니, 서로 양쪽 집에서 나는 소리를 들을 수 있었어요. 김씨는 박씨네 집에서 나는 소리를 들었고, 박씨는 김씨네 집에서 나는 소리를 들었어요. 과연 두 집에서는 어떤 소리가 났을까요?

"우당탕탕 탕탕탕, 쿵쾅쿵쾅 쿵쿵쿵."

무슨 소리일까요? 바로 김씨네 집에서 나는 소리였어요. 도대체 무얼 하기에 저런 소리가 나느냐고요?

"내가 분명히 말했지 않소! 당신 귀는 못생긴 줄만 알았더니 소리도 못 듣는군!"

"뭐라고요? 그럼 당신 귀는 얼마나 잘 생겼고, 얼마나 잘 듣기에 그런답니까!"

김씨네 부부가 다투고 있었어요. 잔뜩 화가 난 부부는 살림살이를 마구 부수고 집어던졌어요. 부부는 날이면 날마다 다투고, 그럴 때마다 살림살이를 부수고 던지며 못살게 굴었지요. 아이들은 무서워서 이리 뛰고 저리 뛰어 다녔어요. 부부가 다투는 소리에 살림 부서지는 소리, 거기에 아이들 뛰어다니는 소리까지, 집 안은 그야말로 전쟁터 같았어요. 그 소리들이 바로 우당탕탕 탕탕탕, 쿵쾅쿵쾅 쿵쿵쿵 소리였던 거예요. 박씨네 집에서 들으면 무슨 천둥이라도 치는 소리처럼 들렸다니까요.

그런가 하면 박씨네 집에서는 무슨 소리가 났는지 아세요?

"하하호호 하호호, 크크크큭 큭큭큭."

이게 바로 박씨네 집에서 나는 소리였어요. 김씨네 집에서 나는 소리랑은 아주 다르지요? 여기야말로 도대체 무얼 하기에 그런 소리가 났을까요?

"속삭속삭. 내가 하는 말 들었소? 당신 예쁜 귀에 내가 귓속말을 했소."

"아이참, 부끄럽게. 사랑한다고 말씀하시지 않았나요?"

박씨네 부부가 마루에 앉아 쉬고 있는 중이었어요. 박씨 부부는 틈만 나면 서로에게 사랑한다고 말했지요. 그럼 아이들은 엄마 아빠 모습이 어린 아이들 같다며 놀렸어요. 아주 큰 소리로 웃으면서 말이에요. 그럼 부부는 기분이 더 좋아져서 함께 큰 소리로 따라 웃었지요. 부부가 사랑한다고 말하는 소리에, 아이들이 놀리며 웃는 소리, 거기에 부부가 따라 웃는 소리까지, 집 안은 그야말로 웃음꽃밭이었어요.

"김씨네는 무슨 불만이 그리 많아서 저렇게 싸운담?"

박씨가 김씨네서 나는 우당탕탕 소리를 들으며 하는 말이었어요.

"박씨네는 무슨 좋은 일이 그리 많아서 저렇게 웃는담?"

김씨가 박씨네서 나는 하하호호 소리를 들으며 하는 말이었지요.

하루는 김씨네서 소가 풀려난 일이 있었어요. 고삐에서 풀려난 소는 집 안 구석구석을 뛰어다니며 난동을 부리다가, 집 밖으로 뛰어나갔어요. 그 바람에 깜짝 놀란 마을 사람들이 동네 방네 뛰어다니는 꼴이 되었지요.

김씨는 마을 사람들의 도움으로 간신히 소를 붙잡았어요. 사람들은 김씨에게 화를 잔뜩 내고는 돌아갔지요. 그때부터 김씨네 집에서는 다시 한바탕 큰 싸움이 벌어졌고요.

"아니, 당신은 도대체 고삐를 어떻게 묶어놓았기에 소가 풀리게 한 거예요?"

"고삐 문제가 아니오. 당신이 소에게 여물을 너무 많이 먹여서, 이놈이 쓸데없이 힘이 세져서 그런 거지! 아마 더 굵은 줄로 묶어놨어도 풀렸을걸!"

"맞아요. 어머니가 소에게 여물을 너무 많이 먹여서 그래요!"

"아니야! 아버지가 고삐를 더 꽁꽁 묶어두지 않아서 그래!"

가족 모두 서로를 탓하기 바빴어요. 당신 탓이에요, 사과하세요, 똑같은 말만 계속 하니 싸움이 끝나지 않을 수밖에요.

"하하호호 하호호, 크크크큭 큭큭큭."

그때 박씨네 집에서 또 그 웃음소리가 들렸어요.

'박씨네는 단 하루도 싸우는 날이 없군!'

도대체 싸우지 않고 사는 비결이 뭘까? 김씨는 궁금하다 못해 직접 박씨네를 찾아가 보기로 했지요.

박씨네 집 앞에 가자 웃음소리가 더 크게 들렸어요. 김씨는 순간 심술이 났어요. 일부러 마당에 묶어놓은 소의 고삐를 풀어버렸어요. 잠시 후, 소가 난동을 부리는 소리를 듣고 박씨네 식구들이 뛰어나왔어요. 박씨네도 김씨네처럼 한바탕 난리를 치르고 난 다음 소를 붙들 수 있었지요.

'옳거니! 이제야 너희 가족도 싸움을 하겠구나!'

김씨는 숨을 죽이고 박씨네를 지켜봤어요. 그런데 이게 웬일일까요?

"내가 고삐를 더 단단히 맸어야 하는데, 그러지 못해서 소가 풀렸나 봐요."

"아니에요. 제가 여물을 너무 많이 먹여서 이놈이 쓸데없이 힘이 세져서 그래요. 더 단단히 맸어도 풀리고 말았을걸요."

"저희가 소들을 잘 돌보지 않아서 그래요."

"맞아요. 다 저희 잘못이에요."

박씨는 아내와 아이들을 꼭 안아주었어요. 박씨네 가족도 서로가 서로에게 똑같은 말을 하고 있었지요. 제 잘못이에요, 미안해요. 박씨네 가족의 모습을 가만히 지켜보던 김씨는 무릎을 탁 쳤어요.

"저게 웃음소리의 비밀이었군!"

임신 37주

이제 아기는 태어날 준비를 거의 마쳤습니다. 키는 50cm에, 몸무게는 3kg에 가까워졌습니다. 아기는 남은 몇 주 동안 계속 성장하며 완전한 신생아의 모습을 갖추게 될 것입니다. 또 당신으로부터 끊임없이 항체를 받아 면역력을 키우게 됩니다. 아기는 아직 항체를 스스로 만들어내지 못하기 때문에 당신에게서 그 항체를 전달 받고 있는 것입니다. 항체가 없으면 아기가 태어났을 때 외부 오염 물질에 그대로 노출되어 아주 위험한 상황이 닥칠 수 있습니다.

아기를 만나게 될 날이 가까워지면서, 당신의 몸도 일찍이 출산을 준비하게 됩니다. 자궁이 수축하면서 당신은 아랫배가 뭉치고 딱딱해지는 통증을 자주 겪게 될 것입니다. 임신 37주경 병원에서는 당신의 몸이 정말로 아기가 나올 수 있는 준비를 마쳤는지 알아보기 위해 막달 검사를 실시합니다. 양수가 새지는 않는지, 자궁 경부의 유연도는 어떠한지, 혹시 자궁문이 미리 열리진 않았는지, 다양한 검사를 통해 아기가 나올 수 있는 환경에 문제가 없는지 꼼꼼히 알아보고 대처하는 검사입니다. 검사가 조금 아프고 불편할 수도 있지만, 아기를 만나기 전에 마지막으로 하게 되는 가장 중요한 검사라는 사실을 인지하며 참아보도록 합시다.

이제 막 돌을 넘긴 아이가 있었습니다. 가족들에게 행복을 안겨주고, 또 가족들로부터 한창 사랑을 받을 시기일 텐데, 아이에게 금세 동생이 생기고 말았습니다. 동생이 태어나고부터, 엄마는 더 이상 아이에게 놀이터가 되어주지 못했습니다. 엄마는 아이에게 항상 미안한 생각이 들었습니다.

"우리 아기, 동생이 많이 밉지? 하지만 엄마는 우리 아기를 더 많이 예뻐했어."

잠든 아이의 귀에 이렇게 속삭여주기만을 반복했습니다.

언젠가 두 아이를 돌보다가 지친 엄마가 깜박 잠이 들었던 적이 있었습니다. 잠에서 깨어난 엄마는 깜짝 놀랐습니다. 아이가 동생 얼굴에 해코지를 하는 줄 알고 큰 소리로 화를 냈는데, 알고 보니 아이는 동생이 입 밖으로 게워낸 이유식을 닦아주고 있었던 것입니다. 아이도 엄마도 동생도 꼭 끌어안고 펑펑 우는 동안, 엄마는 생각했습니다.

"아, 이 아이가 비로소 나를 자라게 하는구나!"

독수리와 올빼미

어느 날, 산속에서 독수리와 올빼미가 만났어요. 낮에는 올빼미가 잠을 자고, 밤에는 독수리가 잠을 자기 때문에, 둘은 저녁 무렵에 만날 수 있었어요. 아침과 저녁 시간에는 독수리도 올빼미도 모두 눈을 뜨고 있었지요.

사실 둘은 오늘 중요한 약속을 하기 위해 만났어요. 그 약속이란 바로, 서로의 새끼를 보호해주자는 약속이었어요. 실수로 서로의 새끼를 사냥하는 일은 없어야 한다는 것이었지요. 둘은 지금까지 서로의 새끼가 어떻게 생겼는지 몰랐어요. 독수리는 올빼미를 만날 일이 없고, 올빼미도 독수리랑 마주칠 일이 없었으니까요.

"자주 보지는 못하지만, 서로의 새끼들만큼은 지켜주기로 해요."

둘은 이렇게 약속을 하게 되었지요.

그런데 문제가 생겼어요. 둘 다 새끼들을 데리고 나오지 못한 거예요. 너무 작고 여려서 아직 바깥 세상에 데리고 나올 수가 없었어요.

"어떻게 생겼는지 알아야 지켜줄 텐데!"

둘은 고민에 빠지고 말았어요. 그러다가 문득 좋은 생각이 떠올랐어요.

"새끼가 어떻게 생겼는지 자세하게 이야기해주면 어떨까요?"

"와! 정말 좋은 생각이에요!"

하마터면 그냥 집으로 돌아갈 뻔했는데, 아주 잘된 일이었어요. 독수리와 올빼미는 자세하게 새끼의 생김새를 이야기하기로 했어요. 먼저 독수리가 하기로 했지요.

'우리 아기들은 정말 멋져! 어디에 내놔도 제일이지!'

독수리는 새끼들 모습을 떠올렸어요. 자랑하고 싶은 게 한두 가지가 아니었어요.

"우리 새끼들은 크기가 아주 커요. 새끼인데도 웬만한 어른 새들보다 훨씬 크지요. 거기에 아주 부리부리한 눈을 가졌어요. 어려서도 멀리까지 내다볼 수 있게 해주는 큰 눈이지요. 게다가 근사한 털을 가지고 있어요. 까무잡잡하고 반짝반짝 윤기가 흐르는 털이에요. 다음은 발톱! 굵고 튼튼한 발톱은 우리 아가들의 자랑이에요. 발톱 끝이 낫처럼 뾰족해서 한번 잡힌 사냥감은 절대 놓치는 법이 없거든요. 그야말로 세상에서 가장 멋진 새끼 새예요!"

독수리는 실제보다 더 부풀려서 이야기를 했어요. 독수리가 이야기한 생김새는, 새끼 독수리라기 보다는 어른 독수리 같았지요. 이젠 올빼미 차례였어요.

'아니, 그렇게 멋진 새끼를 가졌단 말이야? 흥! 우리 올빼미 새끼도 만만치 않다고!'

올빼미는 자기도 새끼를 자랑해야겠다고 생각했어요.

"우리 올빼미 새끼로 말할 것 같으면, 산중에 제일가는 멋쟁이라고 말할 수 있어요. 우리 새끼들도 몸집이 제법 커요. 눈은 동글동글해서 아주 무섭게 생겼지요. 컴컴한 곳에서 우리 아기 올빼미들의 눈은 별처럼 반짝반짝거려요. 아까 독수리 새끼의 털에서 윤기가 흐른다고 하셨지요? 우리 새끼들의 털에서도 윤기가 흘러요. 마치 금가루라도 바른 듯 얼마나 반짝이는지! 에헴, 게다가 올빼미 새끼들의 머리에는 왕관도 씌워져 있어요. 새들의 왕이란 뜻이지요."

올빼미는 자기도 모르게 거짓말까지 하고 말았어요. 어쨌거나 독수리와 올빼미는 서로의 새끼를 지켜주자고 약속을 하고 헤어졌어요.

다음날 아침, 독수리는 새끼들에게 줄 먹이를 구하려고 둥지를 나섰어요. 올빼미도 먹이를 구하려고 둥지를 나섰지요. 잠시 후, 먹이를 잡아온 독수리와 올빼미는 깜짝 놀라고 말았어요. 둥지 안의 새끼들이 한 마리도 남지 않고 모두 사라진 거예요. 독수리가 잡아온 건, 작고 볼품없는 털을 가진데다가 왕관도 쓰지 않은 새끼 올빼미였어요. 그렇다면 올빼미가 잡아온 건 무엇이었을까요? 그건 작고 쭉 찢어진 눈에 뭉툭한 발톱을 가진 새끼 독수리였답니다.

아기 쥐의 친구 사귀기

햇빛이 잘 들지 않는 굴속에 엄마 쥐와 아기 쥐가 살고 있었어요. 엄마 쥐는 아기 쥐가 자랄 때까지 먹이를 구해다주고, 잠자리를 만들어주며 정성을 다해 보살폈어요. 매일같이 바깥세상 이야기도 들려주었어요.

"아가야, 굴속이 몹시 답답하지? 컴컴하고 무섭기도 하고. 엄마가 저 바깥세상 이야기를 들려줄게. 바깥세상은 아주 환하고 신나는 곳이야. 재미난 것들이 아주 많지. 알록달록 예쁜 색깔로 피어난 꽃들은 보기만 해도 기분이 좋아져. 게다가 뜨거운 여름날 나무그늘에 앉아서 쉬는 기분은 겪어보지 않고는 아무도 모를 거야. 낮잠이 살포시 들면 살랑살랑 바람이 불어와서 배를 간지럽힌단다. 어때? 얼른 바깥세상을 구경하고 싶지 않니? 우리 아가도 이제 더 자라면 바깥세상에 나가게 될 거야. 그때까지 잘 자라날 수 있도록 엄마가 보살펴줄게."

엄마 쥐의 이야기를 들으며 아기 쥐는 쿨쿨 잠이 들곤 했어요. 엄마 쥐의 말대로 아기 쥐는 날이 갈수록 튼튼하게 자라났어요. 어느덧 엄마 쥐만큼 크게 자라날 수 있었지요. 아기 쥐는 제법 말도 잘하게 되었고, 궁금한 게 있으면 곧잘 물어보기도 했어요.

"엄마! 바깥세상엔 어떤 친구들이 살아요?"

어느 날 아기 쥐가 엄마 쥐에게 물었어요.

"음, 우리 아가가 이제 친구들을 사귀고 싶은가보구나. 바깥세상에는 친구들도 아주 많아. 하늘을 날아다니는 새도 있고, 땅 위를 빠르게 뛰어다니는 사자와 호랑이도 있지. 꽃들 사이를 훨훨 날아다니는 나비도 있고, 산속을 깡충깡충 뛰어다니는 토끼도 있단다."

"와! 정말이요? 저도 그 친구들과 같이 놀고 싶어요. 하늘도 날고 싶고, 빠르게 달리기도 해보고 싶어요. 산속을 깡충깡충 뛰어다닐 수 있으면 더 좋고요."

엄마 쥐의 이야기를 들은 아기 쥐는 한껏 신이 났어요. 하루라도 빨리 바깥세상으로 나가 친구들을 사귀고 싶었어요. 엄마 쥐는 아기 쥐를 품에 안았어요.

"사랑하는 아가야. 앞으로 우리 아가가 만나게 될 친구는 정말 많단다. 어떤 친구랑은 사이좋게 지낼 수도 있고, 또 어떤 친구랑은 시기하며 다툴 수도 있게 될 거야. 그만큼 친구를 잘 사귀는 일은 정말 중요한 일이야. 서로 아끼고 사랑할 수 있는 좋은 친구를 말이지. 아직은 바깥세상에 나가기에는 조금 이르니, 엄마랑 함께 어떻게 하면 좋은 친구를 사귈 수 있을지 생각해보자꾸나."

엄마 쥐는 아기 쥐에게 잘 타이르듯이 말했어요. 엄마 쥐는 아직 아기 쥐를 바깥세상으로 내보내지 않으려고 했어요. 아기 쥐가 아직은 조금 더 자라야 한다고 생각했거든요. 아기 쥐는 엄마의 말이 잘 이해되지 않는 듯 고개만 갸우뚱했어요.

그러던 어느 날이었어요. 아기 쥐가 엄마 쥐 몰래 굴 밖으로 빠져나왔어요. 굴속에만 있는 게 몹시 지루했던 거예요. 굴 밖으로 나온 아기 쥐는 정말 행복했어요. 엄마의 말대로 바깥세상은 정말 아름다웠어요. 굴속에서처럼 컴컴하거나 무섭지도 않았지요.

아기 쥐는 서둘러서 친구들을 찾아다녔어요. 마침 멀리에 널따란 마당이 보였어요. 마당에는 닭과 고양이가 놀고 있었지요. 닭은 열심히 모이를 쪼고 있었고, 고양이는 쿨쿨 낮잠을 자고 있었어요.

'서로 아끼고 사랑할 수 있는 좋은 친구를 만나야 한단다.'

순간 아기 쥐는 엄마 쥐의 말이 생각났어요. 아기 쥐는 닭과 고양이를 천천히 쳐다보며, 과연 어떤 친구가 좋은 친구일까 하고 한참 동안 생각했어요.

아기 쥐는 먼저 닭을 쳐다봤어요. 닭은 아기 쥐가 마당에 나타났는데도 쳐다도 보지 않고 모이만 쪼고 있었어요. 아기 쥐는 그런 닭이 예쁘게 보이지 않았어요. 성질이 급하고 못돼 보인다고 생각했어요.

다음에는 고양이를 쳐다봤어요. 쪼그리고 앉아서 낮잠을 자고 있는 고양이는 아주 얌전해 보였어요.

"그래, 결정했어! 고양이랑 친구가 되는 거야!"

아기 쥐는 고양이 앞으로 바짝 다가갔어요. 이 모습을 본 닭은 깜짝 놀랐어요. 닭은 푸드덕거리며 쥐를 쫓았어요. 잠에서 깬 고양이는 앞발로 눈을 비비며 다른 곳으로 사라져버렸지요.

"이 바보야! 고양이 앞에 다가가는 쥐가 어디 있어!"

닭은 아직도 놀란 마음을 가라앉히지 못했어요. 아기 쥐를 향해, 다시는 고양이 앞에 얼씬도 하지 말라고 이야기했어요. 고양이가 가장 좋아하는 먹이가 바로 아기 쥐라나요. 그런 줄도 모르고 아기 쥐는 고양이에게 겁도 없이 다가갔으니, 닭이 놀랄 만도 한 일이었지요.

아기 쥐는 닭에게 몇 번이고 고맙다고 인사했어요. 닭이 아니었다면 지금쯤 아기 쥐는 어떻게 됐을지, 상상만 해도 끔찍하지 뭐예요. 결국 아기 쥐는 친구를 하나도 사귀지 못하고 굴로 돌아오고 말았어요.

굴속으로 돌아온 아기 쥐는 엄마 쥐를 보자마자 펑펑 울고 말았어요. 엄마 쥐 몰래 바깥세상으로 나갔다가 겪었던 일들을 모두 이야기했지요.

"엄마 말대로 좋은 친구를 사귄다는 건 정말 어려운 일 같아요."

그 후로 아기 쥐는 어른 쥐가 될 때까지 다시는 굴 밖으로 나가지 않았어요. 그동안 엄마 쥐는 아기 쥐가 좋은 친구를 만나고 싶어하듯이, 아기 쥐 역시 누군가에게 좋은 친구가 돼줄 수 있어야 한다고 가르치기 시작했답니다.

외나무다리의
두 마리 염소

들판 위로 햇볕이 따뜻하게 내리쬐고 있었어요. 햇볕을 받은 풀들은 한결 더 푸른색으로 물들어 갔어요. 햇볕을 머금은 들판은 따뜻하게 데워놓은 이부자리처럼 포근하기만 했어요. 어미 염소가 아기 염소를 데리고 들판에 나왔어요. 아기 염소는 어미 염소가 지켜보는 가운데 마음껏 풀을 뜯을 수 있었어요.

"우리 아기가 맛있게 풀을 먹는 걸 보니, 이 어미도 배가 부르구나."

어미 염소가 환하게 웃으며 말했어요. 아마 모든 어미들의 마음이 같을 거예요. 아기들이 배불리 먹는 모습은, 보는 것만으로도 어미를 행복하게 만들어주니까요.

"엄마, 풀을 더 먹고 싶어요."

아기 염소가 배가 덜 불렀는지 어미 염소를 향해 말했어요.

"오, 그래? 개울을 건너가면 들판이 또 있을 거야. 거기로 가보자꾸나."

어미 염소는 아기 염소를 데리고 개울 앞으로 갔어요. 혹시라도 아기 염소가 넘어지기라도 할까 봐 조마조마해하며 걸었어요.

'세상에서 우리 아기보다 연약한 아기는 없을 거야. 그러니 이 어미가 꼭 지켜줘야 해.'

어미 염소는 아기 염소를 보며 생각했어요. 아기 염소를 위해서라면 무엇이든 다 참고 이겨낼 수 있을 것 같았지요. 얼마 후 개울 앞에 다다를 수 있었어요. 개울에는 외나무다리 하나가 놓여 있었어요. 외나무다리 저쪽 편으로 넓은 들판이 보였어요. 이쪽에 있는 들판보다 훨씬 넓어 보이는 들판이었지요.

"와! 저 푸릇푸릇한 새싹들 좀 봐! 우리 아기가 먹으면 정말 좋겠어!"

어미 염소는 아기 염소에게 새싹들을 먹일 생각을 하니 벌써부터 기분이 좋아졌어요. 어미 염소는 서둘러 외나무다리를 건너고 싶은 생각뿐이었어요.

"아기야. 이 엄마를 잘 따라오렴."

그러면서도 혹시나 아기 염소가 외나무다리에서 떨어지진 않을까 걱정이 한가득이었어요. 이윽고 어미 염소와 아기 염소가 외나무다리 위에 올랐어요. 살금살금 걸으며 개울 건너를 향해 걸어갔지요.

바로 그때였어요. 다리 저쪽에 누군가가 보였어요. 자세히 보니 어미 염소 한 마리와 아기 염소 한 마리였어요. 두 어미 염소는 금세 다리 가운데에서 딱 마주치게 되었지요.

"제가 저쪽에서 건너올 때만 해도 보이지 않았었는데, 언제 다리에 올라오셨나요? 보아하니 우리가 먼저 다리에 오른 것 같은데, 좀 비켜주시겠어요?"

어미 염소가 저쪽 어미 염소에게 말했어요.

"쳇, 누가 할 소리! 저 역시 그쪽이 건너오는 걸 전혀 볼 수 없었다고요. 그러니 그쪽이 먼저 다리에 올랐다고는 할 수 없지 않나요?"

저쪽 어미 염소도 물러서지 않았어요.

"비켜주세요! 우리 아기가 배고파해요."

"우리 아기도 배고파하고 있다고요!"

두 어미 염소는 한 치의 양보도 없이 버텼어요!

사실 저쪽 어미 염소도 지금껏 들판에서 풀을 뜯다가, 아기 염소가 풀

을 더 먹고 싶다고 하자 이쪽으로 건너오려던 참이었
던 거예요. 두 어미 염소가 버티고 있는 통에, 두 아기
염소는 점점 기운이 빠져갔어요. 어느 어미 염소도 양보
하려고 들지 않았어요. 서로 자기의 아기 염소가 더 소중
하다고 우기고 있을 뿐이었고요. 두 아기 염소의 다리가
부들부들 떨렸어요. 외나무다리 위에 한참을 그렇게 서
있었더니 다리가 몹시 아팠지요.

"엄마, 힘들어요."

한 아기 염소가 울음을 터뜨렸어요. 그러자 다른 아기
염소도 울기 시작했어요. 어미 염소들은 이제 잔뜩 화가
난 표정이 되어 있었지요. 결국 서로를 밀쳐내던 두 어
미 염소는 그만 개울로 떨어지고 말았어요. 어미 염소
들이 떨어지면서 외나무다리가 뱅그르르 굴렀어요. 그
바람에 아기 염소들도 모두 개울로 떨어졌지요. 헤엄을
칠 줄 모르는 아기 염소들은 개울물에 휩쓸려 가며 더
큰 소리로 울었어요. 어미 염소들은 이제 누가 누
구의 어미랄 것도 없이 아기 염소들을 찾
기 위해 헤엄을 쳐야 했답니다.

페르세포네의 어머니, 데메테르

대지의 여신인 데메테르에게는 페르세포네라는 예쁜 딸이 있었어요. 데메테르는 예쁘고 고운 딸을 몹시 아끼고 사랑했어요.

페르세포네가 친구들과 함께 작은 호수로 나들이를 나간 날이었어요. 크고 작은 나무들이 빙빙 둘러싸고 있는 아름다운 호수였어요. 촉촉한 땅에서는 봄을 맞아 갖가지 꽃들이 피어나고 있었어요. 페르세포네는 그중에서도 유난히 예쁜 꽃들을 꺾어서 치마폭에 담기 시작했어요.

"어머니에게 예쁜 꽃다발을 선물할 테야!"

페르세포네의 치마폭은 어느새 꽃들로 수북해졌어요. 친구들도 그녀를 따라 꽃을 꺾고 꽃다발을 만들었어요. 바로 이때, 그녀를 지켜보고 있던 신이 있었어요. 바로 지하의 신 하데스였지요. 하데스는 아름다운 페르세포네의 모습에 푹 빠져 몰래 지켜보고 있던 중이었어요.

'저토록 아름다운 처녀를 보게 되다니!'

하데스의 가슴이 콩닥콩닥 뛰었어요. 혹시 그녀가 이쪽을 돌아보진 않을까 조마조마했고요. 사실 하데스는 며칠 전 에로스의 화살을 맞았어요. 한번 맞으면 누군가를 사랑하는 마음이 싹트게 된다는 그 화살! 바로 그 화살 때문에, 하데스는 페르세포네를 보자마자 사랑에 빠지고 만 거예요.

'도저히 안 되겠어! 내 마음은 온전히 그녀의 것이 되어버렸어!'

하데스의 마음은 온통 페르세포네를 향해 있었어요. 하지만 하데스는 지하 세계를 책

임져야 하는 신이었어요. 천상의 세계에서 페르세포네와 결혼하여 행복하게 사는 일이란 꿈만 같은 일이었지요. 결국 하데스는 그녀를 몰래 지하세계로 데려가기로 마음먹었어요. 하데스는 곧장 페르세포네의 곁으로 달려가 그녀를 붙잡았어요. 페르세포네와 친구들은 깜짝 놀랐어요.

"어머니, 도와주세요! 하데스를 말려주세요!"

페르세포네는 하데스에게 이끌려가는 내내 어머니를 불렀어요. 하데스는 페르세포네를 말에 태우고는 아주 빨리 달리기 시작했지요. 그의 말이 달릴 때마다 바닥으로 꽃들이 뚝뚝 떨어졌어요. 페르세포네가 어머니에게 선물할 꽃다발을 만들기 위해 땄던 바로 그 꽃들이었어요. 꽃들이 다 떨어졌을 때쯤 하데스와 페르세포네의 모습도 보이지 않게 되었어요.

딸을 잃은 데메테르는 깊은 슬픔에 잠기고 말았어요. 페르세포네를 찾아 이곳저곳을 쉬지 않고 헤매고 다녔어요. 지칠 대로 지친 데메테르는 강가에 도착하자마자 털썩 주저앉았어요. 비가 내리고 바람이 불어도 꼼짝하지 않았어요. 그러는 동안 구 일이 넘는 시간이 흘렀지요.

사실 강의 요정들은 모든 사실을 알고 있었어요. 지하의 신 하데스가 무서워 아무 말도 못하고 있었던 거지요. 그렇다고 언제까지 데메테르가 딸을 찾아 저토록 고생하도록 놔둘 수만은 없는 노릇이었어요. 요정들은 페르세포네가 끌려가면서 떨어뜨린 허리띠를 지하 세계 앞으로 슬쩍 가져다놓았어요.

얼마 후, 허리띠를 발견한 데메테르는 더욱더 큰 슬픔에 빠지게 되었어요. 그것은 바로 딸이 지하 세계에 있다는 사실을 받아들여야 하는 일이었으니까요.

데메테르는 문득 땅이 원망스러웠어요.

"땅아, 어찌 나에게 이렇게 무정할 수 있느냐. 내가 지금껏 너를 비옥하게 해주고, 곡물이 잘 자라도록 보살펴주었는데, 너는 어찌 내 딸 페르세포네를 지켜주지 못했느냐. 나는 더 이상 너에게 은혜를 내리지 않을 것이다."

데메테르의 말이 끝나자 곧바로 땅이 말라붙기 시작했어요. 식물들도 말라 죽고, 동물들도 힘없이 쓰러졌어요. 이것을 본 샘의 요정 아레투사가 도저히 안 되겠다 싶어 데메테르를 찾아왔어요.

"여신이시여. 대지를 나무라지 마소서. 따님은 잘 지내고 있습니다."

아레투사는 데메테르에게 지금까지의 일들을 모두 털어놓았어요. 아레투사를 통해 사실을 알게 된 데메테르는 서둘러 제우스를 찾아갔어요.

"가장 위대하신 신, 제우스이시여. 저는 딸 페르세포네가 없이는 하루도 살 수가 없습니다. 부디 제 딸을 찾아주십시오."

제우스는 딸을 사랑하는 데메테르의 모습에 몹시 감동했어요. 당장이라도 페르세포네를 그녀의 앞에 데려다주고 싶었어요. 다만 제우스는 지하 세계에서의 법칙이 마음에 걸렸어요. 페르세포네가 지하 세계에 있는 동안 아무것도 먹지 않았어야만, 그녀를 다시 천상으로 데려올 수 있었던 거예요. 곧 제우스의 신하인 헤르메스가 페르세포네를 찾기 위해 지하 세계로 향했어요.

데메테르는 페르세포네를 기다리는 동안 온힘을 다해 기도했어요. 그러나 운명의 신은 두 사람을 도와주지 않았어요. 페르세포네는 이미 지하 세계의 석류를 먹은 뒤였던 거예요. 결국 페르세포네를 천상의 세계로 데려오는 일은 불가능한 일이 되고 말았지요. 데메테르가 눈물을 흘리며 슬픔에 빠져 있는 동안, 땅은 더 심하게 말라갔어요. 어느덧 식물과 동물 모두 자취를 감추기 시작했어요.

제우스는 다른 신들과 함께 오랫동안 회의를 했어요. 신들의 도움을 받아 아주 좋은 방법을 생각해낼 수 있었지요.

"페르세포네! 일 년의 반은 어머니와, 나머지 반은 하데스와 지내도록 해라!"

그건 어머니인 데메테르도, 남편인 하데스도 모두 위로해주는 방법이었어요. 이로써 데메테르는 일 년의 반이나마 딸의 얼굴을 볼 수 있게 되었지요. 데메테르는 땅에 대한 미움을 풀었어요. 다시 대지의 여신으로 돌아오게 되었고요.

사실 페르세포네는 '씨앗'을 의미해요. 씨앗이 땅속에 있는 동안은 페르세포네가 지하 세계에 있는 시기를 말해요. 봄이 되면 봄의 여신이 페르세포네를 어머니의 곁으로 데려다주지요. 그러면 땅속에 숨어 있던 씨앗에서도 예쁘고 여린 싹이 쏙쏙 돋아나는 거예요. 데메테르가 딸을 사랑하는 마음이 깊으면 깊을수록, 땅에는 건강한 새싹들이 더욱더 많이 자라날 수 있게 되었답니다.

떡 하나 주면 안 잡아먹지!

옛날, 어느 산골에 어머니와 어린 오누이가 살고 있었어요. 어머니는 일찍 세상을 떠난 아버지를 대신해, 더욱 정성을 다해 오누이를 돌봤어요. 어머니는 매일 새벽마다 떡을 빚었어요. 그것을 시장에 내다 팔고 번 돈으로 쌀과 반찬을 사왔지요.

"호랑이가 나타날지도 모르니, 절대 밖으로 나가지 말거라."

어머니는 시장에 나갈 때마다 이렇게 당부하곤 했어요. 산골에는 정말 무시무시한 호랑이가 살고 있었거든요. 어머니는 어린 오누이만 두고 가는 게 몹시 걱정됐어요.

그러던 어느 날이었어요. 이날도 어머니는 일찍부터 일어나 떡을 빚었어요. 마침 떡 반죽이 아주 잘 돼서 다른 때보다 더 맛있는 떡을 빚었지요. 왠지 오늘은 떡을 하나도 남기지 않고 팔 수 있을 것만 같았어요. 어머니는 기분 좋게 집을 나섰어요.

어머니의 생각은 꼭 맞았어요. 어머니는 정말 떡을 많이 팔 수 있었어요. 사람들이 오늘따라 유난히 떡이 더 맛있다며 칭찬을 아끼지 않았지요. 어머니는 주머니 안에 든 동전을 세어보았어요. 어제보다 두 배는 더 되는 동전들이 들어 있었어요.

'우리 아이들도 떡을 좋아하는데……'

어머니는 문득 오누이 생각이 났어요. 생각해보니 오누이에게는 떡을 빚어준 적이 한 번도 없었어요. 어머니는 남은 떡을 마저 팔아버릴까 하다가, 그냥 집으로 가져가기로 했어요. 맛있는 떡을 아이들에게도 먹여보고 싶었지요. 바구니에는 딱 네 개의 떡이 남아 있었어요.

시장에서 집까지 가려면 고개를 다섯 개나 넘어야 했어요. 어쩌면 떡을 파는 일보다 더 힘든 일이 바로 고개를 넘는 일이었을지도 몰라요. 하지만 오늘만큼은 힘들지 않았어요. 오누이에게 떡을 가져다줄 생각만 하면 절로 힘이 솟았어요.

첫 번째 고개를 넘을 때였어요. 오늘따라 이상하게 풀이 잔뜩 우거져 있었어요. 꼭 길을 잘못 찾은 것만 같았지요. 금세 오싹한 기분이 들었어요.

"어흥!"

과연 일이 벌어지고 말았어요. 호랑이 한 마리가 불쑥 나타난 거예요. 호랑이는 달콤한 꿀 냄새가 나는 떡 바구니에 코를 대고 있었어요.

"그 떡 하나만 주면 안 잡아먹지!"

호랑이는 뾰족한 이빨과 날카로운 발톱으로 겁을 줬어요. 어머니는 벌벌 떨며 얼른 떡 하나를 꺼내줬어요. 걸음아 나 살려라 하며 후닥닥 고개를 넘어갔어요.

고개 하나를 넘고 겨우 숨을 돌리고 있을 때쯤이었어요. 두 번째 고개를 넘어가는데 아까 그 호랑이가 또 나타난 게 아니겠어요!

"그 떡 하나만 주면 안 잡아먹지!"

어머니는 얼른 떡 하나를 꺼내주고는 다시 벌벌 떨며 고개를 넘어갔어요.

그런데 이게 웬일이란 말인가요. 세 번째 고개에서도, 또 네 번째 고개에서도 호랑이가 나타난 거예요. 어머니는 네 번째 고개에서 결국 마지막 남은 떡 하나를 호랑이에게 줄 수 밖에 없었어요.

어머니는 이제는 아예 뛰기 시작했어요. 제발 마지막 고개에서는 호랑이가 나오지 않기만을 바랐지요. 그런데 기어코 호랑이는 나타나고 말았어요.

"그 떡 하나만 주면 안 잡아먹지!"

이제 바구니 속에는 떡이 하나도 남아 있지 않았어요.

"호랑이 선생님. 제게는 아직 어린 아이들이

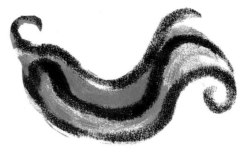

있어요. 만약 호랑이 선생님이 저를 잡아드시면, 그 아이들은 어머니를 잃게 된답니다. 그 아이들은 제가 없으면 밥도 지어 먹지 못하고, 옷도 지어 입지 못하지요. 부디 그 아이들을 위해서라도, 저를 꼭 좀 살려주세요!"

어머니는 무릎을 꿇고 빌었어요. 하지만 호랑이는 이미 아이들까지 잡아먹을 생각에 들떠 있었지요. 눈 깜짝할 사이에 그만 어머니를 꿀꺽하고 삼켜버렸어요. 호랑이는 얼른 어머니의 옷을 벗겨 입고는 아이들이 있는 집으로 향했어요.

잠시 후, 오누이가 살고 있는 집 앞에 도착한 호랑이는, 제법 어머니 흉내를 내며 문을 두드렸어요.

"얘들아, 엄마가 왔다. 문 좀 열어보렴. 어흥!"

누가 듣기에도 그 목소리의 주인공은 어머니가 아니었어요.

"오빠, 호랑이야! 우리 어떻게 해!"

누이는 무서워서 덜덜 떨었어요. 오빠는 손을 꼭 붙잡으며 누이를 달랬어요. 괜히 에헴하고 헛기침까지 해보았지요.

"어머니. 등잔에 기름이 떨어졌어요. 부엌에 가서 기름 한 병만 가져다주세요."

오빠가 능청스럽게 말했어요. 호랑이는 자기가 호랑이라는 사실을 들키지 않으려고 기름을 가져다주었어요.

"아이고, 어머니. 누이가 그 사이에 목이 마르다고 하네요. 죄송하지만 부엌에 가서 물 한 사발만 떠다 주시겠어요?"

오빠의 말에 호랑이는 화가 머리 꼭대기까지 치밀었지만 꾹 참고 부엌으로 갔어요. 그 사이 오누이는 얼른 문을 열고 밖으로 나왔어요. 오빠는 누이를 붙잡고 감나무 꼭대기까지 올라갔어요. 나무에다가는 얼른 기름을 부었지요. 잠시 후 물을 가지고 나온 호랑이는 대문이 활짝 열려 있는 걸 보았어요. 주위를 샅샅이 살피다가, 감나무 꼭대기에 올라가 있는 오누이를 발견했지요.

"고얀 것들, 나를 속이다니! 너희가 그러고도 무사할 줄 알았느냐!"

호랑이는 재빨리 나무 위로 따라 올랐어요. 그런데 오누이가 부어놓은 기름 때문에 미끄러워서 올라갈 수가 없었어요.

"하느님, 제발 저희 오누이를 살려주세요!"

오누이가 하늘을 향해 기도하던 순간이었어요. 하늘에서 기다란 줄 하나가 내려왔어요. 오누이는 얼른 그 줄을 붙잡았어요. 오누이를 태운 줄은 순식간에 하늘 높이 올라갔어요.

"하느님, 제게도 줄을 내려주세요!"

호랑이도 얼른 오누이를 따라했어요. 그러자 호랑이에게도 금세 줄 하나가 내려왔어요. 호랑이는 오누이를 놓칠까 봐 서둘러 줄을 붙잡았지요. 호랑이를 태운 줄도 하늘 높이 올라갔어요.

그러다가 갑자기 줄이 멈췄어요.

"어라? 왜 올라가지 않는 거야!"

호랑이가 짜증을 부리는 순간, 툭하고 줄이 끊어져버리는 것이었어요! 호랑이는 그대로 수수밭을 향해 쿵하고 떨어지고 말았지요. 오누이를 태운 줄은 이미 하늘 저 멀리 올라가고 보이지 않게 되었고요.

오누이가 도착한 곳은 하늘 나라였어요. 새하얀 구름이 두둥실 떠 있고, 그 구름 위에 아름다운 궁전이 지어져 있었어요. 오누이가 궁전 안에서 만난 사람은 바로 어머니였어요. 어머니의 곁에는 하느님도 함께 있었지요.

"항상 사이좋은 너희를 지켜보며 마음이 흐뭇했단다."

하느님은 오누이를 칭찬했어요. 하느님은 오누이에게 상을 내려주기로 했어요. 오빠는 해가 되게 해주고, 누이는 달이 되게 해주었어요. 해와 달이 된 오누이는 낮이나 밤에나 온 세상을 환하게 비추게 되었지요.

그때쯤 호랑이는 사냥꾼들을 피해 숨어 다니고 있었어요. 해와 달이 생긴 뒤로 온 세상이 환해지는 바람에, 사냥꾼들이 호랑이를 금세 찾아낼 수 있었거든요. 호랑이는 이제 어디에 가서도 그 말을 할 수 없게 되었다고 해요. 어떤 말이냐고요?

"그 떡 하나만 주면 안 잡아먹지!"

임신 38주

아기는 이제 자궁에 꽉 찰 만큼 자랐습니다. 이제 골반 안쪽으로 들어가, 등을 둥글게 말고 손발은 기도하듯이 모은 자세를 취하고 있습니다. 여기에 머리는 골반 아래쪽을 향하면서, 아기는 태어날 준비를 거의 마치게 되었습니다.

임신 초기 일 대 일의 비율이었던 아기의 머리와 몸은, 이제 일 대 사의 비율이 되어 있습니다. 얼굴 생김새도 태어날 때와 거의 같을 정도로 그 모습을 갖추고 있습니다. 또 아주 규칙적인 생활 리듬도 갖게 되어서, 일정한 시간에 잠을 자고 일어나 움직이게 됩니다.

이제 당신의 배는 더 이상 커지지 않을 것입니다. 하지만 출산이 임박해 올수록 갖은 진통을 겪으며 불편을 호소하게 될 것입니다. 간혹 출산 시와 비슷한 가진통을 겪게 될 수도 있습니다. 이는 지금까지보다 훨씬 더 강하게 자궁이 수축하고 있기 때문이며, 대부분의 임신부가 겪게 되는 고통이니 크게 걱정하지 않아도 됩니다. 다만 진통이 규칙적으로 매우 자주 일어날 때는 조기 출산의 위험이 있을 수 있으니 바로 병원을 찾도록 해야 합니다.

설달 그믐날, 아이 둘을 데리고 북해정 식당을 찾은 여자가 있었습니다. 여자는 머뭇머뭇하며 우동 한 그릇을 주문했습니다. 이듬해에도, 또 그 이듬 해에도 여자와 아이들은 식당을 찾아왔습니다. 그때마다 매번 여자는 미안하고 부끄럽지만 용기를 내서 우동 한 그릇을 주문했습니다.

사실 구리 료헤이의 동화, 「우동 한 그릇」에서 가장 아름답고 감동적인 부분은 따로 있었습니다. 우동 한 그릇을 주문해서 먹을 때마다 아이들이 여자에게 했던 말이 바로 그것입니다.

"엄마도 잡수세요."

사소한 말 같지만, 살면서 이 말을 몇 번이나 했던가 생각해보면
결코 사소하지 않다는 것을 알 수 있습니다.
오늘 당신의 어머니를 위하여 근사한 식사를 준비해보길.
세상의 모든 부끄러움을 마다하지 않았을, 당신의 어머니를 위하여.

솔로몬의 재판 2

어느 날, 두 여자가 솔로몬 왕을 찾아왔어요. 두 여자는 한 아이를 같이 안고 있었어요. 솔로몬 왕을 찾아온 이유는 바로 누가 아이의 진짜 엄마인지 가려달라는 것. 두 여자는 함께 끌어안고 있는 아이가, 서로 자신의 아이라고 말했어요.

왕은 고민됐어요. 아이의 얼굴이 이 여자를 닮은 것 같기도 하고, 저 여자를 닮은 것 같기도 해서 헷갈렸어요. 하지만 자기가 낳은 아이를 몰라본다는 건 말이 되지 않았어요. 솔로몬 왕은 둘 중 한 명이 거짓말을 하고 있다고 생각했어요.

"내일 이곳에서 아이의 진짜 엄마를 가려주겠다."

솔로몬 왕의 말을 듣고 두 여자는 또 같이 아이를 끌어안고 걸어 나갔어요. 두 여자는 밤이 깊도록 아이를 차지하려고 싸웠어요. 서로 아이에게 젖을 물리려고 했지요. 결국 아이를 가운데 두고, 두 여자는 한 침대에 같이 눕게 되었어요.

'이 아이는 나의 아이가 맞아. 이 여자는 어쩜 이렇게 뻔뻔할 수가 있지? 그래, 물론 아이를 잃은 슬픔이 오죽하겠느냐마는, 그래도 남의 아이를 자기 아이라고 우겨서는 안 되는 거잖아. 그러는 바람에 아이는 젖 한 모금 빨지 못하고 쫄쫄 굶고 있으니⋯⋯.'

한 여자가 속으로 이런 생각을 하고 있었어요.

'이 아이는 나의 아이가 아니지. 하지만 나도 어쩔 수가 없어. 아이가 없이는 숨조차 쉴 수 없는걸. 전쟁 때문에 남편도 나를 떠났고, 부모님도 내 곁에 없잖아. 난 어떻게 해서든 이 아이와 함께 살아야 해. 난 몹시 외로워.'

다른 여자도 속으로 이런 생각을 했어요. 뭐, 아이의 엄마는 정해져 있는 것이었지요.

다른 한 여자가 거짓말을 하고 있었으니까요.

다음날, 두 여자가 다시 솔로몬 왕을 찾아왔어요. 어제와 똑같이 아이를 가운데 끌어 안은 모습으로요. 잠시 후, 두 여자는 깜짝 놀랐어요. 왕이 무시무시한 칼을 떡하니 들고 있는 게 아니겠어요. 왕은 신하를 시켜 그 칼을 들도록 했어요.

"내가 밤새 생각했으나, 누가 진짜 엄마인지 가려낼 방법을 찾지 못했다. 그러니 저 칼로 아이를 반으로 나누어줄테니, 둘이 똑같이 나누어 갖도록 하여라."

"아주 좋은 방법이군요!"

왕의 말이 끝나자 한 여자가 박수를 치며 좋아했어요.

그때였어요. 다른 한 여자가 갑자기 울음을 터뜨렸어요.

"아이를 어떻게 칼로 자른단 말입니까? 그럼 아이가 죽게 될 텐데요. 그냥 아이를 저 여자에게 주겠습니다. 이제부터 저 여자가 아이의 엄마입니다."

여자는 눈물을 닦으며, 품에서 아이를 떼어냈어요. 상대편 여자 품에 아이를 온전히 안겨주었지요. 이 모습을 보고 솔로몬 왕은 고개를 끄덕였어요.

"자네가 바로 아이의 진짜 엄마였군! 그래, 자네는 왜 아이를 양보하려고 했는가?"

솔로몬 왕이 무릎을 탁 치며 말했어요.

"아이를 잃은 여자의 슬픔이 얼마나 깊을까 하는 생각을 했습니다. 비록 제가 키울 수는 없게 되더라도, 이 여자가 잘 키워주리라고 믿었습니다."

여자의 눈물이 멈추지 않았어요. 그러자 아이를 안은 여자도 눈물을 흘렸어요.

"아! 왕이시여! 제가 생각이 짧아 그만 거짓말을 하고 말았습니다. 전쟁 때문에 남편과 부모를 잃은 건 이 여자도 마찬가지입니다. 아이를 저 세상으로 떠나보낸 슬픔보다, 같은 세상에 있으면서 한번 안아보지도 못하는 것이 더 큰 슬픔일 텐데!"

여자는 아이를 다시 상대편 여자 품에 돌려주었어요.

"그럼 이렇게 하는 게 어떻겠느냐. 둘 다 전쟁으로 가족들을 잃고 오직 저 아이 하나만 남지 않았느냐. 그러니 둘이 같이 저 아이에게 엄마가 되어주는 것!"

이렇게 왕의 판결을 들은 두 여자는 처음 왔을 때랑 꼭 같은 모습으로 돌아갔어요. 둘이 함께 아이를 소중하게 안고 있는 모습으로!

어미 종달새의 할 일

새 둥지를 들여다보면, 어미 새가 아기 새를 정성을 다해 보살피는 걸 볼 수 있어. 아기 새는 아직 작고 약해서 사냥을 할 수가 없지. 어미 새는 먹이를 구해다가 아기 새들의 입에 저마다 하나씩 넣어주곤 해. 이렇게 어미 새의 품에서 보살핌을 받은 아기 새는 금세 어미 새처럼 크게 자라나게 돼. 그러고는 어미 새가 그랬던 것처럼 하늘 높이 날아오르지. 자신도 누군가의 어미 새가 될 준비를 하면서. 새 둥지는 그야말로 어미 새와 아기 새의 사랑과 행복이 자라는 곳이라고 할 수 있단다.

옛날 옛날, 종달새는 나무 위가 아닌, 밭에다가 둥지를 지었어. 언제 둥지를 지었는고 하니, 농부들이 밭에다 씨를 뿌리고 흙을 덮을 무렵이지. 그럼 언제 그 둥지 안에 알을 낳았는고 하니, 흙에서 보리 새싹이 나와 그 보리가 자라서 둥지를 완전히 가려줄 무렵이지. 그럼 또 언제 알에서 아기 종달새가 나와 하늘로 날아올랐는고 하니, 가을이 되어 농부들이 다 자란 보리를 벨 무렵이지. 그럼 다시 언제 아기 새들이 돌아왔는고 하니, 봄이 되어 농부들이 밭에다 씨를 뿌리고 흙을 덮을 무렵이지.

종달새들은 늘 똑같은 방식으로 둥지를 짓고 알을 낳고 아기 새를 키웠어. 이렇게 자란 아기 종달새는 어미 종달새가 했던 것과 똑같이, 자기도 둥지를 짓고 알을 낳고 아기 종달새를 키웠지.

한번은 어떤 아기 종달새 한 마리가 이상한 생각을 하게 되었어.

'항상 보리가 둥지를 가릴 때쯤 알을 낳는단 말이지. 보리가 둥지를 가리려면 한참 걸리는데, 그렇다면 둥지를 빨리 지을 필요도 없는 거잖아.'

종달새는 굳이 농부가 씨앗을 뿌리는 무렵부터 둥지를 지을 필요가 있을까 하고 생각했던 거야. 결국 아기 종달새는 다 큰 어미 종달새가 되어서도, 농부가 밭에 씨앗을 뿌리는 무렵이 되어서도, 둥지를 짓지 않았어. 산속으로 놀러도 가고 바닷가로 놀러도 갔다 왔지. 그러는 동안 시간은 빠르게 지나갔어. 농부들이 밭에다 씨를 뿌리고 흙을 덮고, 흙에서 보리 새싹이 나와 그 보리가 자라서 다른 종달새들의 둥지들을 완전히 가려 줄 무렵까지, 종달새는 둥지를 짓지 않았어.

어느덧 농부들이 보리를 수확할 무렵이 다가왔어. 종달새는 그제야 부랴부랴 둥지를 지었어. 농부들이 보리를 베기 전까지만 알을 낳고 아기 새를 키우면 될 거라고 생각했지. 그런데 종달새의 생각과는 달리 시간은 더 빨리 흘러갔어. 늦게 둥지를 만들었으니, 알도 늦게 낳을 수밖에 없었고, 알에서 태어난 아기 새들도 미처 자라지 못했지.

그러거나 말거나 농부들은 보리를 베기 시작한 거야. 종달새는 아기 종달새들을 날려 보내고 싶었지만, 아기 종달새들은 둥지 안에서 꼼짝도 하지 못했어. 결국 종달새는 아기 새들을 전부 데리고 부랴부랴 산으로 숨어들어야 했어. 아기 새들은 다행히 산속에서 무럭무럭 자라날 수 있었어.

산속으로 들어온 아기 종달새들도 금세 어미 종달새가 될 수 있었어. 그렇다면 어미 종달새가 된 이 아기 종달새들은 언제 둥지를 지었을까? 바로 농부가 밭에다 씨를 뿌릴 무렵이 아닌, 농부가 밭에서 보리를 벨 무렵에 부랴부랴 지었어. 왜냐하면 어미 종달새가 그렇게 해서 자기들을 길러주었기 때문에 그게 당연하다고 생각한 거야.

문제는 다른 어미 종달새들도 이러한 방식을 따라하기도 했다는 것. 그러는 동안, 봄에 일찌감치 둥지를 짓는 어미 종달새들의 모습은 점점 사라져갔다고 해. 다시 어떤 부지런한 어미 종달새가 농부가 밭에다 씨를 뿌릴 무렵에 서둘러 둥지를 짓지 않는 이상, 종달새들은 항상 부랴부랴 둥지를 짓고 있겠지?

거울 소동

옛날 어느 마을에 마음씨 착한 농부가 살았어요. 농부는 아내, 아이들과 함께 행복하게 살고 있었지요. 원래는 자기와 똑같이 생긴 아버지도 함께 살았었는데, 삼 년 전 아버지는 병에 걸려 세상을 떠나고 말았어요.

농부가 장을 보려고 멀리 시장에 나가게 되었어요. 쌀도 사고 고기도 사고 과일도 조금 살 생각으로요. 시장에 나가보니, 신기한 물건들이 얼마나 많았는지 몰라요. 농부는 시간이 가는 줄도 모르고 이것저것 구경을 했어요.

그러다가 농부는 아주 희한한 물건을 발견했어요. 동그랗게 생긴 몸통에, 유리처럼 딱딱한 것이 들어 있는 물건이었어요. 농부가 그 물건을 요리조리 살피고 있을 때였어요.

"에구머니나! 아이고, 아버지!"

농부는 깜짝 놀라서 그만 뒤로 벌러덩 넘어지고 말았어요. 글쎄 그 희한한 물건 안에 아버지가 들어 있는 게 아니겠어요. 지금으로부터 삼 년 전에 돌아가신 아버지가 말이에요. 농부는 당장 물건을 내려놓고 꾸벅 절을 했어요. 그 모습을 보고 장수가 다가왔어요. 장수는 그 물건이 거울이라고 알려주었지요.

"거울이라고요? 이보시오, 거울 장수. 이 안에 계시는 분이 우리 아버지가 맞소?"

"에헴, 아버지가 맞소. 사람들에게 들키기 싫어서 그 안에 들어가 계신다오. 거울을 사가거들랑, 부디 다른 사람들에게 들키지나 마시오."

농부는 곧바로 거울 장수에게 거울 값을 치렀어요. 거울 안에 들어 있는 아버지가 다치기라도 할까 봐, 그것을 조심조심 끌어안고 집으로 왔어요. 시장에 오면 사려고 했던 쌀이랑 고기, 과일은 하나도 사지 못했지요.

집으로 돌아온 농부는 거울을 장롱 안에 깊숙이 숨겼어요.

"아버지, 오늘도 편안히 쉬십시오."

농부는 날마다 거울 앞에 와서 절을 했어요. 아내는 농부의 모습이 이해가 되지 않았어요. 도대체 장롱 안에 무엇이 들었기에, 저렇게 날마다 절을 하고 인사를 하는 건지 말이에요. 아내는 농부가 일을 하러 나간 사이, 장롱 문을 살짝 열어보았어요. 이불이 첩첩으로 쌓여 있고, 그 위에 동그랗게 생긴 물건이 하나 놓여 있었어요. 아내는 물건을 집어 들고 이리 저리 살폈어요. 그때였어요.

"에구머니나! 당신 누구예요? 누군데 우리 집에 와 있는 거냐고요!"

아내는 깜짝 놀라 뒤로 넘어지고 말았어요. 세상에, 거울 안에 처음 보는 여자가 들어 있는 게 아니겠어요. 아내는 화가 머리 꼭대기까지 치솟았어요. 농부가 아침마다 절을 하고, 누구에게 들키기라도 할까 봐 조심조심하던 모습이 수상했던 참이었는데, 그게 다 이 여자 때문이었다니! 아내는 농부가 일하는 밭으로 뛰어갔어요.

"여보! 왜 장롱 안에 여자를 숨겨 놓았나요? 어쩜 그러실 수가 있어요!"

아내는 농부에게 마구 화를 냈어요.

"아니, 그게 무슨 소리요? 장롱 안에 있는 사람은 우리 아버지예요!"

농부는 놀라서 얼른 집으로 뛰어갔어요. 그랬더니 이게 또 어찌 된 일일까요? 거울이 마당 한가운데에 산산조각이 난 채 떨어져 있었어요.

그 곁에서 아이들이 씩씩거리고 있었고요.

"이 안에 들은 녀석들이 우리를 놀렸어요!"

아이들은 화가 나서 거울을 깨트린 것이었어요. 농부는 거울을 부둥켜안았어요.

"아이고, 아버지. 아이고, 아버지."

농부가 눈물을 흘렸어요. 그 모습을 본 아내는 아직도 화가 난 채로 있었지요.

"저 사람이! 얼마나 아버지가 보고 싶었으면, 낯선 여자를 아버지로 오해한담?"

농부의 귀에 아내의 말은 들리지 않았어요. 이번에도 아버지를 지켜드리지 못했다며 하염없이 눈물만 흘리고 있었으니까요.

선녀와 나무꾼,
그리고 어머니

어느 산골 마을, 어머니가 마당에 나와 땔감을 정리하고 있었어요. 나무꾼인 아들이 나무를 하러 간 사이, 혼자 집안일을 돌보고 있는 중이었지요. 아들은 아픈 어머니를 대신해 정말 열심히 일했어요.

얼마 전 어머니는 사냥꾼으로부터 사슴 한 마리를 구해준 적이 있었어요. 사슴은 고마운 마음에 어머니의 소원을 하나 들어주기로 했었지요.

"내 소원은 그저 아들이 하루라도 빨리 장가를 갔으면 하는 거란다."

어머니가 소원을 말하자, 사슴은 아주 신비로운 이야기를 들려주었어요.

"보름달이 뜨면 선녀들이 계곡으로 내려와 목욕을 해요. 그때 선녀들이 벗어놓은 날개 옷 중 하나를, 아들더러 몰래 훔쳐오라고 하세요. 날개옷이 없어진 선녀는 하늘 나라로 가지 못할 거예요. 그 선녀를 바로 할머니의 며느리로 맞이하시면 돼요!"

사슴의 이야기는 정말 놀라웠어요. 정말 그대로만 된다면 아들은 선녀와 결혼을 하게 되는 일이니까요.

며칠 후, 드디어 보름달이 두둥실 떠올랐어요. 계곡으로 나가 있던 아들은 정말 사슴의 말대로 한 선녀를 데려왔어요. 아들은 어머니에게 날개옷을 건넸어요. 어머니는 그것을 벽장 안에 깊이 숨겨두었지요.

곧 아들은 선녀와 결혼할 수 있었어요. 어머니는 아들의 결혼을 진심으로 축하해주었어요. 사실 어머니에게 한 가지 걱정이 있기는 했지요. 아들에게 사슴이 한 이야기를 전부 다 들려주었던 건 아니었거든요.

"언제든 하늘 나라로 돌아가고 싶어 할 거예요. 아이를 셋을 낳기 전까지는 절대 날개옷을 돌려주어서는 안 돼요."

어머니는 사슴이 마지막으로 남긴 말을 아들에게 해야 할지 말아야 할지 고민했어요. 이제 막 결혼식을 치른 아들에게 벌써부터 슬픈 이야기를 들려주고 싶지는 않았거든요. 어머니가 그렇게 이야기를 해야 하나 말아야 하나 고민하는 동안, 선녀는 벌써 아이를 둘이나 낳게 되었지요. 어머니는 아들과 며느리, 그리고 손주들이 있어서 참 행복한 나날을 보내게 되었어요.

어느 날 밤, 어머니는 선녀의 울음소리에 문득 잠이 깼어요.

"여보. 제가 지금 얼마나 가슴이 아픈지 모르실 거예요. 저는 시집와서 단 한 번도 어머니를 본 적이 없어요. 당신은 날마다 어머니를 볼 수 있으니 얼마나 좋으세요!"

아들은 선녀를 달래며 눈물을 흘리는 듯 했어요. 선녀가 우는 걸 보고 따라 우는 걸 보니, 아들은 선녀를 아주 많이 사랑하고 있는 것 같았어요. 어느덧 어머니도 아들 부부가 우는 걸 보며 함께 눈물을 흘렸지요.

다음날, 어머니는 벽장 안에 숨겨 놓았던 날개옷을 꺼내서 아들에게 건넸어요.

"셋째 아이를 낳거든 돌려주렴."

원래 어머니는 날개옷을 잃어버렸다고 말하곤 했어요. 선녀가 날개옷을 입고 하늘

로 돌아가면 아들이 홀아비가 될 거라고 걱정했기 때문이었지요.

날개옷을 건네주고 며칠이 지나지 않아, 결국 어머니가 걱정했던 일은 터지고 말았어요. 선녀가 슬퍼하는 모습을 더 이상 보다 못한 아들이, 날개옷을 선녀에게 꺼내주고 만 거예요. 물론 셋째 아이를 낳기 전이었고요. 선녀는 날개옷을 입자마자 아이 둘을 양 팔에 하나씩 끼고 하늘로 올라가버렸어요. 일을 하고 집으로 돌아온 아들은 선녀와 아이들이 떠난 걸 알고 펑펑 울기 시작했지요.

"이 어미 탓이다. 날개옷을 잃어버렸다고 계속 거짓말을 했어야 하는데……."

"제 탓이에요, 어머니. 셋째 아이를 낳을 때까지 주지 말았어야 하는데……."

아들과 어머니는 서로 부둥켜안고 밤이 새도록 울었어요. 하루, 이틀, 사흘, 나흘……. 아들은 며칠을 꼬박 더 울었어요.

며칠 후, 아들은 다시 지게를 지고 나무를 하러 나갔어요. 어머니 드실 고기반찬도 떨어지고, 약도 떨어졌기 때문이었어요. 어머니는 자기 때문에 더 슬퍼하지도 못하는 아들을 보며 또 눈물을 흘렸어요.

그러다가 다시 어머니 혼자 집을 지키고 있던 날이었어요. 마당에 사슴 한 마리가 나타났어요. 그때 어머니가 구해주었던 바로 그 사슴이었어요! 어머니는 사슴에게 그동안 있었던 이야기를 털어놓았어요. 사슴은 밝게 웃으며 눈을 찡긋해 보였어요. 그때처럼 어머니에게 귓속말로 속삭였지요.

"날개옷이 없어진 뒤로 선녀들은 연못에서 목욕을 하지 않게 되었어요. 대신 두레박으로 물을 길어, 하늘에서 목욕을 하는 것 같아요. 그러니 아들더러, 연못에 가서 지키고 있다가 두레박이 내려오면 얼른 그 두레박에 오르라고 하세요. 그럼 선녀와 아이들이 기다리고 있는 하늘 나라로 갈 수 있을 거예요."

귓속말이 끝나자 사슴은 순식간에 사라져버렸어요.

저녁 무렵, 아들이 돌아왔어요. 양 손에는 약을 담은 봉투와 고기를 담은 봉투가 각각 들려 있었지요. 어머니는 모처럼 아들이 끓여준 고깃국을 먹을 수 있었어요. 저녁을 먹고 나서 어머니는 아들에게 사슴 이야기를 들려주었어요. 아들은 이야기를 들으며 계속 고개를 끄덕였어요. 꼭 선녀와 아이들을 만나 다시 집으로 데려오겠다고 하면서요.

그리고 며칠이 지난 밤, 드디어 하늘에서 두레박이 내려왔어요! 물을 많이 길을 수 있도록, 속이 움푹하니 깊게 파여 있는 두레박이었어요. 아들은 기다렸다는 듯이 잽싸게 두레박 위에 올라탔어요. 이윽고 두레박이 하늘로 둥둥 떠올랐어요.

"잘 다녀오려무나, 아들아. 만나서 맘껏 사랑하고 맘껏 속삭이다가 오렴!"

어머니는 아들이 잠시라도 행복할 수 있기를 진심으로 바랐지요.

아들이 하늘 나라로 간 뒤 어머니는 혼자 지내게 되었어요. 이제는 아들 대신 어머니가 직접 고깃국도 끓여 먹고, 약도 챙겨 먹어야 했지요. 부엌에는 한 달은 족히 먹을 만큼의 고깃국이 냄비에 가득 차 있었어요.

'녀석, 떠나는 마당에도 어미 생각을 했구나.'

어머니는 아들에게 고마운 마음이 들었어요. 생각해보니 아들은 정말 일생을 어머니만을 위해 살았어요. 어쩌면 일찍 장가를 들지 않은 것도 다 어머니를 걱정해서가 아니었을까 하고 생각했어요. 어머니는 하루하루를 아들 생각을 하며 보냈어요. 그렇게 세월은 흐르고 흘러 일 년이라는 시간이 지나갔어요.

어느 날, 하늘에서 노란 빛이 번쩍였어요. 어머니는 놀라서 눈을 크게 뜨고는 하늘을 올려다봤어요. 잠시 후 노란 빛 속에서 말을 탄 아들의 모습이 보였어요!

"얘야, 아들아! 아이고, 내 아들아!"

어머니는 반가운 마음에 큰 소리로 아들을 불렀어요. 곧 아들을 태운 말이 땅에 도착했어요. 어머니는 아들을 와락 껴안았지요.

"이게 얼마 만이니? 그래, 잘 지냈니? 어미랑 애들은 잘 있고?"

얼마나 반가웠는지 이것저것 묻느라 정신이 없었어요. 그런데 아들이 좀 이상했어요. 어머니가 앞에 있는데도 말에서 내릴 생각을 하지 않는 거예요.

"어머니, 죄송해요. 저는 말에서 내릴 수가 없어요."

아들은 눈물을 뚝뚝 흘렸어요.

사실 아들 역시 하늘 나라에 있는 동안 어머니 생각만 했어요. 식사는 잘하고 계실까, 약은 잘 챙겨 드시고 계실까……. 나무꾼의 마음을 알게 된 선녀가 내려가서 어머니를 만나고 오라고 이 말을 내어주었던 거예요. 하늘을 날 수 있도록 날개가 달린 말을요. 아들이 말에 올라탔을 때 선녀는 말했어요. 절대 말에서 내려서는 안 된다고. 그럼 다시는 하늘 나라로 돌아올 수 없게 된다고.

"그랬구나. 알았다, 그럼 어미가 끓인 고깃국에 밥이라도 한 그릇 먹고 가렴."

어머니는 서둘러 부엌으로 들어갔어요. 어머니는 금세 뜨거운 고깃국을 한 그릇 가지고 나와 아들에게 내밀었어요. 말의 키가 어찌나 큰지 아들에게까지 그릇이 닿지 않았어요. 어머니는 까치발을 들어 키를 높였어요.

바로 그 순간이었어요. 까치발을 든다는 게 그만 발을 헛디디고 말았어요. 그 바람에 고깃국이 말의 등 위로 쏟아졌어요. 깜짝 놀란 말은 '히이잉' 소리를 내며 몸을 비틀었어요. 그때 '쿵' 하는 소리와 함께 아들이 땅 위로 떨어졌어요! 말은 아들을 다시 태울 생각도 않고 하늘 나라로 날아가버렸지요.

"이를 어쩌면 좋니? 이를 어쩌면 좋아!"

어머니는 발을 동동 굴렸어요. 아들은 울상이 되어 하늘만 올려다보고 있었고요. 결국 아들은 하늘 나라로 다시 올라갈 수 없게 되었어요.

"미안하다, 아들아."

"아니에요, 어머니. 하늘에 있는 동안 저 혼자 맛있는 음식을 먹고 으리으리한 집에서 살려니 어머니 생각이 어찌나 나던지……. 아무래도 어머니께서 살아 계시는 동안 못해드린 것들, 이제는 다 해드리기 위해 이렇게 돌아온 것 같아요."

아들은 어머니의 손을 꼭 붙잡았어요. 어머니도 아들의 손을 꼭 움켜잡았지요.

다음날부터 어머니는 진심을 다해 기도했어요. 세상을 떠나기 전 꼭 한 번, 사슴을 다시 만날 수 있게 해달라고. 그땐 어머니 자신의 소원이 아닌, 바로 아들의 소원을 들어달라고 하겠노라고.

우애 좋은 형제 이야기

옛날 어느 마을에 사이좋은 두 형제가 살고 있었어요. 두 형제는 어려서부터 줄곧 붙어 다니며 서로를 챙겼어요. 개울에서 한바탕 물장구를 치고 나면, 혹시 감기라도 걸릴까 봐 서로의 몸에 묻은 물기를 닦아주었어요. 부모가 맛있는 음식을 만들어주면 서로 더 많이 먹게 해주려고 야단이었지요. 학교에 갈 때, 시장에 갈 때, 일터에 갈 때도 둘은 꼭 붙어 다녔어요.

세월이 흘러 형제는 의젓한 청년들로 자라났어요. 형은 예쁜 아내와 결혼하여 아이까지 두게 되었지요. 오랜 세월이 지나 형제의 부모는 세상을 떠났어요. 부모는 유산으로, 형제에게 밭을 똑같이 나누어주었어요. 형제는 부모에게 받은 밭에서 열심히 농사를 지었지요. 형제의 밭은 나란히 붙어 있었어요. 마치 항상 붙어 다니는 형제의 모습처럼 보였어요. 형제는 일을 하다가 기지개를 펴는 체하며 서로를 바라보곤 했어요. 그러면 힘들었다가도, 배시시 절로 웃음이 나오곤 했지요.

얼마 지나지 않아 가을이 다가왔어요. 형제네 밭에도 농작물들이 탱글탱글하게 잘 여물었어요. 형제는 내 밭, 네 밭 가리지 않고, 거둬들인 작물을 똑같이 나누어 가졌어요.

어느새 캄캄한 밤이 되었어요. 온종일 농작물을 거두느라 힘들었는지, 두 형제 모두 온몸이 욱신욱신 쑤셨어요.

"아이고, 다리야. 아우는 나보다 더 많이 일했는데, 얼마나 더 아플까?"

형의 집에서 이런 소리가 나면, 아우네 집에서도 똑같이 소리가 났어요.

"아이고, 팔이야. 형은 나보다 더 많이 일했는데, 얼마나 더 아플까?"

형제는 집에 누워서도 서로를 생각했어요. 문득 아우는 무언가 생각이라도 났다는 듯이 자리에서 벌떡 일어났어요.

"가만 있어보자. 나는 이렇게 혼자 살지만, 형에게는 형수님도 있고 조카도 있잖아. 그러니 형에게는 더 많은 곡식이 필요할지도 몰라."

아우는 곧바로 창고에 가서 형에게 가져다줄 옥수수와 사과를 챙겼어요. 혹시 형에게 들키기라도 할까 봐 조심조심해서 형의 창고로 그것들을 옮겨 놓았지요.

그때쯤 형도 자리에서 벌떡 일어났어요.

"가만! 나에게는 이미 아내도 있고 아이도 있지만, 아우는 아직 결혼도 하지 않았잖아. 빨리 곡식을 많이 내다 팔아서 돈을 마련해야지. 그래야 결혼도 할 수 있고!"

형도 창고에 가서 옥수수와 사과를 챙겼어요. 아우처럼 조심조심해서 아우의 창고로 작물을 옮겨 놓았지요.

다음날 아침, 형제는 둘 다 깜짝 놀랐어요. 분명 서로의 집으로 자기 몫을 옮겨 놓았는데, 창고 안에는 어제 수확한 그대로 농작물이 쌓여 있는 게 아니겠어요. 형제는 그날 밤, 다시 서로의 창고에 옥수수와 사과를 옮겨 놓았어요. 그러나 아침이면 어김없이 창고 안에 작물이 그대로 있었어요. 결국 다음날 밤에도, 그 다음날 밤에도, 또 그 다음날 밤에도 계속해서 옮겨야 했지요.

며칠이 지난 밤이었어요. 형제는 이번에도 서로의 창고로 옥수수와 사과를 옮기고 있었어요. 그러다가 두 집 사이에 있는 나무 밑에서, 두 형제는 탁 마주쳤어요.

"아이고, 네가 웬일이냐, 이 밤에?"

"아니, 형님은 늦은 밤에 주무시지 않고?"

형과 아우 모두 옥수수와 사과를 한 바구니씩 들고 있었어요. 둘이 아무 말도 않고 멈춰 서 있는 사이, 사과 몇 개가 바닥에 떨어졌어요. 덩달아 옥수수도 몇 개 떨어지기 시작하더니, 이내 바구니 위로 수북하게 담겨 있는 것들이 전부 떨어졌어요. 서로를 생각하고 아껴주는 형제의 마음이 덩달아 넘쳐나고 있었고요.

임신 39주

출산을 한 주 앞둔 지금, 당신의 아기는 세상에 태어나 첫 호흡을 할 수 있는 준비를 하고 있습니다. 솜털이 대부분 사라지고 머리카락과 손발톱이 상당히 자라 있습니다. 때에 따라 아기의 크기가 지나치게 커져 난산이 예상되는 경우, 의사는 유도분만을 권유할 수도 있습니다. 이는 이때쯤 출산해도 아기에게 문제가 없을 것을 의사가 미리 점검하고 결정하는 것이니, 신뢰하고 따르는 것이 좋습니다. 당신의 자궁 경부는 아기가 나오는 데 어려움이 없도록 더욱 부드럽게 변해 있을 것입니다. 이제 자궁 수축도 좀 더 규칙적으로 나타날 것입니다. 이때쯤 속옷에 피가 살짝 묻어났다면, '이슬'을 의심해야 합니다. 이슬은 자궁 경관을 막고 있는 점액이 빠져나오면서 생기는 출혈을 말하는데, 이슬이 나오면 곧 출산이 시작된다는 신호이므로 빨리 병원으로 이동해야 합니다. 자칫 늦어지면 양수를 보호하고 있던 양막이 파열되어 양수가 새어나오는 일이 벌어질 수도 있으니, 이때부터는 몸이 알리는 신호에 대해서 적극적으로 대처해야 합니다. 이슬이 비치거나, 가진통이 짧은 시간 규칙적으로 계속된다면 반드시 병원으로 향하십시오. 당신의 아기를 만나게 될 시간이 얼마 남지 않았습니다.

"아빠! 애들 데리고 갈게요."
여자가 친정에 전화를 걸었습니다. 무턱대고 말해놓고는 아이 둘을 챙겨 버스에 오르느라 정신이 없었습니다. 여자는 문득 아버지 생각이 났습니다. 병세가 악화돼 기력을 찾지 못하고 계시는 아버지였습니다.
'에잇, 설마!'
가방 속 깊이 처박아둔 핸드폰을 다시 꺼내기 귀찮았습니다. 버스 안에서 아이들이 떠들기라도 할까 봐 조바심이 났습니다. 이상하리만치 도로에 차가 많고, 시간은 빠르게 지나갔습니다. 한참만에야 도착한 친정집. 웃옷을 걸쳐 입지 않은 아버지가 두 시간째 밖에서 기다리고 있었습니다.
"너 혼자 애들 둘을 데리고 온다는데, 걱정이 돼서 앉아 있을 수가 있어야지……."
여자의 눈에서, 그리고 가슴에서 푹하고 눈물이 쏟아져 나왔습니다.

당신 못지않게 기쁨과 감격에 가득 차 있는 사람이 있습니다.
당신처럼 손꼽아 아기를 기다리는 사람이 있습니다.
당신의 아기를 만난 순간, 가장 먼저 생각나는 사람이 바로 그 사람일 것입니다.

물가에 내놓은 아이

옛날, 어느 마을에 한 부부가 살았어요. 비록 넉넉한 살림살이는 아니었지만, 서로 아껴주고 사랑하는 마음만큼은 넘쳐나는 부부였지요. 부부에게는 딱 한 가지 걱정이 있었어요. 그건 오랫동안 부부에게 아이가 없었다는 것. 부부는 매일매일 정성을 다해 기도했어요. 올해는 꼭 아이를 갖게 해달라고요.

그러다가 마침내 부부 사이에서 아이가 태어났어요. 그것도 아주 작고 귀여운 사내 아이였어요. 주머니에 넣으면 쏙 들어갈 정도로 작아서, 아이의 부모는 아이를 항상 꼬마 왕자라고 불렀어요. 꼬마 왕자가 태어난 뒤로 부부는 전보다 더 행복한 시간을 보내게 되었어요. 나무를 깎아 직접 장난감도 만들어주고, 아이가 좋아하는 물고기도 매일같이 잡아 왔어요. 꼬마 왕자를 위해서라면 어떤 일이든 했지요.

꼬마 왕자는 어느덧 열 살이 되었어요. 그런데 참 희한한 점이 있었어요. 꼬마 왕자의 키가 하나도 자라지 않고, 태어날 때랑 똑같았던 거예요.

"저렇게 작은 몸집으로 어떻게 친구들과 어울려 지내겠어요."

"나도 그게 걱정이긴 해요. 우리가 조금 더 신경 써서 보살피기로 해요."

부부는 꼬마 왕자가 걱정돼서 어디든 데리고 다녔어요. 실수로 다치기라도 할까 봐 꼬마 왕자에게서 한시도 눈을 떼지 않았어요.

그러던 어느 날이었어요. 부부가 낚시를 가려고 한창 준비하고 있을 때였어요.

"아버지. 저도 데려가 주세요!"

"물가에 말이니? 음, 거긴 몹시 위험하단다. 나중에 더 크면 함께 가자꾸나."

아버지는 덜컥 겁이 났어요. 물가에 아이를 데려갔다가, 아이가 물에 빠지기라도 하면 어떡해요? 아버지는 꼬마 왕자를 잘 타일렀어요.

하지만 꼬마 왕자는 꼭 가고 싶다고 고집을 부렸어요. 하는 수 없이 아버지는 꼬마 왕자를 데리고 나가기로 했어요. 대신 오늘은 어머니도 함께 나서기로 했지요.

물가에 나온 꼬마 왕자는 잔뜩 신이 났어요.

"와! 이렇게 물이 많은 데는 처음이야!"
물에다가 발을 담가보기도 하고,
물장구를 쳐보기도 했어요.

"절대 다른 곳으로 가면 안 된다. 꼭 여기에 붙어 있으렴."

부부는 꼬마 왕자의 두 손을 잡고 간절하게 말했어요.

낚싯대를 던져 놓고 얼마나 시간이 흘렀을까? 꼬마 왕자는 문득 지루해졌어요.

'에잇, 괜히 따라온다고 했나? 이게 뭐야? 물고기도 하나 안 잡히고!'

꼬마 왕자는 부부의 눈을 피해 들판으로 향했어요. 들판도 물가만큼이나 신기하고 재미있는 게 가득했지요. 그때 꼬마 왕자 옆으로 소 한 마리가 다가왔어요.

"우와! 너는 누구니? 신기하게 생겼다!"

꼬마 왕자는 소를 이리저리 살펴봤어요. 소도 꼬마 왕자가 신기했어요. 어떻게 저렇게 작은 아이가 말을 할 수 있을까 싶었지요. 소의 눈에는 꼬마 왕자가 들판에 돌아다니는 쥐보다도 작아 보였어요. 소는 순식간에 꼬마 왕자를 꿀꺽 삼켜버렸어요.

부부는 꼬마 왕자가 없어진 사실을 금방 알았어요. 곧바로 꼬마 왕자를 찾기 시작했어요. 꼬마 왕자가 소의 뱃속에 있다는 사실은 꿈에도 알 수 없었지요.

소의 뱃속으로 들어간 꼬마 왕자는, 아까보다 더 신이 나 있었어요. 소가 걸어 다닐 때마다 소의 배도 출렁출렁 움직였어요. 그럴 때마다 꼬마 왕자는 미끄럼틀을 타는 것처럼 즐거웠던 거예요.

물론 소는 즐겁지 않았어요. 들쥐보다 작은 꼬마 왕자를 삼킨 뒤부터, 이상하게 자꾸 배가 아팠어요. 꽉 막힌 듯이 답답하기만 했어요. 소는 얼른 물가로 뛰어갔어요. 물을 조금 마시면 괜찮아질 것만 같았지요. 그때쯤 부부는 꼬마 왕자를 찾으려고 온 마을을 다 찾아다닌 뒤, 다시 물가로 와 있던 중이었어요.

"웬 소가 물가까지 왔을까?"

부부는 소가 하는 행동을 가만히 지켜봤어요. 소는 물가에 입을 대고 물을 조금 마셨어요. 그러더니만 별안간 방귀를 뿡하고 크게 뀌는 게 아니겠어요. 소의 방귀 소리에 부부는 물론 소도 놀랐어요. 그런데 그 순간이었어요. 소의 엉덩이에서 뭔가가 툭하고 떨어졌어요. 세상에, 바로 꼬마 왕자였어요!

"휴, 아기야. 다음부터는 엄마 아빠 곁에서 멀어지면 안 된단다. 알았지?"

부부는 또 꼬마 왕자를 타일렀어요. 집으로 돌아오면서 부부는 속삭였지요.

"하여간 물가에 아이를 내놓으면 안 돼요. 그건 아주 위험한 행동이라고요."

세 가지 소원

어느 시골 마을에 아주 가난한 부부가 살고 있었어요. 한 끼를 먹으면 당장 다음 한 끼를 걱정해야 할 정도로 가난한 부부였어요. 부부는 특히 갓 태어난 아기 걱정을 가장 많이 했어요.

"우리 아이만큼은 굶지 않았으면 좋겠어요."

아내는 종종 이렇게 말하곤 했어요. 그럴 때마다 남편은 마음이 아팠어요. 돈을 조금만 더 벌 수 있다면 좋을 텐데, 그건 생각처럼 쉬운 일이 아니었어요. 아내도 남편이 마음 아파한다는 것을 알고 있었어요. 아이가 배고파서 울기라도 하면, 얼른 남편 몰래 아이를 달랬지요.

부부가 할 수 있는 일이라고는 기도하는 일밖에 없었어요. 지금보다 아주 조금만 더 형편이 나아졌으면 하고요. 기도를 하고도 마음이 슬플 때면 부부는 재미있는 이야기를 하곤 했어요.

"천사가 나타나서 우리의 소원을 들어주면 얼마나 좋을까?"

"소원이요? 당신의 소원이 무엇인데요?"

"소원이라면 정말 많겠지만, 일단은 돈이 아주 많았으면 좋겠어요. 우리 가족 모두 끼니 걱정 없이 지낼 수 있었으면 좋겠어요."

"맞아요. 돈이 많으면 끼니도 근사하게 먹을 수 있고, 큰 집도 살 수 있을 거예요. 실은 나는 집이 아주 커졌으면 좋겠거든요."

"집이 커지면 무얼 하고 싶은데요?"

"음, 먼저 아이 방을 예쁘게 만들어주고 싶어요. 또 부엌에는 우리 세 식구가 모두 앉을 수 있는 커다란 식탁도 놓고 싶고요. 그 다음에⋯⋯."

"하하하. 됐어요, 됐어. 그만해둡시다."

이렇게 이야기를 한바탕 나누고 나면 힘든 생각이 싹 사라졌어요. 정말 이야기대로 이루어진다면 얼마나 좋을까 싶었지요.

그러던 어느 날이었어요. 느닷없이 방 안이 환해지더니 창문이 덜컥 열렸어요. 똑바로 눈을 뜨고 볼 수 없을 만큼 환한 빛이 쏟아졌어요. 그 사이로 하얀 날개를 단 천사가 들어왔어요. 부부는 눈앞에 벌어진 모습을 믿을 수가 없었어요.

"나는 너희의 소원을 들어주려고 온 천사이니라."

부부는 눈을 떴다 감았다 하기를 여러 번 반복했어요. 아예 볼 한쪽을 꼬집어보기도 했어요. 분명 꿈은 아니었어요.

"단 딱 세 가지 소원만을 들어주겠다. 자, 너희에게 필요한 세 가지가 무엇이지?"

천사는 부부를 천천히 들여다보며 말했어요. 부부는 아직도 어리둥절해 하고 있었어요. 갑자기 세 가지 소원이라니, 그리고 천사라니! 부부는 어찌할 줄을 몰랐어요. 부부의 대답이 없자, 천사는 고개를 가로저으며 떠날 채비를 했어요. 남편은 마음이 급한 나머지 큰 소리로 외쳐버렸어요.

"돈이요! 돈이 집 안에 가득 찼으면 좋겠어요!"

남편은 급한 마음에 돈을 달라고 말했어요. 남편의 말이 끝나자마자, 갑자기 다락문이 와락 열리더니 금화가 쏟아져 나왔어요. 돈은 쉴 새 없이 계속해서 나왔어요. 어느덧 집 안이 돈으로 가득 찼어요. 그러더니 금방 집이 흔들리는 게 아니겠어요?

"돈 좀 안 나오게 해주세요! 이러다 집이 무너지겠어요!"

놀란 아내가 소리쳤어요. 그러자 곧바로 다락문이 닫히더니, 돈이 더 이상 나오지 않게 되었어요. 이미 나온 돈들도 다락 안으로 쏙 들어가고 없었지요. 아내는 한숨을 푹 쉬었어요. 하마터면 집이 무너질 뻔한 일이었어요.

그런데 그보다 더 큰일이 생기고 말았어요. 얼마나 집이 흔들렸는지, 금방이라도 천장이 내려앉을 것 같이 부서져 있었어요. 부부는 방 안에 잠들어 있는 아이를 보았어요. 자칫하다가는 아이가 천장에 깔릴지도 모를 위험한 순간이었어요.

그때였어요.

"자, 이미 두 가지 소원을 말했다. 이제 마지막 소원을 말해 보거라."

천사가 나지막한 목소리로 말했어요. 부부는 돈을 나오게 해달라는 소원과 돈을 그만 나오게 해달라는 소원을 말해버렸던 거예요. 이제 부부에게는 딱 한 가지 소원만 남게 되었어요. 남편은 문득 부부가 함께 나누곤 했던 이야기가 생각났어요.

"돈이 아주 많았으면 좋겠어요!"

"큰 집에서 살고 싶어요!"

남편은 마지막 소원만큼은 꼭 둘 중에 한 가지를 말하고 싶었어요. 고민 끝에 아내의 소원을 말하려고 한 순간이었지요. 다시 천장에서 우지끈하는 소리가 났어요. 그 바람에 잠든 아이가 깨어나고 말았어요. 아이는 깜짝 놀라서 큰 소리로 엉엉 울기 시작했어요. 그 순간 부부가 똑같이 입을 모아 말했어요.

"아이가 다치지 않게 해주세요!"

부부는 그렇게 마지막 소원을 말해버리고 말았지요. 천사는 부부의 소원대로 아이를 다치지 않게 해주었어요. 세 가지 소원을 모두 들어준 천사는 순식간에 부부 곁을 떠났어요. 아내는 아이를 끌어안고 한숨을 푹 내쉬었어요. 남편도 그제야 환하게 웃었지요. 부부는 비록 원했던 소원 중 어느 것도 말하지 못했지만, 이렇게 아이를 구할 수 있게 된 게 천만다행이라고 생각했어요.

그날 이후, 부부는 더 열심히 일을 했어요. 이제 부부가 힘이 들 때 나누는 이야기는 확 바뀌어 있었어요.

"다시 천사가 나타나면 그땐 무엇을 말할 건가요?"

"음, 아무것도 필요 없으니, 그저 우리 가족 모두 건강하게만 해달라고 하겠어요."

부부는 전보다 더 재미있게 이야기를 나눴어요.

며칠 뒤, 부부는 우연히 다락문을 열었다가 깜짝 놀라고 말았어요. 다락 안에는 첫 번째 소원을 말했을 때 쏟아져 나왔던 금화가 그대로 들어 있는 것이었어요. 부부는 천사가 나타났었던 창문을 바라보며 미소 지었어요. 이 많은 돈을 부부가 정말 써도 괜찮은 건지 계속 어리둥절하기만 했답니다.

보물을 찾아라!

옛날 어느 시골 마을에 한 농부가 살고 있었단다. 농부에게는 세 아들이 있었지. 아버지는 세 아들을 결혼시키려면 더 많은 돈이 필요할 테니까 남들보다 더 열심히 일하며 살았어. 그런데 농부의 아들들은 아버지만큼 열심히 일하지 않았어. 열심히 일하기는커녕 아예 논밭에 나와 보지도 않았어. 해가 하늘 높이 떠올라도 잠자리에서 일어날 줄을 몰랐지.

"아비가 나이가 드니 일을 하기가 몹시 힘들구나. 아비를 좀 도와다오."

농부는 아침마다 세 아들에게 말했어. 아들들은 귀를 막고 못 들은 척만 했지. 농부는 한숨을 푹 쉬고는 혼자 일터로 나갔어. 온종일 혼자 일을 하고 집으로 돌아오면 쓰러지기 일쑤였어. 그렇게 몇 년의 세월이 흘렀는지 몰라. 농부는 어느새 아주 늙게 되었고, 게다가 병까지 얻게 되었어.

농부는 더 이상 일을 할 수 없게 되었어. 농부의 논밭은 점점 메말라 갔지. 아버지가 아프건 말건 세 아들은 신경도 쓰지 않았어. 논밭이 어떻게 되어 가는지 거들떠보지도 않았고. 결국 농부는 세상을 떠나게 되었어. 세 아들에게 유언을 남겼지.

"밭에 보물을 묻어 놓았으니, 찾아내어 똑같이 나누어 갖도록 해라."

농부는 이렇게 말하고는 곧 눈을 감았어. 세 아들은 아버지가 떠난 걸 슬퍼할 겨를도 없었어. 보물이라는 말에 두 눈이 번쩍 뜨였으니까.

"보물을 먼저 찾아낸 사람이 가장 많이 갖는 거야!"

셋 다 보물을 찾는 데에만 신경을 쓰고 있었거든. 세 아들은 하루도 쉬지 않고 밭을 팠어. 누구든지 보물을 찾기만 하면 부자가 될 수 있잖아. 당연히 밭을 파는 일은 결코 쉽지 않았어. 아버지가 아프기 시작하면서 밭일을 하지 않았더니, 밭이 아주 엉망이 되어 있었던 거야. 바짝 말라서 퍽퍽한 흙 속에는, 크고 작은 돌멩이들만 가득했어.

"이렇게 엉망이 돼버린 밭도 유산이라고 남겨주다니!"

"맞아! 보물이나 나오면 모를까, 정말 아무짝에도 쓸모없는 밭이라고!"

세 아들은 틈만 나면 불평을 쏟아놓았어. 하루라도 빨리 보물을 찾아야 한다며 밭을 파는 일을 멈추지 않았지. 사람들이 지나가면서 이 모습을 봤어.

"아버지가 없으니 세 아들이 열심히 일을 하는군."

"아주 보기 좋네그려."

사람들은 세 아들을 칭찬했어. 아들들은 아무 대답도 않고 쉬쉬했지. 밭에 보물이 묻혀 있다는 사실이 알려지면 큰일이잖아. 보물은 엄연히 자기네들 것인데 말이야. 세 아들은 더 열심히 밭을 팠어. 딱딱한 땅을 좀 편하게 파기 위해 물을 뿌리기도 했어. 삽질을 여러 번 하니 돌멩이들이 잘게 부서졌지.

그러는 동안 놀라운 일이 벌어졌어. 분명히 엉망으로 보이는 밭이었는데, 여기저기에 새싹이 돋아나고 있는 게 아니겠어. 땅은 아주 기름지게 변하고 말이야. 세 아들은 여전히 밭을 파고 있었어. 물을 뿌리고, 돌멩이를 부수면서. 새싹은 어느 새 굵은 줄기로 변했고, 이윽고 온갖 채소와 과일이 주렁주렁 열리게 되었어. 세 아들은 그것들을 몽땅 내다 팔아서 아주 많은 돈을 벌 수 있었어.

그 다음 해에도 세 아들은 열심히 밭을 팠어. 또 엄청나게 많은 채소와 과일이 열렸지. 그 다음 해에도, 또 그 다음 해에도, 세 아들은 계속해서 채소와 과일을 내다 팔았어. 결국 세 아들은 아주 많은 돈을 모을 수 있었고, 동네에서 제일가는 부자가 될 수 있었어. 그제야 세 아들은 알 수 있었어.

"아버지께서 말씀하신 보물이 바로 이것이었구나!"

세 아들은 아버지를 생각하며 눈물을 흘렸어. 이후 농부의 밭은 농부가 살아 있을 때보다 더 기름진 밭이 될 수 있었어. 세 아들이 얼마나 열심히 일했는지, 해마다 풍년이 들었다고 하지 아마.

공주와 세 형제 이야기

옛날 어느 시골 마을에 사이좋은 세 형제가 살고 있었어요. 세 형제에게는 각각 아버지로부터 물려받은 보물이 있었는데, 그 보물들은 몹시 귀한 것들이었어요.

먼저 첫째가 가지고 있는 보물은 망원경이었어요. 이 망원경으로는 아무리 멀리에 있는 작은 글씨도 척척 알아볼 수 있었어요. 어디에서 무슨 사고가 일어났는지, 첫째의 망원경으로 보면 시원하게 알아낼 수 있었지요. 둘째가 가진 것은 양탄자였는데, 물론 이 양탄자도 평범한 것이 아니었어요. 양탄자의 주인이 가고 싶은 곳은 어디든 데려다주는 마법의 양탄자였거두요. 둘째는 이 양탄자로 정말이지 어디든지 찾아가곤 했어요.

그렇다면 셋째가 가진 보물은 무엇이었을까요? 셋째는 먹기만 하면 어떤 병이든 낫게 해주는 마법의 사과를 가지고 있었어요. 다행히 지금까지는 형제들 중 누구도 병에 걸리지 않아서 사과를 먹을 일은 없었어요. 하지만 언제라도 누군가 병에 걸린다면 이 사과가 있기 때문에 걱정할 일이 없었지요.

"꼭 필요한 순간에 쓰도록 해라."

형제는 아버지가 돌아가시며 남긴 말을 잊지 않고 있었어요. 아버지는 돌아가시기 직전 형제들에게 이 보물들을 나누어주었어요. 형제 모두에게 위와 같은 당부를 하면서 말이에요. 형제들은 아버지가 주신 보물들을 정말 소중하게 여겼어요.

어느 날, 망원경으로 세상 구경을 하던 첫째가 깜짝 놀랐어요.

"나의 사랑하는 공주가 큰 병에 걸렸으니, 누구든 이 병을 낫게 해주는 자는 내 사위로 삼을 것이며, 후에 그에게 왕의 자리를 물려주도록 하겠노라."

그것은 바로 왕이 쓴 글이었어요. 이 나라의 공주는 눈이 부시도록 아름답기로 유명했어요. 그런 공주가 병에 걸렸다니, 마음이 아픈 첫째는 곧바로 형제들에게 달려갔어요. 첫째의 이야기를 들은 두 형제도 마음이 아프긴 마찬가지였어요. 그러면서도 형제들은 마음이 들뜨기 시작했어요.

'공주를 낫게 하면 공주를 아내로 삼을 수 있고, 후에 왕도 될 수 있다는 말이지!'

세 형제 모두 이런 생각을 하고 있었던 거예요.

"둘째의 양탄자를 타고 궁궐로 가서, 셋째의 사과로 공주의 병을 낫게 하자!"

"그래, 그러면 되겠다!"

첫째는 기발한 생각이라도 해낸 양 신이 나서 말했어요. 첫째의 말에 나머지 두 형제도 찬성했어요. 곧바로 세 형제는 마법의 양탄자를 타고 궁궐로 향했어요.

"공주님의 병을 낫게 해드리기 위해, 저 먼 곳에서 세 형제가 찾아왔습니다."

문지기는 친절하게 세 형제를 안내했어요. 왕은 잔뜩 기대한 표정을 지으며 세 형제를 맞아주었어요. 셋째는 공주에게 사과를 내밀었어요. 공주는 힘없이 사과를 받아들고는, 간신히 사과 한 입을 베어 물었어요. 궁궐에 있는 모든 사람들이 공주가 사과를 먹는 모습을 지켜보았어요.

공주가 사과를 먹은 지 며칠이 지났어요. 공주의 얼굴에 환한 빛이 돌기 시작했어요. 그리고 몇 달 만에 처음으로 공주는 입을 열었어요.

"와, 정말 맛있는 사과였어요!"

사람들은 공주의 힘찬 목소리를 듣고 모두 깜짝 놀랐어요. 다음날부터 공주는 더욱더 기운을 내더니, 이내 예전의 건강했던 모습으로 돌아오게 되었지요.

왕은 건강해진 공주를 보며 행복했어요. 동시에 큰 고민에 빠지게 되었지요.

'저 세 형제 중, 도대체 누구를 사위로 삼아야 하지?'

맞아요. 공주와 결혼할 수 있는 사람은 딱 한 명이니, 세 형제 모두에게 상을 줄 수는 없는 꼴이 된 거예요. 결국 왕은 세 형제를 불러 모았어요.

"세 형제에게 묻겠소. 공주의 병을 낫게 하는 데, 누구의 공이 가장 컸다고 생각하오?"

왕이 세 형제에게 물었어요. 생각했던 대로, 세 형제는 앞다투어 자신의 공이 컸다고 자랑하기 시작했어요.

"공주님이 병에 걸렸다는 사실을 알게 된 건 바로 저예요. 제 망원경이 없었더라면 우리는 공주님이 아프다는 사실을 몰랐을 거예요."

"그러나 제 양탄자가 없었다면, 우리는 이 먼 곳까지 올 수 없었을 거예요. 우리가 궁궐을 걸어서 왔더라면 그 사이에 공주님의 병세는 더 악화됐을지도 모르고요."

"하지만 공주님이 병에 걸렸다는 사실을 알게 되어 이곳까지 오게 되었다고 하더라도, 제 사과가 아니었다면 공주님을 낫게 해드릴 수 있었을까요?"

세 형제 중 누구도 양보하지 않았어요. 그럴수록 왕은 점점 더 고민에 빠지고 말았지요. 도대체 누가 더 위대한 일을 한 건지, 그것을 가늠하기란 결코 쉬운 일이 아니었어요. 과연 세 형제 중 누가 공주와 결혼할 수 있었을까요?

왕은 한참을 고민하는 것 같더니 곧 입을 열었어요.

"각자의 보물을 꺼내보시오."

왕이 세 형제에게 말했어요. 첫째와 둘째는 자랑이라도 하듯이 으스대며 망원경과 양탄자를 꺼내놓았어요. 하지만 셋째는 아무것도 꺼내놓을 수 없었어요.

"나의 사위는 바로 저 셋째로 정하겠노라."

왕은 셋째를 사위로 선택했어요. 공주가 건강을 되찾은 지금 이 순간, 첫째와 둘째에게는 그대로 보물이 있었지만, 셋째에게는 보물이 없었어요. 공주를 위해 딱 하나밖에 없는 것을 써버렸기 때문이지요. 왕은 마법의 사과가 없어진 대신 새로운 보물을 주는 마음으로 셋째를 택한 것이었어요.

"우리의 형제가 왕이 된다면, 결국 우리도 행복한 일이 아닌가!"

곧 나머지 두 형제도 마음을 다해 셋째를 축하해주었답니다.

별이 된 일곱 형제 이야기

옛날 아주 먼 옛날, 어느 시골 마을에서 있었던 이야기예요. 일찍 남편을 저 세상으로 떠나보낸 어머니가 있었어요.

어머니는 홀로 일곱이나 되는 아이들을 키우고 있었어요. 혼자 힘으로 그 많은 아이들을 키우려면 얼마나 힘들었을까요? 정말 아이들 돌보는 데만 하루가 꼬박 걸렸어요. 밥을 해도 일곱 그릇을 해야 하고, 빨래를 해도 일곱 번이나 해야 하잖아요. 신발을 한 번씩 닦아주려고 해도 일곱 번이나 해야 했고요. 무슨 일이든 일곱 번을 해야 하니, 하루가 다 부족할 정도였지요.

아이들은 어떻게 하면 어머니를 덜 힘들게 해드릴까 고민했어요. 밥 짓는 일도 도와 보고, 빨래하는 일도 도와봤어요. 어떤 일이든 어머니가 하는 것만큼 제대로 해내는 일은 없었어요. 결국 아이들이 생각해낸 방법은 서로 사이좋게 지내는 것. 서로 다투지 않고 지내는 것만으로도 어머니의 걱정을 덜어줄 수 있잖아요. 사이좋게 지내는 아이들 덕분에, 어머니는 정말 행복할 수 있었어요.

시간이 흐르고 흘러, 아이들도 제법 키가 자라났어요. 그때까지 어머니는 정성을 다해 아이들을 키웠어요. 이제는 큰아들이 어머니를 도와 집안일도 제법 해내곤 했지요.

"어머니가 이렇게 힘들게 일하시는 줄은 꿈에도 몰랐어. 더 많이 도와드려야겠어."

큰아들은 어머니에게 더 고마운 마음을 갖게 되었어요.

그런데 언젠가부터 조금 이상한 일이 벌어졌어요. 정확히 말하면 하얀 눈이 소복소복 내리는 어느 겨울밤부터였던 것 같아요. 깊은 밤, 어머니가 살금살금 방 안을 걸어 나갔어요. 동생들은 모두 잠들고, 큰아들 혼자 공부를 하고 있던 중이었지요.

'변소에 다녀오시려나?'

처음에 큰아들은 별다른 생각을 하지 않고, 공부를 계속 했어요. 이상한 일이었어요. 어머니는 한참이 되어서도 방에 들어가지 않았어요. 변소에 갔다 왔어도 수십 번은 더 갔다 왔을 시간인데도 말이에요.

다음날 아침, 큰아들은 어머니에게 지난밤 일을 물어볼까 하다가 그만두었어요. 무언가 일이 있으셨겠지 하고 생각하고 말았지요.

다음날에도, 또 그 다음날에도 이상한 일은 자꾸 일어났어요. 깊은 밤이 되자 어머니가 또 살금살금 방에서 걸어 나오는 것이었어요.

'이상하다. 밤마다 어디에 가시는 거지?'

큰아들은 궁금하기도 하고, 어머니가 걱정되기도 했어요. 아예 어머니를 따라 나서야겠다고 마음먹었어요.

그날 밤, 어머니가 또 방에서 살금살금 걸어 나왔어요. 곧 아들은 어머니에게 들키지 않게 조심조심 걸어서 어머니 뒤를 쫓아갔어요. 놀랍게도 어머니가 간 곳은 변소도 부엌도 마당도 아니었어요. 어머니는 대문을 빠져나가 멀찌감치 걸어갔어요.

아들은 어머니를 놓치지 않으려고 얼른 뒤를 쫓았고요.

얼마 후, 어머니는 개울 앞에서 멈췄어요. 겨울이라 그런지 개울에는 살얼음이 동동 떠 있었어요. 살이 조금만 닿아도 온몸이 꽁꽁 얼어붙을 만큼 차가워 보였어요.

　어머니는 그 차가운 개울물을 단숨에 건너갔어요. 믿을 수가 없었어요. 하는 수 없이 아들도 어머니를 따라 개울물을 건넜어요. 얼마나 차가운지, 하마터면 '악' 하고 소리를 지를 뻔 했다니까요. 아니 도대체 이 추운 밤에 얼음물 같은 개울을 건너 어디로 가시는 걸까요?

　잠시 후, 어머니가 도착한 곳은 허름한 집 앞이었어요. 어머니는 꽃밭에 나온 나비마냥 폴짝폴짝 뛰어서 집 안으로 들어갔어요. 큰아들은 차마 방 안까지는 따라가지 못하고, 그 앞에 바짝 다가앉아 귀를 대고 있었어요.

　"아이고, 이 추운 밤에 오느라 얼마나 고생이 많으셨소?"

　"고생이라니요? 이렇게 영감을 만날 수 있는데, 그게 무슨 고생이겠어요."

　"아, 그렇소? 고맙네, 고마워."

　세상에, 어머니가 밤마다 만나러 온 사람이 이웃마을의 할아버지였다니! 큰아들은 놀라서 뒤로 벌러덩 넘어질 뻔 했어요. 어머니와 할아버지는 밤새도록 이야기를 나누며 시간을 보냈어요. 서로 '옳소', '맞소', '그렇소' 해가며 즐거워했지요.

　큰아들은 어머니를 두고 먼저 집으로 향했어요. 가는 내내 별의별 생각이 다 들었던 것 같아요. 어떻게 밤에 어린 자식들만 놔두고 집을 나설 수 있을까 하고 어머니가 밉기도 했어요. 하지만 한편으로는 어머니가 그렇게 많이 웃는 모습을 보고 나니 덩달아 기분이 좋은 것도 같았고요. 큰아들은 그동안 어머니가 참 많이 외로웠겠다는 생각도 들었어요.

　그러던 중 큰아들은 다시 개울 앞에 도착했어요. 몸서리를 치며 얼음물 같은 개울을 건넜어요. 그때 발에 뭔가가 밟혔어요. 바로 어머니의 고무신이었어요.

　"아! 어머니 마음이 얼마나 급하셨으면!"

　큰아들은 어머니 생각이 났어요. 어머니는 아이들이 잠에서 깨기 전에 다녀올 생각에 마음이 급했던 거예요. 차마 개울에 빠진 고무신을 찾을 수도 없을 정도로요.

　다음날 아침, 큰아들은 여섯 동생을 불렀어요. 그동안 있었던 이야기를 고스란히 들려주었지요. 일곱 형제는 어머니에게 조금이라도 도움이 되고 싶었어요.

　"우리가 개울에 징검다리를 놓는 건 어때?"

큰아들이 내놓은 생각에 다른 형제들도 모두 좋아했어요. 바로 개울로 뛰어나갔어요. 아이들은 큰 돌 작은 돌 모두 집어다가 징검다리를 만들었어요. 이제 어머니가 차가운 개울물에 발을 담그지 않아도 되니 얼마나 좋았겠어요.

그날 밤, 어머니는 개울에 징검다리가 놓인 걸 보았어요.

"세상에, 고맙기도 하지! 누가 만들었는지는 몰라도, 이 징검다리를 만든 사람은 이다음에 별이 될 거야. 이렇게 마음씨가 예쁘니, 별이 되도 분명히 될 거야."

어머니는 마음을 다해 기도했어요. 정말 그날부터 어머니는 차가운 개울물에 발을 담그지 않아도, 개울을 건널 수 있게 되었지요.

그럼, 정말로 징검다리를 만든 사람들은 어떻게 되었을까요? 일곱 형제는 어머니의 기도대로 정말 별이 되었어요. 하늘 높이 일곱 개의 별이 나란히 떠올랐지요. 사람들은 그 일곱 개의 별을 북두칠성이라고 부르기로 했어요. 북두칠성은 캄캄한 밤, 혹시 징검다리를 건너고 있을 누군가를 위해 더욱 환하게 빛을 비추었답니다.

젊음은 시들고, 사랑은 사그라들고, 우정의 나뭇잎들은 떨어져도, 어머니가 품고 있는 은밀한 희망은
그 모든 것들보다 더 오래 지속된다.
— 올리버 웬델 홈즈(Oliver Wendell Holmes, 1809~1894, 미국의 수필가)

임신 40주

당신은 예정일보다 조금 앞서 아기를 만났을 수도 있습니다. 또는 40주가 다 지나도록 아직까지 가진통조차 겪지 못했을 수도 있습니다. 놀랍게도 출산예정일에 딱 맞춰 태어나는 아기는 100명 중 다섯 명 남짓이라고 합니다. 대부분의 아기가 하루 이틀 정도를 초과하거나 혹은 앞당겨 태어난다는 것입니다. 지금 이 순간부터는 언제 어떻게 당신에게 진통이 찾아올지 아무도 모릅니다. 처음 진통은 체한 듯이 배가 살살 아프거나, 혹은 뒤가 묵직한 듯한 배변감을 느끼는 데서 시작합니다. 그러다가 뾰족한 무언가로 배를 찌르는 듯한 통증이 나타납니다. 진통이 시작되었다고 해서 서두르거나 당황하지 말고 침착하게 대처하도록 합시다. 출산 순간을 함께 해줄 남편이나 가족 친지와 가까운 거리를 유지하고 있는 것이, 당신에게 가장 큰 위안이 되어줄 것입니다.

　출산 시 겪는 고통은 엄마만의 것이 아니라고 합니다. 자궁이 수축할 때 엄마의 몸에 가해지는 힘을 아기는 온몸으로 받게 되며, 좁은 산도를 빠져 나오기 위해 뼈가 눌리는 고통도 겪어야 하기 때문입니다.

일 년 삼백육십오 일 스물네 시간, 별장이는 한 순간도 쉬지 않고 별을 닦았습니다.
별 한가운데에 사랑하는 이의 이름을 적어 놓았기 때문에, 별장이는 하루도 쉴 수가 없었습니다.
어느 비가 오던 날, 별장이는 하늘을 향해 기도했습니다.
"하느님, 제가 없으면 저 별은 누가 닦아주지요? 저 별은 어떻게 반짝이지요?"
별장이의 눈에서 눈물이 흘렀습니다. 별장이는 정말로 마음이 아팠습니다.
오랜 세월이 지나, 별장이가 마지막으로 눈을 감던 날.
하느님은 별장이가 평생토록 닦은 별을 그의 가슴에 심어주었습니다.
별장이는 별과 함께 별이 될 수 있었습니다.

어느덧, 마지막 주가 되었습니다. 이제 당신도 당신의 별과 함께 별이 될 차례가 되었답니다.
진심으로 축하합니다. 별이 될 아기, 그리고 당신!

도깨비가 된 아들

어느 깊은 산골 마을에 아픈 아버지와 착한 아들이 살고 있었어요. 아버지는 오래전에 병에 걸려 몇 년이 지났는데도, 아직까지 기운을 차리지 못하고 있었어요. 게다가 날이 갈수록 기침은 더 심해지고, 열도 뜨겁게 오르고 있었지요. 아들은 한양에 가서 의원을 데려오기로 마음먹었어요. 그것도 아주 용하다고 소문난 의원을 말이지요.

"아서라, 아들아. 그동안 이 의원, 저 의원 찾아 다니며 들어간 돈이 얼마나 많니. 너도 이제 장가를 들어야 하고……."

아버지는 이미 아들의 속마음을 눈치 챈 모습이었어요.

"걱정 마세요, 아버지. 돈은 얼마든지 다시 벌 수 있어요. 하지만 아버지는 제 인생에 한 분뿐인걸요."

아들은 아버지를 안심시키고는 두 손을 꼭 잡아주었어요. 아버지는 고개를 끄덕끄덕 하였지요. 아들은 아버지가 잠든 걸 본 후, 바로 부엌으로 갔어요. 자기가 없는 동안 아버지가 먹을 수 있게 음식을 잔뜩 만들어놓았어요. 그러다 보니 어느덧 날이 밝아오기 시작했어요. 하룻밤을 그만 꼬박 지새웠던 거예요.

날이 밝자마자 아들은 집을 나섰어요. 일부러 아버지 얼굴은 보지 않았어요. 한시라도 서둘러 다녀와야겠다는 생각뿐이었어요.

아들은 한양을 향해 열심히 걸었어요. 밤에 잠을 한숨도 못 자서인지 몹시 피곤했어요. 그래도 더 힘을 내려고 했어요. 일부러 더 빨리 걸어도 보고, 혼자서 달리기 시합을 하기도 했어요. 아버지를 얼른 낫게 해드려야겠다는 생각뿐이어서 그런지, 다른 때 같으면 하루가 꼬박 걸렸을 길도 한나절 만에 걸을 수 있었어요.

이윽고 해가 저물고 날이 어둑어둑해졌어요.

'어디까지 왔지?'

아들은 주위를 두리번거리다가 깜짝 놀랐어요. 글쎄 자기가 웬 무덤 앞에까지 와 있지 않겠어요. 앞이 하나도 보이지 않아서 더는 걸을 수 없는 상황이었어요. 하는 수 없이 오늘밤은 그곳에서 쉬었다 가는 게 좋을 듯 했어요.

아들은 무덤 뒤편으로 가서 자리를 잡고 누웠어요. 바람이 휘이익 불고, 낙엽이 스르르 떨어지니 어째 으스스한 기분이 들었어요. 두 눈을 딱 감고 얼른 잠을 청했어요. 무서울 때는 차라리 모르는 척하고 잠들어버리는 게 최고니까요.

얼마나 잠을 잤을까? 무덤가에서 웅성웅성 떠드는 소리가 들렸어요. 아들은 살며시 눈을 떴어요. 그러다가 하마터면 '으악' 하고 소리를 지를 뻔 했지요.

"도, 도, 도깨비!"

아들은 얼른 두 손으로 입을 막았어요. 세상에, 무덤가에 도깨비 여럿이 잔뜩 모여 있지 않겠어요! 아들은 몸을 깊이 숙여서 무덤 뒤에 숨었어요. 도깨비들은 아들이 있는 줄도 모르고 자기들끼리 수다를 떠느라 바빴어요.

"최 부잣집네 딸이 많이 아프다나 봐."

"응, 기침도 많이 하고 열도 많이 난다나 봐."

"고뿔은 아니고?"

"응. 아무래도 열병 같았어."

도깨비들의 이야기를 엿듣고 있던 아들은 깜짝 놀랐어요. 듣자하니, 최 부잣집네 딸도 자기 아버지처럼 아팠거든요. 아들은 도깨비들의 이야기에 더 귀를 기울였어요. 혹시 아나요? 병이 낫는 방법을 알고 있을지 말이에요.

그러나 도깨비들은 거기까지 이야기하고는 전부 자리에서 일어났어요. 아들은 큰일 났다 싶었어요. 머리를 이리 굴리고 저리 굴렸어요. 그러다가 우당탕탕 도깨비들 앞에 모습을 보이고 말았어요.

"이보게, 친구들. 어디를 그렇게 바삐 가는가?"

아들은 얼른 허리를 구부정하게 숙이고, 이빨을 득득 갈며 도깨비 흉내를 냈어요.

"오잉? 너는 누구냐?"

"날세, 나. 나를 못 알아보겠나? 일전에 내가 자네들한테……. 에이취! 콜록콜록."

아들은 도깨비 흉내를 내다 말고 기침을 크게 했어요.

"아! 영감 도깨비로군! 자네, 어디 갔다 왔나? 얼마나 찾았는데!"

그야말로 놀라운 일이었어요. 도깨비들이 아들의 꾀에 넘어간 거예요.

"그런데 영감 도깨비 어디가 아픈가보군. 기침을 심하게 하는 걸 보니."

"응, 며칠째 이러고 있네. 도대체 어떻게 해야 낫는지 방법을 모르겠어."

아들은 일부러 아버지가 아픈 것과 똑같은 모습으로 꾀병을 부렸어요.

"자네도 최 부잣집네 딸과 똑같은 병에 걸린 게야."

"맞네, 맞아. 그런 것 같네. 뭘 먹어야 나으려나……."

"쑥물! 쑥물이 최고일세!"

쑥물이라! 아들은 하늘로 날아갈 듯이 기뻤어요.

"그래, 고맙네그려. 내일 바로 달여 먹도록 하지. 나는 여기서 조금 쉬었다 갈 테니, 자네들 먼저 가게나."

도깨비들은 아들을 두고 다들 무덤가를 떠났어요. 순식간에 영감 도깨비가 되었던 아들은 이 사실이 믿겨지지가 않았어요.

날이 밝자마자 아들은 시장에 나가 거기에 있는 쑥을 모조리 사왔어요. 곧장 쑥물을 달여 아버지에게 주었어요. 그리고 남은 쑥을 가지고 바로 최 부잣집네로 향했어요. 최 부잣집네 딸도 쑥물을 달여 먹으면 나을 수 있다고 자신 있게 말하고 집으로 돌아왔지요.

며칠 후, 아버지는 정말 씻은 듯이 나았어요! 물론 최 부잣집네 딸도 나을 수 있었고요. 최 부잣집에서는 바로 아들에게 사람을 보냈어요. 최 부자가 아들을 자신의 사위로 맞고 싶어 한다는 것이었지요.

"네가 최 부잣집의 사위가 되다니! 아비를 살린 것보다 더 큰 효도로구나!"

아버지와 아들은 덩실덩실 춤을 췄어요. 뭐, 아들이 도깨비가 되었다는 이야기를 믿어주는 사람은 아무도 없었지만요.

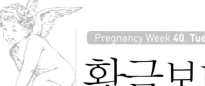

황금보다 소중한 우애

옛날 어느 마을에 사이좋은 형제가 살고 있었어요. 일찍 부모가 세상을 떠났기에, 형제에게는 서로가 하나뿐인 가족이었어요. 형은 항상 자기보다 어린 아우를 잘 보살폈어요. 마치 갓난아이라도 대하듯, 마음을 다해 챙겨주었어요.

아우는 또 아우대로 형을 챙겼어요. 형이 힘들어 할 것 같은 일은 자기가 앞장서서 해치웠어요. 형에게 걱정을 끼치지 않으려고, 형이 시키지 않은 일까지도 척척 해냈지요. 그러다 보니 형제 사이에는 싸울 일이 없었어요. 형제는 항상 함께 붙어 다니며, 일도 같이 하고 밥도 같이 먹곤 했어요.

"정말 저렇게 사이좋은 형제는 없을 거예요."

"우리 애들도 저렇게 사이가 좋았으면 얼마나 좋을까!"

마을 사람들은 항상 형제를 칭찬했어요. 형제는 누가 봐도 부러워할 만큼 사이가 좋았지요.

어느 날 형제가 함께 일터에 나가 일을 하고 돌아오는 중이었어요.

"어? 저게 뭐지?"

"형도 보셨어요? 뭐가 반짝거리고 있지요?"

형제가 길 끝에 떨어져 있는 무언가를 발견했어요. 멀리서부터 반짝반짝 빛을 내는게, 분명 보통 물건은 아닌 것 같았어요. 형제는 순식간에 그 물건이 떨어져 있는 곳까지 뛰어갔어요. 놀랍게도 그곳에는 황금 두 덩어리가 떨어져 있었지요.

"어떻게 딱 두 개가 떨어져 있을까요?"

"그러게나 말이다. 우리 둘이 하나씩 사이좋게 나눠 가지라는 뜻인가 보구나."

형제는 곧바로 황금을 하나씩 나누어 가졌어요. 마치 어린 아이들이 된 것처럼 기뻐했지요.

사실 형제의 살림살이는 몹시 가난했어요. 그나마 열심히 일을 한 덕분에 끼니는 거르지 않고 살았지요. 으리으리한 집을 짓는다거나, 번쩍번쩍한 비단옷을 입는다는 일은 결코 있을 수 없는 일이었어요. 하물며 황금이라니요. 그걸 어떻게 형제가 가질 수 있었겠어요. 형제는 그야말로 횡재를 한 기분이었지요.

형은 주머니 속에 든 황금을 만지며 상상에 빠져 있었어요.

'이 황금으로 무얼 할까? 팔면 많은 돈이 생기겠지? 그럼 장가를 드는 게 좋을 거야. 드디어 나도 예쁜 색시를 얻는 거지. 그래서 집도 새로 짓고, 아이도 낳고 알콩달콩 행복하게 살아야지!'

정말 상상만 해도 즐거운 일이었어요. 형은 내일 바로 황금을 내다 팔아야겠다고 생각했어요. 아우의 상상도 만만치 않았어요.

'내게 이런 황금이 생길 줄이야! 팔면 많은 돈이 생기겠지? 그럼 장사를 시작해보겠어. 지긋지긋한 농사일은 그만 두고, 멋지게 장사 일을 시작하는 거야. 돈을 많이 벌면 으리으리하게 큰 집을 지어야지!'

아우는 황금이 가슴팍 안에 잘 있는지 몇 번이고 만져보았어요. 형제는 그렇게 황금을 가슴 안에 꼭 안고 집으로 향했어요. 머릿속은 온통 행복한 상상뿐이었지요. 오늘처럼 집에 가는 길이 힘들지 않고 행복했던 적도 없을 거예요.

형제는 금세 강가에 도착할 수 있었어요. 형제의 집에 가려면 꼭 건너야 하는 강이었지요. 형제는 늘 하던 것처럼 작은 나룻배 위에 올라탔어요. 이때도 황금이 혹시 떨어지진 않을까, 조심조심 움직였고요.

나룻배가 강 건너편에 거의 도착했을 때쯤이었어요. 갑자기 아우가 가슴팍에서 황금을 꺼냈어요. 그러더니만 강물 안으로 그것을 휙 집어던지는 것이었어요!

"아우야, 왜 황금을 던져버린 거니!"

형은 놀랐는지 큰 소리를 내며 화를 냈어요.

"형님, 죄송해요. 황금을 손에 쥔 뒤로 머릿속에 자꾸 몹쓸 생각이 들지 않겠어요."

"몹쓸 생각이라니?"

"태어나서 처음으로 형이 없었으면 좋겠다는 생각을 했지 뭡니까. 형이 없으면 황금 두 덩어리가 모두 내 차지였을 텐데, 괜히 형과 함께 있어서 하나밖에 갖지 못했다는 생각이었지요. 그런 몹쓸 생각을 하게 만든 황금인데, 가지고 있으면 무슨 소용이겠어요."

아우의 이야기를 들은 형은 깜짝 놀랐어요. 사실은 형도 아우와 똑같은 생각을 하고 있었던 거예요. 형도 아우가 없었으면 좋겠다는 생각을 얼마나 많이 했는지 몰라요. 황금이 없을 때는, 단 한 번도 아우가 미운 적이 없었는데 말이지요. 황금이 도대체 무엇이기에, 아우가 없었으면 좋겠다는 생각을 하게 만들었을까요. 형은 한숨을 푹 쉬었어요.

곧 형도 아우를 따라 황금을 강물로 던져버렸어요.

"형님! 왜 황금을 버리십니까! 이제 장가도 들고 집도 새로 지어야 할 텐데!"

아우는 깜짝 놀라서 형의 옷섶을 붙들었어요.

"아니다, 아우야. 이깟 황금이 뭐라고, 더 소중한 것을 잃어서야 되겠니?"

"더 소중한 것이라니요?"

"바로 너. 내겐 너보다 소중한 것이 없단다."

형님은 아우를 꼭 끌어안았어요. 아우도 형님의 품 안에 꼭 안겼지요. 형제의 눈에 눈물이 글썽였어요. 강물 위로 떨어진 형제의 눈물이 황금보다 더 반짝이기 시작했고요.

옛날 고려 공민왕 때 있었던 이야기예요. 형제가 강물에 황금을 던져버린 일이라 하여, '형제투금(兄弟投金)'이라고 말하지요. 바로 형제, 자매를 위해 황금도 마다할 수 있다면, 그것이야말로 가장 큰 행복임을 일깨워주는 말이랍니다.

두 딸을 위하여

　두 딸을 둔 아버지가 있었어요. 일찍 아내를 잃고, 혼자서 두 딸을 키웠지요. 세상의 모든 아버지가 그렇겠지만, 이 아버지는 정말이지 최선을 다해 두 딸을 키웠어요. 아마도 어머니의 빈자리를 느끼지 않게 해주려는 마음 때문이었을 거예요. 아버지는 항상 두 딸을 생각하며 열심히 일했어요. 가끔씩 몸이 아프고 일이 하기 싫을 때도 있었지만, 게으름 같은 건 절대 피우지 않았어요. 또 아내가 없다는 사실을 슬퍼하지도 않았고요. 자기가 슬퍼하면 딸들은 더 많이 슬플 게 뻔한 일이니까요.

　아버지에게는 딱 한 가지의 소원이 있었어요. 바로 예쁘게 잘 키운 딸을 좋은 곳으로 시집보내는 것. 딸들이 좋은 사람을 만나 행복하게 잘 살아주기만 한다면, 아버지는 더 이상 바랄 게 없었지요.

　"사랑하는 딸들아. 이제는 너희가 인생의 짝을 만나야 할 때구나. 이 세상에는 멋지고 훌륭한 남자들이 아주 많단다. 그 중 너희의 짝도 있을 테고 말이야. 아버지는 이렇게 생각한단다. 잘 생긴 외모도 좋고, 많은 돈도 좋고, 뛰어난 지혜도 좋지만 무엇보다 중요한 건 사랑이라고. 너희를 한없이 사랑해줄 수 있는 사람을 만날 수 있었으면 좋겠구나. 그 사랑은 분명, 잘 생긴 얼굴보다, 넘치는 돈보다, 뛰어난 지혜보다 너희를 행복하게 해줄 수 있을 거야. 사랑이 없다면 식탁에 마주 앉는 일도, 옷을 사 입는 일도, 여행을 떠나는 일도, 어려움을 해결하는 일도 잘 해낼 수 없을 테니까. 부디, 이 아버지보다 더 많이 너희를 사랑할 수 있는 짝을 만나길 바란다."

아버지는 딸들에게 이렇게 이야기하곤 했어요. 이건 아버지의 간절한 바람이기도 했고요. 아버지는 두 딸 몰래 늘 기도했으니까요. 딸들이 자신들을 정말 아끼고 사랑해주는 짝을 만날 수 있게 해달라고 말이지요.

세월이 흐르고 흘러, 딸들은 어엿한 아가씨가 되었어요. 딸들은 드디어 시집을 가게 되었지요. 큰딸은 여러 가지 꽃과 나무를 키우며 사는 정원사의 아내가 되었어요. 작은딸은 예쁘고 튼튼한 옹기를 만드는 옹기장수의 아내가 되었고요. 정원사는 큰딸을 정말 많이 사랑하는 남자였어요. 옹기장수도 작은딸을 아주 많이 사랑했지요. 딸들은 남편의 사랑을 받으며 행복한 하루하루를 보내게 되었어요.

하루는 아버지가 딸들이 몹시 보고 싶은 나머지, 직접 딸들을 찾아가보기로 마음먹었어요. 아버지는 먼저 큰딸이 살고 있는 집을 찾아갔어요. 큰딸은 남편과 함께 정원에 물을 주고 있는 중이었어요. 딸은 아버지를 보고 얼마나 반가워했는지 몰라요. 맛있는 음식도 많이 해주고, 미리 준비해두었던 선물도 많이 챙겨 주었어요. 아버지는 행복하게 사는 딸을 보니 마음이 좋았어요.

"너를 키우는 동안 나는 딱 한 가지의 소원을 가졌단다. 바로 네가 훌륭한 짝을 만나는 것. 이렇게 네가 행복하게 사는 것을 지켜보니, 아무래도 내 소원은 이루어진 것처럼 보인다. 고맙다. 딸아."

아버지는 딸이 대견했어요. 혹시나 자기가 도와줄 건 없을까 하고 궁금해 했어요.

"그래, 딸아. 요즘 너는 어떤 소원을 갖고 있니?"

"요즘 날씨가 아무래도 이상해요. 비가 통 내리지 않는 것 같아요. 비가 많이 와야 나무들이 잘 자랄 텐데 말이지요. 아버지, 비가 아주 많이 내리게 해달라고 기도해주세요."

딸의 이야기를 들은 아버지는 빙그레 웃었어요. 소원이 고작 그 정도라니, 분명히 아무 어려움 없이 살고 있구나 하는 생각이 들었던 거예요. 아버지는 기분 좋게 큰딸네 집에서 떠날 수 있었어요.

다음날 아버지는 바로 작은딸을 찾아갔어요. 작은딸 역시 남편과 함께 열심히 옹기를 빚고 있는 중이었지요. 작은딸도 아버지를 보고 그렇게 반가워할 수가 없었어요. 큰딸이 그랬던 것처럼 이것저것 음식을 해주고, 좋은 선물도 많이 주었어요. 아버지는 작은딸에게도 똑같이 물었어요.

"그래, 딸아. 요즘 너는 어떤 소원을 갖고 있니?"

작은딸 역시 큰딸처럼 아주 작은 소원을 말할 거라고 기대하면서 말이지요. 그런데 작은딸의 소원을 들은 아버지는 마음이 찜찜해지고 말았어요.

"요즘 날씨가 아무래도 이상해요. 비가 너무 많이 내리는 것 같아요. 날씨가 화창해야 옹기들이 잘 마를 텐데 말이지요. 아버지, 비가 절대 내리지 않게 해달라고 기도해 주세요."

작은딸의 소원도 작은 소원이라면 작은 소원일 텐데, 그 소원의 내용이 문제였던 거예요. 큰딸과 정반대의 이야기를 하고 있었으니까요.

집으로 돌아온 아버지는 끙끙 앓기 시작했어요.

"도대체 어떻게 기도를 해야 한단 말이지? 큰딸을 위해 비가 많이 내리게 해달라고? 아니면, 작은딸을 위해 비가 절대 내리지 않게 해달라고? 아, 어떻게 한담!"

아버지는 결코 어떻게도 기도를 할 수 없었어요. 게다가 딸들을 만나고 온 뒤로는 걱정거리가 생기고 말았어요. 바로 비가 오면 작은딸 걱정, 비가 오지 않으면 큰딸 걱정을 하게 된 거지요. 날씨가 그렇잖아요. 비가 오거나 아니면 오지 않거나 말이에요. 결국 아버지는 하루도 빠짐없이 걱정만 하며 살게 되었어요.

어느 날, 아버지를 찾아온 두 딸은 깜짝 놀랐어요. 아버지가 아픈 사람처럼 바짝 말라 있는 게 아니겠어요. 딸들은 아버지에게 무슨 일이냐고 걱정스럽게 물었어요. 아버지는 딸들에게 그 동안 있었던 걱정들을 털어놓았어요.

"호호호. 정말이세요, 아버지?"

아버지의 이야기를 들은 딸들이 큰 소리로 웃었어요. 아버지가 걱정했던 모습과는 반대로 말이지요.

"비가 오면 옹기가 잘 마르지 않지만, 대신 언니네 정원에 있는 나무들이 잘 자랄 수 있겠구나! 참 잘된 일이야!"

"맞아. 비가 오지 않으면 나무들에게 물을 줄 수는 없지만, 대신 동생네 옹기들이 잘 마를 수 있는 거잖아. 그거야말로 정말 잘된 일 아니겠니!"

아버지는 서로서로 좋아하는 딸들을 보며, 그제야 알았다는 듯이 무릎을 탁 쳤어요.

"그래, 맞는 말이구나! 비가 오면 큰딸이 행복해서 잘 된 일이고, 비가 오지 않으면 작은딸이 행복해서 잘 된 일이니, 나는 하루도 행복하지 않을 날이 없겠구나!"

아버지는 비로소 자신이 원하는 모든 소원이 다 이루어졌다고 생각했어요. 세상에서 가장 아름다운 두 딸이 좋은 사람을 만나서, 지금보다 더 많이 행복하게 사는 일, 그토록 간절하게 기도했던 일을 말이에요.

누가 진짜 부자일까

옛날 어느 마을에 한 부자가 살고 있었어요. 부자는 아주 커다란 집에 살면서, 창고에는 곡식과 옷감을 잔뜩 쌓아놓았어요. 하인도 얼마나 많은지 집 안 청소며 빨래, 요리까지 하인들이 모두 해주었지요.

이런 부자에게 걱정거리가 있었을까 싶지만, 실은 부자는 세 딸 때문에 하루도 마음 편할 날이 없었어요. 딸들이 아버지를 아주 못살게 굴기로 유명했거든요.

"아버지, 예쁜 새 옷을 사 주세요. 저고리가 몹시 낡았지 뭐예요."

"저는 꽃신을 새로 장만해야 해요. 뒤축이 다 닳았다니까요 글쎄."

"저도요, 저도요. 저는 옷도 신도 다 새로 사야 하는걸요."

딸들은 허구한 날 갖고 싶은 것을 사달라고 야단이었어요. 그럴 때마다 부자는 오냐오냐 하며 사달라는 것을 모두 사주곤 했지요. 그랬더니만 이제는 아예 온종일 부자를 쫓아다니며 무엇 무엇이 갖고 싶은지 늘어놓기가 일쑤였어요.

"그만, 그만! 너희는 아버지에게 할 말이 그것밖에 없니?"

딸들은 아버지가 화를 내든 말든 신경도 쓰지 않았어요.

"쯧쯧. 부자면 뭐해? 딸들이 다 저 모양인데……."

"아비가 돈이 없었으면 저렇게 달달 볶지도 않았을 거예요."

사람들은 부자가 부럽지 않았어요. 저렇게 딸들 때문에 속 썩고 사느니, 그냥 가난하게 사는 게 더 낫겠다 싶었지요.

그러던 어느 날, 부자는 귀가 쫑긋 서는 소문을 듣게 되었어요. 마을 안에 한 선비가 살고 있는데, 그 선비에게도 딸이 셋이 있다는 것이었어요. 문제는 그 선비의 딸들이었어요. 부자의 딸들과는 달리, 아버지를 아주 깍듯이 섬긴다고 했지요.

"선비 딸들 말이에요. 아버지를 얼마나 잘 모시는지, 보는 내내 부러워서 혼났어요."

"저도 보았지요. 그런 딸들만 있다면 열 부자 안 부럽겠더라고요."

사람들은 선비를 부러워했어요.

'열 부자 안 부럽겠다고?'

부자는 사람들의 말이 믿겨지지가 않았어요. 어떻게 열 부자가 안 부러울 수가 있겠어요. 아무리 딸들이 아버지를 잘 모셔도 그렇지, 도대체 말이 안 되잖아요. 부자는 선비가 자기보다 부자인 게 분명하다고 생각했어요. 그렇지 않고서야 창고 가득 살림이 차 있고, 하인들도 많이 거느리고 있는 자기보다 어떻게 더 행복할 수가 있겠냐고요.

"어디, 얼마나 잘 사는지 이 두 눈으로 직접 봐야겠구나!"

부자는 당장 선비의 집을 찾아갔어요.

"아이고, 부자 나리. 어서 오십시오."

선비는 부자를 반갑게 맞아 주었어요. 그런데 이게 어찌 된 일일까요? 마땅히 자기보다 더 부자일줄 알았는데, 전혀 그렇지가 않은 거예요. 일단 집부터가 작은 초가인데다가, 그나마 그 초가도 휘청휘청 흔들리는 것 같았어요. 마당에는 빈 항아리들이 죽 널려 있고, 대청마루에는 과일 하나 나와 있지 않았지요.

'당장이라도 무너질 판이군! 도대체 사람들은 뭘 부러워하는 거야?'

더 놀라운 건 선비의 차림새였어요. 아직 여름이 되려면 한참이 남았건만, 선비는 무릎이 훤히 보이는 반바지를 입고 있는 게 아니겠어요.

"아니, 여보시오. 아직 날이 찬데, 무슨 그런 옷을 챙겨 입으셨소?"

"아, 이 짧은 바지요? 이 바지로 말씀 드릴 것 같으면……."

선비는 괜스레 바지를 한번 만져보며 이야기 하나를 들려주었어요.

하루는 선비가 바지 하나를 새로 장만하게 되었어요. 바지 길이가 조금 긴 듯해서, 선비는 딸들에게 바지를 딱 한 뼘만 줄여달라고 부탁을 했지요. 그날 밤, 큰딸이 먼저 아버지의 바지를 줄였어요. 동생들은 힘들지도 모르니, 자기가 아버지의 바지를 줄여야겠다고 생각한 거예요. 큰딸은 바지를 딱 한 뼘 잘라낸 뒤, 다시 아버지 방 앞에 가져다놓

앉어요. 그때 둘째 딸이 바로 그 바지를 챙겼어요. 둘째 딸 역시 다른 자매들은 힘들지도 모르니 자기가 바지를 줄여야겠다고 생각했던 거지요. 둘째 딸도 바지를 딱 한 뼘 잘라낸 뒤, 다시 아버지 방 앞에 가져다놓았지요. 거기서 그만 끝났으면 그래도 그런대로 괜찮았으련만, 글쎄 막내딸도 아버지의 바지를 자른 거예요. 세 딸 모두, 서로 아버지의 바지를 고쳐주고 싶은 마음뿐이었어요. 또 다른 자매들에게 괜히 일감을 남겨주기도 싫었고요. 이렇게 해서 선비의 바지가 반바지가 되었더라는 이야기였어요.

이야기를 다 들은 부자는, 선비네 집에서 돌아오는 길에 잠깐 장에 들렀어요. 선비도 바지를 하나 새로 장만해볼 생각으로요. 집으로 돌아온 부자는 선비가 했던 것처럼 똑같이 말했어요. 바지를 딱 한 뼘만 줄여달라고요.

다음날, 바지를 본 부자는 몹시 실망하고 말았어요. 글쎄 부자의 바지가 조금도 줄지 않고, 장에서 사온 그대로 있는 것이었지요.

어젯밤, 부자의 큰딸은 아버지의 바지를 보며 생각했어요.

'아이참, 아버지는 하인들 시키시면 될 일을 가지고! 누군가 줄이겠지 뭐.'

또 이 생각을 한 건 큰딸만이 아니었어요. 둘째 딸도 막내딸도 모두 똑같이 생각한 거예요. 결국 부자의 바지는 조금도 줄어들지 않게 되었지요.

"선비가 부럽다, 부러워. 아무리 돈이 많으면 뭐하나, 마음이 행복하지 못한데!"

부자는 한숨을 푹 쉬며, 선비야말로 진짜 부자라고 생각하게 되었답니다.

집 안이 화목하면 가난해도 좋지만, 의롭지 않다면 부유한들 무엇하랴.
단지 한 자식이라도 효도한다면 자손 많은 것이 무슨 소용 있으랴.
- 『명심보감』 中 (고려 충렬왕 시기, 중국 고전의 좋은 글귀를 정리한 책)

다이아몬드보다
소중한 것

옛날 이스라엘의 한 작은 마을에, 효성이 지극하기로 소문난 청년이 살고 있었어요. 어찌나 부모를 잘 보살피는지, 보는 사람들마다 청년을 칭찬했어요. 청년은 사람들의 칭찬을 부끄러워했어요. 사실 자신은 부모에게 해준 것이 아무것도 없다고 생각했거든요. 청년은 언제나 자신이 더 많이 효도할 수 있도록, 부모가 오래오래 살기만을 기도했어요.

그러나 청년의 부모도 세월을 비켜갈 순 없었어요. 젊고 건강할 줄만 알았던 부모는 어느덧 늙고 쇠약한 할머니, 할아버지가 되었지요. 청년은 가끔씩 부모를 데리고 공원으로 산책을 나올 때가 있었어요. 그럴 때마다 한 걸음 한 걸음을 힘겹게 걷는 부모의 모습을 보아야 했어요.

'어머니, 아버지도 많이 늙으셨구나. 돌아가시기 전에 조금이라도 더 기쁘게 해드려야 하는데……'

청년은 마음이 아팠어요. 사실 청년의 집안은 몹시 가난했어요. 맛있는 음식을 해먹을 수도, 좋은 옷을 사 입을 수도 없었지요. 청년은 그 점이 몹시 마음에 걸렸어요. 자신은 앞으로도 긴 세월을 더 살 수 있지만, 부모는 곧 세상을 떠나게 될 테니까요. 그 전에 꼭 한 번 맛난 음식과 좋은 옷을 부모에게 해주고 싶었어요.

'휴, 그러려면 아주 많은 돈이 있어야 하겠지?'

청년은 텅 비어 있는 주머니 속을 뒤져보며 한숨을 쉬었어요.

그렇다고 아예 방법이 없는 건 아니었어요. 청년의 집에는 오래전 조상으로부터 물려

받은 커다란 다이아몬드가 있었거든요. 다만 집안 대대로 이어져온 보물이기에 누구도 팔겠다는 생각을 하지 않는 게 문제였어요. 게다가 청년의 아버지는 만약 이 다이아몬드를 팔게 된다면, 그 돈으로는 꼭 청년을 장가보내는 데 쓰겠다고 말하곤 했어요.

'부모님이 곧 돌아가실지도 모르는데, 내 장가가 웬 말이람.'

청년은 장가가는 일에는 관심이 없었어요. 부모가 세상을 떠나기 전에 얼른 다이아몬드를 팔아, 그 돈으로 부모를 호강시켜드려야겠다는 생각만 했으니까요. 청년은 곧 마을 곳곳에 다이아몬드를 팔겠다고 소문을 냈어요. 워낙 크고 아름다운 다이아몬드인지라 많은 사람들이 관심을 보이는 건 당연한 일이었어요.

어느 날, 마을의 큰 부자가 청년을 찾아왔어요.

"이보게, 청년. 이 정도의 돈이면 되겠는가? 그 다이아몬드를 나에게 팔게."

부자는 정말이지 입이 딱 벌어질 정도로 많은 돈을 가지고 온 참이었어요. 청년은 그 정도의 돈이면 부모에게 맛난 음식과 좋은 옷, 거기에 근사한 집까지 선물해줄 수 있을 거라고 생각했어요. 선물을 받은 부모가 기뻐하는 모습을 상상하며 벌써부터 기분이 들뜨고 좋았어요.

"네, 어르신. 제게는 정말 과분한 돈입니다. 그럼 잠깐 기다려주십시오. 제가 다이아몬드를 가지고 나오겠습니다."

청년은 서둘러 부모의 방으로 들어갔어요. 다이아몬드를 보관해놓은 창고의 열쇠가 그 방에 있었지요. 그런데 방으로 들어간 청년은 이내 당황하고 말았어요. 방 한가운데에 아버지가 곤히 잠들어 있었는데, 아버지의 베개 밑에 바로 그 열쇠가 놓여 있었던 거예요. 아버지는 그 열쇠를 항상 몸에 지니고 다녔어요.

'열쇠를 꺼내면 아버지가 깨실 텐데, 이를 어떡하면 좋지?'

청년은 몹시 망설였어요. 이리 갔다 저리 갔다, 좁은 방 안을 수도 없이 돌아다녔어요. 잠시 후 청년은 부자가 기다리고 있는 거실로 나갔어요.

"어르신. 아버지께서 베개 밑에 창고 열쇠를 둔 채 곤히 잠이 드셨답니다. 죄송합니다만, 다이아몬드는 다음에 가져가셔야 할 것 같습니다."

"그게 무슨 말인가? 다음에 오라니? 내가 마음이 바뀌면 어쩌려고?"

부자는 청년의 말이 이해가 되지 않았어요. 이렇게 많은 돈을 떡하니 가져오는 일도 쉬운 결정은 아니었거든요.

"그래도 어쩔 수 없습니다, 어르신. 모처럼 편하게 낮잠을 주무시는 아버지를 깨울 수는 없는 일이니, 부디 넓은 마음으로 이해해주십시오."

"그렇군. 그렇다면 어쩔 수 없지. 내 다음을 기약하도록 하지."

부자는 고개를 끄덕이며 청년의 집을 나섰어요.

'정말 듣던 대로 효자군!'

부자는 청년이 대견했어요. 또 자기 자신이 부끄러웠고요. 청년보다 많은 돈을 가졌으면서도 부모에게 마음을 다해 효도했던 적이 한 번도 없었지요.

부자가 다녀간 뒤 한참이 지나서야 아버지는 깨어났어요. 한결 표정이 좋아진 아버지를 보며 청년은 행복했어요. 부자를 그냥 돌려보내길 잘했다고 생각했지요.

다음날, 부자가 다시 청년을 찾아왔어요.

"이건 자네에게 주는 상일세. 나는 어제 자네에게서 다이아몬드보다 더 귀한 것을 얻어가는 기분이었다네."

부자는 청년에게 전날보다 더 많은 돈을 건넸어요. 청년은 부자에게 아끼던 다이아몬드를 건넸지요. 이해해주셔서 감사하다는 인사도 잊지 않았고요.

청년은 다이아몬드를 판 돈으로 부모에게 해주고 싶었던 모든 것을 해줄 수 있었어요. 부모의 소원대로 결혼도 할 수 있었지요.

훗날, 부자가 청년의 부모를 찾아온 적이 있었어요. 부자는 몹시 부러워하는 목소리로 말했지요.

"두 분 아드님이야말로 가장 소중한 다이아몬드였군요."

매일 밤, 포근한 베개 같은
책을 만나다

어느덧 뜨거운 열기가 가라앉고 하늘이 서서히 높아지는 계절이 되었습니다. 점점 짙어지는 주황빛의 감을 수확하는 시기가 되면, 저도 갓 태어난 둘째 아이를 품에 안고 수유를 하며 꾸벅꾸벅 졸고 있을 테지요. 임신 중에 태교가 얼마나 큰 영향을 주는지는 이미 잘 알려진 사실입니다. 엄마가 하는 행동, 느낀 감정, 모두가 태아에게 그대로 전달이 되어 태아에게 정서적, 심리적으로 영향을 준다는 사실은 과학적으로도 밝혀졌답니다.

서양과 다르게 우리나라에서는 태어나면서부터 나이가 한 살이 됩니다. 엄마와 한몸으로 지내는 열 달의 임신 기간을 그만큼 중요하다고 여겼던, 현명한 우리 조상들의 지혜이지요. 임신 사실을 처음 알게 된 산모에게 산부인과 의사로서 제가 꼭 당부하는 말은, 무조건 편안하게 지내라고 하는 것입니다. 간혹 태교에 대해 걱정하는 산모들이 있습니다. 본인은 클래식 음악을 들으면 잠이 오거나 마음이 불편한데 태교를 위해 클래식 음악을 꼭 들어야 하는지, 또는 본인이 영어 울렁증이 있는데 태교를 위한 영어 CD를 꼭 들어야 하는지 등과 같은 걱정들입니다. 태교음악이나 영어 CD를 듣고 있자니 오히려 더욱 스트레스를 받는다고 하소연합니다.

저는 이렇게 설명을 해주곤 하는데요. 바로 태교에는 어떤 특별한 규칙이 정해져 있지 않다는 것입니다. 중요한 것은 산모 자신의 마음이 가장 편안해야 한다는 사실입니다. 남들이 다 하니까 나도 해야지 하는 마음으로 자신에게 맞지 않는 태교를 한다면, 오히려 그것이 스트레스로 작용해서 태아에게 정서적 안정을 주지 못할 수도 있습니다. 그렇다면 이론적으로 이렇게 잘 알고 있는 저는 어땠을까요?

이른 아침부터 늦은 저녁까지 병원에서 바쁘게 생활하다 보니, 그렇게도 기다리던 둘째를 임신하고도 태교는커녕 삼시세끼도 챙겨 먹기 힘든 상황의 연속이었습니다. 그나마 태교라고 위안 삼을 수 있는 것은 출퇴근길에 라디오에서 흘러나오는 음악을 듣는 정도가 전부였습니다. 그런 중에 만나게 된 권정희 작가님의 〈하루 하나, 문학태교〉! 저처럼 시간에 쫓기어 지내는 산모에게는 하루 한 편의 글이 편하게 쉴 수 있는 포근한 베게 같은 존재였습니다. 언젠가 들어본 듯한 내용의 동화도 산뜻하게 구성되어 재미있게 읽어나갈 수 있었고, 새로이 창작된 내용의 글을 읽을 때면 짧은 내용 속에 긴 여운이 담겨 있어 바쁜 일상을 잠시 잊을 수 있는 시간이 되어주었습니다. 또 글마다 곁들여진 일러스트를 감상하는 일은 글로 읽는 것과는 다른 느낌과 색채감으로 다가왔습니다.

40주 동안 하루에 하나씩 문학적 감수성이 풍부한 글을 읽은 덕분에, 고된 하루 끝에도 편안한 마침표를 찍으며 잠자리에 들 수 있었습니다. 잠깐이나마 남편과 머리를 맞대고 앉아 〈하루 하나, 문학태교〉를 읽으며 보냈던 시간은, 곧 태어날 둘째 아이에게 '매일의 선물'이 되어 주었으리라 생각됩니다. 그간의 태교동화는 주로 영유아들의 눈높이에 맞춘 내용들과 그림 위주였다면, 이 책은 곧 행복한 부모가 될 엄마와 아빠를 위한 선물이라고 할 수 있을 것입니다.

엄마와 아이가 온전하게 한몸으로 지내는 280일의 임신기간 동안, 잠자리 머리맡에 두고 편안하게 하루를 마무리하며 읽을 수 있는 〈하루 하나, 문학태교〉!

이 책을 집어 든 그 순간부터 당신에게도 곧 행복한 태교가 시작될 것입니다. 귀중한 280일의 시간 동안 행복하고 편안한 태교를 통해 여러분 모두 건강하고 밝은 아이를 품에 안기 바랍니다!

2014년 11월 초,
둘째 아이를 만나기 일 주일 전에 **남궁 정**
(가톨릭대학교 의과대학 산부인과의사)

지은이 약력 ┃ 이 책의 글을 쓴 권정희 선생님은 서울에서 태어나 자라는 동안, 책을 읽고 글을 쓰는 일을 가장 재미있어 했습니다. 성균관대학교 국어국문학과에서 박사 과정을 수료하고, 현재 서울의 한 대학교에서 문학을 강의하고 있습니다. 오랫동안 어린이책을 기획하고 편집하는 일을 하면서, 아이들과 같이 꿈을 꾸고 사랑을 나눌 수 있는 동화를 써왔습니다. 현재는 5년이라는 시간 동안 창작한 『하루하나, 문학태교』를 완성하고, 인터넷을 통해 '하루하나, 문학태교' 사이트를 운영하고 있습니다. 한 부모 가정이나 다문화 가정, 혹은 저소득층 가정의 예비 엄마들을 직접 찾아가, 사랑과 축복을 전해주는 일을 하며 지내고 있답니다.

그린이 약력 ┃ 이 책의 그림을 그린 조지은 선생님은 어려서부터 그림 그리는 일을 가장 좋아했습니다. 추계예술대학교에서 동양화를 전공하고, SI그림책학교에서 일러스트에 대한 공부를 하였습니다. 꿈과 사랑으로 두 아이를 키우는 동안, 명상을 통한 마음 공부도 꾸준히 해왔습니다. 동양화에 대한 남다른 관심 덕분에 한국옻칠화회 회원으로 활동하며, 현재는 전통 재료인 옻칠의 포용력과 예술성에 일러스트를 접목하는 작업을 하고 있습니다. 지금까지 그린 책으로는 『아홉 귀 마을의 닥종이』, 『부지런한 벌과 개미』, 『돌배나무 언덕 까마귀 대소동』, 『어린왕자야 애완동물이랑 놀자』, 『숫자 0이 사라졌어요』 등이 있답니다.

감수자 약력 ┃ 이 책의 감수를 맡아 주신 남궁 정 선생님은 산부인과 의사이자 두 아이의 엄마로 산모들이 편안한 마음과 건강한 몸으로 새생명을 무사히 품에 안을 수 있도록 돌보아 주고 있습니다. 경상대학교 의과대학 졸업하고, 가톨릭대학교 서울성모병원에서 전공의와 전임의를 지냈습니다. 현재는 가톨릭대학교 성바오로병원 임상조교수로 재직 중이며, 자신을 필요로 하는 곳에서 최선을 다하는 사람이 되기 위해 노력하고 있답니다.

하루 하나
문학태교

1판 1쇄 발행	2014년 12월 20일

지은이	권정희
그린이	조지은
감수	남궁 정
펴낸이	홍건국
펴낸곳	책앤
디자인	NAMIJIN DESIGN
출판등록	제313-2012-73호
등록일자	2012. 3. 12.

주소	서울특별시 마포구 서교동 449-43 국일빌딩 303호
문의	02-6407-8206
팩스	02-6407-8206

ISBN	979-11-953338-1-3 (23800)

• 값은 뒤표지에 있습니다.
• 잘못되거나 파손된 책은 구입하신 서점에서 교환해 드립니다.

★★ 책이 무거우니 절대 배 위에 올려놓고 읽지 마세요.